ROSE MADDER

疯狂玫瑰

[美] 斯蒂芬·金 著

何雨珈 译

湖南文艺出版社
HUNAN LITERATURE AND ART PUBLISHING HOUSE

博集天卷
CS-BOOKY

ROSE MADDER

Copyright © 1995 by Stephen King

This edition arranged with The Lotts Agency Ltd.

through Andrew Nurnberg Associates International Limited

著作权合同登记号：图字 18-2023-172

图书在版编目（CIP）数据

疯狂玫瑰 /（美）斯蒂芬·金著；何雨珈译 . -- 长
沙：湖南文艺出版社，2023.11
书名原文：Rose Madder
ISBN 978-7-5726-1410-1

Ⅰ . ①疯… Ⅱ . ①斯… ②何… Ⅲ . ①长篇小说—美
国—现代 Ⅳ . ① I712.45

中国国家版本馆 CIP 数据核字（2023）第 166605 号

上架建议：畅销·外国文学

FENGKUANG MEIGUI
疯狂玫瑰

著　　者：［美］斯蒂芬·金
译　　者：何雨珈
出 版 人：陈新文
责任编辑：匡杨乐
监　　制：吴文娟
策划编辑：姚涵之
特约编辑：陈　黎
版权支持：辛　艳　　张雪珂
营销编辑：傅　丽
封面设计：利　锐
版式设计：李　洁
封面插图：William Gnobehi-dja（william.gnobehidja@gmail.com）
内文排版：百朗文化
出　　版：湖南文艺出版社
　　　　　（长沙市雨花区东二环一段 508 号　邮编：410014）
网　　址：www.hnwy.net
印　　刷：三河市鑫金马印装有限公司
经　　销：新华书店
开　　本：875 mm×1270 mm　1/32
字　　数：417 千字
印　　张：15.5
版　　次：2023 年 11 月第 1 版
印　　次：2023 年 11 月第 1 次印刷
书　　号：ISBN 978-7-5726-1410-1
定　　价：69.00 元

若有质量问题，请致电质量监督电话：010-59096394
团购电话：010-59320018

献给琼·马克斯（Joan Marks）

我真的是罗西，

我就是真·罗西，

你最好相信我，

我很了不起……

——莫里斯·森达克（Maurice Sendak）[1]

血一般的

蛋黄。灼烧的洞

在床单上蔓延。一朵

被激怒的玫瑰咄咄逼人地绽放。

——梅·斯温森（May Swenson）[2]

---

1. 莫里斯·森达克（Maurice Sendak, 1928—2012），美国著名作家以及儿童插画家。——本书注释如无特殊说明，均为译者注。

2. 美国当代诗人。

目　录

序曲
邪恶之吻

　　她坐在角落里，努力想从这个房间里吸到一点空气。短短几分钟前，这里似乎还空气充足，现在却好像一点也没有了。从仿佛很遥远的地方，她能听到细微的"呼——呼——"声，她知道这是空气顺着她的喉咙进去，又在一连串狂热细密的喘息中飘滑而出；但这并没有改变她在自家客厅角落里逐渐溺水的感觉，眼前已成碎屑的残骸，那是丈夫回家时她正在看的平装小说。

　　她倒也没那么在意。太痛了，痛得她无暇顾及呼吸这样的小事，也没心思去在意自己所呼吸的空气当中似乎并无空气。疼痛吞噬了她，就像传说中的大鱼吞噬约拿[1]，那个不想为上帝办事的圣人。疼痛如同毒

---

1. 这个典故来自《圣经》。上帝让犹太先知约拿前往亚述国的尼尼微城，警告该城的人停止作恶，否则城市就要被上帝毁灭。但亚述人是犹太人的敌人，所以约拿不愿意警告他们，就逃上了一条商船。结果上帝在海上掀起狂风巨浪，眼看着船就要沉了。约拿承认是因为自己违背上帝旨意才给大家带来厄运，请求大家把自己抛到海里。于是他被抛到海里，上帝安排一条大鱼将其吞噬；他在鱼腹中待了三天三夜，呼求上帝。三天后，大鱼将约拿从肚中吐到岸边。受到教训的约拿按照旨意，前去尼尼微警告了当地居民。

太阳，在她的腹腔深处闪耀着；那里本来只有一样新东西在安静成长的感觉，直到今晚。

从没有哪次像今天这样痛过，反正她是记不起来的——十三岁那年，为了躲一个坑洞，她把着自行车的龙头急转弯，结果翻了车，头碰到沥青路面，撞出个大伤口，缝了整整十一针，即使是那次都没这次痛。她只记得当时有一阵突如其来的剧痛，之后眼冒金星，惊恐地跌入黑暗，其实就是短暂地晕厥了过去……但那次的痛不像眼前这种极度的痛苦。这可怕的创痛。手捂在肚子上，感觉肉已经不像肉了；仿佛那里被拉开了一条拉链，她活生生的孩子已经被一块滚烫的石头取代了。

哦，上帝啊，求你了，她心想，宝宝一定要没事啊。

但现在，呼吸终于稍稍平稳下来，她逐渐意识到，宝宝出事了；无论如何，他已经让这件事板上钉钉了。你怀孕不过四个月，宝宝仍然是你身体的一部分，还没有自己完整的形态；而你坐在角落里，头发一绺一绺地贴在汗涔涔的脸颊上，感觉仿佛吞下了一块滚烫的石头——

有什么东西正在轻轻地吻着她两条大腿的内侧，滑溜溜的吻，邪恶而不祥。

"不，"她悄声道，"不。哦，我亲爱的仁慈的上帝啊，不。我的好上帝啊，仁慈的、亲爱的上帝，不。"

一定要是汗水啊，她心想。一定是汗水……或者是我尿了。是了，很可能就是这样。他第三次打我之后，太痛了，所以我尿了，甚至自己都没察觉。就是这样。

只不过，这不是汗，也不是尿。这是血。她正坐在客厅的一角，盯着一本已经被肢解的平装书，一半在沙发上，一半在咖啡桌底下；而她的子宫正要把宝宝吐出来；在此之前，它一直怀着这个宝宝，毫无怨言，并无任何问题。

"不，"她悲切地呻吟着，"不，上帝啊，求你说不。"

她能看到丈夫的影子，扭曲着，被拉得长长的，像是玉米地里的稻草人，又像吊死鬼的影子，在客厅与厨房之间的拱道墙上跳跃着，晃动着。她能看到压在影子耳朵上的影子电话，还有那长长的影子螺旋电话线。她甚至能看到他的影子手指拉动着电话线的扭结处，悬停片刻，又放松回原来的卷曲状态，就像个无法摆脱的坏习惯。

她的第一反应是，他在报警。当然了，这个想法很荒唐可笑——他就是警察。

"对，很紧急，"他说，"你他妈的就别多问了，美女，她怀孕了。"他听着那头说话，手指把玩着电话线，再开口时，语气相当暴躁。光是听到他声音里一点轻微的恼怒，就足够让全新的恐惧朝她扑来，让她嘴里充满一种钢铁般的味道。谁敢激怒他，顶撞他啊？哦，是谁那么傻，做出这样的蠢事？当然了，只有不了解他的人才会这样——不像她那么了解他的人。"我当然不会挪动她了，你当我白痴啊？"

她伸出手指，探到裙下，沿着大腿往上，摸到已经湿透的热乎乎的棉质内裤。求求你了，她心想。从他把书从她手里夺走撕碎之后，这句话在她脑海里出现过多少次了？她数不清了，但它再次出现了。求求你，让我手上的液体是透明的吧。求求你，上帝。求你让它是透明的。

然而，当她把手从裙下拿出来时，手指尖都被血染红了。她看着红红的指尖，一股剧烈的痉挛像钢锯一样撕裂了她。她拼命咬紧牙关，才忍住了尖叫。她知道，在这个家里，最好不要尖叫。

"废话少说，快来！要快！"他把话筒摔回到话机上。

他的影子在墙上涌动着，摇晃着，接着他就站在了拱道里，看着她，那张英俊的脸涨红着。脸上的一双眼睛毫无波澜，就像乡间小路边微微闪烁的玻璃碎片。

"看吧，"他说着，两只手摊开片刻，又不经意地落回身体两侧，轻轻地拍打了一下，"看这个烂摊子。"

她向他伸出自己的手，给他看那血淋淋的指尖——这是她最能表达责难的方式了。

"我知道。"他的语气仿佛他的"知道"就能解释一切，把整件事情都放进一个连贯而合理的背景之中。他转过身，定定地盯着那本被肢解的平装书。他捡起沙发上的那部分，又弯腰捡起咖啡桌下面那部分。等他直起身来，她能看到封面，一个穿白色田园复古风上衣的女人站在船头。风把她的头发向后吹起，很夸张，露出柔滑细腻的双肩。书名是《痛苦之旅》（*Misery's Journey*），几个字用的是鲜亮的红金箔工艺。

"就是这东西惹的祸，"他向她挥舞着书的残页，像人对尿在地上的小狗崽子挥舞卷起来的报纸，"我跟你说过多少次了，我对这种垃圾是什么感受？"

其实答案是从来没有。她明白，无论他回家后发现她在看电视新闻，或者给他的某件衬衫缝补扣子，或者只是在沙发上打盹，她此刻都会坐在这个角落流产。他这段时间过得不顺心，一个叫温迪·亚罗的女人一直在给他找麻烦，而诺曼处理麻烦的办法就是分钱。我跟你说过多少次了，我对这种垃圾是什么感受？不管那"垃圾"是什么，他都会这么吼。接着，就在动拳头之前，他会说，我想和你谈谈，亲爱的。近一点。

"你没明白吗？"她低声说，"我的宝宝要没了！"

真不敢相信，他竟然笑了。"你可以再怀的。"他就像在安慰一个刚把甜筒冰激凌失手掉在地上的孩子。接着，他把被撕碎的平装书带去了厨房，绝对是要扔进垃圾桶。

你这混蛋，她心想，却没意识到自己在这么想。痉挛又来了，这次不止痉挛一下，而是很多下，像可怕的虫子一样成群袭来，她把头深深缩进角落，呻吟起来。你这个混蛋，我恨死你了。

他穿过拱道回来了，向她走来。她双足蹬地，努力把自己往墙里推，恐惧到发狂的眼睛死死盯着他。有那么一瞬间，她确信他这次是要杀了自己，而不仅仅是伤害她，或是夺走她渴望已久的孩子。是真的要杀死她。他低着头，双手垂在身侧，绷紧大腿上的肌肉朝她走来时，那样子有点非人类的感觉。小孩子会把她丈夫这样的人称为"毛子"（fuzz）[1]，但在那之前，他们用的是另一个称呼，就是她现在脑海里浮现出的那个词，因为他正垂着头穿过房间，双手在手臂末端晃动，就像悬挂着的肉，样子完全符合她想到的那个词——一头公牛。

她呻吟，摆头，蹬脚。一只脚上的乐福鞋被蹬掉了，侧翻过来躺在地上。她感觉到一阵新的疼痛，一阵阵痉挛往她的腹部下沉，像配备了老旧生锈铁尖牙的船锚；她能感觉到自己还在流血，但双脚就是蹬得停不下来。她看着他，他表现得眼前的一切根本就没什么要紧；一种可怕的失神。

他站在她身前，疲惫地摇着头，接着蹲下来，双臂顺滑地伸到她身下，"我不会伤害你的，"他一边说，一边跪下来，好把她整个抱起来，"所以别在这儿犯傻了。"

"我在流血。"她悄声说，想起他跟电话那头的人说，他不会挪动她；是啊，他当然不会。

"是，我知道。"他回应了，但语气漠不关心。他正在环顾房间，想要确定一个意外发生的地点——她很确定他在想什么，就像自己就在他脑子里。"没关系的，会止住的。他们会止血。"

他们能阻止流产吗？她在自己脑子里哭喊出来，她从没想过，如果她能这么做，他也能；她也没注意到他小心翼翼看她的样子。她再次阻止自己去偷听脑子里没说完的话——我恨你。恨你。

他抱着她来到房间的另一头的楼梯口。他跪下来，把她放在那里。

"舒服吗？"他急切地问道。

---

1. fuzz，英语中警察的别称之一。

她闭上眼睛。她是一眼都不能看他了，反正此时此刻不行。她感觉要是再看着他，自己就要发疯了。

"很好。"他说，就像她已经回答了一样。等再睁开眼睛，她又看到他有时会出现的那种表情——那种失神。仿佛他的思想已经飞到天外，只留下了他的躯壳。

要是我有把刀，就能捅他。她想着……不过，这又是一个不可能的想法，她甚至都不允许自己"偷听"到，更不用说真正去考虑了。那只是来自深处的回响，也许是对丈夫的疯狂做出的反馈，柔弱得如同洞穴中蝙蝠翅膀的窸窣声。

突然之间，他的脸又活泛起来，他站起身来，膝盖陡然作响。他低头看了看自己的衬衫，确保上面没有血迹。没问题。他看向她倒下的那个角落。那里有血，几滴小血珠，还有点飞溅出的血迹。她还在流血，流得更快更猛了；她能感觉到血正在将自己浸透，那是种不健康的温热，还让人有点莫名的渴望。血在奔涌，仿佛把那个不速之客冲出小小的子宫，是它一直以来的夙愿。几乎可以说——哦，可怕的想法——她本人的血液已经完全占据了她丈夫的那一面……反正就是他很疯狂的那一面。

他又进了厨房，在那里待了大概五分钟。她听着他走动的声音，而流产实实在在地发生了，疼痛达到了极点，颤动的液体一泻千里，感觉很强烈，声响也同样巨大。突然之间，她就像正在坐浴，盆里装满了温暖而黏稠的液体。像是某种鲜血做成的肉汁。

他拉长的影子在拱道上晃动，冰箱开了又关，接着一个橱柜（她听到细微的嘎吱声，判断应该是水槽下面的那个）也开了又关。水在水槽里流动着，接着他开始哼起什么调子——她觉得应该是"当男人爱上女人"——与此同时，她的孩子正从她体内流出来。

通过拱道回来的时候，他的一只手上拿了个三明治——他还没吃晚餐，这是当然的了，所以肯定饿了——另一只手上拿着水槽下篮子里的湿抹布。他在那个角落蹲了下来，就在那里，他从她手里抢过书，撕碎了，然后朝她的肚子狠狠打了三拳——砰，砰，砰，再见了，陌生的孩子；之后她就跟跄着倒下了。他蹲下来，开始用抹布擦洗那些飞溅与滴落的血迹。大部分血迹和其他混乱的痕迹都会集中在这里，下面的楼梯口，在他想要的地方。

他一边清理，一边吃着三明治。她闻到面包片之间夹着的东西的味道，像是吃剩的烤猪肉，她本来打算把这些肉和面条混在一起，做周六的晚餐——比较随意的晚餐，两人可以坐在电视前，边看黄金时段的新闻边吃。

他看了看那块被染成淡粉色的抹布，又看了看那个角落，接着又看了眼抹布；接着点点头，撕咬下一大块三明治，站了起来。这次他从厨房往回走的时候，她听到微弱的警笛声，哀号声越来越近。应该是他叫的救护车。

他穿过房间，在她身边跪下来，牵起她的双手。手冰凉，凉得他皱起了眉头，他开口对她说话，一边轻轻地揉搓着那双手。

"我很抱歉，"他说，"只是……发生了一些事……旅馆里那个贱人……"他顿了顿，目光移开片刻，又转回她身上。他脸上露出奇怪的、惨淡的笑容，仿佛在说："看看我在跟谁解释啊。事情就糟糕到这个地步了啊——难以置信。"

"宝宝，"她气若游丝，"宝宝。"

他捏住她的双手，用了力，捏得生疼。

"别管宝宝的事了，听我说。他们再有一两分钟就到了。"是的，救护车已经很近，像一只无法形容的猎犬在夜色中呼啸而过，"你下楼的时候没站稳。摔倒了。听明白了吗？"

她看着他，什么也没说。腹部的疼痛稍微减轻了些。而这次他捏紧她的双手时，比以往任何时候都要用力；她真切地感觉到那种力道，喘息不已。

"听明白了吗?"

她看着他凹陷下去的空洞双眼,点点头。身边弥漫起一股盐水与铜混合的颓败味道。鲜血肉汁的感觉消失了——现在她感觉就像坐在一个打翻的化学装置中。

"很好,"他说,"你要是说了别的,会发生什么,你知道吧?"

她点点头。

"说出来。说出来对你更好,更安全。"

"你会杀了我。"她轻声说。

他点点头,很满意的样子,像是老师哄着一个迟钝的学生,终于从她嘴里掏出某个难题的答案。

"说得对,而且我说到做到。在我完蛋之前,今晚发生的事情就和不小心割破手指一样。"

窗外,猩红色的灯光如脉冲信号,拐到了车道上。

他嚼完最后一口三明治,慢慢站起身来。他会去开门让他们进来,装成一个因为怀孕妻子遭遇不幸事故而忧心忡忡的丈夫。趁着他还没转身,她拽住他衬衫的袖口。他低头看着她。

"为什么?"她轻声道,"诺曼,为什么要对宝宝下手?"

有那么一瞬间,她看到他脸上出现了一种她难以相信的表情——看着像是恐惧。但他为什么会怕她?或者为什么会怕孩子?

"那是个意外,"他说,"就是这样,只是一个意外。和我没有任何关系。你最好也跟他们这么说。愿上帝保佑你。"

愿上帝保佑我,她心想。

外面传来砰然的开关门声;奔跑的脚步声越来越近,轮床发出尖锐的金属碰撞声,咔嗒作响;她将躺在轮床上,被运到警笛下她该躺的地方。他再次转身对着她,还是像公牛那样垂着头,眼神意味深长,很难看透。

"你还会再有孩子,这种事情不会再发生。下一个会很好。一个女孩，或者是一个漂亮的小男孩。男女无所谓的，对吧？如果是男孩，我们就给他买一套小棒球服。如果是女孩……"他含糊地比画着，"……就买顶帽子什么的。你等着看吧，会等来这一天的。"说完他露出微笑，而她只想尖叫；就仿佛看到一具尸体在棺材里突然咧嘴笑了。"你相信我，一切都会好起来的。绝对绝对会的，亲爱的。"

接着他开了门，请救护车上的急救人员进来，催他们快点，说伤者流了血。他们向她走来时，她闭上了眼睛，不想给他们任何机会看向自己的眼神深处，只觉得这些人的声音都从很远的地方传来。

别担心，罗丝，千万别着急，小事小事，只是个小孩，你还可以再怀。

针刺痛了她的手臂，接着她被抬了起来。她一直闭着眼睛，想着，好吧，好的。也许可以再怀一个宝宝。我可以把宝宝生下来，带到他碰不到的地方去。让残暴的他碰不到。

但时光流逝，渐渐地，离开他的想法（这种想法首先从未得到充分的表达）逐渐消散，与此同时，对理性清醒世界的认知，也在睡眠中逐渐远去。渐渐地，除了生活于其中的梦境世界，她再没有别的世界了；这梦境很像她小时候做的那些梦，梦里她一直跑啊跑，仿佛身在没有路的树林或阴影重重的迷宫；某种巨兽的蹄声就跟在身后；那可怕而疯狂的东西离她越来越近，她不断切换路线、转身、飞奔或折返，但无论这样折腾多少次，那东西最终都会攫住她。

清醒的人明白做梦这个概念，但做梦的人却不知醒来，不知真实世界，也没有理智，只有睡梦中的尖叫与错乱。罗丝·麦克伦登·丹尼尔斯在丈夫的疯狂之中，又沉睡了九年。

▶ I
一滴血

1

总共算来，这地狱般的日子已经过了十四年，但她几乎没什么察觉。大部分的岁月里，她都活在恍惚当中，深深的恍惚，仿佛已经死去。不止一次，她在恍惚中几乎确信自己并非生活在现实中，她最终会醒来，像沃尔特·迪士尼动画片中的女主角，漂漂亮亮地打个哈欠，伸伸懒腰。这种想法最常找上她，就是在他把她打得特别惨之后，因为她不得不卧床休息一阵子才能恢复。这种事他每年干三四次。1985年——温迪·亚罗找麻烦的那年，他遭到上面训斥的那年，她"流产"的那年——这种事他干了快有十几次。那年9月，拜诺曼所赐，她二进医院，也是最后一次……反正到目前为止是最后一次。她当时一直咳血，他等了三天都没带她去医院，想着症状能自行停止；但相反，状况越来越坏，他才交代给她一套说辞（他总会交代给她一套说辞），然后带她去圣玛丽医院。他带她去那里，是因为"流产事件"后，急救人员把她送去了市总医院。圣玛丽医院检查后发现她肋骨断了，戳到了肺部。三个月不到，她又讲了一遍"不小心从楼上掉下来"的故事，她觉得这次连一直站在旁边观摩检查和治疗过程的实习生都不相信了，但没人贸然问不好回答的问题。他们只是把她治好，然后送她回家。不过，诺曼知道他都是侥幸过关，在那之后就更加小心了。

有些夜晚，她躺在床上，会有各种情景猛然涌入脑海，如同怪异的彗星。最常涌入的是丈夫的拳头，指节上浸染了血迹，弄得他警察学院戒指上金制的凸起部分污迹斑斑。有些早晨，她发现戒指上刻的字（"服务、忠诚、社区"）被印在她的腹部或一只乳房上；她常因这个想起印在烤猪肉或牛排上那种蓝色的"PDA"（"宾夕法尼亚农业部"）印章。

那些情景涌来时，她通常睡在床边，快要掉下去了，全身松垮，四肢瘫软。接着眼前就会有拳头冲她挥来，她就这样又惊醒过来，完全惊醒，躺在他身边颤抖着，希望他不会在半梦半醒之间转过身来，因为被打扰到而朝她肚子或大腿来上一拳。

十八岁时，她走进这个地狱；三十二岁生日过了大约一个月，几乎在半生之后，她从恍惚中醒来。唤醒她的是一滴血，也就一角硬币大小。

2

铺床的时候，她看到了那滴血。就在最上层床单上，她睡的那边，靠近铺床时放枕头的位置。其实，她可以把枕头往左挪一点，遮住这块斑污，血已经干了，呈现一种丑陋的暗红色。她明白这不过是举手之劳，也很想这么做，主要是因为她不能只换最上层的床单；没有干净的白色床品了，如果用花纹床单取代了有血迹的纯白色床单，下层床单也得换另一条有花纹的。要是没做到，他很可能会抱怨。

看哪，耳边响起他的声音，该死的床单都不配套——下面是白色的，上面的又有花。天哪，你为什么非要这么懒？过来——我想和你谈谈，近一点。

她站在自己睡的那侧床边，一缕春天的阳光照在身上。她是个懒惰的荡妇，整天就打扫打扫这个小房子（浴室镜子一角上出现指纹的小小污迹都可能招来他的拳头），绞尽脑汁地想给他准备什么晚餐，她站在那里低头看着床单上那一小块血迹，脸上波澜不惊，毫无动静；

要是有人在旁边看着，很可能觉得她迟钝低智。我那该死的鼻子应该不再流血了，她对自己说，我确信已经没流了。

他不常打她的脸，他不至于那么蠢。要打脸也是打那些醉酒的混蛋，穿了这么多年的警察制服，后来又做市局探员，他已经逮捕过数百个这样的人了。要是你经常打别人（比如，你老婆）的脸，用不了多久，什么从楼梯上摔下来，半夜撞到浴室门，或者踩到后院的耙子，这些故事就不灵啦。外人都明白的。外人会多嘴多舌。即便这女人嘴巴紧闭，你最终还是会有麻烦的。显然，人们事不关己高高挂起的好日子早就一去不复返了。

然而，上述这些都没有考虑到他的脾气。他脾气坏，非常坏，有时候会忍不住动手，昨晚就是这样。她给他端来第二杯冰茶，洒了一些到他手上。咚，他根本还没反应过来自己在做什么，她的鼻血就喷薄而出，像总水管爆了。血倾泻到她嘴上、下巴上，她看到他脸上露出厌恶的神情，接着又开始担忧地盘算——万一她鼻子真的断了怎么办？那就又得去趟医院了。有那么一瞬间，她以为马上要挨一顿那种结结实实的暴打了。有一次被暴打后，她蜷缩在角落，喘息着，哭泣着，努力找回足够的气息，这样她才好吐出来，吐到围裙里。她总是吐到围裙里。在这个家里，她不能哭出声，不能对一家之主表示异议，而且当然是绝对不能吐到地板上的——反正只要你还想保住项上人头，就别这么干。

接着，他开始在敏锐的自我保护意识下采取行动，在毛巾里包上冰块递给她，把她领到客厅。她躺在沙发上，把那个临时冰袋压在泛着泪光的双眼之间。他告诉她，如果想迅速止血并稍稍消肿，就必须把冰袋放在那里。当然，他真正担心的是肿胀。明天她要去赶集，要是眼圈乌青，还能戴奥克利墨镜来遮掩；鼻子肿了，可就遮不住了。

他又回到餐桌前，吃完了晚餐——烤鲷鱼和烤土豆，土豆是新鲜收获的。

今天早上，她往镜子里迅速瞥了一眼，看到肿胀并不厉害（在那之前他已经仔细看过她的鼻子，接着不屑地点点头，然后喝了杯咖啡，出门上班去了），她冰敷了短短十五分钟之后，血就止住了，或者说她以为止住了。但在夜里的某个时候，她熟睡的时候，有一滴血像个叛徒，从她的鼻子里悄悄溜了出来，留下这块斑污，这意味着她要把床单全换了，铺上新的，尽管她背很疼。这些天她总是觉得背疼，即便只是适度弯下和轻轻直起也会疼。他很喜欢往她背上打。与他所谓的"打脸"不同，打背部就很安全了……只要被打的人懂事，闭好嘴巴。十四年来，诺曼一直往她的肾那儿打，尿液中越来越频繁出现的血迹也不再让她惊讶或担心。这只不过是婚姻中又一桩不愉快，仅此而已，可能有数以百万计的女性面临更糟糕的情况。就在这个镇上，可能就有数千这样的女性。因此，她总是觉得，就这样吧，无所谓，直到此刻。

她看着那块血迹，感到脑海里涌动着一种自己并不习惯的怨恨，还有别的感觉，一种针刺般的痛感与激动，不知这是不是长眠后终于醒来的感觉。

她睡的那侧床边有个小小的曲木摇椅，也说不出什么理由，她一直觉得那是属于小熊维尼的椅子。现在，她往摇椅的方向退去，双眼一刻也未曾离开白色床单上那十分显眼的一小滴血。她坐了下来，在小熊维尼的椅子上坐了将近五分钟；房间里响起一个声音，她跳了起来。一开始她还没有意识到，这就是自己的声音。

"再这样下去，他会要了我的命。"她说。惊诧片刻，平复之后，她觉得自己是在跟那滴血说话，那是她已经死去的一部分，从她的鼻子里偷偷溜出来，死在了床单上。

回应出现在她自己的脑中，比她刚才说出声的可能性还要可怕得多：

他也有可能不要你的命。你想过吗？他可能不要你的命。

3

她没想过。但她脑海里倒是经常闪现着一个念头，觉得有一天他会打得太狠，或是不小心打中致命要害（不过她从来没把这念头说出口，甚至自言自语都没有过，直到今天），但从没想过，自己可能会一直活下来……

肌肉和关节处在嗡嗡作响，声音越来越大。通常她只是坐在维尼的椅子上，双手交握放在膝头，眼神穿过床和浴室的门，看着镜子里的自己，但今天早上她开始摇动，椅子来回摇动着，轨迹是短促而突兀的弧线。她不得不摇。肌肉中嘈杂与刺痛的感觉只有摇晃起来才能减轻。而她最不想做的事就是看镜子里的自己，这跟鼻子不是很肿没什么关系。

过来，亲爱的，我想和你谈谈，近一点。

这种日子已经过了十四年，一百六十八个月。最初，是新婚之夜她关门关重了，他便拽住她的头发，咬了她的肩膀。后面她经历了一次流产、一次肺部损伤。他用网球拍做了很可怕的事。她身上衣服能覆盖的部位留下了很多旧伤疤。大部分是咬痕。诺曼喜欢咬人。起初，她努力让自己相信那都是因为爱她才咬的。一想到自己竟然曾经那样年轻幼稚，真是太奇怪太陌生了，但自己也一定曾经年轻过吧。

过来——我想和你谈谈，近一点。

突然间，她能辨别出这种已经扩散到全身的嗡嗡声了。那是她感到的愤怒，狂怒，这种领悟起到了奇妙的作用。

离开这里，她内心深处突然冒出一个声音。现在就离开这里，此时此刻。甚至头发都别梳了。只管走吧。

"这太荒谬了。"她说，以更快的速度前后摇晃着。床单上那块血迹灼烧着她的眼睛。从这里看过去，就像感叹号下面的那个点。"这太荒唐了，我能去哪儿呢？"

任何没有他的地方，那个声音回道，但你必须现在就行动。免得……

免得什么？

这个问题很好回答。免得她又睡着了。

她脑中的一部分——被长期恐吓而习惯了现状的那部分——突然意识到自己在鼓励这个想法，于是惊恐地大声叫嚷起来。离开十四年的家？想要什么就有什么的家？离开虽然脾气暴躁，动不动就挥拳头，但一直尽责养家的丈夫？这个想法真是荒唐可笑，她必须忘掉它，立即忘掉。

她很可能会这么做，几乎肯定会这么做，但床上有那滴血。就那一滴暗红色的血。

那就别看了！幻想自己实际而理智的那部分大脑紧张地喊叫道，看在上帝的分上，别看了，会给你惹麻烦的。

但她控制不住自己，再也无法移开目光。她一直盯着那块血迹，再次加快了摇晃的速度。穿着白色低帮运动鞋的脚以越来越快的节奏拍打着地板（现在嗡嗡声基本上都集中在脑子里，让她激动恼火，浑身发热），她满脑子想的都是，十四年了。十四年，任由他和我"近一点"谈谈。流产。网球拍。三颗牙，其中一颗我吞了下去。断裂的肋骨。用拳头打。用手掐。当然，还有用牙咬。很多这样的事。很多很多——

别说了！想这些是没用的，因为你哪儿也去不了，他一定会找到你，把你带回来，他会找到你的，他是个警察，找人是他的专业之一，是他擅长的事情——

"十四年。"她喃喃自语，现在她想的不是过去十四年，而是下一个十四年。因为另一个声音，那个内心深处的声音说得对。他可能不会要她的命。他可能不会。再过十四年和他"近一点谈谈"的日子，她会变成什么样子？她还能弯腰吗？一天中，能不能有一小时（甚至只求十五分钟）的时间，她的肾不会感觉像被埋藏在背腹的一块滚烫石头？有没有可能他打她的劲儿使到位了，让身体的某些器官彻底失去作用，她的某条胳膊或某条腿再也抬不起来，或者某一边的脸瘫垮下来，再也没有表情，仿佛山下 24 号店的那个店员，可怜的戴蒙德夫人？

她猛然站起身来，用了很大的劲儿，维尼的椅背都撞到墙上了。她站定片刻，急促地呼吸着，双眼瞪大，还在望着那块暗红色的斑污，她走向通往客厅的门。

你要去哪里？脑海里那位"现实理性女士"尖叫起来——这个部分的她，似乎心甘情愿地想要被残害，被杀死，只为了继续享有知道茶包在橱柜何处以及沐浴球在水槽下哪个位置这些所谓的特权。你以为你能去哪儿——

她把这声音盖上了，直到这一刻她才知道原来能这么做。她从沙发旁的桌子上拿起她的钱包，穿过客厅走向前门。房间突然显得非常大，短短一截路突然很漫长。

我得走一步看一步。要是每次都得提前想好下一步，我会没有勇气的。

其实，她觉得不会存在这样的问题。首先，她正在做的事情本身就像一场幻觉——她肯定不可能在一时冲动的情况下就那样离开住的家，放弃她的婚姻，对吧？这肯定是个梦，对吧？还有别的原因：不往下想，不往后想几乎成了她的习惯，从新婚之夜就开始养成了；当时，就因为她关门关重了，他就像狗一样咬了她。

好吧，你至少不能就这样走掉，即使你可能在走到街区尽头之前就泄了气，"现实理性女士"如此建议，至少要换掉身上那条牛仔裤，看你那屁股越来越肥。再用梳子理一下头发。

她停了一下，有那么一瞬间，她差点就要放弃整件事情，而她甚至还没走到门口。接着她醒悟到这个建议的真实面目——尽量把她留在这家里的孤注一掷的策略，而且还是高招。把牛仔裤换成裙子，或者往头发上抹摩丝，再用梳子梳好，这些都花不了多长时间。但对她这种处境的女人，几乎可以肯定，这时间是够了。

够什么呢？当然是够让她再次入睡了。等她拉上裙子侧边的拉链，心里就会产生严重的怀疑；等她梳完头发，就会认定自己只是遭遇了短暂的精神错乱，一种很可能与生理周期有关的暂时性神游状态。

然后她会回到卧室，把床单换了。

"不，"她喃喃道，"我不会那样做。我不会的。"

但一只手都放在门把手上了，她又停了下来。

这是理智的表现！"现实理性女士"呐喊道，这声音掺杂了宽慰、欢欣和——可能是？——淡淡的失望。哈利路亚，这个女孩是有理智的！此时回头，为时未晚！

但很快这脑海中的声音里的欢欣与宽慰就变成无言的惊恐，因为她快步走到了他两年前安装的煤气壁炉前，上方有个壁炉架。她要找的东西很可能不在那里，照惯例，他只会在月底才把它放在上面（"这样我就不会被诱惑了。"他会说），但看一眼也无妨。她知道他的密码；只不过是家里的电话号码，把第一个和最后一个数字调换位置而已。

怎么会无妨，会出大事！"现实理性女士"尖叫起来，要是你拿了属于他的东西，后果会很可怕。你是知道的！很可怕！

"反正也不会在那里。"她喃喃道，但东西确实在——一张翠绿色的商业银行的银行卡，他的名字以浮刻形式印在上面。

你不能拿！你怎么敢！

她竟然觉得自己确实敢——只要想一想那滴血，就敢了。而且，这也是她的卡，也是属于她的钱；婚姻誓言的意义不正在于此吗？

不过，这根本不是钱的问题，真正的问题不在这里。真正的目的是要让"现实理性女士"闭嘴，别再出声，要让这种意料之外的突然猛冲成为一种必要而非选择。她内心隐隐明白，如果不这样做，自己最远就只能出走到街区尽头，然后不确定的未来就会整个出现在眼前，如同厚障壁一般的浓雾，她将转身回家，抓紧时间换掉床单，这样她还能赶在中午之前把楼下的地板洗了……尽管此时已经难以置信，但这就是她今天早上起床时满脑子唯一的一件事：洗地板。

她选择不理会脑海中那个声音的大喊大叫，把那张银行卡从壁炉架上扒拉下来，丢进手提包里，再次迅速往门口走去。

别这样！"现实理性女士"哀号道，哦，罗西啊，出了这事，他不仅会打你，还会把你打进医院，甚至可能要了你的命——你难道还不明白？

她觉得自己应该是明白的，但还是不管不顾地走着，低着头，肩膀向前倾斜，仿佛一个正走入劲风中的女人。他很可能会这么做……但他必须先抓住她。

这一次，手搭在门把手上，没有任何停顿犹豫，她转动门把手，打开门，走了出去。正值四月中旬，阳光灿烂，美好极了，树枝上正逐渐长满花蕾。她长长的影子延伸到门廊和新长出的浅色草坪上，仿佛是锋利剪刀从黑色美术纸上剪下来的。她站在门口深深地呼吸着春天的空气，闻着泥土的味道，这泥土被一场夜雨打湿（也可能变得更肥沃）；当时她正躺在床上沉睡，一个鼻孔悬在那块慢慢干掉的血迹上。

整个世界都在醒来，她心想，不是只有我一个。

她拉上了身后的门，一个穿着慢跑服的男人从人行道上跑过。他向她举手致意，她也举手回礼。她注意听着，以为脑海里的声音又会大叫大嚷起来，但并没有。也许是被她偷银行卡的行为惊呆到无语了，也可能只是被这个四月早晨的安宁静谧抚慰了。

"我要走了，"她喃喃道，"我真的，真的要走了。"

但她又在原地停留了一会儿，就像一只被关在笼中太久的动物，即使拥有了自由，也不敢相信。她把手伸到身后，摸了摸门把手——这扇门通往属于她的牢笼。

"再也不要。"她低声道，一边把包夹在一只胳膊下面，迈出了她最初的十几步，进入那重重浓雾之中。现在，这就是她的未来了。

4

这十几步将她引领到水泥路汇入人行道的地方——就是大约一分钟前，那个慢跑的人经过的地方。她慢慢向左转，又犹豫了。有一次，诺曼告诉她，那些认为自己在随意选择方向的人——例如树林里迷路的人——其实基本上是在跟着自己优势手的方向走。这问题可能无关紧要，但她发现自己甚至不希望离开家后在威斯特摩兰街上的选择方向符合他的说法。

连这一点都不要。

她没有左转，而是右转了，朝着自己劣势手的方向，走下了山。她经过 24 号商店，并在经过期间克制住了举手遮住脸的冲动。她已经有了逃亡的感觉，一个可怕的想法开始啃噬她的头脑，如同老鼠啃噬奶酪：如果他提前下班回家，看到她怎么办？如果他看到她穿着牛仔裤和低帮鞋走在街上，胳膊下夹着包，头发有梳理好，怎么办？他就会想，上午她本该洗楼下地板的，这么出来到底是干吗，不是吗？他还会希望她去他身边，不是吗？是的。他会想让她走到自己身边，这样可以近一点跟她谈谈。

真傻。他有什么理由此时下班回家呢？他才走了一个小时。没道理的。

没道理……但有时人就是会做一些没道理的事情。比如她——看看她此时此刻在做什么。万一他突然有了直觉呢？警察当久了，就会培养起第六感，他们能预知到事情不对劲，这事他跟她都说了多少次了？他曾经说过，就像脊椎骨最底部有根小针在刺着，除此之外也不知道该怎么形容了。我知道大多数人都会觉得可笑，但你去找个警察问问——他不会觉得可笑。那根小针好几次救了我的命，亲爱的。

万一在过去二十分钟左右他一直觉得那根小针在刺他呢？万一他遵循这种感觉，上了车，往家里开呢？这恰恰是他回家的路，她骂自己，离开的时候竟然没有往左，而是往右了。她甚至还产生了一个更忧心的想法，而且还合理得可怕……甚至还有种令人啼笑皆非的巧合在其中。万一他在离警察局两个街区的 ATM 机前停下来，想取十元或二十元的午餐费呢？万一他发现卡不在钱包里，决定回家拿卡呢？

控制一下，别胡思乱想。不可能的。不可能发生那样的事情。

半个街区外有一辆车开到威斯特摩兰街上。红色的车，太巧了吧，因为他们的车就是红色的……或者说是他的车；车不是她的，正如银行卡也不是她的，里面的钱也不是她的。他们的红色车是一辆新的日产山特拉——真是巧上加巧了！——向她开来的这辆车不就是一辆红色山特拉吗？

不，这是本田！

但这不是本田，只不过是她强烈的想法。的确是山特拉，一辆全新的红色山特拉，他的红色山特拉。一想到这一点，她就感觉仿佛最糟糕的噩梦成真了。

有那么一瞬间，她感到双肾特别沉重，特别疼痛，特别满胀，她觉得自己肯定要尿裤子了。还真以为能逃脱他的手掌心？她一定是疯了。

现在担心这个已经太晚了，"现实理智女士"对她说。再也没有那犹豫不决的歇斯底里，现在这是她头脑中唯一似乎还能思考的部分，说话的语气像一种冷酷而精于算计的生物，把生存看得高于一切。你最好想一想，等他停车问你在这里做什么，你要怎么跟他说。而且最好想出很好的理由。你知道他有多敏锐，多能看透人心。

"花，"她喃喃自语，"我出来走走，看看谁家的花开了，就这么简单。"她停了下来，大腿紧紧地贴在一起，免得大坝决堤。他会相信吗？她不知道，但也只能这样了。她想不出别的办法。"我只是想走到圣马克大道的拐角处，然后回家去洗……"

她收了声，瞪着一双不敢相信的眼睛看着那辆车从身边缓缓驶过——确实是一辆本田，不是新车，确切来说更接近橙色而非红色。开车的女人好奇地瞥了她一眼，而人行道上的这个女人心想，如果真的是他，什么理由都说不过去，不管多么可信都不可能——他会从你的表情看到一切真相，简直是昭然若揭。那么，你要回去吗？恢复理智，回家去吗？

她做不到。那汹涌的尿意已经过去，但膀胱仍然感到沉重和超负荷，双肾仍然跳动得厉害，双腿在颤抖，心脏在胸腔剧烈地跳动，她害怕极了。即便坡度那么缓，她也无法再走回山上去了。

你可以的。你明白你可以的。在婚姻生活中，你已经做过比这更难的事情，而且活下来了。

好吧——也许她能够走回山上去，但现在她又想到了另一种情况。有时他会打电话回家。通常一个月有五六次，但有时更频繁些。只是说"嘿""你怎么样""要不要我带一罐混合奶油或一品脱[1]冰激凌回家""好的""再见"诸如此类的话。只不过她没从这些电话里感觉到任何牵挂与关爱。他是在查她的岗，仅此而已。如果她不接，电话就会一直响。他们没有答录机。她曾经问过他要不要买一台。他给了她一个并不算完全敌意的提示，请她放聪明一点。他说，你就是答录机。

万一他打电话来，而她不在家，没接呢？

他会觉得我早早就去赶集了，就是这样。

但他不会，问题就在这里。今天上午洗地板，今天下午去赶集。

---

1. 1 品脱约等于 0.568 升。

日子一直是这样过的，他认为就应该永远这样，威斯特摩兰街 908 号不鼓励自发行为。如果他打来电话……

她又迈开了步子，她明白自己必须在下一个拐角处离开威斯特摩兰街，尽管她并不完全确定特里蒙特街往左往右究竟能去向哪里。反正，这个节骨眼上，它也不重要；重要的是，如果丈夫像他平时那样走 I–295 公路从城里回来，那么她恰好就在那条路线上，她感觉自己好像被钉在了箭靶的靶心上。

她在特里蒙特街左转了，一路还是那些安静的郊区小房子，相互之间以低矮的树篱或一排排观赏性树木为界——这一区似乎特别流行沙枣。一个男人，戴着角质架眼镜，脸上有雀斑，头顶上盖了一顶难看的蓝帽子，样子有点像伍迪·艾伦，他在浇花，中间抬起头来，向她挥了挥手。今天每个人似乎都很友好。她觉得是天气的原因，但她更希望大家别这么友好。她很容易就会想象到之后他寻踪而来，耐心地追探她走过的路，向周围的人打听询问，使出各种刺激记忆的小把戏，每到一个地方就亮出她的照片。

给他回礼。可别叫他觉得你不友好啊。人们很容易记住不友好的路人，所以你也要朝他挥手，然后自然地走过去。

她挥手回礼，若无其事地继续往前走。尿意又涌上来了，但她只能忍住。眼前看不到任何可救急之处——前面还是更多的房子、树篱、苍绿色的草坪和沙枣，再无其他。

背后传来车声，她想一定是他。她转过身，漆黑的眼珠瞪得大大的。原来是一辆锈迹斑斑的雪佛兰正以比步行快不了多少的速度在街道中央蹒跚前行。握着方向盘的老人戴着一顶草帽，脸上带着惊恐的决心。她趁着老人还来不及发现她自己脸上的惊恐，转过身去再次面向前方，她跟跄了一下，然后低着头迈开了坚定的步子。肾脏又开始跳动并引发疼痛了，膀胱也胀痛不已。她估计，在一泻千里之前，她只剩下一分钟或两分钟了。如果发生这种情况，她便再无可能在不引人注意的情况下成功逃跑了。人们可能不会记得在美好的春日上午走在人行道上、面色苍白的褐发女人，但一定不可能忘记牛仔裤的胯骨周围有一大片慢慢扩大的深色污渍、面色苍白的褐发女人。她必须解决这个问题，立刻，马上。

她走的这一侧，往前数两栋房子，有一栋巧克力色的小别墅。窗帘紧闭，门廊上放着三份报纸，第四份躺在前台阶下的走道上。罗西迅速地四下瞟了一眼，没发现有人注意她，她匆匆穿过那别墅的草坪，沿着一侧往里走。后院没人。铝制纱门的把手上挂了一张长方形的纸。她双腿夹紧，迈着小碎步走过去，读着印在纸上的内容：您好，我是安·科雷斯，您的本地雅芳女士！这次您不在家，但以后我会再来的！万分感谢！如果您想了解雅芳的优质产品，请给我打电话：555-1731。下面潦草地写着日期，4月17日，那是两天前。

罗西又看了看四周，发现一边有树篱挡着，另一边有沙枣树，她解开了牛仔裤的扣子和拉链，蹲在后门廊和液化气罐之间的小角落里。她瞻前顾后，担心有谁会从两边毗邻的房子上层看到自己，但现在也已经来不及了。此外，这种释放和解脱让上述问题显得微不足道——至少目前是微不足道的。

你疯了，你知道吗？

是啊，她当然知道……但当膀胱压力减轻，她的尿液在这个后院的砖缝之间流淌成之字形时，她突然感到内心充盈着一种疯狂的喜悦。那一瞬间，她明白了，原来是这种感觉啊，仿佛跨过一条河流，进入完全陌生的异国，然后放火烧掉身后的桥，站在河岸上，看着唯一的退路变成袅袅青烟，化为乌有，同时深深地呼吸。

5

她走了将近两个小时，穿过一个又一个陌生的社区，来到城市西侧一个沿公路排开的商业区。"油漆地毯世界"门口有一部公用电话，她拿起电话叫出租车，惊讶地发现自己根本已经不在城里了，而是在梅普尔顿的郊区。两个脚后跟都起了大水泡，她想这也难怪——她应该走了七英里[1]多的路了。

电话打了，十五分钟以后，出租车到了，那时她已经去了这一排商店最末端的便利店，买了一副廉价的太阳镜和一条色彩鲜艳的红色人造丝方巾。她想起诺曼曾经说过的话，如果不想让别人去注意你的脸，最好的办法是穿戴鲜艳明亮的服饰，把看你的人的专注点引向其他方向。

出租车司机是个胖子，头发乱糟糟的，眼睛布满血丝，有口臭。他穿着一件褪色的宽大T恤衫，上面印着南越的地图。地图下面写着：死后我会去天堂，因为已经在地狱服过役了。铁三角，1969。[2]他那双贪婪的红眼睛迅速打量了她一番，从嘴唇到乳房再到臀部，然后似乎失去了兴趣。

"咱去哪儿啊，宝贝？"他问道。

"你能拉我去灰狗车站吗？"

"码头站？"

"是巴士站吗？"

"是啊。"他抬起头，用后视镜与她对视，"不过，那要穿城了。二十块的车费，小事。这钱你能付吗？"

"当然，"她说，然后深吸一口气，又道，"你能在沿途找台商业银

---

1. 1 英里约等于 1.6 千米。
2. 由此判断，这个司机应该是美国派去参加越南战争的老兵，也可能只单纯穿这么一件 T 恤。美国发动的越南战争自 1961 年开始，1975 年结束。

行的 ATM 机吗？"

"生活中的所有问题都这么简单就好了。"他说着把计价器上的旗子放了下来。当前车费显示 2.50 元。起步价。

计价器上的数字从 2.50 元跳到 2.75 元，"起步价"字样消失的那一刻，她认定这就是新生活的开始。除非迫不得已，她将不再是罗丝·丹尼尔斯（Rose Daniels）——不仅因为丹尼尔斯是他的姓，因此很危险，还因为她已经甩掉他了。她将做回罗西·麦克伦登（Rosie McClendon），那个十八岁时消失在地狱的女孩。也许有时会被迫使用夫姓吧，但即便如此，在心里，在脑海中，她也会继续做罗西·麦克伦登。

我真的是罗西，出租车开过特朗卡塔尼大桥时，她这样想着，莫里斯·森达克的歌词，卡洛尔·金的歌声如一对幽灵飘过她的脑海。我是真·罗西。

不过，她真的是吗？她是真的吗？

我就从这里开始探寻答案，她想，从这里开始，从此刻开始。

6

车子在易洛魁广场停了下来，司机指着那边的一排提款机，广场上还有一个喷泉和一个看不出来究竟是什么的拉丝铬合金雕塑。最左边的机器是翠绿色的。

他问道："你想找的就是那台吧？"

"是的，谢谢。我马上就好。"

但她花的时间比"马上"稍长了一点。一开始她好像就是没法输对密码，即便提款机的键盘很大。等她最终完成这部分操作后，又拿不准到底该取多少钱。她按下 75.00，犹豫着要不要按下"交易"键，又缩回了手。如果他抓住了她，他会因为她的逃跑行为狠狠打她一顿——
这是毫无疑问的。不过，如果他把她打得够惨，打进了医院（或者要
了你的命，一个小小的声音喃喃地说，他可能真的会要了你的命，罗
西，如果你忘了这一点，你就是个傻瓜），真正原因将是她竟敢偷他的
银行卡……还用了。她愿意为了区区七十五元而冒受这种报应的风险
吗？这就够了吗？

"不够，"她低声说，又伸出手去。这次她输入了 350.00……她又犹
豫了。她不太清楚眼前这台机器显示的现金和支票账户里到底有多少
他所谓的"保险金"，但三百五十元绝对是个大数目。他肯定会非常非
常生气。

她把手伸向"取消 / 返回"键，然后又一次地问自己，这又能改变
什么呢。无论如何，他都会生气的。现在已经没有退路了。

"您还需要很长时间吗，女士？"身后有个声音问道，"我的休息时
间已经超时了。"

"哦，对不起！"她说，惊得跳了一下。"不，我只是……在发呆。"她
按下了"交易"键。自动取款机的屏幕上出现了"请稍等"。等待的时间并
不长，但足以让她产生一个生动的幻想——机器突然发出高亢的警报声，
机械化的吼声响起：这女人是个小偷！拦住她！这女人是个小偷！

机器没有说她是小偷，而是在屏幕上显出"谢谢"字样，还祝她生
活愉快，并出了钞，十七张二十元和一张十元。罗西向站在她身后的
年轻人露出一个紧张的微笑，没有任何眼神交流，然后匆匆回到出租
车上。

7

"码头站"有一座楼，低矮而宽阔，墙壁是朴素的沙石色。各种

各样的巴士——不仅仅是灰狗（Greyhounds），还有旅途（Trailways）、美探（American Pathfinders）、东高（Eastern Highways）和大陆特快（Continental Expresses）——一圈圈环绕在站楼周围，车头深深地藏在停车处。在罗西眼中，它们就像一头头铬制的小猪，正围着一头极其丑陋的母猪，吃着奶。

她站在大门外往里看。候车厅并不像她隐隐希望又隐隐担心的那样拥挤（人多更保险，但十四年来，除了丈夫和他有时会请回家吃顿饭的同事，她几乎没有见过其他人，她逐渐患上了陌生环境恐惧症，还不轻），可能是因为现在是周中，最近的假期也还早。不过她估计里面怎么说也得有几百人，他们漫无目的地走来走去，坐在老式的高靠背木长椅上，玩电子游戏，在快餐店喝咖啡，或者排队买票。小孩子拽着母亲的手，把头往后仰，像迷路的小牛一样对着天花板上褪色的伐木壁画号啕大哭。大喇叭里的声音宣读着各个站名，回荡在车站里，如同塞西尔·B.德米尔导演的《圣经》史诗片中的上帝之声。宾夕法尼亚州，伊利；田纳西州，纳什维尔；密西西比州，杰克逊；佛罗里达州，迈阿密（这回响在整楼的空洞声音念的是"迈阿木"）；科罗拉多州，丹佛。

"女士，"一个疲惫的声音响起，"嘿，女士，帮个小忙。就一个小忙，好吗？"

她转过头，看到一个脸色苍白的年轻人，满头浓密的黑发脏兮兮的，背靠车站入口的一侧坐着。他的膝上支着一块硬纸板，上面写着："无家可归且患有艾滋，请'爱助'[1]我。"

"你有多的零钱吧，有的吧？帮帮我吧？等我死了很久了，你还会在萨拉纳克湖上坐快艇找乐子的。你行个好吧？"

一阵奇异而眩晕的感觉突然涌上心头，她处于某种精神和情绪过

---

1. AIDS（艾滋）和 AID（援助）刚好写法一样，只差一个 S。

载的边缘。眼前的车站似乎在逐渐变大，直到和大教堂相当，通道与不同功能的隔间里人潮涌动，其中的某种东西让人惊骇不已。一个男人，脖子一侧垂下来一大块肉，像挂了个包，晃晃荡荡的，他低着头从她身边蹒跚走过，身后还有个用绳子拖着的行李袋。袋子在脏兮兮的瓷砖地面上滑行，发出蛇一样的嗞嗞声。一只米老鼠玩偶从行李袋顶部探出头来，对她露出殷勤的微笑。有着"上帝之声"的广播员正通知集合的旅客，前往奥马哈的旅途快车将在二十分钟后出发，请到第17号检票口。

我做不到，她突然产生了这样的想法，我无法在这个世界生存。不仅仅是因为不知道茶包和沐浴球在什么位置，他就关起门来打我，他也用那扇门把这一切的混乱和疯狂挡在了外面。而我再也没法通过那扇门回去了。

有那么一瞬间，她的脑海中充满了小时候在主日学校课堂上看到的画面，惊人地生动鲜明——亚当和夏娃用无花果叶子遮羞，脸上是相同的羞耻与痛苦，赤脚走在一条石子路上，走向毫无希望的痛苦的未来。他们身后是伊甸园，郁郁葱葱，鲜花盛开。一位长着翅膀的天使站在紧闭的大门前，手中的剑闪着可怕的寒光。

"你敢这么想！"她突然喊道，坐在门口的男人猛地一缩，牌子都差点弄掉了，"你敢！"

"天哪，对不起了！"拿着牌子的男人边说边翻了翻白眼，"如果你是这种想法的话，走吧。"

"不，我……与你无关……我在想我的——"

此时此刻，她终于意识到自己在做多么荒谬的事情——试图向一个坐在巴士总站门口的乞丐解释自己的事情。她手里还拿着出租车司机找给她的两元，她把钱扔进了拿牌子的年轻人身边的雪茄盒里，然后逃也似的进了"码头"终点站。

8

又遇到一个年轻人，留着埃罗尔·弗林[1]的小胡子，长着一张不可靠的帅脸。他在候车厅后面找了个地方，放下行李箱，弄了个临时游戏，她记得从电视节目里看过，叫"三牌赌一张"。

"找黑桃 A 吧？"他发出邀请，"找找黑桃 A 吧，女士？"

她脑海里出现一个拳头朝自己涌来的画面，第三根手指上戴着一枚戒指，戒指上刻着"服务、忠诚、社区"。

"不，谢谢了，"她说，"这不是我的问题。"

她从他身边走过，看对方的表情，他大概觉得她住在钟楼上，还会放几只蝙蝠在周围飞来飞去。但是没关系，他不是她的问题。入口处那个也许得了艾滋也许没得的男人，那个脖子一侧垂下来一大块肉包的男人和从他行李袋中探出头来的米奇玩偶，这些都不是她的问题。她的问题是罗丝·丹尼尔斯——不对，罗西·麦克伦登——这是她唯一的问题。

她沿着中间的过道走下去，看到一个垃圾桶，停了下来。在它圆圆的绿色肚皮上，印着一个简短强势的命令——请勿乱扔垃圾！她打开手提包，拿出银行卡，低头盯着卡看了一会儿，然后拿着它推开桶顶的翻板。她并不愿意扔掉它，但同时也为和它告别而感到解脱。如果留着，她可能无法抵御再次使用它的诱惑……而诺曼并不傻。是的，他残暴，但并不愚蠢。如果她给他留下追踪的线索，他就会顺藤摸瓜。她最好把这一点牢记在心。

她深吸一口气，憋了一两秒，再呼出来，走向车站中间那一群"到达/出发"的显示屏。她没有回头。如果回了头，她会看到那个留着埃罗尔·弗林小胡子的年轻人已经在桶里翻找，寻找那位戴着太阳镜、

1.埃罗尔·弗林（Errol Flynn, 1909—1959），澳大利亚演员、编剧、导演、歌手。代表作品有《侠盗罗宾汉》等。

围着鲜红方巾的古怪女士扔掉的东西。年轻人觉得那是一张银行卡。很可能不是，但不亲眼看看怎么能确定呢？有时候就会走这种大运啊。有时？去他的吧，是经常。这里被称为"机遇之乡"，不是无缘无故的。

9

往西走的话，最近的大城市也就在二百五十英里开外，好像太近了一点。她决定去一个更大的城市，要从那个城市再走五百五十英里。和这儿一样，那也是一个湖滨城市，但已经在下个时区了。半个小时后有一趟大陆特快前往那里。她走到售票窗口前，排起了队。心脏在胸腔里剧烈跳动，她口干舌燥。就在前面的人完成交易并离开窗口之前，她用手背捂住嘴，堵住了一个就要奔涌而出的嗝，这嗝还带着早晨喝的咖啡味。

你可不敢在这里使用两个名字中的任何一个，她告诫自己，如果他们问你名字，你必须说个别的。

"有什么需要，女士？"售票员问道，他的鼻尖上架了一副很不牢靠的半框眼镜，眼神越过眼镜看着她。

"安杰拉·弗莱特。"她说。这是她初中时最好的闺密，也是她最后一个真正的朋友。在奥布里维尔高中，罗西与一个男孩确定了恋爱关系；她高中毕业一周后，他就娶了她，组成了一个只有两人的国家……这个国家的边境通常是关闭的，游客勿入。

"请再说一遍，女士？"

她才意识到，自己说的是人名，而不是想去的地名，听来一定特别奇怪（这家伙很可能在观察我的手腕和脖子，看有没有精神病人穿的紧身衣留下的痕迹）。她因为困惑和尴尬而涨红了脸，并努力集中精神，让思绪形成某种秩序。

"对不起。"她说。心里又浮现出一个糟糕的预感：无论未来是什么样子，这句简单而可悲的话将一直跟在她嘴边，如同绑在流浪狗尾巴上的锡罐。十四年来，她和几乎整个世界之间隔了一扇紧闭的门，现在她感觉自己就像一只吓坏了的老鼠，找不到自己在厨房踢脚板上打的洞，回不去了。

售票员还在看着她，那副好笑的半框眼镜上面，一双眼睛已经相当不耐烦了。"您到底要不要买票，女士？"

"要的，麻烦您。我想买张 11：05 发车的票。还有座位吗？"

"哦，我估计还有四十个座位呢。单程还是往返？"

"单程。"她说着，突然明白自己说出的这句话的严重性，霎时感到脸颊又烫了起来。她努力微笑，又说了一遍，这次用了点力气："单程，谢谢。"

"59.70 元。"他说。她松了一口气，感觉自己的膝盖也因此瘫软下去。她设想的车费要比这多多了，她甚至还做好了心理准备，车票可能会花掉她身上的大部分钱。

"谢谢。"她说。他一定听出了她声音中真诚的感激，便从正忙着绘制的表格中抬起头来，朝她微笑。眼里已经没有了那不耐烦和戒备的神情。

"很高兴为您服务，"他说，"您的行李呢，女士？"

"我……我没有行李。"她说着，突然害怕起他的目光。她努力想着怎么解释——一个女人，没有同伴，要前往一个遥远的城市，除了手提包外没有任何行李，他肯定觉得很可疑——但想不到任何解释。接着，她发现，好像没什么问题。对方没有怀疑，甚至都不好奇。他只是点了点头，为她开票。她顿悟了，而这个顿悟并不叫人愉快：在码头站，她这种人并不鲜见。这人经常看到像她这样的女人，躲在墨镜后面的女人，买票去不同时区的女人，这些女人看上去仿佛在人生路上忘记了自己是谁，忘记了自己以为在做的事情，以及为什么这么做。

10

巴士缓缓驶出码头站（准时），左转，再度穿过特朗卡塔尼大桥，上了I-78公路，向西驶去，罗西感到深深的解脱。市区有三个出口，巴士经过最后一个出口时，她看到那栋三角形玻璃幕墙大楼，正是新警察局。她想到，此时丈夫可能就在某一面大窗户后面，甚至可能正看着这辆闪亮的大巴士在州际公路上疾驰而过。她闭上双眼，数到一百。等再睁开眼睛，那栋楼已经消失了。永远消失吧，她但愿如此。

她的座位在巴士的后四分之三处，柴油发动机离她身后不远，发出稳定的嗡鸣。她再次闭上双眼，侧脸靠在窗户上。她不会睡觉，心里太紧张激动了，睡不着；但可以休息一下。她想着，自己需要尽量休息，能休息就休息。一切发生得如此突然，她还在震惊当中——这件事与其说是生活发生改变，不如说更像心脏病或中风发作。改变？这个词实在太轻描淡写了。她不是改变了生活，而是把生活连根拔起，就像一个女人把整株的非洲紫罗兰从花盆里扯出来。是啊，生活完全改变了。不，她永远不会睡觉，绝不可能睡得着。

就这样想着想着，她没有进入睡眠，而是进入了连接睡眠与清醒的脐带。她在这脐带之中缓慢地来回移动着，仿佛一个泡泡，隐约听到柴油机稳定不断的嗡鸣，轮胎轧过柏油碎石路面，还有个在前面四五排的小孩问妈妈什么时候能到诺尔玛姨妈家。但她也明白，意识已经脱缰，和那个"自己"分开了，她的思想如一朵花（当然是玫瑰[1]）般开放；只有她既不在这个地方，也不在另一个地方时，这朵花才会如此开放。

我真的是罗西……

卡洛尔·金的嗓音，唱着莫里斯·森达克的歌词。歌声从某个遥

---

1. 即 Rose（罗丝）这个名字的本义。

远的穴室飘到她所在的过道上，不断地回响着，有钢琴的伴奏，清透易碎，如幽灵一般。

……我就是真·罗西……

还是睡一觉吧，她想，我想我真的要睡觉了。谁能想到！

你最好相信我……我很了不起……

灰色的过道消失了，现在她身处一片黑暗而开阔的空间。鼻腔和整个头脑之中，都弥漫着夏日的气息，非常甜美，非常强烈，几乎势不可当，无法抗拒。其中最突出的是忍冬的味道，丝丝缕缕地飘荡着。她还听到蟋蟀的叫声，抬头就看到皎洁的月亮，如同光亮的骨瓷，高高地挂在头顶。洁白的月光洒向四面八方，将她一双光腿周围纠缠的草丛中升起的雾气变成轻烟。

我真的是罗西……我就是真·罗西……

她举起双手，手指张开，两个大拇指快碰到一起了；她把月亮框成一幅画。夜风抚摸着她赤裸的双臂，她感到自己的心先是因幸福而膨胀，又因惊恐而缩紧。她感觉到这个地方有着还未苏醒的野性，仿佛那芬芳的灌木丛中可能蛰伏着有巨大獠牙的猛兽。

罗丝。过来，亲爱的。我想和你谈谈，近一点。

她转过头，他的拳头从黑暗中迎面冲来。警察学院戒指凸起的字母上闪着一缕缕冰冷的月光。她看到他的嘴唇紧张地张开，向后拉，似乎是在微笑——

——她在座位上猛然惊醒，气喘吁吁，额头上大汗淋漓。她应该已经用力呼吸了一段时间，因为车窗上湿漉漉的，全是她呼出的气，几乎整面窗都起雾了。她用手侧在玻璃上擦出透明的一小片，向外看去。车子差不多出城了，巴士正经过一个远郊地带，那里杂乱地分布着加油站和快餐店，但远处就是绵延广阔的空地。

我已经摆脱了他，她想，不管今后会怎么样，我已经摆脱了他。即使我不得不睡在别人家门口，活着睡在桥下，我也已经摆脱了他。

他再也不会打我了，因为我已经摆脱了他。

但她发现自己并不完全相信这话。他将因为她的行为而无比暴怒，并会想方设法地找到她。这点她倒是确信无疑。

但他怎么找得到呢？我已经掩盖了行踪，我甚至不用为了买票而写下老同学的名字。银行卡也扔掉了，那就是最要紧的东西了。那他怎么找得到我呢？

她确实想不出来……但找人恰恰就是他的工作，她必须非常、非常小心。

我真的是罗西……我就是真·罗西……

是啊是啊，这两句应该都说得很对吧。但这辈子她从未像现在这样，觉得自己完全没什么了不起的，觉得自己是漂浮在没有方向的茫茫大海上一块小小的废料。她仍未摆脱刚才短暂梦境的尾声充斥全身的恐怖感，但欢欣与幸福也留下了痕迹；那种感觉，即便不能称为强大，至少也能称为自由。

她倚在高靠背的巴士座位上，目睹快餐店和围巾店最后的残迹逐渐消失在视线中。乡村成为唯一的风景——新犁过的田地和一排排密实的树木，正逐渐变成那种美妙而朦胧的绿色，是四月的专属。她凝视着这些呼啸而过的风景，双手松松地交握，放在膝上，任由这银色的大巴带她奔向前方未知的一切。

▶ II

陌生人的善意

1

新生活的最初几个星期,她经历了很多很多糟糕的时刻,但即便在最最糟糕的时刻(凌晨 3 点下车,进入一个面积是"码头站"四倍的车站),她也没有后悔自己的决定。

不过,害怕是非常害怕的。

罗西就站在 62 号出口前,双手紧紧地攥着手提包,睁大眼睛看着人潮汹涌而过,有些人拖着行李箱,有些人肩上扛着系了绳子的纸箱,有些人搂着女友的肩膀,男友的腰。她目睹一个男人猛冲向一个与她同车、刚下来的女人,那个男人抓住那个女人,粗暴地将她转了一圈,让她双脚离地。女人尖叫起来,又害怕,又开心,这喊叫在拥挤而混乱的车站里也是那样清晰嘹亮,仿佛闪光灯。

罗西右边有一排电子游戏机。尽管现在是黎明前天最黑的时候,每台游戏机旁还是围着很多孩子——其中大多数都反戴着棒球帽,头发都推掉了至少 80%。"再来一次,太空学员!"离罗西最近的那个用不像人类的刺耳声音发出邀请,"再来一次,太空学员!再来一次,太空学员!"

她慢慢地走过这排电子游戏机,走进车站,只有一件事是笃定的:她不敢在凌晨这个时候出去。她觉得如果出去的话,自己很有可能被强奸,被杀害,被塞进最近的垃圾桶。她向左瞥了一眼,看到两个穿制服的警察从上层的自动扶梯上下来,其中一个正在变着花样地旋转他的警棍。另一个咧嘴笑着,笑容僵硬,显得十分严肃,这让她想到了一个已经被自己甩下八百英里的人。他咧嘴笑着，但那不断转动的双眼却没有丝毫笑意。

万一他们的工作是大约每小时就要巡视整个车站，把所有没车票的人赶出去呢？那你怎么办？

如果出现这种情况，她就好好处理，她会这么做的。眼下，她先从自动扶梯上下来，走向一个内凹的候车处，有十几位旅客在那里的硬塑料椅子上休息。椅子的扶手上安装了小型投币式电视。罗西一边走过去，一边盯着那两个警察，看到他们穿过车站一楼，离她越来越远，她松了口气。再过两个半小时，最多三个小时，天就亮了。那之后，他们如果抓住她，赶她出去，也没什么问题了。在那之前，她想就待在这里，有灯光，有很多人。

她选了一张电视椅坐下。往左边数两个座位，一个穿着褪色牛仔夹克、腿上放了个背包的女孩正在打瞌睡。她略微发紫的眼睑下，眼珠在滚动着，一丝长长的唾液泛着银光，从下唇流了出来。她的右手背上文了一句话，用杂乱的蓝色大写字母宣布：我爱我的包贝[1]。你的爱人现在在哪儿呢，亲爱的？罗西心想。她看了看眼前电视的空白屏幕，又看了看右边的瓷砖墙。有人用红色的马克笔在上面写下了"吸我感染了艾滋病的鸡巴"。她慌忙移开视线，仿佛如果看得太久，这些字就会灼伤她的视网膜。她往车站那头望去。远处的墙上有一个巨大的发亮时钟。凌晨 3:16。

再等两个半小时，我就能离开了，她想。于是开始等待这段时间过去。

1.原文是 I LOVE MY HUNNEY，最后一个词应为"honey"（宝贝）的错误说法。

2

前一天晚上 6 点左右，巴士在休息站停靠时，她吃了个奶酪汉堡，喝了杯柠檬水，此后就再也没吃没喝，她很饿。她在电视休息室一直坐到大钟的指针转到 4 点，觉得最好是去吃点东西。她走到售票窗口附近的小餐厅，一路上踩到了几个睡觉的人。其中很多人都蜷起胳膊，护着鼓鼓囊囊的塑料垃圾袋，很多袋子都用胶带修补过。等罗西拿到咖啡、果汁和一碗麦片时，她已经想明白，自己完全没必要担心被警察赶出去。这些睡觉的人不是要在这里赶车的旅行者，而是无家可归，只能在车站露宿的人。罗西为他们难过，但也感到一种不太寻常的安慰——如果实在需要，明晚她自己算是有地方过夜了，知道这一点让她很高兴。

还有，如果他到了这儿，到了这个城市，你觉得他会最先去哪里找你？你觉得他的第一站会是哪里？

这么想太傻了——他不会找到她的，他绝对不可能找到她——然而，光是这么一想，她背上也依旧冒出一股寒意，顺着脊椎骨蔓延开来。

吃了东西她感觉好些了，有点力气了，也更清醒一些。吃完以后（本来还拿着咖啡慢悠悠地在喝，结果发现餐馆的拉美裔杂工正看着她，毫不掩饰不耐烦的情绪），她缓步回到电视休息室，半路上看到租车亭附近的一个摊位上有一个蓝白相间的圆圈。圆圈外围的蓝色条纹上写着"旅客援助"的字样，罗西产生了一丝略含幽默色彩的想法，如果世界历史上真有那么一个需要援助的旅客，那就是她。

她向那发光的圆圈走了一步，看到圆圈下的摊位上坐着一个人——一个中年男人，头发日渐稀疏，戴着角质架眼镜。他正在看报纸。她朝他的方向又走了一步，然后又停下来。她不是真的要过去吧？苍天在上，她到底要跟他说些什么呢？她离开了她的丈夫？除了自己的手提包、他的银行卡和身上穿的这身衣服，她什么都没带。

告诉他又有何不可？"现实理性女士"问道，而且声音中没有丝毫温柔同情，如同扇到罗西脸上的一记耳光，既然你已经鼓起勇气离开他了，难道没有勇气承认这个事实吗？

她也不知道自己究竟有没有勇气，但她知道，要在凌晨4点钟对一个陌生人讲清楚自己生活的概要是很难的。而且，无论如何，他很可能只会叫我滚蛋。也许他只负责帮人们补办丢失的车票，或者通过扩音器发布走失小孩的消息。

但双脚仍然不由自主地朝"旅客援助"的方向移动，她明白自己的确是想和那个头发日渐稀疏、戴着角质架眼镜的陌生人说话，而且这么做的原因再简单不过：她没有其他选择。在未来的日子里，她很可能不得不告诉很多人，她离开了丈夫；她曾在一扇紧闭的门后恍惚地生活了十四年，她这个废人几乎没什么生活技能，工作技能更是绝对为零；她需要帮助，她需要依靠陌生人的善意。

但这一切其实都不是我的错，对吧？她想着。她自己的冷静真是让她吃惊，几乎是目瞪口呆。

她来到摊位前，把暂时没有攥着包带的那只手放在柜台上。她满怀希望与恐惧地垂眼看着那个角质架眼镜男低着的头，几缕稀疏的头发整整齐齐地排在头上，露出布满色斑的褐色头皮。她等着他抬起头来，他却忘我地钻进报纸里去了，那是一份外语报纸，看着像希腊语或俄语。他小心翼翼地翻到下一版，看着两个足球运动员争球的照片，皱起了眉头。

"打扰一下。"她小声问道。摊位上的男人抬起头来。

拜托，他一定要有一双和善的眼睛啊，她脑子里突然冒出这样的想法，即使他什么也做不了，也一定要有和善的眼睛……让这双眼睛看着我，真正的我，那个站在这里，除了凯马特购物袋的带子，什么都抓不住的人。

她看到了，他的确有一双和善的眼睛。在厚厚的镜片后面，这双眼显得虚弱无力，游移不定……但很和善。

"不好意思，但你能帮帮我吗？"她问道。

3

旅客援助的志愿者自我介绍叫彼得·什洛维克，他专注而沉默地听着罗西的故事。她已经认定，不管因为自尊还是羞耻，如果她对真实情况有所保留，就无法依靠陌生人的善意，所以讲的时候也是尽量毫无保留。只有一个重要信息她没讲（因为不知道该怎么去表达）——她觉得自己赤手空拳，完全是在措手不及地面对这个世界。出走到现在大约十八个小时了，而在那之前，她根本不知道自己对这个世界有多少了解，毕竟唯一的了解途径只有电视，或是丈夫带回家的日报。

"我知道你是临时起意离开的，"什洛维克先生说，"但坐巴士的时候，你有没有想过等到了这里，你应该做什么或者去哪里？什么都没想过吗？"

"我想也许能找到一家女子旅馆，这是第一步，"她说，"现在还有这样的地方吗？"

"有的，据我所知就至少有三家，但即便是最便宜的一家都会让你一个星期内就把钱花光。那些旅馆基本都是让有钱的女士们去住的，比如那些来城里逛一个星期商店的女士，或者有的来探亲，亲戚家里没空房间住了。"

"哦，"她说，"那么，基督教女青年会呢？"

什洛维克先生摇了摇头："他们的最后一批寄宿设施是在 1990 年关闭的。那时候住的全是疯子和吸毒的人。"

她感到一丝恐慌，然后努力去想那些睡在地上的人，他们双手搂紧粘了胶带的垃圾袋，里面装着全部的财物。总还有那么一个去处，她想。

"那你有没有什么主意呢？"她问。

他看了她一会儿，用圆珠笔的笔杆敲着下嘴唇，这个其貌不扬、眼睛水汪汪的小个子男人，不管怎么说，他看到了她，和她谈话——并没有一上来就让她滚蛋。对了，当然，他也没有让我凑近点，好近一点和我谈谈，她想。

什洛维克似乎做出了决定。他掀开外套（一件普通的涤纶外套，已经有点破旧了），伸进内袋里摸了摸，拿出一张名片。他在印有自己名字和"旅客援助"标志的那一面，又精心写上去一个地址，然后把名片翻过来，在空白面签了字。她觉得他写的字大得都有些滑稽了。那超大的签名让她想到了高中时的美国历史老师在课堂上讲过的事情，约翰·汉考克为什么在《独立宣言》上用特别大的字来签名。"这样乔治国王不用戴眼镜也能看清楚。"据说这是汉考克的原话。

"地址你能看清楚吗？"他把名片递给她，问道。

"能，"她说，"达勒姆大道 251 号。"

"很好，把名片放在钱包里，别弄丢了。等你到了那里，很可能会有人找你要这个名片。我让你去的地方叫'女儿与姐妹'，专门收容受虐妇女的地方。很特别。我听了你的故事，觉得符合条件。"

"他们能让我住多久？"

他耸了耸肩："这个应该是因个案而异的。"

所以我现在成什么了，她想，一个"个案"。

他好像看出了她的心思，因为他笑了。这个笑露出的牙齿一点也不可爱，但笑得足够真诚。他拍了拍她的手。这肢体接触发生得很快，笨拙且有些胆怯。"如果你丈夫真像你说的，把你打得那么惨，麦克伦登女士，不管你去哪里，都算是状况好转了。"

"是啊，"她说，"我也这么认为。如果别的办法都不成，总能回这里睡地上的，对吧？"

他像是吃了一惊。"哦，我觉得不会走到那一步。"

"有可能。也许吧。"她朝两个无家可归的人抬抬下巴，他们并排睡在长椅尽头摊开的外套上，其中一个人把脏兮兮的橙色帽子拉下来盖在脸上，挡住无情的光照。

什洛维克看了他们一会儿，又把目光转回她身上。"不会走到那一步的。"他重复道，听起来比上一次更有把握，"城市公交就在大门外停站，往你左边看就知道了。路边都漆了和不同公交路线对应的标志。你要搭橙线公交，所以就站到漆成橙色的路边去，明白了吗？"

"明白了。"

"车费是1元，而且司机要你刚好有那么一张零钱，要是没有，他很可能会对你不耐烦。"

"我有很多零钱。"

"很好，在迪尔伯恩和埃尔克街口下车，然后沿着埃尔克街走两个街区……或者是三个街区，我记不太清楚了。总之，你会来到达勒姆大道。然后应该左转。大约得再走四个街区，但距离都挺短的。那是个白色大木屋。要我说看那样子还得刷刷墙，但可能这问题已经解决了。我讲的这些你都能记住吗？"

"能。"

"再嘱咐一句。你要在总站一直待到天亮。在那之前哪儿都别去——外面的城市公交站都别去。"

"我也不打算出去。"她说。

4

她只在来的大陆特快上睡了两三个小时不安稳的觉，所以下了橙线公交后发生的事情完全在意料之中：她迷路了。后来罗西认定，自己肯定是在埃尔克街走错了路，但结果远比原因重要，因为这导致她在一个陌生的地方瞎晃悠了近三个小时。她艰难地走过一个又一个街区，寻找达勒姆大道，却怎么也找不到。脚很疼，腰腹部在抽搐，头也痛了起来。而且，这片是肯定没有彼得·什洛维克那样的人了，这里的人即便是没有完全对她视而不见，脸上的态度也是不信任的、怀疑的，甚至是彻头彻尾的不屑。

下车后不久，她经过了一个看起来很隐秘的脏兮兮的酒吧，就叫"小酒"（The Wee Nip）。百叶窗拉得紧紧的，啤酒标志没有亮灯，门前拉了个栅栏挡着。大约二十分钟后，她又走到同一家酒吧门前（直到看到这酒吧，她才意识到她在走老路，因为其他房子都长一个样），百叶窗依然关着，但啤酒标志亮了，栅栏被卷起来了。一个穿着斜纹棉布工作服的男人靠在门口，手上拿着个半空的啤酒杯。她看了看表，发现还没到早上 6 点半。

罗西把头低到只能用一边眼睛的余光看到那人，又把包的带子攥得更紧一些，并稍稍加快了脚步。她猜门口这个男人知道达勒姆大道怎么走，但并无意向他问路。他看起来像是个喜欢和别人——尤其是女人——"近一点"交谈的人。

"嘿，宝贝，嘿，宝贝。"她走过"小酒"时，他这么喊道。他的声音没有任何起伏变化，很像机器人发出的声音。尽管她并不想看他，却还是忍不住转过头向他投去了惊恐的一瞥。他的发际线在日渐后移，苍白的皮肤上有很多显眼的斑点，像是还没完全愈合的烧伤。他留着暗红色的海象胡子，让她想到了大卫·克罗斯比[1]。胡子里还有些星星点点的啤酒泡沫。"嘿，宝贝，想不想做啊，你看起来不赖啊，而且奶子真漂亮啊，来呀，如何呀？"

她转过头，不再去看他，并逼着自己稳下步子，头又低了下来，

---

1. 大卫·克罗斯比（David Crosby, 1941—2023），美国传奇摇滚歌手。

仿佛一个前去赶集的穆斯林女性。她强迫自己不要再给他任何形式的关注，要是她再去在意他，可能会惹得他来追。

"嘿，宝贝，我们要不躺在地板上做吧，你说怎么样？来吧，来吧。"

她转过街角，长出了一口气，这口气仿佛有了生命，在随着她因惊恐而疯狂的心跳一同波动。在此刻之前，她丝毫没怀念过之前的镇子和邻里片区，但现在，对酒吧门口那个男人的恐惧，以及迷失方向的感觉（为什么所有房子看起来都一模一样，为什么），两者结合在一起，几乎叫她害起思乡病来。她从未感到如此可怕的孤独，也从未如此确信事情最终会变得很糟糕。她想，也许自己永远无法摆脱这场噩梦，也许这只是余生的预演。她甚至开始怀疑，根本就没有什么达勒姆大道，而旅客援助的什洛维克先生，看起来人那么好，其实是个变态虐待狂，喜欢让已经迷失的人变得更加迷茫，从中找乐子。

表上的时间显示 8:15，太阳已经升起很久了，这将是个在这季节很少见的热天。她走近一个穿着家居服的胖女人，后者站在车道边，用一板一眼的缓慢动作，将空的垃圾桶装到一个推车上。

罗西摘下了她的墨镜。"不好意思？"

那个女人马上转过身来。她低着头，表情很凶，感觉对面的人或者经过的车经常会喊她"大胖子"。"你有什么事？"

"我在找达勒姆大道 251 号，"罗西说，"一个地方，叫'女儿与姐妹'。有人给我指了路，但我可能——"

"什么，那些吃福利的拉拉？你问错人了，宝贝。我可不帮吃白食的。滚，给我滚。"说完她又转身朝着推车忙碌起来，以同样缓慢而隆重的方式将咔嗒作响的垃圾桶推上车道，一只胖鼓鼓的白手在旁边扶着。褪色的家居服下，屁股蛋松垮垮地摇来晃去，走到门阶前，她转过身来，又看着人行道。"你没听见吗？快他妈的滚蛋，不然我报警了。"

最后这句话像是在她某个敏感部位狠狠掐了一把。罗西又戴上墨镜，快步离开。报警？别了，谢谢。她不想和警察牵扯上任何关系。任何警察都不行。不过，和那个胖女人拉开一定距离后，罗西发现自己感觉其实已经好些了。她至少确定了"女儿与姐妹"（有些人称之为"吃福利的拉拉"）是真实存在的，这算是往正确的方向迈了一步。

她又往前走了两个街区，来到一家夫妻店，门口有个自行车架，橱窗的标牌上写着"新鲜出炉面包卷"。她走了进去，买了一个面包卷——还是热热的，这让罗西想起自己的妈妈——然后问柜台后面的老人，达勒姆大道怎么走。

"你走得有点远了。"他说。

"哦，有多远？"

"两英里左右。你过来。"

他把一只瘦骨嶙峋的手放在她的肩膀上，把她领回门口，指着仅一个街区外的十字路口，那里很是繁忙："那是迪尔伯恩大道。"

"哦，天哪，是吗？"罗西不确定这对她来说是好是坏，该笑还是该哭。

"要在这迪尔伯恩大道上找地方，唯一的麻烦是这条街哪儿都能通。看到那个停业的电影院了吗？"

"看到了。"

"就从那里右转到迪尔伯恩大道上，然后得走上十六个，也可能十八个街区。有点费脚力的，你最好坐公交吧。"

"我想也是。"罗西说，但心里明白自己不会坐公交。硬币已经没有了，如果公交车司机因为要找零而为难她，她会哭出来的。（她很累，脑子很乱，从来没想过面前这个正说着话的男人应该很乐意给她找零。）

"最终你会来到……"

"——埃尔克街。"

他有些恼怒地看了她一眼："女士！如果你知道怎么走，还问什么路啊？"

"我并不知道怎么走。"她说。老人的声音里并没有什么不友善的意思，但她还是感到眼泪要涌出来了："我什么都不知道！我已经瞎晃悠好几个小时了，我很累，而且——"

"好了，好了，"他说，"没关系的，别激动，你会没事的。在埃尔克街下车。往前走两三个街区，就到达勒姆啦。特别简单。你有具体地址吗？"

她点点头。

"好啦，那就行啦，"他说，"应该没问题的。"

"谢谢你。"

他从后兜里掏出一块皱巴巴但很干净的手帕，用一只粗糙的手递给她。"亲爱的，把脸擦一下吧，"他说，"你出了好多汗。"

5

她慢慢地走在迪尔伯恩大道上，几乎没注意到从身边呼啸而过的公交车。她每走一两个街区就要在公交车站的长椅上休息一下，主要因为迷路的压力而产生的头痛已经消失了，但双脚和腰背却前所未有地疼痛。她花了一个小时才走到埃尔克街，在街上右转，第一眼看到的是个怀孕的年轻女人，她问她，这是不是去达勒姆大道的方向。

"滚开。"怀孕的年轻女人说，脸上瞬间充满了怒气，吓得罗西迅速后退了两步。

"对不起。"罗西说。

"对不起有个屁用。你本来就不该跟我搭话，这才是问题！别挡我的路！"她从罗西身边走过，狠狠地推开她，差点把她撞进排水沟里。罗西目瞪口呆地看着她离开，又转身继续走自己的路了。

6

她以最慢的速度走在埃尔克街上。这条街上全是小店——干洗店、花店、在人行道上摆着水果的熟食店、文具店。她已经很累了，不知道自己的双脚还能站立多久，走路就更不用说了。终于走到达勒姆大道时，她感觉到精神为之一振，但只是暂时的。什洛维克先生跟她说到了达勒姆大道是右转还是左转来着？她不记得了。她试了试往右，发现门牌号是从四百多开始的，越来越大。

"意料之中。"她嘀咕道，又转过身去。十分钟后，她面前出现了一栋很大的白色木房子（确实很需要漆一下墙面），三层楼高，屋前有一大片打理得很好的草坪。窗帘是拉开的。门廊上摆着柳条椅，差不多有十几把，但此刻没一个人坐。没有写着"女儿与姐妹"的牌子，但通往门廊台阶的左边柱子上的街号是251。她慢慢地沿铺着石板的步道走过去，走上台阶，提包已经悬在身侧了。

他们会把你打发走，一个声音低声说，他们会把你打发走，然后你就直接回汽车站去吧。你要早点回去，这样就可以在地上占块好位置。

门铃外面缠绕了一层又一层的绝缘胶布，钥匙孔里也堵上了金属。门的左边有个看上去崭新的门卡刷槽，上面有个对讲盒，盒子下面有个小牌子，上面写着：来访者请按下并说话。

罗西按了按钮。在上午这漫长的流浪过程中，她在心中反复演练自己要说的事情，想了好几种自我介绍的方式，但现在真的到地方了，哪怕最不巧妙、最直接的那种开场白也都在脑子里消失了，完全是一片空白。她松开按钮，就那样等待着。时间一秒一秒地过去，每一秒都沉重得仿佛一个小铅块。等她再伸手想按按钮时，对讲盒里传来一个女人的声音，听着很尖细，没有感情。

"你需要帮助吗？"

"小酒"外面那个胡子男把她吓得不轻，那个孕妇让她震惊，但这两人都没把她弄哭。现在，一听到这个声音，她的眼泪就涌上来了——她也根本没办法阻止。

"希望有人能帮我，"罗西说，用空出来的那只手擦了擦脸，"不好意思，但我孤身一人在这城里，一个人也不认识，需要有个住的地方。如果你们都住满了，我理解，但能不能至少让我进去坐会儿，喝口水什么的？"

沉默。罗西刚要去按按钮，那个尖细的声音又开口问是谁让她来的。

"汽车站旅客援助亭的那个男人。大卫·什洛维克。"她仔细想了想，又摇了摇头，"不对，错了，是彼得，他叫彼得，不叫大卫。"

"他有没有给你一张名片？"尖细的声音问道。

"有的。"

"请你找出来。"

她打开钱包，翻找了好久，她自己感觉几个小时都过去了。正当泪水又要涌出，刺痛双眼，模糊视线时，她终于摸到那张名片了，原来它一直藏在一团舒洁纸巾下面。

"找到了，"她说，"是想让我通过投信口塞进来吗？"

"不，"那个声音说，"你头上有个摄像头。"

她抬头一看，吓了一跳。门上确实有一个摄像头，那漆黑的圆眼睛正盯着她。

"请把名片举到镜头前。不是正面，要背面。"

照做时，她想起了什洛维克在名片上签名时，用了尽可能大的字。现在她明白原因了。

"好的，"那个声音说，"我现在放你进来。"

"谢谢。"罗西说。她用纸巾擦了脸颊，但完全没用，泪流得更凶了，而且好像就是停不下来。

7

那天晚上，诺曼·丹尼尔斯躺在客厅的沙发上，望着高高的天花板，已然在考虑如何开始对那个贱人的搜寻工作（请个假，他想着，我先要请个假，很可能一个小假就够了）。与此同时，他的妻子被人带去见了安娜·史蒂文森。那时候的罗西感到一种陌生却让人愉快的平静——那种在可辨别的梦中可能感到的平静。她半信半疑地认为自己的确是在做梦。

她吃了一顿比较晚的早餐（或者说是一顿比较早的午餐），接着被带到楼下的一间卧室，在那里像石头一样连睡六小时。接着，在被带进安娜的书房之前，她又吃了一顿——烤鸡、土豆泥、豌豆。吃的时候她心怀内疚，但又吃了很多，她总想着自己是在梦里吃东西，不会产生热量。最后她吃下装在高脚杯里的果冻，里面有一小片一小片的罐头水果，仿佛琥珀中的小虫。她知道同桌的其他女人都在看她，但感觉都是些善意的好奇。她们互相之间也交谈，但罗西不太听得懂她们在说什么。有人提到蓝色少女合唱团，这个她倒是知道——她见过她们一次，是在电视音乐节目《奥斯汀城区》上，她当时在家等诺曼下班。

大家都在吃甜品果冻时，一个女人放了张摇滚歌手小理查德的唱片，另外两个女人跳起了吉特巴舞，扭着屁股，转着圈。大家大笑鼓掌。罗西麻木地看着跳舞的女人，并不感兴趣，想着她们是否真的是吃福利的女同性恋。之后清理桌子时，罗西想帮忙，但她们不让她动手。

"来吧。"其中一个女人说。罗西记得她应该叫孔苏埃洛。她左眼下的左脸颊上有一道很难看的宽大疤痕。"安娜想见见你。"

"安娜是谁?"

"安娜·史蒂文森。"孔苏埃洛说着,带罗西走过对着厨房的一条短短的走廊,"老大。"

"她是什么样的人?"

"见了就知道了。"孔苏埃洛打开一个房间的门,这房间很可能之前做过食品储藏室。她没有进去的意思。

房间里的主要摆设是一张桌子,罗西从未见过如此杂乱的桌子,简直叫人咋舌。坐在桌子后面的女人略显矮胖,面容却很姣好,这一点无法否认。她的一头白发虽短,却很精心地梳理过,让罗西想起在《莫德》这部老电视情景剧中饰演女主角的比阿特丽斯·阿瑟。安娜的穿衣搭配很朴素,白色衬衫加黑色毛衣,显得更像那位演员了。罗西怯生生地走到办公桌前。她基本已经确信,既然她已经吃饱了,还被恩赐了几个小时的好觉,她将被赶回街上。她对自己说,如果发生这种情况,不要争论,也别恳求;毕竟这是她们的地方,而且她已经白吃了人家两顿饭。她也还不到在汽车站找块空地睡觉的地步,至少暂时不用——身上的钱还够她在廉价宾馆或汽车旅馆住上几晚。目前的情况还不算太坏,她的境遇本可能比这糟糕得多。

她明白自己的想法绝对没错,但眼前这个女人干脆利落的举止和直慑人心的蓝眼睛(多年来,这双眼睛一定目睹了几百个罗西来来去去)仍然令她害怕。

"请坐。"安娜发出邀请,房间里只多出一把椅子,罗西在上面坐定(她还得从那座位上拿下一摞文件,放在旁边的地上——最靠近她的书架已经没地方了),安娜做了自我介绍,然后问罗西叫什么。

"我的真名其实是罗西·丹尼尔斯,"她说,"但我又叫回了麦克伦登——娘家的姓。应该不合法,但我不想再用夫姓了。他打了我,所以我离开了他。"她意识到这么说好像她在第一次挨打后就离开了他，手不由自主伸向了鼻子，鼻梁的末端还有点淤伤，"不过，在我鼓起勇气之前，我们已经结婚很长时间了。"

"到底是多长时间呢？"

"十四年。"安娜发现自己再也无法直面安娜·史蒂文森那双蓝眼睛直慑人心的凝视。她把目光垂向自己的双手，这双手放在膝上，紧紧纠缠在一起，关节都发白了。

她接下来肯定会问，为什么我花了这么久才觉醒，她心想，她不会问我是不是心理有点病态，就是喜欢被打，但她肯定会这么想。

但这女人没问任何的"为什么"，只是问罗西离家多久了。

罗西觉得，这个问题得深思熟虑后才能回答，原因不仅在于她现在已经到了中央标准时区。坐巴士和公交花了很长时间，又违反作息规律，在大中午睡了那么长时间，她对时间的感知已然扭曲了。"大约三十六个小时吧，"她默默计算了一下后说，"应该差不多。"

"啊哈。"

罗西一直以为安娜会递上表格之类的东西，或者自己填写表格，但这女人只管继续看着她，目光越过办公桌上复杂的"地形地貌"。真让人不安。"好了，给我讲讲吧，把一切都告诉我。"

罗西深吸了一口气，给安娜讲了床单上的那滴血。她不想让安娜觉得她太懒（或者说太疯狂），因为不想换床单而离开了结婚十四年的丈夫，但她害怕地想，这个故事听起来恐怕就会给人这感觉。她无法解释那滴血唤起的复杂情绪，也无法承认她所感受到的愤怒——这种愤怒既像当场才产生的，又像个老朋友——但她给安娜讲了自己摇晃得很厉害，担心会弄坏维尼的椅子。

"那是我给摇椅取的名字。"她脸红得厉害，感觉脸颊都快冒烟了，"我知道很傻……"

安娜·史蒂文森挥手示意她不用说这些："你下定决心离开之后，

又做了什么？我要听这个。"

罗西给她讲了银行卡，还有她确信诺曼会预感到她正在做的事，打电话查岗或提早回家。看着眼前这个又朴实又帅气的女人，她实在没法讲自己害怕得跑到别人的后院去撒尿，但讲了用银行卡的事，取了多少钱，怎么来到这个城市，因为足够远，而且到这里的巴士会比较快地出发。她连珠炮般将这些话和盘托出的时候，夹杂着一阵阵的沉默，因为她会思考下面该说什么，也在惊讶中反思自己都干了些什么，并且几乎难以相信这些都是自己干的。最后，她告诉安娜那天上午自己怎么迷了路，还给她看了彼得·什洛维克的名片。安娜只瞥了一眼，就把名片递回给罗西。

"你和他很熟吗？"罗西问道，"什洛维克先生？"

安娜笑了，罗西觉得这笑中带了点苦。"哦，是啊，"她说，"他是我朋友。一个老朋友。确实是的。也是你这样的女性的朋友。"

"不管怎么说，我最终还是来到了这里，"罗西说完了，"我不知道接下来会发生什么，但至少走到了这一步。"

安娜·史蒂文森的嘴角浮现出一丝不易察觉的微笑："是的，而且还做得很好。"

在过去的三十六个小时里，罗西已经耗费了大量的勇气，现在她鼓起剩余的那些，问安娜自己能不能在"女儿与姐妹"过夜。

"如果你需要的话，可以待得比这更长，"安娜回答说，"严格来讲，这里是个收容所——受私人捐助的过渡之地。你最多可以住八个星期，不过这个时间也是可以改的。我们'女儿与姐妹'是非常灵活的。"说这番话的时候，她略有些洋洋自得（很可能是无意识的），罗西不由自主地想起一些自己学过的东西，感觉都是一千年前学的了，是"法语Ⅱ"的课程：L'état, c'est moi。[1] 接着，这转瞬的想法就被震惊取代了，因为

1.这是法国国王路易十四的名言"朕即国家"，是当时法国绝对君主制的体现。

她才真正意识到这女人在说什么。

"八……八个……"

她想起坐在码头车站门外那个苍白的年轻男子，他膝上举了块牌子"无家可归且患有艾滋"。如果某个路过的陌生人出于某种原因往他的雪茄盒里扔了张百元大钞，他会是什么感觉呢？罗西现在突然明白了那种感觉。

"不好意思，您是说八个星期？"

耳朵放灵点啊，大小姐，她想象中安娜·史蒂文森会立刻反驳，天，我说的是八天。你以为我们会让你这样的人在这儿住上八个星期？理智一点，好吧？

和她想的恰恰相反，安娜竟然点头了。"不过来我们这里的女人很少有待满这么长时间的。我们一直为此骄傲。最终你还是得为食宿付钱，不过我们觉得这儿的定价还是很合理的。"她脸上又短暂地露出那种得意的笑容，"你得明白，这里的住宿和豪华是八竿子打不着的。二楼的大部分地方都被改装成宿舍了。一共有三十张床，都是行军床——恰巧有张还空着，所以我们才能收容你。你今天睡的那间屋是一个住家咨询顾问的。这种顾问一共有三位。"

"你难道不需要先请示别人吗？"罗西低声问道，"给某个委员会一类的组织提我的名字？"

"我自己就是委员会。"安娜回答。罗西后来想，这个女人可能已经多年听不出她自己声音中那淡淡的傲慢了。"'女儿与姐妹'是我父母建立的，他们很富有。还有个捐赠信托基金，起了很大作用。该留谁，不该留谁，这是由我决定的……不过其他女客对可能借宿的候选人的态度和印象也很重要，甚至可以说是很关键。她们对你印象挺好的。"

"这是好事啊，对吧？"罗西弱弱地问道。

"确实是。"安娜在桌上翻翻找找，把各种文件挪来挪去，终于在自己左手边那台"强力"笔记本电脑[1]后面找到了想要的东西。她朝罗西挥了挥一张纸，上面印有蓝色的"女儿与姐妹"抬头。"拿去，看下这个，签个字。大概内容就是你同意支付每晚十六元的食宿费，必要时可延期支付。这个表其实都不算法律文件，只是个书面承诺吧。如果你能先付一半的钱，我们会很高兴，哪怕暂时付一点也行。"

"我可以的，"罗西说，"我身上还有点钱。真不知道该怎么感谢你，史蒂文森夫人。"

"工作上的伙伴都叫我'史蒂文森女士'，而你应该叫我安娜。"她边说边看着罗西在文件底部潦草地签上她的名字，"而且你也不用感谢我或者彼得·什洛维克。是上天把你带到了这里——是天意，是神，就像查尔斯·狄更斯的小说里一样。我是真的信这个。我见证过太多的女人支离破碎地逃到这里来，再作为一个健全完整的人走出去；我不得不相信天意。这个城市里有二十几个人，会让女性到我这里来，彼得是其中之一，但把你引向他的那股力量，罗西……就是上天。"

"是天意，是神。"

"完全正确。"安娜瞥了一眼罗西的签名，然后把文件放在右手边的一个架子上，罗西觉得，未来二十四小时内，这文件就会在那一大堆杂乱的东西当中消失不见。

"好啦。"安娜说话的语气，像是已经完成了无聊的必要手续，要开始做真正喜欢的事情了，"你能做什么呢？"

"做什么？"罗西重复着最后几个字。眩晕感突然又涌上来了。她明白接下来要干什么了。

"是的，做什么。你能做什么？比如，会不会速记什么的？"

"我……"她咽了口唾沫。奥布里维尔高中时代，她倒是上过速记Ⅰ和Ⅱ的课程，两门课都得了A，但现在她肯定认不清任何速记的字迹

---

1. 即 PowerBook 电脑，是苹果公司于 1991 年到 2006 年间设计、制造并发售的"麦金塔（Macintosh）"系列电脑的名称，后来被 MacBook Pro 系列取代。

与符号了。她摇摇头："不。不会速记。以前会，但现在不会了。"

"那会别的秘书技能吗？"

她摇了摇头。眼里感到温热的刺痛。她疯狂眨眼，把眼泪憋了回去。交错在一起的手指关节又发白了。

"文书技能？打字，会不会？"

"不会。"

"数学？会计？银行业务？"

"不会！"

安娜·史蒂文森在纸堆里随手找到一支铅笔，抽了出来，用带橡皮擦的一端敲着自己洁白的牙齿。"你能做餐馆服务员吗？"

罗西非常想回答"能"，但她想到餐馆服务员一天到晚都得拿着大托盘，还得保持平衡……又想到自己的腰背和肾。

"不能。"她悄声道。她最终还是没能打过眼泪，这个小房间和坐在桌子对面的女人逐渐模糊起来。"至少眼下不能。也许一两个月后可以吧。我的腰背……现在还不够强壮。"哎，听着真的很像在撒谎。诺曼要是听到电视上有人说这类的话，都会发出冷嘲热讽的笑声，说有些人明明是百万富翁，还要买特惠的凯迪拉克，用粮食券换吃的。

然而，安娜·史蒂文森似乎没表现出特别烦恼的样子。"那你究竟有什么技能呢，罗西？随便什么，有吗？"

"有的！"她被自己声音里那严厉而愤怒的感觉震惊了，但根本没法消除，甚至都无法压抑，"有的，真的有！我能打扫灰尘，我能洗碗盘，能铺床，能用吸尘器吸地板，能做两个人的饭，能每个星期和我丈夫睡一次。我还能挨打。这也是我的技能。你觉得这儿有没有哪家健身房招拳击陪练的？"

眼泪就这样决堤。她双手捧着脸，啜泣起来。嫁给他这么多年，这是她经常做的事。她就那样啜泣着，等着安娜让她滚出去，说楼上那个空床位还是给不那么傲慢无礼的人为好。

有什么东西碰到了她的左手背。她放下手来，看到一盒舒洁纸巾。安娜·史蒂文森拿着纸巾要递给她。还有，真是难以置信，安娜·史蒂文森在微笑。

"我认为你不必成为任何人的陪练，"她说，"你会找到出路的，我觉得——事情几乎总是这样。给，把眼泪擦干吧。"

罗西一边擦眼泪，安娜一边解释了白石酒店的情况。"女儿与姐妹"和该酒店有着长期互惠的关系。白石酒店为一家公司所有，安娜富裕的父亲曾是该司董事，许多女性在那里重新体会到了有偿工作的满足与乐趣。安娜告诉罗西，她只需要在腰背条件允许的情况下尽量努力工作，如果二十一天内，她的整体健康状况没有改善的迹象，她将从工作岗位上被撤换下来，带去医院接受检查。

"还有，你将与一个熟悉情况的女人结成对子。就是那种一直住在这里的，算是辅导员吧。她会教你，而且会对你负责。如果你偷了东西，有麻烦的将是她，而不是你……但你不偷东西的，对吧？"

罗西摇摇头，说："我只偷过我丈夫的银行卡，仅此而已，而且只用了一次。为了确保成功出逃。"

"在找到更适合的工作之前，你将会在白石酒店工作。但你一定会找到更适合的工作——记得吗？我刚才说过，这是天意。"

"是天意，是神。"

"是的。在白石酒店期间，我们只要求你尽力而为——如果没有其他理由，也要为在你之后的那些女人保住这个工作机会。你明白我的意思吗？"

罗西点了点头。

"别毁了下一个人的机会，就这么简单。罗西·麦克伦登，很高兴你能来到这里。"安娜站了起来，伸出双手，这个手势里也包含着那种不自觉的傲慢，甚至比罗西已经感觉到的更强烈些。罗西犹豫了一下，接着也站起来，握住了这伸出的双手。现在，杂乱无章的办公桌上，两人的手指已经连在一起。"我还要嘱咐你三件事,"安娜说,"很重要的事。所以我希望你清空杂念,仔细听我讲。好吗?"

"好的。"罗西说。安娜·史蒂文森那双蓝眼睛凝视着她,目光清澈坚定,令她着迷。

"第一,拿了银行卡并不意味着你就是小偷。那是他的钱,也是你的。第二,恢复你的母姓并不违法——这一生,这个姓氏都是属于你的。第三,只要愿意,你就可以获得自由。"

她顿了一下,两人紧握的双手上方,是她那双引人注目的蓝眼睛,她就这样看着罗西。

"你能懂我的话吗?只要愿意,你就可以获得自由。摆脱他的控制,他的想法,摆脱他。你愿意吗?愿意获得自由吗?"

"愿意,"罗西的声音低沉而犹豫,"我渴望自由胜过世上的一切。"

安娜·史蒂文森从桌子那头弯过身子,轻轻地吻了罗西的脸颊,同时也捏紧了罗西的双手。"那么你就来对地方了。欢迎回家,亲爱的。"

8

正值 5 月初,最美的春日,年轻小伙的幻想正该轻而易举地转向思爱怀春、美妙的季节与无疑十分强烈的情感,但诺曼·丹尼尔斯心心念念的却是别的事情。他一直想放个假,一个小假,现在终于等到了。已经过了太久——他妈的都快三个星期了——但终于还是来了。

他坐在公园的长椅上,离他妻子目前正在更换床单的酒店有八百英里。他是个大个子男人,穿着红色马球衫和灰色斜纹防水休闲裤,一只手上拿了个荧光绿网球。捏球的时候,他前臂的肌肉有节奏地张弛。

从街对面又走过来一个男人，站在人行道边缘向公园里张望。他看到坐在长椅上的男人，便迈步向他走去。一个飞盘从身边擦过，他躲开了，一只很大的德国牧羊犬从他身边冲过去追逐飞盘，他停了下来。比起长椅上的男人，这个人更年轻，也更瘦小，他长相帅气，看着不太可靠，留着一撮埃罗尔·弗林式的小胡子。走到那个右手拿网球的人面前，他停下了，犹豫地看着对方。

　　"有事吗，哥们儿？"网球男问道。

　　"你叫丹尼尔斯？"

　　网球男点头表示肯定。

　　小胡子男指着街对面一栋新建的高楼，尖角嶙峋，使用了大量的玻璃。"里面的人叫我来这儿找你。他说也许你可以帮我解决问题。"

　　"是莫雷利副警监吗？"网球男问。

　　"对，他就叫这名字。"

　　"那你有什么问题？"

　　"你知道的。"小胡子男说。

　　"告诉你啊，哥们儿，我可能知道，也可能不知道。不管怎么说，我是管事的，你就是一个油乎乎的小杂种，日子一点也不顺心。你最好是说点我想听的，对吧？我现在就想听听你有什么问题。明明白白地告诉我。"

　　"我因为毒品的事被指控了。"小胡子男说，他闷闷不乐地看着丹尼尔斯，"卖了8号球[1]给一个缉毒警。"

　　"哎哟，"棒球男道，"这可是重罪。反正可以判成重罪。但还有更糟糕的事情，对吧？他们在你钱包里发现了我的东西，是吧？"

　　"是啊，就是你那张他妈的银行卡。我这运气绝了，在垃圾堆里捡到一张银行卡，结果他妈的居然是个警察的。"

---

1. "8号球"（eightball）属于毒品贩卖行业的黑话，指的是"八分之一盎司"的毒品，也是毒贩子通常卖出的一份毒品的量。

"坐。"丹尼尔斯和蔼地说道。不过小胡子男慢慢向长椅右侧移动时，警察不耐烦地摇了摇头。"坐另一边，你个蠢蛋，另一边。"

小胡子男向后退了退，战战兢兢地坐到了丹尼尔斯的左边。他看着对方的右手以稳定而快速的节奏捏着网球。捏……捏……捏。警察胳膊的苍白表皮之下，粗大的青筋如同水蛇一般蠕动。

飞盘擦了过去。两人看着德国牧羊犬在后面追飞盘，四条长腿在飞驰，像骏马的腿。

"狗挺好看，"丹尼尔斯说，"牧羊犬都挺好看的，我一直喜欢牧羊犬，你不喜欢吗？"

"是啊，是啊，喜欢。"小胡子男说，尽管他其实觉得这狗很难看，而且看样子只要逮到半点机会，它就能开开心心地给你咬出一个新屁眼。

"我俩可有的谈了。"拿着网球的警察说，"说实话，我觉得这说不定是你这毛还没长全的小子人生里相当重要的一场谈话了，朋友。你准备好了吗？"

小胡子男咽下某种卡在喉咙里的东西，在当天大约第八百次希望自己已经处理掉了那张他妈的银行卡——他怎么就没处理了呢，他怎么就是这么个他妈的大白痴呢？

不过，他其实明白自己为什么是这么个他妈的大白痴——因为他一直在想，他可能最终会有办法用这张卡的。因为他是个乐观主义者，毕竟这里是美国，是机会之乡。还因为他基本已经忘了这东西就在他的钱包里（这个原因更真实也更关键），塞在他经常要用的一堆名片后面。嗑药就是会对你产生这种作用——让你不停奔波，但你他妈的想不起为了什么奔波。

警察正看着他，微笑着，但眼里却没有笑意。那双眼睛看起来……饥饿难耐。小胡子男一下子就觉得自己像是那三只小猪中的某一只，而在这公园长椅上坐在他身边的，就是凶恶的大灰狼。

"听我说，哥们儿，我从来没用过你的银行卡。这个我们得先说清楚。这个他们也跟你说了，对吧？我他妈一次也没用过。"

"你当然没有，"警察似笑非笑地说，"密码你是想不到的。是根据我家电话号码设的，那个电话号码没有登记……大部分警察的都没登记过。不过我猜你已经知道了，是吧？你肯定查过了。"

"没有！"小胡子男说，"没有！我没有！"当然，他有。他根据卡上的街道地址和邮政编码尝试了好几种不同组合无果之后，他又查了电话簿。他已经按遍了全城自动取款机的按钮，使劲地按下去，按得手指酸痛，觉得自己就是个大蠢蛋，在玩全世界最吝啬的老虎机。

"那要是我们查一下商业银行 ATM 机的电脑运行情况，会有什么发现？"警察问道，"不会发现我的卡大约进行了十亿次的'取消／重试'操作？嘿，要是没发现，我就请你吃顿牛排大餐。哥们儿，你觉得怎么样？"

小胡子男不知道自己应该觉得怎么样，他什么都不知道。他心中有种很不好的感觉，特别特别糟糕的感觉。与此同时，警察的手指还在摆弄那只网球——捏紧又松开，捏紧又松开，捏紧又松开。他就一直这样没停下来过，太诡异了。

"你叫拉蒙·桑德斯，"名叫丹尼尔斯的警察说，"你的犯罪记录快赶上我胳膊长了。盗窃、诈骗、吸毒，各种犯罪。除了侵犯、殴打那种性质的犯罪，其他的犯了个遍。这可是搞得清清楚楚的，对吧？你们这些基佬可不喜欢被打，对吧？即便有些人就跟施瓦辛格似的，也不喜欢干架。哦，他们倒是不介意穿上保安 T 恤，在基佬俱乐部门口，朝着豪车晃晃胸肌，但要是真开始干架了，你们这些人马上就尿了。不是吗？"

拉蒙·桑德斯一言不发。他觉得这显然是上上策。

"我可不介意打人，"丹尼尔斯警察说，"踢人，也不介意。甚至咬人都可以。"说这话的时候他仿佛陷入了某种沉思，像是在看着那只德牧，又像是在往更远处看。德牧已经叼着飞盘朝他俩的方向奔来了。"善良小天使，对此你有什么想法呢？"

拉蒙继续一言不发，还努力保持面无表情，但他脑子里已经亮起无数小小的红灯，一种令人惊恐的刺痛开始晃动神经系统的枝杈。心跳逐渐加速，如同火车离开车站，驶向空旷的郊野。他不停地偷瞄着那个穿红色马球衫的大个子，觉得情况越来越不妙了。这家伙的右前臂已经完全弯曲起来，青筋暴起，肌肉松动，像刚出炉的面包卷。

丹尼尔斯似乎并不介意拉蒙的无言以对。他把脸转向这个个子比自己小的男人，他在微笑……或者说好像在微笑，只要不看那双眼睛。他的眼睛闪着空洞的亮光，像两个簇新的硬币。

"告诉你个好消息，小英雄。这个毒品指控你就放宽心吧。帮我个小忙，你就能自由自在了。你觉得这样如何啊？"

他觉得自己应该继续闭好嘴不说话，但好像不说也不行了。这次这警察可不是在自说自话了，而是在等他回答。

"太棒了。"拉蒙说，并希望这是个正确答案。"太棒了，真是太好了，谢谢你放过我。"

"这个嘛，说不定我还挺喜欢你的呢，拉蒙。"警察说着做了一件令人震惊的事情，拉蒙万万没想到他这么个参加过海军陆战队的傻大个会做出这事：他把左手伸进拉蒙的裤裆，开始给他按摩，就在这光天化日之下，他们眼前还有这么多孩子在玩耍，还有其他人，想看就看得到。接下来的事情可能说不上有多特别，不过在当时当刻实在是非常他妈的怪异——他硬起来了。

"是啊，说不定我喜欢你，喜欢得很，你这吃别人老二的油乎乎的小东西，穿着这么鲜亮的黑裤子、尖头鞋，凭什么不喜欢啊？"警察一边说话，一边改变一下手法，轻轻捏一下，叫拉蒙忍不住倒抽一口气。"我喜欢你可是件好事啊，拉蒙，这点你可得相信哪，因为他们对你的指控也是铁板钉钉的，绝对的重罪。不过，我特别烦什么你知道吗？

莱芬韦尔和布鲁斯特，就那两个抓你的警察，今天上午在巡警室笑得那叫个欢。他们是在笑你，这不算什么，但我还感觉到他们也在笑我，这可就不行了。我不喜欢有人笑我，这事我通常是不忍的。但今天上午我不得不忍，今天下午我就成你最好的朋友啦，即便你手里拿了我的银行卡，我也要帮你撤掉很严重的毒品指控。你能猜猜原因吗？"

飞盘又擦过来了，那只德牧在后面紧追不舍，但这次拉蒙·桑德斯根本没注意到。这警察的手让他浑身僵硬，如同一根轨道铁钉。他像猫爪之下的老鼠一样，吓坏了。

这次，手捏得用劲了些，拉蒙发出嘶哑的闷声号叫。他那拿铁色的皮肤汗流如注，小胡子就像大雨过后死去的蚯蚓。

"拉蒙，能猜到吗？"

"不能。"拉蒙说。

"因为扔掉那张卡的人是我老婆，"丹尼尔斯说，"莱芬韦尔和布鲁斯特笑的主要原因就是这个，据我推测。她拿走了我的银行卡，用那卡从银行里取了几百块——我挣的钱——再发现那张卡，就是在一个叫拉蒙的油乎乎的吃别人老二的杂种手里。也难怪他们要笑了。"

求你了，拉蒙想说，求你别伤害我。我什么都告诉你，但是别伤害我。他很想这么说，但他什么也说不出来，一个字也说不出来。他的屁眼已经缩得只有气门芯那么大了。

大个子警察往他那儿靠近了些，近得拉蒙能闻到他呼吸中香烟和苏格兰威士忌的味道。

"我都跟你讲了这么多，也想你跟我讲讲。"按摩停止了，那些强壮的手指隔着裤子的薄布卷住拉蒙的两颗蛋。拉蒙感觉到了那只手是多么有力。"你最好别说错话，拉蒙。知道为什么吗？"

拉蒙麻木地摇摇头，感觉就像谁在他身体的某个地方拧开了个温水龙头，他全身的皮肤都在渗水。

丹尼尔斯伸出右手，就是那只拿着网球的手，伸到拉蒙的鼻子下面，接着突然一下就攥紧了拳头。"砰"一声爆响，伴随着他干脆、刺耳而低沉的"啊"的一声，手指穿透了那网球毛茸茸的荧光外皮。球往里缩陷，接着内外翻转了一半。

"我用左手也能做到，"丹尼尔斯说，"你信吗？"

拉蒙想说他信，但还是说不出话来。他点头表示相信。

"这个你会记牢吗？"

拉蒙又点了点头。

"那行。那听好我想让你告诉我的话，拉蒙。我知道，你就是个臭了吧唧的西班牙基佬，对女人也没多少了解，不过现在你可以先发挥下想象力。要是你回到家里，发现你老婆，那个发誓要爱你，尊重你，还他妈的听你话的女人，居然拿着你的银行卡跑了，那会是什么感觉？然后你发现她花了卡里的钱，他妈的去度假了，然后还把卡塞进了车站的垃圾桶，让你这么个吃别人老二的油腻的小东西翻出来了，你觉得那是什么感觉？"

"不太好的感觉，"拉蒙低声说，"肯定感觉不太好吧，求你别伤害我，警官。求你不要——"

丹尼尔斯慢慢地收紧了手，紧到手腕上的肌腱都暴起，像吉他的弦。潮水一般的疼痛如铅水一样沉重，席卷了拉蒙的小腹，弄得他想尖叫。结果他叫不出来，只有嘶哑的呼气声。

"不太好？"丹尼尔斯朝着拉蒙的脸，低声说。他的呼吸温热、潮湿，带着酒味和烟味。"你就能想到这个程度？你他妈的还真是个弱智啊！不过嘛……我想这答案也还不算完全大错特错吧。"

手松开了，但只松了一点点。拉蒙的下腹像一片充满剧痛的湖水，但阴茎却还是那样硬着。他从未喜欢过疼痛的感觉，也从不理解那些奇怪的人怎么会喜欢捆绑之类的玩意。眼下还是这么硬，他只能猜测是因为这警察的手在那儿握着，阴茎还在充血，下不去。他对自己发誓，要是这次能活着离开，他就径直去圣帕特里克教堂，念五十次万福玛利亚。哦，不，五十次不够，一百五十次还差不多。

"他们在笑我啊，"警察朝街对面新警局的方向扬了扬下巴，"笑得那叫一个欢啊，真是开心。大块头诺曼·丹尼尔斯，你猜怎么着？他老婆丢下他跑啦……不过走之前还不慌不忙地清理现场，做好准备呢。"

丹尼尔斯发出一声含混的咆哮，是一种只会在动物园才能听到的声音。他又捏了一下拉蒙的蛋。那种痛实在无法忍受，拉蒙身子向前弯，头埋在膝盖之间，呕吐起来——白色的凝乳块中夹着一条条棕褐色的东西，可能是午餐墨西哥玉米饼的残渣。丹尼尔斯就像根本没看到这一幕似的。他注视着供孩童玩耍的攀登架上方的天空，深陷在自己的世界里。

"我该让他们拉着你到处转，让更多的人笑吗？"他问道，"好让他们在警察局里笑完，又跑去法庭上大笑特笑？我觉得不该。"

他转过身来，凝视着拉蒙的眼睛。他笑了。那笑容让拉蒙想要尖叫。

"真正的大问题来了，"警察说，"要是你撒谎，小英雄，我就把你的老二扯下来塞给你吃。"

丹尼尔斯又捏了下拉蒙的裤裆，拉蒙的视线中开始出现一道道黑影。他拼命地与之抗争。如果他昏过去了，这警察很可能杀了他，就因为恼羞成怒。

"你明白我在说什么吗？"

"嗯！"拉蒙哭了起来，"我凝白，凝白！[1]"

"你在汽车站看到她把那卡扔到了垃圾桶里。这些我都知道。我想知道的是她之后去了哪里。"

拉蒙霎时间松了口气，差点要感激得哭出来，因为，尽管他本来

1.原文是"unnerstand"，拉蒙已经痛得口齿不清了。

不可能答得上这个问题，但他恰恰就是能回答。他朝那女人看过一眼，确保她没有回头看他……接着，五分钟后，在他已经把那张绿色塑料卡片塞进钱包里很久之后，他又瞥见了她。他很难不注意到她，因为她头上围着那红色的玩意，鲜亮得就像刚粉刷过的谷仓侧墙。

"她在售票窗口！"眼前发黑的感觉还在残酷无情地涌上来，拉蒙努力喊叫出声，"售票窗口！"

他的努力得到了回报，就是又一次无情的挤捏。拉蒙感觉自己的蛋仿佛被撕扯开了，浸灌了打火机油，然后被点了火。

"我知道她在售票窗口！"丹尼尔斯半是好笑，半是号叫地朝拉蒙吼道，"她如果不是要坐车去什么地方，干吗跑去码头车站？难道是去对你这样的渣滓做社会学研究吗？哪个售票窗口，我想知道这个——具体哪个他妈的售票窗口，在他妈的什么时间？"

哦，感谢上帝，感谢耶稣，感谢圣母玛利亚，这两个问题的答案他也知道。

"大陆特快！"他哭喊着，感觉这声音早就不是自己的了，"我看到她在大陆特快的窗口，10:30，10:45！"

"大陆特快？你确定？"

拉蒙·桑德斯没有回答。他偏倒在长椅上，一只手悬空，细弱的手指张开着。他脸色死白死白的，只有脸颊上高高隆起两块小小的紫斑。一个年轻男人和一个年轻女人走过，看了看躺在长椅上的男人，又看了看丹尼尔斯，此时他的手已经从拉蒙的胯下移开了。

"别担心。"丹尼尔斯朝着那一对露出灿烂的微笑。"他有癫痫，"说着他顿了顿，笑得更加灿烂了，"我会照顾好他的，我是警察。"

两人稍稍加快了脚步，没再回头。

丹尼尔斯伸出一只胳膊搂住拉蒙的肩膀。拉蒙的肩胛骨感觉像鸟的翅膀一样脆弱。"起来，小子。"他说着把拉蒙扳回到坐的姿势。拉蒙的头像花茎上折断的花头，晃来荡去。身子立刻又往下滑，喉咙里发出粗重的咕噜声。丹尼尔斯再次把他拖起来，这次拉蒙坐稳了。

丹尼尔斯坐在他身边，看着那只德牧欢快地追着飞盘跑。他羡慕狗，真的很羡慕。它们没有责任，不需要工作——反正在这个国家不需要。食物全是送到嘴边，睡觉的地方也是别人免费提供，它们甚至都不用担心等生命之路走到尽头是上天堂还是下地狱。他曾经在奥布里维尔问过奥布莱恩神父这个问题，神父告诉他，宠物没有灵魂——它们死后会像七月四日国庆节的烟火一样，转瞬即灭。是，这德牧很可能在出生后不到六个月就被割了蛋，然而……

"然而从某种程度上说，这也算是一种福气。"丹尼尔斯自言自语着，他拍拍拉蒙的裆部，他的两个蛋正肿起来，阴茎却逐渐萎缩，"对吧，小子？"

丹尼尔斯又想，不过，人嘛，拥有什么就拥有什么了，所以不妨知足常乐。他下辈子也许能有那个好运，做一只德牧，整天就是在公园里追飞盘，回家路上把头伸出车后窗，大吃一顿美味的普瑞纳狗粮，除此之外什么都不用做，但在这辈子，他是一个人，要面临人的问题。

至少他是个真男人，不像面前这个小伙伴。

大陆特快。拉蒙看到她在大陆特快的售票窗口，时间是 10:30 或 10:45，她肯定不会等很久——因为怕他，所以不会等很久，这个他敢用命打赌。所以他要找的巴士，应该是在上午 11:00 到下午 1:00 之间发车。很可能是去一个大城市，她也许觉得在那里就能融入茫茫人海。

"但你做不到。"丹尼尔斯说。他看着那牧羊犬跳起来，在半空中用白森森的长牙叼起飞盘。不，她做不到。她可能以为自己可以，但她错了。他将在周末开始出手，主要是打电话。这样做也是不得已，公司内部商店那边还有一大堆事，要进行一次大搜查（运气好的话是他来负责）。但这也没什么。他很快能做好准备，把全部注意力转移到罗丝身上，用不了多久，她就会为她干下的事情后悔。是的。她的余生都会为之后悔。这个"余生"可能很短，但会极度地……嗯……

"极度激烈。"他说出声来。对，就是这个词，非常准确。

他站起身来，脚步轻快地朝街对面的警察局走去，再不对坐在长椅上半昏迷的那个小伙浪费一丝目光。拉蒙垂着头，双手无力地交织在裤裆里。诺曼·丹尼尔斯探长的脑海里已经不存在拉蒙这个人了。他满脑子想的都是妻子和她要了解学习的所有那些事情，以及他俩要谈的话。他只要一找到她，就一定会谈的。各种各样的事情——船、帆和火漆，当然，更得谈谈那些发誓要爱、尊重和听话的妻子，把丈夫的银行卡放进钱包，匆忙跑掉了，后果会是什么。所有这些事情，都得谈谈。

近一点地谈谈。

9

她又在铺床了，但这次没关系。这是一张不同的床，在一个不同的房间，在一个不同的城市。最棒的是，这张床她从未睡过，也永远不会睡在上面。

她逃离此地往东八百英里的那所房子已经一个月了，情况好了很多。目前她最严重的问题就是腰背疼痛，但即便是这个问题也在逐渐好转，她很确定。眼下，肾脏周边痛得厉害，也很难受，这没错，但今天她已经收拾到第十八间房了。刚开始在白石酒店工作时，收拾了十二个房间后，她就快要昏厥了，十四个房间之后根本完全坚持不下去了——不得不找帕姆帮忙。罗西逐渐发现，四个星期就能让一个人的前景发生巨大变化，要是这四个星期里肾脏或腹部没有受到任何猛烈的击打，那变化会尤其大。

不过，目前这样已经够了。

她走到门口，往走廊探出头去，往两边都看了看，只看到几个盛有吃剩早餐的客房服务托盘。走廊尽头的密歇根湖套房门口停着帕姆的手推车，还有这个 624 号房门口她自己的手推车。

罗西掀开堆放在手推车末端的一堆新洗好的毛巾，露出了一根香蕉。她拿着香蕉走回房间，来到 624 号房窗边的软椅边，坐了下来。她剥开这水果的皮，一边慢慢地吃起来，一边看着窗外的湖面，正值 5 月，寂静的雨天午后，湖面如镜，闪闪发光。她的心中与脑中充盈着一种强大而简单的情感——感激。她的生活并不完美，至少现在还不完美，但 4 月中旬的那天，站在"女儿与姐妹"的门廊上，看着对讲盒和那个被金属填充的钥匙孔时，她做梦也想不到能过上眼下的日子。那一刻，她看到的未来只有黑暗和苦难。现在，她的肾很疼，脚也很疼，心里非常清楚自己不愿意下半辈子都在白石酒店做个什么都算不上的女清洁工。但香蕉很好吃，身下的椅子也好舒服。就这么一瞬间，她不愿意和任何人易位而处。在离开诺曼后的几个星期里，罗西慢慢善于注意到那些微小的乐趣：睡前看半小时的书，和其他女人一起做饭时顺口聊聊电影或电视节目，或者给自己放五分钟假，坐下来吃一根香蕉。

还有一件事也很美妙，就是明确知道接下来会发生什么，并且确定不会是让人痛苦的突发事件。比如，知道今天只剩下两个房间需要收拾，知道收拾完她和帕姆就可以乘员工电梯下去，从后门出去。在去公交站的路上（她已经能轻而易举地区分橙线、红线和蓝线公交了），她们可能会去"暖壶"喝个咖啡。小小的事情，小小的快乐。世界可以是美好的。小时候的她应该是明白这一点的，但后来忘了。现在她正在重新了解学习，这实在是甜蜜的人生课程。她并没有得到自己想要的一切，还差得很远，但眼下已经够了……尤其是在未来的一切还未知的情况下。那得等到她离开"女儿与姐妹"之后再说，但她感觉自己应该很快就会搬走。"女儿与姐妹"的住客们口中有张"安娜名单"，也许就在那张名单上再出现空房间的时候，她就能搬走了。

敞开的房间门上落下一个影子，她都来不及思考该把吃剩一半的香蕉藏在哪里，更来不及站起来，帕姆就把头探了进来。"就瞅你一眼，宝贝。"她说，并在罗西惊跳起来时咯咯笑了。

"可别再这样了，帕帕！你差点害我心脏病发作！"

"喔唷，他们不会因为你坐下来吃了根香蕉就炒你鱿鱼的，"帕姆说，"你应该看看这地方都发生过什么事情。你还剩下哪间？22 和20？"

"嗯。"

"需要帮忙吗？"

"哦，你不用——"

"我不介意。"帕姆说，"真的。我俩一起干的话，两个房间十五分钟之内就能解决。你说呢？"

"那么说好，"罗西感激地对她说，"下班后去'暖壶'，我请客——派和咖啡，如果你愿意的话。"

帕姆笑了笑："只要他们有那种巧克力奶油，我可太愿意了，相信我。"

10

好日子——大约四个星期的好日子。

那天晚上，罗西躺在行军床上，双手枕在脑后，面对着眼前的黑暗，听着前一天晚上进来的那个女人在她左边隔了两三张床的地方低声啜泣，她想着，这些日子过得好，最大的原因是没有诺曼。不过，她感觉，"他不在"这个事实很快就不能完全满足她了，她需要更多的事情来获得充实感。

不过，还不是时候，她想着，闭上了眼睛，现在我已经拥有得够多了。这些工作、吃饭、睡觉的简单日子……而且没有诺曼·丹尼尔斯。

睡意袭来，意识逐渐模糊，卡洛尔·金又在她脑子里唱起那首摇篮曲，很多个夜晚，都是这首曲子送她入梦的。

我真的是罗西……我就是真·罗西……你最好相信我……我很了不起……

黑暗袭来，她迎来又一个没有噩梦的夜晚——这样的夜晚出现得越来越频繁了。

▶ III

天意

1

第二个星期的周三，罗西和帕姆·哈弗福德乘坐员工电梯下班，帕姆脸色苍白，一副不舒服的样子。"我来例假了，"罗西关切询问时，她回答，"肚子抽痛得厉害。"

"你想去喝杯咖啡吗？"

帕姆考虑了一下，然后摇了摇头："你自己去吧。我现在只想赶紧回'女儿与姐妹'，赶在大家都下班回来开始叽叽喳喳之前，找个空房，吞点米多尔止痛药，睡上个几小时。这样我可能又会活过来了。"

"我陪你。"罗西说。电梯门开了，她们走了出去。

帕姆摇摇头。"你不用，"小小的微笑点亮了她的脸庞，"我自己完全可以的，而且你年纪够大了，可以在没有监护人的情况下自己去喝咖啡啦。谁知道呢——说不定你还能遇到什么有趣的人呢。"

罗西叹了口气。帕姆口中"有趣的人"总是指男人，通常是那种穿着紧身T恤，肌肉突出得如同某种标志性地貌的男人。而罗西的想法是，她这下半辈子可太不需要这种男人了。

而且，她的身份还是已婚。

她低头瞥了一眼自己的结婚戒指，订婚时的钻石戒指就套在里面。两人一起来到街上。这一瞥究竟跟不久之后发生的事情有多少联系，她从来没确定过，但这确实让通常情况下并不放在她心上的订婚戒指占据了她的头脑。钻石有一克拉多一点，比丈夫赠予她的其他任何东西都要昂贵很多。一直到今天，她想到，这戒指属于她，愿意的话，她可以把它处理了（而且是以任何她想要的方式）。这是以前从未有过的想法。

尽管帕姆一再声明她不需要，罗西还是陪着她在酒店街角的公交站一起等车。帕姆的样子让她觉得很不妙，她脸上的血色完全消失了，眼圈黑了一片，嘴角因为疼痛抿出了一条条细细的纹路。而且，能照顾别人，而不是被别人照顾，罗西感觉不错。其实她都打算陪着帕姆上公交，确保她安全无虞回到住处了；但最终，一想到热腾腾的咖啡在召唤自己（可能再吃上一块派），她还是没能抵挡住诱惑。

帕姆在公交车上靠窗的位子坐下，罗西站在路边朝她挥手。帕姆也朝她挥了挥手，公交车开走了。罗西在原地站了一会儿，然后转身沿着希钦斯大道向"暖壶"走去。她很自然地想到自己第一次在这个城市徘徊的时候，那几个小时的事情能想起来的已经不多了，印象最深的就是那种害怕和迷失的感觉。但至少有两个人特别突出，仿佛汹涌雾气中露出的岩石：那个孕妇和那个留着大卫·克罗斯比胡子的男人。尤其是那个男人。他靠在酒馆的门口，手里拿着啤酒瓶，看着她，对她说着："嘿，宝贝，嘿，宝贝。"或者根本就是在叫她。有那么一小会儿，这些回忆完全占据了她的头脑，这只有最不堪的回忆才能做到——回忆起我们感到迷茫与无助的时候，完全无法对自己的生活有任何掌控。于是她走过了"暖壶"，甚至都没注意到，双眼放空，毫无神采，充满沮丧。她还在想着酒馆门口那个男人，想着他让她感到多么害怕，还让她想起了诺曼。这跟他的长相毫无关系，主要是他那个体态，他站在那里的样子，仿佛随时可以调动全身每一块肌肉，跳着扑过来。而只要她稍微瞟一眼表示自己在留意他，他就绝对会被激发——

一只手抓住了她的上臂，罗西几乎惊叫起来。她四下看去，以为要么是诺曼，要么是那个暗红小胡子男。都不是，她眼前是个年轻小伙子，穿着比较保守的清凉夏季套装。"要是吓到你了，很抱歉，"他说，"但刚才有那么一会儿，我觉得你肯定会直接走到车流里去了。"

她环顾四周，发现自己正站在希钦斯大道和水塔路的交会处，本市最繁忙的十字路口之一，离"暖壶"至少有整整三个街区，甚至可能是四个。车辆飞驰而过，形成一条金属河流。她突然想到，身边的这个年轻人刚刚可能救了自己的命。

"谢……谢谢你。非常感谢。"

"没事。"他说。水塔路另一端，"通行"标志的白色字母闪烁起来，年轻人好奇地看了罗西最后一眼，走下路牙，走上人行道，被过街的人流裹着，渐行渐远。

罗西原地不动，感觉着这瞬间的错位与深深的解脱，仿佛刚从非常糟糕的噩梦中醒来。我刚才就是在干这个，她想，我人醒着，走在大街上，但仍然在做噩梦，或者说在闪回。她低下头，发现双手紧紧地把包夹在腹部，和五周前一样，那时的她正在寻找达勒姆大道，真是一场漫长而迷茫的流浪。她把包带挂到肩上，转过身，重走刚才的来时路。

这座城市的时尚购物区在水塔路的那头，她现在离水塔路越来越远，经过的这片区域只有一些规模小得多的商店。其中许多看起来都有点破旧，带着淡淡的绝望。罗西缓步走着，看着二手服装店的橱窗，这些店都在努力伪装成自成颓废格调的精品店；还有鞋店，橱窗里挂的牌子写着"买美国货""清仓大甩卖"；有个折扣店就叫"五元以下"，橱窗里有成堆墨西哥或马尼拉制造的娃娃；有个皮具店，叫"摩托妈妈"；还有一个用法语"很高兴"（Avec Plaisir）做店名的商店，陈列的商品令人叹为观止——假阳具、手铐和开裆内裤——都摆在黑色天鹅绒上。她站在这家的橱窗前看了很久，惊叹这些东西居然也这样摆在外面，供走过路过的人随意观看。最终，她还是过了街。又往前走了半个街区，她就看到"暖壶"了，但她已经决定不喝咖啡，不吃派了，她会直接搭公交车回"女儿与姐妹"，今天的历险够了，到此为止就好。

但没能到此为止。在她刚刚穿过的十字路口的远端，有个不起眼的店面，橱窗里有个霓虹灯标志，上面显示着"典当、借贷、高级珠宝买卖"，其中最后一项服务引起了罗西的注意。她又低头看了看自己的订婚戒指，想起了诺曼在结婚前不久对她说过的话——如果你戴着它上街，钻石得朝着你手掌的方向，罗丝。那是块很大的石头，而你只是一个小女孩。

她曾问过他一次（那时候他还没开始教育她不问问题更安全），这戒指花了多少钱。他的回答是摇摇头，露出一个宠溺的微笑——小孩子问天空为什么是蓝色的，或北极有多少雪的时候，父母就会这样微笑。不要紧，他说，你只需要知道，要么是那块石头，要么是一辆新别克。我决定买那石头。因为我爱你，罗丝。

此时此刻，站在这个街角，她仍然记得那些话给她带来的感觉——害怕，因为你不得不害怕一个能够如此挥霍的男人，一个选择买戒指而非新车的男人，但这也让你略微屏息，觉得有点性感。因为那确实浪漫，他给她买了一颗大钻石，大到在街上被人看到都不安全。一颗像里兹饭店那样大的钻石[1]。因为我爱你，罗丝。

也许他是真心的……但那也是十四年前了。他爱的那个女孩有一双清澈的眼睛、高耸的乳房、平坦的腹部和修长紧实的大腿。那个女孩上洗手间时，尿液中不会有血。

罗西站在一个街角，那个橱窗里挂了霓虹灯标志的店面就在附近。她低头看着订婚钻戒。等待心中涌起某种感觉——回忆起曾经的恐惧，或者甚至回忆起曾经的浪漫——但什么感觉也没有，她转身走向当铺的门。她很快就要离开"女儿与姐妹"了，要是这店里有人愿意出合理的价格买下戒指，她就能身无挂碍地离开，不欠任何食宿费用，甚至可能剩下几百元。

---

1. 这个说法来自美国作家司各特·菲茨杰拉德的小说《像里兹饭店那样大的钻石》(*The Diamond as Big as the Ritz*)，讲的是关于财富的魔幻故事。

或者，也许我只是想摆脱这戒指，她想，也许我不想再花哪怕一天的时间来承受这个负担，为他一直没买成的那辆别克而内疚。

门上的牌子上写着"自由之城借贷与典当"。她一时有些奇怪——之前倒是听说过这城市的几个别名，但都与湖泊或天气有关。紧接着她就打消了这个念头，打开门，走了进去。

2

她估计店里光线会很暗，也的确很暗，但"自由之城借贷与典当"店里却出乎意料地金光闪闪。此时，太阳已经很低，直接照在希钦斯大道上，阳光落在典当行朝西的窗上，形成一条条细长而温暖的光束。其中一束照在悬挂的萨克斯管上，让这乐器看起来仿佛是用火做成的。

这肯定不是个巧合，罗西想，肯定是有人故意把那萨克斯管挂在那儿的，聪明人。这想法也许是对的，但她依然有种被施了魔法的感觉。甚至这个地方的气味也加深了这种魔幻感——尘灰、岁月与秘密的气味。她隐约听到左手边传来许多钟表轻柔的嘀嗒声。

她慢慢地走在最中间的过道上，一边是琴颈处被穿起来的一排木吉他，另一边是摆满电器和立体声设备的玻璃柜。好像有很多那种超大型多功能的音响系统，就是电视节目上讲的"大音箱"。

在这条过道的另一头，有个长长的柜台，顶上挂了另一个霓虹灯标志，弯曲成一道弧线。"高级金银珠宝"，灯管是蓝色的。下面还有红色的灯管：买入卖出交易。

是啊，但你是不是像爬虫一样匍匐前进呢？罗西想着这个小玩笑，露出一丝不易察觉的微笑，她往柜台走去。后面的高凳上坐着个男人。他一只眼上戴着个专门用于鉴定珠宝的放大镜，正透过镜片看着面前垫子上的什么东西。罗西走近了一点，看清那东西是一块背面被拆掉的怀表。柜台后面的男人正在用一根细到她几乎看不见的钢制探针往怀表内部探查。她心想，这人很年轻，也许还不到三十。他留着一头长发，几乎齐肩，穿了一件蓝色的丝绸马甲，里面是一件纯白的衬衫。她觉得这种搭配有些不合常规，但显得相当时髦潇洒。

左手边有动静。她往那个方向看去，看到一位年长些的先生蹲在地上，翻阅着一堆平装书，书堆上竖了个牌子，写着"佳品旧货"。这位先生的轻便外套呈扇形展开，他那接缝处已经开线的黑色老式公文包好整以暇地立在他身边，如一条忠犬。

"我有什么可以帮你吗，女士？"

她又把注意力转回到柜台后面那个男人身上，他已经摘掉放大镜，正看着她，露出友好的笑脸。他有淡褐色的眼睛，眼底有点绿色，非常漂亮；她脑子里掠过一个念头，帕姆会不会说他是个"有趣的人"。她猜想不会。衬衫下面看不到什么突出的"地质构造板块"。

"也许你可以。"她说。

她摘下结婚戒指和订婚戒指，把没镶钻的那枚金的放进口袋。不戴戒指的感觉有些陌生，但她觉得以后会适应的。一个能够连内裤都不换就从自己家一走了之的女人，应该挺能适应的。她把镶钻的那枚放在天鹅绒垫子上，旁边是这位珠宝商一直在检查的旧怀表。

"你觉得这值多少钱？"她问他。想了想，她又追问了一句："你能给我多少钱？"

他把戒指套在拇指末端举了起来，从第三扇朝西的窗户斜射进来的阳光裹着满满的灰尘，横斜在他的肩膀上，他把戒指对准那缕阳光。那石头闪烁着五彩的火星，反射回她的双眼。就那么一瞬间，她感到一阵痛悔。接着，这位珠宝商快速地看了她一眼，说真的，只是瞥了一下而已，但她足以从这一瞥中发现那淡褐色眼眸里有些自己无法立即理解的东西——他的眼神似乎在说："你在开玩笑吗？"

"什么？"她问，"怎么了？"

"没什么，"他说，"请稍等。"他把放大镜戴回到眼上，仔细看了看她订婚戒指上的那块石头。再抬起头来时，他的眼神更有把握了，也更容易读懂了。说实话，也不可能读不懂。电光石火间罗西明白了一切，但她没有惊讶，没有愤怒，也没觉得多么痛惜懊恼。她最强烈的情绪充其量就是一种疲倦的尴尬：为什么她以前从没想过？她怎么会是这样一个笨蛋？

你不是的，内心深处的声音在回应，你真的不是，罗西。如果你不是在某种程度上知道那枚戒指是假的——几乎从一开始就知道——你会更早地来到这样一个地方。难道你真的相信过，或者说在你二十二岁的生日之后，你还真的相信，诺曼·丹尼尔斯会送你一枚价值几千元而非几百元的戒指？你真的相信吗？

不，她应该是不相信的。他从没觉得她能值这个价，这是其一。另外，这个男人在前门上了三把锁，后门也上了三把锁，院子里安装了动作感应灯，新山特拉汽车也安了触摸警报器。他怎么可能让妻子把一颗"像里兹饭店那样大的钻石"戴在手上，招摇过市呢？

她问珠宝商："这是个假货，对吗？"

"这个嘛，"他说，"说是锆石倒完全是真的，但肯定不是钻石，如果你是这个意思的话。"

"我当然是这个意思，"她说，"不然我还能是什么意思？"

"你还好吗？"珠宝商问。他看起来是真的很关心她，而且她冒出个想法，近距离地看他，似乎更接近二十五岁，而不是三十岁。

"去他的，"她说，"我不知道。可能挺好。"

不过，她从包里拿出一张面巾纸，以防泪水决堤——这些日子她根本预料不到什么时候就会开始飙泪，或者也可能是突然大笑一场，这种情况也经历过好几次了。要是这两种极端情况都能避免就好了，至少眼下忍住就好。若是还能带着残存的尊严离开这个地方，那也不错。

"但愿如此，"他说，"因为这种事常有。相信我，真的。你一定会惊讶，有那么多的女士，像你一样的女士……"

"哦，别说了，"她告诉他，"如果需要振奋人心的东西，我会买一个支撑胸罩。"这辈子她还没对哪个男人说过这样的话，这话中有如此强烈的暗示意味，但她这辈子也是第一次产生这样的感觉……仿佛正在太空漫步，或是傻乎乎地在钢索上跑着，而下面没有铺保护网。从某种意义上讲，这不是很完美吗？这难道不是她的婚姻唯一恰如其分的收场吗？我决定买那石头，她听到脑海里的他在说话，声音因柔情而颤抖，那双灰色的眼睛竟真的有些湿润，因为我爱你，罗丝。

有那么一瞬间，大笑就要喷薄而出。她凭着强大的意志力，在咫尺之遥将其阻止。

"这东西还能值点钱吗？"她问，"哪怕一点点？还是说这只是他从某个口香糖机里面随便买的玩意？"

这次他都不用戴那放大镜，再次把戒指举到阳光下。"说实话，确实还是有点价值的。"他说，声音里有种因为能传递点好消息而轻松宽慰的情绪。"石头也就值个十元，但镶嵌石头的其他部分……可能得有个两百元吧，零售价。当然，我给不到你这个数，"他急急忙忙地补上后面那句，"不然我爸可要对我宣读《暴乱治罪法》[1]啦，你说对吧，罗比？"

"你爸总在对你宣读《暴乱治罪法》，"蹲在那堆平装书边的老人说道，"孩子就是用来警告的。"他头都没抬一下。

珠宝商瞥了他一眼，又瞥了罗西一眼，然后把一根手指伸进半张的嘴里，模仿恶心反胃的样子。罗西从高中以后就没见过这个动作了，忍不住笑了起来。面前这个穿马甲的人也回以微笑。"我可以给你

1.这是英语里常用的一个历史典故，"read the *Riot Act*"（宣读《暴乱治罪法》）。该法是英国古法，在有暴乱时，英国国王会派出行政官员，对暴乱者宣读该法，表示官方警戒。所以"宣读《暴乱治罪法》"的现代引申义就是"严厉警告"。

五十元，"他说，"有兴趣吗？"

"没有，谢谢。"她拿起戒指，若有所思地看着它，然后把它包在那张还没用的面巾纸里。

"你去这一带的其他店问问。"他说，"要是有人说能给更多的钱，我就按最高报价来出。这是我爸的策略，很不错的策略。"

她把面巾纸扔进了包里，然后把包猛地合上。"谢谢，但就不了吧，"她说，"我先留着它。"

她知道，一直在弄那堆平装书的人（被珠宝商称作"罗比"的那个人）此时正看着她，脸上带着一种奇怪的专注，但罗西决定不去在乎。让他看吧。这是个自由国家。

"给我戒指的男人说它值一辆全新的汽车，"她说，"你信吗？"

"我信。"他毫不犹豫地回答。她想起刚才他说，这种事常有，很多女士来到这里，弄清关于手上珍宝那令人不快的真相。她猜想，这个人虽然还很年轻，但一定已经听过很多版本不同但基本主题一致的故事。

"我想你也信，"她说，"那么，你也应该明白我为什么要保留这枚戒指。要是我又为了别的什么人昏头了——甚至只是觉得自己昏头了——就可以把这戒指翻出来，看看它，等着退烧。"

她想到了帕姆·哈弗福德，她的两条前臂上都有长长的、扭曲的伤疤。1992年夏天，她丈夫在醉酒后把她扔向一扇防风门，摔过玻璃时，帕姆举起手臂护着脸，结果一只胳膊缝了六十针，另一只缝了一百零五针。然而，如果有建筑工人或油漆工在她走过时对她的腿吹口哨，这人仍然会开心得几乎要融化，这该怎么说她呢？有耐力还是蠢？坚韧还是健忘？她觉得这是"哈弗福德综合征"，只希望自己能避免这症状。

"随你的心愿，女士，"珠宝商回答，"不过，我很抱歉做那个传递坏消息的人。我个人认为，典当行的名声这么差，原因就在这儿。我们几乎总是得负责告诉别人，事情不是他们所说的那样。没人喜欢听这样的话。"

"是啊，"她说，"没人喜欢这样，你叫……"

"斯坦纳，"他说，"比尔·斯坦纳。我父亲叫阿贝·斯坦纳。这是我们的名片。"

他拿出一张来，但她笑着摇了摇头。"我拿着也没用。祝你生活愉快，斯坦纳先生。"

她往门口走去，这次走的是第三条过道，因为那位老先生已经朝她走了几步，一手拎着公文包，一手拿着几本旧书。她不确定他是不是想和她说话，但非常确定自己并不想和他说话。她现在只想速速离开"自由之城借贷与典当"，上一辆公共汽车，赶紧忘记自己曾经来过这里。

她只在隐约中意识到，自己正经过这典当行的某个区域，一堆堆的小型雕像和图画，有的镶了框，有的无框，都摆在布满灰尘的货架上。她抬着头，但什么也没看，她没有心情去欣赏艺术品，无论有多精美或多另类。因此，她仿佛刹车一般突然停顿就更叫人吃惊了。初看上去，好像是她根本没看到那幅画。

仿佛是那幅画看到了她。

3

她人生中还从未感受到如此强大的吸引力，但罗西也没觉得这有多么不寻常——过去一个多月以来，她一直在过着从未有过的生活。这种吸引力也没让她觉得多不正常（至少一开始是这样）。原因很简单：与诺曼·丹尼尔斯结婚的这十四年来，她几乎完全与外面的世界隔绝，她无从判断什么正常，什么不正常。对某些特定情况下世人的行为，她的衡量标准主要来自电视剧和他偶尔带她去看的电影（只要是格林特·伊斯特伍德主演的电影，诺曼·丹尼尔斯都会去看）。按照这些媒介提供的框架标准，她对这幅画的反应可以说是很正常的。在电影和电视中，人们总会被什么东西突然如其来地征服。

说句实在的，这些都没什么关系。有关系的是，这幅画仿佛在召唤她，让她忘记了刚刚发现的关于戒指的真相，让她忘记自己想赶紧从典当行逃离，让她忘记看到蓝线公交车停在"暖壶"门口时，一双酸痛的脚是多么高兴，让她忘记了一切。她满脑子只想着：看！这难道不是最最美妙的一幅画吗！

那是一幅镶木框的油画，大约三英尺[1]长，两英尺高，左端靠着一个停摆的钟，右端靠着一个裸体胖天使。周围摆的也都是画和照片（一张圣保罗大教堂的彩色旧照片；一幅碗中水果的水彩画；大运河上黎明时分的贡多拉；一幅狩猎版画，画着雾气朦胧的英国荒野上，一群穷凶极恶之人在追赶两只几乎无法入口的动物[2]），但她几乎连看都没看一眼。她感兴趣的是山上女人的那幅画，也只有那幅画。要说入画的人物和画技，它与全国（乃至全世界）各地的典当行、古玩店和街边廉价货仓里的画没有什么不同，但一看到这幅画，她的双眼与头脑中就充满了一种纯净如天启般的激动，只有那些能深深打动人的艺术品才能赐予这种激动——那首让我们流泪的歌，那个让我们从另一个角度看清世界的故事（至少有那么一会儿是这样），那首让我们为活在世上而高兴的诗，那支让我们暂时忘记生命终将消亡的舞蹈。

这情绪来得如此突然，如此热烈，而且与她充满日常现实的实际生活完全没有联系，所以一开始她的思维就那么错乱了，根本不知道如何应对这如烟火一般突如其来的感觉。在那短暂的片刻，她就像一

---

1. 1 英尺约等于 30.48 厘米。
2. 这句化用了奥斯卡·王尔德的话，原话是他用来形容英国绅士之间流行的猎户运动：the unspeakable in full pursuit of the uneatable。

个突然脱挡并进入空挡的变速器——引擎还在疯狂运转，但什么作用也起不了。接着，离合器控制住了，变速器平稳地回归正常。

我希望新家里能有这幅画，所以才这么激动，她心想，这就是我想要据为己有的东西。

她急切而感激地抓住这个想法不放。诚然，她的新家只会是个单间，但她也得到了承诺，这个单间会比较大，有个小的开放厨房，还带配套的卫生间。无论如何，那将是这辈子第一个属于她，且只属于她的家。所以它很重要，所以她为这个家选的东西也很重要……第一个家将是最重要的，因为它将为以后的一切奠定基调。

她知道，不管这单间有多么好，这里在她之前也住过几十个低收入的单身人士了，在她之后还会有更多的人住进来。然而，无论如何，这都将是个重要的地方。过去的五个星期是个过渡期，是旧生活和新生活之间的空隙。等搬进那个已经许给她的房间，她的新生活——独居的生活——将真正开始……而这幅画，一幅诺曼从未见过和评判过的画，一幅只属于她的画，也许能成为这种新生活的象征。

她很理智，思维清晰，并不承认，甚至都不同意这世界上存在任何超自然或超越常规的现象。罗西为何突然对那幅山上女人的画作有如此强烈的反应，她这理智的头脑，做出了如上合理化与正当化的解释。

4

这条过道上，只有这幅画是加了玻璃罩的（罗西想到，油画通常是没有加玻璃罩的，也许是因为必须得透气之类的），左下角有张黄色小贴纸，写着"75 元或？"。

她伸出微微颤抖的双手，握住画框的两侧，小心翼翼地把画从架子上抬起来，拿着它沿着过道走回去。拿着破旧公文包的老人还站在那里，还在看着她，但罗西几乎没注意到他，径直走到柜台前，小心地把画放在比尔·斯坦纳面前。

"发现喜欢的东西啦？"他问她。

"是的。"她敲了敲画框边的标价牌，"上面写着'75元或？'，你刚才说可以出五十元买我的订婚戒指。你愿意以物换物吗？我的戒指换这幅画？"

斯坦纳从他那边的柜台走出来，推开一端的小门，来到罗西这边。他看着那幅画，和看她戒指的时候一样仔细……但这次他的表情里带着一点愉悦。

"我不记得这个了，好像以前从没见过。肯定是老头在哪儿收来的。我们家里就数他最爱艺术。我呢，只能美其名曰'擦屁股先生'。"

"你的意思是说不能——"

"不能做主？可别说这话！真说起来，我大约是个没法做主的。但这次我可以。我很愿意按照你说的来，以物换物。这样我就不用看着你把脸快拖到地上走出这个门啦。"

罗西又经历了个人生的"第一次"：她不由自主地伸出胳膊搂住比尔·斯坦纳的脖子，给了他一个简短而热情的拥抱。"谢谢你！"她喊道，"太感谢了！"

斯坦纳笑了起来。"哦，天哪，不客气，"他说，"我这好像还是第一次在这好地方被顾客拥抱。还有其他特别想要的画吗，女士？"

那位穿着轻便外套的老头——斯坦纳口中的"罗比"——走过来看了看那幅画。"想想典当行大部分顾客的样子，这就是一种恩赐啊。"他说。

比尔·斯坦纳点点头："你说得很有道理。"

罗西对两人的对话充耳不闻，她正忙于在包里翻找那团包着戒指的面巾纸。花的时间比本来需要的长，因为她的眼睛一直忍不住去看柜台上的那幅画，属于她的画。她第一次以真正迫不及待的心情去想自己即将住进去的那个房间。她自己的地方，而不是众多行军床中的一张。她自己的地方，属于她的画，挂在墙上。这就是我要做的第一件事，她一边想着，一边用手指包住那团纸巾，头一件事。她打开纸巾，拿出戒指，递给斯坦纳。但他暂时没接，因为正在研究那幅画。

"这是一幅原版油画，不是印刷品，"他说，"我觉得不是什么好作品。可能也因为如此，才被罩上了玻璃——可能有人想给它装点个门面。山下那座建筑是什么啊？被烧毁的种植园农舍？"

"我认为应该是一座庙宇的遗迹，"拿着破旧公文包的老头低声说，"一座希腊神庙，说不定。不过，很难说清，对吧？"

的确很难说清。因为他们讨论的那座建筑几乎被矮树丛淹没到了屋顶。正前方的五根竹子上藤缠蔓绕。还有一根已经倒塌在地，七零八落。倒下的柱子不远处还有座倒塌的雕像，上面长满了杂草，一片绿之中唯一能稍微看清的是那张光滑的白色石脸，仰望着天空中汹涌的雷暴云，画家显然用洋溢的热情在天上涂满了这风起云涌的情景。

"是啊，"斯坦纳说，"反正，我觉得这建筑的透视有点不对——在那个位置，也显得太大了吧。"

老人点点头："但作这个弊倒是有必要的，不然除了屋顶就什么都看不到了。比如那根倒塌的柱子和雕像，可就别管了——根本就看不见的。"

罗西才不在乎什么画面背景，她所有的注意力都集中在这幅画的中心人物身上。山顶上的那个女人，转身看着庙宇的废墟，所以每个画外人都只能看到她的背影。她一头金发，编成一条辫子垂在背上。她的手臂线条匀称美好，右肘上方戴了一个宽大的金臂环；左手向上举起，虽然无法完全确定，但看起来似乎是在遮眼挡光。这行为很奇怪，因为空中正电闪雷鸣，没有阳光，但看样子她就是在这么做，就是如此。她穿了条短连衣裙——罗西想，这种样式应该叫"托加袍[1]"——裸露着一侧奶油色的肩膀。衣服是鲜艳的红紫色。如果她脚上穿了什么的话，从画面上也看不出来，她站在草地上，草几乎高及她的膝盖，而托加袍的裙边也刚好到那个位置。

"你觉得是什么风格？"斯坦纳问，问的是罗比，"古典主义？新古典主义？"

"我觉得是'糟糕艺术'风格，"罗比咧嘴笑了，"但同时我好像也明白为什么这位女士想要买下它。这画展现的情绪特质还挺直击人心的。各种元素看起来是古典主义——古老的钢版画中会出现的那种东西——但是传递的感觉很哥特。对了，还有，中心人物是背对着观众的。我觉得这一点特别奇怪。总的来说……好吧，不能说这位年轻女士选了本店最好的画，但我能肯定，她选了最不寻常的那一幅。"

罗西仍对他们的话充耳不闻。她不断在这幅画中发现能吸引自己目光的新东西。例如，女人腰间的深紫色细绳，与袍子的褶边很搭，还有那只抬起的手臂让她的左胸隐约露出一点痕迹。这俩男人就是在瞎扯闲聊，这是一幅绝妙的画作，她觉得自己可以盯着它连续看上几个小时。等有了自己的新家，她可能就会这样做。

"没有画题，没有签名，"斯坦纳说，"除非——"

他把画转过来。纸背上用柔和而略微模糊的木炭笔触，印着"罗丝·麦德（ROSE MADDER）"的字样。

"好吧，"他满腹狐疑地说，"我猜这是画家的名字吧。不过这名字挺有趣的。可能是化名。"

罗比摇了摇头，刚要开口说话，发现选中这幅画的女人也知道斯坦纳说错了。

"这是画的名字，"接着，出于某种她永远也解释不了的原因，她又

1.toga，指古罗马风格的宽松大袍子。

补了一句，"我的名字就叫罗丝。"

斯坦纳看着她，完全糊涂了。

"不用在意，巧合而已。"但真的是个巧合吗？她在想。真的吗？"看。"她又轻轻地把画转过来。她隔着玻璃罩，敲了敲那个女人穿的袍子："那种颜色——紫红的颜色——就是罗丝·麦德，茜草玫瑰红[1]。"

"她说得对，"罗比对斯坦纳说，"要么是画家本人——或者更有可能是上一个拥有这幅画的人，因为木炭很容易就会被擦掉——用了女人袍子的颜色来命名这幅画。"

"请问，"她对斯坦纳说，"我们能交易了吗？我着急要走。已经很晚了。"

斯坦纳本想再问一次她是不是确定，但他看得出来，她很确定。他还看出了别的东西——她脸上有种微妙的表情，说明她最近的日子过得比较艰难。从这女人的脸可以看出，她也许会把真心的兴趣与关切看作戏弄，也可能看作他试图想把交易条款变得对自己更有利。他只干脆地点了点头。"戒指换照片，直接交易。皆大欢喜。"

5

"没错。"她向他露出一个容光焕发的迷人微笑。这是十四年来她第一次向别人展露真心的微笑，在那笑容完全绽放的瞬间，他的心朝她敞开了。"皆大欢喜。"

她在店门外站了一会儿，朝着疾驰而过的车辆傻傻地眨着眼睛，有种小时候和父亲看完电影走出来的感觉——晕眩茫然，大脑一半在真实的世界里，一半还停留在虚幻的世界。但这幅画是很真实的存在；

---

1. rose madder，茜草玫瑰红的意思。

如果她怀疑这一点，只需低头看看夹在左臂下的包裹。

身后的店门打开了，那位老人走了出来。她现在甚至都对他有点好印象了，对他微笑起来，这种微笑专门留给与之共同经历过奇异或美妙事件的人。

"女士，"他说，"请问你能考虑帮我个小忙吗？"

她脸上的微笑被警觉的表情代替："要看是什么忙了，不过我并没有帮助陌生人的习惯。"当然，这么说已经很含蓄了。她甚至都不习惯和陌生人说话。

他显得有点尴尬局促，这倒让她稍微安下心来。"对，好的，我知道这听起来是挺奇怪的，但可能对我俩都有好处。对了，我叫莱弗茨。罗比·莱弗茨。"

"罗西·麦克伦登。"她说。她本想主动跟他握手，但又打消了这个念头。她也许根本不该告诉他自己的名字。"我真的没什么时间帮任何的忙，莱弗茨先生——我已经有点迟了，而且——"

"拜托。"他放下那个破旧的公文包，把手伸进另一只手上拿的棕褐色小袋子里，拿出一本他在典当行里找到的旧平装书。封面是相当程式化的绘画，一个穿着黑白条纹囚服的男人正要踏入某个地方，要么是个洞口，要么是个隧道入口。"我只想请你读一读这本书的第一段。读出声来。"

"在这儿？"她环顾四周，"就在这大街上？老天爷，为什么啊？"

他只是不断地说："拜托。"她接过书，想着只要按他的要求做，也许就能赶紧摆脱他，不用再做其他的傻事了。这样就没事了，因为她现在觉得这人有点疯疯癫癫的，也许并不危险，但确实有点疯癫。还有，如果他确实是个危险人物，那她最好趁"自由之城借贷与典当"和比尔·斯坦纳还近在咫尺的时候搞个清楚。

书名叫《黑暗通道》，作者是大卫·古迪斯，罗西翻到版权页，觉得自己从没听说过这个作者，这也并不奇怪（虽然书名似乎隐约有点印象）。《黑暗通道》是 1946 年出版的书，而她在十六年后才出生。

她抬头看了看罗比·莱弗茨。对方急切地朝她点头，身体都快震颤起来了，满怀着期待与……希望？怎么可能呢？但看他的样子，的确充满了希望。

罗西自己竟然也有些激动了（她母亲过去常说，同类相吸），她张口读了起来。书的第一段至少还挺短的：

"真是走了霉运。帕里是无辜的。而且他还是个正派体面的人，从不麻烦别人，想过平静的生活。然而，另一方的证据太多了，而他这边几乎什么都没有。陪审团认定他有罪。法官判处他无期徒刑，他被押送到圣昆廷监狱。"

她抬起头，合上书，递还给他。

"可以了吗？"

他在微笑，显然很高兴。"非常可以，麦克伦登女士。你等等……还有一段……麻烦了……"他快速地翻着书，又递给她，"谢谢，只读对话就好。这是帕里和一个出租车司机之间的对话。从'嗯，挺有意思'开始，你看到了吗？"

她看到了，而且这次她没提出异议。她已经认定莱弗茨并不危险，可能也没疯。而且，她还有那种奇怪的激动感，好像某件真正有趣的事情就要发生……或者已经在发生了。

是啊，当然，绝对，内心的声音兴高采烈地对她说，那幅画，罗西——还记得吗？

对啊，当然了。那幅画，光是想想，她的心就为之一振，并由衷觉得幸运。

"这真是太奇怪了。"她说，却在微笑。她控制不住脸上的笑意。

他点了点头。她想着，要是跟他介绍说自己叫包法利夫人，他也会以同样的方式点头。"是啊，是啊，你肯定觉得很奇怪，但是……你看到我希望你开始读的地方了吗？"

"嗯啊。"

她迅速扫了一眼这段对话，想从书中人说的话中了解一下他们都是谁。出租车司机很好理解，她脑海中很快出现了18频道在下午重播的电视剧《蜜月旅行》，剧里面由杰基·格里森[1]扮演的拉尔夫·克拉姆登就是这个样子。了解帕里就有点难了——她估计就是很常见的那种男主角吧，穿着一身白。哦，好吧，反正也没什么要紧。她清了清嗓子，开始了。她很快就忘记了自己正站在一个繁忙的街角，胳膊下夹着一幅包好的画，没注意到她和莱弗茨正引来路人好奇的目光。

"'嗯，挺有意思，'司机说，'我从人的表情就能看出他们在想什么。能看出他们是做什么的。有时候甚至能看出他们的性格……比如你。'

'好吧，我。我怎么了？'

'你是个麻烦在身的人。'

'我什么麻烦也没有。'帕里说。

'你别跟我说啊，兄弟，'司机说，'我就是知道。我很会看人。我再跟你说点别的吧。你的麻烦是女人。'

'第一击。我婚姻幸福。'"

突然之间，没有来由，她找到了适合帕里的声音：他就是詹姆斯·伍兹[2]，神经质，总是高度紧张，但又有种脆弱的幽默感。想到这儿她很高兴，于是继续读下去，自己对这个故事也感起兴趣来，脑海里慢慢形成了电影中的一幕，尽管这小说从未被拍成电影——某个无名的城市，天黑之后，一辆出租车在街道上飞驰，杰基·格里森和詹姆斯·伍兹坐在里面，言语来往之中夹枪带棒。

"'就叫它二垒打吧。你现在根本没结婚。但你结过，而且不幸福。'

'哦，我明白了，你是在场吗？从头到尾都藏在我家橱柜里呢。'

---

1. 杰基·格里森（Jackie Gleason, 1916—1987），美国演员、导演。
2. 詹姆斯·伍兹（James Howard Woods, 1947—   ），美国演员、导演、编剧、制片人。

司机说：'我来给你讲讲她吧。她可不好相处。她想要很多东西。得到的越多，想要的就越多。而且她想要的就总能得到。大致情况就是这样。'"

罗西已经读到了这一页的最末尾。她感到脊梁骨上升起一股奇怪的寒意，默默地把书递还给莱弗茨。此时对方看上去已经高兴得要拥抱他自己了。

"你的声音实在是太美妙了！"他对她说，"低沉又不闷，悠扬又很清晰，也没什么明显的口音——我一听就听出来了。但光有声音意义也不大。不过，你很会读书！你真的很会读书！"

"我当然会读书了。"罗西说，她不知该感到高兴还是气愤，"我看起来像个狼孩吗？"

"不，当然不是。但很多时候，即便非常好的读者也没法朗读——即便他们不会因为具体的单词而犯难，在表达情感方面也乏善可陈。而对话比叙述部分要难得多……可以说是非常严峻的考验了。但我听到你刚才读出了两个不同的人，真的听到了他们的声音！"

"是啊，我也听到了，莱弗茨先生。我真的得走了。我——"

她转身准备离去，而他则伸出手，轻轻碰了下她的肩膀。换个对这世界稍有经验的女人就会明白这算是个试镜，即便地点是在街角，也不会被莱弗茨接下来的话完全惊到。然而，这是罗西。对方清清嗓子，说要给她一份工作时，她彻底惊呆了，一时说不出话来。

6

正当罗比·莱弗茨在某个街角听着他那在逃妻子读书的时候，诺曼·丹尼尔斯正坐在警察总局四楼的办公室小隔间里，双脚放在桌上，双手枕在脑后。这么多年了，他还是第一次能把脚这样抬在桌上。通常情况下，他的桌子上都堆满了摞得高高的表格、快餐包装、还没写好的报告、部门通告、备忘录和其他杂七杂八的垃圾。诺曼不是那种有收拾整理习惯的人（短短五个星期，罗西多年来一直保持得十分干净整洁的房子，已经变成安德鲁飓风过后的迈阿密），他的办公室通常也能反映这一点，但此时此刻却是一片清爽简朴的景象。他花了大半天时间打扫，提了三个装满汕水的大塑料垃圾袋到地下室的垃圾处理场，不想把这个活留给那些在工作日的午夜和早上 6 点之间来打扫的黑鬼女人。留给黑鬼的工作就完成不了——这是诺曼的父亲给他的教诲，说得实在很对。有一个基本的事实，政客和慈善家要么不能理解，要么不愿意理解：黑鬼不懂什么叫工作。这就是他们的非洲习气。

诺曼的目光慢慢扫过桌面，现在上面除了他的脚和电话机，就没有别的东西了；他把目光转向右边的墙上。多年来，这面墙上一直贴满了各类待办事项和紧急事项表格、化验报告单和外卖菜单——当然还有他的日程表，庭审日期都标红了——但现在只剩下光秃秃的一面墙。最后，他游弋的目光落到了门边一摞装酒的纸板箱上。他审视着这一切，思索着人生是多么不可预测。他脾气不好，这一点他本人愿意头一个承认。而且他的坏脾气总会给他带来麻烦，并让他深陷麻烦之中不能脱身，这一点他也会坦然承认。如果一年前他能预见办公室今天的样子，可能会直接认定：他的坏脾气终于让他陷入了无法摆脱的困境，他被炒鱿鱼了。要么他得到的书面申斥已经累积到一定程度，根据部门规定，他必须被解雇；要么他在对某人造成实质伤害时被抓了现行，比如，他应该是实质性地伤害到了那个小地痞，拉蒙·桑德斯。拉蒙这种小基佬，受点小伤也没什么问题，在意这个就太可笑了——他又不是圣安东尼——但游戏规则还是必须遵守……或者至少违反规则时别被抓现行。这就像不要把"黑鬼不懂什么叫工作"这个想法明确地说出来，尽管每个人（至少每个白人）都对此一清二楚。

但他不是被炒鱿鱼了，只是要换个地方。从布什总统上任的第一年起，他就在这个倒霉催的小隔间里扎了根，现在终于要搬走了，搬进一间正经的办公室，墙面上顶天花板，下立地板。不是被炒鱿鱼，而是升职。他想起了查克·贝里[1]的一首歌，歌中唱道：这就是人生，你永远也预想不到接下来会上演什么。

搜查行动顺利进行，很大的一次搜查，就算是他自己来写剧本，也写不出更妙的情节了。行动发生了一个几乎令人难以置信的转折：他在无意之中挖到了大宝藏，至少在这里算很大了。

那是个遍布全市的贩毒团伙，是那种你永远无法完全掌握清楚的联合贩毒网……但这次他真是将其拿捏在了股掌之中。一切都水到渠成，就像在大西洋城的赌桌上一连掷出十二个七点，而且每次赢的钱都翻倍。最终他的分队逮捕了二十多人，其中有半打都是真正的毒枭，而且大搜捕进行得十分公正——没怎么施行诱捕的伎俩。检察官那叫个兴奋，估计自从初中对自家的可卡犬进行尾交之后，还没体验过这么厉害的高潮。诺曼曾经想过，要是不控制一下自己的坏脾气，他最终很可能会被这个混蛋小怪胎起诉，结果现在他摇身一变，成了检察官眼里的大福星。查克·贝里唱得真对啊——你永远也预想不到。

"冰箱里塞满了电视晚餐和姜汁啤酒。"诺曼唱着，笑着。那笑容很欢快，大部分人都会对此回以微笑。但如果是罗丝看到这个笑，会吓得浑身发冷，并疯狂希望自己能隐身。她把这看作诺曼咬人前的微笑。

从表面上看，这真是个美妙的春天；实际上，也确实是个美妙的春天；但说到底，这还是个很糟糕的春天，说得准确一点，是个倒霉透顶的春天，而原因就是罗丝。他本以为此时自己早就已经解决了她这个问题，但还没有。不知道为什么，罗丝竟然还是在逃，躲在某个地方。

那天，他在警察局对面的公园审问了"好哥们儿"拉蒙，也在同

1.查克·贝里（Chuck Berry, 1926—2017），美国黑人歌手、作曲家、吉他演奏家。

一天，他赶去了码头车站，还随身带了一张罗丝的照片，但没起多大作用。他提到太阳镜和鲜红的围巾（这是他在对拉蒙·桑德斯进行审问时发现的宝贵细节），大陆特快两名白班售票员中的一个喊了声"记得"。唯一的问题是，售票员不记得她买了去哪里的票，也没法查记录，因为根本没有记录。她是用现金买的票，也没有托运行李。

按照大陆特快的时刻表，有三种可能，但诺曼觉得第三种——下午1:45出发走南线的大巴——不太靠谱。她肯定不会愿意等那么久。这样就剩下另外两种选择：两百五十英里以外的一座城市，或者另外一座城市，更大一些，处在中西部腹地。

后来他才慢慢意识到，自己接下来就犯了个错误，这个错误让他白白浪费了至少两个星期。他想当然地以为，罗丝不会想要离家太远，这可是她长大的地方啊，她那么个战战兢兢的小老鼠，能走多远呢。但现在——

诺曼的手掌上全是淡淡的半圆形白色印痕，是他自己用指甲掐出来的，但真正用力的东西却来源于他大脑深处，那里有个烤箱，在他这辈子的大部分时间里，都在高温运转。

"你最好保持恐惧，"他喃喃自语，"要是现在还不怕，我保证你很快就会怕了。"

是的，他必须拥有她。没有罗丝，这个春天发生的一切——辉煌的大搜捕；媒体的褒扬；一改往日态度，竟然带着尊重向他提问题，让他惊呆了的记者们；甚至晋升——全都毫无意义。罗丝出走之后他睡过的那些女人也毫无意义。要紧的是，她离开了他。更要紧的是，他根本未曾察觉到她打算这么做。而最要紧的是，她拿走了他的银行卡。她只用过一次，而且只取了微不足道的三百五十元，但这不是重点。重点是她拿走了属于他的东西，她忘了谁才是这片土地上最心狠手辣的老大，为此她将不得不付出代价。这代价会很高。

很高。

罗丝离开后，他和一些女人睡过，还勒死了其中一个，掐了她的脖子，然后把她丢在湖西边的一个储粮塔后面。他是否应该把这件事也归咎于坏脾气？他不知道。还是说他疯了，神志不清了？他只知道自己在弗里蒙特街的站街女中挑中了那个女人，一个深褐色头发的小甜心，穿着浅黄褐色热裤，吊带上衣让那黛西·梅一般的大奶子显得坚挺突出。当时他并没意识到她有多像罗丝（或者这只是现在他对自己的说辞，也许他是真的相信了），等意识到时，他已经在现在的执勤车（一辆没有登记，车龄四年的雪佛兰）后座上干她了。当时的情况是，她转过头来，最近处粮库顶部的灯光短暂地照在她脸上，以某种特定的角度和感觉照着她，在那一刻，这个妓女就是罗丝，一个连字条也没留下，甚至连他妈的一个字也没留下就离开了他的婊子。不知不觉之间，他就已经把绳子缠到了那妓女的脖子上，妓女的舌头从嘴里伸了出来，眼睛像玻璃弹珠一样从眼眶里凸出来。而最糟糕的是，这个妓女死了之后，竟然完全不像罗丝了。

　　嗯，他没有慌……但话说回来，他有什么可慌的？毕竟这也不是第一次了。

　　罗丝知道吗？感觉到了吗？

　　这就是她离开的原因吗？因为她怕他会——

　　"别犯傻。"他嘟囔着骂了一句，然后闭上双眼。

　　不该闭眼的。眼前出现了最近常常入梦的景象：商业银行的绿色银行卡，扩张到巨大，像一个货币颜色的飞艇，飘浮在一片漆黑的背景之中。他急忙睁开眼睛。双手很疼。他张开手指，观察着手掌上喷涌出血的伤口，没有丝毫惊讶。他已经习惯了因为自己的坏脾气而留下各种伤痕，也明白该如何处理：要重新建立掌控感。这意味着思考和计划，而这一切的开端是回顾反思。

　　他在两个城市中比较近的那一个报了警，表明了自己的身份，并指认罗丝是一个大额银行卡诈骗案的头号嫌疑人。银行卡是最严重的事情，一直在他脑子里挥之不去，他再也忘不掉。他给警方的名字是罗丝·麦克伦登，觉得她肯定会用回她在婚前的姓氏。如果最后发现她没有，他就会把嫌疑人和调查人员同姓的事实当作巧合应付过去。这种情况以前也发生过，而且丹尼尔斯是很常见的姓，不是少见的特谢夫斯基或博沙茨之类的。

他也给警方传真过去罗丝的照片和画像进行比对参考。一张照片里，她坐在后院的台阶上，那是去年8月他的警察朋友罗伊·福斯特拍摄的。不是一张很棒的照片——比如，照片中能看出她三十岁之后长了多少肥膘——但这是一张黑白照片，还算清晰地展现了她的面部特征。另一张是一张画，同一个女人，只是包了头巾，出自一位警察艺术家之手（阿尔·凯利，这狗娘养的可真有才华，他应诺曼的要求，利用业余时间创作了这幅画）。

在那个城市，比较近的城市，警察们问过所有应该问的问题，去的都是应该去的地方——无家可归者收容处、临时旅馆、中途之家，只要是懂行的，会找人，掌握问问题的诀窍，有时是能看看住客人名单的——但没有结果。诺曼自己则是在时间允许的情况下尽量打电话，想找找有没有书面文件留下线索，却只获得了越来越大的挫败感。他甚至花钱买了一份该市最新的驾照申请人名单，请对方传真过来，但也一无所获。

他仍然没想过罗丝可能已经完全逃离他，逃离她的行径（尤其是竟敢拿走银行卡）所应当受到的惩罚，但他已经在不情不愿中认定，她很可能去了另一个城市，她可能怕他怕得太狠，逃到两百五十英里之外还不够远。

当然，八百英里也不够远，她很快就会了解这个事实。

与此同时，他已经在这里坐得太久了。现在该找辆轮车或门房的小推车，动手把他那堆乱七八糟的东西搬到往上两层的新办公室了。他把脚一晃，从桌子上放下来。此时，电话响了，他拿起听筒。

"是丹尼尔斯警员吗？"电话那头的声音问道。

"是的。"他回答，（不是很高兴地）想着，应该叫"一级警探丹尼尔斯"。

"我是奥利弗·罗宾斯。"

罗宾斯。罗宾斯。这个名字有些耳熟，但是——

"大陆特快的人，我卖了张票给你在找的女人。"

丹尼尔斯坐正了些。"对，罗宾斯先生，我记得你呢。"

"我在电视上看到你了，"罗宾斯说，"你抓住了那些人，真是太棒了。那些毒品太可怕了。我们经常看到车站有人在吸，你知道的。"

"知道。"丹尼尔斯说，控制着自己不在声音里显露出任何一丝不耐烦。

"你肯定知道。那些人会真正地去坐牢吗？"

"我想大部分都会的。你今天打电话给我，我有什么能帮你的吗？"

"哦，是我希望能帮到你。"罗宾斯说，"你还记得吗？之前你跟我说，如果还想起了什么，就给你打电话？就是那个戴墨镜、围红色头巾的女人的事情。"

"是啊。"诺曼说。他的声音仍然平静而友好，但不拿电话的那只手已经再度攥成了紧握的拳头，指甲挖进肉里，越来越深。

"嗯，我当时觉得想不起别的来了，但今早冲澡的时候又突然想起来了。我一整天都在想着这事，我肯定没错。她确实是那么说的。"

"怎么说的，说了什么？"他问道。声音仍然理智又平静——甚至礼貌和蔼——但那紧握的拳头的缝隙之中，已经能看到鲜血。诺曼打开空桌子的一个抽屉，把拳头搭在上面。算是为下一个用这倒霉催的小隔间的人来个小小的洗礼吧。

"听我说，她没跟我说她想去哪儿，是我告诉她的。所以啊，丹尼尔斯警员，你问我的时候我才没想起来。我脑子记那样的事情一直很不错的。"

"我没懂你的话。"

"买票的人通常会告诉你他们想去哪里，"罗宾斯说，"'我要纳什维尔的往返票'，或者'请给我去兰辛的单程票'，这个你懂吧？"

"懂。"

"这个女人不是那样说的。她没有说出目的地的名字，而是说想在什么时间离开。今早我冲澡时想起来的就是这个。她说的是：'我想买张11:05发车的票。还有座位吗？'感觉就像她要去哪儿并不重要，唯一重要的是——"

"——她要尽快离开，而且走得越远越好！"诺曼大叫起来，"是啊！是啊，当然了！罗宾斯先生，谢谢！"

"很高兴能帮到你。"电话线这头突然的情绪爆发，似乎让罗宾斯有些吃惊，"这个女人，你们一定是真的特别想找到她。"

"是的。"诺曼说。他再次露出那种微笑，就是总是看得罗丝浑身发冷、想要靠在墙上保护自己肾脏的微笑。"我们太想了。那趟11:05的大巴，罗宾斯先生，是开往哪里呢？"

罗宾斯告诉了他，又问道："她也是贩毒集团的人吗，你们找的这个女人？"

"不是的，是个银行卡诈骗案。"诺曼说，罗宾斯又开始就这个问题发表看法——他显然以为还可以再亲热地闲聊一番——但他话刚说到一半，诺曼就把话筒扔回了机座，挂断了。他又把双脚抬到桌上。等等再找推车搬他那些零碎。他坐在办公椅上，看着天花板。"是啊，银行卡诈骗案，"他说，"但有句话大家都知道，法有长臂[1]。"

他伸出手，松开拳头，露出鲜血满布的手掌。他弯曲了一下同样鲜血淋漓的手指。

---

1. 此句英文是"long arm of the law"，直译是"法有长臂"，引申义就是"法网难逃"。但在这里有种双关的含义，指丹尼尔斯准备通过法律手段找到罗丝，又用自己的"长臂"（家暴）来惩罚她。

"法有长臂，贱人，"他说，突然大笑起来，"法有他妈的长臂，就要向你伸过来了。你最好是相信这一点。"他不停地屈伸着手指，看着小小的血滴噼里啪啦地滴到桌子表面，他满不在乎，只是大笑着，感觉很好。

一切又回到正轨上了。

7

罗西回到"女儿与姐妹"，发现帕姆坐在地下娱乐室的一张折叠椅上，膝上放着一本平装书，但眼睛看的是格特·金肖和一个大约十天前来的瘦弱的小东西——叫辛西娅，姓什么来着。辛西娅的朋克发型相当浮夸——一半绿色，一半橙色，整个人看起来似乎只有九十磅[1]重。她左耳上缠着一大块绷带。之前她男朋友曾试图撕扯这只耳朵，并几乎成功了。她穿着一件背心，上面印着牙买加雷鬼乐手彼得·托什，背景是旋转的蓝绿色迷幻太阳纹，上面还印着一句宣言："决不放弃！"只要她动一动，背心的超大袖孔中就会露出她茶杯大小的乳房和草莓色的小乳头。她气喘吁吁，脸上汗水淋漓，但看上去很为自己能到这儿做现在的自己而高兴，几乎开心到犯蠢的地步。

格特·金肖则与辛西娅不同，两人区别之大，堪比黑夜与白天。罗西从来没完全弄清过，格特究竟是辅导员，还是"女儿与姐妹"的长期住客，或者只是所谓的"法庭之友"[2]。她会出现在这里，住上几天，然后又消失不见。她常在治疗时和大家围坐在一起（"女儿与姐妹"的治疗时段每天两次，住客们必须每周参加至少四次），但罗西从没听她

---

1. 1 磅约等于 0.45 千克。
2. friend of the court，法律名词，指的是主动或应法庭邀请，就某案件提供意见或协助，但不属于诉讼当事人任何一方的人。

说过些什么。她个子很高，至少有六英尺一英寸[1]，身形也大——肩膀很宽，线条柔和，皮肤深褐色，双乳大如甜瓜，肚子像个悬垂的大豆荚，撑开了她 XXL 的 T 恤，覆挂在常穿的运动裤上。她顶着一头毛毛躁躁的辫子（卷曲得不得了）。她看起来特别像那种坐在自助洗衣店，吃着夹馅面包，看着最新一期《国家询问报》[2]的女人，所以人们很容易忽略她那突出的肱二头肌，灰色旧运动裤下健美的大腿，以及她走路时晃都不晃一下的结实臀部。罗西唯一能听到她多说点话，就是在娱乐室的这种对话中。

"女儿与姐妹"的住客，但凡想学自卫防身术的，格特都会教。罗西自己也上过几次课，而且现在每天还至少坚持练习一次格特所说的"搅乱混蛋六高招"。她并不擅长此道，也无法想象会真的对某个现实中的男人（比如靠在"小酒"门口那个留着大卫·克罗斯比小胡子的男人）使出这些招式，但她喜欢格特。她特别喜欢格特教学时那张大黑脸发生的变化，不像平时那么不动声色，仿佛黏土捏成的，而是变得生动丰富，充满智慧。说句实在的，就是变得漂亮起来。罗西曾经问过她，教的这个到底叫什么——跆拳道、柔术，还是空手道？或者别的什么流派？格特只是耸了耸肩。"这边借一点，那边借一点，"她说，"杂学边角料。"

此时，乒乓球桌被移到一边，娱乐室中间铺上了灰色地垫。八九把折叠椅沿着松木板墙一溜排开，两边是古早音响和史前彩电，彩电里显示的一切要么淡绿，要么淡粉。目前唯一有人坐的椅子就是帕姆坐的那张。她把书放在膝头，头发用一根蓝色纱线绑在脑后，双膝规规矩矩地并拢着，看起来就像高中舞会上没有舞伴而干坐着的壁花小姐。罗西在她旁边坐下，把那幅包好的画支在小腿旁。

二百七十多磅的格特和可能只有穿格鲁吉亚巨人靴，再背上一个

1.1 英寸约等于 2.54 厘米。

2. *The National Enquirer*，1926 年发刊的美国八卦小报。

满载的背包去上秤，体重才可能稍稍超过一百磅的辛西娅，两人正绕着彼此打转。辛西娅气喘吁吁，笑得很开心。格特平静而沉默，壮得已经没有曲线的腰部略微弯伏，双臂伸在身前。罗西看着她们，既觉得有趣，又有些不安。这场面就像一只松鼠，甚或是一只花栗鼠，在纠缠一头熊。

"我都开始担心你了，"帕姆说，"说实在的，我还想过找个搜查队去找你呢。"

"我过了最最最棒的一个下午。不过，你怎么样啊？感觉如何？"

"好些了。我觉得米多尔能解决这世上的一切问题。别管这些了，你是怎么了？你简直容光焕发啊！"

"真的吗？"

"真的。特别好。怎么回事？"

"嗯，我们细细说来。"罗西说。她掰着指头数了起来。"我发现自己的订婚戒指是个假货，用它换了一幅画——等我搬到新家了，就把这幅画挂起来——有人提出要给我一份工作……"她顿了顿，略微犹豫思索了一下，又补了一句，"……我还遇到了一个有趣的人。"

帕姆瞪圆了眼睛看着她说："你是编的吧！"

"不是，对天发誓不是。不过你也别太激动，他年纪估计都超过六十五了。"她说的是罗比·莱弗茨，但脑海中短暂呈现的形象却是比尔·斯坦纳，他穿着蓝色丝绸马甲，有一双很吸引人的眼睛。但这想法真是太荒唐了。在她此时此刻的人生里，爱慕对象就像唇癌，她不需要。而且，她不是已经认定斯坦纳至少要比她年轻七岁吗？说真的，他还是个小孩呢。"就是那个要给我工作的人。他叫罗比·莱弗茨。但现在先不说他——想看看我新买的画吗？"

"嗷嗷，加油，来啊！"娱乐室中间的格特喊道，语气既友善和蔼，又急躁恼怒，"这可不是在学校开舞会啊，小甜心。"她把昵称喊得带着狠劲，发音更像"小甜虾"。

辛西娅朝她奔袭过来，超大背心的衣角拍打着身体。格特侧过身去，用前臂拉住这个双色头发的苗条女孩，把她整个人翻了过来。辛西娅的高跟鞋被甩到空中，仰面朝天摔到地上。"哎哟！"她喊着，像个皮球一样弹起来，站稳了。

"不，我不想看你的画，"帕姆说，"除非画的是那个人。他真的六十五了啊？不会吧！"

"可能更老，"罗西说，"不过，还有另外一个。就是跟我说订婚戒指上的钻石其实是锆石，然后换给我这张画的人。"她顿了顿，又说："他没到六十五。"

"他什么样啊？"

"淡褐色的眼睛，"罗西说着朝那幅画弯下腰，"你得先说说觉得这个怎么样，然后我再跟你说别的。"

"罗西，你别跟这儿啰啰唆唆的！"

罗西咧嘴一笑——她几乎忘记和别人逗个小趣是多么快乐了。她自顾自地撕开包装纸，那是比尔·斯坦纳小心翼翼包上去的，包裹的是她在新生活中购买的第一件充满意义的东西。

"好。"格特对再次围着自己绕圈的辛西娅说。她那双棕黑的大脚缓缓地上下跳动着。白色T恤衫下，双乳像海浪一样涨落着。"我做了示范，现在你来做。记住，你肯定没法把我翻过来——你个子太小，想弄翻我这一辆卡车，会把自己套进去的——但你可以搭把手，帮我把自己翻过来。准备好了吗？"

"准备得太好了。"辛西娅说。她笑得更欢了，露出带点凶光的小小白牙。罗西觉得那牙齿仿佛属于某种体形很小但十分危险的动物，比如猫鼬。"格特·金肖，放马过来吧！"

格特冲了过去，辛西娅抓住她结实的前臂，以罗西清楚自己永远无法比拟的自信，将平坦如男孩的臀部转到格特隆起的身侧……突然之间，格特就飞了起来，在空中翻了个跟头，仿佛一个穿着白色T恤和灰色运动裤的幻影。T恤往上滑，露出罗西这辈子见过的最大的胸罩，弹性布料材质的米色罩杯仿佛"一战"时用的炮弹。格特摔在垫子上，整个娱乐室都震颤起来。

"啊!!!"辛西娅尖叫起来，灵活地舞动着，双手紧握举过头顶，"大个子摔咯! 倒下去咯! 倒下去咯!!!"

格特笑了，因为她太少露出这样的表情，反而显得有点可怕。她把辛西娅举过头顶，坚持了一会儿，树干一般的双腿叉开着，接着开始转动她，像飞机螺旋桨似的。

"噢噢噢，我要吐了!"辛西娅尖叫着，但同时也在大笑。她已经转动成了一团模糊的影子，只能辨认出绿色、橙色的头发与迷幻色彩的背心。"噢噢噢，我要喷射了!"

"格特，够了。"一个声音平静地说道。是安娜·史蒂文森，她正站在楼梯角，又穿着一身黑白（罗西也见过她穿其他颜色的衣服，但不多），这次是黑色的小脚裤和长袖高领的白色丝绸上衣。罗西真羡慕她的优雅。一直以来，她都很羡慕安娜的优雅。

格特略微有点发晕，轻轻地把辛西娅放了下来，让她站稳。

"我没事，安娜。"辛西娅说。她在垫子上弯弯绕绕地走了四步，趔趄一下，一屁股坐下，咯咯笑了起来。

"我看你是没事。"安娜不动声色地说。

"我把格特翻过来了，"她说，"你该看看的。那简直是我人生最激动刺激的时刻了，老实说。"

"那肯定是了。但格特会告诉你，是她把自己翻过来的，"安娜说，"你只不过是帮她做了自己本来就想做的事情。"

"嗯，我猜也是。"辛西娅说。她小心翼翼地站起来，但紧接着又一屁股（虽然那屁股平得根本称不上屁股）坐下了，继续咯咯直笑。"天啊，简直像有人把整间屋子都放在唱片机上了。"

安娜从娱乐室那头走到罗西和帕姆坐的地方。"你拿的什么?"她问罗西。

"一幅画。我今天下午买的。这是为以后的新家准备的，等有了我自己的房间以后。"接着，她有些怯怯地追问了一句，"你觉得怎么样？"

"不好说——我们把它放到灯光下看看。"

安娜拿起画框，走到娱乐室另一边，把画放在乒乓球桌上。五个女人围着它，形成一个半圆。不，罗西环顾了下四周，发现已经有七个人了。罗宾·圣詹姆斯和孔苏埃洛·德尔加多也下楼加入了她们，这两人站在辛西娅身后，从她窄小骨感如鸟一般的肩头看过来。罗西等着谁来打破沉默——她觉得肯定会是辛西娅。然而，没人打破沉默，气氛开始有些尴尬，罗西紧张起来。

"怎么样？"她问道，"你们觉得怎么样？谁来说点什么啊。"

"这幅画有点奇怪。"安娜说。

"是啊，"辛西娅表示同意，"怪怪的。不过我以前好像见过一幅有点像的画。"

安娜看着罗西："你为什么买下它呢，罗西？"

罗西耸了耸肩，感觉到前所未有的紧张。"说真的，我可能解释不清楚。就像它在召唤我一样。"

安娜笑着点了点头，这反应让罗西很惊讶，同时也让她大大地放松下来。"是啊，我觉得，艺术的全部真谛就在于此，不仅是画作——书、故事、雕塑，甚至沙中城堡，都是一样的。有些东西召唤着我们，就这么简单。就好像它们的创造者在我们的脑中说话一样。但是这幅画……你觉得它很美吗，罗西？"

罗西看着这幅画。她努力像在"自由之城借贷与典当"时那样去看它，当时它用无声的语言对她说话，力量无比强大，令她震惊，她脑海里再也容不下其他无关的想法。她看着站在山顶高高的草丛中，身穿茜草玫瑰红托加袍（或称"希顿长袍"，莱弗茨先生的叫法）的金发女子，又注意到垂在她背上的长辫子和右肘上方的金臂环。然后，她把目光移向山脚下的庙宇废墟和倒塌的雕像（可能是神像）。那是托加女子正看着的事物。

你怎么知道她就在看这个？你如何得知呢？你又看不到她的脸！

当然，这话不假……但除此之外，还有什么可看的呢？

"不，"罗西说，"我买它不是因为觉得很美，而是因为觉得很有力量。它让我走着走着就停下来，很有力量。你们觉得一幅画必须要美，才能称得上好画吗？"

"不，"孔苏埃洛说，"想想杰克逊·波洛克[1]。他的东西表现的就不是美，而是能量与活力。或者黛安·阿勃丝[2]，她又如何呢？"

"一个摄影师，拍有胡子的女人和抽烟的小矮人，因此出了名。"

"哦，"辛西娅认真想了想，她的脸突然因回忆而放光，"有一次，我见过这么一张照片，当时我在一个承办酒席的聚会上做鸡尾酒。聚会地点是个艺术画廊。拍照片的人叫阿普尔索普，罗伯特·阿普尔索普。你们想知道照片什么内容吗？一个男人正在吞另一个男人的那东西！真的！而且也完全不是杂志上那种装装样子的。那个男人真的在努力，他把这个当成正事在做，可以算是加班了吧。你根本想不到一个男人能——"

"梅普尔索普。"安娜冷冷地说道。

"嗯？"

"梅普尔索普，不是阿普尔索普。"

"哦对，应该是你说的这个。"

"他已经死了。"

"哦，是吗？"辛西娅问，"怎么死的？"

---

1. 杰克逊·波洛克（Jackson Pollock，1912—1956），美国抽象表现主义绘画大师。
2. 黛安·阿勃丝（Diane Arbus，1923—1971），美国新纪实摄影最重要的旗手，对社会主流人物和边缘人的两面性在视觉上做了深入探索。

"艾滋病。"安娜还在看着罗西的照片，说话也心不在焉的，"在某些地方被称为扫帚把病。"

"你刚才说见过和罗西这个有点像的画，"格特咕哝道，"那是在哪里，小屁孩？同一家艺术画廊？"

"不是。"讨论梅普尔索普的时候，辛西娅只露出感兴趣的表情，而此时她的脸颊上泛起了粉红，嘴角微微翘起，露出带着点防备的淡淡微笑，"而且并不是，那什么，完全一样，不过……"

"说嘛，告诉我们。"罗西说。

"好吧，我爸爸是贝克斯菲尔德的一名卫理公会牧师，"辛西娅说，"加利福尼亚的贝克斯菲尔德，我就是从那儿来的。我们住在牧师住所，楼下的小会议室里挂着好多旧画。有些是总统，有些是花，有些是狗。不重要。只不过是挂点东西在墙上，别显得光秃秃的。"

罗西点了点头，想到了典当行架子上的那些照片和画——威尼斯的贡多拉、碗中水果、狗和狐狸。

都是些随便挂在墙上的东西，只要不让墙显得光秃秃的就好。就像一张张没有舌头，发不出声音的嘴。

"但是有这么一幅……叫……"她皱着眉头，努力回忆，"应该是叫《迪索托西望》。画上有一个穿防水蜡布裤子、戴平顶帽的探险家站在悬崖顶上，身边围着印第安人。他的目光正越过好几英里的丛林，朝一条很大的河望去。我猜应该是密西西比河吧。但是……问题是……"

她犹疑地看着她们。脸颊比刚才更粉了，笑容消失了。耳朵上那一块绷带显得很白，特别显眼，就像某种被移植到她头侧的奇特配饰。在这个当口，罗西还专门花时间想了想（这不是她来到"女儿与姐妹"后的第一次），为什么有这么多男人都如此恶劣。他们出什么毛病了？到底是因为缺了什么东西，还是莫名其妙地生来就带了某种东西，就像电脑里组装得很糟糕的一个电路？

"说吧，辛西娅，"安娜说，"我们不会笑你的，会吗？"

女人们摇了摇头。

辛西娅把双手背到身后，像那种被抽到在全班面前背书的小女孩。"嗯，"她的声音比平时小了很多，"那画上的河水就像真的在流动，我就是对这一点入了迷。这幅画挂在我爸周四晚上上圣经学校课程的房间里，有时候我就走进去，在那幅画前坐上一个多小时，像看电视一样看着它。我看着河水流动……或者说等着看是不是真的会流动起来……现在我也不记得究竟是前者还是后者，但我当时只有九岁或十岁的样子。不过有件事我还真记得，那时候我想着，要是河水真的在流动，那么迟早会有一个木筏、一艘船，或是一条印第安独木舟经过，这样我就能确定了。但是，有一天，我走进去，那幅画已经不见了。噗，不见了。我想肯定是妈妈看到我就那么坐在那幅画面前，你们懂的，她就……"

"她担心了，把画拿走了。"罗宾说。

"对，有可能当垃圾扔了，"辛西娅说，"我当时只是个小孩子。但是你的画让我想起了那一幅，罗西。"

帕姆凑近，仔细瞅了瞅这幅画。"是的，"她说，"难怪。我都能看出那个女人在呼吸。"

说着大家都笑了，罗西也跟着笑了起来。

"不，重点不是那个，"辛西娅说，"只是……画看上去有点老派，你们懂吗……就像教室里挂的画……而且颜色很淡。除了天上的云和她的裙子，别的颜色都很淡。我那幅《迪索托西望》里，除了那条河，别的一切也都很淡。河是亮闪闪的银色，看起来比那幅画的其他部分都更有现场感。"

格特转向罗西："给我们讲讲你的工作吧。我听你说找到了一份工作。"

"快把所有的事情都说了。"帕姆说。

"对，"安娜说，"所有的事情都告诉我们，然后希望你到我办公室来，就几分钟。"

"是不是……是不是我一直在等的那件事？"

安娜笑了："给你句实话，应该是的。"

8

"是条件最好的房间，我们名单上顶好的了。希望你能和我一样高兴。"安娜说。她的桌角上摆着一沓险些要掉下来的传单，上面写着即将举行的"女儿与姐妹摇摆入夏野餐演唱会"，这个活动的功能有三：一是筹款，二是发展社区关系，三是庆祝。安娜拿起一张传单，翻了过来，快速地画起了草图。"这里是厨房，这里有个折叠床，这里是个小小的起居空间。这是卫生间。空间比较小，很难转身，要坐马桶上的话，脚就得伸进淋浴间了，但这是属于你的。"

"是啊，"罗西喃喃道，"我的。"她浑身上下渐渐涌起一股几个星期来都没有的感觉：这一切都只是个美妙的梦，她随时会醒来，发现自己还睡在诺曼身边。

"景色挺不错的，当然啦，跟湖滨路是没法比，但是布赖恩特公园挺不错的，尤其是夏天。在二楼。周围的街区在八十年代有点衰败，但现在也在逐渐复苏。"

"你好像自己就在那儿住过似的。"罗西说。

安娜耸耸肩，动作轻柔，叫人赏心悦目，她在草图的房间前画了条走廊，接着是一截楼梯。她像个绘图员一样，讲究线条的经济简省，不加修饰。她头也不抬地说："我去过那里很多次，但你当然不是这个意思，对吧？"

"不是。"

"每当一个女人离开这里时，我心里的一小部分也跟着她去了。这话听起来很老套吧，但我不在乎。这是真实的感情，这才是真正要紧的。那么，你觉得如何？"

罗西一激动，伸手拥抱了她，但感觉到安娜身体的僵硬，她立刻就后悔了。我不该这样的，她一边松手一边想着，我是知道情况的呀。她的确知道，安娜·史蒂文森很善良，这一点在罗西心中是毋庸置疑的，甚至还觉得她有一副圣人心肠；但安娜也有一种奇怪的高傲，以及安娜不喜欢有人进入独属于自己的空间。她尤其不喜欢被别人触碰。

"对不起。"罗西后退，和她拉开距离。

"别犯傻啦，"安娜直截了当地说，"你觉得如何？"

"我太喜欢了。"罗西说。

安娜笑了，刚才的小尴尬就这么翻篇了。她在起居空间的墙上画了个 X，旁边是个小小的三角，代表了房间里唯一的窗户。"你新买的那幅画——我觉得你肯定会决定把它挂在这个位置。"

"我也肯定。"

安娜放下铅笔。"我很高兴能够帮助你，罗西，也很高兴你来找我们。给，你'漏水'啦。"又是舒洁纸巾，但罗西怀疑这应该不是两人在这办公室里第一次见面时安娜给她的那盒。她觉得这里的舒洁纸巾消耗量应该很大。

她抽出一张，擦了擦眼睛。"你救了我的命，你知道吗？"她声音嘶哑，"你救了我的命，我永远，永远不会忘记。"

"这话听着叫人开心，但不准确，"安娜的声音一如既往地冷静平淡，"说我救了你的命，那就好像楼下娱乐室里辛西娅把格特翻过来一样。是你自己抓住机会，离开那个伤害你的男人，是你救了自己的命。"

"还是一样要谢谢你。只因为你一直在。"

"完全不用客气。"安娜说。在"女儿与姐妹"期间，罗西还是第一次看到安娜·史蒂文森的眼中涌出泪水。她微微一笑，把那盒纸巾递回桌子那头。

"给，"她说，"好像你也要'漏水'啦。"

安娜笑起来，抽了一张纸巾，擦了眼睛，扔进垃圾桶里。"我讨厌哭。这是我内心最深处最黑暗的秘密。每回我都觉得我不会再哭了，肯定不可能再哭了，然后就又哭了。这有点像我对男人的感觉。"

又是那么一瞬间，罗西不由自主地想着比尔·斯坦纳和他淡褐色的双眼。

安娜又拿起铅笔，在她草草画下的楼层平面图下面奋笔疾书，写完把那张纸递给罗西。原来是个地址：特伦顿街897号。

"这就是你的住址，"安娜说，"距离这里基本上要穿大半个城了。但你已经会搭公交了，对吧？"

罗西笑着点了点头——同时还有点泪花在冒出来。

"你可以把这个地址告诉在这里交的一些朋友，最终也会告诉你在这个城市之外结交的朋友，但眼下，除了我俩，还没人知道。"罗西觉得她说的这些话像是一套准备好的说辞——算是告别演说，"出现在你那里的人，绝对不会是在这个地方找到这个地址的。这就是'女儿与姐妹'的规矩。与受虐女性打交道有二十年了，我确信只能这样才行得通。"

帕姆已经全部解释给罗西听过了，孔苏埃洛·德尔加多和罗宾·圣詹姆斯也都跟她说过。她们是在"欢乐时光"给她讲的。"女儿与姐妹"的住客们把晚间干杂务的时间称为"欢乐时光"。但罗西其实不需要这些解释，但凡智力正常的人，只要去前厅参加三四次治疗，就能了解大部分必要的规矩条款，比如"安娜的名单"，还有"安娜的规则"。

"你有多担心他找上门来？"安娜问道。

罗西本来有点游离，这时猛然回过神来。一开始她甚至不确定安娜指的是谁。

"你丈夫——你有多担心？我知道，来这里的头两三个星期，你都表示过担心，害怕他会来找你……用你的话说，怕他会'追踪你'。现在你又是怎么想的呢？"

罗西认真考虑着这个问题的答案。首先，光用"害怕"还不足以形容她到"女儿与姐妹"的头一两个星期对诺曼的感觉，说是"恐惧"都不完全准确，因为细究她对诺曼的感情，其核心包裹着许许多多其他的情感（也在一定程度上被这些情感所改变）：对自己婚姻失败感到羞愧，想念家中几件自己特别喜欢的物件（比如维尼的椅子），似乎每天都能上一个新台阶的欢欣鼓舞的自由之感，还有一种冷淡到甚至有点可怕的解脱感。这种解脱感，就像走钢丝的人穿越深谷时颤巍巍地处在坠落的边缘……然后又恢复平衡。

不过，恐惧依然是其中的最强音，这是毫无疑问的。在"女儿与姐妹"的头两个星期，她一次又一次地做着同样的梦：她坐在门廊的一把柳条椅上，一辆崭新的红色山特拉停在面前的路边。驾驶座那一侧的车门打开了，诺曼走了出来。他穿着一件黑色的T恤，上面印着南越的地图。有时地图下面的字是"心安处即是家"，有时写着"无家可归且患有艾滋"。他的裤子上溅满了血。耳垂上挂着小小的骨头，看着像是指骨。他一只手上拿着面具一类的东西，上面沾满了血和黑乎乎的肉块。她想从椅子上站起来，却做不到，仿佛全身瘫痪了。她只能坐在那里，看着他慢慢走上来，那对骨头耳环晃动着，他向她走来。她只能坐在那里，听他说想和她近一点地谈谈。他笑了，她看到他的牙齿上也沾满了血。

"罗西？"安娜轻声问道，"你在听吗？"

"在的，"她有点喘不上气，"在听的，对，我还是怕他。"

"这个其实并不奇怪，你懂的。我想在某种程度上你会一直怕他。但你只要记住，你无所畏惧的持续时间会越来越长……甚至还会想都不去想他，记住这个就会没事的。不过，我问的其实不是这个。我问的是你是否依然害怕他会来找你。"

是，她还是害怕。否，已经没有那么害怕了。在过去的十四年里，她经常听他在电话上谈正事，也听他和同事们讨论案件，有时在楼下的娱乐室，有时在露台上。她给他们送去咖啡保暖套或没开瓶的啤酒，这群男人几乎注意不到她。几乎总是诺曼在主导这些讨论，他的声音急促而不耐烦，他俯身靠在桌子上，大大的手握住了几乎半个啤酒瓶。他催促其他人有话快说，推翻他们的疑虑，拒绝接受他们的推测。在极少数情况下，他甚至与她讨论案子。当然，他对她的想法不感兴趣，但她就像一堵随手可用的墙，他可以把自己的想法像球一样扔到上面，反弹回来，加以思考。他行动迅速，总希望先人一步得出结果，而且一旦案件三周未决，他就容易失去兴趣。他对这些案件的称呼，就像格特说自己的自卫招式：边角料。

现在，她是不是也成了他不感兴趣的"边角料"？

她多么希望事情就是如此。她很努力地尝试过了。但她就是……没法……相信。

"说不清，"她说，"我一方面隐隐觉得要是他要来，那早就应该来了；一方面又觉得他很可能还在找。他可不是卡车司机或者水管工，他是个警察。他很擅长找人的。"

安娜点点头说："是啊，我知道。所以他特别危险，你必须特别小心。还有一点也很重要，你要记住自己不是孤身一人。那样的日子已经过去了，罗西。你会记住这一点吗？"

"会的。"

"确定吗？"

"确定。"

"要是他真的出现了，你会怎么做呢？"

"当着他的面摔上门，再锁好。"

"然后呢？"

"打911。"

"毫不犹豫？"

"绝不犹豫。"她说。这是实话。但她一定会害怕。为什么？因为诺曼是个警察，而她打电话叫来的人也会是警察。因为她明白，诺曼就是有办法按自己的心愿办事——他是老大。还因为诺曼一次又一次地告诉过她：所有警察都是兄弟。

"打了911以后呢，你还会做什么？"

"我会打给你。"

安娜点点头。"你会没事的。一定没事。"

"我知道。"她说得很有信心，但内心依然隐隐在想……而且应该会一直想（除非他出现，猜测也就没必要了），如果某个夜晚，她听到敲门声，去开门，发现诺曼就站在眼前，那么，过去一个半月以来所经历的一切——"女儿与姐妹"、白石酒店、安娜、新朋友们——会不会在那一瞬间如大梦初醒一般消逝？有这个可能吗？

罗西的目光转向她的画，那画就靠在办公室门口的墙边。她明白，不会的。画的正面朝里，所以只能看到背面，但她发现自己仍然能看到它。山上的女人、她头顶电闪雷鸣的天空，以及山下半塌半掩的庙宇，这幅景象已经非常清晰地印在她的脑海中，丝毫不像梦境。她觉得，没有任何事情能够把她的画变成一个梦。

而且，运气好的话，我这些问题永远不需要有答案，她这样想着，脸上有了淡淡的笑意。

"安娜，那房租呢？多少钱？"

"每月三百二十元。你能至少撑两个月吗？"

"能。"当然，安娜也知道她能。要是罗西没有攒够"跑道"资金来确保自己能"安全起飞"，她俩就不会进行这场谈话了。"作为房租，已经很合理了。起步我是没问题的。"

"起步。"安娜重复着她的话。她用手支着下巴，敏锐的目光越过杂乱的桌子直视罗西。"那我就谈谈你的新工作了。听着绝对是件好事，但同时又有点……"

"可疑？不稳定？"之前她在回来的路上，脑子里冒出的就是这些词……她还想到一个事实，罗比·莱弗茨倒是热情洋溢，她却还不清楚自己能否胜任这份工作，而且要到下周一早上才会知道，目前完全不能确定。

安娜点点头。"我倒不会选这些词……我也说不好到底应该怎么形容，不过暂时就这么说吧。关键在于，如果你离开白石酒店，我不能绝对保证能让你再回去，尤其是在短时间内。你也很清楚，'女儿与姐妹'总有新的人进来，我只能先顾着她们。"

"当然，这一点我很清楚。"

"我当然也会尽力帮你，但是——"

"要是莱弗茨先生给我的工作没成，我会去找服务员的工作，"罗西平静地说，"我的腰背已经好多了，应该能胜任的。托唐的福，我也许能在'7-11'或者小猪妞妞找份晚班工作，如果真的走到了那个地步的话。"她口中的"唐"全名叫唐·维里克，用后面一个房间里的收银机给她们上了店员的入门课。罗西学得很认真。

安娜依然目光敏锐地看着罗西。"但你觉得不会走到那一步，对吧？"

"不会，"她又往下瞥了一眼自己的画，"我觉得会顺利的。话说回来，我欠你太多……"

"这个你知道该怎么做，对吧？"

"传递下去。"

安娜点点头。"这就对了。如果有一天你在街上看到另一个自己，看到样子很迷茫、连自己影子都害怕的女人——就把帮助传递下去。"

"安娜，我能问你个问题吗？"

"尽管问。"

"你说你的父母成立了'女儿与姐妹'。为什么会成立呢？而你又为什么把它继续办下去了呢？或者用你更喜欢的说法，为什么继续把它传递下去了呢？"

安娜打开办公桌的一个抽屉，翻找一阵，拿出来一本厚厚的平装书，把它轻抛到桌对面，罗西拿起来，盯着它，突然经历了一个十分生动的闪回，仿佛上过战场的老兵有时会遇到的那种情况。在那一瞬间，她不仅回忆起大腿内侧的湿润，那感觉就像小小的邪恶之吻，而且好像又在重新亲身体验。她看到诺曼的影子，他正站在厨房里打电话。她看到他的影子手指焦躁不安地拉扯着影子电话线。她听到他对另一头的人说，情况当然很紧急，他的妻子怀孕了。然后她看到他回到房间，捡起动手打她之前从她手里夺走并撕碎的平装书。安娜扔给她的那本书的封面上有着同样的一个红发女郎。这一次，她身穿长长的舞裙，被一个英俊的吉卜赛人搂在怀里，他的眼睛闪闪发光，马裤的前面有一双卷起的袜子，挺显眼的。

就是这东西惹的祸，诺曼当时这么说，我跟你说过多少次了，我对这种垃圾是什么感受？

"罗西？"是安娜在叫她，声音里带着关切，也显得非常遥远，就像在梦里听到的声音，"罗西，你还好吗？"

她从书中抬起头来（书名也是红金箔纸材质的，叫《痛苦的情人》，下面还写着"保罗·谢尔登最炽热的小说！"），勉强挤出一个微笑："嗯，我没事。这书看上去很性感啊。"

安娜说："看爱情小说是我的秘密恶习之一。比爱吃巧克力好，因为这不会让你发胖，而且书里的男人也比真正的男人好，因为他们不会在凌晨4点打电话给你，喝得烂醉，发牢骚，抱怨着要你再给一次机会。但这些书很垃圾，你知道为什么吗？"

罗西摇摇头。

"因为整个世界都在其中得到了解释。一切都会给出原因。它们可能和超市小报上的故事一样牵强。就算是一个不怎么聪明的人，了解了现实生活中人们的行为，也会知道书里的故事和她的所知背道而驰，但这些书确实就这么天经地义地存在着。在《痛苦的情人》这样的书里，安娜·史蒂文森会经营'女儿与姐妹'，无疑是因为她自己或者她的母亲曾经受过虐待。但我从未受过虐待，而且据我所知，我母亲也从未受过虐待。我倒是经常被我丈夫忽视——我们已经离婚二十年了，这事可能帕姆或格特还没告诉过你——但从未被虐待。罗西，有时候，人在一生中做某些事情，无论好坏，就只是单纯为了做那件事，没有为什么。你相信吗？"

　　罗西缓缓地点了点头。她在想，诺曼无数次打她，伤害她，让她哭泣……然后某天晚上，没头没脑地，他可能会带半打玫瑰花回家送给她，带她出去吃饭。如果她问为什么，有什么由头，他通常只是耸耸肩，说他"觉得想对她好"。换句话说，就是没有为什么。妈妈，为什么我必须在 8 点睡觉，即便现在是夏天，外面的天空还很亮？没有为什么。爸爸，为什么爷爷死了？没有为什么。诺曼无疑认为这些偶尔的款待和匆忙的约会能弥补很多，一定能抵消他概念中自己的"坏脾气"。他永远不会明白（即使她明说了，他也不会懂），这些东西甚至比他生气和暴怒更让她感到害怕。至少，他生气的时候，她还知道如何应对。

　　"有些人认为我们所做的一切，都是源自别人对我们所做的事情，我讨厌这种观念，"安娜有些激动地说道，"这就让一切脱离了我们的掌控，根本就是无视我们偶尔会遇到的那些真正的圣人或魔鬼，而且，最重要的是，根本不能在我心中引起真正的共鸣。不过，保罗·谢尔登的书里这么写也还不错，挺宽慰人的，会让你至少有那么一小会儿相信，上帝是理智的，这个故事里你喜欢的人不会有不好的遭遇。我的书可以还回来了吧？今晚我就要看完了，要边看边喝很多很多的热茶。"

罗西笑了，安娜也以微笑回应。

"你会来参加野餐会，对吧，罗西？地点在埃廷格码头。能帮忙的都需要来帮忙。我们的情况总是这样。"

"哦，当然，"罗西说，"除非莱弗茨先生认定我是个奇才，要我周六也工作。"

"我表示怀疑。"安娜站了起来，绕过桌子。罗西也站了起来。谈话接近尾声，她想到了最基本的问题。

"安娜，我什么时候可以搬？"

"明天，如果你愿意的话。"安娜弯下腰，拿起那幅画。她满腹思索地看着背面用炭笔写的字，然后把它转过来。

"你说这幅画很奇怪，"罗西说，"为什么？"

安娜用一根手指的指甲敲打着玻璃罩。"因为这个女人处在画面中心，却背对着观众。这种情况在这种画里似乎特别少见。而这画在其他方面都是很传统的。"她停下来瞥了一眼罗西，再开口时，语气中带着点歉意，"对了，山脚下建筑的透视不太对。"

"是啊，卖给我这幅画的人也提到了这一点。莱弗茨先生说可能是故意的。不然有些东西就看不到了。"

"我想也对，"她又多看了一会儿，"确实是有那么点感觉的，是吧？一种张力。"

"我不明白你的意思。"

安娜笑了起来。"我也不明白……只不过画的某种特质让我想到了那些爱情小说。强壮的男人，纵欲的女人，涌动的荷尔蒙。'张力'大概最接近我能表达的意思了吧。一种暴风雨前的平静。可能只是天空的关系。"她又把画框转过来，再次看了看背面的炭笔字，"这是一开始吸引你的原因吗？你自己的名字？"

"不是，"罗西说，"在看到背面的'罗丝·麦德'之前，我就已经知道自己想要这幅画了。"她笑了笑："这只是一个巧合，我猜——你喜欢的爱情小说中不允许出现的那种巧合。"

"我明白了。"但安娜似乎并没有特别明白。她用拇指肚抚过那些字。"很容易就抹花了。"

"是的。"罗西说。突然间，没有任何来由，她感到非常不安。就好像在那个夜晚已经开始的另一时区，有个男人在想着她。"毕竟，罗丝是个相当常见的名字——不像伊万杰琳或彼得罗妮拉。"

"我想你说得对，"安娜把画递给了她，"不过，用炭笔写字还挺有趣的。"

"怎么个有趣法？"

"炭笔字一抹就脏了。如果不加以保护——你这幅画背面的字没有什么防护——很快就会变成一片污迹。'罗丝·麦德'这几个字肯定是最近才印上去的。但是为什么呢？画本身看上去并不是最近的，至少也有四十年历史了，也可能是八十年或一百年。还有其他奇怪的地方。"

"什么？"

"没有画家签名。"安娜说。

▶ IV
魔鬼鱼

1

诺曼离开家乡的那天是周日，就在罗西预计开始新工作的前一天……那份她还不完全确定自己能否胜任的工作。他乘坐 11:05 的大陆特快离开——倒不是因为这样更实惠，而是他要按照罗丝的脑回路来做事，这至关重要。诺曼仍然无法承认她完全出乎意料的出逃对他造成了多大震撼。他努力告诉自己，他这么生气，是因为银行卡——仅此而已，别无其他——但他内心深处明白并非如此。他气的其实是自己竟然丝毫没有觉察，完全没有预感。

在他们的婚姻中，有很长一段时间，他清楚她醒着时的每一个想法，也了解她的大部分梦境。这种情况变了，弄得他快疯了。他有一个从未承认过但也没有完全埋没在思想深处的最大恐惧，就是这场出逃她已经计划了几个星期，几个月，甚至可能是一年。要是他知道她离开的真正动因（换句话说，要是他知道了那一滴血的事情），他也许能得到安抚。或者，他可能会更加疯狂。

无论如何，他已经意识到自己最初的冲动——不把自己当丈夫，而是作为警探去查案——是个错误。奥利弗·罗宾斯那通电话之后，他意识到自己应该忘记这两重身份，而是从她的角度去思考。他必须像她一样思考，而乘坐她坐过的大巴，就是这样做的第一步。

他手提旅行包走上大巴的台阶，站在驾驶座旁边望着过道。

"让让吧，哥们儿？"身后一个男人问道。

"想不想体验一下鼻子被打断的感觉？"诺曼不慌不忙地回答。身后那个男人再没发表什么意见。

他又思考了一小会儿，决定他（她）要坐哪个座位，接着沿过道走到那里。她不会一路走到巴士后面，他那挑剔的罗丝绝不会坐到靠近厕所隔间的位置，除非其他座位都坐满了，而诺曼的好朋友奥利弗·罗宾斯（他从他那里买的票，就和她之前一样）向他保证过，11:05的车几乎从没坐满过。她也不想坐在车轮上方（太颠簸）或太靠近前面（太惹眼）。不，中间的座位对她来说正好，而且要坐在巴士的左边，因为她是左撇子，而很多情况下，那些自以为随意选择的人只不过是在根据优势手来选方向。

做警察这么多年，诺曼慢慢相信心灵感应是完全可能的，但这很难做到……要是你站错了立场，就完全不可能做到。你必须像某种微小的穴居动物一样，找到一条路，钻进你要找的那个人的头脑中去；你得不断地去听声音，那不是什么节拍，而是脑电波。准确地说，你要寻找的不是一个想法，而是一种思考方式。等你终于找到了，就有捷径可走了——你可以在猎物的思想曲线上飞奔；然后，在某个夜晚，在他或她最意想不到的时候，你出现了，从门后走出来……或是躺在床下，手里拿着一把刀，准备在弹簧嘎吱作响，那可怜的傻瓜（这次是女傻瓜）躺下的时候，向上刺破床垫。

"在你最意想不到的时候。"诺曼喃喃着，一边坐了下来，希望这就是她坐过的位子。这句话让他听得舒服，于是他又说了一遍，此时巴士驶出了车位，准备往西进发："在你最意想不到的时候。"

旅程漫长，但他还挺享受的。他两次在并不真有需求的时候去休息站上厕所，因为他知道她是需要去的，而且她肯定不想用巴士上的厕所。罗丝很挑剔，但肾也很弱，可能是从她那已故的母亲那儿遗传的。诺曼总觉得，她母亲就是那种即便在丁香花丛里散个步，都得蹲下来撒个尿的贱人。

在第二个休息站，他看到有六七个人在大楼的一角，围着个装烟蒂的罐子。他有些向往地看了一会儿，接着越过他们走了进去。他非常想抽烟，但罗丝当时肯定没抽；她没有这个习惯。他反而停下来摸了摸一些毛茸茸的玩具，因为罗丝就喜欢这样的破玩意，还从门边的书架上买了一本平装的悬疑小说，因为她有时会看这种破玩意。他已经告诉过她无数次，真正的警察工作与书里写的破烂完全不同，她也总是表示同意——只要是他说的，肯定是真的——但她还是不管不顾地继续看这种书。如果诺曼知道罗丝也翻过这个书架，从里面挑了一本书，他应该不会太惊讶……但罗丝犹豫着把书放了回去，她不想花五元买三小时的乐子，因为她身上的钱这么少，还面临着那么多没有答案的问题。

他边吃沙拉，边强迫自己看那本书，然后回到巴士上，原位坐下。过了片刻，巴士再度出发了，诺曼一动不动地坐着，书放在膝上，看着东方的地平线越退越远，而田野越变越开阔。司机宣布不同时区到了，应该把手表往回调，他照做了，不是因为他在乎什么鬼时区（在接下来的三十多天里，他都是按自己的时间行事），而是因为罗丝会这么做。他拿起书，读到一个牧师在花园里发现了一具尸体，就又放下了，觉得很无聊。然而，这只是表象。他的内心深处可一点都不觉得无聊。他内心深处有种奇怪的感觉，好像自己是过去那种儿童故事里的金发姑娘，正坐在熊宝宝的椅子上，腿上放着熊宝宝的书，要去找到熊宝宝的小房房。不久之后，如果一切顺利，他就会躲在熊宝宝的小床底下了。

"在你最意想不到的时候，"他说，"在你最意想不到的时候。"

第二天凌晨，他下了车，站在刚进门的地方，打量着这个人声嘈杂、天花板挑高的车站，努力不犯警察的职业病去评估那些皮条客和妓女，小混混和叫花子。他尽量以她的眼光去看眼前的一切，她下了同一辆巴士，走进同一个车站，在同样的时间看着它，这时人的心情总是很自然地处在低潮。

他站在那里，任凭这嘈杂的世界向他涌来：这世界的面貌、气息和感觉。

我是谁？他问自己。

罗丝·丹尼尔斯。他回答。

我有什么感觉？

渺小，迷茫，而且害怕。对，这是底线。我害怕极了。

有那么一瞬间，一个可怕的想法攫住了他：万一罗丝太过害怕和惊慌，找错了人怎么办？这当然是有可能的。对某种类型的坏人来说，这样的地方就是鱼池。万一她找错的那个人把她带入茫茫黑夜，然后抢劫并谋杀了她呢？他告诉自己，这不太可能，但没起什么作用。他是个警察，明白这很有可能。比如，要是哪个瘾君子看到她手上那枚大戒指，一定会起歹心的。

他做了几次深呼吸，对尝试成为罗丝的那一部分头脑进行重组，把注意力重新集中回去。还有什么别的办法呢？如果她被杀了，那就被杀了。他对此无能为力，所以最好不要去想……而且，一想到她可能以这样的方式完全逃出他的手掌心，某个嗑药酗酒的混蛋可能夺走了属于诺曼·丹尼尔斯的东西，他就完全无法忍受。

不要紧，他告诉自己，不要紧，只管做好你的事。而现在你的事就是像罗丝一样走路，像罗丝一样说话，像罗丝一样思考。

他慢慢走出车站，一手拿着钱包（他把这当作她拿的包），看着人潮汹涌而过，有些人拖着行李箱，有些人肩上扛着系了绳子的纸箱，有些人搂着女友的肩膀、男友的腰。他目睹一个男人猛冲向刚从自己那辆车上下来的一个女人和一个小男孩，男人吻了女人，然后抓住小男孩，把他高高抛向空中。小男孩尖叫起来，又害怕，又开心。

我很害怕——一切都是新的，一切都是不同的，而且我怕得要死，诺曼对自己说，有任何东西是我觉得笃定的吗？有任何东西是我觉得能信任的吗？有吗？

他走过宽大的地砖，但走得很慢很慢，听着自己脚步声的回响，试图用罗丝的眼光去看一切，试图披着她的皮囊去感受一切。她匆匆瞥了一眼电视休息室里那些目光呆滞的孩子（有的单纯只是凌晨3点的疲惫；有的则眼睛严重充血，红得像内布拉斯加橄榄球队的代表色），目光又回到车站本身。她看着一排排的公用电话，但她要打给谁呢？她没有朋友，也没有家人——连在得克萨斯州潘汉德尔地区或田纳西州山区那种偏僻的地方也没有一亲半戚的。她看着通往街道的门，也许在想离开这里，找一个房间度过今夜，在她和整个宽广、混乱、冷漠、危险的世界之间隔上一扇门——她带着他的银行卡呢，有足够的钱入住一个房间——但她会这样做吗？

诺曼在自动扶梯的底部停下了，皱着眉头，把问题变了一下：我会这样做吗？

不，他认定，我不会。首先，我不想在凌晨3点半入住汽车旅馆，到中午就被赶出来，这钱花了不值。有必要的话，我可以多熬会儿夜，让自己的神经再多运转一会儿。但除此之外，我留在这里也还有别的原因：我身在一个陌生的城市，至少还有两个小时才天亮。我看过很多有关犯罪的电视剧，也读过很多悬疑小说，而且我嫁给了一个警察。我清楚一个女人独自走入黑夜中会发生什么，所以我准备等太阳出来再说。

那么我要做什么呢？怎么打发时间呢？

他的肚子咕咕地抱怨起来，帮他回答了这个问题。

是啊，我要吃点东西。上一次过休息站是在傍晚6点，我已经很饿了。

离售票窗口不远处有一个自助餐吧，诺曼往那边走去，跨过摆在地上的大包小包，克制着自己的冲动，没有把几个长满虱子的丑脑袋踢到旁边的钢管椅子腿上。这些天来，他不得不越来越频繁地克制这种冲动。他讨厌无家可归的人，认为他们就是一坨坨狗屎，只不过长了腿。他讨厌这些人牢骚满腹，借口多多，讨厌他们拙劣地装出精神错乱的样子。一个处在半昏迷状态的人跌跌撞撞地走到他身边，问他能不能给点零钱，诺曼几乎忍不住了，真想抓住这个流浪汉的胳膊，用老招式给他烙一块"印度斑"[1]。但他没有，只是柔声道："请你让我一个人待着。"因为她会说这样的话，而且会柔声说。

他刚要从保温餐柜中拿培根和炒蛋，突然想起她根本不爱吃那些东西，除非他一定要她吃；而有时候他确实会这样坚持（她吃什么对他来说并不重要，但不能让她忘记这场"射击比赛"谁才是老大，这很重要，非常重要）。于是他点了冷麦片代替，还有一整杯咖啡和半个仿佛用"五月花号"运过来的葡萄柚。吃了东西，他感觉好了些，也更清醒了。吃完之后，他不由自主地去拿烟，短暂地触碰到衬衫口袋里的烟盒后，他又强迫自己把手拿开。罗丝不抽烟，因此她不会因为他此时的渴望而受影响。他对这个问题进行了片刻冥想后，这种渴望退却了，正如他之前预料的。

他从餐吧出来，站在那里，没拿钱包的那只手塞在衬衫后面，第一个跃入他眼帘的是个巨大的蓝白光圈，外圈印着"旅客援助"的字样。

诺曼的头脑中也突然亮起了一盏明灯。

我会去那里吗？那个抚慰人心的大标志下的摊位，我会去吗？我会不会去那里看看有什么能帮到我的东西？

我当然会了——不然还能去哪儿？

他朝那边走过去，但没有径直走，先是从摊位旁边走过，然后又转身往回走，从两边好好看了看守摊人。一个脖子细得跟铅笔似的犹

1.英文是"Indian Burn"，指的是用两只手抓住别人的胳膊，向相反方向拧，在手臂上留下的小红斑。

太佬，大约五十岁的样子，和斑比的朋友桑普一样危险[1]。他正在看报纸，诺曼一看，是俄语的《真理报》。他不时地从报纸上抬起头来，向车站投去漫无目的的随意一瞥。如果此时诺曼还在扮演罗丝，桑普一定会注意到他。但此时的诺曼已经变回诺曼本人，是正在执行监视任务的丹尼尔斯警探，也就是说，他已经毫不起眼地融入环境。他基本上是在摊位后面以弯曲度不大的弧线来回走动（一直动着是很重要的，在这样的地方，被注意到的风险其实不大，除非你站着不动），远离桑普的视线，却能听得到桑普说话。

四点一刻左右，一个哭哭啼啼的女人来到"旅客援助"。她告诉桑普，自己坐灰狗巴士从纽约过来，有人趁她睡觉从她包里偷走了钱包。她说了很多废话，还用掉了桑普几张面巾纸，最后他帮她找到了一家旅馆，可以让她先住上几晚，等她丈夫寄些钱来。

如果我是你丈夫，女士，我会亲自给你送钱来，诺曼想，仍然在摊位后面来来回回地进行摆锤运动，而且你竟然会做出这么蠢的事情，我肯定要马上给你的屁股来上一脚。

给旅馆打电话时，桑普说他叫彼得·什洛维克。这对诺曼来说已经足够了。等犹太佬又和那女人说起话来，给她指路时，诺曼离开了摊位附近，回到了公用电话旁，那里还剩两本电话簿没被烧掉，或被撕成碎片，或被拿走。他可以在当天晚些时候打给自己的部门，获得所需信息，但他不想这么做。根据从《真理报》犹太佬那里观察到的情况，给人打电话说不定会很危险，以后可能会因此惹祸上身。而且，其实也没必要，在电话簿的城市目录中，只有三个姓氏中不带"c"的什洛维克（Slowik）和一个带"c"的什洛维克（Slowick），其中只有一个名叫彼得。

丹尼尔斯匆匆记下这个"桑普"的地址，离开车站，走到出租车

1.出自迪士尼动画《小鹿斑比》，桑普是斑比的好朋友，是一只可爱的小兔子。这句的意思是诺曼觉得这个犹太佬一点也不危险，有点讽刺和蔑视的意味。

招呼站。最前面那辆出租车上的司机是白人——太好了——诺曼问他这城里还有没有哪家酒店可以用现金开房间，环境也好一些，不会一关灯就听到蟑螂跑来跑去的声音。司机略一思忖，点了点头。"白石酒店。条件不错，价格便宜，能收现金，不乱打听。"

诺曼打开出租车的后门，上了车。"来吧，开始了。"他说。

2

周一早上，罗西跟着一位腿长如时尚模特的红发美女走进了"磁带引擎"的C工作室，罗比·莱弗茨已经信守承诺地等在那里，对她也依旧和蔼可亲，一如那天在街角说服她朗读自己刚买的一本平装书时。罗达·西蒙斯，将成为她的导演的四十多岁女人，对她也很好，但是……导演！能从罗西·麦克伦登联系到这样一个词，可真是稀奇啊，她甚至都没参加过高年级班级话剧的选拔。录音师柯蒂斯·汉密尔顿人也很好，尽管他一开始忙于各种调控，只简单迅速地跟她握了下手。启航（这个词出自罗比之口）之前，罗西、罗比和西蒙斯女士一起喝了杯咖啡，她把杯子端得很稳，一滴也没洒出来。然而，当跨过那扇双开门，进入有一面玻璃墙的小录音室时，难以抵挡的恐慌迎面袭来，她差点松开手里那一沓罗达称之为"台词表"的影印纸。那感觉堪比在威斯特摩兰街上看着那辆红色汽车向她驶来，还以为是诺曼的山特拉。

她看到他们在玻璃墙的另一边盯着她，就连那个满脸严肃的年轻人——柯蒂斯·汉密尔顿现在也看着她了。他们的脸看起来波动扭曲，仿佛她看他们的介质不是空气而是水。原来金鱼看那些弯腰从鱼缸一侧看进去的人，就是这样的啊，她紧接着又想，我做不到。老天啊，我究竟是凭什么觉得自己可以的呢？

一声响亮的咔嗒，她惊得跳了起来。

"麦克伦登女士？"是录音师的声音，"麻烦你在麦克风前坐下可以吗？我需要调试音量。"

她不太确定自己可以，她甚至不确定自己能动。她像是原地生了根，望向对面，麦克风的头正朝她昂着，像某种会出现在未来的危险的蛇。即便她最终还是努力走到那头，但她一坐下来，嘴里就发不出任何声音，最多就是一声干涩而短促的尖叫。

在那一刻，罗西眼见着自己所建立的一切轰然崩塌——脑海中闪过一幕又一幕，那梦魇般的速度就像经典短默剧"启斯东警察系列"。她看到自己被赶出了那个令人身心愉悦的小小房间，她只在里面住了四天，同时她本来就不多的现金已经花完了；她看到自己被"女儿与姐妹"的所有人冷落，甚至安娜本人也对她爱搭不理。

我不可能把老地方重新给你，对吧？她脑子里响起安娜的声音，你也很清楚，"女儿与姐妹"总有新人进来，我必须先顾她们。你为什么要那么蠢呢，罗西？你凭什么觉得自己能做一个表演艺术家，即便是在这么低的级别上，凭什么呢？她看到自己被城里咖啡店的服务员工作拒之门外，不是因为外貌，而是因为散发的气息——失败、羞耻和期望落空的气息。

"罗西？"是罗比·莱弗茨在叫她，"麻烦你坐下可以吗？让柯特[1]感觉下音量。"

他没觉察到，两个男人都没觉察到，但罗达·西蒙斯觉察到了……至少也起了疑虑。她拿下一直插在头发里的那支铅笔，在面前的一个本子上涂鸦。但她没看本子，而是看着罗西，眉毛皱在一起。

突然间，仿佛溺水的女人拼命扑腾，寻找一切可以多支撑自己一会儿的漂浮物，罗西不由自主想到了那幅画。她完全按照安娜之前说的，把它挂在了那个位置，就在起居空间的窗户旁边——那儿甚至有

---

1. 柯蒂斯的简称。

个现成的挂画钩，是以前一位房客留下来的。那个位置非常完美，尤其到了晚上。她可以在窗口眺望一会儿，看太阳从草木丛生的呈现出一片浓绿的布赖恩特公园落下，目光再回到那幅画，接着又望向窗外的公园。这两样东西合在一起，真是完美，窗户和画，画和窗户。她也不知道为什么会这样，但就是这样。不过，如果她失去了这个房间，这幅画也必须拿下来……

不行，必须挂在那儿，她想，本来就应该挂在那儿的！

这么一想，她至少能动弹了。她慢慢地走到桌子旁边，把台词表（是一本 1951 年平装小说书页的放大照片）放在面前，然后坐下。说是坐，感觉更像是整个人瘫倒了下去，仿佛膝盖被别针钉住，刚刚才有人把针拔出来。

你能做到的，罗西，内心深处的声音向她保证，但感觉是假装出来的权威，你在典当行外的街角做到了，在这里也能做到。

她发现自己没有被这个声音说服，倒也不特别吃惊。真正让她吃惊的，是接下来的想法：画中的那个女人才不会怕这个场面，穿茜草玫瑰红托加袍的女人完全不会怕这样的小场面。

当然了，这个想法很荒唐。如果照片中的女人是真的，她应该活在一个古老的世界，那里的人们认为彗星是厄运的预兆，而神被认为在高山顶上翩然游荡，大多数人从生至死都没有见过一本书。如果那个时代的某个女人被送进这个房间，这个有玻璃墙和冷光照明的房间，看到唯一的桌子上探着个钢做的蛇头，她要么会尖叫着夺门而逃，要么会晕倒在地，不省人事。

但罗丝觉得，那个穿茜草玫瑰红托加袍的金发女人，一辈子从未晕倒过。像录音棚这样的东西，也肯定不会让她吓得尖叫。

你把她想得好像真实存在一样，那个深处的声音说，听起来很紧张，你确定这是明智的想法吗？

如果它能帮我渡过这个难关，那当然是了，她也用思想回应它。

"罗西？"扬声器里传来罗达·西蒙斯的声音，"你还好吗？"

"还好，"她说，发现自己还能发出声音，只是略显沙哑，于是松了口气，"我只是口渴而已，而且怕得要命。"

"桌子左边下面有个小冰箱，装满了依云水和果汁，"罗达说，"至于害怕，那是自然的。会过去的。"

"再多说点，罗西。"柯蒂斯鼓励道。他已经戴上了耳机，正在调整一排仪表。

恐慌的感觉的确在慢慢过去，这要感谢那个穿茜草玫瑰红托加袍的女人。想到她能有一种镇静剂的作用，甚至胜过在维尼的摇椅上摇晃十五分钟。

不，不是她，是你，深处的声音对她说，是你自己发挥了作用，孩子，至少发挥了暂时的作用；但的确是你自己做到的。还有，不管接下来怎么样，你可以帮我个忙吗？一定要记住，谁是真正的罗西，谁是真·罗西。

"随便说点什么，"柯蒂斯对她说，"说什么都无所谓。"

有一瞬间，她不知所措。目光落到面前的台词表上。第一张书封的照片里，一个衣着暴露的女人正遭到一个身材魁梧、胡子拉碴的男人持刀威胁。这个男人留着小胡子，她脑子里飞速掠过一个几乎无法辨别的想法，像是突然呼吸了一口糟糕的空气。

来吧，上吧，把这狗东西解决了。

"我要读一本叫《魔鬼鱼》的书，"她开了口，希望自己是在用正常的声音说话，"这本书是1951年出版的，出版方叫'狮子书局'，一家专出平装书的小公司。不过封面上写着的作者名字是……够了吗？"

"我这边的盘式录音没问题。"柯蒂斯说着，脚底使劲，转轮椅从控制台的一端挪到了另一端，"再多说一点，要试一下数字录音。不过你声音很好听。"

"是的，很美妙。"罗达说。罗西觉得，导演那种松了口气的语气并非自己的想象。

她很受鼓舞，又对着麦克风说了起来。

"封面上说这本书的作者是理查德·拉辛，但莱弗茨先生——罗比——说，其实作者是位女性，叫克里斯蒂娜·贝尔。这个部分隶属无删节有声书系列'伪装的女人'，我得到这份工作，是因为本来要读克里斯蒂娜·贝尔小说的那个女人找到了别的角色——"

"我这边好了。"柯蒂斯·汉密尔顿说。

"我的天哪，听起来就像《巴特菲尔德 8 号》里的伊丽莎白·泰勒[1]。"罗达·西蒙斯真心地拍起手来。

罗比点点头。他笑得灿烂，显然很高兴。"罗达会一直帮你的，但只要你像在自由之城外面给我读《黑暗通道》一样表现，我们应该都会很高兴。"

罗西俯下身子，头差点就要撞上桌角，她从小冰箱里拿了一瓶依云。拧开瓶盖时，她看到自己的双手在颤抖。"我会尽我所能。我向你保证"。

"我知道你会的。"他说。

想想山上的女人，罗西对自己说，想想她现在就站在那里，她不惧怕她的世界里任何迎面而来的东西，也不惧怕我这个世界里任何从后面偷袭的东西。她手无寸铁，但她并不害怕——你不需要看到她的脸就能明白这一点，从她的背影中就能看到这一点。她……

"……做好了迎接任何事的准备。"罗西喃喃道，露出了微笑。

罗比在玻璃墙的一侧往前倾了倾身子。"什么？我没听清。"

"我说我已经准备好了。"她说。

"音量好了，"柯蒂斯说，并转向罗达，她把自己那份小说副本摆在本子旁边，"我好了，等您开始，教授。"

1.*Butterfield 8*，1960 年上映的美国剧情类电影，伊丽莎白·泰勒在其中扮演一个模特兼高级应召女郎。

"好的，罗西，让他们看看咱的本事，"罗达说，"《魔鬼鱼》，克里斯蒂娜·贝尔著。委托方'音频概念'，声音导演罗达·西蒙斯，朗读者罗西·麦克伦登。正在录音。第一次录制，我说开始……开始。"

哦，老天，我做不到，这想法又浮现在罗西的脑海，但这次她拼命让自己的思绪集中到一个强有力的鲜明意象上：画中的女人右肘上方戴的金臂环。随着那意象越来越清晰，新的这阵恐慌也慢慢过去了。

"第一章。内拉没有意识到那个穿破旧灰色上衣的男人在跟踪她，直到走到路灯之间，左手边有条垃圾遍地的小巷，巷口仿佛张大嘴打着哈欠，又像一个老人的下巴，他死去时嘴里还有很多食物。那时一切已经晚了。她听到身后传来鞋跟的钢钉敲击地面的声音，越来越近，一只满是污垢的大手从黑暗中猛地伸出来……"

3

当天晚上七点一刻，罗西把钥匙插进特伦顿街那个二楼小房间的门锁中。她又累又热——今年，这个城市的夏天来得早了些——但她也非常高兴。她的一只手臂抱着一小袋杂货。最上面露出一沓黄色的传单，上面有关于"女儿与姐妹摇摆入夏野餐演唱会"的通知。罗西已经去了一趟"女儿与姐妹"，跟大家讲了讲自己第一天上班的情况（她几乎是连珠炮似的一口气全说了）。她要走的时候，罗宾·圣詹姆斯问她能不能拿一沓传单，看能不能放在住处附近的店主那里，帮忙发发。罗西表示她能发多少就会发多少，同时努力克制情绪，光是想想自己竟然生活在这样的街区，她就激动得不行。

"你可真是大救星。"罗宾说。今年她负责卖票，也毫不掩饰地表明到目前为止都卖得不是很好。"要是有人问起，罗西，你告诉他们，这里没有离家出走的青少年，我们也不是拉拉。这些传闻是卖不出票的问题之一。你愿意解释吗？"

"当然。"罗西回答，但心里清楚她不会这样做。她无法想象对一个素未谋面的店主说教，给对方讲清"女儿与姐妹"的情况，以及解释它不是传言的那样。

但我可以说她们都是很好的女人，她一边想着，一边打开角落的风扇，然后打开冰箱放些东西进去。接着，她说出声来："不，我会说女士。很好的女士。"

是啊，这样很可能更好一些。出于某种原因，男人，尤其是过了四十的男人，会觉得"女士"比"女人"听起来更舒服。这很傻（在罗西看来，一些女性对语义问题大惊小怪，吹毛求疵，这种行为更傻），但这个想法突然唤起她的回忆：诺曼有时候会逮捕一些妓女，他是怎么谈论她们的呢？他从不称她们为女士（那是他谈论同事的妻子时使用的词，比如"比尔·杰瑟普的妻子是位非常好的女士"），他也从不称她们为女人。他都说，那些"妞儿"。那些妞儿这样，那些妞儿那样。直到这一刻，她才发现自己是多么讨厌这个在喉咙后部发音的硬邦邦的小词：妞儿。很像努力忍住呕吐时发出的声音。

忘了他，罗西，他不在这里。他不会在这里。

像往常一样，光是这么简简单单地一想，她心中就充满了喜悦、惊奇与感激。有人告诉她——主要是在"女儿与姐妹"的定期治疗中——这种极度欣喜的感觉会过去，但她真的很难相信这个说法。她在独立生活。她已经逃离了那个怪物。她是自由的。

罗西关上冰箱门，转过身，看着她的房间。家具很少，除了那幅画也没有别的装饰，但她只要看到这里面的任何东西，都开心得想要欢叫出声。这里有诺曼·丹尼尔斯从未见过的漂亮的奶油色墙壁，有一把椅子，诺曼·丹尼尔斯从没因为她"自作聪明"，就把她从上面推下来，有一台诺曼·丹尼尔斯从未看过的电视，他从未在这电视前对新闻嗤之以鼻，或对着重播的《全家福》和《欢乐酒吧》大笑。最重要的是，她从未坐在这里的任何一个角落哭泣过，不会边哭边提醒自己，如果肚子不舒服就吐在围裙里。因为他不在这里。他不会在这里。

"我在独立生活。"罗西喃喃道……接着，结结实实地给了自己一个幸福的拥抱。

她走到房间那头的画前。金发女人的托加袍在晚春的光照下几乎在发光。她是个女人，罗西想，不是一位女士，当然也不是一个"妞儿"。她站在她的山上，无所畏惧地俯瞰着庙宇的废墟与倒塌的诸神……

诸神？但只有一尊雕像……不是吗？

不，她看到了，其实有两尊——一尊在那根倒柱附近安详地仰望着电闪雷鸣的天空，另一尊则在右边很远的地方，正透过高高的草丛，斜身凝视着。你只能看到用白色石头雕刻的一条弯曲的眉毛、一只眼睛的眼眶和一只耳朵的耳垂，其余的都隐匿不见。她直到现在才注意到这尊雕像，但这又如何呢？画中可能还有很多她没注意到的地方，很多小细节——就像那种"寻找沃尔多"系列的游戏画作，充满了你第一眼看不到的东西，而且……

……而且以上都是胡扯。这幅画其实非常简单。

"好吧，"罗西低声说，"它就是很简单啊。"

她不禁想起辛西娅讲的故事，讲她在牧师住所长大，看到的那幅画……《迪索托西望》。讲她在画前一坐就一个多小时，像看电视一样看着它，看画中的河水流动。

"假装能看出河水流动。"罗西说着，打开了窗，希望能恰好赶上一阵微风，吹进房间里。公园空地上有小孩在玩耍，大一点的孩子们在打棒球，那遥远细碎的声音飘了进来。"假装，是的。孩子们会假装。我自己也会。"

她用一根棍子支着窗户——窗户只能开一小会儿，如果没人守着的话，就会砰的一声关上——又把目光转向那幅画。她心中突然袭来令人沮丧的想法，十分强烈，强烈到几乎可以确定为真。那件茜草玫瑰红托加袍上的折痕与褶皱不一样了。位置变了。而它们变了位置，是因为穿托加袍（或者说希顿袍，名称无所谓了）的女人变了位置。

"如果你这么想，一定是疯了，"罗西悄声道，她的心怦怦直跳，"彻底地精神不正常了。你明白的吧？"

她明白。尽管如此，她还是凑近了，深深地凝视画中景象。她保持着这个姿势，眼睛离画中山顶上的女人不到两英寸，差不多保持了三十秒，还屏住呼吸，以免玻璃罩起雾。最后，她向后一退，发出一声叹息，把肺里的空气呼出来，算是松了口气。衣服上的折痕和褶皱没有任何变化。她确信。（好吧，几乎确信。）这只是想象力作怪，因为今天太漫长了，又很美好，压力又巨大。

"是啊，但我挺过来啦。"她对穿托加袍的女人说。对画中的女人放声说话，她已经觉得这种行为完全没问题了。也许是有点古怪，但那又怎样？对谁有什么影响吗？又有谁会知道呢？而且，这位金发女郎背对着她，反而更让罗西相信，她真的在听。

罗西走到窗前，手掌根部撑在窗台上，向外看去。街对面，欢笑的孩子们在奔跑上垒，在秋千上晃荡。在她的正下方，一辆汽车正在路边停车。曾经有段时间，看到汽车这样停进来，她会很害怕，眼前全是诺曼的拳头和戒指向她袭来的画面，"服务、忠诚、社区"的字样越变越大，直到充满整个世界……但那段时间已经过去了。感谢上帝。

"说实话，我觉得我不只是挺过来了，"她对画中人说，"我认为我做得非常好。罗比也这么认为，我很清楚。但我真正需要说服的是罗达。我刚进去的时候，她应该是不怎么喜欢我的，因为我是罗比偶然发现的，你明白吗？"她又转向那幅画，仿佛一个女人转向自己的朋友，想从对方的表情看看自己的想法或讲述有没有产生什么影响。不过，当然，画中的女人只是继续俯瞰着山下庙宇的废墟，除了她的背影，罗西也看不到其他东西。

"你也知道我们'妞儿'能有多刻薄的，"罗西说着，笑了起来，"但我真觉得自己已经让她转变态度啦。我们今天只录了五十页，但到后面我已经好多啦；再说，所有那些旧平装书都很短。我打赌我可以在周三下午之前完成，而且你知道最棒的是什么吗？我每天几乎能赚一百二十元——不是一周，是一天——而且还有三本克里斯蒂娜·贝尔的小说。如果罗比和罗达把那些机会也给我，我——"

她戛然而止，瞪大眼睛盯着那幅画，再也听不到公园传来的细碎玩闹声，甚至听不到正从一楼爬上楼梯的脚步声。她又在看画面最右边的那尊雕像——眉毛的曲线、没有瞳孔的眼眶的曲线、耳朵的曲线。她突然洞悉了什么。她既对又错——第二尊倒塌的雕像之前不可见，是对的，但她认为这尊雕像是在她不在家去录《魔鬼鱼》的时候，不知怎么就出现在图画中的，这就错了。她认为女人衣服上的褶皱改变了位置，这可能是她的潜意识在努力制造一种幻觉，来加强起初那个错误的印象。毕竟，这确实比她现在正看到的现象稍微说得通一些。

"这幅画更大了。"罗西说。

不，这么说并不准确。

她抬起双手，在画作前面的空中测量了一下，确认它仍然占据着同样的三英尺乘两英尺的墙壁面积。她还看到画框内的白色衬垫，还是原来那么多，所以到底有什么大不了的？

第二尊雕像之前并不存在，这就不太对劲，她想，也许……

罗西突然感到头晕目眩，有点反胃。她紧闭双眼，揉起了太阳穴，头痛隐隐加重。当她睁开眼睛再次看那幅画时，它又如初见时那样出现在她眼前，不是作为分离的元素——庙宇、倒塌的雕像、茜草玫瑰色的长袍、举起的左手——而是作为一个完整的整体，用自己独特的声音召唤着她。

现在，可看的东西更多了。她几乎可以肯定，这种印象不是幻觉，而是简单明了的事实。画面并没有真正变大，但左右两侧，她都可以看出更多的东西了……顶部和底部也是。就像一个电影放映员意识到他用错了放映格式，于是进行了更换，把窄小方正的三十五毫米胶片变成了宽银幕全景的七十毫米。现在你不仅可以看到格林特·伊斯特伍德，还能看到他两旁的牛仔。

你疯了，罗西。画是不会变大的。

不会？那你怎么解释第二尊雕像？她本来确信它其实一直都在那里，只是她现在才看到它，因为……

"因为现在画面的右边扩大了，"她喃喃道，双眼瞪得很大，不过很难说清眼里究竟是惊恐还是好奇，"左边也扩大了，上面也扩大了，下面也——"

背后突然传来一阵忙乱的敲门声，速度之快，声音之轻，仿佛每一声之间都发生着交叠。罗西转过身，感觉自己好像在做慢动作，或者是在水下移动。

她没有锁门。

敲门声再次响起。她想起了楼下那辆停在路边的车——一辆小车，独自旅行的人很容易从赫兹或阿维斯租到的那种车——关于那幅画的种种想法，现在全都被另一个想法所取代，这个想法充满了抗拒与绝望的黑暗色调：诺曼终究还是找到了她。是花了他一些时间，但不知为何，他就是找到了。

她想起上次和安娜的谈话——安娜问她，如果诺曼真的出现了，她会怎么做。她说，锁上门并打911，但她忘了锁门，家里也没有电话。后面这点是最可怕的讽刺，因为起居空间的角落有个电话连机器，而且是能用的——她趁今天午餐休息时去电话公司付了押金。接待的女士给了她一张白色小卡片，上面写着新的电话号码，罗西把卡片塞进钱包，然后走出了门。她径直走过了出售电话的展示台，想着可以找时间去湖景购物中心，买一个至少便宜十元的电话。而现在，只因为她想省下区区十元……

门外一片寂静，但她低头看了下门缝，可以看出他鞋子的形状。应该是油光锃亮的大黑鞋。他不穿警察制服了，但仍然穿着那种黑鞋子，很坚固硬挺的鞋子，这一点她完全可以证明，因为和他在一起的这些年里，她的腿上、肚子上和屁股上多次出现过它们的痕迹。

重复的敲门声很有节奏，三声连在一起。砰砰砰，停顿。砰砰砰，停顿。砰砰砰。

和当天早上在录音室她恐慌得喘不上气时一样，罗西的思绪再次转向画中的女人，她站在杂草丛生的山顶上，不惧即将到来的雷雨，不怕山下坍塌的废墟中可能出没着鬼魂、巨魔或一些闲散的暴徒；她什么都不怕。看她的背影，她镇定举起手的样子，甚至（罗西真的这样认为）那只只能隐约窥见形状的乳房，都能看出来。

我不是她，我很害怕——害怕得快要尿裤子了——但我不会任由你把我带走，诺曼。我向上帝发誓，我绝对不会。

在短短的一瞬间，她努力回忆格特·金肖展示过的招式，对手冲过来，你抓住他的前臂，然后把身子闪到一侧。没有用——她努力想让眼前浮现出这个关键招式的画面，却只能看到诺曼向她走来，双唇后拉，露出牙齿（她觉得这就是他咬人前的微笑），想和她近一点谈谈。

再近一点。

杂货袋还立在厨房吧台上，旁边放着野餐会的黄色传单。她已经把容易坏的食品拿出来，塞进了冰箱，但袋子里还有几个罐头。她朝吧台走去，双腿仿佛木板，毫无感觉。她把手伸到袋子里。

又是三声快速的敲门声：砰砰砰。

"来了。"罗西说，觉得自己的声音听起来惊人地冷静。她拿出袋子里最大的东西，一罐两磅重的什锦水果罐头，尽量用手握紧，然后迈开麻木的双腿，朝门边走去："来了，稍等一下，马上。"

4

罗西买东西的时候，诺曼·丹尼尔斯正躺在白石酒店的床上，只穿了内裤，抽着烟，盯着天花板。

他养成抽烟习惯的过程和很多男孩子一样，从爸爸的"波迈"烟中偷几根抽一抽，如果被抓到，甘愿挨顿打。能以此在城里州际公路与49号公路交会的街角获得高人一等的社会地位，实在是公平交易。在那里，你靠在奥布里维尔杂货店和邮局外的电线杆上，把外套的领子翻起来，香烟松垮垮地垂在下唇上，非常自在：宝贝啊，为我疯狂，我很酷炫，我不在乎，像风一样。你的朋友们开着旧车经过时，他们怎么会知道这是你从老爹柜子上的烟盒里偷的烟头，又怎么会知道你唯一一次鼓起勇气想在杂货店买包属于自己的香烟，那个格雷戈里老头却嗤之以鼻，叫你长出胡子再来？

十五岁时，抽烟是件大事，很大很大的事，弥补了所有他无法拥有的东西（比如，一辆汽车，即便是朋友们开的那种破旧老爷车——脚踏板上只有底漆，头灯和保险杠周围有白色塑钢，用一圈圈铁丝固定）。到十六岁时，他已经上瘾了——每天两包，早上常常会爆发一阵货真价实的"烟枪咳"。

和罗丝婚后三年，她的全家人——父亲、母亲、十六岁的弟弟——都在那条49号公路上惨死。他们在菲洛采石场游了一下午泳后回家，一辆碎石车从路对面开过来，他们就这样被消灭，像窗玻璃上的苍蝇。麦克伦登老爷子被断了头，头颅在离车祸现场三十码[1]的沟里被发现，嘴巴张着，一只眼睛里溅了一大片乌鸦屎（那时丹尼尔斯已经是个警察了，这种事情警察都会听到）。丹尼尔斯对这些事实丝毫没有感到不安，其实还对事故的发生感到高兴。在他看来，这个多管

1.1 码约等于91.44厘米。

闲事的老混蛋正该遭此报应。麦克伦登经常会问女儿一些与他无关的问题。毕竟，罗丝已经不是麦克伦登的女儿了——至少在法律上不是。从法律角度来说，她是诺曼·丹尼尔斯的妻子。

他深深地吸了一口烟，吹出三个烟圈，看着它们一个叠一个，缓缓飘向天花板。外面车来车往，喇叭嘟嘟响着。才待了半天，他就已经讨厌这个城市了。它太大了，有太多地方可供藏身。但这并不重要。因为事情已经步入正轨，克雷格·麦克伦登任性的小女儿，很快就会有一堵很硬很重的砖墙落到她身上。

麦克伦登家的葬礼，一次下葬三人，奥布里维尔几乎所有人都来了。葬礼上，丹尼尔斯开始咳嗽，咳得停不下来。人们纷纷转过头来看他，而他最讨厌的就是别人这样盯着他。他满脸通红，恼羞成怒（但仍然无法停止咳嗽），推开正在哭泣的年轻妻子，匆匆走出教堂，一只手无济于事地按在嘴上。

他站在教堂外，咳得很厉害，不得不弯下腰，把手撑在膝盖上，免得真的晕过去。他透过咳出来的眼泪，看着其他几个走出来抽烟的人，三男两女，即便这是个半小时的可怜的葬礼仪式，他们也忍不住烟瘾。突然他就决定不抽烟了。就那么简单。他知道，这场咳嗽的诱因可能是他常有的夏季过敏，但原因不重要。这他妈就是个很愚蠢的习惯，也许是这星球上最愚蠢的习惯，如果以后某个验尸官在他的死亡证明的死因一栏写上"波迈"，那可就太糟糕了。

他回到家发现罗丝跑了的那天——准确来说是那晚，接着又发现银行卡也不见了，他再也无法面对必须面对的事情，就跑到山下的24号店，买了十一年来的第一包烟。他还是抽的老牌子，就像杀人凶手回到犯罪现场。每一个血红色的烟盒上都写着"In hoc signo vinces"，老爹解释说，这句话的意思是"在此徽号下，你必获胜"；他倒是在很多场厨房的吵闹中胜过了丹尼尔斯的母亲，但就诺曼所见，也没在别的什么地方获过胜。

吸头一口的时候，他有点头晕目眩，等抽完第一支烟，抽到只剩下最后一丁点的时候，他已经确信自己会呕吐、晕倒，或者心脏病发作。也许三者会同时爆发。但现在的他，又回到每天两包烟的频率。早上从床上滚下来的时候，他又会爆发出从前那种直穿肺底的咳嗽，仿佛他从未摆脱过这种状态。

不过没关系，按照心理学家常挂在嘴上的说法，他正在经历一段压力很大的人生；面对压力很大的人生经历，人们往往会重回旧习。大家都说，习惯——尤其抽烟喝酒这样的坏习惯——就像拐杖。那又怎样？要是你确实瘸了，使用拐杖又有什么错呢？一旦他把罗西搞定了（搞定的意思，就是确保两人如果要以非正式的方式离婚，那必须按照他的想法来进行），就会扔掉所有的拐杖。

这次将是永远地扔掉。

诺曼转过头，看着窗外。天还没黑，但快黑了。反正已经到了可以行动的时间。他不想约会迟到。床头柜的电话旁，烟灰缸已经满得装不下了，他在上面摁灭了手中这支烟，双脚一晃，从床上下来，开始穿衣服。

他不着急，这是最棒的事情。他攒了很多的假，所以时间充足。他请假时，哈达韦警官完全没有吝啬地批准了。诺曼认为，这有两个原因：第一，报纸和电视台的曝光，让他成了月度明星；第二，哈达韦警官不喜欢他，曾两次派内务部那些木头人去找他，处理过度使用武力的指控。无疑，这位警官很高兴能暂时摆脱他。

"就是今晚，贱人。"诺曼在乘电梯下楼时喃喃自语，他独自一人，只有车尾那破旧的老式镜子照出的身影为伴，"就是今晚，如果我运气好的话。而且我感觉运气会很好。"

路边停着一排出租车，但丹尼尔斯没有理会。出租车司机会保留记录，有时他们还会记住脸。不行，他还是得再坐巴士。这次是城市公交。他轻快地走向街角的公车站，想着这种幸运的感觉是不是有点自欺欺人，又认定不是。他清楚自己已经接近了。之所以清楚，是因为他又很顺利地回到了她的头脑中。

公交车——一辆绿线车——出现在街角，开到了诺曼所站的地方。他上了车，投了四枚币，坐在后面——今晚他不用做罗丝了，真轻松啊——看着窗外一掠而过的街景：酒吧的招牌、餐馆的招牌、熟食店、啤酒、切片比萨、裸着上身的性感女孩。

你不属于这里，罗丝，诺曼心想。此时公交车经过"大众厨房"，橱窗的血红色霓虹灯显示"精选堪萨斯城牛肉"。你不属于这里，但没关系，因为我已经来了。我是来带你回家的。或者说，反正要把你带到某个地方去。

霓虹灯纠缠闪烁，天鹅绒一般的夜幕降临，令他想起过去的美好时光，那时的生活远没有现在这么诡异，没有这种说不出的幽闭感——就像一个不断变小的房间，四面墙都在慢慢向你逼近。霓虹灯亮起时，乐子就开始了——至少以前是这样，在他二十多岁时相对没那么复杂的时光。找到一个亮着霓虹灯的地方，溜进去就好。那些日子已经一去不复返，但大多数警察——大多数好警察——都还记得那时候，天黑后到处溜达，溜进霓虹灯后面的时空，搞搞街头那些婊子。做不到这些的警察，干不长。

他一直注意看着掠过的招牌，判断现在应该接近卡罗莱娜街了。他站起来，走到公交车前面，扶着门口的杆子。等车在街角停下，车门震颤着打开，他走下台阶，一言不发地融入黑夜之中。

他在酒店的报亭买了一张本市街道地图，六元五十分，真是贵得离谱了，但问路的成本可能更高。人们总会记住向他们问路的人；有时他们甚至在五年后还记得，不可思议，却是事实。所以最好不要问路，免得惹出什么事情，糟糕的事情。也可能不会有什么事，但"随机应变"和"保护好自己"总是首要生活准则。

看手上这张地图，卡罗莱娜街与博德里广场相连，大约在公交车站以西四个街区。这样温暖的夜晚，就当一次不错的小散步。旅客援助的那个犹太佬就住在博德里广场。

丹尼尔斯走得很慢，双手插兜，确实是在散步。他的表情很困惑，略显呆滞，丝毫看不出他所有的感官都处在黄色警戒状态。他把每一辆经过的汽车、每一个经过的行人都分了类，尤其注意那些好像在专门看他的人、似乎注意到他的人。没有这样的人，很好。

他来到"桑普"的房子门口——是的，是一栋房子，不是公寓，他又松了口气——从门口走过两次，观察停在车道上的那辆车，以及第一层窗户透出的灯光。那是客厅的窗户。窗帘是拉开的，但纱帘拉上了。透过纱帘，他辨认出一团色彩柔和的模糊东西，一定是电视。桑普没睡，桑普在家，桑普正在看电视节目，也许在去车站之前啃一两根胡萝卜，然后去车站试着帮更多的女人，那些女人都不值得帮，因为她们太蠢了，或者说太坏了。

桑普没有戴结婚戒指，反正诺曼也觉得他就像一个没出柜的基佬，但还是得谨慎一点，别大意了。他偷偷走到车道上，偷偷往桑普那辆车龄四五年的福特车里看，看看有没有什么东西能说明这个人不是独居。他没有看到任何需要引起警觉的东西。

这下他满意了，又前后左右地观察了这条住宅聚集的街道，也没看到任何人。

你没戴面具，他心想，你甚至没有准备那种可以用来罩住脸的透明丝袜，小诺曼啊，是吧？

是的，他没带。

你忘了，是不是？

嗯……其实不是。他没有忘。他已经想好了，当明天太阳升起时，世界上就会少一个住在城里的犹太佬。因为即使在这种上等住宅区，有时也会发生不好的事情。有时会发生入室抢劫——当然，大部分都是小混混和瘾君子——接着都是差不多的剧本。这很难让人接受，但就是事实。世事无常，T恤和汽车保险杠的贴纸上老出现这四个字。而且，虽然很难相信，但有时这无常恰恰就不会找错人，会找到对的人。比如，这个看《真理报》、帮妻子离开丈夫的犹太佬。这样的事情可不能忍，不能这样管理社会。如果人人都这样做，就不存在社会了。

但这种行为其实很猖獗泛滥，因为大部分热心肠的人都会这么干。然而，大部分热心肠的人都没犯过帮助他妻子这个错误……而这个人犯了。对这一点，诺曼就像知道自己姓甚名谁一样清楚。这个人的确曾经帮助过她。

他走上门口台阶，再迅速地看了看四周，然后按了门铃，等了一会儿，又按了一次。现在，他那双早已能够捕捉到最轻微响动的耳朵，听到了越来越近的脚步声，不是"咔嗒咔嗒咔嗒"，而是"窸窣"，桑普只穿了袜子在走动，多么舒适惬意。

"来了，来了。"桑普喊道。

门开了。桑普望着他，一双大眼睛在角质架眼镜后面游弋着。"有什么能帮你的吗？"他问。他的衬衫没系扣子，也没有扎在裤子里，松松地披在一件条纹T恤外面，诺曼穿的也是类似款式的T恤。突然之间，诺曼就觉得受不了了，突然之间，这就成了最后一根稻草，压垮老骆驼脊梁骨的最后一根稻草，他暴怒得发狂。这样一个人，居然在里面套了一件和他同款的T恤！一件白人的T恤！

"我觉得你有。"诺曼说，可能是他的脸或声音（也许两者都有）中有什么东西让什洛维克有些警觉，因为他瞪大了棕褐色的眼睛，往后退，一只手往门边伸去，可能是想当着诺曼的面狠狠关上。如果他真是这样打算的，已经来不及了。诺曼动作很快，抓住了什洛维克外衣的两侧，把他赶回室内。诺曼抬起一只脚，把身后的门踢上，感觉自己优雅得如同米高梅音乐剧中的吉恩·凯利。

"是啊，我想也是，"他又开口了，"希望你能为了自己帮我个忙。我要问你一些问题，桑普，很好的问题，你最好向你们那个大鼻子犹太佬上帝祈祷，希望你能想出好答案。"

"出去！"桑普大喊道，"不然我报警了！"

这话引得诺曼·丹尼尔斯好一顿嗤笑，接着他把什洛维克提溜着转过来，扭起对方握拳的左手，直到碰到那瘦小的右肩胛骨。什洛维克尖叫起来。诺曼把手伸到他的两腿之间，捏住他的睾丸。

"别叫了，"他说，"马上给我闭嘴，不然我就把你的蛋蛋像葡萄一样挤出来。你会听见它们爆开的声音。"

桑普闭嘴了。他喘着粗气，偶尔发出压抑的呜咽，这个诺曼倒还能忍。他把桑普赶回了客厅，找到茶几上的遥控器，打开了电视。

接着他又反拧着这位新哥们儿的双臂，将其拽到厨房，然后放开他。"靠着冰箱站着，"他说，"我要看你的屁股跟肩胛骨都紧贴着那玩意，要是你动了哪怕一英寸，我就撕烂你的嘴，听懂了吗？""听……听懂了，"桑普说，"你……你……你是谁？"他的样子还是很像斑比的兔子朋友桑普，但说起话来竟然像他妈的森林猫头鹰[1]了！

"欧文·R.莱文，NEC新闻，"诺曼说，"这就是我每天最后看的电视节目。"说着他伸手——拉开厨房料理台的抽屉，一边注意着桑普的动静。他觉得这老桑普应该不会跑，但也可能会。人一旦怕到了一定程度，就会变得跟龙卷风一样难以预测。

"什么……我不知道你在说什么——"

"你不必知道什么，"诺曼说，"这事好就好在这里，桑普。你什么他妈的都不用知道，只要知道几个简单问题的答案就行。其余一切交给我就好。我是专业的。你就当我是'好帮手'慈善机构的人吧。"

在第五个也是最后一个抽屉里，他找到了要找的东西：两只花朵图案的烘焙手套。太可爱了吧。这个衣着光鲜的犹太佬从他小小的洁食烤箱里端出他那小小的洁食砂锅菜时，戴这么一对手套正合适。诺

1.Woodsy Owl，美国动画片《南方公园》中的动物角色。

曼戴上手套，接着迅速沿着拉开的抽屉走了回去，一路擦掉任何可能留下的指纹。接着他就把桑普赶回了客厅，拿起遥控器，在自己衣服上轻快地擦拭了几下。

"我们就在这儿面对面吧，桑普。"诺曼边擦边说。他的嗓音变粗了，喉咙里发出即便对他来说也几乎非人的声音。他突然激烈地勃起了，自己却毫不吃惊。诺曼把遥控器扔回沙发上，转身看着什洛维克。他站在那里，肩膀耷拉着，眼泪从厚厚的角质架眼镜下渗出。他站在那里，里面穿着那件白人的 T 恤。"我要和你近一点谈谈，很近很近。你信吗？你最好相信，桑普。你他妈的最好相信。"

"求求你，"什洛维克呜咽着哀求，他向诺曼伸出颤抖的双手，"求你别伤害我。你找错人了——不管你想找谁，都不是我。我帮不了你。"

但最终，什洛维克还是帮了他不少忙。那时他们已经到了地下室，诺曼已经开始咬人了，即便把电视开到最高音量都无法完全湮没那个人的尖叫。但是，不管尖没尖叫，他都帮了不少忙。

这场欢庆结束后，诺曼在厨房水槽下找到了垃圾袋。他把烤箱手套和自己那件已经不能公开穿的 T 恤放进其中一个袋子里。他会把这个袋子带走，后面再处理掉。

在楼上桑普的卧室里，他发现只有一件衣服可以勉强裹住他那魁梧很多的上身：一件宽松又褪色的芝加哥公牛队运动衫。诺曼把这件衣服放在床上，然后走进桑普的浴室，打开桑普的淋浴。等待水热起来的时候，他在桑普的药柜里翻了翻，找到一瓶艾德维尔止痛药，吃了四片。他的牙齿很痛，下巴也很痛。下半张脸沾满了血迹和头发，还有一小块一小块的人皮。

他走进淋浴间，拿起桑普那块"爱尔兰之春"男士沐浴皂，提醒自己等下也要把这个丢进垃圾袋里。其实他不太清楚这些预防措施能起多大用处，因为他根本不知道自己在楼下的地下室究竟给司法鉴定部门留下了多少证据。在那里的时候，他有一阵是没有意识的。

他一边洗头，一边唱起了歌："攀缘的玫瑰啊……攀缘的玫瑰……你要往何处去……无人知晓……野性生长，随风飘摇……你就是如此生长……试问有谁能够……抓住这攀缘的玫瑰？"

他关掉淋浴，走了出来，水槽上方的镜子覆满了雾气，他看着自己那模糊如幽灵般的样子。

"我能，"他断然道，"我能，就是我。"

5

比尔·斯坦纳正要举起空着的那只手，再敲一次门。听到她回应的时候，他在心中暗暗骂自己太紧张——通常他面对女人时是不会这么紧张的。"来了，来了，稍等一下，马上。"听声音她不是很烦，谢天谢地，所以他应该不是在她洗澡中途打扰她的。

话说，我究竟在这儿干什么呢？脚步声朝门边来的时候，他又问了自己一遍，这就像那种半生不熟的二流爱情喜剧中的场景，就连汤姆·汉克斯都不怎么演得出来。

也许的确是这样吧，但也改变不了一个事实：上周进到店里来的那个女人，已经牢牢地留在了他心里。而且，日子一天天过去，她对他的影响不但没有消退，反而与日俱增。有两件事是肯定的：他这辈子还是第一次要送花给不认识的女人；十六岁以后，他还没因为要对谁发出约会邀请而如此紧张。

里面的脚步声已经来到门边，比尔发现花束中有一朵大雏菊的花头都要支棱到外面去了，于是慌忙调整。此时，门开了。他抬头一看，那个用假钻戒换了一幅糟糕艺术品的女人站在他面前，眼中杀气腾腾，把看起来像是什锦水果罐头的东西举过头顶。她像是定住了，应该之前想好了要先发制人地发动攻击，结果却艰难地意识到这不是自己原来想的那个人。后来，比尔回想起这一幕，觉得是人生中最为奇异的一瞬。

两人站在罗西位于特里蒙特街某号二楼房间的门槛两侧，彼此对视。他拿着希钦斯大道上与自己店面隔着两家店的花店买来的春日花束，她则把那两磅重的什锦水果罐头举过头顶，尽管这停滞的一幕最多也就持续了两三秒，对他来说却很漫长。这段时间已经足够让他意识到一件事，这件事令人苦恼、令人沮丧、令人烦躁、令人惊讶，又相当美妙。见到她并没让情况好转——这完全不符合他的预期——反而让情况更糟糕了。她不漂亮，反正不是媒体宣传的那种漂亮，但在他眼里，她很美。不知为什么，她嘴唇的形状和下颌的线条，都让他几乎心跳停止，那双斜挑的蓝灰色眼睛如猫一般，让他感觉自己无力抵挡。他感觉自己血脉偾张，双颊发烫。他很清楚这些感觉在释放什么信号。他一边被完全俘虏，一边又怨恨不已。

他把花递到她面前，满怀希望地微笑着，但一直盯着举起的罐头。
"停战？"他说。

6

她刚意识到他不是诺曼，他就邀请她一起出去吃晚饭，这发生得太快，她太惊讶，竟然接受了。她觉得单纯的解脱感也是她答应的原因之一。直到坐上他车上的副驾驶座，很久以来都悄无声息的"现实理性女士"才追了上来，问她到底在干什么，竟然跟一个不认识（而且比她年轻很多）的男人出去，她是不是疯了？这些疑问当中包含着真实的恐惧，但罗西也意识到了这些疑问的本质——这些疑问只是烟幕弹。真正重要的那个问题过于可怕，所以即便自己就在罗西的脑海里，"现实理性女士"也不敢开口问。

万一诺曼看到你了呢？这才是真正重要的问题。万一诺曼正好看到她和另一个男人共进晚餐呢？还是一个比她年轻、外表英俊的男人。诺曼远在东边八百英里开外的地方，这个事实对"现实理性女士"并不重要，她其实并不现实，也不理性，只能称为"惊恐困惑女士"。

然而，诺曼并不是唯一的问题。做了这么久的女人，除了丈夫，她还没和任何男人单独相处过，而此时此刻她简直百感交集，难以形容。和他吃晚饭？哦，当然，好的。她的喉咙已经缩到和针孔一样小，胃像洗衣机一样白沫汹涌。

如果他穿的是比干净、褪色的牛仔裤和牛津布衬衫更正式的衣服，或者如果他对她身上裙子和毛衣的朴实搭配略微显露出疑惑的表情，她都会拒绝。如果他带她去的地方看起来太"困难"（这是她唯一能想到的词），她觉得自己甚至没法从他的车里下来。但这家餐厅看起来亲切舒适，一丁点咄咄逼人的感觉也没有，店面灯光明亮，名为"大众厨房"。客人头顶有叶片式风扇，竹节纹理的餐桌上铺着红白格子桌布。橱窗里的霓虹灯招牌显示，"大众厨房"提供精选堪萨斯城牛肉。服务员都是年长的先生，他们穿着黑色鞋子，腋下系着长围裙。罗西觉得那就像"皇室高腰线"版型的白色裙装。在桌边吃饭的人们看起来就是她和比尔那一类人——好吧，反正是比尔那类人：中产阶级、中等收入的人，穿着轻松随意的衣服。罗西觉得这家餐厅让人感到愉快又不设防，是那种可以自由呼吸的地方。

也许是吧，但他们看着并不像你，心中有个声音耳语道，而且你可别以为他们像你，罗西。他们看起来很自信，他们看起来很快乐，最重要的是，他们看起来属于这里。你不属于这里，也永远不会属于这里。和诺曼在一起的日子太长了，有太多的时候你都坐在角落，吐在围裙里。你已经忘记了人们是什么样的，他们在谈论什么……如果说你以前对这些还算有所了解，如果你想变得像这些人一样，即便哪怕只是梦想变得和这些人一样，那你将是自找心碎。

这样想对吗？如果是对的，那就太可怕了，因为她心里确实有点高兴——为比尔·斯坦纳上门来看她而高兴，为他带来了花而高兴，为他邀请自己吃晚饭而高兴。她完全不清楚自己对他有何感觉，但被邀请出去约会……这件事本身让她感到自己很年轻，而且充满魅力。她情不自禁。

去吧，高兴吧，诺曼说。她和比尔踏进"大众厨房"的门时，他贴着她的耳朵悄声说道。那声音好近，好真实，就仿佛他正擦肩而过。及时行乐啊，因为之后他又会把你拖回黑暗当中，然后就会想和你近一点谈谈。又或者，他可能连谈都懒得谈，也许会直接把你拽到最近的小巷里，把你顶在墙上收拾一顿。

不，她想。突然间，餐厅内明亮的灯光就显得过于亮了，她能听到一切，所有的声音，甚至头顶上的叶片式风扇猛烈搅动空气发出的大口喘气声。不，他在撒谎——他人很好，这是在撒谎！

回应来得紧迫急切，又势不可当，这是诺曼要传的"福音"：没有好人，小甜心——我跟你说过多少次了？在内心深处，人人都是坏东西。你，我，每一个人。

"罗丝？"比尔问道，"你还好吗？你脸色有点苍白。"

不，她不好。她明白脑子里的声音在说谎，这声音来自她内心仍然受诺曼荼毒的那个部分，但明白是一回事，感受是另一回事，两者完全不同。她做不到，她没法坐在这些人中间，就这么简单。她没法闻着他们身上的香皂味、古龙香水味和洗发水味，听着他们你来我往、开开心心地闲聊。服务员会走到她坐的地方，微微弯腰，递上今日特色菜，其中一些菜名可能还是外语，她应付不了这个场面。她最无法面对的是比尔·斯坦纳——没法跟他说话，回答他的问题，还一直想着伸手摸摸他的头发会是什么感觉。

我可以熬过去的，她想，不管是不是真的能吃得下东西，但我肯定能鼓足勇气，在这个光线充足的地方和他坐一会儿。我会担心他后面要强奸我吗？我想，这个男人最不会想的事情就是强奸。那只是诺曼的想法——诺曼这个人，认为无论什么黑人，只要拥有便携式收音机，就肯定是从白人那里偷来的。

这是非常简单的事实，想到这里，她松了口气，整个人陡然放松，朝比尔露出微笑。这笑容很虚弱，嘴角还有些颤抖，但总比没有笑容好。"我很好，"她说，"只是有点害怕，没什么。只能劳烦你忍受一下了。"

"不是害怕我吧？"

对啊，怕的就是你，诺曼在她头脑里说，他就活在她的头脑里，仿佛一个恶性肿瘤。

"不，不全是。"她抬起双眼看着他的脸。她在努力，也能感觉到自己脸红了，但还是做到了。"只不过，你是我这辈子第二个一起出来的男人。如果这算个约会的话，就是我高中毕业舞会后第一次真正的约会。那是 1980 年的事了。"

"上帝啊。"他说，语气很轻柔，没有丝毫笑话的意思，"现在我倒是有点害怕了。"

餐厅主管——罗西不知道这是不是就是"领班"，或者领班另有他人——走过来，问他们是吸烟还是不吸烟。

"你抽烟吗？"比尔问她，罗西很快地摇了摇头。"能找个私密一点的地方就太好了。"比尔对那个穿燕尾服的人说。罗西瞥到一丝灰绿色的光——她觉得应该是一张五元的钞票——从比尔手上传到了主管手上。"要不，角落的座位吧？"

"当然可以，先生。"他带领他们穿过灯光明亮的餐厅，从懒洋洋转动着的风扇下面经过。

落座后，罗西问比尔怎么找到她的，虽然她觉得自己应该已经知道了。她真正好奇的是他为什么找她。

"是罗比·莱弗茨，"他说，"罗比每隔几天就会来看看我有没有进新的平装书——嗯，其实是旧书。你懂我的意思——"

她想起了大卫·古迪斯（真是走了霉运，帕里是无辜的），笑了。

"我知道他雇你读克里斯蒂娜·贝尔的小说，因为他专程过来告诉我。他很激动。"

"真的吗？"

"他说，从凯西·贝茨录制《沉默的羔羊》以后，你是他听过的最好听的声音，这话意义重大——罗比对那次录音可谓是崇拜。还有罗伯特·弗罗斯特的《雇工之死》，他用了三十三又三分之一转数的黑胶密纹唱片来录那个，有点刮擦声，但棒极了。"

罗西沉默不语。她有些不知所措。

"所以我问他要了你的地址。嗯，这话有点太好听了。告诉你丑陋的事实吧，是我缠着他要的。罗比恰好就是那种经不起纠缠的人。为了完全免除他的责任，罗西……"

但接下来的话她都没怎么听清。罗西，她在想，他叫我罗西。我没要他这么做，他就是这么做了。

"你们有人想来一杯喝的吗？"一个服务员出现在比尔的肘边。他年长、仪表堂堂、长相英俊，看起来像个大学文学教授。一个喜欢穿皇室高腰线版型长裙的教授，罗西想着，差点要笑出声。

"我想喝冰茶，"比尔说，"你呢，罗西？"

又来了。他又这样做了。他怎么知道我其实一直都不是"罗丝"，真名一直叫罗西？

"这个听起来不错。"

"两杯冰茶，很好。"服务员说，然后简短地报出一串特色菜。罗西松了口气，所有的菜名都是英语，听到"伦敦烤肉"这几个字，她居然感到了一丝饥饿。

"我们考虑一下，一会儿告诉你。"比尔说。

服务员离开了，比尔回头看着罗西。

"再帮罗比说两句好话，"他说，"他建议我去工作室看看……你们在科恩大厦，对吧？"

"嗯，工作室名叫磁带引擎。"

"啊哈。总之，他建议我去工作室看看，说也许可以在某天下午收工后，我们三个人出去喝一杯。他很护着你，几乎像个父亲。我跟他说做不到，他让我赌咒发誓，一定要先给你打电话。我也试过的，罗西，但我在电话号码问询处打听不到你的号码。你的号码没登记吗？"

"我其实暂时还没有电话。"她有些回避这个话题。她的号码当然没登记，这要多花三十元，她承担不起这个费用；但她更承担不起的是自己的电话号码出现在家乡警察局的电脑上。从诺曼在家的抱怨中，她知道了，警察能清查电话簿上登记过的电话，却不能以同样的方式随机清查未登记的电话号码。那是非法的，是侵犯隐私；而人们允许电话公司登记他们的号码时，就算自愿放弃了这项隐私。这是法庭遵循的规矩。她在多年婚姻中遇到的大多数警察，以及诺曼，都对所有的法律人士和他们所有的工作抱着一种不共戴天的憎恨。

"为什么你不能来工作室？你出城了吗？"

他拿起餐巾展开来，小心翼翼地放在膝上。等他再抬起头来，她感觉他的脸好像有什么说不出的变化，不过又过了好一会儿才明白过来，其实变化很明显——他的脸红了。

"嗯……我是不想在有别人的情况下和你一起出去，"他说，"这样没法真正地聊天。我只不过是想……嗯……了解一下你。"

"于是我们就来到了这里。"她温柔地说。

"是的，没错。我们来到了这里。"

"但你为什么想了解我？想和我约会？"她顿了一会儿，把言下之意都说出来了，"我是说，我对你来说有点老了，不是吗？"

有那么一会儿，他露出难以置信的表情，接着认定这是个玩笑，笑出声来。"是啊，"他说，"说来，你到底多大了呀，奶奶？二十七？二十八？"

起初她以为他是在开玩笑——而且不好笑——然后意识到，虽然他语气轻松，态度却足够认真严肃。他甚至不是想奉承她，只是在陈述明显的事实。反正对他来说，这是显而易见的事实。她震惊了，思绪又开始纷乱起来。只有一个想法还算比较清晰：找到一份工作和一个属于自己的住处，并不意味着生活停止了变化——相反，变化才刚开始。仿佛在此之前发生的一切都只是一系列的预震，而此时才是真正震动的开始。不是"地震"，而是"生震"（生命之震）。她突然对此充满了渴望，而且涌出一股自己也不懂的兴奋激动。

比尔又开口说话了，接着服务员就端来了他俩的冰茶。比尔点了一份肉排，罗西要了一份伦敦烤肉。服务员问烤肉要几分熟，她本想说三分熟——这是诺曼要的熟度，所以她也一直吃这个熟度——但把话收了回去。

"一分熟，"她说，"要很生的。"

"太棒了！"听服务员的语气，似乎是真心觉得太棒了。他走开的时候，罗西心想，属于服务员的乌托邦该有多么美好啊——在那里每个选择都太棒了，太好了，简直绝妙。

她把目光转向比尔，发现他仍在看着她——那双令人不安的眼睛，眼底带点绿色。性感的双眼。

"有多糟糕？"他问她，"你的婚姻？"

"你这是什么意思？"她局促地问道。

"你知道吗？我在爸爸的典当行遇到了一个女人，我和她讲了大概十分钟的话，然后就发生了最该死的事情——我忘不了她了。这种事情我只在电影里才看过，偶尔也在医生候诊室里摆的那种杂志里面看到，但是从没真正相信过。现在，轰的一声，就这么来了。关上灯后，我会在黑暗中看到她的脸。吃午饭的时候，我会想到她。我——"他顿了一下，向她投去体贴又担心的眼神，"希望我没有吓到你。"

他着实把她吓到了，但她同时又觉得自己从未听过如此美妙的事情。她全身都很热（除了脚冷得像冰）。她仍然能听到头顶上的风扇在搅动空气。感觉至少有一千台风扇，能组成一个大营。

"这位女士进店来，是想让我买她的订婚戒指，她觉得那是一枚钻戒……不过内心深处她其实明白那不是。接着，接着我就打听到她的住址，去看她了——可以说是花捧在手上，心提到嗓子眼——就差这么一点，她就要用一罐什锦水果罐头把我脑袋砸开花了。"他举起右手，拇指和食指分开半英寸。

罗西举起了自己的手——左手——拇指和食指分开了一英寸。"准确地说，是差这么多，"她说，"我就像罗杰·克莱门斯[1]——很善于掌控局势。"

这话惹得他大笑了一番。很好听的笑声，很真诚，发自丹田。过了一会儿，她也和他一起笑起来。

"不管怎么说，这位女士倒也没有发射导弹，只是做了个吓人的向下抽动的小动作，然后就赶紧藏到身后，就像小孩子拿着从爸爸抽屉里偷出来的《花花公子》。她说：'哦，天哪，对不起。'我就想，既然不是我，那究竟是谁和她这么大仇呢？接着我就想到，这位女士走进我爸的典当行时，手上还戴着戒指，那么，这个'前夫'，有多前了呢？你懂吗？"

"嗯，"她说，"我想我是懂的。"

"这对我很重要。如果我显得像个爱打听闲事的人，好吧，可能的确是的，但是……在很短的时间内，我就对这个女人产生了强烈的好感，我不希望她对别人还有什么感情。另一方面，我也不希望她害怕到每次有人敲门，都要拿着一罐特大号的什锦水果罐头去开门。我说

1.活跃于20世纪80年代到21世纪初的美国职业棒球大联盟投手。

的这些你都懂吗？"

"懂的，"她说，"丈夫已经很‘前’了。"接着，没有任何理由，她补充道："他叫诺曼。"

比尔郑重地点点头："那我明白你为什么离开他了。"

罗西咯咯地笑了起来，伸出双手捂住嘴。她的脸感觉更烫了。最后她终于控制住了，但已经得用餐巾一角擦笑出来的泪了。

"没事吧？"他问。

"嗯，我觉得没事。"

"愿意跟我讲讲吗？"

她脑海中突然出现了一个画面，无比清晰，仿佛一个鲜明的梦魇。那是诺曼的旧网球拍，"王子"牌的，手柄上缠绕着黑色胶布。据她所知，那拍子仍然挂在家中地窖的楼梯脚下。在他们结婚的头几年里，他曾用它打过她几次屁股。接着，在她流产大约六个月后，他用这拍子强奸了她，是从肛门插进去的。她在"女儿与姐妹"的治疗时段分享了很多关于她婚姻的事情（她们的确将其称为"分享"，她觉得这个词既可怕又贴切），却一直没讲这段小小的往事——一个男人跨坐在你身上，膝盖夹着你的大腿外侧，用"王子"网球拍缠着胶布的手柄塞进你的屁股，这是什么感觉？他俯身告诉你，要是敢反抗，他就打碎床边桌子上的玻璃水杯，用它割断你的喉咙，这是什么感觉？躺在地上，闻着他呼吸之间"登泰"口香糖的味道，想着他究竟把你里面撕裂成什么样了，这又是什么感觉？

"不，"她说，很感激自己的声音没有颤抖，"我不想讲诺曼的事。他虐待我，我离开了他。就这么简单。"

"很合理，"比尔说，"他已经永远退出你的生活了吗？"

"永远。"

"他清楚这一点吗？我这么问只是因为，你知道的，就是你来开门时是那个样子。你肯定不是在等耶稣基督后期圣徒教会的代表吧。"

"我也不知道他清不清楚。"她略微思考了一会儿，回答道——这个问题倒也问得合情合理。

"你怕他吗？"

"哦，当然怕，肯定怕。但这不一定很要紧。我害怕一切。对我来说一切都是新的。我那些朋友……我的朋友们说渐渐地我会成长，会摆脱这种情绪，但我还不确定。"

"你并不害怕跟我出来吃晚餐。"

"哦，我是害怕的。我怕死了。"

"那为什么还跟我出来呢？"

她张嘴想表达早先的想法——因为他提得太快，她吓了一跳才答应的——但又闭上了嘴。这是事实，但并非最关键的事实，而她不愿在这方面做任何的回避。她不知道吃完这顿"大众厨房"的晚餐，两人还会不会有什么未来，但要是有的话，这段旅程不应该以回避躲闪这种糟糕的方式开启。

"因为我想。"她说。声音很低，但很清晰。

"很好。再不问这个了。"

"也不要再问诺曼了。"

"他真的确实就叫这个名字？"

"是的。"

"诺曼·贝茨[1]那个诺曼？"

"就是那个诺曼。"

"还能再问你个问题吗，罗西？"

她微微一笑："只要我不是一定要回答。"

"很公平。你觉得自己比我老，是吧？"

"是啊，"她说，"是的。你多大了，比尔？"

1.诺曼·贝茨（Norman Bates）是个虚构的人物，出自 1959 年美国作家罗伯特·布洛克的恐怖小说《惊魂记》（*Psycho*）。

"三十。那么在年龄这个轮盘上，我们一定就像是隔壁邻居吧……反正至少是在同一条街上。但你几乎马上就觉得自己不仅比我老，还要老很多。那么现在问题来了，你准备好了吗？"

罗西有些不安地耸耸肩。

他朝她靠过去，用那双带着迷人绿底的眼睛定定地盯着她。"你知道你很美吗？"他问道，"这不是挑逗，也不是想好的台词，就是很纯粹，持续已久的好奇。你知道自己很美吗？你不知道，是吗？"

她张开嘴，什么也没说出来，只从喉咙后部发出细微的呼吸声。与其说那是叹气，不如说更像在吹口哨。

他把手放在她的手上，温柔地捏了捏。短暂的触摸，却仍然像电击一样点燃了她的神经，有那么一刻，她眼里只剩下他——他的头发、他的嘴，还有，最显眼的，他的眼睛。世界的其他部分都消失了，就像他们两人身在一个舞台上，只有一小块地方被照亮，非常灼热，其他所有的灯光都被熄灭了。

"不要取笑我，"她说，声音颤抖着，"请不要取笑我。因为我会受不了的。"

"不，我永远不会取笑你。"他并不在意地说道，仿佛这个问题根本没有讨论的必要，就此结束。"但我要告诉你我看到的东西。"他微笑着伸出手，再次碰了碰她的手，"我总会告诉你我看到的东西。这是个承诺。"

7

她说他不用费心护送她上楼，但他坚持要这样，她很高兴。菜端上来的时候，他们的话题已经转移到不那么私人的事情上了——他很高兴地发现，她提到罗杰·克莱门斯并非随口一说，她是个资深球迷，对棒球有着深入的理解。两人边吃边谈论这个城市的棒球队，又自然而然地从棒球谈到篮球。整个过程中她都没怎么想到诺曼，直到搭他的车回家的路上，她又开始想象，要是打开房间的门，看到他就在那里，诺曼，坐在她的床上，也许在喝着咖啡，注视着她的画，那庙宇的废墟与山上的女人，她会是什么感觉呢？

接着，罗西在前，比尔在后面一两步，两人一前一后爬上狭窄的楼梯时，她又担心起别的事来：万一他想给她一个晚安吻，怎么办？万一吻过之后，他问他能不能进屋，又该怎么办？

他当然会想进去，诺曼对她说，他的声音有种沉重的耐心，一般用这种声音的时候，他都在努力克制住不要对她发火，但火气还是越来越大。说实话，他肯定会赖着要进去的。否则他怎么会请客吃这餐五十元的饭？天啊，你应该荣幸才对——街上那些比你漂亮的女孩，连五十元的影子都看不到。他会想进去，他会想上你，这说不定是件好事——你说不定就需要这个，让自己别再飘飘然地东想西想了。

她把钥匙从包里拿出来，成功稳住了，没有掉在地上，但钥匙尖在金属锁盘中心的凹槽里一路颤抖，就是插不进去。他伸出手覆在她手上，引导着她稳稳地把钥匙插进家门的锁孔里。他触到她时，她又一次产生了电击的感觉，完全克制不住地去想钥匙滑进锁孔的画面让她联想到了什么。

她打开了门。没有诺曼，除非他躲在淋浴间或壁橱里。眼前只有她赏心悦目的房间，乳白色的墙壁，窗边挂着那幅画，水槽上方有一盏灯。不是家，还不是，但比"女儿与姐妹"的宿舍要更像家。

"这还不错呢，话说，"他周到地说，"当然比不上郊区复式，但真的很不错。"

"你想进来吗？"她感觉自己的嘴唇已经完全麻木了——仿佛有人给她打了一针麻药，"我给你泡杯咖啡……"

很好！诺曼在她脑海中自己的据点里欣喜若狂，不如早点完事，对吧，亲爱的？你给他咖啡，他给你奶油。多好的交易！

比尔似乎非常认真地考虑了一下，接着摇了摇头。"这样可能不太好，"他说，"至少今晚不行。我觉得你可能完全不知道你有多打动我。"他有点紧张地笑了起来。"我觉得我自己都可能完全不知道你有多打动我。"他越过她的肩膀看过去，露出微笑，对她竖起双手的大拇指，"画的事，你说对了——当时我是肯定不会相信的，但你对了。不过当时你脑子里肯定已经有这个地方的样子了，对吧？"

罗西摇了摇头，自己也在微笑："买下这幅画时，我甚至还不知道这个房间的存在。"

"那你肯定有通灵能力。我敢打赌，你挂画的那个位置，下午和傍晚的时候，看起来肯定特别棒。阳光一定会斜照在上面。"

"对，那时候很好看。"罗西说，但她没有补充说，她认为这幅画在一天中的任何时候都很好看——完全适合这个房间，挂的位置也很完美。

"我看，你还没有厌倦这幅画，对吧？"

"没有，一点也没有。"

她本想再多说点的：而且画里用了非常有趣的技巧。你干吗不走过去，仔细看看呢？也许你会看出一些东西，比一位女士准备用一罐什锦水果罐头砸爆你的头更令人惊讶。请你来告诉我，比尔，那幅画是否已经不知不觉中从普通的银幕尺寸，变成了宽银幕全景的七十毫米，或者那单纯只是我的想象？

当然，她没有说这些。

比尔伸出双手放在她的肩膀上，她郑重地抬头看着他，像一个要被送去睡觉的孩子，他俯身向前，吻在她双眉之间光滑的额头上。

"谢谢你和我一起出去。"他说。

"谢谢你上门来请我。"她感到一滴眼泪正顺着左边脸颊滑落，用手擦掉了。她并不感到羞耻，也不害怕他看到。她觉得可以信任他，至少一滴泪是没问题的，这很好。

"对了，"他说，"我有一辆摩托车——老式的哈雷软尾，又大又响，有时等红灯时间长了，会熄火，但坐着挺舒服的……而且我骑摩托特别注意安全，如果要我自己说的话，全美国只有六个人会戴头盔骑哈雷，我就是其中之一。如果周六天气好，我可以在早上过来接你。我知道一个地方，离湖边大约三十英里，很漂亮。现在还太冷，不能游泳，但我们可以去野餐。"

一开始，她无法给出任何回答——他竟然又在约她出去，光这一点就击中了她。还有，想到要坐他的摩托车……那会是怎样的感受？有一瞬间，罗西满脑子都在想那种感觉：在他身后，用两个轮子，以五十或六十英里的时速穿越时空；她的双臂环着他。一股完全意想不到的热浪突然从她全身翻滚而过，有点像在发烧，而她也不知道这究竟是什么，不过好像回忆起某种类似的感觉，那是很久以前的事了。

"罗西，你怎么说？"

"我……嗯……"

她怎么说呢？罗西紧张地用舌头碰了碰上唇，目光从他身上移开，努力理清思路，结果看到了放在柜台上的那沓黄色传单。等目光再回到比尔身上，她感到既失望又解脱。

"我去不了。周六是'女儿与姐妹'的野餐会。我来这儿的时候，就是这些人在帮我——她们是我的朋友。现场会有垒球赛、赛跑、马蹄铁套圈游戏、工艺品摊位——诸如此类。当天晚上还会有一场演唱会，就指望着这个来挣点钱。今年邀请的是蓝色少女合唱团。我已经答应从 5 点开始帮忙卖 T 恤，这也是应该的。我欠她们太多。"

"我可以在 5 点前送你回来，一点问题也没有，"他说，"如果你想的话，4 点前也行。"

她确实想 4 点前回……但除了卖 T 恤迟到，她还担心害怕其他很多事情。如果她告诉他，他能理解吗？如果她说，我很想在你开快车的时候抱着你，我很想让你穿上皮夹克，这样我就可以把脸贴在你肩膀上，闻到那股好闻的味道，在你动的时候听到那种轻微的嘎吱声。这样我会很喜欢。但我又很害怕，等旅程结束了，我也许会发现……我脑子里那个诺曼一直是对的，关于你真正的企图。我最害怕的是不得不深究我丈夫人生中最基本的前提，也是他从未明说的一件事：他对待我的方式是完全没问题的，完全正常的。我怕的不是痛。我怕的是这个甜蜜的小梦会结束。这种梦我实在做得太少了，你懂吗？

她意识到自己要说的是什么，紧接着又意识到自己说不出口，也许是因为她在许多电影中听过这样的话，一出口总觉得很哀怨。不要伤害我。这就是她要说的话，请不要伤害我。如果你伤害我，我心中仅存的最好的自己将会死去。

但他还在等待她回答，等着她至少说些什么。

罗西张嘴想要拒绝，她的确应该去野餐会和演唱会帮忙，要不下次吧。然后她看了看挂在窗边墙上的画。如果是她的话，就不会犹豫，罗西想。她会数着日子到周六，等终于骑上那匹铁马，坐在他身后时，一路她都会拍打他的背，催促他让马儿跑得更快些。有那么一刻，罗西几乎可以看到她坐在摩托上，玫瑰色的裙袍下摆高高飘起，裸露的大腿紧紧地夹着他的臀部。

热浪再次席卷了她的全身，这次更强烈了，也更甜蜜了。

"好，"她说，"我去，但有个条件。"

"尽管说。"他说。他笑嘻嘻的，显然很高兴。

"把我带回埃廷格码头——'女儿与姐妹'的活动地点就在那儿——留下来听演唱会。票我来买。我请你。"

"成交，"他立马就答应了，"我8点半来接你好吗？是不是太早了？"

"不早，挺好的。"

"你可能得穿外套，说不定还得穿件毛衣，"他说，"下午回来的时候就把衣服塞到挂包里好了，但去那儿的路上会比较冷。"

"好的，"她已经想到得去找帕姆·哈弗福德借这些东西了，她俩身材差不多。目前，罗西的衣橱里，外套只有一件轻薄的夹克，而且至少在一段时间之内，她的预算也买不起更多外套。

"那就到时候见啦。再次感谢给我这样一个晚上。"他似乎迅速想了一下再给她一个吻，但只是牵起她的手，轻轻握了一会儿。

"不用谢。"

他转身迅速跑下楼梯，就像个小男孩。她不禁对比起诺曼的行动方式——要么是低头迈着沉重的步伐，要么以一种幽灵般诡异的速度飞奔。她注视着墙上他长长的影子，直到影子消失不见，然后关上门，把双重锁都锁好，接着靠在门上，看着房间对面她的那幅画。

画又起了变化。她几乎可以肯定。

罗西走了过去，站在画前，双手在身后交握着，头微微向前伸，这是个滑稽的姿势，就像《纽约客》漫画中的艺术画廊赞助人或博物馆常客。

是的，她看出来了，尽管画面的尺寸没有变化，但她几乎可以肯定，它又以某种方式扩大了。右边，第二尊石雕头像，就是那张透过高高的草丛空洞斜视的石脸，她看到那石脸之右仿佛正要形成一片林间空地。左边，山顶上的女人之左，露出一匹毛发蓬松的小马的头和肩膀。马儿绑着眼罩，在高高的草丛中吃草，似乎被套在某种索具上——也许是一辆大马车，或者是那种二轮轻便车，四轮游览马车也有可能。这个部分是罗西看不到的，不在画面中（至少目前不在）。不过，她可以看到那车的部分影子，还有另一个影子，是从里面出来的。她觉得后面那个影子可能是一个人的头和肩膀。也许就站在小马拉的车旁边。也可能是——

也可能你疯了，罗西。你不会真觉得这画在变大吧，啊？或者换个你可能更喜欢的说法，你不会真觉得里面的东西在越变越多吧？

但事实是，她确实相信，她看到了，而且她发现自己对这个想法感到兴奋，而不是恐惧。真希望之前问过比尔的意见啊，她很想知道他是不是也看到了她看到的东西……或自认为看到的东西。

周六，她向自己保证，也许周六问问他吧。

她开始脱衣服，等在小小的卫生间里刷牙时，她已经把罗丝·麦德，那个山上的女人，忘得一干二净。她也完全忘了诺曼，忘了安娜，忘了帕姆，忘了周六晚上的蓝色少女。她想的全是与比尔·斯坦纳的晚餐，一分一秒地回放着她与他的约会。

8

她躺在床上，听着从布赖恩特公园传来的蟋蟀声，渐渐入睡。

昏昏欲睡时，她不由得回忆起了一件事——没有痛苦，而且似乎很遥远——1985 年和她的女儿卡罗琳。诺曼觉得卡罗琳根本没存在过；而即便他同意了罗西怯生生的建议，认为卡罗琳是个不错的女孩名字，也没有改变前面这个事实。诺曼觉得那只是一条早早结束了生命的小蝌蚪。即便碰巧跟老婆的疯狂想法一样，是一条女孩小蝌蚪，那又怎样？

1985 年——那是怎样的一年啊。地狱般的一年。她失去了（卡罗琳）宝宝，诺曼差点丢了工作（她觉得应该是差点被逮捕），她去了医院，肋骨断裂，肺部几乎被刺穿，而且，还有一件小事，她被网球拍的手柄尾交了。也是在那一年，她一直非常正常稳定的头脑，开始有些飘忽了。不过在这些所有的"热闹"之中，她几乎没有注意到，在维尼的椅子上摇晃半小时，有时感觉像五分钟。而且有些日子里，从诺曼去上班到他回家的这段时间，她会冲八到九次澡。

她应该是在 1 月产生孕感的，因为从那时候起她就害起了晨吐，2

月开始不来例假了。而让诺曼遭到"正式申斥"（这个处分一直到他退休都消不掉）的案子，是 3 月份发生的。

他叫什么来着？她问自己，仍然迷迷糊糊地躺在床上，飘游在睡眠与清醒之间的飞地，但暂时还是更接近清醒，那个挑起所有麻烦的人，他叫什么来着？

有那么一会儿，她就是想不起来，只记得他是个黑人……用诺曼的话说，一个黑得不能再黑的黑鬼。接着，她想起来了。

"本德，"她在黑暗中喃喃道，听着蟋蟀低沉的虫鸣，"里奇·本德，他叫这个。"

1985 年，地狱般的一年，地狱般的生活。而现在，她拥有眼前的生活，眼前这个房间，这张床，还有蟋蟀的虫鸣。

罗西闭上双眼，飘然入睡。

9

此时，在距离妻子不到三英里的地方，诺曼也躺在自己的床上，在黑暗之中昏昏欲睡，听着九层楼之下湖滨路的车流持续稳定地隆隆而过。他的牙齿和下巴还有些痛，但已经减轻很多了，不重要了，就着苏格兰威士忌吃下阿司匹林之后，就可以忽略不计了。

半梦半醒之间，他也不由自主地想到了里奇·本德。这就好像在两人都不知情的情况下，诺曼和罗西通过心灵感应，短暂地接了个吻。

"里奇，"他对着酒店房间的阴影喃喃自语，然后把前臂放在紧闭的双眼上，"里奇·本德，你这烂货。他妈的烂货。"

那是个周六——1985 年 3 月的第一个周六。差不多九年前的事情了。那天，大约上午 11 点，一个黑得不能再黑的黑鬼走进了位于第 60街和萨拉纳克街交界处的佩雷斯平价鞋店，朝店员头上开了两枪，洗劫了收银台，又走了出去。诺曼和他的搭档到隔壁的酒瓶兑换处询问店员时，又一个黑鬼走到他们身边，身上穿着布法罗比尔的橄榄球衣。

"我认识那个黑鬼。"他说。

"哪个黑鬼啊，哥们儿？"诺曼问。

"抢佩雷斯那家的黑鬼，"这个黑鬼回答，"他出来的时候，我就站在那个邮箱旁边。他叫里奇·本德，是个坏黑鬼，贩毒的，就住在那边的汽车旅馆。"他含糊地指了指东边，火车站的方向。

"究竟是哪家汽车旅馆？"哈利·比辛顿问。他和诺曼在那倒霉的一天搭档出警。

"铁路汽车旅馆。"那个黑人说。

"你不会还刚好知道他住哪个房间吧？"哈利问道，"你对那个传说中的恶棍了解得不会那么深吧，我的棕皮朋友？"

哈利几乎总是这样说话，有时会让诺曼哈哈大笑，但更多的时候却让他想抓住哈利喜欢戴的那种细窄的针织领带，把他的脑浆子给掐出来。

这位棕皮朋友对以上问题都知情，好吧，他当然知道。毫无疑问，他自己每周都会去那里两三次——还可能去五六次，如果手头的钱周转得过来——从那个坏黑鬼里奇·本德那里买点药来嗑。他们这位棕皮朋友和他所有的棕皮朋友，都会这样。也许这个家伙眼下对里奇·本德有某种程度的不满，但诺曼和哈利不在乎这个，诺曼和哈利只想知道那个开枪犯在哪儿，这样就可以赶在喝酒之前把他逮个正着，送去警局，把案子给解决了。

穿比尔球衣的黑鬼没能明确说出本德的房间号码，但他告诉了他们房间在哪里——主楼的一层，就在可乐机和报箱之间。

诺曼和哈利迅速赶到铁路汽车旅馆，显然是本市较好的一家旅馆。他们敲了敲可乐机和报箱之间的那扇门。开门的是一个淫荡的黑白混血妞儿，透过她身上的薄纱红裙，能清清楚楚地看到胸罩和内裤，她显然是个嗑猛了的美国人，两个警察看到旅馆房间的电视上有三个小瓶子，应该就是嗑药剩下的。诺曼问她里奇·本德在哪里，她竟然嘲笑他，这可真是个错误。"我可没什么瓦林搅拌机[1]，"她说，"你们干事去吧，孩子们，快给老娘滚。"

到此为止，事情都很清楚，但后来各种说法就混乱起来了。诺曼和哈利说，温迪·亚罗女士（那年春夏，在丹尼尔斯家的厨房里，对这位女士比较常见的称谓是"那个淫荡混血妞儿"）从她的小包里拿出一个指甲锉，用它划了诺曼·丹尼尔斯两刀。他的额头和右手背上确实有长而浅的伤口。但亚罗女士声称，诺曼的手是自己划的，而额头上面那道伤口是搭档帮他划的。她说，在他们这么做之前，两人把她推搡回了铁路汽车旅馆 12 号房，弄断了她的鼻子和四根手指，反复踩踏她的左脚，造成九根骨头骨折（她说，两人是轮流踩的），把她的头发一团团拽下来，并反复出拳，击打她的腹部。她告诉内务部那些家伙，随后个子矮些的那个强奸了她。而宽肩膀的那个本来也想强奸她，但一开始没硬起来。他在她的乳房和脸上咬了几口，才得以勃起。她告诉他们："但他还没进去呢，就射了我一腿。然后他又开始打我，说想和我近一点谈谈，但大部分时候都是用拳头在谈。"

此时此刻，躺在白石酒店的床上，躺在他妻子曾经过手的床单上，诺曼颓废地侧过身，努力要把 1985 年的回忆赶走。而这回忆并不愿意离去。这并不奇怪，有些事一旦上了头，就再也赶不走了。1985 年总是纠缠着你，就像总在喋喋不休、废话连篇、无法摆脱的混蛋邻居。

我们犯了个错误，诺曼心想，我们相信了那个穿球衣的死黑鬼。

是的，那是一个错误，好吧，一个相当大的错误。而且他们相信，一个看起来很像和里奇·本德在一起的女人，一定身在里奇·本德的房间，这要么是第二个错误，要么是第一个错误的错上加错，究竟是

1.瓦林搅拌机（Waring Blender）的发音和里奇·本德（Richie Bender）接近。

哪个并不重要，因为结果是一样的。温迪·亚罗女士是个兼职服务员、兼职妓女、"全职"瘾君子，但她并不在里奇·本德的房间，甚至根本不知道地球上有里奇·本德这么个人。后来查清了，里奇·本德的确抢劫了佩雷斯，杀了店员，但他的房间不在可乐机和报箱之间；那是温迪·亚罗的房间，而温迪·亚罗独自待在房间里，至少在那天是的。

里奇·本德的房间原来在可乐机的另一边。这个错误差点让诺曼·丹尼尔斯和哈利·比辛顿丢了工作，但最后内务部的人采信了指甲锉的故事。而且他们也没有精子样本，所以无法支持亚罗女士的强奸指控。她说两人中年龄较大的那个人——确实插入了她体内的那个人——使用了避孕套，然后丢进马桶冲走了，这一点无证可查。

还有其他问题：即便局里最支持他们的那些人也不得不承认，丹尼尔斯和比辛顿警员在制服这只一百一十磅重、手持指甲锉的小野猫时，可能有点过分了。比如，她有几根手指确实被弄断了。因此就有了"正式申斥"。而且这事到此还不算完，这个不知天高地厚的臭婊子找到了那个犹太佬……那个秃头的小犹太佬……

但满世界都是这种不知天高地厚、总找麻烦的臭婊子。比如他老婆，但对这个不知天高地厚的臭婊子，他倒是能做点什么……这一点总是在掌控之中的。也就是说，他现在能稍微睡一下了。

诺曼翻身到另一边，1985年终于渐渐退却了。"在你最意想不到的时候，罗丝，"他喃喃地说，"我就会去找你。"

五分钟后，他已经睡着了。

10

那个淫荡的妞儿，他是这么叫她的。罗西躺在自己的床上想。她也快睡着了，但还没完全睡去，还能听到公园里的蟋蟀声。那个淫荡的混血妞儿。他多恨她啊！

是啊，他当然恨她了。首先，她把内务部的调查员那边弄得一团乱。最终，诺曼和哈利算是逃过一劫，勉强保住了工作，却发现那个淫荡的混血妞儿给自己找了个律师（用诺曼的话说，是个秃头犹太佬，专门怂恿别人起诉的讼棍），代表她提起了一场大型民事诉讼，被告是诺曼、哈利和整个警察局。接着，在罗西流产前不久，温迪·亚罗惨遭杀害。有人在湖滨西岸一个谷仓升降机后面发现了她的尸体，她被刺了一百多刀，双乳都被砍掉了。

某个神经病干的，诺曼告诉罗西。虽然放下电话后他脸上没有笑容，声音里却有不可否认的满足感，肯定是警察局的谁听到消息太兴奋了，才会往他家里打电话。这行干太久，她就碰到意外啦。这行风险大啊。他当时摸了摸罗西的头发，非常温柔地抚摸她，还对她展露笑容。不是咬人之前那种笑，那种笑总让她想尖叫，但即便他没有那样笑，她还是想尖叫，因为她知道，就是知道，温迪·亚罗，那个淫荡的混血妞儿究竟是怎么死的。

明白你有多幸运了吗？他一边问她，一边用那双坚硬的大手抚摸她的后脖颈，再摸到肩膀，又摸到乳峰，明白你没有流落街头是多么幸运了吗，罗丝？

接着——也许是一个月后，也许是六个星期后——他从车库进入家门，发现罗西在读一本爱情小说，决定他需要和她谈谈娱乐品位的事情。是需要近一点地谈。

1985 年，地狱般的一年。

罗西躺在床上，双手放在枕头下，渐渐进入梦乡。窗外的蟋蟀叫声感觉好近，仿佛她的房间被施了魔法，搬到了公园的舞台上。她想起了那个女人，她坐在角落里，头发贴着汗湿的脸颊，肚子像石头一样硬，那邪恶之吻弄得她大腿瘙痒起来，她的眼眶因为震惊而更显黯淡，里面的眼珠惊慌地转动起来。那个还有很多年才会看到床单上那滴血的女人，那个不知道有"女儿与姐妹"这样的地方，也不知道有比尔·斯坦纳这种男人存在的女人。那个女人，双臂交叠，紧紧抓住自己的肩膀，向已经不再相信的上帝祈祷，千万别流产，祈祷这小小的甜梦不要就此终结，接着，在感觉到流产确实发生时，她想，也许这样更好。她知道诺曼是如何履行作为丈夫的责任的，他要是成了爸爸，他又将如何履行父亲的职责呢？

蟋蟀的轻声哼唱在引她入睡。她甚至能闻到青草的味道——深沉而甜蜜的芬芳，似乎不太像 5 月该有的气味；她觉得更像是 8 月的干草场会有的气味。

我还从来没闻到过公园里的青草味呢，她睡眼惺忪地想，难道这就是爱情——至少是迷恋——对人的影响吗？难道它会在使你疯狂的同时，也让你的感官更加敏锐？

她听到从非常遥远的地方传来轰鸣，可能是雷声。这很奇怪，因为比尔送她回家的时候，天空是晴朗的——当时她抬头望天，还很惊叹，即便到处都是橙色的高亮路灯，竟然还是能看到那么多星星。

睡意渐浓，她正要进入之后一段时间都不会再有的无梦睡眠。在被黑暗完全夺取意识之前，她最后的想法是：我怎么可能听到蟋蟀的声音，怎么可能闻到青草的味道？窗户不是开着的。我上床前把它关上了。关了，还锁上了。

▶ V
蟋蟀

1

那个周三下午的晚些时候，罗西几乎是"飘"进"暖壶"的。她点了一杯茶和一块糕点，坐在窗边，一边慢慢吃喝，一边看着外面川流不息的行人——这个时间点的行人，大多都是上班族，正在回家路上。其实离开白石酒店之后，"暖壶"已经不顺路了，但她还是会一往情深地来到这里，也许是因为她和帕姆在这里喝了太多的"下班咖啡"，享受了愉快的时光；也许是因为她不太喜欢探险，至少现在还不喜欢，而这里是她熟悉和信任的地方。

大约 2 点左右，她读完了《魔鬼鱼》，正伸手到桌下拿包，罗达·西蒙斯就接入了扬声器。她问道："罗西，在我们开始下一本书之前，你想休息一下吗？"就这样，就这么简单。她之前就希望能拿下另外三本贝尔（拉辛）的小说，也相信自己能拿下，但现在确定了，那种宽慰感真是无法比拟。

这还没完。4 点，大家休息了一下，当时已经读了两章，新书名叫《杀死我所有的明天》，是部可怕的凶杀、跟踪悬疑惊悚小说。罗达问罗西，愿不愿意跟她到女卫生间借一步说话。

"我知道听起来很奇怪，"她说，"但我太想抽支烟了，这该死的大楼，整栋里面我只敢在那儿偷偷抽个烟。现代生活真是烦人，罗西。"

到了卫生间，罗达点燃了一支卡普里烟，坐在两个台阶之间的台子上，轻松自在，显然她经常这么干。她双腿交叉，右脚勾在左小腿后面，若有所思地看着罗西。

"你的发型不错。"她说。

罗西有些不自觉地摸了摸头发，这是昨晚一时冲动在美容美发店里做的，花了五十元，她很舍不得……却又不能不花。"谢谢。"她说。

"罗比会跟你签合同，你知道吗？"

罗西皱起眉头，摇了摇头："不，我不知道。你在说什么？"

"他看着很像'大富翁'游戏卡上的钱袋先生，但罗比其实从1975年就开始做有声书了，他很清楚你有多优秀。他比你要更了解你。你觉得他是你的大恩人，对吧？"

"我清楚他是。"罗西硬邦邦地回道。她不太喜欢这场谈话的走向。这让她想起莎士比亚的戏剧，人们在背后给朋友捅刀子，然后流利地说出一番长篇独白，道貌岸然地解释这是多么有必要，不可避免。

"不要因为感激就不顾自身利益了。"罗达干净利落地把烟灰弹进水槽，打开凉水冲干净，"我不知道你以前经历过什么，也不是很想知道，但我知道只用了104次录音，你就读完了《魔鬼鱼》，这他妈简直太厉害了，而且我也知道你的声音很像年轻时的伊丽莎白·泰勒。我还知道——因为简直就在你额头上写着呢——你在独立生活，还不太习惯。你完全是 tabula rasa[1]，这很可怕。你知道这词是什么意思吧？"

罗西不是很确定——她想着，应该是幼稚天真之类的意思——但她不要在罗达面前露怯。"嗯，当然知道。"

"很好。看在上帝的分上，你可千万别误会——我不是要干预罗比的事情，或者想从属于你的部分里分一杯羹。我是在为你考虑，罗比、柯蒂斯，大家都是的。不过罗比也得考虑自己的钱包。有声书现在还是个全新的领域。如果把它比作电影业，我们才刚走到默片时代的一半。你明白我想说什么吗？"

"明白一点。"

1.原文为拉丁文，意为一张白纸。

"罗比听你读《魔鬼鱼》的时候，觉得你就是有声书界的玛丽·璧克馥[1]。我知道，听起来很疯狂，但也很真。就连他和你相遇的方式也很有电影色彩。据传，拉娜·特纳[2]就是在施瓦布杂货店被发现的。反正罗比自己已经在想关于你的传说了，他是如何在朋友斯坦纳的典当行发现了你，你当时在看旧明信片。"

"他跟你说我当时在做这个？"她心中对罗比·莱弗茨涌起一股温情，几乎快爱上他了。

"啊哈。但他在哪里发现了你，你在那里做什么，其实不重要。重要的是你很棒，罗西。你真的真的很有天赋，几乎可以说你就是为了这事业而生的。罗比发现了你，但这不意味着你这辈子都要交给他了。别让他完全掌控你。"

"他永远不会这么做的。"罗西说。她既害怕，又兴奋，还有点生罗达的气，她怎么把别人想得这么自私呢。但盖过这所有一切感觉的是明朗的喜悦与宽慰：她的好生活又能再多一阵子了。要是罗比真的和她签了合同，好生活甚至可能再长一些。罗达·西蒙斯要她谨慎行事，这没有任何问题。罗达不像她，住在离镇上某个地区三个街区的单间里，想保住无线电跟车轱辘盖，就别把车停在路边。罗达有个做会计的丈夫，住郊区的别墅，开一辆1994银色尼桑。罗达有维萨和美国运通的信用卡。这还不算，罗达还拥有蓝十字保险，而且生病没法工作了，还能动用储蓄。在罗西的想象里，拥有这些东西的人，对工作中遇到的人给出小心谨慎的建议，也许就像呼吸一样自然。

"也许不会，"罗达说，"但你也许就是个小金矿，罗西，有时候，发现了金矿，人就会变。就连罗比·莱弗茨这样的好人也是。"

此时此刻，罗西坐在"暖壶"里喝着茶，看着窗外，想起罗达在

---

1. 玛丽·璧克馥（Mary Pickford, 1892—1979），美国早期电影明星，与他人联合创立了联美影业。
2. 拉娜·特纳（Lana Turner, 1921—1995），美国著名影视演员。

龙头流出的凉水下浇熄了她的烟，扔进垃圾桶，走到她身边。"我知道你现在的处境，拥有稳定的工作对你很重要，我也不是说罗比是坏人——从1982年开始，我就断断续续地跟他合作，我清楚他不是——但我要叮嘱你的是，稳住你手上那只鸟不要飞走的同时，也要稍微注意一下藏在灌木丛中的其他鸟，懂我的意思吗？"

"不是很懂。"

"先答应做六本书，不要更多了。早八晚四，就在磁带引擎做。周薪一千。"

罗西瞪眼看着她，感觉好像有人把吸尘器软管塞进自己的喉咙，把肺里的空气全吸了出来："一星期一千元，你疯啦？"

"你去问柯特·汉密尔顿，问他是不是觉得我疯了，"罗达平静地说，"记住，不只是声音，还有录制的次数。你只用104次就录完了《魔鬼鱼》。跟我合作过的其他任何人都不可能在两百次以内完成。你很擅长声音管理，但真正不可思议的是你对呼吸的控制。如果你不唱歌，那真得问问老天爷，你怎么这么会控制啊？"

当时，罗西眼前浮现出一个噩梦般的画面：她坐在角落里，双肾像装满热水的鼓囊囊的袋子一样，肿胀着，耸动着。她就坐在那里，双手捧着围裙，向上帝祈祷自己不会往里面"填充"内容物，因为一呕吐就很痛，肾会像被带刺长棍戳着似的。她就坐在那里，平平地吸着长气，又慢而轻柔地呼出来，因为这样呼吸最有效；她努力把自己失控的心跳调整到与平稳呼吸节奏相匹配的状态。她就坐在那里，听着诺曼在厨房里给他自己做三明治，用他那好得令人惊讶的通俗男高音唱《丹尼尔》或《写封信吧，玛利亚》。

"我也不清楚，"当时她告诉罗达，"在和你认识之前，我甚至都不知道什么是呼吸控制。我猜就是天赋。"

"那你得谢谢老天爷赏饭吃了，孩子，"罗达说，"我们该回去了，不然柯特该觉得我们在这儿举行诡异的女性仪式了。"

她正要下班，罗比从市中心的办公室打来电话，祝贺她完成了《魔鬼鱼》。虽然没有明确提到合同，但他问两人能不能周五一起吃个午饭，讨论一个"工作安排"。罗西同意之后挂了电话，有些茫然。她记得当时想起罗达对他的描述，实在太恰切了，罗比·莱弗茨确实很像大富翁卡片上那个小老头。

　　电话在柯蒂斯的私人办公室里，那里有个杂乱无章的小壁橱，数百张名片用图钉钉在软木墙上；她放下电话，回到录音室拿包，罗达不在那里，估计是去女厕所里再抽支烟。柯特正在给一盒盒的卷对卷磁带做标记。他抬起头来，对她咧嘴笑了："今天干得不错，罗西。"

　　"谢谢。"

　　"罗达说罗比会跟你签合同。"

　　"她确实是这么说的，"罗西附和，"而且我也觉得她可能说对了。老天保佑。"

　　"嗯，你跟他讨价还价的时候，要记住一件事，"柯蒂斯把磁带盒放在一个高高的架子上，那里有几十个类似的盒子，像薄薄的白色书本一样排列着，"如果你读《魔鬼鱼》赚了五百元，罗比就已经赚到了……因为你省下的录制时间，大约值七百，明白吗？"

　　她明白了，好的。此时此刻，她坐在"暖壶"里，眼前的未来出乎意料地光明。她有朋友，有住处，有工作；而且读完克里斯蒂娜·贝尔，还很有希望得到更多的工作。一份也许意味着周薪一千元的工作，比诺曼赚得都多。这很疯狂，但这是真的。可能是真的，她修正了自己的想法。

　　哦，还有别的好事。她在周六有个约会……整个周六，如果算上当晚蓝色少女演唱会的话。

　　罗西那张总是严肃的脸，破天荒地露出了灿烂的笑容，她想要给自己一个不合时宜的拥抱。她咬下最后一口糕点，再次望向窗外，想着所有这些好事怎么可能都发生在她身上了呢？这是现实生活吗？真实的人，走出了自己的牢狱，右转……然后步入了天堂。

2

半个街区外，"禁行"的指示灯熄灭，"通行"灯亮起。帕姆·哈弗福德已经换下了酒店女服务员的制服，穿上一条红色修身长裤，和二十几个人一起过了街。今晚她加了一个小时的班，绝对没有理由认为罗西人在"暖壶"……但她就这么想了。愿意的话，你可以说这是女人的直觉。

她瞥了一眼在她身边过街的这个大块头，想着好像几分钟前在白石酒店的报亭见过他。这人说不定是个"有趣的人"，不过他的眼神……可以说是毫无感情。大家走上对面的人行道时，他也瞥了她一眼，那双没有感情的眼睛，以及那双眼背后缺失某种东西的感觉，让她实实在在地感到浑身发冷。

3

"暖壶"里的罗西很突然地决定再来一杯茶。她也并无理由想到帕姆可能会来——离两人通常喝咖啡的时间已经过去了整整一小时——但她就是这么想了。也许是女人的直觉。她起身向吧台走去。

4

身边这个小贱人长得还挺可爱，诺曼想着，红色的修身长裤，小屁股挺好看。他略微迟滞了两步——这样更好看风景啦，宝贝——但几乎就是在他这么做的同时，她就拐进了一家小餐馆。诺曼路过时往窗里瞥了一眼，但没有看到什么有趣的东西，只是一群老家伙，吃着一团团不知道是什么的东西，喝着咖啡和茶，还有几个服务员，忙来忙去的，一副装腔作势的基佬样。

老女人们肯定喜欢这样的，诺曼心想，那么个基佬做派，肯定能赚很多小费。肯定是这样，不然成年男人哪有那样走路的？？不可能都是基佬吧……不会吧？

他往"暖壶"里看，没看多久，并且毫无兴趣。不过他的目光停留在了一个女人身上，她比大多数坐在桌边那些穿套装的有钱老女人要年轻得多。她正从窗口走开，走向茶室远端的自助式服务吧台（至少他觉得这种地方就是这么叫的）。他快速看了一眼她的屁股，原因很简单，只要遇到四十岁以下的女性，他的眼睛总是迅速看向那个部位。他觉得这女人的屁股还不算太糟糕，但也平平无奇，不值得大惊小怪。

罗丝也有过这样的屁股，他心想，那时候她还没放弃自己，后来她的屁股就跟他妈的脚凳一样大得可怕。

从窗口瞥见的这个女人，发型也很漂亮，说实在的，要比她的屁股漂亮多了，但这个发型没有让他想到罗西。罗西就是诺曼母亲口中的"褐发女"，她也很少在头发上花任何心思（因为本身她的头发就是毫无光泽的鼠灰色，所以诺曼也不怪她）。通常她只是把头发后梳，用橡皮发圈扎成马尾。如果两人出去吃晚饭或看电影，她可能会用杂货店买来的那种嘎吱嘎吱响的弹性发网稍微把头发弄一下。

诺曼往"暖壶"里看时，他目光短暂触及的这个女人不是个褐发女，而是个臀部紧致的金发女郎，她的头发也没有扎成马尾或用发网绑起来，而是精心编成了发辫，垂在她背部中间。

5

也许这一整天最好的事情，甚至比罗达告诉她罗比·莱弗茨可能觉得她能值一千元这个惊人消息还要好的，就是罗西拿着一杯新泡的茶，从"暖壶"的收银台转身时，帕姆·哈弗福德脸上的表情。一开始帕姆的双眼从她脸上扫过，完全没有认出来……很快又扫回来，瞪圆了。帕姆咧开嘴笑起来，还发出实在的尖叫，可能让这小小的餐馆里至少半打心脏起搏器都险些超负荷。

"罗西，是你吗？哦，我——的——天！"

"是我。"罗西说，爽朗大笑的同时又有点脸红。她知道人们正转头看她俩，发现自己其实不介意——这真是不可思议中的不可思议。

她们拿着各自的茶来到窗边常坐的桌子，罗西甚至听由帕姆劝说，又吃了一块糕点，尽管她来到这个城市后已经瘦了十五磅且不打算再胖回去，如果可以控制的话。

帕姆不停地对她说，真是不敢相信，只能用不敢相信来形容。罗西本觉得她是在奉承，但帕姆的双眼确实不停地从她的脸看向头发，仿佛在努力弄清楚眼前的一切。

"这让你年轻了五岁，"她说，"天啊，罗西，你看着就像个祸水妞[1]！"

"花了五十呢，应该让我看着像玛丽莲·梦露才对。"罗西微笑着回应……不过和罗达聊过之后，她心里对这笔发型消费已经释怀了许多。

"你在哪里——"帕姆刚开口就停下了，"是你买的那幅画，是不是？你做的发型和画里那个女人一样。"

罗西本来以为这话会让她脸红，结果完全没有。她只是点点头。"我喜欢那个发型，所以想着应该试一下。"她犹豫了一下，又说，"染

1.祸水妞（jailbait），直译是"导致犯罪入狱的诱因"，也指那种与之性交就会触犯法律入狱的未成年女孩。

别的颜色这事嘛，我到现在还不敢相信真的染了。我这辈子还是第一次改变头发的颜色。"

"第一次——! 我不信! "

"真的。"

帕姆往她这边斜过身子，把声音压低，仿佛要密谋似的耳语道："发生了，是不是？"

"你在说什么？发生了什么？"

"你遇到了有趣的人？"

罗西张开嘴，又合上，接着又张开，却完全不知道自己想说什么。原来她什么也不想说。她一个字也没说出来，倒是大笑起来。她一直笑到流泪，还没笑完呢，帕姆也和她一同笑起来。

6

特伦顿街 897 号临街的大门在工作日晚上总是开着的，一直要到 8 点左右才上锁，所以罗西不需要用钥匙就能打开——但她需要那把小钥匙去开自己的邮箱（邮箱的小门上贴着 "R. 麦克伦登"，勇敢地宣称着她属于这里，是的，她就是属于这里），邮箱里只有一张沃尔玛的传单。沿着台阶上二楼时，她又挑出另一把钥匙。这把钥匙是她单间的钥匙，她只有一把，另外一把在大楼管理员那里保存着。和邮箱一样，这也是她的。她的双脚很累——从市中心走了整整三英里回来，因为她坐立不安又欣喜若狂，不想坐公交车，同时也希望能通过比坐公交回家更长的时间来思考和梦想。都在"暖壶"吃了两份糕点了，她还是很饿，不过肚子里低沉的"咕咕"声丝毫没有减弱她的快乐，反而更令人心情舒畅。她这辈子享受过如此的喜悦吗？应该没有。这快乐已经从头脑中满溢出来，传遍她的全身。即便双脚很累，感觉还是轻盈的。走了这么长的路，她的肾竟然一点没疼。

她打开门，走进去（这次记得反锁门了），又忍不住咯咯笑起来。帕姆和她说的"有趣的人"。罗西被迫承认了一些事——毕竟，她打算把比尔带去周六夜的蓝色少女演唱会，那时"女儿与姐妹"来的人都会见到他——不过，她争辩说，自己染发和编辫子，并非只是为了比尔（这是发自内心的真心话），只惹得帕姆朝她滑稽地翻白眼，戏谑地眨了个眼。真叫人恼火……但也很亲切。

她打开窗户，把柔和的晚春空气和公园的声音让进屋里，然后走到小小的厨房桌前，桌上摆着一本平装书。旁边是比尔周一晚上带给她的花，已经凋谢了，但她觉得自己没法扔掉它们。至少在周六之前不会。昨晚她梦见了他，梦见了在他身后共骑摩托。他骑得越来越快，越来越快……在某个时刻，她想到了一个可怕而美妙的词，一个神奇的词。她已经不记得具体是什么了，好像是什么"德非"还是"非非"之类没有意义的词。但在梦境之中它似乎是个很美的词……也很强有力。除非你是真心实意的，否则不要说出来，她记得自己在梦里这样想。他们在某条乡村高速上风驰电掣，左边有连绵的山丘，右边，透过冷杉林的缝隙能看到一片湖，太阳照在湖面上，闪烁着蓝金色的粼光。前方有一座杂草丛生的小山，她知道小山那头有一座破败的庙宇。除非你打算把自己全身心交付出去，否则不要说出来。

她把那个词说出来了，仿佛一道电光从她嘴里射出。比尔那辆哈雷的车轮离开了地面——短短的一瞬间，她看到了前轮还在旋转，但已经离开地面六英寸——她看到两人的影子并不在旁边，而不知怎么就跑到下面去了，比尔拧动手油门，他们突然间向着明亮的蓝天飞驰而去，从路边树丛的小道上蹿出去，仿佛潜艇浮上海面。她在床上醒来，周围的被子都卷了起来；她冷得颤抖，又热得喘息，那种深沉的热量似乎就隐藏在她的中心，看不见却很强大，像正在经历日食的太阳。

她很怀疑，不管她尝试多少魔法咒语般的词语，两人也应该无法像梦中那样飞起来，但她想，无论如何，会把这些花再留一段时间，也许还可以在这本书的书页间压上几朵。

这本书是她在做头发的店里买的，店名叫"伊莱恩之梦"。书名是《简单而优雅：十个可在家做的发型》。"这些还不错，"伊莱恩对她说，"当然你做头发总应该找专业人士，这是我的个人观点，但如果没法每周都做，不管是没钱还是没时间，而且一想到打800电话订购编发工具套装就让你想一枪崩了自己，那按照这本书来做还算个不错的折中方案。不过，请看在老天爷的分上答应我，要是有男人邀请你去韦斯特伍德乡村俱乐部跳舞，你会先来找我。"

罗西坐下来，翻开"3号风格，经典发辫"……开篇便写道，它也被称为"经典法式发辫"。她翻阅了书中的黑白照片，上面的女人先是把头发分开，然后编成辫子，编到最后，又往回解开辫子。晚上解辫子比早上编辫子要简单得多。她花了四十五分钟，嘴里嘟囔着骂了好大一通，才做出和昨晚离开"伊莱恩之梦"时差不多的发型。不过，这一切都是值得的，帕姆在"暖壶"那毫不掩饰的惊呼声让这一切都值了，她甚至感觉收获更大。

辫子编完了，思绪就转向了比尔·斯坦纳（也从来没有离他很远），不知他是否喜欢自己编发，如果他喜欢这一头金发的话。或者，他也可能完全注意不到这两个变化。要是他没注意到，不知她是否会不高兴，罗西这样想着，叹了口气，皱起鼻子。她当然会不高兴。话说回来，如果他不仅注意到了，而且还像帕姆那样反应（当然，他不会尖叫），那会怎么样？他甚至可能把她揽入怀中，这是很多爱情小说中的桥段……

她伸手去拿包，想从里面拿梳子出来，又慢慢陷入对周六早上的天真幻想中——想着比尔用一根天鹅绒丝带绑住辫尾（为什么他碰巧会随身带一根天鹅绒丝带，可以完全不加解释，这就是厨房桌上白日梦的美妙之处）——此时，思绪被房间那头一个小小的声音打断了。

唧。唧——唧。

一只蟋蟀。这声音也不是因为窗户打开了而从布赖恩特公园传来的，比那要近得多。

唧——唧。唧——唧。

她的目光沿着踢脚板扫过，看到有东西在跳。她站起身来，打开水槽左边的橱柜，拿出一个玻璃搅拌碗。她走过房间，中间停了一下，从客厅空间的椅子上拿了沃尔玛的传单。然后她跪在那只虫子旁边，它差不多进到了没有任何装饰的南墙角，她计划在那里放台电视，如果搬出这里之前真买了一台的话。今天之后，搬到一个更大的地方——很快地搬走——似乎不仅仅是个白日梦了。

的确是只蟋蟀。它是如何上到二楼的，这是个谜，但它肯定是一只蟋蟀。接着，她想到了答案，也明白了为什么在睡觉时会听到它的声音。这只蟋蟀一定是和比尔一起上来的，可能藏在他的裤脚翻边里。这是鲜花之外一个小小的附赠品。

那天晚上你不是只听到一只蟋蟀叫，"现实理智女士"突然开口了。这个声音最近都没怎么出现，听起来有点迟钝，还有些沙哑。你听到了一整片的蟋蟀叫，一整个公园的蟋蟀叫。

胡说，她自如地回应，并把碗放低，扣在那虫子上面，又把广告传单塞到碗口的缝隙里，用纸角戳着那虫，戳到它猛跳起来，这样她就能顺畅地用传单完全盖住碗口。是我自己幻想着，把一只蟋蟀变成一群，就这么简单。还记得吗？我当时正要入睡，我可能已经是半梦半醒了。

她拿起碗，翻过来，压住盖在碗口的传单，让蟋蟀不能在她准备好之前逃走。与此同时，那虫子在碗里精力充沛地上蹿下跳，那全副武装的背上仿佛描绘了约翰·格里森姆[1]新小说里的场景，这本书在沃尔玛的价格是含税十六元。罗西哼着"当你向星星许愿"，把蟋蟀带到打开的窗户前，撤下传单，把碗举到外面。虫子可以从比这高得多的地方掉下去，落地后还能安然无恙地走掉（跳走，她在脑子里修正了自己的用词）。她确信在什么地方读到过这个知识，或者也许在某个自然类电视节目中看到过。

"去吧，小虫虫，"她说，"乖，跳吧。看到那边的公园了吗？草很高，有很多露水可以喝，有很多小女蟋蟀——"

她戛然而止。这虫子并非钻进比尔的裤脚翻边上来的，因为带她出去吃晚饭的周一晚上，他穿的是牛仔裤。她质疑了一下自己的记忆，想确定一下，很快还是得出同样的信息，并且没有任何怀疑的余地。牛津布衬衫和没有翻边的利维斯牛仔裤。她还记得他那身打扮给了她很大的宽慰，让她确定比尔不会带她去那种很高级的地方，让她被别人盯着看。

蓝色牛仔裤，没有翻边。

那这小虫虫是从哪里来的呢？

这又有什么关系呢？如果这蟋蟀不是钻进比尔的裤脚翻边上来的，很可能是钻进别人的裤脚翻边上来的，就这么简单。在裤脚翻边里有点待不住了，于是在二楼跳了出来，安全着陆——嘿，哥们儿，感谢捎我这一程啊。接着就从她的门缝下面溜进来了，这又有什么关系呢？好好想一想，比它更让人不愉快的不速之客大有人在。

仿佛是为了表达对这种想法的同意，蟋蟀突然从碗中弹射出去，向下坠落。

"祝你生活愉快，"罗西说，"随时再来，真心地。"

她把碗拿回室内，一阵清风将她拇指下的沃尔玛传单吹走，那张

---

1. 约翰·格里森姆（John Grisham, 1955—　），美国知名畅销小说作家，他的一系列富含法律内容的畅销犯罪小说为他赢得了巨大的声誉和财富。

纸懒洋洋地落到地板上，轻轻随风晃荡着。她弯腰想要捡起来，然后在手指离它还有一英寸的时候愣住了。还有两只蟋蟀，都死了，躺在踢脚板边，一只侧卧，另一只仰卧，细细的腿朝着天。

一只蟋蟀，她倒可以理解和接受，但是三只？在二楼的房间？这个，到底怎么解释呢？

罗西一下子又看到了别的东西，就躺在两只死蟋蟀附近两块木板的缝隙之间，她跪下来，从缝隙之中将那东西拈出来，举到眼前。

那是一朵三叶草花，一朵小小的粉色三叶草花。

她低头看了看拈出花来的裂缝，又看了一眼那对死去的蟋蟀，接着任由目光慢慢沿着乳白色的墙壁向上攀爬……看到她那幅画，仍旧那样挂在窗边；看到"茜草玫瑰红（Rose Madder）"（罗丝·麦德真是个好名字）站在属于她的山顶上，背后有新发现的小马驹在吃草。

罗西能清晰地感觉到自己的心跳——在她耳朵里形成巨大、缓慢而沉闷的鼓声——她身子前倾，靠近画面，往小马的口鼻处看去，画面在眼前慢慢涣散成旧颜料组成的一层层色调，笔触逐渐凸显出来。小马口鼻的下方是森林绿与橄榄绿色调的草地，看上去是画家用画笔一层层迅速向下涂抹画出来的。草色之间点缀着粉色的小点点。三叶草。

罗丝看了看手掌中的粉色小花，伸手举到画前。颜色完全吻合。突然间，在完全没有预想的情况下，她把手举到双唇的高度，将那小花朝画的方向推过去。她半信半疑（不，其实不仅如此；有那么一瞬间，她完全肯定），这朵粉色小花会飘过画的平面，进入那个由某不知名艺术家在六十年、八十年，甚至一百年前创造的世界。

当然，并未成真。粉色小花撞上画的玻璃罩（初相遇的那天，罗比说过，很少有人给油画加玻璃罩），被弹开了，然后晃晃悠悠地飘到地上，像一小团纸巾。这画也许的确有魔力，但玻璃罩显然没有。

那么这些蟋蟀又是怎么跑出来的？你确实认为这事真的发生了，对吧？蟋蟀和三叶草花不知怎的从画里面出来了？

天哪，以上的确就是她的想法。她觉得，只要离开这个房间，和别人待在一起，以上想法就会显得很荒谬，或者完全消散。但此时此刻，这想法切切实实地存在着：蟋蟀已经从穿着茜草玫瑰红托加袍的金发女人脚下的草地上跳了出来。不知怎的，它们从罗丝·麦德的世界，跃入了罗西·麦克伦登的世界。

怎么跳的呢？它们就那样透过玻璃罩渗出来了吗？

不，当然不是。这样想很傻，但是——

她伸出微微颤抖的双手，把画从钩子上取下来，带到厨房区，放在吧台上，又翻转过来。纸背上的炭笔字比以前更模糊了；如果不是之前看到过，她不会确定上面写的是罗丝·麦德。

她迟疑起来，突然有些害怕（也许她一直在害怕，只是刚开始意识到），她摸了摸这纸背。凡是手指触到的地方，都会发出松脆的噼啪声，过于松脆了。等抚摸到牛皮纸背嵌入画框的地方，她感觉到了某种东西……某些东西。

她咽了口唾沫，喉咙干得发痛。她用已经感觉不属于自己的手打开吧台的一个抽屉，拿起一把水果刀，把刀尖慢慢伸向牛皮纸背。

住手！"现实理智女士"尖叫起来，住手，罗西，你不知道那里会出来什么东西！

她举着刀，用刀尖顶了一会儿牛皮纸，又暂时放在一旁。她举起那幅画，看了看画框的底部，头脑中某个遥远的部分注意到她双手颤抖得很厉害。她看到木框上横斜着一条裂缝，最宽处至少四分之一英寸，这其实并不让她吃惊。她把画放回吧台上，用右手举起画，用她的左手——比较灵活的手——把水果刀的刀尖再次顶在纸背上。

住手，罗西。"现实理智女士"这次没有尖叫，她在悲鸣，请不要这样做，请让它好好的。不过仔细想来，这建议实在可笑。要是她在"现实理智女士"第一次给出建议时就听从了，她现在还跟诺曼生活在一起，或者和他"死"在一起。

她用刀子割开了纸背，在感觉到凸起的地方割得更深。半打蟋蟀滚落出来，掉到吧台上，其中四只死了，一只无力地抽搐着，第六只还挺活泼，跳下吧台，踉跄地落到水槽里。与蟋蟀一起出来的还有一些粉色的三叶草花碎屑，一些草屑……以及一片棕色枯叶的局部。罗西把这最后一片捡起来，好奇地看着它。是橡树叶子。这一点她几乎可以肯定。

罗西小心翼翼（同时无视"现实理智女士"的声音）地用水果刀沿着纸背割了一整圈。取下纸背时，又掉出了更多淳朴的"宝贝"：蚂蚁（大部分都死了，但有三四只还爬得动）、一只鼓胀的蜜蜂尸体，以及几朵雏菊花瓣，就是那种从一朵花上扯下来，一边喊着"他爱我，他不爱我……"的花瓣，还有几根薄丝状的白色毛发。她把毛发举到灯光下，用右手把翻转过来的画抓得更紧了些，而她的后背逐渐升起一股剧烈的战栗，就像一双大脚爬上一截楼梯。如果把这些毛发带到兽医那里，让他在显微镜下观察一下，罗西知道对方会告诉她什么——马鬃。或者，更准确地说，它们来自一匹毛发蓬松的小马驹子。一匹目前正在另一个世界吃草的小马驹。

我疯了，她平静地想，这也不是"现实理智女士"的声音，而来自她自己，代表了她最核心、最完整的思想与自我。这声音没有歇斯底里，也并不愚蠢呆滞，这声音理性平和，还带着一丝惊奇。她怀疑，在她无法否认死神逼近的那几天或几周里，她的大脑也会以同样的语气承认死亡的不可避免。

然而，她其实并不相信自己真的疯了，这和要她被迫相信死亡不一样（比如身患癌症，已经恶化到某个程度）。她打开了画的背面，一堆草、毛发和虫子——有些还活着——掉了出来。相信这样的事有这么难吗？几年前，她在报纸上读到一个故事，说一个女人在一张古老家族成员肖像的背面发现了保存完好的股票，从而发了一笔小财；相比之下，几只虫子似乎平平无奇。

但还活着啊，罗西？还有那还很新鲜的三叶草花和依旧翠绿的青草？那叶子的确是枯死了，但对此有何看法你自己也很清楚——

她觉得这叶子是被风吹离树枝枯死的。画中表现的是夏天，即便6月的草丛中也有枯叶。

所以，再说一遍：我疯了。

但这些东西就在这里，散落在厨房吧台上，一台子的虫子和草。

各种东西。

不是梦，不是幻觉，是真东西。

与此相比，几只虫子似乎很平凡。

还有一件事，就是她不太愿意直接面对的一件事。这幅画对她说过话。不，没有说出声，但从她看到它的第一眼起，它就对她说话了。照片背面有她的名字——反正算是她名字的一个版本——而且昨天她花了超过自己承受能力的钱，弄了个和画中女人相似的发型。

她突然很果断地行动起来，把水果刀平插进画框上部，向上撬动。如果感觉到强烈的阻力，她会立即停下来——这是她唯一的水果刀，她不想把刀刃折断——但固定画框的钉子轻易就投降了。她拉开顶部框，又用空出来的那只手扶住玻璃罩的正面，免得它倒在吧台上摔碎，并把它放在一边。又一只死蟋蟀唰地掉到了吧台上。过了一会儿，她就把毫无其他修饰的画布拿在手里了，大约长三十英寸，宽十八英寸，画框和衬垫都被去掉了。罗西伸出手指，轻轻划过早已干涸的油彩，感受着差别十分细微的不同高度的层次，甚至感受到艺术家的画笔留下的细密痕迹。真是有趣的感觉，略有些怪诞诡异，但没什么超自然的不可思议，她的手指并没有穿过画面进入另一个世界。

她昨天买来安在墙上接口处的电话，发出了第一声响铃。音量被调到最大，这突如其来的尖锐颤声惊得罗西跳了起来，她也和电话一样惊叫着。她的手紧张僵硬起来，伸出的手指几乎要戳破画布。

她把画放在厨房桌上，急忙跑去电话边，希望是比尔打来的。如果是的话，她想着可以邀请他过来——邀请他好好看看她的画，让他看看从里面掉出来的各种零碎、各种东西。

"喂？"

"喂，罗西？"不是比尔，是一个女人，"我，安娜·史蒂文森。"

"哦，安娜！你好！你怎么样？"

水槽那边传来坚持不懈的"唧唧"叫。

"我不是太好，"安娜说，"一点都不好。发生了一些非常不愉快的事情，而且我得告诉你。可能和你没有任何关系——我衷心希望没有——但也可能有。"

罗西坐了下来，她很害怕，即便摸到画背面死昆虫的形状时，她也没有这么害怕。"什么事，安娜？怎么了？"

听着安娜的诉说，罗西变得越来越惊恐。讲完后，安娜问罗西要不要去"女儿与姐妹"，在那里过个夜什么的。

"我不知道，"罗西麻木地说，"我得考虑一下。安娜，我……我得给别人打个电话。我再给你回过来。"

不等安娜回应，她就挂断了，又拨通411，查询了一个号码，成功得到之后就拨通了。

"自由之城。"一个老男人的声音。

"嗯，请让斯坦纳先生接电话好吗？"

"我就是斯坦纳先生。"那个略带嘶哑的声音回答，带着一种被逗乐的语气。罗西一时有些困惑，然后想起他是和父亲一起做生意的。

"比尔。"她的喉咙又干痛起来，"我是要找比尔·斯坦纳……他在吗？"

"请等一下，小姐。"电话被放下，传来一阵窸窸窣窣和咚咚咚咚的声音，接着，远远地听到一声："比利[1]啊，有位女士找你呢！"

1.比尔的昵称。

罗西闭上了眼睛。她听到水槽里传来仿佛十分遥远的蟋蟀声：唧唧唧。

真是令人无法忍受的漫长等待啊。一滴泪从她左眼的睫毛下滑落，顺着脸颊流下。紧接着，右眼也流下了一滴泪，脑海中飘过某首古老乡村歌曲的片段。"好了，比赛开始，骄傲在远远的跑道……心痛直冲内里……"她擦掉这两滴泪。这辈子她擦去了太多的眼泪。如果印度教关于轮回转世的说法是真的，她绝对不愿去想自己的上一世究竟是什么鬼样子。

有人拿起了电话。"喂？"这是她如今会在梦里听到的声音。

"你好，比尔。"这不是她正常说话的声音，甚至算不上悄声低语，更像是粗哑的气声。

"我听不见，"他说，"你能大声点吗，女士？"

她不想大声说话，她想挂断电话。但是，她不能。如果安娜的推测是对的，比尔也可能有麻烦——非常严重的麻烦。如果，他被某个人认为与她过于亲密的话。她清了清嗓子，努力开口说："比尔？我是罗西。"

"罗西！"他喊出声来，听起来很高兴，"嘿，你好吗？"

这发自内心、毫不掩饰的欣喜反而是雪上加霜，突然间，她觉得好像有人往她的肝肠之中拧搅着一把刀。"周六我没法跟你出去了。"她语速极快地说道，此时她的泪流得更为汹涌，不断从眼皮下渗出，仿佛某种污秽的热油，"我根本就没法跟你出去。以前还以为可以，我真是疯了。"

"你当然可以！天哪，罗西！你在说什么？"

他声音中的恐慌——不是她隐隐预料到的生气，而是真正的恐慌——很糟糕，但不知何故，他的疑惑更糟糕。她无法忍受这种疑惑。

"不要给我打电话，也不要过来。"她对他说，突然间，她就怀着恐惧清晰地看到大雨中的诺曼，就站在她这栋楼对面，大衣的领子竖起，微弱的路灯照亮了他的下半张脸——他站在那里，就像理查德·拉辛某本小说中那种仿佛来自地狱的野蛮凶残的大反派。

"罗西，我不明白——"

"我知道，其实不明白最好。"她的声音飘忽不定，逐渐支离破碎，"离我远点就好，比尔。"

她迅速挂断了电话，盯着它看了一会儿，然后爆发出一声痛苦的哭喊。她用手背把膝上的电话放到一边。听筒弹飞了，扯着电话线，躺在地板上。奇怪，线路那头传来的嗡嗡声仿佛周一晚上送她入睡的蟋蟀的叫声。突然间，她无法忍受这声音，要是她还得再听上三十秒，头就会被劈裂成两半。她站起来，走到墙边蹲下，拔掉接口。她试图再次站起来时，颤抖的双腿根本支撑不住她的身体。她坐在地板上，双手捂住脸，任由眼泪尽情流淌。确实是别无选择。

安娜一遍又一遍地说，她不确定；而不管罗西怀疑什么，她也不能确定。但罗西确实很确定，那是诺曼。诺曼在这里，诺曼已经失去了他之前也许还仅存的理智，诺曼杀死了安娜的前夫彼得·什洛维克，诺曼正在找她。

7

现在，他已经走过"暖壶"五个街区了。本来，透过那家店的平板玻璃窗，只需短短四秒，诺曼就会和他妻子四目相对。此时，他拐进一家名叫"五元以下"的折扣店，宣传口号是："店里的一切价格都不超过五元！"这句话被印在一幅拙劣的亚伯拉罕·林肯的画像下面。林肯长满胡子的脸上挂着宽厚的笑容，做出正要眨眼的样子。在诺曼·丹尼尔斯眼里，他很像自己曾经逮捕过的一个男人，他勒死了自己的妻子和全部四个孩子。在这家与"自由之城借贷与典当"近在咫尺的商店里，诺曼买到了他今天打算伪装的所有行头：一副墨镜和一顶帽檐上方印有 CHISOX[1] 的帽子。

诺曼的警探经验刚好超过十年，他逐渐相信，伪装只在三个地方成立：间谍电影、福尔摩斯系列小说和万圣节派对。它们在白天尤其无用，在白天化妆看起来就是化妆，伪装看起来就是伪装。"女儿与姐妹"，也就是他的朋友彼得·什洛维克最终承认将他那疯长的玫瑰[2]送去的地方，那就是个"新时代妓院"，那里的妞儿肯定会对在她们那潭水附近鬼鬼祟祟的"捕食者"特别敏感。这样的妞儿，偏执妄想早就远超出生活方式的范畴，已经形成了一整套先进发达的技术。

他有帽子和墨镜就够了。入夜尚浅，他今天所有的计划，用他警探职业生涯中首个搭档戈登·萨特韦特的话说，就是进行"一次小勾搭"。戈登还喜欢拽着年轻的搭档，说是时候来点他所谓的"老一套秘密行为"了。他肥胖，臭气熏天，喜欢口嚼烟叶，又懒又粗俗，一口黄棕色的牙齿，诺曼几乎从第一眼见到他就非常鄙视他。戈登做了二十六年警察，十九年的警督，却对这项工作毫无感觉。诺曼有。他不喜欢这份工作，讨厌那些不得不与之说话的混蛋（有时候甚至要与之交往，如果他是去做卧底的话），但他对这份工作有一种感觉，多年来一直非常宝贵的感觉。借助这种感觉，他办了那个大案要案，高升了，还成了媒体的当红炸子鸡，无论时间多么短暂。就像大多数涉及有组织犯罪的案件一样，在那次调查中，到了某一个时刻，调查人员一直跟进的路径消失了，变成一个扑朔迷离的迷宫，没有任何笔直的阳关道可走。这起毒品案的不同之处在于，诺曼·丹尼尔斯是负责人（这是他职业生涯头一遭）。讲逻辑没用的时候，他毫不犹豫地做了大多数警察不能或不愿做的事情：转而依靠直觉，然后把他的整个未来

---

1. 美国职业棒球大联盟成员"芝加哥白袜队（Chicago White Sox）"的简写。
2. 原文是 rambling Rose，也可译为"疯跑的罗丝"，但此处似也另指 1991 年的电影 *Rambling Rose*（译为《容易受伤的玫瑰》或《蔓生的玫瑰》）。

都交托给直觉指引，气势汹汹而无畏地向前冲。

诺曼的字典里没有"小勾搭"这回事，他要做的是"拖钓"。无路可走的时候，就去与案件有关的某个地方，以完全开放的心态看待它，不要被困在众多毫无价值的想法和半生不熟的假设当中，这样做时，你就像坐在一艘缓慢移动的船上，把你的线抛出去，再收回来，抛出去，再收回来，等待着某个东西咬钩。有时一无所获；有时能钓上来东西，但可能只是淹在水面之下的树枝或一只旧橡胶靴子，或那种连饿肚子的浣熊都嫌弃的烂鱼。

不过，有时候，也有美味大鱼上钩。

他戴上帽子和墨镜，左转进入哈里森街，前往达勒姆大道。到"女儿与姐妹"所在的街区至少要走三英里，但诺曼不介意；他可以边走路边清空一下头脑。等走到251号，他就会变成一张空白相纸，任何可能出现的影像与想法都能接收，也不会为了适应先入为主的推断而试图去改变它们。只要没有任何先入之见，就没法改变这些东西。

花高价买的地图就在后裤袋里，但他只停下来看了一次。他来到这个城市还不到一个星期，但已经比罗西更清晰地牢记了这里的地理状况，是的，这也不是后天训练的，更多还是一种天赋。

昨天早上醒来时，他的双手、肩膀和腹股沟都很疼，下巴酸痛得只能半张开嘴（他双腿刚晃下床，正要打当天第一个哈欠的时候，感受到了一股剧痛），感受疼痛的同时他也满怀沮丧地意识到，他对彼得·什洛维克（又名"桑普"和"了不起的犹太城里小子"）所做的一切可能是个错误。到底是多严重的错误还很难说，因为在什洛维克家发生的很多事情，他的记忆都很模糊，但那是一个错误；等走到酒店的报亭，他已经认定，那不是"可能"是个错误，而是一定。反正，"可能"这个词，也只有这世上的蠢货烂货们才会相信——自从他十几岁时母亲离开，他父亲动真格狠狠打他的时候，这就成了他人生准则中一个从未说出口但坚定不移的信条。

他在报亭买了一份报纸，上楼回房间时在电梯里随便翻阅了一下。报上没有关于彼得·什洛维克的内容，但诺曼也并未因此轻松多少。桑普的尸体可能没被及时发现，所以早报上才没有相关新闻。事实上，尸体可能还躺在诺曼抛尸的地方（他自我修正了一下，是他认为自己抛尸的地方，因为一切都很模糊）——地下室的热水器后面。但是像桑普这样的人，做了很多公共服务工作，有很多烂好人朋友，不会长时间不被发现的。会有人担心他，也会有人去那位于博德里广场舒舒服服的小兔子洞里找他，最后总会有某个人在热水器后面有特别令人不愉快的发现。

果然，昨天早上没有出现在报纸上的内容今天就出现了，在都市版的第一页：**本市社工在家中被杀害**。根据这篇报道，旅客援助只是桑普下班后的活动之一……而且他根本不穷。该报称，他的家族——桑普是活到最后的一个——家财不菲。他竟然半夜3点在车站工作，把离家出走的老婆们送到"女儿与姐妹"的婊子们那里去，这在诺曼心里只能证明，此人不是脑子里缺了几根筋，就是性取向不正常。总之，他一直就是那种典型的爱做善事的混蛋，哪儿哪儿都有他，大部分时间都在忙于拯救世界，却没空给自己换个内裤。旅客援助、救世军、电话求助热线、波黑人救济组织、俄罗斯人救济组织（你本以为像桑普这种犹太佬至少能清醒地避开这个组织，但人家就不），还有两三个"女性事业"。报纸上没有明说后面这些是哪些，但诺曼已经知道其中一个："女儿与姐妹"，也被称为"玩偶之家的拉拉宝贝们"。周六将举行桑普的追悼会，不过报纸上称之为"围圈缅怀"。他妈的老天爷啊。

他也明白，人们可能将什洛维克的死与这人做的任何一项事业联系在一起……或者跟任何一项都没有关系。警察也会调查他的私生活（像桑普这种"人人可入"的"待租房"，肯定有丰富的私生活），同时不会忽视另一种可能性：这是越来越流行的"无动机犯罪"，罪犯是恰巧走进门来的某个变态精神病。比如，这人可能一开始只是想进来讨口吃的。

不过，"女儿与姐妹"的那些婊子，根本不会把上述任何一点放在心上；诺曼很清楚这一点，就像清楚自己姓甚名谁。干了这么多年工作，他对女性中转屋与庇护所已经积累了相当多的经验。随着时间的推移，诺曼眼中的"新时代蕨类嗅探器"也逐渐对人们的思想和行为方式产生了实质性的影响。这些新时代蕨类嗅探器说，每个人都来自一个不正常的家庭，每个人都在努力让自己内心那个孩子更为纯净，每个人都得警惕所有那些卑鄙恶毒的人，他们竟敢努力做到不抱怨、不哭泣地生活，每天晚上还要有规律地执行什么"十二步法则"。蕨类嗅探器都是混蛋，但其中一些人——像"女儿与姐妹"这些地方的女人往往是最突出的示例——也许是非常谨慎的混蛋。谨慎？去他妈的。她们简直是给"草木皆兵"这个词赋予了全新的维度。

昨天，诺曼大部分时间都泡在图书馆，发现了"女儿与姐妹"的好些事情，都挺有意思的。最引人发笑的就是经营这个地方的女人——安娜·史蒂文森，之前曾是"桑普太太"——直到1973年，显然当年她和他离婚了，才恢复了自己的婚前姓氏。要是你不熟悉那些蕨类人的"交配仪式与礼仪"，只会觉得这是个奇怪的巧合。他们这些人可以成双成对地在人生路上跑一段，但很难给彼此套上马具，所以跑不长。最终总有一个想往前，另一个想往左。

他们就是看不清一个简单的真理："政治正确"的婚姻根本行不通。

桑普这位前妻并没按照大多数受虐妇女庇护所的方式来运营她的机构。大部分的庇护所都奉行"只有女人知道，只有女人讲述"。一年多以前的某个周日副刊上，发表过一篇关于"女儿与姐妹"的文章，这个史蒂文森（诺曼很震惊地发现，她长得很像以前一个电视剧里那个叫莫德的贱货）将这些庇护所奉行的观点斥为"不仅性别歧视，而且非常愚蠢"。一个叫格特·金肖的女人也就这个问题发表了看法。"在用事实证明是我们的敌人之前，男人都不是我们的敌人。"她说，"但如果他们打人，我们就会反击。"随文章刊登了一张她的照片，大块头的老丑黑鬼臭婊子，诺曼觉得她有一点像那个芝加哥橄榄球运动员威廉·佩里，绰号"冰箱"。"你要是敢打我，宝贝，我就拿你当蹦床用。"他小声地自言自语道。

不过，这些东西虽然很有趣，但确实无关紧要。在这个城市里，可能也有男人和女人一样，知道这个地方在哪里，并有资格进行人员转介，而且该机构的管理人员可能只有一个"新时代蕨类嗅探器"，并没有一个同类人组成的委员会什么的。但他确信，在有一点上，她们会和那些更传统一些的同类机构完全一样：彼得·什洛维克的死会让她们警铃大作，处于红色警戒状态。她们不会做出警察会做的各种假设，她们一定会理所当然地认为什洛维克的死和她们有关……尤其是什洛维克在生命的最后六到八个月转介的人员；要一直到彻底证明并非如此，她们才会解除警报。这么一说的话，罗西的名字可能已经上了她们的重点关注名单。

那你为什么要这么做？他自问道，上帝啊，你为什么要这么做？你完全可以用其他办法来达成现在的结果，也知道是什么办法。你是个警察啊，老天爷，你当然知道得很！那你干吗非要让她们提前警惕起来？报纸上那个傻胖子，那个脏兮兮的格特什么东西来着，她现在可能就他妈的站在那个鬼地方的会客厅窗口，拿着个望远镜检查每个从门口经过的、老二晃晃荡荡的家伙。只要她还没因为跟娘娘腔玩大了中风而死，她就一定正在这么做。所以，你到底为什么要这么做？为什么？

答案昭然若揭，但只是刚刚在他的意识中冒个头，他就不再去想了。之所以这样，是因为答案中隐含的东西太过恐怖，他不敢直面。他收拾桑普的原因，恰恰也是他勒死那个穿浅黄褐色热裤的妓女的原因——因为有东西从他的内心深处悄然出现，迫使他去行动。那东西现在出现得越来越频繁，而他不想去思考。不去想是更好的，更安全。

与此同时，他已经走到这一步了。"贱人宫"就在正前方。

　　诺曼过街来到达勒姆大道双数门牌的那一侧，他步子悠闲从容，很明白如果自己在街对面，监视的人就不会觉得太危险。他想象这个监视者的具体形象，就是报纸上那个黑胖子，她像一个巨大的购物袋，一手拿着一个高分辨率的双筒望远镜，另一手拿着一坨正在融化的奶油冰激凌。他把脚步放得更慢了，但并没放慢太多——红色警戒，他提醒自己，她们现在是在红色警戒状态。

　　这是一栋规模较大的白色木结构房屋，不怎么偏维多利亚风，是那种世纪之交死了丈夫的老贵妇风，简而言之，就是丑。房子从前面看很窄，但诺曼是在一栋与此相差无几的房子里长大的，他觉得这房子肯定一直延伸到街区远端那条街上。

　　而且里面肯定哪儿哪儿都是婊子，诺曼心想，同时很注意地保持着当前缓慢从容的步态，也小心地不去盯着这房子很久，而是时不时地瞟一眼，这儿有个婊子，那儿有个婊子，到处都是婊子。

　　是啊，真是的。到处都是婊子。

　　他感到熟悉的愤怒直冲太阳穴，眼前随之浮现出一个熟悉的东西，代表他无法用语言表达的东西：那张银行卡。那张她竟敢偷走的绿色银行卡。这段时间那张卡经常萦绕在他心里，逐渐象征了他一生中所有的恐惧与冲动——那些他用暴怒来对抗的力量，那些在他晚上躺在床上试图入睡时悄悄潜入脑海中的面孔（比如母亲的面孔，惨白的，像个面团，不知为何显得偷偷摸摸的），那些出现在他梦境中的声音，比如父亲的声音。"过来，小诺曼。我有话要对你说，而且要近一点地说。"有时，他要说的话就是一顿打；有时，如果你运气好，他又喝醉了，他要说的话就是把一只手悄悄探进你的两腿之间。

　　但此时，那些都不要紧，要紧的只有对面这栋房子。他之后都不会再有机会这么好好地看这房子了，而他要是把这珍贵的分分秒秒用来回想过去，那才叫蠢笨如猪。

他就站在这地方的正对面。房前有不错的草坪，狭窄，但深长。长长的前廊两侧有漂亮的花坛，里面的花都开了。每个花坛的中央都插了爬满常春藤的金属杆子，不过杆子顶端黑色塑料圆筒上的藤蔓被修剪掉了，诺曼知道为什么：那些黑色的东西里面藏了摄像头，把整条街的情况用分屏重叠图像的形式展现清楚。如果现在有人在里面看着监视器，就会看到一个黑白影像的小人戴着棒球帽和墨镜，在屏幕之间移动，他走路时有些弓腰，膝盖也微微弯曲，这样一来，只要不注意看，他6.3英尺的大个子会显得矮很多。

前门上方也安装了一个摄像头，这个门当然是没有钥匙孔的。钥匙太容易复制了，而且你要是个能熟练使用尖细工具的人，要摆弄锁孔里的齿轮也是轻而易举。所以不会有钥匙孔，会有门卡刷槽，一个输入数字密码的键盘，或者两者都有。当然，后院还会有更多的摄像头。

从房子对面走过的诺曼，冒险往一侧的院子最后看了一眼，那是个菜园，两个穿着短裤的婊子正手拿长棍——他觉得应该是耙番茄的耙子——在锄地。有个看样子是墨西哥人：橄榄色皮肤，长长的黑发扎成马尾。身材凹凸有致，看起来大约二十五岁。另一个更年轻些，甚至可能还没满二十，是个朋克风的邋遢小太妹，头发染了两种颜色。她的左耳上缠着绷带，身上穿了件无袖迷幻T恤，诺曼还看到了她左臂肱二头肌上的文身。他的视力还没好到看清具体是什么文身，但多年的警察经验也足以让他推断，那要么是个摇滚乐队的名字，要么是一幅画得拙劣的大麻草。

诺曼看到自己突然冲到街对面，完全无视摄像头的存在；看到自己抓住那个留着摇滚明星头发的热辣小妞；看到自己的一只大手滑过她细细的脖子，一直往上，直到架在她的下巴处。"罗丝·丹尼尔斯，"他会对另一个人，就是那个黑头发、身材火爆的墨西哥人说出这个名字，"马上把她弄到这儿来，不然我就要像拧鸡骨头一样把这个万人射的贱货的脖子拧断。"

真能这样可就太好了，但他几乎可以肯定罗丝已经不在这里了。他经过在图书馆里的研究得出结论，自从1974年利奥和杰茜卡·史蒂文森夫妇开设这个机构以来，已经有将近三千名妇女从"女儿与姐妹"提供的服务中获益，她们的平均逗留时间为四个星期。该机构以相当快的速度将她们转移到普通社区，这些专门下崽子的贱货，传播疾病的烂人，长着漂亮脸蛋的蚊子。说不定毕业的时候颁发给她们的不是文凭，而是假阴茎。

是的，几乎可以肯定罗丝已经离开这里了，做着拉拉朋友们给她找的某个低贱工作，晚上又回到同一群朋友帮忙找的脏兮兮的房间里。不过，街对面那些贱货倒是会知道她在哪里——那个叫史蒂文森的女人，她的档案文件里会有她的地址，而且那边菜园里的两个人说不定已经到她那小蟑螂窝里喝过茶，吃过女童子军卖的饼干了。那些没有去过的人也会听去过的人说个清清楚楚，因为，女人天生就是这样的动物。想让她们闭嘴，必须得杀了她们。

菜园里年轻一些、发型像摇滚明星的那个突然抬起头，看到了他……还挥了手，把他吓得够呛。在那可怕的一瞬间，他肯定她是在嘲笑自己，她们都在笑，她们在"拉拉城堡"的窗户前排队，争相嘲笑他，嘲笑诺曼·丹尼尔斯探长，他能够抓获半打贩毒集团的大头目，却拦不住自己的老婆偷自己那张他妈的银行卡。

双手瞬间攥成了拳。

控制住自己！诺曼·丹尼尔斯版的"现实理智先生"在他心中尖叫，她可能见谁都会挥手！她可能看到流浪狗都会挥手！她这样的蠢浪货，就爱这么干！

是的，是的，当然是这样。诺曼的双拳又舒展开来，他举起一只手，在半空中朝那边简短地挥手回礼。他甚至挤出了一丝笑容，这唤醒了他下巴上的疼痛。接着，热辣小妞又专心种菜去了，诺曼脸上的笑容也随之消散，他的心怦怦直跳，匆匆往前赶路。

他努力把思绪拉回到目前的重点问题上——要想什么办法让这群贱人中有一个落单（最好是贱人头子，这样就没了风险，不会碰巧找到一个对他需要的东西一无所知的人），逼她开口——但他理性地处理这个问题的能力似乎已经消失了，至少目前是这样。

他把双手举到脸的两侧，按摩着下颌骨。以前他也这样伤过自己，但从未如此严重过，他究竟对桑普做了什么？报纸上没有说，但下巴上这种疼痛——还有牙齿的这种痛，是的，牙齿也很痛——说明他对他做了很多事。

如果被他们逮住，我麻烦就大了，他告诉自己。我在他身上留下的那些印迹，他们会有照片，他们会有我的唾液样本，还有……嗯……我可能留在那儿的任何其他液体的样本。现在那些奇奇怪怪的测试都是一整套的，什么都会测试。而我甚至不知道自己究竟是分泌型还是非分泌型[1]。

是的，没错，但他们逮不住他的。他在白石酒店登记的信息是来自纽黑文的阿尔文·多德，如果有人追问，他甚至可以拿出驾照——有照片的驾照——来证明。如果这里的警察打电话给家乡的警察，他们会被告知诺曼·丹尼尔斯正在离中西部一千英里之外的地方，在犹他州的宰恩国家公园露营，享受着受之无愧的假期。他们甚至会告诉这里的警察别犯傻，诺曼·丹尼尔斯可是货真价实的警界金童。他们肯定不会走漏有关温迪·亚罗的消息……对吧？

对，他们很可能不会。但迟早——

问题是，他已经不再关心"迟"一些的事情。现在他满脑子只想着"早"一些的事情，想要找到罗丝，和她进行一场严肃认真的讨论，想送给她一样礼物。其实就是他的银行卡，而且这张卡永远不会再出现

---

1. "分泌型"（secretor）指的是分泌物（唾液、精液等）当中含有血型物质的人，不含的就是"非分泌型"（non-secretor）。

在某个垃圾桶或是油腻小基佬的钱包里。他会确保她再也不会把卡弄丢或者扔掉。他要把卡放进一个非常安全的地方。要是……插入了这最后的礼物之后……目前他只能预测到前路一片漆黑……嗯，也许这是一种福气。

他的思绪一回到银行卡上，就走不掉了，这些日子总是这样。不管是睡梦中还是清醒时，都是如此。仿佛那块塑料小卡片已经变成了一条诡异的绿色河流（不是密西西比河，是"商业银行"河），而他流淌的思绪就是一条汇入这大河的溪流。所有的想法都在往低处流，最终失去了各自的独特性，全部汇入这条让他无法自拔的绿色大河中。那个无法回答的巨大问题再次浮现。她怎么敢？她怎么敢拿走那张卡？她也许应该离开，逃离他，这一点他觉得自己还算可以理解，即使不能被宽恕；即便他很清楚，就算只是因为这女人把他耍得团团转，把自己这个臭女人心中的背信弃义隐藏得如此之深，她也必须死。但是，她竟然敢拿走他的银行卡，拿走属于他的东西，就像那个孩子，竟敢鬼鬼祟祟地爬上豆茎，趁着巨人沉睡，偷走下金蛋的鸡……

不知不觉间，诺曼已经把左手的食指放进嘴里，深深地咬了下去。是痛的，很痛很痛，但他没有感觉到，因为他已经深深沉浸在各种思绪当中。他两手食指的指尖上都有一层厚厚的茧，因为在紧张的时刻咬食指是很久以前就养成的习惯，从童年就有。起初，老茧还能抵挡一阵，但随着他继续想着那张银行卡，那绿色在他的脑海中慢慢加深，最终变成黄昏时分冷杉树显出来的那种接近黑色的颜色（这种颜色与银行卡实际的绿色完全不同），老茧也撑不住了，血液慢慢从他手上和唇边流下来。他的牙齿深深咬进手指，他享受着这种疼痛，把肉磨得嘎吱作响，品尝着自己的血，那么咸，那么浓，和桑普的血一样，当时他咬断了他那根——

"妈妈？那个人怎么在那样弄自己的手啊？"

"别管那么多，走吧。"

这对话让他清醒过来，他迟缓地回过头，仿佛刚经历过短暂却深沉的小睡的人。他看到一个年轻女人和一个大约只有三岁的小男孩正从他身边逃离——她带着孩子走得飞快，弄得小男孩几乎要跑起来了，这个女人也回头看了一眼，诺曼从她脸上看到吓坏了的表情。

说真的，他刚才在干什么啊？

他低头看了看自己的手指，看到两边有深深的、流血的月牙形咬痕。总有一天他会把这狗日的东西直接咬断，咬断了吞下去。反正这不是他第一次咬断东西，也不是第一次咬断了又吞下去。

不过，这不是一条好路，别一直走到黑。他从后裤袋拿出手帕，包在流血的手指上。然后他抬起头来看了看四周，惊奇地发现，天已经快黑了，一些房子已经亮起了灯。他走了多远了？他到底在哪里？

他眯缝起眼睛看了看下一个交叉路口拐角处的路标，辨识出"迪尔伯恩大道"的字样。他的右手边是一家小型夫妻店，门口有个自行车架，橱窗的标牌上写着"新鲜出炉面包卷"。诺曼的肚子咕咕叫。自从上了大陆特快，在车站小餐吧吃了冷麦片后（他吃这个是因为罗丝肯定也吃过这个），他还是第一次感觉到自己真的饿了。

突然间，他想要的，在这世界上唯一想要的，就只是几个面包卷……但普通的面包卷可不行，他要新鲜出炉的面包卷，就像小时候他妈妈常做的那种。那女人又懒又胖，随时随地都在大喊大叫，但她倒是很会做饭。这是毋庸置疑的。她就是自己最好的食客。

它们最好是新鲜的，诺曼走上小店台阶的时候心想，他看到里面有个老人在柜台后面忙活着，它们最好是新鲜的，哥们儿，不然你只能自求多福了。

他正伸手去拉门把手，却被橱窗里的一张海报吸引了目光。海报是亮黄色的。虽然他不知道这是罗西亲手贴的传单，但在看到"女儿与姐妹"几个字之前，他就已经感觉到内心有什么东西涌动起来了。

他弯腰前倾去读海报上的字，双眼顿时聚焦专注起来，胸口那颗心越跳越快。

出来和我们一起玩耍吧

在美丽的埃廷格码头

我们要庆祝

晴朗的天空和温暖的日子

暨第九届年度"女儿与姐妹"摇摆入夏

野餐演唱会

6月4日，星期六

集市 * 工艺品 * 惊喜小游戏 * 技能大比拼 * 专为孩子们请来嘻哈DJ

！！！ 以及 ！！！

蓝色少女，现场演唱会，晚上8点。

单亲父母，现场将提供儿童照料服务！

"一人来，人人来！"

所有收益都将用于"女儿与姐妹"

"女儿与姐妹"提请您记住

对一位女性的暴力

就是针对所有女性的犯罪

周六，6月4日。本周六。她会在那里吗，他那疯长的玫瑰？她当然会去，她和她新交的所有拉拉朋友。一丘之貉，婊以类聚。

诺曼用被他咬过的手指从海报的底部往上画了五行。鲜艳的血花已经浸透了用来包裹的手帕。

一人来，人人来。

这是海报上的原话，诺曼心想，就依她们说的办吧。

8

周四早上,快到 11:30 了。罗西喝了一口依云水,在嘴里滚了一圈,咽了下去,又拿起台词稿。

"她要来了,是的,这次他的耳朵不是在单纯耍他了。彼得森能听到她的高跟鞋在走廊上噔噔噔走过来的声音。他可以想象她已经把包打开了,一边在里面翻找钥匙,一边担心那个可能尾随而至的魔鬼,然而她应该担心的其实是那个正在里面等着伏击她的人。他迅速确认了一下刀还在,然后把**尼龙**从头上轻拉下来。钥匙在锁孔里嘎吱作响时,彼得森拔出刀,然后——"

"停——停——停!"罗达通过扬声器不耐烦地喊道。

罗西抬起头,看着玻璃墙的那头。她看到柯特·汉密尔顿坐在数字录音机旁,耳机架在脖子上,正看着她。她不喜欢他看她的样子,但真正让她慌张的是罗达居然就在控制室抽着她那种细长的香烟,完全无视墙上"禁止吸烟"的标志。看样子罗达这个上午过得很不好,但并不是只有她过得不好。

"罗达?我哪儿做得不对吗?"

"要是你穿着尼龙'轻拉',那就应该没什么不对吧,"罗达说着将烟灰弹进她面前的控制面板上一个塑料杯里,"仔细想想,这么多年,倒真有几个男人'轻拉'过我的,但大部分时候我还是称之为'尼龙袜'。"

有一瞬间,罗西根本不知道她在说什么,接着在心里回放了她最后读的那几个句子,沉声叹息道:"天呀,罗达,我很抱歉。"

柯特把罐子一样的耳机戴回到耳朵上,按了个按钮。"《杀光我所有的明天》,第七十三——"

罗达把手放在他胳膊上,说了句让罗西如坠冰窟的话:"别费劲了。"说完罗达瞥了眼玻璃墙,看到罗西痛苦欲绝的脸,朝她笑了笑,虽然乏力，但也聊胜于无。"没事的，罗西。我就是想早半个小时吃午饭，就是这样。快出来吧。"

罗西起身太快，左大腿在桌底狠狠地撞了一下，差点把装了依云水的塑料瓶打翻。她匆匆走出了录音室。

罗达和柯特就站在外面，有一瞬间，罗西确信——不，她是知道——他俩一直在谈论她。

如果你真这么认为，罗西，那你很有可能该去看看医生，"现实理智女士"突然尖锐地开了口，去看那种给你进行墨迹测验，询问你如厕训练情况的医生[1]。罗西通常很不喜欢这个声音，但这次却很乐意听她在讲什么。

"我能做得更好，"她告诉罗达，"而且我一定会做得更好，就在今天下午，对天发誓。"

是这样吗？绝对是啊，她只是没察觉出来而已。整个上午她都努力让自己沉浸在《杀光我所有的明天》中，想找到录《魔鬼鱼》时的状态，但不太成功。有时刚刚找到点感觉，就要进入书中的世界了，阿尔玛·圣·乔治正在被那个疯子仰慕者彼得森追踪，接着，她就被昨夜的某个声音拽了出来：那是安娜的声音，告诉罗西，她的前夫，那个介绍她到"女儿与姐妹"的人，惨遭杀害；也是比尔的声音，很是惊慌失措和茫然困惑，问她出了什么事；也有她自己的声音，这是最糟糕的，她在告诉比尔，离自己远点，一定要离自己远点。

柯特拍了拍她的肩膀。"你今天嗓子不舒服，"他说，"就像有时候发型怎么也弄不好，不过眼前这种情况更糟糕。我们在'恐怖录音室'见过很多这种情况了，是吧，罗达？"

"当然。"罗达说，但双眼还是在一刻不停地审视着罗西的脸，罗西很明白罗达看到的是什么鬼样子。昨晚她只睡了两三个小时，又没

---

1. 即心理医生。

有那种特别高级的化妆品能掩饰脸上的"灾后场景"。

就算有，我也不知道该怎么用啊，她心想。

高中时，她有过一些基本的化妆品（讽刺的是，那是她最不需要这种额外辅助的岁月），自从嫁给了诺曼，她几乎什么都没有了，除了一点粉和两三支色调最自然的口红。"如果我想天天回家看妓女，那我不如直接娶一个。"诺曼对她如是说。

她想，罗达审视得最仔细的可能是她的眼睛：红红的眼睑，充血的眼白，黑黑的眼圈。关灯以后，她无助地哭了一个多小时，但没有哭着入睡——要能这样，那还真算挺幸福的了。泪流干了，她就那样躺在黑暗中，努力不去想，但还是在想。午夜过去了，又慢慢远去了，一个非常可怕的想法向她袭来：她错了，不应该给比尔打这个电话；正是最迫切需要他的时候，她却拒绝了他的安慰——可能还有保护。

保护？她心想，天啊，这也太可笑了。我知道你喜欢他，亲爱的，这没有错，但我们还是面对现实吧：诺曼会把他当一顿午餐生吞活剥了。

但她根本无从得知诺曼是不是在此地——安娜一再强调这一点。彼得·什洛维克做了很多事情，不是每一件都很受欢迎的。可能是别的事情给他惹来麻烦……害他被杀了。

但罗西就是知道。她的心知道。就是诺曼。

漫长的时间过去了，那个声音仍在低语。她的心真的知道吗？还是内心的"现实理智女士"已经躲起来了，是"颤抖恐惧女士"让她产生了这样的想法？也许恰恰是这种心态，促使她把安娜的电话作为借口，趁进一步发展之前，把她与比尔的友谊扼杀了？

她不知道，但她能确定的是，一想到可能再也见不到他了，她就觉得很痛苦……也很害怕，仿佛丢失了至关重要的一件"操作设备"。当然，一个人不可能这么快就对另一个人产生依赖，但凌晨1点到了又过去，2点到了又过去（3点也是），这个想法变得越来越没那么荒谬了。如果不可能有如此迅速产生的依赖，为什么一想到再也见不到他，她就会感到如此恐慌，甚至有种奇怪的筋疲力尽感？

她终于还是睡着了，又梦见了坐在他的摩托车上，穿着茜草玫瑰红的托加袍，把赤裸的大腿压在他身侧。闹钟把她吵醒了——太快了，毕竟她睡着时已经太晚了——她呼吸急促，全身发热，像是发烧了。

"罗西，你真没事吧？"罗达问。

"没事，"她说，"只不过……"她瞥了眼柯蒂斯，目光又回到罗达身上。她耸了耸肩，牵起嘴角，勉强挤出笑容。"你懂的，我只是每个月那个不好的东西来了而已。"

"啊哈。"罗达看样子并不太相信，"好吧，跟我们一起去餐吧吧，用金枪鱼沙拉和草莓奶昔来淹没我们的伤痛。"

"对，"柯特说，"我请客。"

罗西露出一个比刚才略微真诚的笑容，但摇了摇头："我还是算了吧。我想要好好走走，让脸吹吹风，吹走一些灰。"

"如果不吃东西，3点左右你可能会晕过去，不省人事。"罗达说。

"我会吃点沙拉的，我保证。"罗西已经在往那嘎吱嘎吱响的旧电梯走了，"反正，要是再多吃点，我就会一直打嗝，把本来完美的录音破坏掉的。"

"今天的话，影响也不大。"罗达说，"12点15分见，好吗？"

"没问题。"她说。但电梯从四楼下降到大堂的过程中，罗达的最后一句话一直回响在她脑海中。"今天的话，影响也不大。"如果她今天下午没能做得更好呢？如果从第七十三次，一直录到第八十次，再到一百多……天知道多少次呢？万一，明天见莱弗茨先生的时候，他决定让她走人，而不是跟她签合同呢？那怎么办？

她心中突然涌起对诺曼的憎恨。仿佛某种重物沉闷地击打在双眼之间——也许是门挡，或者是生锈旧斧头的刀背。即便什洛维克先生不是诺曼杀的，即便诺曼仍在那位于另一个时区的家乡，他仍然如影随形，就像彼得森对时刻担惊受怕的可怜的阿尔玛·圣·乔治一样。他在她的脑子里，如影随形。

电梯停稳，门打开。罗西走进大堂，站在楼层名录旁的男人转向她，表情既充满希望又有些踌躇不决，让他看起来更年轻了……几乎像是十几岁的少年。

"嘿，罗西。"比尔说。

9

她突然产生了一种强烈得惊人的冲动，她想跑，想趁他看到自己因为他如此惊慌失措之前跑掉，然而他的双眼就那样锁定了她的双眼，牢牢抓住不放，她不可能再逃跑了。她已经忘记了那双眼睛迷人的绿色底色，仿佛浅水洼中捕捉到一缕缕阳光。她没有跑向大堂的门，而是慢慢向他走去，又害怕，又高兴。不过，最强烈的感觉还是超越一切的轻松与解脱。

"我跟你说了，离我远点。"她能听到自己声音中的颤抖。

他伸手去牵她的手。她很确定，不应该让他牵手，却无法阻止……也无法阻止自己被抓住的手在他握起的手中转动，好扣在他修长的手指上。

"我知道，"他简洁明了，"但是罗西，我做不到。"

这话吓到她了，她放开了他的手。她犹疑地审视着他的脸。她从来没遇到过这样的事，从来没有，她根本不知道该做何反应，该怎么表现。

他张开双臂，也许这姿态只是意在强调他的无助，但她那颗疲惫却又充满希望的心恰恰就需要这样一个姿态，拂去了她心中谨小慎微的迟疑，掌控了她的行动。不知不觉之间，罗西像梦游一般走入他那张开的双臂之间。那双臂合拢，包裹她的身体，她把脸贴在他的肩膀上，闭上了眼睛。他的手抚摸着她的头发（今天早上，她没有编发，任其披散在肩上），她产生了一种陌生而奇妙的感觉：她仿佛刚刚才醒来。像是之前一直在睡觉，不仅仅是刚才走入他怀抱的时候，也不仅仅是今早闹钟把她从摩托车之梦中惊醒之前，而是很多年，很多年以来，就仿佛吃了毒苹果的白雪公主。但现在，她又苏醒了，非常清醒，用刚刚睁开的眼睛看着周围的世界。

"你来了，我很高兴。"她说。

10

他们沿着湖滨路慢慢向东走，迎面吹来强劲的暖风。他伸出一只手臂搂住她，她回以淡淡的微笑。此时他们在湖以西三英里的地方，但罗西觉得她可以一路走到湖边，只要他能像这样一直搂着她。一路走到湖边，也许还能一路跨越湖面，平静地从一个浪头走到另一个浪头。

"你笑什么？"他问她。

"哦，没什么，"她说，"就只是想笑而已吧。"

"你真的很高兴我来了？"

"真的，我昨晚没怎么睡。一直觉得自己做错了。可能我确实是做错了，但是……比尔？"

"我在听。"

"我那样做是因为我对你很有感觉，我这辈子应该都不会再对哪个男人这么有感觉了，而这一切发生得太快了……我真是疯了，才会告诉你这些。"

他又把她搂紧了些。"你没疯。"

"我打电话请你离我远点，是因为出了点事情——可能出了点事情——我不想让你受到伤害，一点也不想。现在我仍然不想。"

"是诺曼，对吗？诺曼·贝茨那个诺曼？他还是来找你了吧。"

"我的心告诉我他来了，"罗西很谨慎地说，"我的神经也告诉我他来了，但我不确定是不是相信我的心——因为一直在担惊受怕——还有神经……我的神经被击中了。"

她瞥了一眼手表，又瞥了瞥前面拐角处的热狗摊。附近狭小的草地上有一张张长椅，坐着一些吃午饭的文员秘书。

"你能请这位女士吃个一英尺长的德国酸菜热狗吗？"突然之间，下午打不打嗝仿佛是世界上最重要的事情，"我上次吃这种东西还是小时候了。"

"嗯，可以安排。"

"我们坐到那边的长椅上去，我给你讲诺曼的事，诺曼·贝茨那个诺曼。然后你再决定要不要跟我来往。如果你决定不再来往，我会理解的——"

"罗西，我不会——"

"先别这么说。先等我跟你讲讲他的事。而且你最好在我开讲之前吃点东西，不然很可能没胃口。"

11

五分钟后，他来到她所坐的长椅上。他小心翼翼地捧着个托盘，上面放着两个一英尺长的大热狗和两个装了柠檬水的纸杯。她拿了一个热狗和一杯水，把后者放在旁边的长椅上，然后严肃地看着他。"也许你不应该再请我吃饭了，我感觉自己有点像联合国儿童基金会海报上那种流浪儿了。"

"我喜欢请你吃饭，"他说，"你太瘦了，罗西。"

诺曼可不是这么说的,她心想,但想想各种场景,他说的应该不能算对。她也不知道究竟谁说的是对的,并发现自己不知不觉想到了《飞跃情海》那种电视剧中各种人物不算特别高明,但还算巧妙的机智回答。目前这种情况下,她确实很需要来点那种俏皮话。我太傻了,忘了随身带个编剧,她心想。她没说话,低头看着那个德国酸菜热狗,并伸手去捏上层的面包。她的额头皱了起来,嘴紧紧抿起来,仿佛这是家族中从母亲到女儿代代相传的某种神秘进食前的仪式。

"那就给我讲讲诺曼的事吧,罗西。"

"好,让我想想从哪儿讲起。"

她咬了一口热狗,回味着酸菜对舌尖的刺激,然后喝了一小口柠檬水。她突然想到,讲完以后,比尔可能不再想认识她了。这女人竟然能与诺曼这样的生物共同生活这么多年,他应该只会对她感到恐惧和厌恶,但现在才担心这样的事情已经太晚了。她张开嘴,开始说话。声音还挺稳的,这对她起到了一种镇定作用。

她从一个十五岁的女孩讲起。女孩在头发上系了一条粉丝带,觉得自己超级漂亮。一天晚上,这个女孩去看大学校队的篮球比赛,因为她的"未来家庭主妇会议"被临时取消了,所以她在父亲来接她之前突然多出了两个小时的空闲。或者,她说,她只是想让人们看看她戴着那条丝带的样子有多漂亮,而学校的图书馆几乎没什么人。看台上有一个男孩坐在她旁边,穿着印有字母的夹克,身材高大,肩膀很宽,是大四学生,本应该在球场上与其他球员一起奔跑,却在 12 月因为打架被开除出队了。她就这么讲了下去,听着自己嘴里吐露的言语,她本以为这些话一辈子都不会讲,只会带进坟墓。当然,网球拍的事情她不会说,这个她一定会带进坟墓。但她讲了诺曼在蜜月时咬了她,而她努力说服自己这是出于爱;还有拜诺曼所赐的流产,以及打脸与打背有着至关重要的不同。"所以我尿频。"她边说边低头,紧张地朝自己的双手笑笑,"不过这种情况正在改善。"她对他讲述结婚后不久，他用打火机烧她的脚趾尖和手指尖；特别好笑的是，诺曼戒烟后，这项折磨就停止了。她告诉他，那晚诺曼下班回家，一言不发地坐在电视机前看新闻，膝上放着晚餐，但没吃。丹·拉瑟播完新闻后，他就把盘子放在一边，拿起沙发那头桌子上的铅笔，用笔尖戳她。他戳得很使劲，她很痛，皮肤上留下了痣一样的小黑点，但他还没有使劲到戳出血的程度。她告诉比尔，还有些时候，诺曼伤她更重，不过从没有哪次比那次更让她害怕，主要是因为他的沉默。她努力与他沟通，想找出问题何在，但他就是不回答，只会在她后退的时候跟着她走（她并不是想逃跑，不然很可能像把硫黄火柴扔进火药桶），不回答她的问题，也不理会她五指张开伸出来的手。他用铅笔不停地戳她的胳膊、肩膀和胸部以上的地方——她穿的是那种贝壳衫，开了微微的圆领——每当那钝钝的笔尖戳进她的皮肤，他都会发出轻微的爆破音：噗！噗！噗！最终，她被逼得蜷缩在墙角，膝盖顶住乳房，双手搭在脑后，他跪在她面前，一脸严肃，几乎算得上专注了。他不断用铅笔戳她，发出那种声音。她告诉比尔，当时她确信他会弄死她，她将成为世界历史上唯一一个被铅笔刺死的女人……而她记得当时一遍又一遍地告诉自己：不能尖叫，因为邻居会听到，她不想这样被发现，至少别在还活着的时候，这太可耻了。然后，就在她确信自己要不顾一切开始尖叫的时候，诺曼走进了浴室，关上了门。他在里面待了很久，于是她想跑——快跑，跑出门，跑到任何地方——但当时是晚上，而且他在家。她说，如果他出来发现她不见了，就会追上她，抓住她并杀死她，这一点她很清楚。"他可能会像拧断鸡骨头一样拧断我的脖子。"她头也不抬地告诉比尔。不过，她曾向自己许诺，一定会离开；只要他再动手，就离开。但那晚之后，他很久没对她动手。可能有五个月吧。等到他再对她动手的时候，一开始还没那么糟糕，她对自己说，如果能忍受被人用铅笔一遍又一遍地戳，挨几拳头也没什么。她就一直这样想着，直到1985年，事件突然升级了。她告诉他，那一年因为温迪·亚罗的麻烦，诺曼有多么可怕。

"你就是在那一年流产的，对吧？"比尔问。

"是的，"她对着自己的双手说，"他还打断了我一根肋骨。可能是两根吧。我其实不太记得了，是不是很可怕？"

他没有回答，于是她赶紧继续说了下去，告诉他最糟糕的（当然流产除外）就是那些长时间的、可怕的沉默。诺曼就那样看着她，从鼻孔发出粗重的呼吸声，听起来像一只准备冲锋的动物。她说，流产之后，情况稍微有了点改善。她告诉他，最终自己开始出现失神恍惚，有时候坐在摇椅上会失去时间概念，有时她布置着晚餐桌，听着诺曼的车开进车道的声音，会突然意识到自己一天中冲了八次甚至九次澡。通常都是关着浴室灯洗的。"我喜欢在黑暗中洗澡。"她仍然看着双手，不敢抬头，"就像在一个湿乎乎的壁橱里。"

最后，她给他讲了安娜的电话，她那么急匆匆地打过来，有一个重要的原因。安娜了解到一个报纸上没写的细节，警方隐瞒这个细节是为了排除可能收到的假供词或无效线索。彼得·什洛维克被咬了三十多口，尸体至少有一个部位失踪。警方认为，凶手已经把这个部位带走了……无论方式如何。在一起参加治疗时，安娜听过罗西·麦克伦登的故事（她在这个城市接触的第一个重要的人是安娜的前夫），知道她嫁给了一个咬人者。可能也没什么关系，电话里安娜很快补充了这么一句。但，话说回来……

"咬人者，"比尔轻声说，几乎像是在自言自语，"他们是这样叫他那样的人的？这是个专用术语？"

"我想是的。"罗西说。然后，也许是因为怕他不相信自己（用诺曼的话说，他会认为她在"编造情节"），她微微扯了下自己身上穿的那件粉色 T 恤，露出肩头，给他看那里的一圈白色旧伤疤，仿佛被鲨鱼咬过。那是第一个伤疤，她的蜜月礼物。然后她翻起左前臂，给他看另一个。这个伤疤让她想到的不是被咬的经历，出于某种原因，她联想到了几乎完全隐没在葱郁草丛中那洁白光滑的石脸。

"这个流了挺多血的，然后感染了。"她告诉他，语气像在转述很寻常的讯息——比如奶奶之前打来过电话，或者邮递员送来了一个包裹，"不过，我没有去看医生。诺曼带了一大瓶抗生素回家。我吃了药就好了。他认识各种各样的人，可以从他们那里搞到各种东西。他把这些人称为'爸爸的小帮手'，仔细想想还挺好笑的，是不是？"

她大部分时间还是低着头说话，盯着紧握在膝上的双手，但终于壮着胆子迅速抬头看了他一眼，想判断一下他对自己说的这些话做何反应。眼前的男人让她惊呆了。

"怎么了，"他声音嘶哑地问道，"怎么了，罗西？"

"你在哭。"她说，自己的声音也颤抖起来。

比尔一脸惊讶。"不，我没哭。至少我觉得我没哭。"

她伸出一根手指，在他眼睛下面轻轻画了一个半圆，把指尖举起来给他看。他咬着下唇，仔细看了看。

"而且你也没怎么吃东西。"他盘子里还剩下半个热狗，抹了芥末酱的酸菜从面包之间挤出来。比尔把托盘扔进长椅旁的垃圾桶里，又回头看着她，心不在焉地擦拭着脸颊上的泪痕。

罗西心中不知不觉弥漫起一种无望的确定。现在他就该发问了，问她为什么还要和诺曼在一起。她倒不会从公园长椅上站起来离开（就像4月之前，她也没有离开过威斯特摩兰街的那所房子），但这将成为两人之间的第一道障壁，因为这是个她无法回答的问题。她不知道为什么还会和他在一起，就像她也不知道，为什么最终就因为一滴血，她的生活就翻天覆地。她只知道那所房子里最好的地方就是淋浴间，黑暗、潮湿、蒸汽缭绕；有时在维尼的椅子上待半个小时感觉就像五分钟；如果你生活在地狱，问"为什么"就没有任何意义。地狱是无缘无故的，和她一起参加治疗的女人都明白这一点，没有人问她为什么留下来。她们知道答案，她们是通过亲身经历知道答案的。罗西觉得她们中的一些人甚至可能知道网球拍的事情……甚至知道比网球拍还糟糕的事情。

然而，比尔最终开口问的那个问题，和她的预期居然大相径庭，弄得她一时间不知所措。

"他有多大可能杀了1985年那个给他找大麻烦的女人？那个温迪·亚罗？"

她很震惊，但并非被问到一个不可思议的问题时的那种震惊。她的震惊，仿若在某个难以置信的地方，奇迹般地看到了一张熟悉的脸。他直截了当问出来的这个问题，多年来一直在她脑海中隐隐地盘旋着，却从未说出口，因此她也没能完全组织好语言。

"罗西，我刚才问你，你觉得有多大可能——"

"我觉得可能性……嗯，很大，说实话。"

"她那么死了，他就好办了，对吧？他就不用眼睁睁看着整件事情在民事法庭上公之于众了。"

"对。"

"如果她被咬了，你觉得报纸会写这事吗？"

"我不知道，也许不会。"她看了看表，迅速站起身来，"哦，天啊，我得走了，立刻就走。罗达想在12点15分继续，现在已经12点10分了。"

他们起步往回走，肩并着肩。她发现自己希望他能再伸出胳膊搂着她，脑中又有两个声音，一个告诉她别太贪心，另一个（"现实理智女士"）叫她别自找麻烦——而此时，他就那样搂住了她。

我应该是爱上他了。

因为这想法毫不惊人，才又催生了下一个想法：不，罗西，我想这其实已经是昨日的大新闻了。这是已经发生了的事情。

"安娜说了警察的事吗？"他问道，"有没有让你去某个地方报个警？"

被环在他臂弯里的她，身体僵硬起来，体内涌上肾上腺素，感觉口干舌燥。这一切只需要听到那一个词，"警察"。

所有警察都是兄弟。诺曼一遍又一遍地告诉过她，执法部门是个大家庭，警察都是兄弟。罗西不清楚这话真与否，不知道他们能彼此照顾支持——或彼此打掩护——到何种程度，但她清楚，诺曼时不时带回家来的那些警察和他本人相像得可怕，也清楚他从没对其中任何一个有过一个字的微词。即便是他的第一任搭档，那头狡猾、贪婪的老蠢猪，叫戈登·萨特韦特的，诺曼对他其实很厌恶。当然还有哈利·比辛顿，他的爱好（至少在"丹尼尔斯府"的时候）是用目光把罗西的衣服扒个精光。哈利得了某种皮肤癌，三年前就提前退休了，但在1985年，里奇·本德/温迪·亚罗事件被压下去的时候，他就是诺曼的搭档。如果事情的发展符合罗西的推测，那么哈利就是为诺曼出头了，可谓是全力支持、两肋插刀，而且不仅仅是因为他自己也有份。他这么做是因为执法部门是个大家庭，警察都是兄弟。警察看世界的方式与那些朝九晚五的人（即诺曼口中"去凯马特买东西的人"）不同；警察看到的世界脱去了外壳，内部神经在热烈运行。这让所有的警察都与常人不同，也让其中的一些非常不同——除此之外，还有诺曼。

"我绝不会接近警察，"罗西语速很快地说，"安娜说我不用报警，也没人能强迫我报警。警察是他的朋友，他的兄弟。他们互相照顾，他们——"

"放轻松，"他的语气略微有点惊慌，"没关系，放轻松。"

"我没法放轻松！哎，你真的不明白。说实话，就是因为这个，我才给你打电话，说不能再见你了，因为你根本不知道情况……不知道他是什么样……不知道他和其他那些警察是什么关系。如果我去找这里的警察，他们会向那里的警察询问。如果其中某个人……和他共事的人，凌晨3点和他一起盯梢的人，能把性命托付他的人……"她想到的是哈利，那个眼睛盯牢在她胸部挪不开的哈利，那个在她坐下来时，眼睛总扫向她裙边的哈利。

"罗西，你不必——"

"我有必要！"她语气中的凶狠已经完全不像自己了，"要是有那么一个警察知道怎么联系上诺曼，就一定会联系他的。他会说是我报的警。要是我把地址给警察了——要是报警，他们是一定要你登记地址的——他也会把地址给他的。"

"肯定没有任何警察会——"

"你自己家里住过警察吗？他们在你家玩过扑克，或者看过《黛比办了达拉斯》吗？"

"这个……倒是没有，没有的，但是……"

"我有过。我听过他们聊天，我知道他们怎么看待别的人和别的事。他们就是那么看的，觉得那些都是'别的'。就连最好的警察都是这样。一边是他们……一边是去凯马特买东西的人。就是这样。"

他张开嘴想说点什么，但不确定到底要说什么，然后又闭上了嘴。诺曼可能会因为某些警察内部通消息而发现她在特伦顿街的地址，这个设想有某种说服力，但这并非他不说话的主要原因。她脸上的表情（做出这个表情的女人，回到了并不快乐的过去，心里充满着憎恨与不情愿）表明他无论说什么话都不可能说服她。她很害怕警察，就这么简单。而以他的年纪阅历也足以明白，并非所有恶魔般的恐惧都能被单纯的逻辑成功杀死。

"而且，安娜也说我没必要报警。安娜说如果真是诺曼，先见到他的会是他们，而不是我。"

比尔想了想，觉得也有道理。"她会采取什么措施呢？"

"她已经开始行动了。她给我家——就是我来的那个地方——一个女性团体发了传真，告诉她们这事件的可能原因，询问是不是可以给她发一些关于诺曼的信息。短短一个小时之后，她们就传真回来一大堆东西，包括一张照片。"

比尔挑了挑眉毛。"效率很高，尤其在上班时间之外。"

"在我们那边，我丈夫已经是个英雄了，"她无精打采地说，"可能已经有一个月不用付酒钱了。他负责的小组破获了一个大型团伙贩毒案。他的照片连续两三天上了报纸的头版。"

比尔吹了声口哨。也许她的偏执恐慌到底还是没那么严重。

"接受安娜请求的那个女人采取了进一步的行动，"罗西说了下去，"她给警察局打电话，问能不能让诺曼接电话。她编了个大谎，说自己的团体想给他颁个'女性表彰奖'。"

他想了一下，突然大笑起来。罗西也淡淡地笑了一下。

"值班警长查了下电脑，说丹尼尔斯警长在休假。他说应该是在西部某个地方。"

"但他可能是在这里度假。"比尔若有所思。

"是的，如果有人受伤害，那都是我的——"

他伸出双手放在罗西肩膀上，把她转过来。她一下子瞪大了眼睛，他感觉到她想要退缩，这种表情以奇怪而全新的方式伤了他的心。九岁之前，他曾一直在宰恩美国中心参加宗教学习班和美国犹太教堂青年组织，此时他突然想起在那里听到的一个故事。故事大概说的是，在先知的时代，人们有时会被石头砸死。当时他认为这是有史以来最残酷的惩罚形式，比枪击行刑或电椅更严重，是一种无论犯了什么罪都不应该采用的处决形式。现在，想到诺曼·丹尼尔斯对眼前这个可爱的女人所做的事情，看着她那脆弱而易碎的脸庞，他想着，也许他的罪应该受此惩罚。

"别说是你的错，"他告诉她，"又不是你让诺曼那样做的。"

她眨了眨眼，仿佛以前还从未这样想过。

"说到底，他怎么就能找到这个叫什洛维克的人呢？"

"他成了我，就找到了。"她说。

比尔看着她。她点了点头。

"这听起来是很疯狂，但其实并不疯狂。他真的能做到。我亲眼见过他这样做。可能他就是这么破获那起毒品案的。"

"预感？直觉？"

"没这么简单。几乎可以说是'心灵感应'了。他称之为'拖钓'。"

比尔摇了摇头。"我们说的是个特别怪的人，对吧？"

这反应惊到了她，她竟笑了一声。"哦，天啊，你根本想不到有多怪！总之，'女儿与姐妹'的姐妹们都看过他的照片了，会特别提防他，尤其是在周六野餐会上。有些姐妹会带防身的狼牙棒来……到关键时刻她们会记得用的。这是安娜跟我说的。这些我听着都觉得不错，但之后她又说：'别担心，罗西，我们以前也受过这种惊吓。'于是我又不太好了。因为一个男人被杀了，而且他是个好人，在那个可怕的车站救了我。不能简单称之为一场'惊吓'。"

她越说越大声，语速又快了起来。他握住她的手，轻轻抚摸着。"我懂的，罗西，"他希望自己的声音能对她起到舒缓安抚的作用，"我懂这不仅仅是惊吓。"

"她以为她清楚自己在做什么——我说的是安娜——以前，有喝醉的男人朝窗户扔了砖头，或者在周围晃悠，等着老婆出来拿早报的时候往她身上吐口水；安娜都报警了。她就以为经历过大事了，但她绝对没遇到过像诺曼这样的事情，而且她根本不清楚这一点。所以我很害怕。"她顿了顿，努力控制住自己，然后抬头对他笑了笑，"总之，她说我根本不用管，至少这个时候还不用管。"

"我很高兴。"

科恩大厦就在前面不远处。"我的头发，你什么也没说，"她又抬起头来，这次是迅速而羞涩的一瞥，"是不是因为你没注意到，或者并不喜欢？"

他瞥了一眼，咧嘴笑了："我注意到了，而且很喜欢，但心里挂念着别的事情——怕我再也见不到你了。"

"弄得你心烦意乱，我很抱歉。"她的确抱歉，但也对他的心烦意乱感到高兴。和诺曼恋爱的时候，有没有过哪怕一点点类似这样的感觉呢？不记得了。她倒是清楚地记得一天晚上看赛车的时候，他在一块毯子下面对她动手动脚。但至少在这一刻，其他的一切记忆都很朦胧。

"头发的灵感来自画中的女人，对吧？就是我们第一次见的那天你买的那幅。"

"也许吧。"她小心翼翼地说。他会不会觉得这样很奇怪？可能其实是因为这个，他才没对她的发型发表任何评论？

但他又惊了她一下，这次可能比他问起温迪·亚罗还要更让她惊讶。

"大部分女人改变发色的时候，看起来就是变了发色的女人，"他说，"很多时候男人都假装不知道她们变了发色，但其实心里很清楚。但是你……感觉你那天进店时的头发才是染过的，而现在才是本身的发色。可能你听着像是最离谱的谎话，但这是事实……而且金发通常看起来是最不真实的。不过，你也应该像画中女人那样扎个辫子。那会让你看起来像个维京海盗公主。性感得要命。"

"性感"这个词仿佛在她心中按下了一个巨大的红色按键，启动了既具有强大吸引力又非常令人警觉的知觉感受。我不喜欢性，她想，我没享受过性。但是——

罗达和柯特迎面走来。四个人在科恩大厦年代久远的旋转门前相遇。罗达两眼放光，好奇地上下打量着比尔。

"比尔，这两位是我的同事，"罗西双颊的潮热不降反升，"罗达·西蒙斯和柯蒂斯·汉密尔顿。罗达、柯特，这位是——"有那么深渊般黑暗的一秒钟，她发现自己竟然完全记不起这个对她来说已经很重要的男人的名字。不过，好在她又想起来了。"比尔·斯坦纳。"她介绍完毕。

"很高兴认识你。"柯特说着和比尔握了握手。他朝大楼瞥了一眼，显然随时要把头塞回耳机之间。

"俗话说，罗西的朋友，就是我的朋友。"罗达说着也伸出手。腕上的细长手链无声地晃动着。

"我的荣幸，"比尔说完又转身看着罗西，"我们周六还去吗？"

她拼命犹豫了一下，接着点点头。

"我8点半来接你。记得多穿点。"

"我会的。"她感觉脸颊的潮红已经一路往下，蔓延到全身，把乳头都变硬了，甚至还让她手指发麻。他看她的样子，再次击中了那个"热键"，但这次没那么可怕了，更多的还是吸引。她突然被一种冲动击中了——很可笑，却强烈得惊人——她想张开双臂抱住他……想用双腿夹住他……把他当一棵树，在他身上爬。

"好的，那么到时见了。"比尔说。他弯下腰，在她嘴角轻啄一下，"罗达、柯蒂斯，很高兴认识你们。"

他转身走了，吹着口哨。

"我替你说，罗西，你的品位真是太好了，"罗达说，"那双眼睛！"

"我们只是朋友，"罗西尴尬地说，"我跟他……"她渐渐没了声音。解释如何认识他一下子好像变得很复杂，而且很让人难堪。她耸耸肩，紧张地打了个哈哈："嗯，你懂的。"

"是的，我懂。"罗达边说边注视着比尔远去的背影，然后回头看了看罗西，爽朗地笑了起来，"我确实懂。在我这么一副老女人的残破躯壳中，跳动着一颗浪漫的真心。这颗心希望你和斯坦纳先生成为非常好的朋友。话说回来，你准备好重新开始了吗？"

"好了。"罗西说。

"现在你……你的其他事情基本上搞定了，应该会表现得比今天上午好些了吧？"

"我相信会好很多。"罗西说。而且她说到做到了。

▶ VI

公牛神庙

1

那个周四的晚上，睡觉之前罗西又把新电话装好，给安娜打了过去。她问安娜有没有什么新消息，或者有没有人看到诺曼来这里了。安娜对两个问题都断然否定，告诉她平安无事，然后又说起"没有消息就是好消息"的老话。罗西对此存疑，但没有明说，只是有些犹豫地对安娜失去前夫表示哀悼，她也不知道这类情况有没有专门的礼仪规定需要遵守。

"谢谢你，罗西，"安娜说，"彼得是个奇怪的男人，不好相处。他爱人类，但他自己并不是很可爱。"

"我看他倒是个很好的人。"

"这我不怀疑。对陌生人来说，他就是个慈悲心肠的撒玛利亚人。对家人和想和他做朋友的人——因为我就是这一类人，所以很清楚——他更像是那种从另一边漠不关心走过去的利未人[1]。一次，感恩节晚宴上，他抄起火鸡，扔向他的兄弟黑尔。我都不记得他们在吵什么了，不过要么是巴勒斯坦解放组织，要么是凯萨·查维斯[2]，反正不是这个就是那个。"

安娜叹了口气。

1.这里和前文的"撒玛利亚人"都是在引用《圣经》中耶稣讲的故事，有个人落在强盗手中，被打个半死丢在路边。一个祭司路过看到，走掉了；利未人看到他，也走掉了；而撒玛利亚人却发了慈悲心，帮他医治伤口，还带到自己店里照顾。
2.凯萨·查维斯（Cesar chavez, 1927—1993），墨西哥裔美国劳工，联合农场工人联盟领袖凯萨·查维斯。

"周六下午大家会为他举行一轮悼念——我们围坐在折叠椅上，就像戒酒互助会那些酒鬼一样，轮流讲讲对他的印象。至少我觉得我们会这么做。"

"听起来不错。"

"你觉得不错？"安娜问。罗西可以想象她拱起双眉，不自觉地露出自带的高傲，这是她最像莫德的时候。"我觉得听起来挺蠢的。但也许你是对的。不管怎么说，要去参加这个，野餐会我就要缺席一段时间了，不过我会回来的，不会错过太多。这个城市的受虐女性失去了一个朋友，这一点是毫无疑问的。"

"如果是诺曼干的——"

"我就知道你会这么说，"安娜说，"我这工作干了这么多年，跟那些整个被弯过来、被叠起来、被钉子钉过、被折磨残废的女人打了很多交道了，我明白她们难免会在受到疯狂虐待后大惊小怪。这是被虐女性综合征，就像抑郁症经常导致分裂一样。你还记得'挑战者号'爆炸的事吗？"

"记得……"罗西被她问糊涂了，但她当然记得那件事。

"那件事发生后的当天，有个女人哭着来找我。她的脸颊和手臂上到处都是红印，她一直在扇自己，掐自己。她说，都是她的错，是因为她，那些宇航员和那个优秀的女老师才不幸遇难的。我问她为什么，她解释说，她写了不止一封而是两封支持载人航天计划的信，一封寄给了《芝加哥论坛报》，一封寄给了她那个区的议员。"

"受虐久了之后，女人们就开始接受对自己的指责，就是这样。而且不只是针对某些事情，而是一切事情都要怪在自己头上。"

罗西想起了比尔，他搂着她的腰，送她回科恩大厦。别说是你的错，他对她说，又不是你让诺曼那样做的。

"很长一段时间我都不太理解这种行为，"安娜说，"但现在应该是理解了。她们必须得找个人去指责，否则所有的痛苦、抑郁和孤独都说不通了，这样下去会疯掉的。自责总比发疯好。但现在你该翻篇了，不要再选择责备自己，罗西。"

"我不懂。"

"你懂的。"安娜平静地说。之后两人的谈话就转向了别的主题。

2

和安娜在电话里告别已经过去了二十分钟，罗西躺在床上，睁着眼睛，十指交扣在枕头下面，眼前一片漆黑，一张张面孔像脱了线的气球，在她脑海里飘来荡去。罗比·莱弗茨，看起来就像大富翁黄色游戏卡上的"钱袋先生"，他递给她一张游戏卡，上面写着"出狱自由"。罗达·西蒙斯，发间插了支铅笔，对她说应该念尼龙"袜"，而不是尼龙"轻拉"。格特·金肖，仿佛行走的"人形木星"，穿着运动裤和男士 V 领打底衫，尺寸都是 XXXL。辛西娅·什么来着（罗西仍然不大记得她的姓），那个把头发染成两个颜色的朋克摇滚少女，快乐开朗，说她曾经在一幅画前坐了一个多小时，画里的河流似乎真的在流动。

当然，还有比尔。她看到他那双有着柔和绿底的淡褐色眼睛，看到他从鬓角处向后生长的黑发，甚至能看到他右耳垂上那个圆圆的小疤，那是以前打耳洞留下的痕迹（也许是大学时喝醉了酒，玩"大冒险"时打的），他又让它重新长好了。她感觉到他的手触到自己的腰，温暖的手掌，有力的手指；感觉到两人的髋部会偶尔轻轻擦过，不知道他会不会因为与她肢体接触而有些兴奋。她现在不吝于承认，这种肢体接触的确会让她兴奋。他与诺曼是如此不同，她感觉就像遇到了来自另一个星系的访客。

她闭上双眼。睡意更深沉了些。

黑暗中又飘浮起一张脸，那是诺曼的脸。诺曼在微笑，但那双灰色的眼睛冷得如同碎冰。我在拖钓你呢，宝贝，诺曼如是说，躺在我自己的床上，离你完全没那么远，拖钓着你。很快我就要来跟你谈谈了。我们离得近一点，我好好跟你谈谈。谈话应该会挺短的，等谈话结束了——

他举起一只手，手里拿着一支铅笔，笔尖被削得十分锋利。

这次我可不会费劲去戳你的胳膊或肩膀。这次我要直戳你的眼睛，要么戳你的舌头。你觉得怎么样，宝贝？一支铅笔直接穿过你叫喳喳的嘴，把——

她猛地睁开眼睛，诺曼的脸消失了。她又闭上双眼，召唤着比尔的面孔。有那么一瞬间，她确信他的面孔不会再出现，诺曼的脸会再度回来，但没有。

我们周六要出去，她心想。我们一整天都会在一起。要是他想亲我，我会允许的。要是他想抱我，想摸我，我会允许的。我真想跟他在一起啊，这真是疯了。

睡意再次涌上来，这次她肯定是梦到了后天要和比尔一起去野餐。附近还有别人在野餐，这个人带了个孩子。她能听到婴儿的哭声，非常轻微的哭声，接着，大的声音传来，是隆隆的雷声。

就像我那幅画，她想，吃东西的时候我就给他讲讲这幅画。今天忘记跟他说了，因为要谈的事情太多了，但是……

雷声又滚滚而来，更近了，也更剧烈了。这次的雷声让她心中满是沮丧。下雨会毁了他们的野餐，雨水会让"女儿与姐妹"在埃廷格码头的野餐会无法进行，演唱会甚至都可能因为下雨被取消。

别担心，罗西，只是画里在打雷而已，这一切都只是个梦。

但如果是梦，她怎么还能感觉到覆盖在手腕和前臂上的枕头？怎么还能感觉到自己十指交扣，感觉到轻柔的毯子盖在身上？怎么还能听到窗外的车流声？

蟋蟀轻声吟唱：唧唧唧唧唧唧唧。

婴儿在啼哭。

她的眼睑内侧突然闪过一道紫光，仿佛是闪电，而雷声又轰隆起来，比刚才更近了。

罗西喘着粗气，从床上坐直了，她的心在胸口剧烈跳动。没有闪电。没有雷声。她以为还能听到蟋蟀的声音，这没错，但可能只是耳朵在作怪。她朝房间那头的窗户看去，辨认出靠在窗下墙上模糊的长方形轮廓。那是"罗丝·麦德"的画。明天她会把画放进杂货袋，带着去上班。罗达或柯特可能知道附近哪里能裱画。

她仍然能听到微弱的蟋蟀叫声。

是公园传来的，她心想，又躺下了。

即使关着窗户都能听到？"现实理智女士"发问了。她听起来的确疑惑，但并不焦虑担忧。你确定吗，罗西？

她当然确定。毕竟快到夏天了，唧唧叫的蟋蟀越来越多了，而且这又有什么要紧呢？好吧，也许这幅画的确有什么奇怪的地方。但更有可能的情况是，这些奇怪的东西是她自己的脑子杜撰出来的，还有些问题没有捋清。但，如果说真的是那幅画，那又怎样？她没有感觉到这事有什么坏处。

但你敢说没感到危险吗，罗西？现在，"现实理智女士"的声音里有了那么一丝焦虑，别管什么邪恶，或者坏处，不管你用什么词来形容。你敢说没感觉到危险吗？

不，她不敢说。但话说回来，处处都有危险。看看安娜·史蒂文森前夫的遭遇就知道了。

但她并不想去面对彼得·什洛维克的遭遇，她不想回到那个在接受治疗期间有时会被称为"愧疚街"的地方。她希望好好想想这周六，想想被比尔·斯坦纳亲吻的感觉。他会把手放在她的肩膀上，还是搂着她的腰？他的嘴碰到她的嘴，到底会是什么感觉？他会不会……

罗西的头歪向一侧。雷声隆隆。蟋蟀唧唧。比之前更加响亮了。

有一只蟋蟀甚至从地板上往床上起跳了，但罗西没有注意。这次连接思想与身体的那根绳子断了，她飘飘悠悠地进入了黑暗的眠乡。

3

一道闪光惊醒了她，这次不是紫色，而是刺眼的白色。雷声随之而来——并非低沉的隆隆，而是迅疾的咆哮。

罗西从床上坐起来，喘着气，把毯子的一边紧紧裹在脖子上。又是一道闪光，她看到了自己的桌子、厨房吧台、小沙发（小得只能说是一个双人椅），狭小的卫生间，门敞开着，雏菊印花的浴帘挂在环上，拉了起来。如此明亮的一道闪光，让她的眼睛猝不及防，即便在整个房间重回黑暗之后，她仍然能看到东西，只不过颜色颠倒了。她意识到仍然能听到婴儿的哭声，但蟋蟀已经不再鸣叫。还有风在吹。她既能感觉到风吹，也能听到风声。风将她的头发从鬓角撩起，她听到纸页窸窸窣窣的声音；她把下一本要读的理查德·拉辛的小说影印本放在了桌上，风将那些纸页吹得满地都是。

这绝不是梦，她想，双腿一晃下了床，同时看向窗户那边。她突然喉咙发紧，几乎无法呼吸。要么窗户消失了，要么整面墙都变成了一扇窗。

不管是什么，窗外的景色不再是特伦顿街和布赖恩特公园，而是一个穿着茜草玫瑰红托加袍的女人，站在杂草丛生的山顶上，俯瞰着一座庙宇的废墟。但此时那袍子的下摆正荡漾在女人修长光滑的大腿边；现在，罗西终于看清从她辫子中"出逃"的金色碎发像浮游生物一样在风中摇摆，天空中奔腾翻卷着紫黑色的雷雨云团。现在，她终于看清那匹毛发蓬松的小马摇头晃脑地吃着草。

如果这是一扇窗户，也是一扇敞开的窗户。她目睹着小马伸头探进房间，嗅了嗅地板，不是很感兴趣，就退了回去，又在自己那一边吃起草来。

还有闪电，还有雷声，风又刮起来了，罗西听到被吹散的纸页在小小的厨房里翻飞旋转着。她站起身来，睡衣下摆飘动起来，拂在腿上；她缓缓走向那幅画，一幅已经从左到右、从上到下覆盖了整面墙的画。风将她的头发向后吹起，她能嗅到即将倾盆而下的甜美的雨。

很快就会下下来了，她想，我会被淋得透湿，我们应该都会吧。

罗丝，你在想什么？"现实理智女士"惊叫道，我的天啊，你到底——

罗西压制住了这个声音——这一刻，她仿佛已经受够了这个声音，之后的一辈子都不想再听到了——然后在那面已经不是墙的墙面前停了下来。就在眼前，不到五英尺的地方，站着那个穿托加袍的金发女人。她没有转身，但罗西终于能看清楚她看向山下时，那只举起的手有小幅度的倾斜和调整，还能勉强看到她呼吸时左胸的起伏。

罗西深吸了一口气，走进了画中。

4

另一边的温度至少要低上十摄氏度，高高的草丛挠得脚踝和小腿痒痒的。有一瞬间，她好像又听到了婴儿的哭声，微弱邈远，接着就消失了。她回头看了一眼，以为会看到自己的房间，但房间也消失了。在她踏入这个世界的地方，一棵长满木瘤的老橄榄树正伸展着根须与枝条。她看到树下有个画架，画架前有张凳子。凳子上放着画家的盒子，里面装满了画笔和颜料。

画架上展开的画布与罗西在"自由之城借贷与典当"买的那幅画尺寸完全一样。这幅画画的是她在特伦顿街的房间，视角是从挂"罗丝·麦德"的那面墙上看出去。一个女人，显然是罗西本人，站在房间的中央，面对着通往二楼走廊的门。她的姿势和位置与那个俯视庙宇废墟的女人不太一样——比如，她的手没有举起来——但这也够让罗西十分恐惧了。这幅画还有别的地方也叫人害怕：画中女人穿着深蓝色小脚长裤和粉色无袖上衣。罗西已经计划好要穿这一身与比尔一起骑摩托车。我必须得穿点别的，她狂乱地想，仿佛通过改变她未来的穿着，就能改变现在眼前的一切。

有东西在摩擦她的上臂，罗西轻声尖叫。她转过身，看到小马用一双棕色的眼睛看着她，满含歉意和委屈。头顶的天空雷声隆隆。

一个女人站在加了装饰的马车旁，那只毛茸茸的小兽就被拴在马车车头。她穿着一件多层的红色袍子，长及脚踝，十分轻薄，几近透明；透过那巧妙设计的层层叠叠，罗西能看到她牛奶咖啡色的皮肤，那色调真是温暖。闪电划过天空，有那么一瞬间，罗西又看到了比尔从"大众厨房"送她回来后不久自己初次从画中看到的东西：幻影一般的草地上的马车，以及从车里长出来的女人，也如幻影一般。

"你别担心，"红袍女人说，"你最不用担心的就是拉达曼迪斯，除了草和三叶草，它什么也不咬。它只是想嗅嗅你的味道，仅此而已。"

突然间，一种强烈的解脱感向罗西袭来，因为她意识到，这就是诺曼一直（用愤恨苦涩的语调）提到的那个女人，说她是个"淫荡的混血妞儿"。这就是温迪·亚罗，但温迪·亚罗已经死了，所以这是个梦，证明完毕。不管感觉有多真实，不管细节有多真实（比如，擦掉上臂湿乎乎的水，那是小马好奇嗅闻时留下的痕迹），这都是一个梦。

当然是梦了，她告诉自己，没人能真正走进画里，罗西。

这个想法没有对她产生任何影响。但想到驾车的女人是故去已久的温迪·亚罗，这对她影响不小。

狂风大作，她又一次听到了婴儿的哭声。这次罗西还看到了别的东西：小马车的座位上放着一个用绿色灯芯草编织的大篮子。把手上装饰着丝带，篮子的四角还有丝绸蝴蝶结。搭在篮子末端的是一条粉色毯子的下摆，毯子显然是手工编织的。

"罗西。"

这声音低沉，有些沙哑，但又甜美。尽管如此，罗西还是感觉背上起了一片鸡皮疙瘩。这声音不对劲，而且她觉得这种不对劲只有同为女人才听得出来——要是男人听到这样的声音，立刻就会想到性，把其他一切抛诸脑后。但这声音真的有点不对劲，很不对劲。

"罗西。"又来了，她突然就明白怎么不对劲了：这声音仿佛在努力成为人类，努力去想如何成为人类。

"姐妹，你可别直视她，"红袍女人说，听起来很焦虑，"你这样的人受不了的。"

"不，我也不想直视她，"罗西说，"我想回家。"

"我不怪你，但回家的话为时已晚。"女人边说边轻抚小马的脖子。她的黑眼睛很严肃，紧抿着嘴唇。"也不要碰她。她不想伤害你，但她已经不能很好地控制自己了。"她伸出一根手指敲了敲太阳穴。

罗西不情愿地转过身来，向那个穿托加袍的女人迈出了一步。这女人的背部、裸露的肩膀和脖子下部的纹理都让她着迷。她的皮肤比波纹绸缎还细腻。但她脖子往上的地方……

罗西不知道那些潜伏在她发尾下面的灰色阴影是什么，也并不想知道。她先是异想天开地想，是咬痕吧，但并不是咬痕。罗西了解咬痕。那是麻风吗？还是更糟糕的东西？会传染的？

"罗西。"那甜美而沙哑的声音第三次叫出她的名字，这声音里有什么东西让罗西想要尖叫，就像有时看到诺曼微笑，她也想尖叫。

这女人是个疯子。不管她有其他什么问题——比如身上的斑块——比起这个都是次要的。她是个疯子。

闪电闪过。雷声隆隆。顺着断续刮起的强风，从山脚下庙宇废墟的方向，传来了婴儿遥远的哀号。

"你是谁？"她问，"你是谁，我为什么在这里？"

仿佛是为了回答她，这个女人伸出右臂，翻了过来，露出那一面一圈白色的旧伤疤。"这个流了不少血，还感染了。"她用甜美沙哑的嗓音说。

罗西伸出自己的手臂。有疤痕的那条是左臂而非右臂，但疤痕本身是完全一样的。这时，她突然想起一件事，微不足道，但也很可怕：如果她要穿那件茜草玫瑰红的托加袍，裸露的会是右肩而非左肩，如果那个金臂环是属于她的，她将把它戴在左肘上方，而非右肘上方。

山上的女人是她的镜像。

山上的女人是——

"你是我，对吗？"罗西问道。梳着辫子的女人开始微微侧身，罗西用尖锐颤抖的声音接上自己的问话："不要转身，我不想看！"

"别这么冲动，"罗丝·麦德用一种有些奇怪而充满耐心的声音说道，"你真的是罗西，你是真·罗西。即便你忘记了其他的一切，也不要忘记这一点。还有一点也别忘记：我会回报你。你为我做了什么，我也会为你做什么。所以我们才被带到一起。这就是我们之间的平衡，这就是我们的因果。"

闪电撕裂了天空，雷声乍起。风穿过橄榄树，呼呼作响。从罗丝·麦德辫子里逃逸而出的碎金发疯狂摇摆着。即使在此时瞬息万变的光线下，它们看起来也像一缕缕金丝。

"好了，下山去吧，"罗丝·麦德说，"下去把我的孩子带给我。"

5

孩子的哭声飘到了她们身边，仿佛从另一个大陆艰难跋涉而来，罗西俯身看看山下的庙宇废墟，庙宇的透视仍然很奇怪，歪歪斜斜的，令人很不舒服。她心中产生了新的恐惧。而且，她的双乳也抽搐起来，就像流产后那几个月里经常发生的抽搐。

罗西张了张嘴，不确定会说出什么话来，只知道会是某种抗议，但话还没能说出口，一只手就抓住了她的肩膀。她转过身。是那个红袍女人。她警告地摇了摇头，又敲了敲太阳穴，并指着山下的废墟。

罗西的右手腕被另一只手抓住了，这只手像墓碑一样冰冷。她回过头来，在电光石火间意识到，那个穿托加袍的女人已经转过身，现在正面对着她。她满脑子都充斥着"美杜莎"之类混乱的想法，迅速把目光投向下方，不去看对方的脸。她看到了抓着她手腕的手背。手背上有一片深灰色的瘢痕，让她想到了某种悬停在海洋中的猛兽（当然是魔鬼鱼）。指甲黯淡无光，像死人的指甲。罗西目睹着一只白色的小虫子从一只指甲下面蠕动而出。

"现在就去，"罗丝·麦德说，"为我做我自己不能做的事。请记住：我会回报。"

"好吧。"罗西说。一种可怕而反常的欲望攫住了她，她想抬头看看那个女人的脸，看看那究竟是怎样一张脸。也许她会看到自己的脸，飘游在某种疾病的死灰色的阴影之下，这疾病在将你生吞活剥的同时，还让你疯狂。"好吧，我去，我会努力，只要不让我看你。"

那只手松开她的手腕……但松得很慢，仿佛主人一感觉到罗西有任何退缩之意，就会瞬间再次抓紧。这只手转了下方向，伸出一根死灰色的手指，指向山下，犹如圣诞前夜的"未来之灵"向吝啬鬼斯克鲁奇指明他未来的墓碑[1]。

"那就去吧。"罗丝·麦德说。

罗西迈开步子，缓缓下山，双眼仍然低垂，看着自己的赤脚在粗硬的高草地上潜行。直到天空被一道特别凶险的雷声劈裂，她惊愕地

1.这句用典来自查尔斯·狄更斯的小说《圣诞颂歌》(A Christmas Carol)，讲的是一个守财奴在圣诞前夜被"过去之灵""现在之灵"和"未来之灵"三个鬼魂造访，幡然醒悟，变得慷慨热情的故事。

抬起头来，才发现那个红袍女人和她一起来了。

"你要帮我吗？"罗西问。

"我只能走那么远。"红衣女子指向倒下的柱子，"她有的我也有，但目前为止对我的影响还很轻微。"

她伸出一只手臂，罗西看到那上面——或者说她的肉里面——有个粉色的小疙瘩在蠕动，就在手腕和前臂连接的位置。她的掌心也有一个类似的疙瘩，这个疙瘩几乎称得上漂亮可爱了，让罗西想起在自己房间地板的缝隙中发现的三叶草花。她的房间，这个她曾指望当作避难所的地方，现在似乎已经非常遥远。也许那才是梦，那边的一切才是梦；而眼前是唯一的现实。

"我就只有这两个，至少目前是这样，"她说，"但也足够让我远离那里了。那头公牛只要闻到我的味道就会跑过来。它是冲着我来的，但我俩都会被杀死。"

"什么公牛？"罗西问道，既困惑又害怕。两人已经快走到倒下的柱子那儿了。

"厄里倪斯。它守护神庙。"

"什么神庙？"

"不要用男人的问题浪费时间，女人。"

"你到底在说什么？什么是男人的问题？"

"那些你已经知道答案的问题，姐妹。到这儿来。"

"温迪·亚罗"站在倒下的柱子覆满青苔的柱尾边，不耐烦地看着罗西。庙宇近在眼前。光看一眼罗西就觉得双眼疼痛，仿佛看着画面失焦的电影银幕。她看到一些轻微的凸起，这肯定是不存在的；她看到了阴影般的褶皱，一眨眼却都消失了。

"厄里倪斯只有一只眼睛，而就连那只眼睛都是瞎的。但它的嗅觉没有任何问题。你的时间到了吗，姐妹？"

"我的……什么时间？"

"每个月的那个时间！"

罗西摇了摇头。

"很好，因为要是你时间到了，那我们就别开始了。我也没有到时间。自从开始显露病征之后，我就没有女人的血了。这不太好，因为那种血最好了。不过……"

一阵最最可怕的雷声撕裂了她们头顶正上方的天空，冰冷的雨滴开始打落下来。

"我们得快点！"红袍女对她说，"从你睡衣上撕两块下来——一条做绷带，一条得要能包住一块石头，还得能把石头绑起来。别跟我争论，也不要再问任何问题。照做就是了。"

罗西弯下腰，抓住棉质睡衣的下摆，从侧面撕下又长又宽的一条，这样她的左腿到髋部的地方就几乎都裸露出来了。接着，她又从侧面撕下窄一些的长条，再抬头时，她惊慌地发现"温迪"正拿着一把样子十分邪恶的双刃长匕首。罗西完全想不到这匕首是从哪里来的，除非这个女人之前一直把它绑在自己大腿上，就像保罗·谢尔登那些小说中甜美而心狠手辣的女主角。那些故事中发生的一切都有一个理由，不管多么牵强。

她很可能就是把匕首放在那里了，她想。她知道，换了她自己，如果是跟那个穿茜草玫瑰红托加袍的女人同行，也会希望随身携带一把刀的。她又想起那个同行的女人敲着太阳穴，告诉罗西别碰她。她不想伤害你，"温迪·亚罗"当时如是说，但她已经不能很好地控制自己了。

罗西张了张嘴，想问站在倒柱旁的女人，她打算用那把刀做什么……又闭上了嘴。要是"男人的问题"就是你已经知道答案的问题，那么她要问的正是男人的问题。

"温迪"似乎感觉到了她的目光，抬头看着她。"你要先拿出比较大的那块，"她说，"要准备好。"

罗西还没来得及做出回应，"温迪"已经用匕首的尖端刺穿了自己的皮肤。她嘶嘶地说了几个罗西不懂的词——也许是祷词——然后在前臂上割开一条细线，与袍子相配。表皮和深层组织慢慢回缩，伤口扩大，细线越来越粗，血流了出来。

　　"嗷，好痛！"女人呻吟道，伸出那只握着匕首的手，"给我，大块的，大块的！"

　　罗西把大的那块放在她手里，又困惑又害怕，但并不恶心。看到血她不会觉得恶心。"温迪·亚罗"将那块棉布条折成一个垫子，压在伤口上，压了一会儿，又翻了过来。等她把那块布递回给罗西时，这块在罗西躺在特伦顿街房间的床上还是矢车菊蓝的棉布，颜色已经深了很多……但这颜色很熟悉。蓝与猩红的混色，便是茜草玫瑰红。

　　"现在，找块石头，把那块布绑在上面，"她对罗西说，"弄完之后，把你穿的那东西脱下来，包在这两个东西外面。"

　　罗西瞪大眼睛盯着她，这个指令给她带来的震惊远远超过那女人鲜血淋漓的手臂。"我做不到！"她说，"我里面什么也没穿！"

　　"温迪"咧了咧嘴，却毫无笑意。"只要你不说，我也不会说出去，"她说，"现在，快把另一块布给我，免得我失血过多死掉了。"

　　罗西把窄一些的布条递给她，这条还是蓝色的。这个棕色皮肤的女人迅速把它缠在受伤的那条手臂上。闪电在两人左边炸开，仿佛某种可怕的烟火。罗西听到一棵树倒下了，发出长长的、撕裂的撞击声。这声之后，便是如炮击一般的雷声。她闻到了空气中黄铜的煳臭味，就像硬币被闪电炸过。接着，仿佛闪电撕开了天空的水袋，雨来了。冷雨奔流而下，被风吹得几乎完全打横了。罗西目睹着大雨打在自己手中的布垫上，水汽散开来，粉色的血水从布垫上散出，顺着她的手指淌下来，看着就像草莓味的"酷爱"饮料。

　　罗西不再去多想自己在做什么，为什么要做，她把手伸到背后，抓住睡衣后面，身子向前一躬，从头顶脱了下来。一瞬间，她仿佛站在全世界最冰冷的淋浴之下，雨水刺痛了她的脸颊、双肩和没有衣服保护的背部，她喘着粗气。皮肤紧缩起来，又爆发出数百个细小的鸡皮疙瘩，从脖子到脚后跟。

"哎！"她上气不接下气地发出绝望而微小的感叹，"哦，哎！好冷！"

她把基本上还很干燥的睡衣丢在那只拿着血垫的手上，发现一块肉桂面包大小的石头就躺在倒柱裂开的两段之间。她捡起石头，跪在地上，把睡衣搭在头和肩膀上，如果有人遭遇猝不及防的阵雨，可能就会用手中的报纸搭个这样的临时雨篷。有了这暂时的保护，她用血布包住石头。两边各留出黏糊糊的长段，像耳朵一样。她把两只"耳朵"绑在一起。"温迪"的血被雨水淋湿，从包裹里流出来，滴滴答答地溅到地面上，罗西有些厌恶地抽搐了一下。石头已经用布裹好了，她用（已经完全谈不上干燥的）睡衣包裹住这整个东西。她知道，无论如何，大部分的血都会被冲洗掉。这不是一场阵雨，甚至"倾盆大雨"都不足以形容。这是一场洪水。

"去吧！"棕皮红袍女对她说，"到神庙里去！径直走过去，不要为任何东西停留！什么都不要捡！无论看到什么，听到什么，都不要相信！这是幽魂之地，毫无疑问，但即便在公牛神庙之中，也没有任何鬼魂能伤害一个活着的女人。"

罗西疯狂地颤抖着，眼里的雨水模糊了视线，水从她的鼻尖滴下，水滴挂在她的耳垂上，仿佛某种奇异的珠宝。"温迪"面对她站着，头发紧贴着眉毛和脸颊，一双黑眼睛闪闪发光。现在，她必须得大吼大叫，才能让声音穿透越来越大的无情狂风。

"穿过圣坛另一边的门，你会进入一个花园，那里所有的植物都死了！花园那头有一片树林，也都死了，只有一棵还活着！花园和小树林之间有一条小河！不管你有多想，都别喝里面的水！千万别喝！碰都不能碰！踩着上面的石头过河！即便河水只打湿了你一根手指，你都会忘记一切，自己的名字都记不得！"

电光在云层中飞驰，把雷雨云团变幻成被勒紧的妖精脸。罗西这辈子都没受过这样的冷，也从未如此清楚地感受到心脏在迫使冰冷的皮肤冒出热气时那种奇怪的欢欣。那个想法又冒出来了：这不是一个梦，就像这从天空倾泻而下的绝不是一场普通的雨。

"到树林里去！到那些死去的树中去！唯一活着的那棵是石榴树！树底下的果实里面有种子，你要把种子收集起来，但是千万不要尝那些果实，就连碰了种子的手指也别放进嘴里！从那棵树旁的楼梯下去，进入下面的大厅！找到婴儿，把她带出来，但要小心公牛！小心公牛厄里倪斯！现在就去！快！"

公牛神庙那奇特而扭曲的视角让罗西害怕，所以当她发现自己急于摆脱暴风雨的愿望已经超越了一切时，她反而松了口气。她想远离风、雨和闪电，但也希望要是雨水变成冰雹，能有什么东西保护她。她一想到可能赤身裸体挨上一顿冰雹，即便这可能只是个梦，也非常不愉快。

她向前走了几步，又回头看了看那个女人。"温迪"仿佛和罗西一样脱光了衣服。她的薄纱红袍已经紧贴在身上，像一层红漆。

"厄里倪斯是谁？"罗西喊道，"他是什么人？"她壮着胆子转头看了眼神庙，仿佛期待着自己这么一问就会有天神降临。但没有任何天神降临。只有神庙，在瓢泼大雨中闪着微光。

棕皮女人翻起了白眼。"你怎么做得出这么蠢的样子，姐妹？"她吼道，"去啊，现在就去！趁你还能去，快去！"接着她无言地指向寺庙，和她的"女主人"之前做的一样。

6

罗西一丝不挂，脸色惨白，把早已浸透的已经卷成一团的睡衣顶在肚子上，尽量保护着。她迈步走向神庙，走了五步，就来到草丛间倒下的石雕头像边。她低头看了一眼，想着那肯定是诺曼的脸。一定是诺曼，她必须得做好心理准备。梦里的事情都是这样的。

但那不是诺曼。后退的发际线，肥厚的脸颊，茂密的大卫·克罗斯比式小胡子，这是罗西寻找"女儿与姐妹"迷路那天靠在"小酒"门口的那个男人。

我又迷路了，她心想，哦，天啊，我真的迷路了。

她走过那倒下的石雕头像，它空洞的眼睛似乎在哭泣，一长缕湿乎乎的野草横亘在它的脸颊和眉毛上，仿佛一道绿色的伤疤；她向那形态怪异的神庙走去，石雕头像仿佛在她身后低语：嘿，宝贝，想不想做啊，你看起来不赖啊，而且奶子真漂亮啊，怎么样，来呀，如何呀？

她走上台阶，滑溜溜的，藤条蔓生，爬山虎茂密，似乎潜藏着危险。她感觉那石雕头像在滚动，石质的头盖骨在地面上摩擦，把泥水从浸湿的土地上碾溅起来，想窥视她爬楼梯走向那黑暗神庙时光屁股的颤动。

别想那个了，别想了，停止思考。

她忍住了逃跑的冲动——她想逃离这大雨，也想逃离想象中男人的凝视——继续往上走，避开那些在风吹雨打中石头已经开裂的地方，那里有参差不齐的缝隙，可能会扭伤甚至摔断脚踝。甚至这也不是最糟糕的可能性：谁知道在那黑暗之中会盘踞何种毒物，伺机蜇伤或咬伤猎物？

雨水从肩胛骨上滴落，顺着脊柱直往下流，她感到前所未有的寒意，但还是停在了最高的那级台阶上，看着庙宇宽阔而晦暗的门楣上的雕刻。在画外时她是看不到这些的，这些雕刻被隐藏在屋顶悬垂下的黑暗中。

门楣上刻了一个面若冰霜的男孩，靠着一根柱子，可能是电线杆吧。他的头发覆在额头上，外套的领子立起来。下嘴唇上叼着一支烟，懒散歪斜的姿势仿佛在自称是"七十年代末版的超酷先生"。这种姿势还表达了什么？嘿，宝贝，它在说，嘿，宝贝，宝贝啊，想不想躺下？

这是诺曼。

"不。"她低声道。这几乎是一声呜咽了。"哦，不。"

哦，是的。是诺曼，真的是他。是以前的诺曼，他是"未来殴打之灵"。是在奥布里维尔市中心州际公路与49号公路交会处靠在电线杆上的诺曼，是看着车来车往的诺曼，他听着比吉斯乐队"你要跳舞"的歌声从芬尼根酒吧飘过来，酒吧的门敞开着，"声爱乐"音响开得很大声。

风势暂时减弱，罗西又听到了婴儿的哭声。确切地说，这哭声听起来并不像受伤疼痛的哭声，倒像是很饿。微弱的哭号促使她将目光从那令人不适的雕刻上移开，一双赤脚也迈开了步子，但就在要经过门厅进入神庙之前，她又抬头看了看……她忍不住。少年诺曼不见了，仿佛从未存在过。她只看到自己的正上方刻着字：**吸我感染了艾滋病的鸡巴**。

梦里面没有稳定不变的东西，她想，一切都像水一样。

她转过头，看见"温迪"仍然站在那倒柱旁，她全身都湿透了，衣服像破掉的蜘蛛网裹着身子。罗西举起没有抱着睡衣的那只手，不太确定地挥了挥。"温迪"也举起了手作为回应，接着就站在那里看着，似乎毫不在意倾盆大雨。

罗西走过充满寒意的宽阔门厅，走进神庙之中。她站在门边，浑身都绷紧了，要是她看到……嗯……要是她看到自己也不知道的什么东西，她会随时立刻转身冲出去的。"温迪"叮嘱过她，不要担心那些鬼魂，但罗西觉得这个红袍女人的乐观不用付出什么代价；毕竟，她是等在远处的。

她猜测里面要比外面暖和一些，但感觉上并没有多暖和——这个地方仿佛潮湿的石头，有种深沉的寒意，是墓穴与陵寝的寒意，有那么一瞬间，她不确定自己能否走上前面那条幽暗的走道，上面散落着早已枯死的飘浮物和一团团秋叶。实在太冷了……而且是各种各样的冷。她颤抖着站在那里，短促地喘着气，呼出一团团白雾，双臂紧紧地交叉在胸前，皮肤上冒出一小缕一小缕的蒸汽。她用手指尖碰了碰左边的乳头，发现触感硬得像一片碎石，也没觉得太惊讶。

她想着要回到山上那个女人身边，这才动了起来——她不想空着手面对罗丝·麦德。她迈上走道，慢慢地、小心地向前。婴儿遥远的哭号，仿佛在数英里之外，通过某种神奇而轻薄的介质传递给了她。

下去把我的孩子带给我。

卡罗琳。她计划给自己的孩子起的名字，被诺曼打掉的那个宝宝。此时这个名字自然而然地出现在她脑海中。乳房又不安地抽搐起来。她摸了摸它们，有些惊讶。它们很柔软。

她的眼睛已经逐渐适应了阴暗的环境，感觉公牛神庙竟奇怪地带了点基督教堂的感觉——说句实话，看起来很像奥布里维尔的第一卫理公会教堂。和诺曼结婚之前，她每周会去那里两次。她也是在第一卫理公会教堂结的婚；她的父亲、母亲和弟弟在车祸身亡后，也是在那里下葬的。里面摆着一排排老式的长木椅，后面几排翻倒在地，半埋在肉桂味的落叶里。比较靠前的那些长椅还矗立着，一排排非常整齐。每隔一段距离，就放着一本黑色的大厚书，可能是罗西看着长大的《卫理公会圣诗与颂词》。

她继续沿着中间的走道向前，仿佛某个奇怪的裸体新娘，接下来感觉到的是这个地方的气味。多年来，大门敞开着，从外面吹进来很多树叶，它们的味道很好闻，但在这味道的掩盖下，潜藏着一种不那么令人愉快的气味。有点像发霉，有点像长了菌斑，有点像什么东西腐烂已久，但又说不上真的很像这些东西。也许是陈年的汗味？是啊，可能是的。也许还有其他液体。她想起了精液，还有血。

闻到这股气味后，一种几乎避无可避的感觉来了，有恶毒的眼睛在注视着她。她感觉那眼睛在仔细观察她裸露的身子，可能还对此苦思了一番，标记着每一处没有衣物覆盖的线条，铭记着她被打湿的光滑皮肤下肌肉的运动。

近一点和你谈谈。雨点击打出空旷的鼓声，她的一双赤脚踩得地上的枯叶噼啪作响，这座神庙似乎在朝她叹息。近一点和你谈谈……但我们不用谈很久，就能把想说的话说完，对吧，罗西？

她在神庙正前方不远处停下脚步，拿起第二排椅子上的一本黑色大书。打开书，一股强烈的腐臭味冲了出来，几乎让她窒息得灵魂出窍。书页顶部是一幅线条鲜明的画，她在少时读的卫理公会赞美诗中从未见过这幅画。画中有个女人跪在地上，在为一个男人口交，男人的脚根本不是脚，而是蹄子。他的脸只有个轮廓，模糊不清。但罗西仍然看到了，或者说认为自己看到了一种可怕的相似。他看起来像是诺曼的老搭档哈利·比辛顿，只要罗西坐下来，那个比辛顿就会"孜孜不倦"地盯着她的裙摆。

这幅画的下面，发黄的页面上挤满了西里尔文，罗西看不懂，但感觉很熟悉。她只想了一小会儿就明白了原因：她走到旅客援助站向彼得·什洛维克寻求帮助时，对方正在看的报纸上就是这些文字。

接下来的事情突然变得令人震惊，这幅画动了起来，那些线条似乎在向被雨水浸得起皱的惨白手指爬去，留下细细的泥迹，像被蜗牛爬过。不知为什么，这幅画活了。她猛地合上书，听着书里传来那种嘎吱的水声，感到喉咙发紧。她把书扔开，要么是它撞到长椅上发出的砰的一声，要么是她自己厌恶的叫声，反正一群蝙蝠被惊醒了，它们本来藏在一块阴暗的区域当中，她想那应该是唱诗班的阁楼。几只蝙蝠在她头顶上漫无目的地转着"8"字，黑色的翅膀拖拽着那肥胖而令人厌恶的褐色身体穿过阴湿的空气，又退回到它们的洞穴里。圣坛就在面前，她看到左边有一扇狭窄的门敞开着，透出洁白的光线，形成一个长方形。罗西松了口气。

你真的是……罗西……神庙在低语，有些阴郁凄然的趣味感，你就是……真·罗西……到我这里来，我会让你……

她拼命控制自己不要四处张望，让眼睛一直盯着那扇门和门那边的白光。雨势已经减弱，头顶上空鼓一般的哗哗声略微停歇，变成稳定而低沉的咕哝。

仅限……男人，罗西，神庙还在低语，又加上了一句，这是诺曼不想回答她问题时又并不生气时常说的话，这是男人的事情。

经过圣坛时，她往里看了看，然后迅速地移开目光。圣坛是空的——没有讲道台，没有神像，没有晦涩的经书——但她又看到了一个盘旋的魔鬼鱼阴影，这个影子投射在光秃秃的石头上。铁锈色的，这说明那是血；阴影的大小说明多年来这里洒下了很多血，很多。

就像……蟑螂屋……罗西，神庙还在低语，石地上的叶子翻卷起来，发出的声音如同大笑在没有牙龈的齿间穿滑而过，蟑螂们……住进来，但没有退……退……退……房。

她稳住脚步，朝那扇门走去，努力不去理会这个声音，眼睛一心一意地盯着前方。她模模糊糊地想着，这门可能会在她快到的时候无情地关上，但并没有。也没有长着诺曼脸的妖怪从门里跳出来。她走到一个小石阶上，走进刚被雨水冲刷过的草地的清凉气息当中，走进尽管雨还没完全停下，但已经逐渐变暖的空气中。四处都有窸窸窣窣的水滴声。雷声隆隆（但她肯定这是正在远去的雷声）。已经有几分钟没被她注意到的婴儿，又传来了遥远的哭号。

花园分为两部分——左边是鲜花，右边是蔬菜——但这里一片死寂。灾难般的死寂，而如同环抱的手臂般围绕着花园与公牛神庙的绿植郁郁葱葱，把这片死寂的土地衬得更加可怕——仿佛一具舌头伸在外面的死不瞑目的尸体。巨大的向日葵耸立着，花茎发黄而粗糙，有褐色的中心花盘、卷曲褪色的花瓣，高过了其他的一切，像是一座囚犯全部死光的监狱中病恹恹的火鸡。花坛里满是被吹落的花瓣，让她在一瞬间想起噩梦般的回忆：家人下葬后一个月，她回到公墓，看到的就是类似的场景。当时她给家人的坟墓换上了新鲜的花，走到那小墓地的后面，想振作一下精神，却惊恐地发现，在石墙和墓地后面树林之间的斜坡上，堆满了一片片正在腐烂的花朵。垂死的花味道十分难闻，让她想到了母亲、父亲和弟弟被埋在地底下也会是这样的遭遇，逐渐腐烂消失。

罗西匆忙把目光从花瓣上移开，但那毫无生机的菜地给她的初印象也好不到哪里去：其中一排蔬菜上仿佛全是血。她擦去眼睛里的水，定睛再看了看，才松了口气。不是血，是西红柿。大约二十英尺长的一排西红柿，全都倒下了，正在腐烂。

罗西。

这次不是神庙，是诺曼的声音，就在她身后。她突然发现能闻到诺曼的古龙香水味。她想，所有她认识的男人都喷英伦皮革古龙香水，要么就什么都不喷，她感到背后窜上一股冰冷的寒意。

他在她身后。

近在咫尺。

正向她伸出手。

不。我不相信。即使我相信，我也不相信。

当然，这想法实在是太蠢了，蠢到至少能在《吉尼斯世界纪录》上留个小名，但不知何故，这却让她稳定下来。罗西缓缓地走着——她知道哪怕只加快一点点脚步，她就会完全失控——她走下三级石阶（甚至比神庙门口的石阶还要简陋很多），走进那堆废墟之中，她在心中给这里取了个名字，"公牛花园"。雨还在下，但很温柔，风也小了，仿佛轻声叹息。两排棕色并倾斜的玉米秆之间形成了一条过道，罗西沿着这条路走下去（她不可能光脚踩过那些腐烂的西红柿，这么做她会感觉它们在脚底爆裂），听着附近的河流冲刷过石头的咆哮。她越往前走，这咆哮声就越响，走出玉米地后，她看到那条河流从不到十五英尺的地方流过。两边的河岸都不高，目测小河只有十英尺左右宽，水位通常也很浅，但目前已经整个被倾盆大雨形成的径流吞没了。河面上只露出四块白色大石头的顶部，跨越了整个河宽，就像被晒得发白的乌龟壳。

河水是黑色的，焦油一般毫无光泽。她慢慢朝那条河走去，几乎没有意识到自己没拿东西的那只手正捏着自己的头发，把水拧出来。走近那条河时，她闻到水中涌出一股奇特的矿物气味，金属味很浓，却古怪地很吸引人。她突然很渴，非常渴，喉咙火烧火燎，如同炉底石。

不管你有多想，都别喝里面的水！千万别喝！

是的，她就是这么说的；她告诉罗西，即便只是在河水中弄湿了一根手指，她都会忘记一切，甚至自己的名字。但这很糟糕吗？仔细想想，这很糟糕吗？尤其她还可以忘掉诺曼，忘掉他和她还没完的可能性，忘掉他可能因为自己而杀了个人？

罗西咽了口唾沫，喉头"咔嗒"一声，口干舌燥，仿佛布满尘土。她再次在不知不觉之间伸手到身侧，一路抚摸上去，抚过乳房，抚过脖子，抹下一手掌的汗，再舔掉。这非但没有消解她的干渴，反而将这种感觉完全唤醒。河水流淌着，绕过那几块踏脚石，闪着湿乎乎的黑光，那拥有诡异吸引力的矿物味道仿佛弥漫了她的头脑。她很清楚河水的味道——淡而黏腻，像某种冰冷的糖浆——还会让奇异的盐分和不知名的溴化物充满喉咙与腹部。那是"失忆之土"的味道。这样她就再也不会想起普拉特夫人（除了双唇紫得像蓝莓，她整个人都惨白如雪）来到家门口，告知她的家人，她全部的家人，都在高速公路车祸中丧生；再也不会想起拿着铅笔的诺曼或拿着网球拍的诺曼；再也不会想起"小酒"门口的那个男人，或是把"女儿与姐妹"的女性称为"吃福利的拉拉"的那个胖女人；再也不会梦到坐在墙角，肾疼得想吐，一遍遍提醒自己如果要吐就要吐在围裙里。能忘了这些事就太好了。有些事情就应该被忘记，而有些事情——比如他用网球拍对她做的那些事——需要被忘记……只是大多数人从来没有忘记的机会，连在梦中也没有。

罗西浑身颤抖起来，她的双眼仿佛焊接在了奔流的河水上，那水仿佛透明的丝绸被遍染了光滑的黑色墨水；她的喉咙里仿佛燃烧着一场森林大火，双眼在眼眶里剧烈跳动，她仿佛看到自己全身趴伏在地面上，把整个头伸进那片黑色，像马一样猛喝水。

你也会忘了比尔，"现实理智女士"低语道，语气中几乎带着歉意，你会忘记他眼底那抹绿，还有他耳垂上那道小小的疤痕。这些日子有些事还是值得铭记的，罗西。你自己也知道，对吧？

罗西不再犹豫（她觉得，要是再等下去，即便想到比尔，也救不了自己了），踏上了第一块石头，手伸展开以保持平衡。裹成一团的睡衣不断滴落着染红的水滴，她能感觉到包在里面的石头，仿佛桃核。她左脚踏上石头，右脚还在岸上，鼓起全部勇气，抬起后面那只脚，踏上前面那块石头。到目前为止，平安无恙。她抬起左脚，跨到第三块石头上。这一次，她略微有点失去平衡，往右边踉跄了一下，挥舞着左手保持平衡，而这怪异的河水一直哗啦哗啦，声音填满了她的耳朵。对岸似乎没有最初看起来那么近，不一会儿，她站在了河面最中间的那块石头上，耳朵里响起自己的心跳，"咚咚咚咚"，很强烈。

罗西担心犹豫太久会冻僵，踏上了最后一块石头，再走上了枯草丛生的远岸。只不过向那荒木丛林走了三步，她就发现，干渴已经过去，如噩梦已醒。

仿佛在过去某个时刻，有巨人被活埋在此处，他们想要自己挣扎出来，结果就这样死去。这些树就是他们只剩骨架的手，徒劳地伸向天空，默默地诉说着这场杀戮。枯死的树枝交错在一起，在天空的映衬下形成奇异的几何图案。一条小路通向枯林深处。路口守着一个石头男孩，有着巨大的勃起的阴茎。他的双手笔直地举过头顶，像比赛时示意加分的手势。罗西经过时，那双没有瞳孔的石头眼睛朝她转了转。她很确定。

嘿，宝贝！在她的头脑中，石头男孩突然喊了起来，想不想躺下？

她向后退去，自己也举起双手，做着驱赶的手势，但石像又变成最初那个普普通通的石头男孩（如果他可能在刚才的一瞬间变成了别的什么东西）。水从他那大得可笑的阴茎上滴落下来。你能一直勃起，罗西想，看着石头男孩没有瞳孔的眼睛和不知何故显得过于世故的微笑（刚才他也在笑吗？罗西努力回忆，却想不起来了），诺曼该多么嫉妒你啊。

她匆匆走过石像，沿着通往枯树林的小路走去，她一边克制住内心的冲动，没有回头去确认那石像没有跟着她，一边又随时准备好拿怀里那块石头反击。她不敢回头。她怕自己因为过度紧张，即便石像并不在背后，她也会看到它的幻影。

雨势更弱了，变成稀疏的细雨。罗西突然意识到已经听不到那个婴儿的哭声了。也许是睡着了。也许公牛厄里倪斯听得不耐烦了，把婴儿当开胃小菜一口吞了。不管是怎么回事，要是孩子不哭，她又怎么找呢？

事情要一件一件地做，罗西，"现实理智女士"低语道。

"你倒是说得容易。"罗西嘟囔道。

她继续往前走，听着雨水从枯树上滴落，并（不情愿地）意识到她能在树皮上看到人脸。这跟躺着看云不一样，那样的时候你百分之九十都要靠想象力。树皮上这些是真正的脸，尖叫的脸。罗西感觉大部分都是女人的脸，那些曾被"近一点"交谈过的女人。

走了一小段路后，她转过一个弯，发现一棵倒下的树挡了路，这棵树显然是在暴风雨最猛烈之时被闪电击中的。树的一侧被劈成了碎片，黑乎乎的。这一侧的几根树枝还在冒着阴火，就像没有彻底浇灭的篝火余烬。罗西不敢爬过去，爆裂的树干上到处都是凹沟、碎片和木块。

她准备从右边绕过去，那是树根撕裂地面的地方。她已经走了大半程，快要回到小路上了，一条根须突然抽搐而起，颤动着，像一条周身布满灰尘的棕蛇，攀到她的大腿上。

嘿，宝贝！要不要来啊，你这个贱人？

这声音从不久之前还伫立着那棵树的地洞中传来，这洞已经斑驳干死了。大腿上的根须攀得更高了。

想趴在地上吗，罗西？听着不错吧？我来做你的"后门男"，把你像烤奶酪三明治一样吞了。要么你更愿意吸我感染了艾滋病的——

"放开我。"罗西低声说，把揉成一团的睡衣压在攀着她的根须上。根须松开了，并且马上退却。她匆匆绕过这棵倒掉的树，重新走上了小路。那根须攀得很用力，在她大腿上留下了一个红圈，但这个印迹很快就消失了。她想，自己本应该被刚才的事情吓倒，也许这本来就是要吓倒她。如果真的是这样，那并没有作用。

她应该被刚刚发生的事情吓坏了，也许有什么东西想让她吓坏了。如果是这样的话，它没有发挥作用。她认为，对一个与诺曼·丹尼尔斯生活了十四年的人来说，总的来说，这些都是大打折扣的恐怖场景了。

7

又走了五分钟，她来到小路的尽头，到达一片正圆形的空地，里面有这无垠荒凉中唯一的活物。罗西这辈子还没见过如此美丽的树，有好一会儿她完全忘记了呼吸。她曾是奥布里维尔卫理公会"小家伙"主日学校的忠实信徒，现在她想起了伊甸园里亚当和夏娃的故事，想着如果那园子中真的伫立着一棵能知善恶的树，那一定和眼前这棵树一模一样。

树上密密麻麻地长着狭长的绿叶，枝头挂满了沉甸甸的紫红色果实。树的周围有很多掉落的果实，小堆小堆的呈茜草玫瑰红色，与罗西没敢看的那个女人穿的托加袍的颜色完全一致。许多果实仍然新鲜而丰满，可能是在刚刚过去的暴风雨中被打下来的。即使那些已经腐烂的果实，看样子也甜到几乎不堪忍受。一想到要拿起这些果实，深深地咬上一口，罗西的嘴就愉快地抽动起来。她觉得果子的味道会既酸又甜，就像清晨采摘的大黄，或者在全熟的前一天从树丛中摘下的覆盆子。她看着这棵树，有个果子（罗西觉得这果子一点也不像石榴，两者之间区别大得和果子和书桌抽屉的区别一样）从一根不堪重负的树枝上掉下来，砸在地上，裂开了，露出一褶褶茜草玫瑰红的果肉。汁液涓涓，罗西看到了其中的种子。

罗西朝树的方向走了一步，又停了下来。她仿佛一直在两极之间来回摇摆：她的头脑认为这一切必定是个梦，而身体又以同样的坚决断言这不可能是个梦，地球上没人做过这么真实的梦。现在，她就像一根困惑的罗盘针，在一个矿藏过多的地方卡住了，她充满迟疑地往回走，朝"是梦"的这个理论走近了一些。树的左边看上去像是个地铁入口。宽阔的白色台阶通向一片黑暗。上面有个雪花石膏基座，上面只刻着一个词：**迷宫**。

说真的，这太过分了，罗西心想，但还是向那棵树走去。如果真的是个梦，按照指示做也无妨，甚至可能加快进程，让她最终在自己床上醒来，摸索着闹钟，想在闹铃声把自己的头劈裂之前让它自以为是的喊叫声安静下来。这次她将多么愿意听到闹钟的喊叫啊。她很冷，双脚很脏，被一个根须摸索攀爬过，被石头男孩色眯眯地注视过；而在正常的世界里，这个男孩还太小，根本不知道自己究竟在看什么。最重要的是，她觉得如果不尽快回到房间，她很可能会得一场严重的感冒，甚至可能患上支气管炎。这会让她周六的约会彻底泡汤，下周一整周她都没法进录音室了。

她竟然相信梦中的旅行会让人真的生病，但罗西并不觉得这很荒谬，她跪在那个刚刚落下的果实边，仔细打量，又幻想起它的味道（"大太"超市[1]的农产品货架上绝对找不到这种味道的果子，这是肯定的），然后展开睡衣的一角。她撕下一大块，想得到一块方布，结果比她预期的要好。她把那块布铺在地上，开始从地上捡起种子，每一粒都放在那块布上，她打算用这布装上种子带走。

这个计划很不错，她心想，只要我知道为什么要带它们走。

她的指尖立刻就麻木了，仿佛被注满了奴佛卡因[2]。与此同时，最美妙的香气充满了她的鼻腔。很香甜，但又不像花香，让罗西想到了奶奶炉灶上的馅饼、蛋糕和饼干。也让她想到了别的，一些非常遥远的事物，比如威克斯奶奶的厨房里的褪色油毡，还有"柯艾"公司的印刷图片[3]；还有和比尔走回科恩大厦的路上，她和他的髋部偶尔擦过时她心里的感觉。

方块布上已经有了两打种子，罗西有些犹疑，又耸耸肩，再加上两打。这样够了吗？她怎么会知道，她根本不知道这些种子是用来干什么的。与此同时，她最好还是赶紧行动。又能听到那婴儿的声音了，但只是一种弱弱的呜咽——好像这婴儿要放弃了，或是要睡着了。

她把那块湿布叠起来，把边缘塞进去，形成一个小小的信封，这让她想起爸爸在每年冬天的尾巴上从伯比公司拿来的种子包，那时她还常去"小家伙"主日学校。她现在已经习惯了自己的一丝不挂，所以不会感到羞耻，只是有点生气：有个口袋就好了。好吧，如果你想要

---

1. "大太"超市（A&P），全称是"大西洋和太平洋食品公司"（the Great Atlantic and Pacific Tea Company），美国老牌超市品牌。
2. 一种局部麻醉剂。
3. 柯艾，全称是柯里尔与艾夫斯（Currier & Ives），1857年至1907年经营的一家美国平版印刷公司。该公司印刷美国生活图片和政治卡通海报，用简洁的手法精确描绘时下发生的重大事件。

的是猪，那得到的可能总是培根——

已经染成茜草玫瑰红的手指，就快要伸进嘴里了，千钧一发时，她内心的"现实理智"部分醒悟过来她要做什么，于是猛地把手指移开，内心狂跳，那种又甜又酸的气味弥漫了整个头脑。不要尝那些果实，"温迪"告诫过她，千万不要尝那些果实，就连碰了种子的手指也别放进嘴里！

这个地方全是陷阱。

她站起身来，看着自己被染色的刺痛的手指，仿佛以前从未看过。她往后退去，远离那棵树，树的周围是一圈掉落的果实与散落的种子。

这不是善恶之树，罗西心想，也不是生命之树。我觉得这是死亡之树。

一阵清风从她身边拂过，在石榴树狭长而光滑的叶间沙沙作响，上百片叶子仿佛都以含着讽刺意味的轻声低语喊起了她的名字：罗西——罗西——罗西！

她又跪了下来，希望能找到没有枯死的草，但没找到。她放下装着石头的睡衣，把那包小种子放在上面，抓起一大把湿漉漉的枯草。她把摸过种子的那只手尽可能地擦干净。茜草玫瑰红的印迹淡了些，但没有完全消失，指甲盖里的颜色依旧很鲜艳。仿佛在看着一个用什么都不能完全洗掉的胎记。与此同时，婴儿的哭声也越来越频繁了。

"行吧，"罗西喃喃自语着站了起来，"只要别把你那该死的手指伸进嘴里就行。只要这样就没事！"

她走到通往白石以下地界的楼梯口，在那里站了一会儿，对眼前的黑暗深感恐惧，又努力让自己鼓起勇气去面对。她觉得这块刻有"迷宫"二字的雪花石膏已经不像一个基座了，而是一块放在道路尽头的标志，另一边就是一个狭长而开敞的坟墓。

不过，婴儿就在下面呜咽着，仿佛很久没人来哄，于是准备自己尽量照顾好自己。恰恰是这自我安慰的孤独之声最终促使罗西迈开了脚。不该有婴儿在这么一个死寂之地自己哭着入睡。

罗西边往下走边数着台阶数。数到七的时候她经过了悬垂的巨石。数到十四的时候她回了下头,看到身后的白色矩形光门已经越来越远;等她再度面向前方,那个形状仿佛一个明亮的鬼魂,晃动在她眼前无边的黑暗之中。她越下越深,赤脚啪啪地踩在石阶上。她不会再说服自己逃离此刻充盈内心的恐惧,也不会说服自己去克服它。就算是一直心怀恐惧的生活,她也能过得好。

五十级。七十五级。一百级。到第一百二十五级时,她停下了,发现自己又能看清眼前的东西了。

真是疯了,她心想,完全是想象,罗西,就这么简单。

但的确不是想象。她慢慢伸出一只手去摸脸。那只手和拿在其中的那一小包种子发出了黯淡的绿光,像是某种巫术。她举起另一只手,这只拿着撕下来的睡衣残片,里面放着那块石头。她确实能看到了,是的。她先把头转向一边,再转向另一边。楼梯两侧的墙壁发出一种微弱的绿光。黑影在其中懒洋洋地升起来,扭曲着,好像这墙壁其实是水族馆里那些玻璃墙,里面漂着扭曲的死物。

停下,罗西! 不要这么想!

但她阻止不了自己。不管是不是梦,她已经感到恐慌的逼近,很快就要不顾一切地逃走了。

那就别看了!

好主意,特别好的主意。罗西的目光投向自己的双脚,如同透过X光看到的黯淡鬼影。她继续往下走,数数的声音变得低如耳语。越往下,绿光就变得越亮,数到第二百二十,最后一级台阶,她就像站在一个用低流的绿色滤光板照明的舞台上。她抬头看,努力让自己为可能看到的东西做好心理准备。这下面的空气在流动,很潮湿,但足够新鲜……不过空气中也流动着一种她不太喜欢的气味。是动物园的气味,仿佛有什么野生动物被关在这下面的围栏中。当然这野生动物就是：公牛厄里倪斯。

前面有三堵石墙，相互独立，没有支撑，侧面对着她，往阴暗处延伸。每面墙大约有十二英尺高，高得她没法越过墙头看那边有什么。三面墙都发着沉闷的绿光，罗西紧张地审视着它们构成的四条狭窄通道。选哪一条呢？前面很远的某个地方，婴儿还在呜咽……但那声音正在不由分说地消逝。就像在听一台收音机，而音量正被谁缓慢却稳定地调低。

"哭啊！"罗西吼道。接着又畏缩了，因为她只听到自己的回声："啊……啊……啊！"

毫无回音。四条通道——迷宫的四个入口——无声地瞪视着她，仿佛竖长狭窄的嘴，带着一模一样大惊小怪的表情。罗西看到，右起第二个通道内不远处有一堆黑色的东西。

你当然知道是什么了，她心想，听诺曼、哈利和他们那群朋友讲了整整十四年，你看到那鬼东西的时候还不知道是什么，那就太蠢了。

这种想法和随之而来的回忆（回忆那些男人坐在娱乐室里，谈着他们的工作，喝着啤酒，谈工作，抽着烟，还是谈工作，讲着黑鬼、西班牙裔和墨西哥裔们的笑话，接着谈工作）让她愤怒起来。罗西没有去否认这种情绪，而是违背了大半辈子的自我训练，积极地欢迎这种情绪。这种愤怒让她感觉挺好的，任何情绪都要好过恐惧。小时候，她曾在操场上发出过真正的尖叫怒吼，那种高亢、钻心的叫喊能震碎窗玻璃，几乎能撕裂眼球。到十岁左右，她就因为遭到责骂而羞于这样喊叫了；大家都告诉她这样很不淑女，而且对大脑有害。此刻，罗西决定试试，这是否还是自己的保留节目。她把这属于地下世界的潮湿空气吸进肺里，一直吸到最底部，闭上眼睛，回忆起在榆树街学校后面玩夺旗游戏，在比利·卡尔霍恩家丛林密布的后院里玩"红色漫游者"和"得州游侠"。有那么一瞬间，她觉得几乎能闻到自己最喜欢的法兰绒衬衫那安抚人心的芳香；那件衬衫她一直穿到差不多完全坏掉为止，然后她把嘴唇向后一张，发出很久以前那种真假音变换的大声哀号。

从嘴里发出的声音就像以前一样，这让她很高兴，几乎可以说欣喜若狂，但还有比这更开心的事情：这让她感觉回到了过去，像神奇女侠、女超人和神枪手安妮·奥克利合体了。而且，她感觉这尖叫对别人的影响也仍然和以前一样。她朝石壁组成的黑暗中发出学校操场上如作战般的号叫，甚至还没喊完，婴儿就又哭了起来，其实可以说是在用最大的声音尖叫了。

好了，赶快吧，罗西，你必须快点。要是她真的累了，这样的音量她可保持不了多久。

罗西向前走了几步，打量着四个迷宫的入口，然后从每个入口处走过，仔细倾听。婴儿的哭声好像从第三个通道传出来得更响亮一些。这可能不过是想象，但至少能从这里开始。她迈步走入第三个通道，一双赤脚拍打着石头地面，突然又停下来，她歪着头，牙齿咬着下嘴唇。那过去的号叫似乎还惊动了婴儿之外的东西。在这里的某个地方——因为有回音，所以没法估测有多近或多远——有蹄子在岩石上跑动。是大步的慢跑，懒洋洋的，似乎越来越近，然后渐渐消失，接着又越来越近，然后（不知为何，这比蹄声本身更令人害怕）完全停止了。她听到低沉、湿润的鼻息声。随后是更低沉的咕噜声。接着就只剩下婴儿的声音了，她的号哭已经再次开始减弱。

罗西发现自己能充分想象那头公牛的样子，那是一只巨大的动物，兽皮上刚毛直立，厚厚的黑色肩膀狰狞地拱着，高过了垂下的头。当然，它的鼻子上会穿着一个金环，就像她童年时在神话书中看到的牛头怪弥诺陶洛斯一样，墙壁上渗出的绿光会在金环上反射出星星点点的液态光。此时，厄里倪斯正安静地站在前面的某一条通道里，角朝前方，听着她的动静，等着她的到来。

她走在发着微光的通道上，一只手沿途撑着墙壁，听着婴儿和公牛的响动。她也一直在注意有没有粪便之类的东西，但没有看到。反正现在还没有。走了三分钟左右，她所在的通道变成了一个T字路口。似乎左边传来的婴儿声稍大一些（她又想，或者只是因为我有优势耳，来配合我的优势手呢），于是她转向那个方向，但只走了两步就突然停了下来。她一下子明白了这些种子的作用：她就是这地下世界的格蕾特，还没有哥哥来分担恐惧[1]。她回到T字路口，跪下来，展开了包裹的一面。她把一颗种子放在地上，尖端指向来时的方向。她认真想了想，至少这里没有鸟儿把她的记号吃掉。

罗西站了起来，继续往前走，走了五步，来到一个新的通道。她往前探看了一番，看到通道在不远处分了三个岔道。她选了中间那条，用一颗石榴子做了标记。她又走了三十步，转了两次弯，通道戛然而止，面前是一堵石墙。

罗西回到三岔路口，弯腰捡起种子，把它放在另一条通道的起头处。

8

也不知究竟花了多长时间，她才以这种方式找到了迷宫的中心；因为时间很快就失去了所有意义。她知道不可能过了特别久，因为婴儿还一直在哭……尽管罗西真正接近时，哭声已经断断续续了。她两次听到公牛蹄在石板上发出咚咚的闷响，一次在远处，一次离得很近，惊得她猛然停下，双手紧握在胸前，等着它出现在自己所在的通道

1.这个典故出自《汉塞尔与格蕾特》（*Hansel and Gretel*），讲了一对兄妹汉塞尔与格蕾特的故事。他们家里穷，继母想把兄妹俩扔在森林里。第一次，汉塞尔在路上留下了小石子做记号，得以回家。第二次，他用面包屑做记号，却被鸟儿吃了。兄妹两人在森林里迷了路，遇到女巫，女巫想吃了他们。格蕾特凭借自己的聪明才智将女巫推进火炉，两人逃回了家。回到家后，他们发现继母已经死了，他们后来和父亲一起幸福地生活。

那头。

如果必须走回头路，她总会把留在最后一个路口的那颗种子捡起来，这样从一条通道往回走出去的时候就不会混乱了。一开始她手里差不多有五十颗种子，等她最终走到一个拐角处，观察到前方有亮得多的绿光时，手里只剩下三颗了。

她走到这条通道的尽头，站在路口往里看，面前是个方方正正的房间，铺着石头地板。她迅速抬头看了一眼，想看看屋顶什么样，但只有一片幽暗深邃的黑暗，令她头晕目眩。她又低头看地面，发现有大块的粪便散落在地上，她的注意力就转移到房间的中央，那里铺着一堆毯子，毯子上躺着一个胖乎乎的金发婴儿。她的眼睛都哭肿了，双颊被泪水打湿；但她已经又安静下来，至少暂时是这样。她把双脚举起，像是想检查下自己的脚趾。她不时会发出一声小小的喘息，水汪汪的感觉，像是抽泣。这样的声音让罗西心中大为震动，是之前婴儿撕心裂肺的哭喊没能达到的效果。听这声音，好像这个婴儿多多少少明白自己已经被抛弃了。

把我的孩子带给我。

谁的孩子？她究竟是谁啊？是谁把这孩子带到这儿来的？

她决定不去在意这些问题的答案，至少现在不去在意。孩子躺在那里就够了，她是那样可爱，那样孤独，在迷宫中心阴冷的绿光当中，试图用自己的脚趾安抚自己。

那光对她肯定不好，罗西心烦意乱地想，匆匆走向房间的中心，肯定有某种辐射。

婴儿转过头来，看到了罗西，向她举起了手臂。这个动作彻底俘获了罗西的心。她用这堆毯子最上面的一条包住婴儿的胸和肚子，把她抱起来。婴儿看起来差不多三个月大。她伸出胳膊搂着罗西的脖子，头——咚的一声！——猛然垂落在罗西肩膀。她又啜泣起来，但声音很弱。

"没事的。"罗西轻拍着毯子里裹着的婴儿那小小的背。她能闻到这婴儿皮肤的味道，比任何香水都要温暖和甜美。她把鼻子贴在孩子细软的发间，这些头发仿佛飘浮在那完美的小头骨周围。"没事了，卡罗琳，一切都很好，我们会离开这个讨厌的老……"

她听到身后传来咚咚的蹄声，于是闭上嘴，祈祷公牛没有听到她这个外来者的声音，祈祷蹄声会转向，慢慢变小，厄里倪斯会选择别的某条路，离她越来越远。这次她没能如愿。蹄声越来越近，也越来越刺耳，公牛在逼近。这声音停了下来，但她能听到某种庞然大物在用力地呼吸，就像刚爬完楼梯的大块头。

罗西感到自己很苍老，全身都僵硬了，她怀抱着婴儿慢慢地朝那声音转过身去。她朝厄里倪斯的方向转身了，而厄里倪斯就在那里。

那头公牛只要闻到我的味道就会跑过来。红袍女人这样跟罗西说过……她还说了别的。它是冲着我来的，但我俩都会被杀死。厄里倪斯闻到她的味道了吗？即便她没有出现在这里，公牛还是闻到她了吗？罗西觉得没有。她认为公牛的职责是看守这个婴儿——也许是迷宫中心有什么，它就看守什么——它是被婴儿的哭声引来的，和罗西一样。也许这很重要，也许又并不重要。无论如何，公牛就在这里，它是罗西这辈子见过的最丑陋的野兽。

公牛站在刚刚跑过的通道口上，不知何故，它的形状和罗西穿过的庙宇一样不稳定——她感觉自己和公牛之间仿佛隔着清澈而湍急的水流。然而，至少在这一刻，公牛本身是完全静止的。它低着头。一只巨大的前蹄，中间的分叉很深，样子如同巨大的鸟爪，不安地踢蹬着地面的石板。罗西的身高大约是5.6英尺，而它的肩膀至少比罗西高出了4英寸。她猜它体重至少两吨。垂着的牛头，顶部平得像一把锤子，又像丝绸一样闪着光泽。它的角很粗，长度不超过一英尺，但尖利而粗大。罗西不难想象，如果她想跑，这两只角能多么轻而易举地戳进她赤裸的腹部……或者背部。然而，她想象不出这样死去会是什么感觉。即便与诺曼共同生活了这么多年，她依然无法想象。

公牛微微抬起头，她看到它的确只有一只眼睛，有一个薄膜一样的蓝色东西，巨大而怪异，在它口鼻的正上方。它又低下头，开始不安地用蹄子踢蹬石板，她明白了另一件事：它就要扑上来了。

婴儿发出了一声刺耳的号叫，几乎是直接灌入罗西的耳中，她惊得跳了起来。

"嘘，"她晃动着怀里的孩子，"嘘——宝宝，不怕，不怕。"

但她很怕，特别特别怕。公牛就站在那边，站在狭窄的通道里，它会将她开膛破肚，掏空她的内脏来装饰这些发着光的奇异墙壁。她想自己的内脏在绿光的衬托下会呈现黑色，就像那些偶尔在石头深处看到的扭曲形状。在这迷宫中心的房间里，没有任何地方可供躲藏，连一根柱子都没有，如果她跑向来时的通道，这头独眼的公牛会听到她在石板上的脚步声，她还没跑到一半就会被拦下——它会用角把她戳得血流如注，把她甩到墙上，再狠狠戳她，再把她踩死。要是她能一直把婴儿抱在怀里，那婴儿也会被这样弄死。

就连那只眼睛都是瞎的，但它的嗅觉没有任何问题。

罗西站在那儿，瞪大眼睛望着这头牛，入神地看着那敲打地面的前蹄。等它终于停止敲击时——

她低头看看手中那团湿乎乎、皱巴巴的睡衣。这破布中间裹着一块石头。

它的嗅觉没有任何问题。

罗西单膝跪地，眼睛盯着公牛，右手抱着孩子，让她靠在自己肩上。她用左手打开睡衣。裹着石头的这片布原本是暗红色的，浸满了"温迪·亚罗"的血，但刚才的大雨已经把血冲走了很多，现在这块布呈现暗粉色。只有她打结的两端还稍微鲜艳些——就是茜草玫瑰红的颜色。

罗西把石头握在左手，感觉沉甸甸的。公牛一拱起背，她就把石头往下一压，沿着地面石板朝公牛左边扔了过去。牛头用力地朝那边甩去，鼻翼颤动着，朝同时听到和闻到的东西冲去。

转瞬之间，罗西重新站了起来，她把皱巴巴的睡衣残片放在婴儿原本躺的那堆毯子旁边。她还握着装有最后三颗石榴子的小包裹，但她没有在意。她集中全部注意力，冲过房间，冲向自己选定的那条通道，她身后的厄里倪斯冲向了石头，扬起一蹄把它踢飞，又追了上去，用扁锤一样的头顶碰了碰它，把它打飞到另外一条通道上，又追了上去，喉头发出粗重的咕哝声。罗西在冲刺，的确在冲刺，却是慢动作的冲刺，现在这一切又好像是一场梦了，因为人在梦中总是这样跑的，尤其是在噩梦之中，恶魔总是只落后你两步。噩梦中的逃跑就像水下芭蕾。

她冲进狭窄的通道，正听到蹄声隆隆，又离她越来越近，来得很快，让她觉得难以承受。蹄声逼近，罗西尖叫起来，把因为受惊而号叫起来的婴儿紧紧抱在胸前，拼命地跑。没用。公牛跑得更快。它超过了她……然后从她右边那堵墙的另一端跑过。厄里倪斯及时发现了她的石头诡计，回头赶上了她，却选了她旁边那条错误的通道。

罗西匆匆赶路，喘着粗气，口干舌燥，太阳穴、喉咙和眼球都能感受到心脏剧烈跳动的节奏。她完全不知道自己身处何方，也不知道在往哪个方向跑。现在要全靠那些种子了。即便忘了哪怕是一颗种子，她都可能在这里徘徊几个小时，直到最终，公牛找到她，冲上来扑倒她。

她跑到一个五岔路口，低下头，没有看到种子，但的确看到了一粒闪着微光、散发着芳香的牛粪，这让她产生了一个似乎特别合理的想法。假设确实曾有一颗种子在这里呢？她不记得自己在这里放了一颗种子，这没错，所以这里没有种子本身并不意味着什么。但她也不记得自己没有在这里放过。假设她放了，假设那头牛低头飞快地跑过这个岔路口，短短的尖角在空中划过，边跑边喷尿时，蹄子把种子带走了呢？

你不能这么想，罗西——不管合不合理，你都不能这么想。这样你就会被困住，最终这公牛会将你俩都杀死。

她冲过岔路口，一只手扶住孩子的脖子，这样她的头就不会来回晃动。这条通道有二十码的直路，接着拐了个直角，又是二十码，来到一个T字路口。她匆忙走到路口，告诉自己如果没有看见种子，就不要东想西想了。如果真的没有，她只需重新回到五岔路口，尝试另一条通道，易如反掌，简单至极，毫无难度……如果她保持清醒的话。她为自己做这些心理准备时，脑海深处还有一个陌生而惊恐的声音在悲叹：迷失，这就是你离开丈夫的下场，这就是一切的结果，在迷宫中迷失，在黑暗中与一头公牛捉迷藏，为疯女人跑腿……这就是糟糕妻子们的下场，那些忘乎所以的僭越的妻子。迷失在黑暗中……

她看到了那颗种子，尖端清楚明了地指向右边的岔路，她松了口气，啜泣不已。罗西亲吻了婴儿的脸颊，发现她又睡着了。

9

罗西走上了右边那条路，怀里抱着卡罗琳——这肯定是个很好的名字。她始终没有摆脱那种噩梦般的飘浮感，也总是担心最终会碰到一个忘记用种子标记的路口，但在每个需要选路的地方，种子都在那里。然而，厄里倪斯也在，牛蹄踩在石头上发出咚咚的闷响，有时很远，很低沉；有时很近，强烈得可怕。这蹄声让她想起五六岁时和父母去纽约的经历。她对那次旅行印象最深的两件事是：火箭女郎们在无线电城音乐厅的舞台上表演高踢腿，腿部动作完全整齐划一；中央车站令人生畏的喧嚣和混乱，那种种回声，巨大的标志灯牌，如潮的人流。中央车站的人们和火箭女郎一样让她着迷（而且也有很多相同的原因，尽管她是后来才想清楚这一点的），但火车的声音把她吓坏了，因为你说不出它们从哪里来，要到哪里去。那些空洞的尖鸣和隆隆声忽高忽低，忽大忽小，有时很遥远，有时仿佛能震动脚下的地板。听着瞎眼公牛厄里倪斯在迷宫中四处奔扑，罗西的那段记忆逐渐清晰得惊人。她明白，自己从来没花一个子买过彩票，也没为了赢得一只火鸡或一套玻璃器皿买过一张宾果卡，现在却奔跑在一场赌局当中，赢了就能活下来，如果输了赌金就是她的死亡……还有婴儿的死亡。她想到码头站的那个男人，长着一张靠不住的帅脸，在行李箱上放着"三牌赌一张"。现在她自己就是那黑桃A。冷酷的事实是，公牛不一定需要靠听觉或嗅觉来找到他们；说不定走了狗屎运，就撞上她俩了。

但没有发生这样的事。罗西来到最后一个拐角，看到了楼梯。她喘着粗气，哭着，笑着，匆匆跑出通道，跑向楼梯。她爬上六级台阶，转头看过去，看到迷宫蜿蜒伸展，一片晦暗，是由转弯、岔路和不知所终的小路组成的，充满各种各样的直角偏角。在右边很远的某处，她能听到厄里倪斯的奔跑声。奔腾而去。她们安全了，罗西松了口气，双肩顿时松垮下来。

"温迪"的声音在她脑中响起：别想这些了——快带着孩子回到这上面来。你做得很好，但事还没完。

是的，当然还没完。她还要爬两百多级台阶，这次怀里还抱了个孩子，而且她已经筋疲力尽了。

一步一步地来，亲爱的，"现实理智女士"说话了，只能这么做，一次上一级。

好的，好的，"现实理智女士"，"十二步法则"的女王。

罗西开始往上爬（一次一级），不时转头去看看，脑子里产生了一个朦胧的想法：

公牛能爬楼梯吗？

真是可怕的想法。迷宫在她身后越来越远。怀里的婴儿越来越重，好像有什么奇怪的数学定律在这里生效：越接近地面，孩子越重。她

254

能看到前头上方的光亮，像一颗小星星，于是双眼盯牢这点光。有那么一会儿，那光点似乎在嘲弄她白费工夫，因为她呼吸越来越急促，血气直冲太阳穴，却好像一点也没接近。她的肾已经两个星期没痛了，现在又痛起来，闷闷地耸动着，让她已经十分劳累的心脏又多了一点负担。这些她都不管了——尽量不去管——双眼只管盯牢那点"星"光。终于，光点扩大了，逐渐呈现出楼梯顶端出口的形状。

离出口只剩五级台阶了，她右边大腿的肌肉突然一阵痉挛，让她几乎麻痹，膝盖窝一直到右臀的肌肉几乎都动不了了。她伸手去按腿，仿佛摸着一块石头。她轻轻地呻吟着，嘴角因为疼痛而向下撇着；她慢慢按摩揉捏着那些肌肉（结婚那么多年，她也经常为自己做这件事），直到都按松了。她弯了弯那条腿的膝盖，看看还会不会抽筋。没有再抽，她便小心翼翼地爬上最后几级台阶，边走边注意着那条腿。走到楼梯口，她站定了，四下张望，眼神迷茫，仿佛一个矿工，在一场可怕的塌方中出乎意料地活了下来。

她在地下历险期间，云层已经翻卷而去，现在处处都是朦胧的夏日天光。空气沉重而潮湿，但罗西觉得自己这辈子都没呼吸过如此甜美的空气。她转过那被汗水和泪水浸透的脸，感激地看着还未散开的云中那黯淡的牛仔蓝。远处的某个地方，雷声还在恶狠狠地轰隆着，就像被打败的恶霸在发出徒劳的威胁。这让她想到厄里倪斯，正在地下的黑暗中奔跑，还在寻找那个侵入它地盘，偷走它宝贝的女人。找那个女人[1]，罗西带着一丝微笑想，你想怎么找就怎么找吧，大块头。这个女人——还有她的小女儿——已经离开了。

1.原文是法语"Cherchez la femme"，直译就是"寻找那个女人"，意译是"还是老问题"。但这句话的原始意译很有性别歧视的味道，指的是男人的所有问题的根源都是女人，大约相当于中文里的"红颜祸水"。

10

罗西缓缓地从楼梯口走开。在返回枯树林的小路口，她坐了下来，把孩子放在膝上。她只想稍微喘口气，但朦胧的阳光温暖地照在背上，当再次抬起头时，她看到影子发生了一些轻微的变化，认识到自己可能打了个小盹。

她站起来，右大腿的肌肉又是一阵疼痛，痛得她龇牙咧嘴。她听到很多鸟儿刺耳尖厉的叫声，仿佛在争吵——像是大家庭在吃周日晚餐时发生了激烈的口角。罗西把怀里的婴儿调整到一个更舒服的位置，婴儿紧闭的嘴唇间吐出一个小小的口水泡，又没有声音了。罗西被逗笑了，同时对她这平和而放心的沉睡深感羡慕。

她走上小路，又停下来回头看看那棵独活之树，叶子绿得发亮，挂满了致命的紫红色果实，还有那树附近如地铁口一般的入口，仿佛古老寓言中的场景。她久久地看着眼前的景象，让它们充满自己的双眼与头脑。

这是真的，她想，我能看得这么清楚，怎么可能不是真的呢？而且我打了个盹，真的打了盹。人怎么能在梦中入睡？你已经在睡觉了，怎么还能睡觉呢？

别想了，"现实理智女士"说，这是最好的选择，至少目前是这样。

是的，也许确实如此。

罗西又迈步走起来，等走到那棵拦路的倒树旁时，她又好气又好笑地发现，原来刚才根本不用那样千辛万苦地绕过这棵树：树顶就有一条捷径可走。

至少现在有了，她一边走过去一边想，你确定之前有这条路吗，罗西？

耳边响起了黑色河流的潺潺声，走到溪边时，她发现水位已经逐渐下降，踏脚石看起来不再那么危险，那么小了。现在它们看起来几乎有地砖那么大，而水的气味已经失去了那种不祥的吸引力，现在闻起来只像那种非常粗糙的水，会在浴缸和马桶周围留下一圈橙色的污迹。

鸟儿又吵闹起来——是你干的；不，不是我干的；就是你干的。她发现二三十只这辈子见过的最大的鸟儿沿着神庙的屋脊一字排开。它们太大了，不可能是乌鸦。过了一会儿，她认定它们是这个世界的秃鹰或秃鹫。但它们是从哪里来的？又为什么会在这里呢？

睡梦中的婴儿扭动着发出抗议，罗西才意识到自己在做什么；她在凝视鸟群的同时，把婴儿朝胸口抱得更紧了。所有鸟儿在同一时刻起飞了，拍打着翅膀，如同晾衣绳上的床单。它们好像看到了罗西在凝视它们，不太高兴。大部分鸟儿飞到她身后枯树的栖枝上，但仍有几只留在她头顶雾蒙蒙的天空中，像西部电影中预示坏兆头的东西一样盘旋着。

它们从哪里来？它们想要什么？

又是一些罗西给不出答案的问题。她把这些问题都抛到脑后，踏着石头过了河。在接近神庙的地方，她看到一条之前没注意到，但现在隐约可见的小路，绕过了庙宇的石质侧翼。没有丝毫思想斗争，罗西就走上了这条小路，尽管她一丝不挂，而且路两旁荆棘丛生。她走得很小心，侧着身子，防止髋部被划伤，她把婴儿（卡罗琳）抱得高高的，远离荆棘丛。虽然很小心，罗西还是被划到了，但只有一下——划过她出了点毛病的右大腿——深得划出了血。

走到神庙的拐角处，她抬头看了一眼，觉得这座建筑似乎发生了某种变化，而且是本质上的变化，一时拿不准究竟是什么。她看到"温迪"仍然站在那根倒柱旁边，罗西松了口气，暂时忘记了刚才的想法；但罗西朝红袍女人走了六步之后，又停下了，回过头去，对着那座建筑瞪大了眼睛，也敞开了心扉。

这次她马上就发现了变化之处，不禁惊讶地哼了一声。眼前的公

257

牛神庙变得毫无生气，很不真实，很……二维。罗西想到高中时读过的一句诗，什么画中船在画中海[1]之类的。神庙透视不对带来的奇怪与令人不安（或者说存在于某个不遵守欧几里得理论，一切几何定律都不同的宇宙中）的感觉已经消失了，建筑的危险感也随之消失。现在，凡是这种建筑在常识当中应该笔直的线条，都是笔直的，没有任何突然的弯折或凹凸来困扰视线。说句实话，现在这栋建筑就是一个资质平庸的艺术家结合了平平无奇的浪漫主义，创造出的一幅糟糕的画——这种画的最终下场，似乎都是在地下室的角落或阁楼的架子上积灰，与旧的《国家地理》杂志和一摞缺了一两块的拼图放在一起。

或者，也许可能出现在一家典当行少有人关注的第三条过道上。

"女人！就是你，女人！"

她回头看向"温迪"，后者正不耐烦地招手。

"快点把那孩子带过来！这可不是什么旅游景点！"

罗西没有理会她。她冒了生命危险才救下这孩子，可不想听谁的催促。她把毯子摊开，看到和自己一样赤裸的婴儿。然而，也就这点相似了。孩子身上没有伤疤，没有像被牙齿咬过的老式陷阱一样的印迹。罗西目之所及，在这可爱的小小身体上，连一颗痣都没有。她伸出一根手指，慢慢地抚过婴儿的整个身体，从突出的脚踝到圆圆的小屁股，再到肩头。完美。

是的，完美。而且你已经为她冒了生命危险，罗西，那下面一片黑暗，还有公牛，天知道还可能出现什么，你把她从中救了出来，你还打算把她交给这两个女人吗？她们好像都有某种病，山顶上那个也有精神问题，严重的精神问题。你打算把这孩子交给她们吗？

---

1. 出自英国浪漫主义代表诗人柯勒律治的《古舟子咏》(*The Rime of the Ancient Mariner*)，原句是"As idle as a painted ship, Upon a painted ocean."（就像一幅画中的航船，停在一幅画中的海面）。

"她不会有事的。"棕皮女人说。罗西转向声音传来的方向。"温迪·亚罗"已经站到了她的肩旁，用完全明白她心思的目光看着她。

　　"是啊。"她边说边点点头，仿佛罗西已经把内心的质疑说出了声，"我知道你在想什么，我告诉你，没关系的。她疯了，这一点毋庸置疑，但她的疯不会影响到孩子。她明白，虽然这孩子是她生的，却不属于她，正如也不属于你。"

　　罗西朝山上瞥了一眼，正好可以看到那个托加袍女人，她站在小马身边，等着回音。

　　"她叫什么名字？"罗西问，"孩子的妈妈？是不是——"

　　"不用问了。"棕皮红袍女迅速打断了她，似乎是为了防止罗西说出一些最好别说出口的话，"她的名字不重要。她的精神状态才重要。这几天她都很焦躁，这女人还有其他的困扰。我们最好赶快上去，别在这儿废话了。"

　　罗西说："我都想好要给我的宝宝取名叫卡罗琳。诺曼说我可以给她取名字，他其实根本不在乎取什么名字。"说着她哭了起来。

　　"我觉得这名字不错啊，是个好名字。你别哭了呀，好了。别哭了。"她伸出一只手轻轻搂住罗西的肩膀，两人向山上走去。草地轻轻地拂着罗西的裸腿，挠得膝盖痒痒。"你愿意听我个建议吗，女人？"

　　罗西好奇地看着她。

　　"我知道人很难听得进去关于悲痛事件的建议，但你应该想想，我挺有提建议的资格：我一出生就是奴隶，戴着铁链长大，被一个不算女神的女人赎回来，获得了自由。她。"她指指那个静静地站在山上看着，等待她们的女人，"她喝了不老之水，也让我喝了。现在我们就一起长生不老。我不知道她的想法，但我自己有时候照着镜子，也希望脸上能有皱纹。我埋葬了自己的孩子，还有孩子的孩子，以及这些孩子的孩子，一直到第五代。我见证了很多战争，开战，停战，就像沙滩上的波浪，滚滚而来，冲掉脚印，冲垮沙堆城堡。我见过燃烧的尸体，成百上千的人头被挑在卢德城¹街道上的杆子上，我见过明智的领导人被暗杀，蠢货们沐猴而冠，但我仍然活着。"

她深深叹了口气。

"我仍然活着。要真说有什么东西为我提供了提建议的资质，那就是这个了。你愿意听一听吗？快点回答。我可不想让她听到这建议。毕竟我们越来越近了。"

"愿意，告诉我吧。"罗西说。

"对过去最好无情一点。重要的不是我们挨的那些打，而是我们被打了仍然活了下来。现在，给我记住，即便不是为了保命，只是为了保持理智，也不要看她！"

最后这几个字，红袍女人加重了语气，但只是小声说出来的。不到一分钟后，罗西再次站在了金发女人面前。她紧紧盯着那件茜草玫瑰红托加袍的下摆，又忘记了她把孩子抱得太紧，直到卡罗琳在怀里扭动起来，愤愤地挥舞起一只手臂。孩子已经醒了，正天真而好奇地抬眼望着罗西。她的眼睛和头顶的夏日天空一样，都是朦胧的蓝色。

"你做得很好，非常好，"那个低沉而甜美的沙哑声音对她说，"我感谢你。现在把她交给我。"

罗丝·麦德伸出双手。手上有很多斑块。罗西看到了她更不喜欢的东西：在这女人的手指之间，生长着一种厚厚的灰绿色污泥，仿佛苔藓，又像鳞片。罗西想都没想，又把孩子抱紧了。这次孩子更使劲地扭动了一下，发出一声短促的哭喊。

一只棕色的手伸出来，捏了捏罗西的肩膀。"没事的，听我的话。她永远不会伤害孩子，而且在旅程结束之前，基本都是我来照顾孩子。不会太久的，然后她就会把孩子交给……嗯，这部分不重要。再过一段时间，这个孩子就是她的了。把孩子交给她，现在。"

1.这一典故出自斯蒂芬·金的小说《黑暗之塔 III：荒原的试炼》。卢德城曾经拥有极度发达的科技，却因为战争而逐渐没落。这座虚构的城市以纽约市为原型。

尽管已经过了充满困苦的半生，罗西仍然觉得这是这辈子最困难的事情，她把孩子交了出去。那布满斑块的手接过她，传来一声满意的轻声咕哝。孩子抬眼看着罗西不被允许看的那张脸……笑了起来。

"是啊，是啊。"那甜美而沙哑的声音轻柔地低喊着，这声音里有什么东西很像诺曼的微笑，让罗西想要尖叫，"是啊，宝贝，下面很黑，是吧？很黑，很脏，很糟。是啊，妈妈知道。"

这双斑驳的手抱起宝宝，靠在茜草玫瑰红的托加袍上。孩子抬眼看着，露出微笑，把头靠在妈妈的胸前，又闭上了眼睛。

"罗西。"短袍女人说话了。声音里有深沉的思考和疯癫的感觉。像是即将亲自控制住想象中的军队的暴君。

"嗯。"罗西几乎是在耳语了。

"真的是罗西。真·罗西。"

"是——是的吧。"

"你还记得下去之前，我跟你说过什么吗？"

"记得，"罗西说，"我记得很清楚。"她其实希望自己不记得了。

"说了什么？"罗丝·麦德急切地问道，"我跟你说什么了，真·罗西。"

"'我会回报。'"

"对，我会回报。在下面那一片黑暗之中，你觉得糟糕吗？真·罗西，你觉得糟糕吗？"

她仔细想了想。"糟糕，但不是最糟糕的。我想最糟糕的是那条河。我想喝河里面的水。"

"你有很多想忘记的事情？"

"是的，我想是有的。"

"你的丈夫？"

她点了点头。

女人把熟睡的婴儿抱在胸前，说话的语气怪异而平淡，又很笃定，叫罗西听得心颤。"你应该和他离婚。"

罗西张了张嘴，发现自己完全说不出话，于是又闭上了。

"男人都是野兽，"罗丝·麦德跟她聊起天来，"有些可以被驯服软化，然后进行训练。有些则不能。要是遇到那种不服软没法驯化的——一个杂种畜生——我们应该觉得被诅咒或被欺骗了吗？我们是否应该坐在路边——或是床边的摇椅上——哀叹自己的命运？我们应该愤怒于因果报应吗？不，因为因果报应正是推动世界前进的车轮，无论男女，只要对其发怒，都会被其碾轧。但是，杂种野兽也要好好对付。我们必须怀着充满希望的心去完成这项任务，因为下一头野兽可能总是不同的。"

比尔不是野兽，罗西心想，也明白自己永远不敢把这个想法告诉眼前的女人。她完全不难想象，这个女人会攫住她，用牙齿撕烂她的喉咙。

"无论如何，野兽都会打架，"罗丝·麦德说，"他们就是这样的，低下头，冲向对方，看看谁的角更厉害。你明白吗？"

罗西突然觉得她确实明白这个女人在说什么，这让她害怕极了。她把手指举到嘴边，摸了摸嘴唇，很干，很烫。"不会打架的，"她说，"不会打架的，因为他们都不认识对方。他们……"

"野兽会打架。"罗丝·麦德重复道，然后递了个东西给罗西。好一会儿罗西才反应过来那是什么：女人一直戴在右肘上方的金臂环。

"我……我不能。"

"拿着，"女人突然变得很不耐烦，疾言厉色起来，"拿去，拿去！别再哭哭啼啼了！看在有史以来每一位神的分上，停下你那又蠢又弱的哭哭啼啼吧！"

罗西伸出一只颤抖的手，接过臂环。虽然一直贴着金发女人的手臂，这东西的触感却是冰凉的。要是她叫我戴上，我不知道自己会怎么做，罗西想，但罗丝·麦德并没有要她戴上它。她只是伸出一只斑驳的手，指向那棵橄榄树。画架不见了，而那幅画，和她房间里那幅一样，变成了一幅巨画。而且内容也发生了变化。画里仍然是特伦顿街的那个房间，但现在面朝门的女人已经不见了。房间里一片漆黑。只能看到床上的毯子外露出一撮金发和一边裸露的肩膀。

那是我，罗西惊奇地想，是睡着的我，正在做这个梦。

"去吧。"罗丝·麦德说着摸了摸她的后脑勺。罗丝朝画走了一步，主要是为了摆脱那只冰冷而可怕的手，哪怕最轻的触碰她也不愿承受。走出这一步时，她发现自己能听到非常微弱的车流声。蟋蟀在高高的草丛中绕着她的脚和脚踝跳来跳去。"去吧，小真·罗西。谢谢你救了我的孩子。"

"我们的孩子。"罗西说完立刻就吓坏了。纠正这个女人的人，自己一定也疯了。

但那穿着茜草玫瑰红托加袍的女人开口回应的时候，语气是愉悦的，并不生气："是啊，是啊，你愿意怎么说就怎么说吧——我们的孩子。现在，去吧。记住你必须记住的，忘记你需要忘记的。不在我视线之内的时候，要保护自己。"

这还用你说，罗西心想。我也不会再来找你帮忙了，这个你尽管放心。不然就像雇伊迪·阿明[1]来承办花园派对，或者请阿道夫·希特勒来——

她看到画中女人在她的床上动了动，把毯子拉来盖住裸露的肩膀，前面的想法一下子中断了。

这不是一幅画，不再是了。

是一扇窗。

"去吧，"红袍女人柔声道，"你做得很好。趁她还没改变主意，情绪还没变，快走。"

罗西朝那幅画走去，罗丝·麦德又在她背后开口了，声音变得

---

1. 伊迪·阿明·达达（Idi Amin Dada，1925—2003），乌干达前总统，残暴的军事独裁者。

既不甜美也不沙哑，而是很洪亮，很刺耳，杀气腾腾："记住，我会回报！"

这一声嘶吼叫罗西始料未及，她惊慌地闭上眼，向前冲去，突然确信托加袍女人已经忘记了自己帮过她，决定还是把她杀了。她从什么东西上面绊了过去（也许是画的底框？），接着就感觉到自己在坠落。有那么一会儿她感到自己的胃像马戏团的杂技演员一样在翻滚，接着就只剩下黑暗从她眼前和耳边呼啸而过。在黑暗中，她似乎听到了一些不祥的声音，很遥远，但越来越近。也许是中央车站那些地下隧道的火车声，也许是雷声隆隆，又或许是公牛厄里倪斯，低着头在它的迷宫深处盲目地奔跑，短短的尖叫划破空气。

然后，至少有一小段时间，罗西什么都不知道了。

11

她静静地漂浮着，没有任何想法，仿佛肚中无梦的胚胎，一直到早上 7 点。接着，窗边那"大本钟"一样的闹钟无情地号叫着，把她从睡梦中撕扯而出。罗西鲤鱼打挺地坐起来，手像爪子一样扑打着空气，哭喊着自己也不懂的话，这话来自已经被遗忘的梦："别逼我看你！别逼我看你！别逼我！别逼我！"

接着，她看到了乳白色的墙壁，还有那张小沙发——说实话只能说是个被赋予了宏大幻想的双人椅——以及从窗户涌进来的光线；她利用这些东西来锁定自己需要的现实。不管她曾经是谁，也不管她在梦中去了哪里，她此刻是罗西·麦克伦登，一个以录制有声书为生的单身女人。她曾和一个坏男人在一起很久，但后来离开了他，遇到了一个好男人。她住在特伦顿街 897 号的一个房间里，二楼，走廊的尽头，视野很好，可以看到布赖恩特公园。哦，还有一件事。她这个单身女人这辈子都不打算再吃一英尺长的热狗了，尤其是夹了大量酸菜的。她好像不怎么消化这玩意。她不记得自己做了什么梦（记住你必须记住的，忘记你需要忘记的），但她记得梦是怎么开始的：她走进那幅该死的画，就像爱丽丝走进了那面镜子。

罗西原地坐了一会儿，尽可能坚定地把自己包裹在"真·罗西"的现实世界中，然后伸手去抓那不屈不挠的闹钟。她没有抓住它，而是把它打到了地上。它就躺在那里，发出兴奋的毫无意义的呼喊。

"雇用残疾人，他们的样子都挺有趣的。"她嘶哑着嗓子说。

她俯身摸索着闹钟，从眼角瞥见了自己的金发，被完全迷住了，这一缕缕金发太美了，和那只听话的小老鼠罗丝·丹尼尔斯的头发完全不同。她摸到闹钟了，又用拇指摸到了关闭闹钟的按钮，接着意识到一件事，顿住了：被右前臂压着的乳房是裸着的。

她关掉了闹钟，然后坐起来，闹钟还被握在左手中。她掀开被单和薄毯。下半身和上半身一样，一丝不挂。

"我的睡衣呢？"她朝空荡荡的房间问道。她觉得自己的声音从未显得如此愚蠢……不过，当然了，她并不习惯穿着睡衣睡觉，而醒来时却全身赤裸。即便与诺曼结婚十四年，她也不能很快接受如此奇异的事情。她把闹钟放回床头柜上，双腿一晃，下了床——

"嗷！"她哭喊出来，髋部和大腿的疼痛与僵硬让她既震惊又害怕。就连屁股都很痛。"嗷，嗷，嗷！"

她坐在床边，小心翼翼地弯了弯右腿，然后是左腿。腿动了，但很疼，尤其是右腿，仿佛她昨天大部分时间都在做最消耗体力的那种锻炼：划船机、跑步机、班霸登山机。不过她昨天唯一的锻炼就是和比尔一起散步，非常悠闲的漫步。

那声音就像中央车站的火车，她想。

什么声音？

有那么一瞬间，她觉得自己就快想起来了——无论如何，想起了某件事——接着又消失得无影无踪。她慢慢地、小心翼翼地站起来，在床边站了一会儿，然后向卫生间走去，一瘸一拐地。她的右腿感觉好像不知怎么真的拉伤了，双肾也很痛。这究竟是怎么——

她想起在什么地方读到过，人们有时会在睡梦中"跑步"。也许她就是这样；也许她不太记得的纷乱梦境，已经可怕到她需要真正努力才能逃离。她在卫生间门口停下，回头看了看她的床。最下面一层床单有些起皱，但也没有扭曲、拧成一团或者被拉扯的痕迹，要是睡梦中的她真的那么活跃，那应该会出现这些情况吧。

然而，罗西看到了一个她不怎么喜欢的东西，如此可怕，如此突如其来，让她闪回到糟糕的从前：血。不过，都不是血滴，而是细细的血线印迹，位置很靠下，不可能来自被打的鼻子或裂开的嘴唇……当然，除非她睡觉时动作太大，真的在床上转了一百八十度。接着，她觉得可能是"红衣主教来访"（如果不得不说，母亲坚持让罗西用这种说法来指代月经），但现在离这个月的那时候还差得远呢。

你的时间到了吗，女孩？你的月亮圆了吗？

"什么？"她对眼前的空房间问道，"关月亮什么事？"

又有什么东西在脑中摇曳，几乎定住，又在她能抓住之前飘走了。她低头看了看自己，至少解开了一个谜团。她的右大腿上部有一道划痕，看样子还挺严重的。这无疑是床单上血迹的来源。

我是不是在睡梦中抓伤了自己？这是不是……

这一次，进入她脑海中的念头多停留了一会儿，也许是因为那根本就不是一个念头，而是一个图像。她看到一个裸体女人——她自己——小心翼翼地沿着一条荆棘丛生的小路侧身而行。她打开淋浴，伸出一只手到喷头下试水温，同时发现自己在想，如果梦境足够生动，人会不会在梦中自然而然地流血呢？有点像那些在耶稣受难日手脚流血的人。

圣痕 [1]? 你是说，除了别的种种事情，你还在遭受圣痕？

我什么都没说，因为我什么都不知道，她回答自己，而且回答的是大实话。她觉得，睡着的人皮肤上可能会自发地出现一道划痕，和梦中同一时间出现的划痕一致，她倒是也许能信这事——只能勉强相信。确实有点牵强，但并非完全不可能。真正完全不可能的是，睡着的人仅仅通过梦见自己赤身裸体，就能让穿在身上的睡衣消失不见。

把你穿的那东西脱下来。

我做不到！我里面什么也没穿！

只要你不说，我也不会说出去……

幻影一般的声音。她听得出其中一个是自己的声音，但另一个呢？

这不重要。肯定不重要。她在睡梦中脱下了睡衣，仅此而已；或者也可能醒来过片刻，反正她也记不清了，就像记不得那个在黑暗中奔跑或是利用白色垫脚石穿过黑水河的怪梦一样。她把睡衣脱了，一会儿去找一找，肯定是被揉成一团塞到床底下了。

"对，除非我把它吃了，或者有什么东西——"

她缩回测试水温的那只手，好奇地看了又看。手指尖上有逐渐褪去的紫红色污渍，指甲缝里也有同种东西的残留物，颜色稍微鲜艳一些。她慢慢将这只手举到脸上，脑海深处响起一个声音——这次不是"现实理智女士"的声音，至少她认为不是——声音里的警告语气确凿无疑。碰了种子的手指别放进嘴里！千万别！千万别！

"什么种子？"罗西惊恐地问道。她闻了闻手指，只有一丝幽幽的香气，让她想起烘焙点心的气味，还有烤熟的甜糖。"什么种子？昨晚究竟发生了什么？这事——"她强迫自己不要再往下想。她知道再下去会说出什么来，但又不想听到这个问题真正被问出来。这个问题就像

1.圣痕（Stigmata），又叫"圣伤"，指的是耶稣基督的伤痕显现在人身上，通常被认为是一种超自然现象。

未完成的事情一样悬停在空气中：这事还在继续发生吗？

她走进淋浴间，调到自己能承受的最高温，然后拿起香皂。洗手的时候她尤其仔细，揉搓擦洗，直到看不到一丝茜草玫瑰红的污渍，就连指甲缝里也没有。接着她开始洗头，边洗边练习发声。柯特建议她用不同的音高和音域唱童谣，这正是她在做的事情，把声音压得很低，免得打扰到楼上楼下的邻居。五分钟后，她走出来擦干身体时，慢慢感觉自己有一具真正的肉身，没那么像铁丝网和碎玻璃组成的东西了。她的声音也几乎恢复了正常。

她本来要穿牛仔裤配 T 恤，想起罗比·莱弗茨要带她去吃午饭，于是穿了一条新裙子。接着，她坐在镜子前梳头。这一切都进行得很缓慢，因为她的背部、双肩和上臂也很僵硬。淋浴让情况稍有缓和，但没能完全改观。

是啊，年纪这么小的婴儿，能长这么大还不错。她一边想着，一边沉浸在编辫子的过程中，一定要编得刚刚好，所以没有真正意识到自己究竟在想什么。但快要梳完的时候，她看着镜子，里面映出身后的房间，她看到了令她瞠目结舌的东西，让这个早上其他的反常都显得微不足道，并立刻从她脑海里溜走了。

"哦，我的天啊。"罗西无力地尖声叫道。她站起来，走到房间那头，双腿又沉重又无力，仿佛高跷。

那幅画其实基本没变，金发女人仍然站在山顶上，辫子垂在背上，高举着左臂；但现在她用手遮眼睛的动作就说得通了，因为曾经笼罩在空中的雷雨云团已经不见了。托加袍女人头顶的天空变成了黯淡的牛仔蓝，恰是 7 月的一个潮湿天。这片天空之上盘旋着之前没有的几只黑鸟，但罗西根本无暇注意它们。

天是蓝的，因为暴风雨过去了，她心想，暴风雨结束的时候我在……嗯……在别的什么地方。

她搜寻记忆，唯一能确定的就是"别的什么地方"很黑暗，很可怕。这就够了，她一点也不想记起更多的东西，又在想也许她并不想把这幅画重新装裱。她清楚自己改变了主意，明天不想给比尔看这幅画了，甚至提都不会提。他要是看出来画里的场景已经从阴天雷雨到雾蒙蒙的太阳天，那固然糟糕；但更糟糕的是，万一他没有看出任何变化呢。那只能说明她疯了。

我都不确定是不是还想要这该死的东西了，她想，太可怕了。想不想听件特别好笑的事情？我觉得这幅画可能被鬼缠上了。

她拿起没有画框的画布，一边用手掌托住两边，一边阻止着理智的自己不要去在意脑子里冒出来的想法（小心啊，罗西，不要掉进去了），正是这个想法让她这样托着画。通往走廊的房间门右边有个小小的橱柜，里面暂时只放了一双她离开诺曼时穿的低帮运动鞋和一件某种廉价人造纤维材质的新卫衣。为了打开这个橱柜，她只能暂时把画放下（当然她也可以把画夹在腋下，空出一只手来，但不知为什么，她不愿意这么做），等再把画拿起来的时候，她顿住了，牢牢地盯着它。太阳出来了，肯定是刚出来的；神庙上方的天空有大黑鸟在盘旋，可能是刚出现的，但难道就没别的了吗？别的一些变化？她觉得肯定有，只是自己没看出来，因为不是增加了东西，而是减少了。有什么东西不见了。那个东西——

我不想知道，罗西直截了当地对自己说，我甚至都不愿意去想它，就这样。

对，就这样。但产生这种想法，让她有些难过，因为一开始她把这幅画看成属于自己的幸运符，某种"幸运兔脚[1]"。而且还有一点毋庸置疑：正是因为想到罗丝·麦德那样无所畏惧地站在山顶上，她才挺过了录音室的第一天，克服了当时的惊恐发作。所以她不想对这幅画产生种种不愉快的感觉，而且绝对不想的就是害怕这幅画……但她

1.幸运兔脚（rabbit's foot），在特定地点、特定时间捕获的兔子，它的脚在很多国家被视为幸运的象征，也被当作护身符，人们通常称之为"幸运兔脚"。

就是害怕。毕竟，油画中的天气通常不会在一夜之间晴朗起来，而你能在画中看到的东西数量通常不会增长或减少，不会像有看不见的放映员在来回切换镜头。她也不知道以后会怎么处理这幅画，但她清楚今天和之后这个周末它将在哪里度过：在橱柜里，和她的旧运动鞋做伴。

她把画放进橱柜，靠在内壁上（忍住了把画转过来面对内壁的冲动），接着关上柜门。一切妥当，她迅速穿上自己唯一一件还不错的上衣，拿着包出了门。往楼梯的方向走，要通过狭长而昏暗的走廊，她的内心最深处有人在低语着四个字：我会回报。她停在楼梯口，剧烈地颤抖着，差点把包掉在地上，有那么一瞬间，右腿几乎一直痛到大腿根，像是剧烈的抽筋突然发作。接着这阵痛就过去了，她迅速下到一楼。我不会去想它，她一边走到街上的公交车站，一边告诉自己，如果我不愿意去想，就不必去想，而且我肯定是不愿意想的。我会想想比尔。比尔，还有他的摩托车。

12

她想着比尔，顺利地开始了工作，投入《杀死我所有的明天》那暗调的世界里。到午餐时间，她甚至更没空去想画中女人了。莱弗茨先生带她去了一家名叫"德莉娅·费米纳"的意大利小店，罗西还从没来过这么棒的餐馆。她吃甜瓜时，莱弗茨先生提出了所谓"更可靠的工作安排"，提出和她签一份合同，每周付她八百元，持续二十周或是录十二本书，以首先结束的那个选项为准。虽然不如罗达劝她坚持的一千元周薪，但罗比也承诺，会给她安排一个经纪人，而经纪人可以按她的心愿，帮她尽量多地安排电台机会。

"今年底你能挣到两万两千，罗西。要是你愿意，还能更多……不过没必要把自己搞得那么累吧？"

她问他，能不能容她用这个周末考虑一下，莱弗茨先生说当然可以。在科恩大厦的大堂（罗达和柯特正坐在电梯边的长椅上，做贼似的议论着什么）与她告别之前，他向她伸出了手，她也伸手回礼，以为是要握手。结果他用双手握住她伸出的那只，弯下腰亲吻。虽然在很多电影里看过这样的场景，罗西还从没真正接到过别人的吻手礼，这一下叫她整条脊梁骨一阵颤抖。

一直等她坐在录音室里，看着柯特在那一头换上一卷新的录音带，思绪才又回到了那幅画上。现在它正安全地（你想得美啊，罗西，想得美）被藏在她的橱柜里。突然之间，她明白了那个变化是什么，画上少了什么：臂环。穿茜草玫瑰红托加袍的女人右肘上方本来一直戴着那只臂环；而今早画里的她，整条右臂，一直到那美丽的肩膀处，都是光秃秃的。

13

当天晚上，罗西回到家中，床没有铺，她跪下来，朝床底看过去。那只金臂环就在深处，立靠在墙壁边，黑暗之中闪着柔和的光。从罗西的角度看过去，那仿佛女巨人的结婚戒指。臂环旁边还有别的东西：一小块叠得方方正正的蓝布。看来，那消失无踪的睡衣，她到底还是找到了这么一块。上面溅上了紫红色的点，看着像血，但罗西知道并不是；这些都是"最好别吃"的果子溅出来的汁水。今天早上洗澡的时候，她也搓洗过手上类似的污渍。

臂环实在太重了——至少一磅，甚至可能两磅。如果它的材质就是表面上看起来的这种，那得值多少钱？一万两千？一万五千？想想这幅画是她用几乎完全不值钱的订婚戒指换来的，这还真不错了。不过，她还是不愿意去碰它，就把它放在台灯旁边的床头柜上。

她把那一小块蓝色棉布在手里放了一会儿，又背靠床，双脚交叉地坐着，像个少女。她展开了布包的一边，看到了三颗种子，三颗小小的种子，罗西看着它们，感到无望与毫无道理的惊恐，而那几个字无情地回荡着，仿佛铿锵的钟声响彻她的脑海：

我会回报。

▶ VII
野餐的人们

1

诺曼一直在"拖钓"她。

周四的深夜，他躺在酒店房间里，清醒地一直躺过了午夜，来到周五清晨。他关掉了所有的灯，只留下卫生间洗脸池上方的荧光灯；他喜欢这灯在房间里投射出的漫射光，这让他想起透过浓雾看到的路灯。他躺在床上的姿势，几乎和罗西在同一个周四晚上入睡前的样子一模一样，只不过诺曼是一只手塞在枕头下面，而非双手。他需要另一只手来抽烟，并把立在地板上的那瓶格伦利维特威士忌送到嘴边。

你在哪里，罗丝？他问这位早已不在身边的妻子，你在哪里，你究竟是从哪里来的胆子一跑了之的，你这惊恐的小爬鼠？

他最关心的是第二个问题——她是怎么敢的。第一个问题其实没那么重要，反正没有什么实际意义，因为他知道周六她会在哪里。狮子不必为斑马在哪里觅食而自寻烦恼，他只需要在斑马喝水的水潭边等待。万事俱备，只待来时。但是……她当初怎么居然敢离开他？即便他只打算和她再进行最后一次谈话就要她的命了，他还是想要知道问题的答案。她的出逃是计划好的吗？还是意外？是一时冲动导致的异常行为？有没有人帮助过她（除了已故的彼得·什洛维克和达勒姆大道上的"婊子骑兵队"）？她来到这个迷人的湖滨小城，都干了些什么？做服务员？在现在这样的廉价旅社抖床单，抖出别人放的屁？他觉得不会。她很懒的，不会干这种卑微下贱的活；瞧瞧她是怎么打理家务的，不就知道了。而她又没有其他任何技能。要是你携带着一对奶子，那就只剩下一个选择了。她现在就在某个地方，在某个街角"卖"呢。她当然正在干这个，不然还能干什么？老天爷啊，她的床上功夫很差的，但就算她什么都不做，只是躺在那里，男人也会掏钱，所以，是的，肯定，她很可能在外面"卖"呢。

不过，这个他会问她的。他什么都会问她。等他得到所有需要的答案，所有他想从她那种人那里得到的答案，他就会用皮带缠住她的脖子，让她无法尖叫，接着他会咬下去……再咬……继续咬。对"城市神奇犹太男孩桑普"做出那些事后，他的嘴和下巴还在痛，但他不会让这种疼痛阻止自己，甚至都不会慢下来。他的旅行包最底部藏了三片止痛药，他会吃完药，再去处理他那迷途的羔羊，他那甜美的疯长的小玫瑰。至于那之后的事，一切结束之后，止痛劲过去之后……他看不到那么远的未来，也不愿意看到。他觉得也许没有"之后"了，一切都将陷入黑暗。这完全没关系。其实，医生可能真的会开上一剂药，让人陷入长久的黑暗。

他躺在床上，喝着世界上最好的苏格兰威士忌，一根接一根地抽烟，看着烟雾如同丝绸做成的帆寥寥地飘向天花板，烟雾穿过浴室里的白色柔光，变成了蓝色，他便为她拖钓。他在拖钓她，而他的鱼钩就那样滑过水间，什么都没钓到。什么也没有，这让他疯狂。她就好像被外星人之类的东西绑架了一样。有那么一刻，他已经很醉了，他丢了一根还在燃烧的烟到手心，捏紧拳头，想象这只手不是自己的，而是她的；他的双手正握着她的手，紧握着，让她在那滚烫之中动弹不得。等疼痛袭来，缕缕青烟在他指关节袅袅翻卷时，他悄声道："你在哪里，罗丝？你躲在哪里，你这个贼？"

不久他就迷迷糊糊地睡过去了。周五早上 10 点左右，他醒了，睡得不好，宿醉未醒，还隐约有点害怕。他一整夜都在做着各种奇奇怪怪的梦，在梦中他仍然醒着，仍然躺在白石酒店九楼的这张床上，卫生间的灯光仍然柔和地划破房间的黑暗，香烟的烟雾仍然袅袅升起，穿过这灯光，变成光影变幻的蓝色薄膜。但只有在梦中，他才能看到烟雾中有电影一样的画面：他在烟雾中看到了罗丝。

原来你在那里啊，他看着她走过狂风骤雨中死寂的花园，心想。不知为何，罗丝一丝不挂，他被意想不到的情欲所侵袭。八年多以来，他看到她裸体的时候，除了疲惫的反感，没有其他任何感觉，但此时的她变了个样子。说实话，相当不错呢。

不是因为她减肥了，他在梦中想，虽然她看起来是瘦了……有那么一点吧，反正。主要还是因为她这身体动起来的某种方式。到底是什么呢？

接着他就想明白了。她的样子就像一个正和别人做爱的女人，而且远远还没结束。即便他心里也掠过了对这判断的一丝疑虑——什么，罗丝吗？开玩笑吧，我的天——但只需要看一眼她的头发，就能彻底给出问题的答案。她把头发染成了淫荡的金色，好像以为自己是莎朗·斯通，说不定还是麦当娜呢。

他看着这位辣得冒烟的罗丝离开那座奇怪的死寂花园，走到一条小河边。河水黑得不像水，反而有点像墨。她踩着一条踏脚石组成的小路过了河，一路伸出手臂保持平衡，他看到她一只手上拿着湿乎乎的揉成一团的破布。诺曼觉得那像是一件睡衣，他心想：你怎么不穿上啊，不要脸的贱货？你还想着男朋友会过来，给你来个"票上打孔"呢？那我倒是很想看看，真的很想。有件事我得告知你一下——等我最终找到你，逮着你跟个男的手牵手，警察绝对会发现他裤子里那条他妈的小耗子从他屁眼里支出来，跟生日蜡烛似的。

不过，没有别人——反正梦中没有。他床边的罗丝，辣得冒烟的罗丝，走上了一条小路，穿行在一片树林当中，这树林死寂得就像……嗯，就像彼得·什洛维克一样死得透透的。小路的尽头，她来到一片空地，那里有一棵树看起来还活着。她跪下来，捡了一些种子，用好像是另一片睡衣破布的东西包起来。然后她站起身，走到那棵树不远处的一截楼梯边（在梦中你永远不知道接下来会发生什么鬼事情），然后走了下去，消失了。等着她再回到上面来的时候，他逐渐感觉身后有什么东西，就像打开冻肉柜出来的风一样冰冷，带着寒意。他当警察这么多年，跟很多相当可怕的人打过交道——他和哈利·比辛顿时不时必须得去处理一下的嗑药成瘾者可能是最可怕的——积累了一些经验之后，就能对他们的存在产生一种感觉。诺曼现在就有这种感觉。有人正从他身后走过来，而且他一点也不怀疑，这必定是个很危险的人。

"我会回报。"一个女人在悄声说。很甜美的声音，也很温柔，但同时也很可怕。听这声音，感觉她是个彻头彻尾的疯子。

"那你还不错，贱货，"诺曼在梦中说道，"你努力回报回报我，我会让你的前途整个他妈的变个样。"

她尖叫起来，这声音仿佛没有经过他的耳朵，而是直击大脑中心，他感觉到她伸出双手向他猛扑过来。他深深地吸了口气，吹走了缭绕的烟雾。那女人消失了。诺曼感觉到她走了。之后有那么一会儿，周遭只剩黑暗，而他平静地飘浮在其中，清醒时缠绕不去的恐惧和欲望，此时消失无踪。

周五早上 10 点 10 分，他醒了，把目光从床边的闹钟转移到酒店房间的天花板上，几乎带着点期待，想看到幽灵般的身影在逐渐消散的烟雾中移动。当然，没有身影，不管是幽灵还是其他，也没有烟雾——只有挥之不去的波迈香烟的气味，"在此徽号下，你必获胜"。只有诺曼·丹尼尔斯警探，躺在一张充满烟草味和酒味，被汗水浸透的床上。嘴里有味道，好像他前面一整晚都在吸吮一只刚擦亮的马革皮鞋的鞋头。他的左手真他妈痛到发疯，他张开手掌，发现掌心有个闪亮的水疱。他盯着水疱看了很久，而在他房间外满是粪便的窗台上，有鸽子飞过，互相咕咕叫着。他终于想起来了，用烟头烫过自己，于是点了点头。他那样做，是因为无论付出什么努力，他还是没能见到罗丝……所以，可能是一种心理补偿吧，他整夜都在做有关她的疯狂之梦。

他把两根手指放在水疱两侧挤压起来，慢慢加大压力，直到挤破水疱。他在床单上擦了擦手，享受着一波波的刺痛。他躺在床上看着自己的手——这手几乎抽搐起来——看了一分钟左右。然后他伸手到床下拿旅行袋。包里有个"苏里特"润喉片的罐子，里面有十几片各种各样的药片。有些是速效药，但大部分是镇静药。通常诺曼不怎么需要药物帮助就能勃起，但有时候他恰恰是要让那东西缩回去。

他喝了一小口威士忌，把一片镇静药送下肚，又抬头看着天花板，再次开始一根接一根地抽烟，抽完就把烟头插到已经满溢的烟灰缸里。

这次他想的不是罗丝，至少不是直接在想她。他脑子里考虑的头等大事是野餐，她的新朋友们办的野餐会。他去过埃廷格码头了，状况对他不利。码头很大——是海滩、野餐区和游乐园的结合体——他没有信心确定自己可以看到她到来或离开。如果有六个人（甚至只需要四个，得力的话），那他的心情就会完全不同。但他这次单枪匹马。她应该不会坐船来，那么有三条路可以进去，而他很难同时监视这三条路。这意味着他要在人群中游走，而在人群中游走太麻烦了。他但愿自己可以相信，明天的所有人中，只有罗丝认得他；但如果你想要的是猪，售卖的总会是培根。他必须得假设，她们在找他，也得假设她们已经从家乡的某个姐妹团体那里搞到了他的传真照片。"传真"二字，也不知道"传"些什么东西，但他慢慢相信，"真"这个字代表的是"真操蛋"。

这还不是全部的问题。不止一次痛苦的过往经验让他相信，在这种情况下，乔装打扮会招致灾难性的后果。在这样的"战场"上，唯一比这更能迅速和可靠地通向失败的途径，可能是戴上好多人都特别喜欢的窃听器；要是有什么小孩碰巧在你计划对某个混蛋重锤出击的地方玩无线电遥控船或赛车，你之前整整六个月的监视和布局就很可能毁于一旦。

好吧，他想。别这么叽叽歪歪了，想想"白佬"斯莱特[1]怎么说的——情况就是这么个情况。唯一的问题是你要用什么方法去处理这种情况，而且想也别想推迟行动的事。她们这个鬼聚会二十四小时后就要开始了，要是你在那里错过了她，可能一直找到圣诞节都找不到她了。容我提醒一句，这是个大城市。

他起了床，走进浴室，冲了个澡，过程中一直把那只"水疱手"伸在浴帘外面。他穿上褪色牛仔裤和一件没什么特色的绿衬衫，戴上CHISOX帽子，把廉价的墨镜塞进衬衫的口袋里，至少暂时先这么放着吧。他乘电梯下到大厅，去酒店报亭买了一份报纸和一盒创可贴。他等着柜台后面那个蠢货算要找多少钱，目光越过那家伙的肩膀，透过报亭后面的玻璃板看去。透过板子能看到员工电梯，就在他看着的时候，其中一个电梯的门打开了，三个客房服务员走了出来，嘻嘻哈哈地聊着天。她们都拿着包，诺曼猜想应该是要去吃午饭。中间的那个，他是见过的——苗条、漂亮、有一头蓬松的金发——在别的地方见过。过了一会儿，他想起来了。他当时正在去侦察"女儿与姐妹"的路上，那个金发女郎和他同走一小段路。红色长裤，小屁股还不错。

"找你钱，先生。"售报员说。诺曼看也没看一眼就把零钱塞进了口袋。和那三个服务员擦肩而过时，他也没看她们，连小屁股不错的那个都没看。他只是自动对她进行了交叉对照，仅此而已——这是警察的职业病，不用捶打就能自动进行的膝跳反应。他的全部意识都在集中思考一件事情：明天能发现罗丝但又不让自己被发现的最好办法。

他沿着走廊向大门走去，听到一个词，一开始他还以为那是从自己脑子里冒出来的：埃廷格码头。

正阔步出门的他跟跄了一下，心脏猛然间开始超速运转，掌心的

1.这是斯蒂芬·金另外两本小说中出现过的人物，Whitey Slater。

水疱剧烈地耸动起来。但那只是一步踉跄——只小小犹豫片刻，他就又继续低头往旋转门走去。要是有人在看他，可能会以为他经历了一次短暂的膝盖或小腿抽筋，不过如此；这就好。他不敢犹豫踌躇，这事真他妈烦。要是说出这个词的女人是达勒姆大道上那个会所的某个婊子，如果他引起了注意，她就可能认出他……如果说出这个关键词的是那天在街上和他一起过街的小甜心，那么她说不定已经认出了他，他明白这不太可能——做警察的他在第一线积累了很多亲身经验，知道大多数平民粗心得惊人，对各种细节非常迟钝——但也偶有发生。杀手、绑匪和银行窃贼巧妙地躲避追捕，坚持了很久，久到足以登上"联邦调查局十大通缉犯名单"，结果突然发现自己又身陷囹圄，被读过《真探》的"7-11"店员或是看过电视上所有犯罪真人秀节目的收费员给害了。诺曼不敢停下，但是——

——但是他不得不停下。

已经走到旋转门左侧的诺曼，突然跪下来，背对着那三个女人。他低下头假装系鞋带。

"——错过演唱会很遗憾，但我想要那辆车，就不能放弃——"

她们走出了门，但诺曼听到的话已经让他自己完全确定：女人们说的就是野餐会，野餐会以及那天最后的节目，即演唱会。好像是个乐队，叫什么"印第安女孩"，很可能都是拉拉吧。所以这些女人有可能认识罗丝。但可能性并不大——很多和"女儿与姐妹"关系并不密切的人，明天也会去埃廷格码头——但无论如何还是有可能的。而诺曼这个人，坚定地相信变化无常的命运安排。但糟糕的是，他并不知道这三个人中究竟是谁在说话。

最好是那个金头发，他一边迅速站起身来穿过旋转门，一边暗暗祈祷着，最好是那个大眼睛、翘屁股的金头发。就是她了，怎么样？

当然，跟在后面很危险——你永远不知道她们中有谁什么时候会随随便便地朝周围瞥上一眼，然后赢得"认脸"游戏的超级奖励回合——但都到这节骨眼上了，他也没有别的办法。他就跟在她们后面，做出闲逛的样子，头很随意地转向一边，仿佛对旁边商店橱窗里那些破东西兴趣浓厚得不得了。

"你俩今天的枕套弄得怎么样？"走在里面的那个肥女人问另外两个。

"终于有这么一次，数量都齐了。"走在外面那个老一些的女人回答，"你呢，帕姆？"

"我还没数呢，太烦了。"金头发回答。三个女人都大笑起来——是那种高声的咯咯笑，让诺曼觉得他嘴里补的牙要裂开了。他猛然停了下来，看着一个橱窗里那堆运动用品，任由那些女服务员往前走远。是她，确实是——毫无疑问。说出"埃廷格码头"这个关键词的，就是那个金头发。这也许改变了一切，也许什么都没改变。现在他太激动了，还想不清楚究竟是前者还是后者。不过，这确实是很惊人的运气，是你在处理希望渺茫的案子时总会希望实现的奇迹般的巧合的突破，这种突破其实时有发生，只是人们都难以相信而已。

他暂时会将这个突破"归档"到脑后，还是继续执行A计划。他甚至不会到酒店去询问金头发的情况，至少现在不会。他已经知道她叫帕姆，就目前来说已经算是很充足的信息了。

诺曼走到公交车站，等了十五分钟，机场大巴来了，他跳上车去。要坐很久，终点站在城市边缘。等终于在A站楼下了车，他顺手戴上墨镜，过了街，走向长期停车区。他试了试第一辆车，已经停在那里很久了，电池没电了。第二辆，没什么特点的福特"天霸"，则正常启动了。他对收费处的人说，自己在达拉斯待了三个星期，停车票弄丢了，还说自己总是把各种票弄丢，干洗票什么的都一样。而且去拍证件照的地方取快照时，他总需要出示驾照。收费处那个人只是不住地点头，类似的无聊故事他肯定已经听了不下一万遍。诺曼态度谦卑地多奉上十元，弥补丢失的停车票，收费处的男人才稍微有了点精神。

钱就这么消失了。

几乎与罗比·莱弗茨对诺曼的"逃妻"提出所谓"更可靠的工作安排"同时，诺曼·丹尼尔斯开车驶出长期停车区。

开出两英里后，诺曼把车停在一辆破烂不堪的别克后面，给两车互换了车牌。他再把车开出两英里，在一家自动洗车店门口停下。他跟自己打了个赌，这辆天霸车应该是深蓝色。但他输了。车是绿色的。他并不是很在乎这件事——收费处那个男人，只在那十元出现在眼皮底下时，才稍微把目光从那台小黑白电视上移开——但最好还是安全起见。洗干净车也能提高驾驶舒适度。

诺曼打开收音机，找到一个老歌电台，正在放雪莉·埃利斯的歌，他跟着唱了起来。"要是头两个字母都一样，那就去掉再喊也一样，就像巴里——巴里，去掉巴字叫一叫，亲爱的里里，这是唯一相反的定律啊。"诺曼突然发现，这首傻乎乎的老歌，自己竟然熟知歌词的每一个字。这是个什么样的世界啊？高中毕业两年后，你就记不得他妈的二次方程和法语动词"avoir"的各种变位了，却还是牢记"尼克——尼克——尼尼克克，香蕉——香香——蕉蕉，胶泥——尼蕉——尼克？"。[1] 这是一个什么样的世界啊？

一个正从我身边掠过的世界，诺曼心平气和地想。是的，好像的确是这样。感觉就像科幻电影中，太空人看到屏幕上的地球正在缩小，先是缩成一个球，然后变成一枚硬币，再是一个发光的小点，最后就完全消失了。他现在脑子里的景象就是如此——一艘宇宙飞船正出发去执行探索新世界的任务，为期五年，去到从未有人类涉足的地方。"诺曼号"星际飞船，正在接近超光速。

雪莉·埃利斯唱完了，放起了"甲壳虫"唱的一首歌。诺曼很使劲地扭动音量旋钮，一下子就扭坏了。他今天可不想听那些疯子嬉皮士

---

1. 这些和前面的歌词都出自美国歌手雪莉·埃利斯的一首童谣《名字游戏》(*The Name Game*)。

唱什么"嘿，裘德"之类的废话。

离真正的城市边缘还有几英里，他看到一个叫"大本营"的地方，大门口的牌子上写着"军用物资，别处难找！"。不知为什么，他忍不住大笑起来，觉得从某种程度上讲，这是他这辈子见过的最奇怪的标语。其中似乎有什么深长的意味，但又无法说清到底是什么。反正，这个标语不重要。店里可能有他要找的东西，这个比较重要。

最中间的过道上挂了一条巨大的横幅，写着"万求稳妥，以免后悔"。诺曼一一查看了三种不同的"眩晕气""胡椒弹"和一排"忍者之星"飞镖（如果你恰巧是被一个瞎眼的四肢瘫痪的人袭击，那这种武器做家庭自卫还是很完美的），用橡皮子弹的气枪，弹弓，普通和有尖齿的指节铜环，易携带的"黑杰克"包皮铁棍，流星锤，鞭子，口哨。

这条过道走到一半有个玻璃柜，诺曼觉得里面的东西才是整个"大本营"中唯一有用的。他花 63.50 元买了一把电击"泰瑟枪"，一按启动钮，两根钢杆之间就会产生巨大的电流（不过可能达不到标签上承诺的九万伏）。诺曼觉得这个武器的危险程度和小口径手枪不相上下，而最棒的是，无论在什么地方，要买这么一支泰瑟枪，根本都不用登记名字。

"你想给那东西配几伏电磁（电池）吗？"店员问道。这个年轻小伙圆头圆脑，长了一张兔唇。他穿的 T 恤上写着"最好有枪而不需要，而非需要却没有枪"。诺曼觉得这家伙的父母可能是近亲结婚。"那个东西用几伏电磁。"

诺曼明白了这个兔唇小伙说的什么，点了点头。"给我两个，"他说，"活着就得活够。"

小伙子笑了，仿佛这是他听过最好笑的一句话，甚至比"军用物资，别处难找！"更好笑。接着他弯下腰，从柜台下面拿出两个九伏电池，啪的一声放在诺曼的欧米伽泰瑟枪旁边。

"*Dull-feetchar*。"小伙子喊道，又笑了起来。这句诺曼想了一会儿，也听懂了，和这"小兔唇先生"一块笑了起来。后来，他觉得自己就是在这个时刻达到了超光速，所有的星星都变成了一条条光线。全体前进，苏鲁先生——这次我们可要比克林贡帝国远得多 [1]。

他把偷来的天霸开回了城里，在这个区域，广告牌上微笑的香烟模特是黑人而非白人，他发现了一家理发店，名字不错，叫"放我一马"。他走进店里，看到一个留着酷酷小胡子的黑人小伙坐在一张老式理发椅上。他头上戴着随身听耳机，腿上放着一本《喷气机》杂志。

"有何贵干？"黑人理发师问。他说话的语气，可能比对黑人说话要更直率些，但也不算不恭敬。要是没有特别好的理由，你不可能对这样的男人不礼貌，尤其店里只有你一个人的时候。他身高至少 6.2 英尺，肩膀宽大，双腿又大又粗。而且，他有点警察的气质。

镜子上方有迈克尔·乔丹、查尔斯·巴克利和杰伦·罗斯的照片。乔丹穿着伯明翰男爵队的棒球服。照片上方还贴了一条纸，打上了"曾经的他 & 未来公牛"的字样。诺曼指指那张照片说："给我做这个发型。"

黑人理发师把诺曼仔细打量了一番，先是确定他没有喝醉或嗑高，接着又努力确定他不是在开玩笑。要弄清后者比弄清前者更难。"哥们儿，你说什么？你是说想弄个光头？"

"我就是这个意思。"诺曼伸出一只手捋过头顶，那是一头浓密的黑发，只在鬓角处有些斑驳的灰白迹象。他的头发既不是特别短，也不是特别长。这个精确的长度他已经保持了将近二十年。他看着镜子里的自己，努力想象之后会是什么样子，和迈克尔·乔丹一样顶着光头，只不过是个白人。他完全想象不出来。幸运的话，罗丝和她那些新朋友也想象不出来。

"你确定吗？"

1.苏鲁先生和克林贡帝国都出自经典科幻系列《星际迷航》。

诺曼心里突然涌起一股让他几欲呕吐的冲动，他想把这人打倒在地，用膝盖压住他的胸，扑上去咬住他的整个上唇，把它从脸上扯下来，这个酷酷的小胡子也别想逃。他想这股冲动的由来也应该很清楚，因为这人很像拉蒙·桑德斯，就是那个叫人忘不了的小子，诺曼那谎话连篇的贱人老婆偷了银行卡，而那个小子还妄图取这卡里的现金。

　　哦，剃头的啊，诺曼心想，剃头的啊，你差一点就保不住小命了。你要是再多问一个问题，再当着我的面说错一个字，你就真的完了。我什么也不能跟你说，就算想，我也没法开口警告你，因为此时此刻我要是一出声，那就像枪的撞针启动了，我就忍不住了。所以，就这样吧，按我说的做。

　　理发师再次仔仔细细地把他打量了一番。诺曼站在原地，任由他看。他的心里已经恢复了平静。该发生什么就发生什么吧。现在一切都由这个剃头匠来决定了。

　　"好吧，我看你挺确定的。"终于，理发师开口说道。他的声音很温和，让人怒气顿消。诺曼的右手本来一直深深插在口袋里，紧握着电击枪的手柄，这下也放松了。理发师把杂志放在柜台上，旁边是一瓶瓶酒和古龙香水（有个小铜牌上刻着"塞缪尔·洛"）。他站起身来，抖开一张塑料理发围裙："你想像迈克尔那样，那就来吧。"

　　二十分钟后，诺曼若有所思地盯着镜中的自己。塞缪尔·洛站在椅子旁边，也看着他。洛好像很忐忑，但似乎也很感兴趣，像是从完全陌生的角度看熟悉的东西。又进来两个顾客，他们看着正看自己的诺曼，脸上的表情一模一样，都是在对这个发型做评估。

　　"这男人很英俊呢。"其中一个顾客说。他的语气中有轻微的惊讶，声音小得几乎自己才能听见。

　　诺曼的脑子还不太能完全接受镜子里这个男人仍然是自己的事实，他眨了眨眼，镜子男也眨眨眼；他微笑，镜子男也微笑；他转身，镜子男也转身；但这也没什么用。之前他的眉毛看起来就是个警察，现在他的眉毛像是数学教授，感觉都要扬到天上去了。他接受不了这秃头光滑且不知为何显得很性感的曲线。还有，太白了。他并不觉得自己身上有什么地方是晒黑了的，但是和这苍白的头皮相比，其他地方的皮肤就显出救生员一样的棕色。他的头看起来是那么脆弱，这很奇怪；而且看起来也很完美，这也很奇怪。这样的头不应该属于他这样的人，不应该属于任何人类，尤其是男性。这颗头看起来就像一件精致的代尔夫特瓷器。

"你这头不赖啊，哥们儿。"洛说。他的语气带着试探，但诺曼完全没感觉到他在奉承，这很好。诺曼没心情接受谁拍自己马屁。"看起来不错，更年轻了，是吧，戴尔？"

"是不赖，"另一位顾客表示同意，"确实很好。"

"多少钱啊？"诺曼问塞缪尔·洛。他努力把目光从镜子上移开，却发现双眼禁不住想越过他的头顶，看看后面是什么样子，这让他担忧起来，同时也有些害怕。他不是镜子里那个男人，那个有着学者型光头和浓黑眉毛的男人。他怎么可能是？那只是一个陌生人，仅此而已，一个"莱克斯·卢瑟"[1]，不怀好意地来到大都会。从现在开始，他做的事情都不重要了。从现在开始，一切都不重要了；当然，只有一件事情重要，那就是抓住罗丝，和她谈谈。

近一点。

洛看他的眼神又变得警惕起来，还间歇朝另外两位客人使使眼色。诺曼突然明白了，洛是在向那两位寻求帮助，万一这个大块头白男——大块头光头白男——突然暴怒发狂的话。

"不好意思，"他说，尽量让声音显得柔和，希望能安抚对方，"你刚才在说话，是吧？你说什么来着？"

"我说给三十就行。你觉得怎么样？"

1.莱克斯·卢瑟（Lex Luthor），美国 DC 超级英雄漫画宇宙中的超级反派。

诺曼从左前胸的口袋拿出一沓折起来的钞票，从已经脏兮兮的旧钱夹下面抽出两张二十，递了过去。

"三十太少了，"他说，"四十拿去，同时请接受我的道歉。你理得很好。我就是刚刚这个星期过得太糟糕啦，仅此而已。"哥们儿，你根本想不到有多糟糕，他心想。

塞缪尔·洛明显地放松下来，接过了钱。"没关系，哥们儿，"他说，"我可不是闹着玩的——你的头可真不赖。你不是迈克尔，但谁也不是迈克尔啊。"

"除了迈克尔自己。"叫戴尔的顾客说。三个黑人痛快大笑起来，互相点着头。虽然诺曼能不费吹灰之力就把这三人都杀了，但他还是跟着他们点头大笑。这两位后进理发店的顾客让情况改变了，他得再次谨慎起来。他保持大笑，走出了店门。

天霸车附近的栏杆上靠着三个少年，也是黑人，但他们没有对这车做出什么事情，可能因为这车太破了，也做不了什么。他们饶有兴趣地看了看诺曼苍白的头颅，互相交换了个眼神，翻起了白眼。这三个小伙子都在十四岁上下，没什么烦恼的样子。中间那个开口说："你在看我？"他在模仿《出租车司机》里的罗伯特·德尼罗[1]。诺曼似乎感觉到了这一点，就盯着他——只盯着他，仿佛另外两个完全不存在。中间那个觉得可能他模仿的德尼罗还不太到位，气焰顿消。

诺曼上了他那辆刚洗过的赃车，扬长而去。他朝市中心开了六个街区，然后走进一家名为"再来一次，山姆"的二手服装店。有几个人在店里挑挑拣拣，齐齐看向了诺曼，但这没什么。他不介意被看，尤其要是他们关注的只是他刚剃的光头，这就更好。要是他们只看头顶，等他离开五分钟后，这些人就完全不会记得他的脸到底长什么样。

他发现了一件摩托夹克，上面有闪闪发光的铆钉、拉链和小银链

1.罗伯特·德尼罗（Robert De Niro, 1943—　），意大利裔美国演员、导演、制片人。

子，他从衣架上拿下来的时候，这夹克的每一个褶皱都在嘎吱作响。店员张口要价两百四十元，结果看了看那片刚剃完的可怕"白色沙漠"之下探出的心神不宁的一双眼睛，就对诺曼说，含税一百八十。要是诺曼还价，他还会再让步，但诺曼没有。他累了，头涨涨的，想赶紧回酒店睡觉。他想一觉睡到明天。诺曼需要尽量休息，因为明天会很忙的。

回去的路上，他又去了两个地方，一是一家造口术¹用品商店。诺曼在这里买了一架非电动的二手轮椅，折叠之后可以放进天霸车的后备厢。接着他去了女性文化中心兼博物馆，花了六元进去，但没有看任何展览，甚至都没往礼堂里瞥一眼，那里有人正在进行关于自然分娩的小组讨论。他去了一趟礼品店，速战速决，然后离开了。

他回到白石酒店，直接上了楼，没有向任何人打听那个有着漂亮屁股的金发小美女。按照自己目前这个状况，他都不信自己能要到一杯苏打水。他刚剃过的头里面像在炼钢，咚咚闷响；双眼在眼眶里不停跳动，牙齿很痛，下巴也在抽痛。最糟糕的是，此时他的思想就像梅西百货感恩节大游行的彩车一样，在他的顶上摇来晃去；他的感觉和他身体的其他部分只有一根脆弱的线在连接着。他只得躺下睡觉。也许睡着以后，思想就会回到脑中，回到原本的位置上。至于那个小金发，最好的办法就是把她当作最后的王牌，非万不得已不亮出来的那种。紧急状态下的金刚钻。

周五下午4点钟，诺曼又躺回床上。他太阳穴的抽痛已经一点都不像宿醉的感觉了，现在变成了他所谓的某种"特殊"头痛。工作比较繁重的时候，他经常会遇到这种头痛。自从罗丝逃家，他的大宗毒品案又持续升温，一周犯上两次也是常事。他躺在床上，仰望天花板，双目眼泪直流，鼻涕也在淌，无论看什么东西，边缘都有影影绰绰的"之"字形图案，真是好笑。痛到一定程度，他脑袋里像是怀了个可怕

1.一种外科手术。医生为了治疗肠道疾病，在腹壁上做人为开口，将一段肠管拉到开口外，翻转缝于腹壁，形成肠造口。

的胎儿，努力想钻出来。在这种情况下，他什么也做不了，只能蜷缩着身子等这阵子痛过去；他只能一次一次地熬过这些时刻，从一次到另一次，就像踩着一块块的踏脚石过河。这些时刻勾出了存在于他头脑顶部一些朦胧而遥远的回忆，但这些回忆无法穿破残酷无情的抽痛。诺曼便任其远去。他伸手在头顶上来回摩挲，那里真光滑啊，这光滑仿佛根本不可能属于他，感觉就像摸着刚打过蜡的汽车引擎盖。

"我是谁？"他朝空荡荡的房间问道，"我是谁？我为什么在这里？我在做什么？我是谁？"

他还没能刺探出任何一个问题的答案，就睡着了。疼痛也进入了他无梦的眠乡深处，跟随了好一阵子，仿佛一个不愿离去的坏主意，但最终诺曼甩掉了它。头歪向枕头的一边，左眼和左鼻孔流出不完全是眼泪的湿气，顺着脸颊淌下来。他发出粗重的鼾声。

十二个小时之后，周六的凌晨4点，他醒了，头痛消失无踪。他感觉神清气爽，精神抖擞，基本上"特殊"头痛过去之后，他总会有这种感觉。他坐起身来，双脚触地，望向窗外的黑夜。鸽子停在外面的窗台上，连睡觉都还在互相咕咕地叫着。他彻底、完全而确定地知道，一切将会在今天画上句号。也许他自己也会走到人生尽头；但这是小事。光是想想以后不会再这样头痛了，再也不会了，就感觉这交易挺划算。

在房间那头，他新买的摩托夹克挂在椅子上，像一个黑色的无头鬼魂。

早点起，罗丝，他想着，几乎带了点温柔的情愫，早点起床，亲爱的宝贝，好好看一眼日出，何乐而不为？你应该尽情尽兴地好好地看看，因为这将是你最后一次看日出。

2

周六凌晨四点过几分，罗西醒了，手忙脚乱地去摸床头的台灯开关，她非常惊恐，很确定诺曼就在这个房间里，和自己在一起；很确定她能闻到他的古龙香水味；所有她认识的男人都喷英伦皮革古龙香水，要么就什么都不喷。

惊恐之中，她想要一点光亮，结果差点把台灯给碰到地上。终于还是打开了灯（底座半悬着，她也无暇摆回去），她的恐惧也很快消退。眼前只有她的房间，小小的，却很整洁，很正常，她唯一能闻到的是自己皮肤散发出的淡香，还带着被单的暖意。这里没有别人，只有她自己……当然还有罗丝·麦德。但罗丝·麦德被好好地放在橱柜里，她无疑还站在画中，举起一只手遮住眼睛，俯瞰着神庙的废墟。

我梦到他了，她一边坐起身一边想，我又做关于诺曼的噩梦了，所以醒来才会这么害怕。

她把台灯推回到桌上，碰到了臂环，叮当脆响。罗丝拿起臂环，看着它。奇怪了，真的很难想起（你必须记住的）她是怎么得到这个小玩意的。她是在比尔的店里买的吗？因为很像画里那个女人戴的？她想不起来了，真是烦恼。这种事情，怎么能忘了呢？（你需要忘记的）。

罗西举起这个小圆环，感觉很重，像金子，但很可能只是镀金的铸铁材质。她透过圆环看向房间那头，像一个用望远镜观测什么的女人。

如此一来，她隐约记起了梦的一个片段，才意识到那根本与诺曼无关，梦中人是比尔。两人一起在他摩托车上，但他没有带她去湖边野餐，而是载着她沿一条小路开去，越开越深，进入一片满是枯树的阴暗森林。开了一会儿，两人来到一片空地上，那里有林中唯一活着的一棵树，挂满了果实，正是罗丝·麦德裙袍的颜色。

哦，多好的头盘菜啊！梦中的比尔开心地喊了出来，跳下摩托车，快步向那棵树走去，我听说过这种东西——吃一个你就能从后脑勺看到东西，吃两个就能长生不老！

此时此刻，这梦境便不仅仅令人不安了，而是成为一场真正的噩梦。不知为什么，她知道那棵树的果实并没有神奇的魔法，而是含有可怕的剧毒，于是她向他跑去，想赶在他咬下那诱人果实的第一口之前阻止他。但比尔根本不听她的劝告，只是伸手搂着她，轻轻拥抱她说，别傻了，罗西——我见过石榴，这些不是石榴。

就在当时，她醒了，在黑暗中疯狂地颤抖，脑子里想的不是比尔，而是诺曼……仿佛诺曼就躺在附近某个地方的床上，也在想着她。想到这里，罗西不禁将双臂交叉在胸前，抱住自己。他完全有可能真的正在想着她。她把臂环放回桌上，快步走进卫生间，打开了淋浴。

关于比尔与毒果的噩梦，关于从何地以何种方式得到臂环的问题，以及对那已经没有画框，像个秘密一样被藏进橱柜的那幅画所产生的困惑与复杂的情绪……一切的一切都没有眼前这个问题更大，更紧迫：她的约会。约会就在今天。只要一想到今天的约会，她就感觉胸中像电线走火。她又害怕又高兴，但最强烈的情绪是好奇。她的约会。他们的约会。

但得他真的来了才算，内心一个声音在不祥地悄声道，说不定就是个玩笑呢，你懂吗？或者，你可能把他吓退了。

罗西迈步往水帘中走去，在关键时刻发现自己还穿着短裤。

"他会来的，"她一边弯腰把短裤脱下来，一边喃喃自语，"他会来的，会的。我知道他会的。"

喷头下，她闪身去拿洗发水，脑海里有个遥远的声音——这次是个非常不同的声音——低声道，野兽会战斗。

"什么？"罗西一手拿着洗发水，愣住了。她很害怕，又不太知道原因。"你说什么？"

没有任何回应。她甚至不记得自己到底想了什么，只记得是关于那幅该死的画的其他什么事情。这幅画已经深深嵌在她脑中，仿佛那种挥之不去的副歌。罗西把头发揉搓出泡沫，突然决定要把画处理掉。这么想着，她感觉好了一些，就像决定戒掉某个坏习惯，比如抽烟，午饭时喝酒，等等。等洗完澡出来，她已经轻松地哼起了小曲。

3

疑虑并没有折磨她，因为比尔没有迟到。他来之前，罗西把厨房的一把椅子拉到窗边，这样就能守着看他来了没有（她这样做是在七点一刻，洗完澡整整三小时后）。八点二十五分，一辆后座架上拴了个冷藏箱的摩托车停进了楼前一个车位里。司机头戴一顶蓝色大头盔，从她的角度看不到对方的脸，但她知道那就是他。她已经能明确无误地辨认出他双肩的线条。他发动了一下引擎，又熄了火，用靴子后跟放下哈雷的脚架，又晃着一条腿下了车。有一瞬间，那条大腿的线条清晰地呈现在那褪色的牛仔裤之下。罗西感到一股羞怯微弱却又确凿无疑的情欲颤动着蹿遍全身，她心想：今晚入睡前，我脑子里想的肯定是这个，我眼前就会出现这个。要是我非常、非常幸运的话，会梦到这个。

她想，就在楼上等他吧，让他来找她，就像那种舒舒服服地待在父母家中，等着男孩带她去参加返校节舞会的女孩一样。甚至在男孩已经来了之后，她还要矜持一番，穿着她的抹胸礼服，在闺房的窗帘后面等着，看着他从刚洗过并打了蜡的父亲的车中下来，走到门口，不自然地整整领结或紧紧腰带。她的嘴角兀自露出一丝微笑。

她一边想着这样的场景，一边打开衣柜门，伸手进去，把外套拽了出来。她在走廊上匆匆行走着，一边走一边套上外套。她走到楼梯口，看见他已经上到了一半，抬起头来看着她。她突然想到，自己的年纪正好：过了那种为了忸怩而忸怩的时候，但又没到看淡一切的高龄，不会不相信有些希望——那些真正重要的希望——能够在看似不可能的情况下，成为现实。

"嘿，"她边说边看着下面的他，"你很准时。"

"当然，"他边说边看着上面的她，好像有点吃惊，"我总是很准时的，从小就受这样的教育。我觉得可能我们家一直有准时基因吧。"他朝她伸出一只戴手套的手，仿佛电影中的骑士。他微笑着问："你准备好了吗？"

这个问题她还不知道如何回答，所以只是迎面走过去与他会合，接过他的手，由他带着自己走下去，走进6月第一个周六倾泻而下的阳光之中。他将她安置在倾斜停靠摩托的路边，一本正经地上下打量她，摇了摇头。"不行，不行，外套不合适，"他说，"好在，我在童子军受的训练从来没荒废。"

哈雷的车架两侧都有挂包。比尔解开其中一个，拿出一件皮夹克，和他身上那件类似：两边有高高低低的拉链口袋，但除此之外通体黑色，平凡朴素。没有铆钉、肩章、闪电图案和花哨的小玩意。这件比比尔穿的那件小一些。她看着衣服像皮毛一样平挂在他手中，被一个显而易见的问题困扰着。

他看到她脸上的表情，立刻懂了，摇了摇头。"这是我爸爸的外套。他用一张餐桌和一套卧室家具换来一辆印第安锤头，用那个教会我骑摩托车。他说，满二十一岁那年，他骑着那辆摩托走遍了美国。那摩托车得用脚踏来启动，要是忘了换空挡，车子就可能直接从你身子下面冲出去。"

"后来怎么了？他把摩托撞毁了吗？"她微微有了笑意，"是你撞毁的吗？"

"都不是。车子寿终正寝了。从那以后斯坦纳家的人就一直骑哈雷了。这是辆软尾系列的经典版继承者，1345排量。"他轻柔地摸了摸引擎舱，"爸爸已经五年多没骑过摩托了。"

"他嫌烦了吗？"

比尔摇摇头："没有，他得了青光眼。"

她套上皮夹克，估计比尔的父亲至少比儿子矮三英寸，轻将近四十磅，但这件外套仍然略显滑稽地挂在她身上，几乎过膝。不过，衣服很暖和，她把拉链一直拉到下巴，感到一阵快意。

"你看起来不错，"他说，"有一点好笑，像是玩变装游戏的小孩，但很不错。真的。"

她想，现在可以说和比尔在长椅上吃热狗时没能说出口的话了，而且突然觉得非常重要，应该要说。

"比尔？"

他看着她，脸上挂着那种特有的微笑，但眼神却很严肃。"嗯？"

"不要伤害我。"

他认真思考了一下，脸上仍然挂着微笑，眼神依旧严肃，然后摇摇头。"不，我不会的。"

"你发誓？"

"是的，我发誓。来吧，上马来。你以前骑过铁马吗？"

她摇摇头。

"那么，这些小桩子是给你放脚的。"他弯腰到摩托后面翻找，拿出一个头盔。她看到头盔是紫红色，完全不觉得惊讶。"戴个安全头盔吧。"

她动作流畅地戴在头上，向前弯腰，借用哈雷侧边的后视镜庄严地看了看自己的样子，接着突然大笑起来："我就像个橄榄球运动员！"

"而且是最美队花。"他搂住她的肩膀，把她转过来，"扣在下巴下面。我来吧。"有那么一瞬间，他的脸离她的好近，快要亲上了。她有些头晕目眩，心里明白，就在这洒满阳光的人行道上，人们在悠闲地来来往往，做着周六早上要做的事情，要是他想吻她，她会允许的。

接着他后退了一步。

"带子紧吗？"

她摇摇头。

"确定？"

她点点头。

"那说点什么听听。"

"噼里啪啦咚咚锵。"她说，看着他的表情，爆发出一阵欢笑。接着他也跟她一起大笑起来。

"你准备好了吗？"他又问了一次。笑容仍然挂在脸上，但他的双眼已经恢复了那种认真考虑的神情，仿佛知道两人已经开始某项需要严肃对待的事业，任何一句话或一个动作都可能产生深远的影响。

她一只手握拳，捶捶头盔顶部，紧张地咧嘴笑了笑："应该准备好了吧。谁先上车，你还是我？"

"我，"他腿一抢，上了哈雷的鞍座，"现在你上。"

她小心翼翼地把腿架上去，双手搭在他肩膀上。她心跳得很快。

"不，"他说，"双手抱住我的腰，好吗？我的胳膊和手都得空着，好控制摩托。"

她双手滑到他的腰间，在他平坦的小腹前交握起来。她一下子觉得自己仿佛又在梦中。这一切难道都源于床单上那一小滴血吗？源于一个走出家门，然后一直走下去的冲动决定？这可能吗？

亲爱的上帝，这一定别是个梦啊，她心想。

"脚在桩子上放好了吧？"

她把脚放上去，比尔将摩托整个立起来，把脚架蹬上去，她感到害怕又着迷。现在稳住两人的只有他的双脚了，她感觉就像在一艘小船上，最后一个锚也被拉起来了，船在码头漂浮，在浪涛之中上下起伏，比之前更自如了。她向前斜着身子，离他的背更近了些，闭上双眼，深深地吸了口气。阳光下，温暖的皮革味道和她想象的差不多，这很好。一切都很好，有点吓人，但很好。

"我希望你喜欢这样，"比尔说，"真心地希望。"

他按动了右边把手上一个按钮，两人身下的哈雷像枪炮一样轰隆响起来，罗西吓了一跳，再次靠近比尔，也抱得更紧了，那种小心翼翼的心情反倒减轻了一些。

"没问题吧？"他喊道。

她点点头，又意识到他看不到，于是也大喊着回应："嗯，没问题！"

片刻之后，两人左边的路牙便向后掠去。他朝她身后迅速看了一眼路况，就穿过特伦顿街，来到路的右边。那感觉一点也不像汽车上的掉头，摩托车倾斜着，像一架小飞机在跑道上排队等着起飞。比尔扭动油门，哈雷向前疾驰，一阵风钻进了她的头盔，叫她大笑起来。

"我觉得你会喜欢！"车停在街角等红灯时，比尔转头喊道。他把双脚放下来时，感觉就像两人再次与坚实的土地相连，但维系的媒介只是一根细线。灯变绿了，发动机又在她身下咆哮起来，这次更威严了。车子一晃，驶入迪灵大道，与布赖恩特公园并行，掠过路面上如墨迹般的老橡树树影。她抬头看看他的右肩，看到阳光正领着两人穿越树林，树影如日光仪的投影一样在她眼中闪烁。他倾斜摩托车上了卡柳梅特大道，她也和他一起斜了身子。

我觉得你会喜欢，出发不久时他这么说。但她真正喜欢上这种感觉，是在两人穿越城北的时候。摩托车像玩跳房子游戏一样，穿过越来越多的郊外社区，那些屋脊相连的木结构房子让她想起电视剧《全家福》，似乎每个转角都有家"小酒"那样的店铺。等摩托上了出城的高架，她不仅仅是喜欢这种感觉了，简直是爱上了。他驶离高架，上了27号高速，双车道的黑色路面沿着湖边一直延伸到下一个州；她感觉要是永远这样下去，也会很高兴。要是他问她，如果这样一直开到加拿大，也许去多伦多看一场蓝鸟队的棒球比赛怎么样，她只会把戴着头盔的头靠在他的肩上，让他感觉到自己在点头。

27号高速棒极了。如果等到仲夏时节，即便是在早上这个时候，这里也会车水马龙。但今天整条路上几乎都没车，像一条黑色的丝带，中间贯穿了一条黄色缝线。两人右侧的湖水在不断掠过的树丛中闪现着美妙的蓝色；左侧则是奶牛场、度假小屋和只在夏季开放的纪念品商店。

她觉得没必要说什么话，也不确定即便应该说话，她是不是能够说话。他慢慢扭紧哈雷的油门，直到红色的计速针在表盘上笔直地竖起来，就像指示正午时分的时针；她头盔里的风更猛地猎猎作响。罗西感觉这就像自己少女时代的飞翔梦境，在梦中，她饱含无畏的热情与活力，在田野、岩壁、屋顶和烟囱上飞驰，秀发如一面旗帜在身后荡漾。从那样的梦境中醒来时，她往往浑身颤抖，大汗淋漓，既害怕又高兴，正如此刻的感觉。她向左看去，自己的影子就在身边流动，正如在当时的梦境中。但现在这身影有另一个身影相伴，感觉更好了。她想不出这辈子还有什么时刻如这一刻那样幸福；周遭的全世界似乎都很完美，而身在这个世界中的她也很完美。

温度有微妙的波动，他们飞驰过沼泽般的宽阔树影，或下降到低洼地带时，有点冷；等又进入阳光中，就变暖了。在每小时六十英里的速度下，各种气味仿佛一个个胶囊，如此浓缩，仿佛是从冲压式喷气机中发射出来的：牛、粪便、干草、泥土、割下的草。经过正在重新铺设的路面，她闻到它传来的柏油味；来到一辆作业中的农用卡车后面，闻到蓝色尾气浓重的汽油味。一条田园犬躺在卡车后面，嘴巴鼻子都搭在爪子上，看着他俩，意兴阑珊。比尔将车身一摆，经过一条笔直的路，驾驶卡车的农夫朝罗西挥手。她能看到农夫眼角的鱼尾纹，鼻侧发红皴裂的皮肤，阳光下婚戒的闪光。她小心翼翼，像走钢丝的人在没有安全网的情况下做特技一样，从比尔的胳膊下抽出一只手，向他挥手回礼。农夫对她笑了笑，接着就掠到两人身后了。

已经出城十到十五英里了，比尔指了指前方天空中一个闪亮的金属物体。片刻之后，她就听到了直升机旋翼持续的节奏，又过了片刻，她看到两个人坐在透明有机玻璃机舱里。直升机从他们头顶匆忙轰鸣而过，她看到乘客俯身在飞行员耳边喊了句什么。

我什么都能看到，她心想，又思考起为什么自己会觉得这是如此神奇。毕竟，她看到的东西其实在汽车里也都能看到。但我确实看到了不一样的东西，她想，之所以这样，是因为我没有透过车窗玻璃看这一切，所以这一切就不再只是风景了。这是一个世界，而不是风景。而我身处这个世界。我在飞越世界，就像我以前做的那些梦，但现在我不是只有一个人了。

发动机在她的两腿之间持续稳定地轰鸣。准确说来，这并不太性感，却让她非常清楚下面有什么，作用是什么。有时，她发现自己的目光不在掠过的乡村风景上，而是着迷地凝视着比尔后颈上细小的黑色毛发，想着用手指触摸它们，把它们像羽毛一样抚平，会是什么感觉。

下高架一小时了，他们已经深入了乡村地区。比尔从容地将哈雷降到了二挡，等开到一块写着"滨岸野餐地区，未经许可不可露营"的牌子前，他降到一挡，转上了一条碎石小道。

"抓紧了。"他说。现在头盔之间的风已经不像飓风般猛烈了，她能清楚地听到他说话。"有点颠。"

的确有点颠簸，但哈雷都轻巧地通过了，她只感到轻微的起伏。五分钟后，车子停进了一个小的土路停车区。那头有野餐桌和石质烧烤架，位于一片宽阔而阴凉的绿草地上，坡度逐渐下降，通向一片鹅卵石嶙峋的空地，小得没法称为"滩"。微浪涌来，轻柔而有规律地往石地上堆叠。湖面越来越开阔，一直延伸到形成水平线，任何标志天空和水面交汇点的线条都消隐在一片蓝色的雾气之中。除了他俩，"滨岸"没有人了。比尔熄了哈雷的火，突然的寂静令她忘记了呼吸。鸥群在湖面上盘旋，朝岸边发出高亢而狂躁的鸣叫。西边很远的地方传来发动机的声音，非常微弱，分辨不出究竟是卡车还是拖拉机。除此之外，万籁俱寂。

比尔用靴子尖将一块平坦的石头挪到摩托车的一侧，放下脚架，这样脚就能放在石头上。他下了车，转向她，脸上带着微笑，看到她的脸时，笑容转为了关切。

"罗西，你还好吗？"

她有些吃惊地看着他。"很好啊，怎么了？"

"你的表情很有趣——"

肯定的，她想，肯定的。

"我很好，"她说，"我只是觉得这一切都有点像一场梦，仅此而已。我一直在想，究竟是怎么走到这一步的。"她紧张地笑起来。

"但你不会晕倒什么的吧？"

罗西的大笑自然了些。"不会，我很好，真的。"

"你喜欢吗？"

"太喜欢了。"她正在带子扣紧头盔锁环的地方摸索，但没怎么摸到。

"第一次弄那个都很难，我来帮你。"

他俯身靠近，把带子弄开。两人再次差点就能亲上了，不过这次他没有后退，而是用手将她的头盔摘下，然后吻上了她的嘴唇，任由头盔的带子垂挂在他左手的食指和中指上。他的右手搂在她腰部，而因为这个吻，罗西觉得一切都好了，他的嘴，他轻轻用力的手掌，那感觉像是她找到了家。她感觉自己流了点眼泪，但没关系。这不是痛苦的眼泪。

他略微退了一退，手仍然放在她腰部，头盔还像小小的钟摆一样摇来晃去，轻轻撞击着她的膝盖。他深深凝视着她的脸："还好吗？"

很好，她本想这样回答，却发不出声音，只好点点头。

"太好了。"他说完就像履行某项职责一样，非常严肃地吻了吻她湿凉的脸颊上部，又朝她的鼻子吻去——先是吻在她的右眼下面，又吻了吻左眼下面。他的吻像飘动的睫毛一样柔软。她从未有过这样的感觉。她突然张开双臂搂住他的脖子，紧紧地拥抱他，脸贴着他的肩部，仍然流淌着泪水的双眼紧闭起来。他抱着她，原本搂着她腰部的那只手正抚摸着她的发辫。

过了一会儿，她松开他，稍稍退后，用胳膊擦了擦眼睛，努力挤出微笑。"我也不是总哭的，"她说，"你很可能不相信，但这是事实。"

"我相信，"他说着摘下了自己的头盔，"来，搭把手，帮我搬下这个冷藏箱。"

她帮他解开固定冷藏箱的弹力绳，两人合力把它搬到一个野餐桌上。她站在那里，看着坡下的湖水。"这一定是世界上最美的地方了，"她说，"我真是不敢相信，这里除了我们都没别的人。"

"这个嘛，27 号高速有点偏离通常的旅游路线。我第一次是和家人来的，那时候还是个小孩呢。我爸说他发现这里特别偶然，就是在漫无目的骑着摩托闲逛的时候发现的。就连 8 月份这儿也没有太多人，那时候其他湖边的野餐区都挤满人了。"

她迅速地瞥了他一眼："你还带过别的女人来这里吗？"

"没有，"他说，"你想走走吗？走一走，才有胃口吃午餐；我还想给你看点东西。"

"什么？"

"直接给你看可能更好。"他说。

"好吧。"

他带着她走到湖边，两人在一块大石头上并肩坐下，脱掉鞋子。她看到他在摩托靴里穿了一双白色绒毛运动袜，觉得很好笑；她觉得初中生才会穿这种袜子。

"放在这儿还是拿着？"她手里提着自己的运动鞋，问道。

他思考了一下。"你把你的带着，我的就放这儿吧。这些该死的靴子，双脚干燥的时候也很难穿上。要是脚湿了，就别费劲了。"他脱掉白袜子，整齐地放在靴子突出的鞋尖上。不知为什么，他做这一切的样子，以及眼前整齐摆放的鞋袜，让她微笑起来。

"怎么了？"

她摇摇头。"没什么，来吧，给我看看你有什么惊喜。"

他们沿着湖岸往北走，罗西用左手提着运动鞋，比尔带路。刚碰到水，感觉好冷，她倒抽一口凉气；但一两分钟后，感觉就很好了。她看到自己在水下的双脚，仿佛闪着微光的苍白小鱼，因为折射，在脚踝处与身体的其他部分产生了轻微的错位。脚底能感觉到鹅卵石，但也不痛。可能都割成碎片了，你也不知道，她心想，你麻木了，亲爱的。但没有割伤。她觉得他不会允许她割伤自己。这个想法很荒唐，但很强烈。

沿着湖岸走了不到四十码，两人遇到一条杂草丛生的小路，小路在低矮而嶙峋的刺柏灌木丛中沿着堤岸蜿蜒而上，铺满了白色的沙粒。似曾相识的感觉让她微微颤抖，仿佛在一个几乎不记得的梦中见过这条路。

他指着坡顶，用低低的声音说："我们要去那里。尽量保持安静。"

他等她套上运动鞋，然后在前面带路。到了坡顶，他停下来等她。她赶上来，刚要开口说话，他先是伸出一根手指放到她嘴唇上，然后又用那根手指指向某个地方。他们正处在一小块灌木丛生的空地边缘，算是个高于湖岸五十英尺左右的观景台。空地中间有一棵倒下的树，泥土覆盖的树根相互纠缠，下面则躺着一只身姿修长的红狐狸，正在给三只幼崽喂奶。附近还有一只幼崽，沐浴在一片阳光下，忙着追赶自己的尾巴。罗西凝视着它们，入了迷。

他靠近她，低声的言语让她耳朵痒痒，身体发颤。"我前天来了一趟，想看看这儿还有没有野餐区，是不是还不错？我已经五年没来过这里了，所以不太确定。我在周围走了走，发现了这些家伙。Vulpes fulva——赤狐。小的那些可能出生六个星期左右了。"

"你怎么这么了解它们？"

比尔耸耸肩。"我就是喜欢动物而已，"他说，"我会读关于它们的书，可以的话尽量在野外看看它们。"

"你打猎吗？"

"天啊，不。我甚至都不拍照片，只是看。"

雌狐看到他们了。它没有动，甚至更为安静了，双眼明亮而警觉。

你可别直视她。罗西突然想到这句话。她不知道这句话有什么含义，只知道脑子里听到的声音不属于自己。你可别直视她，你这样的人受不了的。

"它们真美。"罗西悄声说。她拉起他的一只手，用自己的双手握住。

"是啊，真美。"他说。

雌狐把头转向第四只小崽，它已经不追尾巴了，正朝着自己的影子发动猛攻。雌狐发出一声高亢的叫声。幼崽转过身，放肆无畏地看着站在小路那头两个新来的人，然后小跑到妈妈身边，躺了下来。它舔了舔孩子的头，轻车熟路地为它梳理毛发，但双眼从未离开罗西和比尔。

"它有伴吗？"罗西低声道。

"有的，我之前看到过它。一条好大的狗。"

"狗？"

"啊哈，狗。"

"它在哪儿？"

"附近的某个地方，在打猎。小崽子们很可能见过很多翅膀被折断的鸥鸟被拖回家当晚餐。"

罗西的目光飘向狐狸当窝的那些树根，似曾相识的感觉再次向她袭来。眼前短暂出现了一幅图景：树根在动，仿佛要抓紧什么，来到她身边，闪烁着微光，接着又溜走了。

"我们吓到它了吗？"罗西问道。

"可能有一点。要是我们再靠近一点，它就要进攻了。"

"是啊，"罗西说，"要是我们惹到了它们，它会报仇。"

他带着奇怪的表情看着她。"嗯，我想它会试试的，是的。"

"很高兴你带我来看它们。"

微笑点亮了他的整张面孔。"那就好。"

"我们回去吧。我不想吓到它。而且我饿了。"

"好啊。我也饿了。"

他举起一只手，郑重地挥了挥。雌狐用明亮而安静的双眼注视着……接着皱起口鼻，发出无声的低吼，露出一排整齐的白牙。

"是啊，"他说，"你是个好妈妈。好好照顾孩子们。"

他转身离开。罗西跟在他身后，又回了个头，凝视着那双明亮而安静的眼睛。雌狐的口鼻仍然皱起，露出牙齿，在寂静的阳光下给幼崽们喂奶。它的皮毛其实不是红色，有点偏橙色，和周围黯淡的绿色形成强烈的对比，不知为何，这样的色调与对比又让罗西颤抖起来。一只鸥鸟从头顶掠过，在灌木空地上投下鸟影，但雌狐的目光从未离开罗西的脸。她感受到它在注视着自己，虽然一动不动，却十分警觉，全神贯注；即便她转身跟着比尔离开，仍能感受到那目光的注视。

4

"它们没事的吧？"等两人再来到湖边，她问道。她扶着他的肩膀保持平衡，先脱掉左脚的运动鞋，再脱掉右脚的。

"你是问崽子们会不会被抓住？"

罗西点点头。

"只要它们不去花园和鸡舍就没事；妈妈和爸爸很聪明，不会让它们去农场——只要它们保持正常状态。雌狐至少四岁了，大狗可能有七岁。我真希望你能看到它，它毛发的颜色就像10月里的树叶。"

回野餐区的路已经走了一半，湖水齐脚踝深。她已经看到他刚才留在石头上的靴子了，绒毛白袜子整齐地放在鞋尖上。

"你说，'只要它们保持正常状态'，是什么意思？"

"狂犬病，"他说，"很多时候它们都是因为得了狂犬病，才会去花园和鸡舍的，然后就会被注意到，被杀死。雌狐通常比大狗更容易得这种病，就会把这种危险的行为教给幼崽。大狗得了这种病，很快就不行了，但雌狐能带病毒生存很长时间，而且情况会越来越糟。"

"是吗？"她说，"那太不好了。"

他住了口，看着她苍白而若有所思的脸，把她揽入怀中拥抱着。"也不一定就会这样，"他说，"它们目前过得还不错。"

"但有可能这样。有可能。"

他思索了一下，点点头。"当然，是的，"他最终开口道，"任何事都有可能，来吧，我们吃点东西。你觉得怎么样？"

"我觉得不错。"

但她觉得自己不怎么吃得下，她被雌狐那炯炯的注视搅扰得心神不宁，没有胃口了。然而，当他摆出各种食物时，她竟然立刻就饿了。她早饭只喝了橙汁，吃了一片干吐司；当时心中的兴奋（和害怕）不亚于婚礼当天早晨的新娘。此时，一看到面包和肉，湖滩以北的"狐之地"就被忘了个精光。

他不停从冷藏箱里拿出食物——冷牛肉三明治、金枪鱼三明治、鸡肉沙拉、土豆沙拉、凉拌卷心菜、两罐可乐、一个膳魔师保温瓶（他说里面是冰茶）、两块派，以及一大块蛋糕——眼前的景象让她想起马戏团的小车里挤得满溢出来的小丑。她大笑起来。这可能有点不礼貌，但现在她已经对他有了足够的信心，觉得自己不必太过谨慎地维持礼貌。这很好，因为她反正也不确定自己是不是能忍得住。

他抬起头来，左手拿盐瓶，右手拿胡椒瓶。她发现他很细心地用透明胶带贴住了瓶孔，防止瓶子倒了撒出来，于是笑得比刚才更厉害了。她在野餐桌一侧的长椅上坐下，双手捂着脸，想平静一下。她本来都快憋回去了，结果她又从指缝里偷看，发现了那堆惊人的三明治——两人份，居然有半打，每个都对角斜切好，整齐地封装在一个保鲜袋里，她又笑得停不下来了。

"怎么了，"他问道，自己也在微笑，"怎么了，罗西？"

"你是还有朋友要来吗？"她问道，还在咯咯笑个不停，"一群少年棒球队队员？还是一队童子军？"

他的笑容更灿烂了，但眼神依然严肃。这个表情很复杂，说明他明白哪里好笑，哪里不好笑。她也在这个表情里面真正发现比尔确实和自己同龄，或者说年龄差距小到不值一提。"我只是想确保你能吃到点喜欢的东西而已。"

她的笑声渐渐小了，但仍然对他微笑着。她最喜欢的倒不是他的体贴（这让他显得更年轻了），而是坦诚。不知为何，这让他显得更成熟了些。

"比尔，我几乎什么都能吃的。"她说。

"我知道啊，"他说着坐在了她旁边，"但那跟这个无关。我不在乎你能忍受什么，或者能对付什么样的下限，我在乎的是你喜欢什么，想吃什么。我想让你拥有这样的东西，因为我为你疯狂。"

她郑重地看着他，不再笑了。他握住她的手，她把自己的另一只手覆上去。她努力去想清楚他刚才的话，但感觉很难理解——就像想要让一件搬不动的笨重家具通过狭窄的门洞，反复地转来转去，试图找个合适的角度，让一切顺利进行。

"为什么？"她问道，"为什么是我？"

他摇了摇头说："我也不清楚。罗西啊，其实我并不很了解女人。我高二的时候交了个女朋友，本来可能会发生关系的，但时机成熟之前她就搬走了。大一的时候我又交了个女朋友，这个确实是发生了关系。之后，五年前，我和一个很好的女孩子订婚了，我俩是在城市动物园认识的。她叫布朗温·奥哈拉，听着像玛格丽特·米切尔[1]小说中的人物，不是吗？"

"很好听的名字。"

"她也是个很好的女孩，得脑动脉瘤去世了。"

"哦，比尔，我很遗憾。"

"那之后我又约会过几个女孩，毫不夸张地说——就只是约会过两三个，仅此而已，再无其他。我父母为了我的问题吵架。我爸说我要废了，妈妈却说：'别烦这孩子，不要再骂他了。'不过她说这话也是带着责骂语气的。"

罗西笑了。

"接下来，就是你，进了店，发现了那幅画。你从看到画的第一眼就明白自己必须拥有它，对吧？"

"是的。"

"我对你也是这样的感觉。我只是想让你知道，眼前的一切完全不出于什么善良、好心或者责任感。这里发生的任何事情都不是因为可怜的罗西经受过多么多么艰辛的日子。"他犹豫了一下，又说，"之所以做这些事情，是因为我爱上你了。"

"你不可能确定地知道，现在还不可能。"

"我很清楚自己知道什么，"他语气里温柔的坚持让她有些害怕，"好了，不演肥皂剧了。我们吃东西吧。"

1.美国畅销小说《飘》的作者。

他们开始吃东西。吃完以后，罗西感觉胃被裤腰带勒成了鼓面；两人把剩下的东西装回冷藏箱，比尔把它绑回哈雷的车架上。没有任何人来，滨岸仍然只属于他俩。他们回到湖边，又坐在那块大石头上。罗西逐渐对这块石头产生了强烈的感觉；她想，这样的石头，你一年可以来看它个一两次，只为了说句谢谢……当然，如果眼下的事情有个美好结局的话。而她觉得的确挺美好的，至少目前是这样。其实，她想不出有哪一天比今天更美好。

比尔张开双臂抱住她，接着将左手手指放在她的右脸颊上，将她的脸转向自己，开始亲吻她。五分钟后，她切实地感到自己快要晕眩了，半梦半醒，感受到一种从未想象过的兴奋，这种兴奋使所有她之前无法真正理解但坚定相信的书籍、故事和电影有了清晰的意义。她是那样相信它们，就像一个盲人相信看得见的人说落日很美。她脸颊发烫，胸部因为他透过上衣轻柔的触碰而发红又柔软，她发现自己暗暗希望自己没有穿胸罩，这么一想，脸就更红了。她心跳得很快，但这很好。一切都很好。其实已经不只是"好"，可以称为"美妙"了。她伸手放到他身下，感到很硬。感觉就像摸到一块石头，但石头不会在她的手掌之下耸动，动得像她的心。

他任由她的手在那里停留了一分钟，然后轻轻将其抬起，闻了她的手掌心。"好了，不要再继续了。"他说。

"为什么？"她看着他，一脸坦率，绝无伪装。她这辈子只跟诺曼这一个男人发生过性关系，而他绝不会仅仅因为你透过裤子触摸那个地方就兴奋起来。有时候——过去几年来这种时候越来越多了——他完全兴奋不起来。

"因为要是不停下来，我肯定要遭遇最严重的'蓝蛋蛋[1]'。"

她皱眉看着他，脸上带着非常认真的疑惑，叫他忍不住大笑起来。

---

1. 原文是"blue balls"，"附睾高血压"（epididymal hypertension）的通俗说法。

"没事的，罗西。只是，我希望我们第一次做爱的时候，一切都要很好——没有蚊子来咬屁股，不要在有毒的橡树丛中翻滚，关键时刻不要有从加州大学来的小孩出现打断。另外，我答应过4点之前要送你回去，好帮忙卖T恤，我不想弄得你非要赶时间。"

她低头看表，惊讶地发现已经2点10分了。要是他俩只是在石头上坐着亲热了五到十分钟，怎么可能就到这个点了？她不情愿却又感觉相当奇妙地认定，的确不可能。他们至少在这里待了半小时，说不定都快四十五分钟了。

"来吧。"他说着便从石头上溜下来。脚跟踩到冰冷的水中时，他的脸抽搐了一下。在比尔转身之前，她瞥见了一眼他凸起的裆部。是因为我，她想着，同时因为这想法引起的情绪而震惊：愉悦、好笑，甚至还有一点沾沾自喜。

她也跟着他溜下石头，在自己反应过来之前，已经握着他的手了。"好了，现在怎么说？"

"启程回去之前再散个步怎么样？冷静一下。"

"好的，但不要去看那些狐狸了。我不想再打扰它们。"

她，她心想，我不想再打扰到她。

"好，我们往南走。"

他开始转身，她捏捏他的手，让他再转回来。罗西走进比尔的怀中，自己伸手搂住他的脖子。他腰下的东西还没完全软下来，至少现在还没有。她很高兴。直到今天，她才发现，原来女人会真心喜欢这种硬——她从前都以为那只是一些推销衣服、化妆品和护发产品的杂志编造出来的东西。现在，她也许算是长了些见识了。她把身子紧紧贴在那发硬的地方，凝视着他的眼睛。

"我想说一句妈妈在我第一次生日派对上教我的话，你不介意吧？那时候我应该只有四五岁。"

"说呀。"他微笑着说。

"谢谢你给我这么美好的时光，比尔。谢谢你给了我长大以后最美好的一天。谢谢你邀请我出来。"

比尔吻了她："对我来说也很美好，罗西。我有好多年没这么开心过了。来吧，我们散散步。"

这次他们沿着湖岸向南走，手牵着手。他带她走上另一条小路，进入一片狭长的干草田，看上去已经多年无人造访。午后的天光洒在地里，光束之中尘土飞扬，蝴蝶在猫尾草之间飞舞，无律可寻的路线交织出虚空的图案。蜜蜂嗡嗡鸣叫着，在两人左边的远处，一只啄木鸟坚持不懈地啄着树木。他指各种花给她看，说出了其中大部分的名字。她觉得有几个他弄错了，但没有说出来。罗西指着田边一丛橡树底部的一簇蘑菇，告诉他那些东西有毒，但也不算特别危险，因为吃起来是苦的。真正给你惹麻烦，或者直接要你命的，是那些吃起来不苦的。

等他们回到野餐区，比尔刚才说的那些大学生出现了——一辆面包车和一辆四轮驱动的电动越野车全都载满了人。他们很友好，但也吵，纷纷将装满啤酒的冷藏箱搬到阴凉地，又架起排球网。一个十九岁上下的男孩子正把女朋友扛在肩上走来走去，女孩穿着卡其短裤和比基尼上衣。他突然开始小跑，她开心地尖叫起来，用手掌拍打他剪了平头的头顶。罗西看着他们，发现自己脑子里想的是女孩的尖叫会不会传到那片空地的雌狐耳朵里，她觉得会。她几乎能看到雌狐躺在那里，尾巴卷着自己吃饱了奶正熟睡的幼崽们，听着湖边传来的人类尖叫声。它双耳竖立，双眼明亮而狡黠，随时可能发狂。

大狗得了这种病，很快就不行了，但雌狐能带病毒生存很长时间。罗西想到这句话，又想起在那片荒草丛生的田地边瞥见的毒蘑菇，它们在潮湿的阴影中静静生长着。有一年夏天，奶奶把那些东西指给罗西看，说叫"蜘蛛毒蘑菇"；这个名字肯定只属于威克斯奶奶——那之后罗西绝对没有在任何关于植物的书籍当中见过这个名字——但她从未忘记那些东西莫名令人恶心的样子，苍白而光滑的菌肉上爬满了黑色斑点，的确有点像蜘蛛，如果你的想象力足够丰富的话……而她那时的想象力确实很丰富。

雌狐能带病毒生存很长时间，她又想到这句话，大狗得了这种病，很快就不行了，但……

"罗西，你冷了吗？"

她看着他，不懂为什么这么问。

"你在发抖。"

"不，我不冷。"她看着大学的那些孩子；他们都对两人视而不见，因为罗西和比尔都已经是二十五岁以上的人了。她把目光转回比尔说："但也许应该往回走了。"

他点点头："你说得对。"

5

回程的交通比来时拥堵了些，等他们一下高架，就更堵了。所以他们速度减缓了些，但并没有真正因此完全停下。比尔操纵着摩托车，在车流的缝隙之间穿梭，罗西觉得自己有点像坐在一只训练过的蜻蜓身上。但他不会冒任何没有来由的风险，而她也不曾质疑过他，即便他带着两人在车道之间的虚线上行驶，两侧不断掠过大型卡车，这些车像远古巨兽一样，耐心等着通过高架收费站。等摩托车开始经过写有"水滨""水族馆"和"埃廷格码头＆游乐园"的标牌，罗西很高兴及时离开湖畔赶过来了。她将按时到达 T 恤摊位，这很好。她还会把比尔介绍给她的朋友们，这更好。她相信她们会喜欢他的。摩托车从一条艳粉色横幅下面穿过，横幅上写着"和'女儿与姐妹'一起摇摆入夏！"，此时一阵幸福感向罗西袭来。后来，在那令人恶心又惊恐的漫长一天中，她将想起这一阵幸福感。

现在她能看到过山车，那多变的曲线与复杂的支架勾勒出大型的轮廓，以天空为背景；她听到上面传来的人们的尖叫，像水汽一样飘散无踪。有那么短暂的一刻，她把比尔搂得更紧了些，笑了起来。她想，一切都会好起来的。一瞬间，她脑海里闪过雌狐漆黑而警惕的双眼，她让自己不要去想，正如婚礼上的人会抛开死亡的记忆。

6

正当比尔·斯坦纳小心翼翼地操纵摩托车开上通往湖滨的小路时，诺曼·丹尼尔斯则把赃车开进了普雷斯街上一个巨大的停车场。这儿离埃廷格码头约五个街区，服务面积覆盖了半打湖畔景点——游乐园、水族馆、旧城电车、各家商店和餐厅。虽然离这些景点和休息区更近的地方有停车场，但诺曼不想靠得太近。他也许需要以一定的速度离开这个区域，不想在关键时刻被堵在车流之中。

周六早上 9:45 分，普雷斯街停车场的前半部分几乎没车，这对想保持低调的人来说并不好，但日租和周租区还是停了很多车，大部分都属于从北边某个地方来的轮渡客，他们来一日游，或者进行周末的钓鱼远足。诺曼将福特天霸流畅地开入停车位，一边停着上了犹他州车牌的温纳贝戈房车，一边停着来自麻省的巨型"路王"休闲车。被两辆大车左右一挡，天霸几乎消失了。正合诺曼的心意。

他下了车，拿起座位上的新皮夹克，穿在身上，又从一个夹克口袋里拿出一副太阳镜（不是他前几天戴的那一副）轻松地戴上。接着，他走到车后，环顾四周，确保没人看到他，打开了后备厢。他拿出轮椅，展开来。

他在女性文化中心礼品店买了保险杠贴纸，已经贴满了轮椅。那个中心楼上的会议室和礼堂里也许的确有很多聪明人在举办讲座，参加专题座谈，但楼下礼品店卖的却是些毫无意义又显得歇斯底里的破东西，这正中诺曼下怀。他倒不需要有女性标志的钥匙扣或是印有女人在各各他[1]被钉上十字架的海报（配文"女耶稣为你的罪恶而死"），但这些保险杠贴纸真是完美。其中一张上写着"女人需要男人，就像鱼需要自行车"，另一张上写着"女性不是供找乐子的玩物！"，这个作者显然没见过那种眉毛和一半头发都被出故障的热管子烧焦的妓女。还有些贴纸上写着"我投票支持女性堕胎权""性别是政治问题""明白尊重二字的真正含义"。诺曼心想，这些个不戴胸罩的有趣小玩意啊，她们知不知道"尊重"那首歌其实是男人写的啊。不过，他还是把这些贴纸都买了下来，还把最喜欢的那张仔细地贴在了轮椅仿皮靠背的最中间，他小小的随身听定制皮套旁边："我是个尊重女性的男人。"

这话很对啊，他一边想着，一边再次迅速环顾了下停车场，确保没人看到他这个敏捷坐上轮椅的"残疾人"，只要她们行为得体，我会很尊重她们的。

周围一个人影都没有，更没人专门看他。他转动轮椅，在刚洗过的天霸车侧面凝视着自己的影像。怎么样？他问自己，你觉得如何？能行吗？

他觉得能行。既然不可能伪装，他就要努力超越伪装——创造一个真人，就像优秀的演员在舞台上把人物演活。他甚至为这个新人物想了个名字：汉普·彼得森。汉普是一位退役军人，回到家乡后加入了一个不法摩托车帮派，干了十年左右。一直以来，女人对他来说，只有两到三种很有限的用途。然后，意外发生了。他喝了太多啤酒，开上了湿滑的路面，撞上桥墩。腰部以下半身瘫痪，却得到了精心护理，恢复了健康，而护理他的就是一位年轻女子，如圣女一般，

1.各各他（Golgatha），《圣经》中耶稣被钉上十字架的受难地。

名叫……

"玛丽莲。"诺曼说。他想的是玛丽莲·钱伯斯,多年来自己最喜欢的色情明星。他心中排第二位的是安伯·林恩,但玛丽莲·林恩听起来假得要命。接着他想了个姓,麦库,但那也不行,玛丽莲·麦库是和"第五维度"乐队一起唱歌的那个贱货,那是七十年代的事了,那时的生活还不像现在这么奇怪。

街对面的一片空地上立了个牌子,上面写着:"明年这里将建立又一优质德莱尼建筑工程!"——玛丽莲·德莱尼这名字挺不错的。很可能,没有一个"女儿与姐妹"的女人会问起他的人生故事,但化用"大本营"店员 T 恤上的那句话:最好有故事而不需要,而非需要却没有故事。

而且她们会相信汉普·彼得森的故事。她们肯定已经见过不少像他一样的家伙,经历过人生的重大转折,努力为过去的行为赎罪。当然,全世界的汉普们赎罪的方式,也和一辈子干别的事情一样,直撞南墙。汉普·彼得森直截了当地想让自己成为"荣誉女人",就这么简单。诺曼见过类似的例子,有些蠢货从一个极端到另一个极端,变成激情满怀的反毒品倡导者、耶稣狂热者和女性支持者。但说到底,在内心深处,他们还是和原来别无二致的混蛋,换了个调门哼老歌而已。不过,这不重要。重要的是,他们一旦想要进入哪个圈子,就总会在边上晃荡,就像沙漠中的风滚草或阿拉斯加的冰柱。所以,是的——他认为人们会相信眼前这个人就是如假包换的"汉普",而大家需要警惕的是另一个人,丹尼尔斯探长。即使疑心最重的人也很可能对他不屑一顾,觉得他不过是个想来一发的残废,在周六晚上用"敏感而体贴的男人"这种老套路来勾引女人。只需要一点点运气,汉普·彼得森将像在 7 月 4 日国庆游行中扮演"山姆大叔"的高跷人一样显眼,但又被每个人视而不见。

除此之外,他的计划简单得不得了。他会找到之前在总部看到的那群女人，作为"汉普"旁观她们——做游戏、分组谈话和野餐。肯定会有那种乐于助人的贱货，请他吃汉堡、炸热狗或者派（可千万别到处说她们内心深处就是需要给男人提供食物，别让她们意识到——这是上帝赐予她们的本能），然后他会充满谢意地接受，一口一口地吃光。有人跟他搭话，他就开口，要是有机会玩投环或者娃娃机能得到个毛绒玩具，他就把奖品送给某个小孩……一定小心，不要拍那小崽子的头，这年头，就连这种行为都可能被说是性骚扰。

但大部分时间，他只会旁观，寻找他那"疯长的玫瑰"。一旦他融入了人群，被大家见惯不怪，他就能毫不费力地观察寻找了。他可太擅长监视了。只要找到了她，他就能在这个码头上干脆利落地解决事情，只要他想。只需等到她内急，跟着她去，像拧鸡骨头一样拧断她的脖子，几秒钟就能完事。当然，这正是问题所在，他不愿意几秒钟就完事。他希望能不紧不慢地来，和她愉快悠闲地聊一聊，把她拿了他的银行卡走出家门后干的一切问个清楚。也就是说，他要得到一个完整的报告，鸡毛蒜皮，事无巨细。比如，他要问问她，输入他的密码是什么感觉，弯下身子从凹槽里捞到现金时有没有觉得兴奋——那是他辛苦赚来的钱，是他熬大夜去打击那些社会渣滓赚来的血汗钱。要是没有他这样的英雄，那些人无论对谁都是什么事都能做出来的。他想问问她，怎么会觉得自己可以逃脱，怎么会觉得自己能逃离他的手掌心。

等她把他想听的一切都说了，他再跟她谈谈。

虽然，以他设想的场景，"谈谈"可能有点用词不当。

第一步，找到她。第二步，从适当的距离注意观察她。第三步，等她终于受够了，离开聚会，跟着她……也许要等到演唱会之后了，但要是他运气好，也可能提前。只要离开了游乐园的范围，轮椅就可以扔了。上面会留下指纹（本来，买一双铆钉摩托护手套就能解决这个问题，还能为汉普·彼得森这个人物加分，但他时间有限，还发作了一次严重的头痛，属于他的"特殊"头痛），但没关系。他觉得，从现在开始，指纹应该就是最不用担心的问题了。

诺曼希望能到她住的地方与她共处，而且觉得他很可能心想事成。等她上了公交车（肯定是公交车，因为她没有车，也不会浪费钱打车），他会紧随其后也上去。要是从埃廷格码头到那个卖淫小窝的路上，她恰巧发现了他，诺曼会当场杀了她，后果就去他妈的吧。不过，要是一切顺利，他会紧跟着她走进门；在那扇门的另一边，她将会遭受地球上任何一个女人都从未经历过的痛苦。

诺曼摇着轮椅，来到"全日通票"的窗口，成人票标价十二元。他把钱递给窗口里的男人，又摇着轮椅往园里走。路上人很少，时间还早，埃廷格码头还没真正热闹起来。当然，这样也有不利之处。他得非常小心，千万别引起不必要的注意，但这也是有可能的。他——

"哥们儿！嘿，哥们儿！回来！"

诺曼猛地停下，把在方向盘上的双手都一动不动，茫然地盯着"鬼船"和那个身穿古老船长服装的巨型机器人，它站在船头，一遍遍地用充满机械感的声音高喊道："吓死你，伙计！"哦，不，他不愿意引起不必要的注意……但现在恰恰就在发生那样的事情。

"喂，光头！坐轮椅的！"

人们转身看他。其中有个穿着红色宽松上衣的黑人肥婆，看上去智商只及"大本营"那个兔唇店员的一半。她也有点面熟，但诺曼没在意这个，觉得只是自己想多了——他在这个城市没有熟人。她又转过身走了，腋下夹着一个公文包大小的袋子。但还有很多人在看他。诺曼突然感到裤裆处汗湿了。

"喂，哥们儿，回来！你给多了！"

他一时没听懂这话——好像对方在说外语。接着他就明白了，心里大松一口气——同时又厌恶自己怎么会那么蠢。是啊，他确实给多了票钱。他忘了自己不属于"成年男性"，而是"残障人士"。

他转动轮椅，摇回售票窗口。在窗口斜伸出头的那个男人很胖，看样子有着和诺曼一样的自我嫌恶。他手上拿着一张五元的钞票。"残障票七元，你不认字吗？"他问诺曼，先指了指窗口上方的标示牌，再把钱推到诺曼眼前。

诺曼短暂地想象了一下把这五元钞票戳到这死胖子的左眼里，应该很痛快，接着他接过钞票，放进夹克众多口袋中的一个。"不好意思。"他谦卑地说。

"行了，行了。"售票窗口的男人说着转过了身。

诺曼又摇着轮椅往园子里去了，他的心怦怦直跳。他精心构建了一个角色……制订了简单但恰到好处的计划来实现目标……然后，刚一起步，他就做错了，这不是蠢，而是极蠢。他这是怎么回事？

他不知道，但从现在开始，他也只能临场发挥了。

"我能做到，"他喃喃自语，"妈的，我一定能。"

"吓死你，伙计！"诺曼从机器人的下方摇过去，这东西还在用机械声喋喋不休着，他一只手上挥舞着马桶大小的玉米芯烟斗。"吓死你，伙计！吓死你，伙计！"

"随你怎么说吧，船长。"诺曼压低声音回了一句，继续摇着轮椅。他来到一个三岔路口，箭头分别指向码头、游乐区和野餐区。指向野餐区的箭头旁边有个小牌子，上面写着："女儿与姐妹"的客人和朋友12点午餐，6点晚餐，晚上8点音乐会，尽情享受！尽情欢乐！

"绝对欢乐。"诺曼想着，摇着他满是贴纸的轮椅前往通向野餐区的一条水泥小径，小径两旁都种了花。这个区域其实是个公园，而且很不错。区域内有儿童游乐设施，孩子们要是玩烦了各种过山车，或者害怕得不敢坐，就能到这里玩耍。有些灌木被修剪成可爱的动物形状，和迪士尼乐园里的一样。还有一个马蹄坑[1]、一个垒球场和许多野餐桌。

1.玩投掷马蹄铁这种户外游戏的场地。

现场搭了一个侧边敞开的帐篷，诺曼看到穿白色厨师衣的人在里面准备烧烤。帐篷后面有一排摊位，显然是专门为今天的活动而设置——有个摊位卖手工制作的被子，你可以出价竞标；有个摊位卖T恤（很多上面都印着"汉普"装饰在轮椅上那种充满激情的口号）；还有个摊位卖的是多种多样的小册子，指导你如何离开丈夫，和你那些拉拉灵魂姐妹一起寻找快乐。

如果我有一把枪，他想，像英格拉姆M10冲锋枪那种重型快速枪，就可以在短短二十秒内让世界变得更美好。美好很多。

现场大部分都是女人，但男人也不少，诺曼并不显得特别引人注目。他摇着轮椅经过各个摊位，显得谦和有礼，有人对他点头致意，他也回以同样的礼数；有人对他微笑，他也报以微笑。他对一床雪花被出了价，留名"理查德·彼得森"。自称"汉普"可能不太好——在这里不太好。他顺路买了一本名为《女性也有房产权益》的小册子，对管那个摊位的"拉拉女王"说，要寄给自己在托皮卡的珍妮妹妹。"拉拉女王"笑了，祝他生活愉快。诺曼也微笑着说："你也是呀。"他观察一切，又特别留意着一个人：罗丝。还没看到她，但没关系，时间还早。他几乎可以确定她会于中午出现，坐下来用午餐。一旦他确凿地看到她，一切都会好起来，所有事情都会好起来。是啊，他在"全日通票"的窗口有个小小的失误，但那又怎么样呢？已经过去了，他不会再犯错了，绝对不会。

"朋友，你这轮椅挺酷啊。"一个穿豹纹短裤的年轻女子愉快地说道。她拉着一个小男孩的手。小男孩的另一只手上拿着个樱桃味的甜筒，像是要把冰激凌弄得满脸都是。在诺曼眼里他简直是全世界最蠢的小臭屁了。"标语也很酷。"

她伸手给诺曼，想跟他来个拍手礼。诺曼想，要是他不以仰视的态度，如她所愿地伸出五根手指，而是咬下她两三根手指，她脸上那种"我为残障人士停下来了"的得意假笑会有多快消失。不过他只想了一瞬间。她伸出来的是左手，诺曼看到上面没有戴戒指，也不惊讶，虽然那个满脸樱桃味鬼东西的小崽子和她长得特别像。

你这个荡妇，他想，看见你我就知道这个世界究竟出了什么问题。你干了什么？找了个拉拉朋友，用火鸡注射器把你肚子搞大了？

他微笑着，轻轻拍了下她伸出的手。"你最棒了，姐妹。"他说。

"你有朋友一起来吗？"女人问道。

"嗯，你啊。"他马上回道。

她高兴地笑起来。"谢谢。但你应该知道我什么意思。"

"没有，就是来看看热闹，"他说，"要是我碍事了，或者这是私人聚会，我离开就好了。"

"不，不是的！"她像是被这想法吓坏了似的……这正如诺曼所料。"留下来，一起玩，好好玩。需要我为你拿点吃的吗？我会很开心的。棉花糖？热狗？"

"不用了，谢谢。"诺曼说，"之前骑摩托出事了——所以才坐了这个美妙的轮椅。"那贱人同情地点着头，只要诺曼愿意，三分钟内就能让她放声痛哭。"那之后我胃口就不太好了。"他怯怯地朝她笑了笑，"但我还是很热爱生活的，感谢上帝。"

她笑了。"很好，祝你生活愉快。"

他点点头。"祝你愉快加倍！你也要开心，孩子。"

"嗯嗯。"那个孩子含糊地说，沾满樱桃冰激凌的脸颊上，一双眼睛满怀敌意地盯着诺曼。诺曼感到一阵真正的恐慌，仿佛这个孩子要把他看透，看到那个躲在汉普·彼得森的光头与多拉链夹克后面的诺曼。他告诉自己，这种感觉只是简单而普通的妄想症，不多不少——毕竟，他正在敌方阵营假冒别人，在这种情况下有点妄想多疑简直太正常了——但他还是迅速地离开了。

他原以为只要离开眼中满是敌意的小孩，心情就会好起来，但事实并非如此。那满腔的乐观情绪还没持续多久，就被焦躁不安的感觉所代替。很快就要到午餐时间了，再过十五分钟左右，人们就要坐下来了，但还是不见她的踪迹。有些女人去坐过山车了，罗丝可能跟她们一起去了。但他觉得不太可能。罗丝才不能玩这么高兴呢。

不一定。你说得对，她从来没那样过……但她说不定变了。诺曼内心有个声音低语道。这个声音还要说别的什么，但诺曼只允许它再说一个字，就毫不留情地让它闭了嘴。他不想听那些废话，尽管他明白罗丝的内心深处一定是有所改变的，否则她仍然会待在家里，每周三都为他熨衬衫，眼前的这一切都不会发生。他满脑子都是罗丝变了，竟敢拿着他那张他妈的银行卡出走。这感觉像利齿一般啃噬着他的心，让他几乎难以忍受。光是这样想想，他就恐慌起来，仿佛千斤重担压在胸口。

冷静，他对自己说，你必须冷静。就当作在出监视任务，你已经干过一千次了。要是你真的能这样想，一切都会好的。小诺曼，让我来告诉你该怎么做：忘记你要找的人是罗丝。

直到你真正看到她之前，忘记你要找的人是罗丝。

他按照这个想法努力了。的确有帮助，事情基本按他的预期发展了；大家见惯不怪地接受了汉普·彼得森的存在。有两个拉拉，穿着短袖T恤，露出过度发达的手臂肌肉，她们和他玩了会儿飞盘。有个老太婆，一头白发，腿因静脉曲张而丑得要死，给他买了一支酸奶冰棒，说是因为他陷在那轮椅里，看上去真的很热又很不舒服。"汉普"对她千恩万谢，说是的，他是有点热。但你可一点也不"热辣"，宝贝，看着这个花白头发的女人转身离去，他心想，难怪跟这些臭拉拉在一起呢——你就算死也找不到男人。不过，酸奶冰棒很好吃，清爽冰凉，他大口吃完了。

诀窍在于，千万别在同一个地方停留太久，他从野餐区转移到马蹄坑，两个废物男人正在和两个同样废物的女人玩双打。诺曼觉得他们要一直玩到太阳落山了。他摇着轮椅经过临时厨房帐篷，烤架上正出炉第一批汉堡，正有人把土豆沙拉分装进上菜用的碗里。最终他朝游乐区和过山车方向驶去，一边摇着轮椅，一边低着头，偷偷瞥着那些正往野餐桌走去的女人，她们有的推着婴儿车，有的胳膊下面夹着廉价的奖品。罗丝不在其中。

好像哪里都没有她的影子。

7

诺曼一心忙着寻找罗丝，没注意到之前注意过他的那个黑人妇女又开始注意他了。这个女人块头大得不得了，说实在的，竟然有那么点像绰号"冰箱"的威廉·佩里。

格特在游乐场上推一个小男孩荡秋千。现在她停下来，晃晃脑袋，像是要理清思绪。她还在看着那个穿摩托夹克的残疾人，不过现在只能看到他的背影。轮椅的后靠背上贴了张保险杠贴纸，上面写着"我是个尊重女性的男人"。

你也是个看起来很眼熟的男人，格特心想，或者你只是长得像某个电影明星？

"继续啊，格特！"梅拉妮·哈金斯的小儿子命令她，"推我！我想荡得更高！我想翻筋斗！"

格特把他推向更高处，当然，小斯坦利不可能真的翻筋斗——在这个动不动就惹上官司的时代，肯定不可能的。但他的笑声太有感染力了，让她自己也不禁露出灿烂的笑容。她又把他推得更高了，把本来让她挂怀的轮椅男抛到了脑后。

"我想翻筋斗，格特！拜托！来吧，求求你了！"

好吧，格特想，或许偶尔一次也没关系。

"抓紧了，小英雄，"她说，"来吧。"

8

诺曼心里清楚，最后一批野餐的人也过去了，但他依然摇着轮椅。他觉得这是个明智之举，"女儿与姐妹"那群女人跟朋友吃饭的时候，他最好别在场。此外，他的恐慌感不减反增，担心如果留在这里，会有人注意到他不对劲。按照计划，此时罗丝应该已经在这里了，他也应该已经看到她了，但他没有。他觉得她人不在这儿，但这说不通啊。老天爷啊，她就是只小老鼠啊，小老鼠。要是她没有在这儿和她那些贱货老鼠朋友在一起，她又能在哪儿呢？要是不到这儿来，她还能去哪儿啊？

他摇着轮椅从写有"欢迎来到游乐区"的拱门下经过，沿着宽敞而平整的路面行驶，也没怎么注意自己究竟在往哪里去。他越来越发现，坐轮椅上路最大的好处，就是人们会小心地避开你。

园子里人越来越多了，他觉得这是件好事，但除此之外就没有好事了。他的头再次剧痛起来，匆匆而过的人群让他有种很陌生的感觉，像是自己这具人类的皮囊下是个外星人。比如，怎么有那么多人都在欢笑啊？到底有什么好笑的啊？他们难道看不到这个世界是什么样的吗？他们难道看不出来，一切——对，一切！——都在崩溃的边缘吗？他惊慌地发现，这些人的样子都像拉拉和基佬，所有人都是，仿佛全世界已经堕落成满是同性恋者的臭粪坑。女人都是贼，男人都是骗子，没有任何人尊重将社会凝聚在一起的规矩和道德。

他的头痛得越来越厉害了，视野边缘又开始出现影影绰绰但显眼的"之"字形图案。这个地方的噪声好像越来越大了，让他发疯，好像他的头脑已经被某个残酷的地精给控制住了，逐渐将音量调到最大分贝。过山车轰隆隆地攀上轨道的第一个坡，听起来仿佛一场雪崩；过山车冲下第一个坡，乘客们尖叫起来，那声音就像炮弹片一样撕扯他的鼓膜。汽笛风琴突兀的调子非常刺耳，电子游戏室里传出电子噪声，围绕着拉力赛车道飞驰的卡丁车像烦人的虫子一样嗡嗡嗡……这些声音在他混乱而恐惧的头脑中汇聚着，如同饥饿的怪兽。还有最糟糕的，超越这一切声音，像钝钝的钻头慢慢钻入他脑髓的就是"鬼船"上那机器人的喊声。他感觉，但凡他再听那家伙喊一句"吓死你，伙计！"，头脑就会整个炸裂，像被点燃的干柴。要么是这样，要么他就会从这个轮椅里面猛地跳起来，尖叫着跑过——

停，小诺曼。

他摇着轮椅来到一小片空地上，一边是油炸面饼摊，一边是三角比萨摊。他就在这里真正停了下来，背对着闹哄哄的人群。当那个特别的声音出现时，诺曼总是会倾听的。九年前，正是这个声音告诉他，让温迪·亚罗闭嘴的唯一办法，就是杀了她；也是这个声音，在罗丝断了肋骨的那次，最终说服他带她去医院。

小诺曼，你疯了，那个冷静而清醒的声音开口了，你都出庭做证过几千次了，按照那里的标准，你就是个不折不扣的大疯子。这个你也知道，对吧？

湖面的微风将微弱的声音吹到他耳朵里："吓死你，伙计！"

小诺曼？

"嗯。"他悄声应道，并用指尖按摩起作痛的太阳穴，"我应该是知道的。"

好的，人是可以利用自己的缺点的……只要他愿意承认缺点。你必须把她找出来，这意味着要冒险。但你光是到这里来，就是在冒险了，对吧？

"是啊，"他说，"是的，爸爸，的确是冒险。"

好，那就别废话了。听好了，小诺曼。

诺曼认真听着。

9

格特继续为斯坦利·哈金斯推了会儿秋千，他一直大喊着“多让我翻几个筋斗”，让她觉得越来越没耐心了。她不打算再给他翻筋斗了，第一次翻他就差点掉了下来，有那么一秒钟，格特确定自己要心脏病发作猝死了。

而且，她又担心起那个男人来。那个光头男人。

她以前在哪里见过他吗？是吗？

难道是罗西的丈夫？

哦，疯了吧。绝对的妄想症。

可能确实是想多了，几乎可以确定是想多了。但这个想法就那么萦绕在心里。看块头好像差不多……不过你很难准确判断坐轮椅的人的块头，对吧？罗西丈夫那样的男人当然也很清楚这一点。

别瞎想了。你这就是疑神疑鬼。

斯坦利荡秋千荡累了，问格特愿不愿意陪他爬攀岩架。她微笑着摇了摇头。

“为什么不愿意啊？”他噘嘴问道。

“因为你这个老朋友格特自从不换尿布之后，身材就不适合爬攀岩架啦。”她说。她瞥见兰迪·富兰克林在滑梯旁边，突然做出了一个决定。要是不稍微追查一下，她会被逼疯的。她问兰迪能不能照看一下斯坦利。这位年轻女子一口答应。格特说她真是个天使，当然，兰迪绝对算不上……不过，来点积极强化总没坏处。

“你要去哪儿啊，格特？”斯坦利显然很失望。

“我要去办件事，小伙子。你到那边去，和安德烈还有保罗一起滑会儿滑梯吧。”

“滑梯都是给小屁孩玩的。”斯坦利闷闷不乐地说，但还是过去了。

10

格特沿着从野餐区通往主干道的小路走去，到了地方之后，她又去到售票窗口。"全日通票"和"半日票"的窗口都排着长队，她几乎确信自己想找的那个人帮不上什么忙——她见到他是怎么在做事了。

"全日通票"窗口的后门开着。格特在原地站了一会儿，鼓起勇气，朝那后门走去。在"女儿与姐妹"里，她没什么正式的职务，从来没有过，但她爱安娜。十六岁到十九岁期间，因为一个男人，她进过九次急诊室，多亏了安娜帮忙，她才从那段关系中脱身。现在，格特已经三十七岁了，为安娜做非正式的副手也快十五年了。她把安娜教给自己的东西，教给那些新来的"女儿与姐妹"，伤痕累累的受害者——她们不一定要回到虐待自己的丈夫、男友、父亲和继父身边——不过这只是她的职责之一。她还会教授防身术（不是因为这些招式能救命，而是因为这能帮人找回尊严）。她也会帮安娜组织筹款活动，比如眼前这个；她还会和安娜手下那位年迈体弱的会计合作，保持组织有些微盈利。如果需要安保工作，她会尽力去做。现在，她正是以安保人员的身份在往前走，同时解开手袋的扣子。这个手袋就是格特的移动办公室。

"打扰了，先生，"她说着斜靠在敞开的后门边，"能跟你简单说句话吗？"

"游客服务窗口在鬼船的左边，"他都没转身，"你要是有什么问题，去那儿问去。"

"你不明白。"格特说，她深吸了一口气，尽量让语气平静，"我的问题只有你能解决。"

"二十四元，"售票员对窗口外的年轻夫妇说，"找你六元，祝你玩得开心。"他仍没有转过头来看一眼格特。

"女士，我这儿忙着呢，你没看到吗？所以，你要是想投诉游戏被动了手脚，或者类似的什么问题，你就多走两步，去游客服务中心——"

够了，格特不想再听这个家伙让她去这儿那儿的，尤其不想再听他用那叫人无法忍受的声音指挥自己，那声音里充满了"怎么全世界都是傻瓜"的傲慢。也许全世界的确都是傻瓜，但她可绝不在其列。而且她知道这个自以为是的白痴不知道的一件事：彼得·什洛维克被咬了八十多下，而咬他的人现在可能就在这里，到处找他的妻子。她走进售票亭——虽然是勉强挤进去的，但还是进去了——抓住售票员蓝色衬衫制服的肩膀，把他转了过来。他胸袋的名牌上写着"克里斯"。克里斯惊讶地看着格特·金肖如黑色满月一般的脸，因为跟顾客发生肢体接触而惊呆了。他张了张嘴，但格特抢在他开口之前说话了。

"闭嘴，听我说。我觉得你有可能在今天早上卖了一张全日票给一个非常危险的男人。一个杀人犯。所以别跟我诉苦说你这一天过得多辛苦，克里斯。因为，我——他妈的——不在乎。"

克里斯瞪大双眼，惊讶地看着她。他还没回过神来，也来不及开口说话，格特已经从她的超大手袋里取出一张略微模糊的传真照片，放到了他眼前。下面的图说写着"诺曼·丹尼尔斯探长，秘密缉毒小组组长"。

"你应该去找安保部。"克里斯说，语气显得既委屈又担忧。在他身后的窗外，人们依然排着长队，现在排第一个的是个男人——戴着一顶很像卡通人物"马古先生"的蠢帽子，穿了一件T恤，上面写着"全世界最佳爷爷"——突然举起手机开始拍摄，他可能觉得把这个冲突录下来，这段素材某天就会出现在某个电视真人秀节目上。

早知道这么有意思，我才不会那么犹豫呢。格特心想。

"不，我不想去找他们，反正暂时还不想。我想找你。请你帮忙，好好看一眼，告诉我——"

"女士，要是你知道我一天内要看多少人——"

"回想一下，是个坐轮椅的男人，来得很早，高峰期之前。能想起来吗？块头比较大，光头。你还探出窗口朝他喊来着。他回来了肯定是忘记拿找零之类的了。"

克里斯的眼睛亮了。"不，不是的，"他说，"他以为给我的钱是对的。我很清楚，因为他明确给了我一张十块和两张一块的钞票。他要么是忘记了全日通票有残障人士专享价，要么是没看到那个标价。"

是啊，格特心想，要是满脑子想着别的事情，一个假装残疾的男人恰恰就会忘记这样的事情。

马古先生显然认定两人闹不起来了，放下了手机。"麻烦你给我和孙子扯两张票吧？"他透过通话窗口问道。

"别急。"克里斯说。格特觉得这人还真是在哪里都不讨人喜欢呢，不过现在不是和他讨论如何提升工作表现的时候，现在她得专注运用点"外交手段"。他又转身朝着她，一脸疲惫和被愚弄的表情。她又递上照片，用一种"请聪明的你告诉我"的柔和声音开了口。

"坐轮椅的是这个人吗？想象一下他没有头发的样子。"

"妈呀，女士，饶了我吧！他还戴了墨镜的。"

"好好想想吧。他很危险。即便他只是有那么一丁点可能在这里，我都必须知会你们的安保部门了。"

哎呀，她说错话了。格特几乎立刻就察觉到了，但仍然还是晚了几秒。他眼中那一亮虽然短暂，却很难被误解。要是她想去安保部门反映一些与他无关的问题，那没什么。但如果与他有关，即便只是有一丁点关系，那就有问题了。也许他之前和安保有过过节，或者，只是因为那边有人指责过他是个脾气暴躁的混蛋。无论如何，他已经认定整件事是个大麻烦，而他没必要惹事上身。

"不是这个人。"他说。刚才他已经把照片拿到眼前看了看，现在想递回给她。格特抬起双手，手心向着胸口，放在巨大的乳房上面，拒绝接过照片，至少暂时不会拿回来。

"麻烦你，"她说，"如果他在这里，就是在找我的一个朋友，而且不是想带她去坐摩天轮。"

"喂！"越来越长的"全日通票"队伍里有人大喊道，"快点，快点啊！"

大家热烈附和，而"全世界最佳爷爷"先生又举起了他的手机。这次他似乎只专注于拍摄格特这位新朋友，"特工佳丽"。格特看着克里斯在看那个拍摄的人，看到克里斯的脸颊逐渐涨红，试图伸手挡脸却无济于事，就像一个被县法院传讯后出来的罪犯。即便她曾经有机会在这里挖出点什么来，时机也已经过去了。

"不是这个人！"克里斯突然喊道，"完全不一样！现在你这个该死的肥婆快给我出去，不然我就叫人把你扔出这个园子。"

"瞧瞧是谁在放狠话啊，"格特哼了一声，"我可以在你背后的队伍面前摆个十二道菜的宴席桌，还不会把一把叉子掉进缝隙里。"

"快滚！现在马上！"

格特气冲冲地大步走回野餐区，双颊火辣辣的。她感觉自己像个傻瓜。怎么能把事情搞砸成这样啊？她努力告诉自己，全怪这个地方——太吵了，太混乱了，太多人像疯子一样到处奔跑，想开心找乐子——但她没法怪这个地方。她很害怕，所以才出现这样的局面。想到罗西的丈夫可能是杀害彼得·什洛维克的凶手，这就很糟糕了。但今天，他可能就在这里，假扮成一个瘫痪的铁骑士，这比前者还要糟糕一千倍。她也曾遭遇过疯子，但这人不仅是个疯子，还有纯熟的技巧和执着的决心……

话说回来，罗西在哪儿呢？格特唯一能确定的，就是她不在这儿。还没到这儿。她纠正自己。

"我搞砸了。"她喃喃自语，想起自己会对几乎每个来求助"女儿与姐妹"的女人说的话："要是你知道了，就做掌控局势的主人。"

好的，她要掌控局势了。也就是说，先不找码头安保部门了，至少暂时不找——首先，他们很可能不会相信她的说辞，而且即便她能成功说服他们，可能也会花掉太长时间。不过，她刚才也看到了，那个坐轮椅的光头摩托车手在野餐区晃荡，跟几个人说过话，大部分都是女人。拉娜·克兰甚至还给了他吃的。好像是冰激凌。

格特匆忙回到野餐区。虽然有点内急，但她没心思去管。她想找拉娜或任何跟光头男说过话的女人，但感觉就像找警察一样——当你需要警察时，身边永远是一个也找不到。

现在，她真的得赶紧去解决一下了，快憋坏了。她怎么喝了这么多鬼冰茶啊？

11

诺曼摇着轮椅，慢慢沿着游乐园的娱乐区原路返回，并朝野餐区摇去。女人们还在吃饭，但时间不多了——他看到大家传起了第一盘甜点。如果想要在大部分女人仍然聚集在一个地方时行动，那他就得快点了。不过，他倒是不担心，担心的时候已经过去了。他很明白去哪里能找到单个女人，他可以跟对方近一点地谈谈。女人离不开洗手间，小诺曼，这是父亲曾经对他说过的话，她们像狗一样，即便只是在丁香花丛里散个步，都得蹲下来撒个尿。

诺曼摇着轮椅，轻快地经过标有"卫生间"的牌子。

一个就够，他心想，只要有那么一个，独自走过来，能跟我说说不在这儿的罗丝究竟去了哪儿。如果她去了旧金山，我就跟着她去那儿；如果是东京，那我也跟着去；如果是地狱，我也会跟着她去。何乐而不为？反正那就是我们最后的下场，说不定还会一起生活。

他穿过一片小树林，里面种满了观赏性冷杉，然后撒开轮子，沿着一个缓坡滑行到一栋没有窗户的砖楼，楼的两边都开了门——右边男厕所，左边女厕所。诺曼摇着轮椅经过标有"女"的门，停在了砖楼的远端。诺曼对这个位置非常满意——窄窄的一条，光秃秃的土地，一排塑料垃圾桶，一道为了保护隐私而高高树立的栅栏。他下了轮椅，站在砖楼角落往那边窥探，头往外探得越来越深，直到能看到小路。他又感觉没事了，很冷静，很安心。他的头还在痛，但已经减轻了，只是钝钝的隐痛。

两个女人从那"玩具树林"里面走出来——不行。当然，这是他在目前的盯梢位置看到的最糟糕的事情，女人上厕所的时候经常是成双成对的。老天啊，她们要在里面做什么？

眼下这两个进去了。诺曼可以通过最近的通风口听到她们的声音，她们在笑着谈论一个叫弗雷德的人。弗雷德做了这个，弗雷德做了那个，弗雷德还做了另一件事。显然，弗雷德是个非常出色的男孩。只要讲话比较多的那个女人停下来喘气，另一个就会咯咯笑，诺曼觉得这笑声非常刺耳，仿佛有人将他的大脑放到碎玻璃上去滚，就像面包师傅把甜甜圈在碎糖里滚。然而，他还是站在原地，这样才能看到小路，而且他完全静止不动，除了双手在不断开了又合，开了又合。

她们终于出来了，还在聊弗雷德，还在咯咯笑，两人离得很近，髋部经常碰在一起，肩膀也擦来擦去，诺曼发现自己特别想快步追上她们，抓住两个贱货淫荡的脑袋，一只手的掌心握一个，这样就能把两个脑袋凑在一起，像两个塞满烈性爆炸物的南瓜一样，捏得粉碎。

"别。"他悄声对自己说。豆大的晶莹汗珠从脸上滑落，他刚刚剃完头发的头皮上也全是汗，"哦，别，现在不行，天啊，现在不要失控！"他在发抖，头痛又剧烈复发了，像狠狠的拳头捶打着他。他的视野边缘又有清晰的"之"字形在跳跃，右鼻孔有鼻涕淌下来。

接着出现在视线中的这个女人是独自一人，诺曼认出了她——头发花白，腿因静脉曲张而丑得要死。那个给他酸奶冰棒的女人。

我有根棒子要给你，他心想，随着她走上水泥小路，他全身绷得越来越紧，我有根棒子要给你，要是你给不了我想要的答案，而且不是马上给出，你就得把这棒子的每一寸都给吃下去。

又有人从小树林中走了出来。诺曼也见过她——穿红色套头衫的特别爱管闲事的肥婆；售票处那个男人把他喊回去的时候，这肥婆还回头看他呢。他又有了那种似曾相识的感觉，真是叫人发疯，仿佛一个名字就在舌尖上放肆地舞动，只要你想逮住它，它就迅速地退回去。他是不是真的见过她？要是头不痛就好了——

她还拿着那个超大号的手袋，看上去更像个公文包。而她正在里面翻找着。你在找什么啊，肥妞？诺曼心想，夹馅面包？棉花糖霜？说不定还有——

电光石火间，他就那样想起来了。他在图书馆读到过有关她的内容，那是一篇写"女儿与姐妹"的报纸文章。文章里有一张她的照片，她蹲踞着，摆出某种空手道的姿势，非常混蛋的样子，看起来根本没有李小龙的风采，更像个加宽一倍的拖车。就是这个贱人对记者说，男人不是她们的敌人……"但如果他们打人，我们就会反击。"格特。他不记得她姓什么了，但记得她叫格特。

走开，格特。诺曼看着穿红上衣的大块头黑女人想。他双手紧握，指甲深深扎进手掌。

但她没有走开。"拉娜！"她反而还喊了起来，"嘿，拉娜！"

白发女人转过身，接着往回走到肥妞身边。这肥妞看上去就是穿了裙子的"冰箱"佩里。他看着那个名叫拉娜的白发女人带着这个贱货格特回到树林里。两人一边走着，贱格特一边从包里掏出什么东西，看上去像是一张纸。

诺曼伸出胳膊擦掉眼上的汗水，等着拉娜和格特说完废话，然后来到卫生间边上。小树林另一边的野餐区，甜点也快吃完了，等都完事了，本来稀稀拉拉来此解决的女人会像洪水一样涌入。要是他不转运，而且不尽快转运，情况将变得一团糟。

"来呀，来呀。"诺曼压低声音。仿佛是为了回应他，有人从树林里走出来，沿着小路走过去。这不是格特，也不是给他酸奶冰棒的拉娜女士，但仍然是他见过的人——侦察"女儿与姐妹"那天，他在花园里见过这个婊子。那个头发像摇滚明星一样染成两种颜色的女人。当时这个大胆的婊子甚至向他挥手。

而且把我给吓得不轻，他想，不过，一报还一报，很公平，对吧？来呀，现在。到你爹这儿来。

诺曼感觉自己变硬了，头痛完全消失了。他一动不动地站着，像尊雕像，眼角的余光一直注意盯着砖楼拐角，祈祷格特不会在这个关键时刻回来，祈祷那个头发半绿半橙的女孩不会改变主意。没人再从树林里走出来，那个有着傻缺头发的女孩也越走越近。"留着94年发型的垃圾朋克小姐，快来我家里坐坐。"蜘蛛对苍蝇说。她越走越近，正要伸手拉门把，但门打不开，因为趁她摸到把手之前，诺曼的手就已经攥住了辛西娅纤细的手腕。

她看着他，瞪大了双眼，惊呆了。

"过来这里，"他说着，把她拽在身后走了起来，"来这儿，我跟你谈谈。近一点地谈谈。"

12

格特·金肖匆匆往卫生间走去，急得快要跑起来了，接着——奇迹中的奇迹——她看到自己一直在找的女人就在前面。她马上打开自己的大容量手袋，开始翻找那张照片。

"拉娜！"她喊道，"嘿，拉娜！"

拉娜走回小路上。"我在找凯茜·斯帕克斯，"她说，"你见过她吗？"

"嗯嗯，她在玩马蹄铁，"格特说着用拇指朝野餐区的方向指了指，"不到两分钟前看见过她。"

"太好了！"拉娜立刻朝那个方向走去。格特充满渴望地看了一眼卫生间，还是跟在了拉娜身边。自己的膀胱应该还能再坚持一会儿。"我还以为她又惊恐发作了，因为她从这里冲出去了，"拉娜说，"你也知道她发作起来多严重。"

"嗯嗯。"两人马上就要进入树林了，格特把那张传真照片递给拉娜。拉娜好奇地仔细看了一番。这是她第一次看到诺曼的照片，因为她没有住在"女儿与姐妹"。她是位精神疾病方面的社工，住在新月山庄，丈夫温柔体贴，三个孩子也身心健康。

"这是谁？"拉娜问道。

格特还没来得及回答，辛西娅·史密斯走了过来。即便在这种情况下，辛西娅奇怪的头发也一如既往逗得格特咧嘴一笑。

"嘿，格特，喜欢你的衬衫！"辛西娅爽朗地说。这不是在恭维，只是这女孩就爱这么说话，这是"辛西娅特色"的一个小小体现。

"谢谢。我喜欢你的短裤。但我敢打赌，如果你再努力一点，还能找到让你再多露点屁股的裤子。"

"嘿，可不是嘛。"辛西娅说。她继续往前走着，她那毫无疑问十分可爱的屁股像钟摆一样摇来晃去。拉娜一脸开心地看着她，又把注意力转回到照片上。她一边仔细看着，一边不经意地捋着扎成长马尾的一头白发。

"你见过他吗？"格特问道。

拉娜摇了摇头，但格特觉得她不是在否定，而是在表达疑虑。

"想象一下没有头发的他。"

拉娜做出了更进一步的举动。她遮住了照片中那人发际线以上的部分。她凑得更近了些，仔细地看了一番，她的嘴唇在抽动，仿佛是在"读"照片，而不是单纯在"看"。等再抬起头看向格特时，她的表情充满了疑惑和担忧。

"今天早上我给了一个人酸奶冰棒，"她犹犹豫豫地开了口，"他戴着墨镜，但——"

"他坐着轮椅。"格特说。她虽然知道现在才算刚开始，却感觉一副重担从双肩滑落。知情总比不知情好。能确定是最好的了。

"对。他危险吗？很危险，是不是？我带了几个过去几年经历了巨大创伤的女人来。她们很脆弱。会有麻烦吗，格特？我不是为自己问的，是为了她们。"

格特认真思考了一下，才开口道："我觉得都会没事的。我想可怕的部分几乎结束了。"

13

诺曼撕开辛西娅的无袖上衣，露出那对茶杯大小的乳房。他一只手捂住她的嘴，同时将她按在墙上，更紧地堵住了她的口。他用下体摩擦着她的下体，感觉到她在努力挣扎，当然无济于事，这反而让他更兴奋了。啊，他真是把她死死困在这里了啊。但兴奋的只是他的身体，他的灵魂正飘在举头三尺之处，静静地看着诺曼斜着身子，牙齿在"垃圾朋克小姐"的肩膀上闭合。他像个吸血鬼一样狠狠咬她，血从皮肤上渗透出来，他就开始喝她的血。热热的，咸咸的。他射在了裤子里，却几乎没意识到。她在他的铁掌之下尖叫着，他也充耳不闻。

14

"回去和你的病人待在一起，没事了我会通知你的，"格特对拉娜说，"帮我个忙——先不要对任何人说起这事，暂时不要。今天这里心理脆弱的女人很多，不光你的朋友们。"

"我明白。"

格特捏捏她的手臂。"会没事的，我保证。"

"好的，你是最明白的。"

"是啊，对，这只是你的幻想吧。但我的确明白一点，找到他不应该很难，只要他还坐在轮椅上。要是你见到他，离远一点。明白了吗？离他远点！"

拉娜看着她，脸上带着深重的忧虑。"你准备怎么办？"

"趁我死于尿毒症之前去上个厕所，然后去安保办公室跟他们说有个轮椅男企图抢走我的钱包，之后再看情况行事。不过第一步是让他滚出我们的野餐区。"罗西不在这里，她可能又在约会，或者被其他事情耽搁了，而格特这辈子都没像现在这么感激过命运。她就是他的引爆器；只要罗西不在这里，她们就有可能赶在他做出坏事之前让他消失。

"想让我等你上厕所吗？"拉娜紧张地问道。

"我没事的。"

拉娜看着那条通往树林的小路，皱了皱眉头。"要不我还是等等吧。"她说。

格特笑了。"好。不会很久的，相信我。"

她快要走到卫生间了，突然一个声音闯入耳膜，打破了她正在思考的事情：有个人在喘气，很粗重的喘气声。不——是两个人。格特那张大嘴的嘴角露出一撇微笑。听这声音，是有人在卫生间后面享受着午后的小乐子呢。就是来点快乐的小——

"告诉我，你这个婊子！"

这声音低沉得如同野狗咆哮，格特嘴角的笑容凝固了。

"告诉我她在哪儿，现在就说！"

15

格特跑到低矮砖楼的侧面，速度飞快，差点撞上被丢弃的轮椅，还差点摔个跟斗。穿摩托夹克的光头男——诺曼·丹尼尔斯正站在那里，背对着她，紧紧地攥着辛西娅瘦弱的上臂，拇指几乎完全陷入了她那少得可怜的皮肉之中。他的脸紧贴着辛西娅的脸，但格特还是看到辛西娅的鼻子奇怪地倾斜过来。她见过这种情况，有一次是镜子里的自己。这女孩的鼻子被弄断了。

"告诉我她在哪里，不然你就永远用不上口红了，因为我会把你他妈的用来亲嘴的东西给你咬下——"

一时间，格特停止了思考，也听不到任何声音了。她进入了自动驾驶模式，两步就走到丹尼尔斯面前。迈出这两步的同时，她把双手的手指交叉在一起，把两只胳膊变成一根短棒，并把这根短棒举到右肩上方，尽可能地举高。她要尽量积聚速度和力量。就在她要打下去之前，辛西娅惊恐的眼睛转向了她，而罗西的丈夫也看到了。他反应很快，这一点格特也不得不承认。真是快得可怕。她扣在一起的双手击中了他，力道很大，但没能击中她开始设想的后脖子。因为他已经开始转身了，她的手只击中了他的脸侧和下颌角。机会转瞬即逝，她已无法迅速而毫不费力地击倒他。等他完全转过身来面对她，格特的第一反应是他刚才肯定在吃草莓。他朝她咧嘴一笑，牙齿上还滴着鲜血。这个笑容让格特感到害怕，完全确定她这么一来，不仅一个女人会死在这里，甚至可能两个女人都死在这里。这根本不是一个男人，而是一个穿着摩托夹克的格伦德尔[1]。

"哦，是小贱人格特啊！"诺曼惊呼道，"想摔跤啊，小格特？是不是，想过过招，摔摔跤？想用你那对52D的胸压服我，是不是啊？"他

1.格伦德尔（Grendel），英国史诗《贝奥武夫》中的嗜血怪物，长了人形，却非常残忍和野蛮，最后被贝奥武夫击杀。

大笑起来，用一只手轻拍自己的胸口，表达自己一想到这个就有多么开心。夹克上的拉链被拍得叮当作响。

格特瞥了一眼辛西娅，她正低头看着自己，好像在想上衣去哪儿了。

"辛西娅，快跑！"

辛西娅茫然地看了她一眼，犹疑地往后退了两步，只是靠在公厕边上，仿佛光是想想逃跑，就足以让她精疲力竭了。格特看到她脸颊上和额头上都出现了淤青，像刚刚发酵的面团。

"格特格特小格特"，诺曼哼着小曲，朝她走来，"资格格子格格巫，香蕉焦香特别香……格特！"自编的歌词逗得他发出孩子般的哈哈大笑，他又伸出胳膊擦掉了嘴上一些辛西娅的血。格特看到他那光秃秃的头皮上沾着一串串的汗珠，像一头亮片。"哦哦哦，小格特。"诺曼轻哼着，上身前后摇摆起来，像是从耍蛇人的篮子里钻出来的眼镜蛇，"哦哦哦，小格特。我要把你卷成甜甜圈，我要把你从内翻到外，你就是手套，我要——"

"那你怎么还不来试试？"她朝他大喊道，"这可不是高中舞会，你个混蛋胆小鬼！要是想杀了我，就过来弄我呀！"

丹尼尔斯停止了摇摆，瞠目结舌地看着她，仿佛不敢相信这个肥婆居然朝他大喊大叫，还讽刺他。他身后的辛西娅又疲惫而踉跄地后退了两三步，短裤的底部轻轻摩擦着公厕的砖墙，她又靠在了墙上。

格特抬起双臂，伸到自己身前，手掌相对，大约相距二十英寸。两手都是五指张开。她又把头低到双肩之间，像一头母熊一般粗壮强悍。诺曼观察她摆出的防御姿势，惊讶的表情逐渐变成了好笑。

"你想干什么，格特？"他问她，"你觉得能装成李小龙跟我过过招？嘿，特大新闻，他已经死了，小格特。大约十五秒钟后，你也会死——一个死在地上的黑肥婆。"他哈哈大笑。

格特突然想到拉娜·克兰，刚才她紧张地环顾四周，说还是等格特上完厕所一起走。

"拉娜！"她用最大的声音尖叫道，"他在这里！如果你还在等我，快跑，找人帮忙！"

罗西的丈夫又短暂露出了惊讶的表情，然后放松下来。笑容又浮现在脸上，他转身迅速瞥了一眼，确保辛西娅还在，又看了下格特。上身又前后摇摆起来。

"我老婆呢？"他问，"告诉我，也许我只会打断你一只胳膊。妈的，我甚至可能会放了你。她偷了我的银行卡，我只是想把卡要回来。"

别把他惹急了。格特想，必须得让他到我这儿来——没别的办法。只有这样我才有唯一的机会对付他。但我怎么才能让他这么做呢？

她想到了彼得·什洛维克——他不知所终的身体部位，咬痕最重最密集的地方——她也许有办法。

"说到'吃了我'，你可真是赋予了这个词全新的含义啊，是不是，基佬仔？光是吸他鸡巴还不够，对吧？所以，你觉得怎么样？是你主动扑到我身上来呢，还是你怕女人怕得要死，不敢啊？"

这次他的笑容不仅仅是从脸上慢慢消失的，她叫出那句"基佬仔"的时候，笑容是突然从他脸上掉落的，格特几乎都能听到那笑容的碎裂声，仿佛冰柱掉在了他那坚硬的靴头上。身体的摇摆也停止了。

"我要杀了你，婊子！" 诺曼尖叫着，冲了过来。

格特斜身闪过。罗西把她那幅新买的画拿到"女儿与姐妹"的地下娱乐室那天，辛西娅冲向她时，她也是这样斜身躲闪的。她的双手比教姑娘们自卫招数时放得更低，因为她明白即便诺曼只是盲目地发狂，也不能保证自己会成功——他力气很大，要是不能把他完全控制住，她就会像被扔进打谷机里的老鼠，被嚼碎。诺曼伸手去抓她，双唇已经张开，露出牙齿，准备好咬下去。格特把身子蜷得更紧了些，屁股撞在砖墙上。她心想，帮帮我，上帝。接着，她抓住了诺曼那两个毛乎乎的粗壮手腕。

别想太多，耽误行动。她告诫自己，然后转身面对他，将一侧的硕大臀部狠狠地撞进他身侧，又迅速地转到左边。她双腿张开，又猛地收紧，那件灯芯绒上衣根本承受不住，背部完全撕裂，一直开到腰部，那声音就像壁炉里炸裂的松木块。

这一招见了奇效。她的臀部仿佛一个滚珠轴承，诺曼毫无反击之力地飞了过去，他暴怒的表情变成一脸的震惊。他一头撞进了轮椅。轮椅被撞翻了，压到他身上。

"哇——"辛西娅靠在墙上，发出沙哑的一声。

拉娜·克兰警惕的棕色双眼从砖楼一侧探出来。"怎么了，你刚才喊什么——"她看到流血的男人正挣扎着从翻倒的轮椅下爬出来，也看到他眼中毕露的恶意，闭了嘴。

"快跑，叫人来帮忙，"格特厉声对她说，"找安保。现在就去。拼命尖叫。"

诺曼把轮椅推到一边。他的额头上只是轻微地在滴血，鼻血却流得像喷泉。"我要杀了你报刚刚的仇。"他悄声道。

格特根本没打算给他尝试的机会。拉娜转身逃跑，用最大音量咆哮着。格特则飞身跳起，这招即便是摔跤冠军胡克·霍根也会眼红呢。她降落在诺曼·丹尼尔斯身上。这一落非同小可——上次她称体重是两百八十磅——诺曼立刻就站不起来了。他的手臂被压塌了，像被用来支撑卡车发动机的轻便小桌腿，已经受伤的鼻子又猛撞到砖墙和围栏之间硬实的土地上，两个蛋都被撞到了轮椅的一只脚踏板上，痛到近乎麻木。他想尖叫——至少脸上的表情很像在尖叫——却只挤出一声刺耳的喘息。

她坐在他身上了，裤裙开叉几乎遮住了她的臀部，她坐在那里，想着接下来该怎么办，突然想起罗西终于鼓起勇气，在治疗时段开口说话的前两三次。她告诉大家的第一件事就是自己有严重的背痛，有时候即便在浴缸里泡热水澡也根本无法缓解。她说出背痛的原因，很多女人都表示赞同和理解，格特也在其中不住点头。想到这儿，她伸手下去，把裤裙拉高，露出巨大的蓝色棉质内裤。

"罗西说你爱往肾那儿打，诺曼。她说这是因为你很害羞，不喜欢留下痕迹。而且，你很喜欢看你打那儿的时候她的样子，对吧？那种病态的样子。脸上一点血色都没有，很好看吧？连她的嘴唇都白了。我懂的，因为我有个前男友也是那样的。她脸上那种病态的表情，填补了你内心的某种空虚，对吧？至少暂时填补了。"

"……贱人……"他低声道。

"是啊，你喜欢打肾，当然啦，我光看脸就能判断。我就是有这样的天赋。"她挪动膝盖，沿着他的身体一路往上，已经快压到他的肩膀了，"有些男人喜欢腿，有的喜欢屁股，有的喜欢奶子，还有些男人，就是你这种怪胎混蛋，喜欢肾脏。那什么，有句老话，你说不定也知道——萝卜青菜，各有所爱。"

"……放开我……"他低声说。

"罗西不在这里呢，诺曼。"格特说。她没理会这男人说的话，膝盖又往上挪动了一点。"但她的肾脏，通过我的肾脏，给你留了个小口信。我希望你准备好了，因为我要传口信了。"

她的膝盖挪动了最后一下，压在了他朝上翻转的脸上，然后松开了。啊，愉悦的解脱。

一开始，诺曼似乎没有意识到发生了什么。接着他就明白了。他尖叫着，想把她颠下身来。格特感觉自己在往上升，于是臀部用力，再度重重地压在他身上。挨了这么狠的打，他竟然还有这么大力气，格特很吃惊。

"你可别妄想了，好家伙。"她一边说，一边继续排空膀胱。他不会被这点液体淹死的，但她还从没在哪个人的脸上看过如此程度的痛恨和愤怒。这是为了什么呢？一点点热水而已。纵观世界历史，要说真有谁活该被浇尿，那肯定就是这个恶心的变态——

诺曼发出一声含混不清的巨大哭喊，双手举起，抓住格特的前臂，指甲深深地掐进去。格特尖叫起来（虽然的确痛得要命，但她主要还是惊讶），重心向后移动了一点。他精准地判断了她反应的时机，在她后退时挣扎着抬起身子，这次比之前更使劲了些，成功地将她掀翻了。她四仰八叉地摔在了左边的砖墙上。诺曼跄跄地站起来，脸和光头都在淌水，摩托夹克上也在滴水，夹克里面的白 T 恤贴在身上。

"你在我身上撒尿，臭婊子。"他气喘吁吁地说着，朝她扑过去。

辛西娅伸出一只脚。诺曼被绊倒了，又一次满脸撞进了轮椅。他双手双膝着地，忙乱地挣扎出来，又转过身来。他努力站起来，快要成功的时候又往后倒了下去，气喘吁吁。他看着格特，灰色的双眼闪着光，疯狂的光。格特迈步走向他，想把他完全打倒，让他不能起身。必要的话，她将像蛇一样折断他的后背，而现在时机到了，要趁他蓄够力气站起来之前。

他的摩托夹克有很多口袋，他伸进其中一个，有那么一瞬间，格特全身都凝固了，她确信他带了枪，会朝她开上两三枪。至少我死的时候膀胱已经放空了。她心想，停在了原地。

不是枪，但也够糟糕的了：他拿出了一把泰瑟枪。格特听说过市中心有个无家可归的疯女人，她就有这么一把枪，用来电死老鼠。那些老鼠特别大，乍看还以为是没有血统证书的可卡犬呢。

"想不想尝尝这个的滋味？"诺曼问道，还跪在地上。他举着泰瑟枪，在自己面前左右挥舞着。"想来点吗，格特？你最好是主动过来受着，因为不管你愿不愿意，都得挨上几下……"

他渐渐收了声，犹疑地看向砖楼的拐角处。那个方向传来女人们激动而惊慌的哭喊，尽管还很远，却越来越近了。

格特利用他这分心的瞬间往后退了一步，抓住翻倒轮椅的把手，猛地抬了起来。她躲到轮椅后面，轮椅的把手完全被覆盖在她那双棕色大拳头之下。她小步而快速地将轮椅向他推去。

"好啊，来吧，"她说，"来啊，肾脏男。来啊，胆小鬼。来啊，基佬仔。想电我是吧？举着你的枪枪准备到处电人啊，是吧？那就来啊。我们时间还够，再跳一支探戈吧，然后穿白大褂的男人就会出现，把你带去疯人院之类的地方，反正关的都是你这样的怪胎疯——"

他站了起来，再次往哭喊声越来越近的方向瞥了一眼。格特心想，去他妈的，我只有一条命，就当自己是个金发霹雳女吧，然后尽全力把轮椅猛推向他。正中要害，他大吼一声，再度翻倒。格特在他身后扑过去，同时听到了辛西娅颤抖的哭喊，就晚了一瞬间：

"小心，格特，他还拿着那玩意！"

一阵微小却恶狠狠的电流声——滋滋滋——被电烙铁击中的痛感瞬间从格特的脚踝处往全身辐射，诺曼用泰瑟枪击中了那里，痛感一直蹿到她的髋部。她的皮肤也被尿液打湿了，这可能增加了诺曼手里这个武器的威力。她左腿上的所有肌肉都紧绷起来，非常痛苦；接着又完全垮塌下来。格特翻倒在地。与此同时，她又紧紧抓住诺曼那只握着泰瑟枪的手腕，尽全力扭曲起来。诺曼痛得大叫起来，穿靴子的双脚都蹬了出去，一只完全没蹬到地方，但另一只的靴跟踢中了她的横膈膜上方，就在乳房下面。疼痛来得太突然又太剧烈，格特完全忘记了左腿的痛苦，至少暂时忘了，但她还是紧紧抓住了那把泰瑟枪，持续扭转着他的手腕，直到他五指张开，那可恶的东西掉在了地上。

他从她手里挣扎着往回爬，嘴里鲜血外涌，鼻血也像小水滴一样不住地往外冒。他不可置信地瞪大双眼，还没能接受一个女人竟然在这场打斗中占了上风；也许是完全无法理解。他摇摇晃晃地站起来，瞥了眼声音越来越近的方向——已经很近很近了——然后沿着木板围栏往游乐园的方向逃走了。格特觉得他走不远，游乐园安保部门肯定会注意到他的。他现在的样子很像电影《黑色星期五》里的某个临时演员。

"格特……"

辛西娅看着诺曼消失在视线中，一边哭着，一边努力想爬到格特侧躺着的地方。格特的注意力转到这女孩身上，发现她挨的打比格特一开始想的要严重很多。她的右眼有块淤青正在膨胀，像一片雷雨云，而且她的鼻子可能永远也无法恢复原状了。

格特挣扎着起身，双膝跪地，朝辛西娅爬去。两人相遇了，互相扶着，双臂紧紧环住对方的脖子，防止摔倒。辛西娅用尽全身力气，张开肿胀的双唇说："我本来可以自己把他摔下去的……就像你教我们的那样……只是他来得太突然了。"

"没关系，"格特温柔地吻了吻她的太阳穴，"你伤得多重？"

"不知道……反正没咳血……应该算是不错的征兆。"她努力想微笑，显然很痛苦，但她还是在努力。"尿在他身上。"

"对，我干的。"

"太酷了。"辛西娅轻声道，又哭了起来。格特把她搂在怀里。最先赶到的那群女同胞（不久就有两个码头保安也赶到了）发现她们时，两人还保持着这样的姿势：跪在公厕后面和那被丢弃的翻倒的轮椅之间，彼此都用头靠着对方的肩，像遭遇海难的水手一样，紧紧依偎在一起。

16

罗西赶到东区接收医院的急诊室，有了个模糊的第一印象，就是好像"女儿与姐妹"的所有人都挤在那里了。她奔向病房那头的格特（几乎没注意到围在她身边的男人），才发现至少有三个人不在场：安娜，她可能还在前夫的追悼会上；帕姆，她在上班；还有辛西娅。最后这个的缺席让她最害怕。

"格特！"她大喊着拨开男人们，瞥都没瞥他们一眼，"格特，辛西娅呢？她是不是——"

"在楼上。"格特努力想给罗西一个安慰的微笑，但不太成功。她的双眼充满了泪水，肿胀而发红。"他们让她住院了，可能得在这儿待上一段时间了，但她会没事的，罗西。他下手有点狠，但她会没事的。你知道你还戴着摩托车头盔吗？还挺……可爱的。"

比尔的双手又伸到她下巴的锁扣上了，但罗西几乎没注意到头盔被他取下来了。她一心只看着格特……孔苏埃洛……罗宾。想象她们的眼神会埋怨她是个瘟神，把瘟疫带到了原本洁净安宁的"女儿与姐妹"之家，想象那些眼神里充满着仇恨。

"对不起，"她用沙哑的声音说，"我对一切都感到抱歉。"

"为什么？"罗宾的声音中有着真切的惊讶，"打辛西娅的又不是你。"

罗西不确定地看着她，目光又转向格特。格特的眼神转向了别处。罗西跟着她的方向看去，一阵恐惧朝她袭来。她这才真正意识到，这里除了"女儿与姐妹"的女人们，还有警察。两个便衣，三个穿警服的。警察。

她伸出一只感觉有些麻木的手，抓紧了比尔的手指。

"你得跟这个女人谈谈，"格特正跟其中一个警察说，"是她丈夫干了这些事。罗西，这位是黑尔警官。"

所有人都转过来看着她了，他们看着眼前这个警察的老婆，她竟然冒失地采取了致命的行动，偷取了丈夫的银行卡，想逃离他的生活。

他们都是诺曼的兄弟，他们正看着她。

"女士？"名叫黑尔的便衣警察说，有那么一瞬间，她觉得黑尔的声音实在太像哈利·比辛顿了，快忍不住尖叫起来了。

"冷静，罗西，"比尔低语道，"我在，会一直在。"

"女士，关于此事你有什么要说的？"啊，至少他一点也不像哈利了。刚才都是心理作用。

罗西望向窗外的高速公路入口匝道。她在往东看——在那个方向，用不了几个小时，夜色就将从湖上升起。她咬咬嘴唇，又把目光转回到警察身上。她把另一只手也放在比尔的手上，用沙哑低沉的声音开了口，她觉得这根本就不是自己的声音。

你的声音就像画中的女人，她心想，你听起来像罗丝·麦德。

"他是我丈夫，是一名警探，也是个疯子。"

▶ VIII

公牛万岁

1

他之前感觉灵魂仿佛飘浮在自己的头顶上方，但贱格特往他身上撒了尿，一切感觉都变了。现在，他觉得自己的头不再像一个充满氦气的气球，而是一块扁平的石头，被强有力的手捡起，在湖面打起了水漂。他不再飘浮了，仿佛跳跃了起来。

他仍然不敢相信这个黑肥婆能对他干出这种事。他当然明白她已经干了，但有时候"明白"和"相信"是有着天壤之别的两码事。而这就属于其中的一个"时候"。就仿佛发生了某种黑暗恐怖的剧变，将他变成了一种全新的生物，只能根据浅表的感知无助地蹦跶，只能偶尔进行片段的思考，稍微攫取一些奇怪的不连贯的经验。

他还记得最后一次从那破厕所后面摇摇晃晃地站起来，脸上流着血，有六七处伤口和擦痕，鼻子感觉半路塞住了，因为数次撞上自己的轮椅而全身疼痛，因为贱格特那大约三百磅的身躯在他身上压了那么久，他的肋骨和内脏痛到颤抖……但这一切他都还能忍——再过分一点也能忍。不能忍的是她体内排出的液体和身上的气味，这不仅是尿液，还是女人的尿液，每当回想起这一点，他都感觉自己的脑子在无限膨胀。一想起她对自己做的事情，他就想要尖叫，感觉全世界都模糊失焦起来——而他极其需要神经正常地与这个世界保持联系，否则就会被关进监狱，说不定还会被包进约束衣，强喂镇静剂。

他沿着围栏踉跄而行，想着，抓住她，抓住她，你必须得回去抓住她啊，抓住她，杀了她，她竟敢干出那样的事情。只有杀了她你才能睡得着，只有杀了她你才能重新思考。

然而，他仍然保持了一点理智，没有去抓她，而是逃跑了。

也许贱格特会觉得是越来越近的人声把他吓跑了，其实不是的。他逃跑，是因为肋骨很痛，每次呼吸都只能上来半口气，至少暂时如此；他的胃也很痛，睾丸也很痛，那种痛深切无比，令人绝望，只有男人才知晓个中滋味。

疼痛也并非他逃跑的唯一原因——还有这疼痛所代表的意义。他怕要是再去追那贱人格特，她可能表现更好，不光跟他打个平手。所以他逃了，以尽可能快的速度沿着木板围栏东倒西歪地前进。而贱格特的声音像个充满讽刺的鬼魂在身后穷追不舍：她的肾脏……通过我的肾脏……给你留了个小口信。小诺曼……听好了……

接着，他经历了又一次的灵魂出窍，这次很短暂，他的思想好像一块石头，撞击到现实的表面，又飞起来。等他恢复神志，已经过了一段时间——可能只有短短的十五秒，也许长达四十五秒。他正沿着干道跑向游乐区，不假思索地奔跑，仿佛惊逃的公牛，离公园出口越来越远，而非越来越近。他跑向码头，跑向湖边，在那里，如果他们想先把他围住，再把他拿下，简直是小菜一碟。

与此同时，父亲的声音一直在他脑子里尖叫，他抓人裆部的功夫是世界级的（而且，至少在一次难忘的狩猎旅行中，他也证明了自己是世界级的"吹箫人"）。那可是个女人啊！雷·丹尼尔斯在尖叫，你怎么能让个婊子打垮了啊，小诺曼？

他把这个声音强逼出脑海。这老头活着的时候已经对他吼得够多了；要是他死了，诺曼还得听他那些几十年不变的废话，那就真见了鬼了。他能摆平格特，能摆平罗丝，能摆平所有那些女人，但要做到这一点，他得先从这里逃出去……要趁这个地方每个安保警察都在寻找那个满脸是血的光头男之前。已经有太多人目瞪口呆地盯着他看了。很合理啊，他满身尿臭味，样子像是被大山猫狠狠抓过。

他拐进了一条小巷。小巷夹在电子游戏区和"南海大冒险"过山车之间。他没有任何计划，只想赶紧逃离路上那些奇葩，就在这时，他走了大运。

电子游戏厅的侧门打开了，有人出来了，诺曼觉得肯定是个孩子，但根本没法确定地看清楚。他的身材和孩子一样矮小，也穿得像个孩子——牛仔裤、锐步鞋、乐手迈克尔·麦克德莫特的 T 恤（上面写着"我爱一个叫'雨'的女孩"。也不知道究竟是他妈的什么意思）——但整个头都被一个橡胶面具罩住了。是《公牛历险记》中的公牛费迪南德，带着一个灿烂而愚蠢的微笑。牛角上装饰着花环。诺曼毫不犹豫地伸手抓住了孩子头上的面具，抢了下来，还扯下了好大一把头发，但管他妈的呢。

"喂！"孩子尖叫起来。没有了面具，他看上去大约十一岁。不过，他语气里更多的是暴怒而不是恐惧："还给我，那是我的。是我的奖品！你觉得你是什么——"

诺曼又伸出手去，单手捏着孩子的脸，狠狠把他往后推了一把。"南海大冒险"过山车那边是帆布，孩子一下跌滚到那头去了，昂贵的运动鞋飞到了空中。

"你要是跟任何人说了这事，我一定会回来杀了你。"诺曼朝那还在晃动的帆布说道。接着他迅速朝游乐区中心走去，将公牛面具扯下来盖住头。面具散发着橡胶和之前那位主人头发的汗味，但这两种味道诺曼都觉得没什么。但一想到这个面具很快就会散发着格特的尿臊味，他就心烦意乱。

接着，他再次"出窍"了，在虚空中消融了一段时间。这次再回过神来时，他正小跑着进入普雷斯街尽头的停车场，一只手压在右侧的胸廓上，每一次呼吸，那里都会随之剧痛。面具内部的味道恰如他之前担心的那样，他一把扯了下来，满怀感恩地大口呼吸着没有尿液与阴道味的清新空气。他低头看了看那个面具，打起了寒战——那了无生气的微笑面孔不知怎的让他觉得毛骨悚然。这头公牛穿了鼻环，角上挂着花环。它的笑容显得像是被别人抢走了什么东西，却又因为太蠢，都不知道自己被抢走的是什么。他先是急切地想把这鬼东西扔掉，但克制住了自己。想想停车场还有管理员，当然，他毫无疑问会记得一个戴着费迪南德公牛面具的男人开车离开，但应该不会立刻将这个人和很快警察要来打听的那个人联系起来。只要能让他多拖一些时间，这面具留着还是有点用的。

他坐上天霸车的驾驶座，把面具扔到旁边的座位上，弯腰扭动点了火。这样弯着腰，能清晰地闻到上衣传出的尿味，臊臭难忍，熏得他眼泪都涌出来了。罗西说你爱往肾那儿打。他脑子里又响起贱格特的声音，那是从地狱传来的鬼话。他非常非常害怕她会一直萦绕在他脑海中——感觉就像她以某种方式强奸了他，并在他体内留下了一颗胚胎，是个畸形的怪胎。

你很害羞，不喜欢留下痕迹。

"不，"他心想，"不，停下，不要去想了。"

她的肾脏，通过我的肾脏，给你留了个小口信……接着，那"口信"就像洪水一样从他的脸上倾泻而下，味道臊臭，滚烫得像小孩在发烧。

"不！"这次他大喊了出来，拳头砸在铺有软垫的仪表盘上。"不，她不可以！她不能！她不能对我那样！"他挥拳向前，砸烂了后视镜，镜子飞离了支架，撞到风挡玻璃上，又弹了回来，落在地上。他又开始猛击风挡玻璃，把自己的手都弄伤了，警校的戒指留下辐射状的裂痕，看上去像个超大的星号。他差点就要用拳头砸方向盘了，但终于还是控制住了自己。他抬头看了看，停车券就夹在防晒板下面。他集中注意力去想这件事，好控制住情绪。

等感觉情况好些了，诺曼伸手掏口袋，拿出现金，从钱夹里抽了张五元的钞票。他克制住自己不要去受尿臊味的影响（虽然根本无法抵挡），再次拉下费迪南德面具罩住头，把车缓缓开到亭子旁边。他把头探出窗外，通过面具的眼孔盯着管理员，看到对方弯身往前拿他递过来的钞票时，另一只手哆哆嗦嗦地去抓住亭子的门边。诺曼意识到这是天大的好事：这家伙喝醉了。

"公牛万岁。"管理员含混不清地说，哈哈大笑。

"对。"公牛从福特天霸的窗口斜探出身子，"大公牛。"[1]

"收费共 2.50 元——"

"不用找了。"诺曼说着，开车走了。

他开了半个街区，又停下来，因为他明白，如果不立即把这该死的面具从头上拿下来，他就会吐在里面，这样事情就比之前还要糟糕多了。他伸手一顿乱扯，手指惊慌失措，仿佛一个发现自己脸上贴着血吸虫的男人。接着，在一小段时间里，一切都消失了，他再次"出窍"了，思维仿佛制导导弹，升腾于现实的浅表之上。

这一次，当回过神来时，他正赤裸着上身坐在驾驶座上，等着红灯。远处的街角有家银行，电子时钟上显示：下午 2:07。他四下一看，发现上衣在地上，同样掉在那里的还有后视镜和抢来的面具。费迪南德脏兮兮的，瘪了下去，样子很奇怪，比例都扭曲了。它用空洞的双眼仰视着他，诺曼透过那两个洞可以看到副驾驶那边的地垫。这公牛原本快乐而愚蠢的微笑变皱了，变成一种莫名的会心之笑。这没关系，至少这该死的东西已经不在他头上了。电台的旋钮已经坏了，但他还是用力打开了电台。调频依然是老歌电台，此时是"汤米·詹姆斯与尚代尔"[2]在唱《恋爱花招》，诺曼立刻跟着唱了起来。

旁边车道商行有辆凯美瑞，一个样子很像会计师的男人坐在驾驶座，正带着谨慎的好奇心看着诺曼。一开始诺曼并不明白这人到底对

---

1. 原文中，管理员说的是"Viva ze bool"，后面两个字应该是因为喝醉而发音含混，而 Viva 则是西班牙语。所以诺曼后面回他的这句"大公牛"也是西班牙语，原文为"El toro grande"。
2. Tommy James and the Shondells，美国 20 世纪 60 年代的迷幻摇滚乐队。后文提到的《恋爱花招》("Hanky Panky")是他们最热门的单曲之一，歌词简单，旋律朗朗上口。

什么这么感兴趣，接着就想起来，自己脸上有血——感觉大部分应该都干掉变成血痂了。当然，还有他没穿上衣。这个问题他得解决一下，尽快解决。而眼下嘛……

他俯身捡起面具，伸了一只手进去，用手指尖抓住那橡胶的嘴唇，接着把面具举到车窗前，伴随着歌曲让面具的嘴巴一开一合，费迪南德就和"汤米·詹姆斯与尚代尔"乐队在齐唱了。诺曼前后摇动着手腕，费迪南德就像在随着节奏摇摆。样子很像会计师的那个男人迅速扭转身体，面朝前方，一动不动地坐了一会儿，接着俯身使劲按下了副驾驶的车门锁。

诺曼咧嘴笑了。

他把面具扔回地上，在赤裸的胸前擦了擦刚才插进面具里的手。他知道自己看起来有多么古怪，多么疯狂，但他绝对绝对不会再穿上那件有尿臊味的上衣了。摩托夹克就放在他身边的座位上，而且至少里面是干的。诺曼穿上了夹克，把大拉链一直拉到下巴。穿衣服的时候信号灯变绿了，他身边的凯美瑞"轰隆"一声冲了出去，开过这个岔路口，仿佛离枪的子弹。诺曼也开动了车子，但要悠闲很多，一边还跟着电台唱歌："我看见她走在那条路上……我是第一次见到她……漂亮的小女孩，独自一人站在那儿……嘿，漂亮宝贝，我能否带你回家？"这首歌让他想起高中的时光。那时候的日子还挺美好的。他身边还没有那宝贝小罗丝把一切都搞砸，引起这么多的麻烦。哦，至少在他高中毕业那年之前都没有。

你在哪儿呢，罗丝？他心想，你为什么没有参加那个鬼野餐会？你他妈到底在哪儿？

"她自己在野餐呢。"公牛低声道，那声音既带着陌生的疏离，又有充满知晓一切的智慧——仿佛并不是在推测，而是像祭司一样传达神谕，简单明了，不容争辩。

诺曼不顾"装载区禁止停车"的标志，把车停在了路边，一把从地板上抓起面具，又再次把手伸进去。不过这次他让面具转向了自己。他看到那空荡荡的眼窝中自己的手指，但还是像有一双眼睛在盯着他。

"你什么意思，她自己在野餐？"他嘶哑地问道。

他动了动手指，公牛的嘴也动了起来。他虽然感觉不到自己的手指，但能看到它们在里面。他猜想，刚才听到的应该是自己的声音，但根本不像他的声音，不像是他喉咙里发出的，像是从那咧嘴笑的橡胶嘴唇中传出来的。

"她喜欢他那样亲她，"费迪南德说，"你难道不知道吗？她也喜欢他用手那样。她想趁着必须回来之前，让他跟她玩一玩恋爱花招。"公牛似乎是叹了口气，橡胶头在诺曼手上古怪地摇晃着，一副见多识广、"由他去吧"的样子。"但所有的女人都喜欢，是吧，伸进裤子的恋爱花招。扭在一起不干好事，做上一整晚。"

"和谁？"诺曼朝面具大吼，太阳穴上青筋暴凸，不停跳动，"谁在亲她？谁在摸她？他们在哪里？你快告诉我！"

但面具一言不发，如果说它刚才真的开过口的话。

你要怎么办呢，小诺曼？这个声音他是听得出的，是爸爸的声音。烦人，但不可怕。刚才那个别人的声音才可怕。即便那声音真的是从他自己喉咙里发出来的，那也很吓人。

"找到她，"他低语道，"我要找到她，教她到底怎么搞恋爱花招。要按照我的版本来。"

好啊，但怎么办呢？要怎么找到她呢？

他最先想到的就是她们在达勒姆大道上那个窝点。他确信那里会有罗丝住址的记录。但无论怎么说，找去那里不是个好办法。那个地方就是个改造过的堡垒，要进去就需要门卡之类的玩意——说不定长得很像他那张被偷的银行卡；说不定还要输入一连串的密码，警报才不会响。

还有，那里那些人怎么办呢？好吧，要是真穷途末路了，他大可以开枪把那地方给扫射了，杀死其中一些，吓倒另外那些。他的警枪放在旅馆房间的保险箱里——这是坐大巴旅行的一个好处——但用枪解决问题，通常只有蠢蛋窝囊废才会这么干。地址可能输入了电脑？很有可能，现在人人都开始用那玩意了。很有可能的情况是，他还在周围瞎转悠，想找个女人问出密码和文件名的时候，警察就出现了，让他玩蛋去。

接着，他脑海中出现了东西——又一个声音。这个声音从他的记忆中飘浮出来，仿佛香烟烟雾之中慢慢凸显的形状：……错过演唱会很遗憾，但我想要那辆车，就不能放弃……

那是谁的声音，声音的主人不能放弃什么？

过了一会儿，他得出了第一个问题的答案。声音属于金发女，那个眼睛大大的、小屁股很可爱的金发女。金发女的真名好像叫帕姆什么。帕姆在白石酒店工作，说不定认识他那朵"疯长的玫瑰"；而且帕姆不能放弃什么东西。她不能放弃的可能是什么呢？如果真正认真思考，像出色的猎鹿人一样去思考，转动优秀警探的脑筋去思考，答案其实并不难，对吧？如果你想要那辆车，你唯一不能放弃的，就是几个小时的加班机会。而她要错过的演唱会是今晚，那么很有可能她此时就在酒店上着班。就算现在不在，也会很快来上班。她要是知情，就一定会说出来的。那个朋克摇滚风的贱人没有说，但那只是因为他没有足够的时间和她细细商讨。这次，他将有十分充足的时间。

他会保证这一点的。

2

黑尔警官的搭档约翰·古斯塔夫森开车带着罗西和格特·金肖来到位于湖岸的第三区警察局。比尔骑着哈雷跟在车后面。一路上罗西不断转身，确认他还在跟着。格特注意到了，但没说话。

黑尔介绍古斯塔夫森时说这是"比我优秀的另一半"，但黑尔才是诺曼所说的"领头老大"。看到两人在一起的一瞬间，罗西就明白了。主要是古斯塔夫森看黑尔的样子，甚至是他注视黑尔坐上这辆无牌警车的副驾驶座的样子。在这之前，罗西无数次亲眼见证过这一类场景，还是在自己家中。

警车经过了一家银行的时钟——不久前诺曼也经过了同一个——罗西探出头去看时间：下午4:09。今天仿佛加热的太妃糖一样被拉长了。

她转头往回看，害怕看不见比尔，脑海和内心深处的隐秘角落又觉得他肯定已经走了。但他没走，朝她投来一个灿烂的微笑，举起一只手，迅速朝她挥了挥。她也朝他挥了手。

"看着是个不错的男人。"格特说。

"是啊。"罗西表示同意，但她不想聊比尔，因为前座两个警察毫无疑问在听她俩说的每一个字，"你应该待在医院的。让他们给你检查检查，确保他那把泰瑟枪没有弄伤你。"

"去他的，那东西对我其实还有好处呢。"格特咧嘴笑了。她裂开的上衣外面罩了一件巨大的蓝白条纹病号袍。"自从我在浸信会青年营破处之后，还是第一次感到绝对和完全的清醒呢。那可是1974年的事情了。"

罗西也想露出和她一样灿烂的笑容，却只能勉强挤出一个微笑。"我想轻松快乐地入夏的愿望就这么结束了，是吧？"她说。

格特一脸不解。"你什么意思？"

罗西低头看自己的手，惊讶地发现已经攥成了拳头。"我的意思就是诺曼。破坏野餐的黄鼠狼。他妈的臭黄鼠狼。"她听到"他妈的"从她嘴巴里冒出来，几乎不敢相信是自己说的，尤其还在警车里，前面坐着两位警官。还有更让她惊讶的事情：她攥成拳的左手往边上挥了出去，打在窗户摇把上方的门板上。

方向盘后面的古斯塔夫森略有些惊慌。黑尔回头看了一眼，面无表情，又看回前方。他好像对搭档低声说了些什么。罗西不确定，也不在意。

格特拉起她那只还在抽痛的手，想要轻轻把拳头解开，她的手法很像按摩师缓解绷紧的肌肉。"没关系的，罗西。"她轻声道，声音像挂空挡的大卡车一样轰隆作响。

"不，有关系！"罗西哭喊道，"有关系！你不能说没关系！"她的双眼逐渐被泪水刺痛，但她也不在意这个。成年之后，这还是她第一次因为愤怒而非羞耻或恐惧而哭泣。"他为什么不滚？为什么不放过我？他打伤了辛西娅，他破坏了野餐会……他妈的诺曼！"她还想再捶门，但格特把她的拳头握住了，"他妈的黄鼠狼诺曼！"

格特点头："是啊，他妈的黄鼠狼诺曼。"

"他就像一个……一个胎记！你越是想把它搓掉，它反而越来越黑！他妈的诺曼！他妈的，恶臭的疯诺曼！我恨他！我恨他！"

她陷入沉默，气喘吁吁。她的脸在抽痛，上面全是泪……但她并没感觉特别难受。

比尔！比尔呢？

她转过身，很肯定这回他已经走了。但他还在。他挥挥手，她也朝他挥手，又转身朝前，感觉平静了些。

"你尽管生气，罗西。你绝对有权生气。但是——"

"哦，我确实生气，很生气。"

"——但是今天没有被他破坏，你知道吗？"

罗西眨了眨眼睛。"什么？但她们怎么能就那样继续坚持呢？之前都……"

"你又是怎么继续坚持的呢，之前他都打了你那么多次？"

罗西只是摇摇头，她无法理解。

"部分是忍耐力，"格特说，"部分嘛，我想，可能就是纯粹因为固执吧。但是，罗西，最重要的是要让全世界看到你那张充满斗志的脸，告诉全世界我们不会被吓倒。你以为这种事情我们是第一次遇到吗？当然不是。诺曼是最可恶的，却不是第一个。要是黄鼠狼出现在野餐会上，到处撒野，你要做的就是等待清风把最糟糕的味道吹走，然后该干吗干吗。现在的埃廷格码头上，她们就正在这样做，原因也不仅是我们和蓝色少女签合同的时候，承诺无论如何都会给她们付钱。我们继续生活，是因为必须说服自己，殴打也不能让我们放弃生活，放弃我们对自己生活的掌控权。嗯，有些人可能已经离开了——我估计拉娜·克兰和她的病人们也许再也不会回来了——但其他人还是会在一起的。我们一离开医院，孔苏埃洛和罗宾就出发回埃廷格啦。"

"你们真不错。"前座的黑尔警官说。

"你们怎么就让他逃了？"罗西带着谴责的语气问他，"天啊，你们是不是都不知道他是怎么逃的？"

"嗯，严格来说，不是我们让他逃走的，"黑尔温和地说，"是码头安保的责任。等第一批城警赶到的时候，你丈夫都逃之夭夭了。"

"我们认为他偷了某个孩子的面具，"古斯塔夫森说，"那种罩住整个头的面具。他戴上面具，迅速逃走了。他运气真不错，这一点我可以肯定地告诉你。"

"他一直运气都不错。"罗西愤愤不平地说。车子正驶进警察局的停车场，比尔还跟在他们后面。罗西对格特说："现在你可以放开我的手了。"

格特松开了手，罗西立刻又捶打了一下车门。这次更疼了，但她内心有某个刚刚被挖掘出来的部分享受着这种疼痛。

"他为什么就不能放过我？"她再次问道，但没有任何具体的说话对象。然而，她听到了回答，来自一个甜美而沙哑的声音，是从她内心深处发出来的。

你会和他离婚的，那个声音说，你会和他离婚的，真·罗西。

罗西低头看着自己的手臂，发现鸡皮疙瘩起了一身。

3

他的灵魂又出窍了，越升越高，越飘越远，就像那个狡黠狐媚的贱人玛丽莲·麦库一首歌里唱的那样。等神魂归位，他正将天霸缓缓停入又一个停车场。他不太确定这是哪里，估计可能是白石酒店半个街区外的地下车库，他之前就在那里停过这辆车。俯身解开点火线时，他瞟了一眼油表，发现了有趣的东西：指针直直地指向"F"，满油。在刚才出窍的期间，他曾停车加油来着。他为什么要去加油呢？

因为我真正想要的，不是汽油。他自问自答。

他又向前俯身，想在后视镜里好好看看自己，接着才想起后视镜被打了，掉在地上。他捡起后视镜，凑近去看里面的自己。脸上布满淤青，好几个地方都肿起来了。他和别人干过架这事很他妈明显了，但血迹已经完全没了。他趁自助油泵缓慢给天霸自动加油的时候，到加油站的洗手间把血迹擦洗掉了。这样他走在街上，也没那么奇怪了——只要他别做得太过——这很好。

他一边解开点火线，一边短暂地想了想几点了。没地方看时间。他没戴手表，这破天霸上也没有表，而且他还在地下。这要紧吗？这——

"不要紧，"一个熟悉的声音轻柔地说道，"无所谓。时间已经错位了。"

他低下头，看到副驾驶的脚垫上那公牛面具正仰面盯着他：空洞的双眼，扭曲变皱的笑容令人不安，装饰着花环的双角也很荒谬。突然之间，他又想拥有这个面具了。样子的确很蠢，他也讨厌牛角上的花环，甚至更讨厌那个仿佛在说"被阉割我很高兴"的傻蛋笑容……但也许它代表了好运。当然，这个面具并不会真的说话，一切都只是他的想象，但如果没有这个面具，他绝不可能逃出埃廷格码头。这是绝对肯定的。

好吧，行吧，他心想，公牛万岁，然后俯下身去捡面具。

然后，仿佛中间没有任何时间过渡，他已经倾身向前，伸出双臂紧紧搂住那个金发女的腰，越搂越紧，越搂越紧，让她吸不上来气，喊不出声。之前，她刚从标有"客房服务"的房间走出来，推着小推车，他觉得自己应该已经在门外等了她相当长一段时间了，但此时此刻那些都不重要了，因为他们又要直接回到"客房服务"间了，二人世界，帕姆和她的新朋友诺曼，公牛万岁。

　　她拼命踢他，有几次踢中了他的小腿，但她穿的是运动鞋，他几乎没感觉。他一只手松开她的腰，伸手把门关上，并拉上了门闩。他迅速四下看了一眼，确保房间里除了他俩没有别人。这是周六的午后，周末正当时，这里应该没人……也确实没人。房间狭长，远端有一小排柜子；这里面的味道很好闻——洗净熨好的亚麻布散发着芬芳，让诺曼想起小时候家里洗衣服的日子。

　　房间里的桌板上高高地堆放着折叠整齐的床单，丹杜克斯洗衣篮里装满了轻软的浴巾，架子上堆着一沓沓枕头套。一面墙边堆了厚厚的被子。诺曼将帕姆推到这些被子里，她制服的裙摆高高翻起，露出大腿，诺曼看着这场景，毫无兴致。他的性冲动似乎去哪里度假了，说不定甚至已经永久退休了，这可能也是好事。这些年来，双腿之间的这根"管道"给他惹了不少麻烦。这可算是极致的提醒了，就是这样的事情会导致你觉得上帝和安德鲁·戴斯·克雷[1]的共同之处，也许比你想的要多。最初的十二年，你注意不到这玩意，而接下来的五十年——甚至六十年——这东西就像一头疯狂的塔斯马尼亚恶魔[2]，拽着你到处乱窜。

　　"别喊，"他说，"别喊，帕姆。你喊的话我就杀了你。"这话只是想吓唬吓唬她，至少目前是这样——但不会让她知道的。

　　帕姆之前深吸了一口气，现在又将这口气无声而急促地呼了出来。

----

1. 安德鲁·戴斯·克雷（Andrew Dice Clay, 1957—　），美国单口喜剧演员、影视演员、编剧和制片人。
2. 即澳大利亚特有的动物袋獾。

诺曼稍微放松了一点。

"请别伤害我。"她说。天啊,这可真新鲜啊。他当然从来没听过这样的请求呢。

"我也不想伤害你,"他和蔼地说,"我当然是不想的。"后面的口袋里有什么东西在耸动,他伸手摸到了橡胶。是那个面具。他其实并不惊讶。"你只需要把我想知道的事情告诉我,帕姆。然后你我就开心分手,各自安好。"

"你怎么知道我的名字?"

他向她耸耸肩,这是经常出现在审讯室的耸肩,意味深长,表示他知道很多事情,因为那就是他的工作。

她坐在一堆已经翻倒的深褐红色床罩之上。酒店九楼他的房间里也罩着这样的床罩。她把裙子抚平到膝盖以下,她蓝色的双眼实在漂亮。左眼的下眼睑涌起一颗泪,颤抖着,从她的面颊滑落,留下一条睫毛膏的墨迹。

"你要强奸我吗?"她问道。那双美丽的蓝眼睛就那样看着他,真是一双好棒的眼睛——有这么一双眼睛,谁还需要费尽心思去掌控男人啊,是不是,小帕姆?——但他并没有在这双眼睛里看到自己想看的眼神。他想看到审讯室里那些人的表情,他们被逼问了一整天加半个晚上的问题,濒临崩溃:眼神是卑微的,带着乞求,用眼神来表达:"我什么都告诉你,什么都说,请稍微放过我吧。"他没能在帕姆眼睛里看到这种眼神。

暂时还没有。

"帕姆——"

"请别强奸我,请不要,但如果你需要,非要这么做的话,求你一定要戴套。我很怕得艾滋。"

他直直地注视着她,然后爆笑起来。这么笑叫他肚子疼,膈部更疼,而最疼的是脸,但一时间他就是笑得停不下来。他告诉自己,不能再笑了，可能会有酒店员工或便衣警探恰巧经过，听到这里传出的大笑，想知道究竟怎么回事。但他即便这么想也无济于事，最终他只能任由自己笑过这一阵，自然地停下来。

起初，金发女只是很惊讶地看着他，接着自己也犹犹豫豫地微笑了，满怀着希望。

诺曼到底还是控制住了自己，虽然已经笑得双眼泛泪。"我不会强奸你的，帕姆。"他终于开口了——此时他终于能严肃地说话，而不是边说边笑，显得很不真诚了。

"你怎么知道我的名字？"她又问了一遍。这次声音稍微有点底气了。

他掏出面具，伸手插进去，和吓唬那个开凯美瑞的混蛋会计师时一样，操纵着面具。"帕姆帕姆小帕姆，P 加 A 帕帕帕，M 加 U 姆姆姆。"他让面具唱起歌来，来回晃动着，就像腹语师莎丽·刘易斯带着她的手偶"小羊排"。不过诺曼手里的是一头公牛，不是小羊崽子，一头他妈的蠢基佬牛，牛角上还戴着花。他真是没有任何理由能喜欢这他妈的鬼东西，但事实却是，他还真有点喜欢它。

"我也有点喜欢你，"基佬牛费迪南德说着，用空洞的双眼抬头看着诺曼，接着又转向帕姆，借助诺曼移动双唇说道，"这个你有意见吗？"

"没……没有。"她说，眼中仍然没出现他想看到的神情，暂时还没有，但似乎有点进展了。她很怕他——怕他们——这个至少是确凿无疑的。

诺曼蹲了下来，双手悬在大腿之间，于是费迪南德的橡胶牛角指向了地面。他一脸真诚地看着她。"你肯定很想让我离开这里，从你的生活中消失，对吧，小帕姆？"

她疯狂地点着头，肩上的金发都上下跳跃起来。

"对啊，我猜就是，我也觉得可以。你只需要告诉我一件事，我就会像一阵清风一样飘走。而且也是很容易说的事情。"他朝她倾斜了身子，费迪南德的牛角都拖到地上了。"我只想知道罗丝在哪儿。罗丝·丹尼尔斯。她住哪儿？"

"哦，天啊。"小帕姆脸上仅存的血色——她颧骨高处那两个红团——一下子消失了，她双眼圆睁，仿佛随时都要从眼眶里掉出来，"哦，天啊，你是他。你是诺曼。"

这话叫他吃了一惊，而且他被激怒了——他应该知道她的名字，事情本该如此，而她不应该知道他叫什么——之后的事情更是让他猝不及防和怒不可遏。趁他反应自己的名字从她嘴里说出来这个当口，她站起身来，从被单之中逃开，差点就要完全逃脱了。他在她身后弹起，伸出仍然戴着公牛面具的右手去抓她。他隐约听到自己在说，她哪儿也别想去，他想和她谈谈，而且打算近一点地谈谈。

他掐住她的喉咙，她本想尖叫，却因为喉咙被勒住，只是窒息地哭喊了一声，向前扑去，她力量惊人，显得肌肉很发达。不过，他仍然能抓住她，如果没有面具碍事的话。它从他汗涔涔的手上滑落，她便挣脱了，倒向门口，往两侧伸出双臂，挥舞着，拍打着，诺曼一开始甚至没明白接下来发生的事情。

一个声音响了起来，肥厚粗壮的声音，接近香槟木塞弹出来的响声，接着帕姆就疯狂地拍起门来，双手捶在门上，头以僵硬的角度向后扭曲着，像在某个爱国主义仪式上专注凝视国旗的人。

"啊？"诺曼问道，费迪南德升到他眼前，在他的手上歪斜着，像是喝醉了。

"哎呀。"公牛说。

诺曼从手上扯下面具，塞进口袋里，他现在能听到一种急促的啪嗒啪嗒声，像雨声。他低头一看，帕姆左脚的运动鞋已经不是白色了。变成了红色。鞋子周围慢慢汇集起一汪血，又以细长的滴流状沿着门流下去。她的双手还在下死劲地拍打，诺曼觉得它们仿佛一双小鸟。

她的样子仿佛几乎钉牢在门上了，诺曼在向前走的过程中，发现在某种程度上她确实被钉住了。那该死的门上有个衣钩，她挣脱他往前扑去的时候，被衣钩刺穿了。衣钩深深嵌在她的左眼里。

"哦，帕姆，真糟糕，你这个傻瓜。"诺曼说。他既愤怒又沮丧。眼前不断浮现着公牛傻不拉唧的咧嘴笑，耳边不断回荡着它遗憾的"哎呀"，它很像某部华纳兄弟卡通片里那种自作聪明的角色。

他把帕姆从衣钩上扯下来，随之传来难以言喻的声音，像软骨发出来的。她那只好眼睛——诺曼觉得比之前更蓝了——以无言的惊恐盯着他。

接着她张开嘴尖叫起来。

诺曼没有思考，双手在自己行动，掐住她的脸颊，大大的手掌包住她娇嫩的下颌，扭了一下。只听一声尖锐的断裂声——像是有人踩在雪松木板上——她就瘫软在他臂弯里。她去了，而她所知的关于罗丝的一切，也随她而去了。

"哦，你这个笨蛋姑娘，"诺曼喘息着，"你居然把眼睛钉在那他妈的衣钩上了，怎么这么蠢啊？"

他晃了晃怀里的她。她的头柔若无骨地从一边偏到另一边。她的白色制服上形成了一片血迹，仿佛一个湿漉漉的红色围兜。他抱着帕姆回到放被单的地方，把她放下。她摊在上面，双腿张开着。

"不要脸的婊子，"诺曼说，"你就算死了都不忘勾引人，是吧？"他把她的双腿交叉起来。她的一只手臂从大腿上垂下来，重重地落在被单上。他看到她手腕上戴了个相当怪异的紫色手环——看着几乎像是一小截电话线。上面有一把钥匙。

诺曼看着钥匙，又看了看房间那头的储物柜。

你不能去那里，小诺曼，他父亲的声音响起，我知道你在想什么。但你要是真的靠近她们在达勒姆大道上的地方，你就是疯了。

诺曼笑了，要是去那儿你就是疯了。仔细想想，其实有点好笑。而且，他还能去哪儿？还有什么别的办法呢？他时间不多。所有的后路都在幸灾乐祸地断掉，所有的。

"时间错乱了。"诺曼·丹尼尔斯自言自语道，从帕姆手腕上摘下手环。他一边走向储物柜，一边将手环叼在齿间，一边重新把公牛面具套在手上。接着他把费迪南德举起来，让它扫视储物柜上的名牌。

"这个。"费迪南德说着，用橡胶脸敲了敲贴有"帕姆·哈弗福德"名牌的储物柜。

钥匙正是开这个柜子的。里面有一条牛仔裤、一件 T 恤、一件运动内衣、一个淋浴袋和帕姆的包。诺曼把包拿到一个丹杜克斯洗衣篮旁，把里面的东西倒在毛巾上。他举着费迪南德在这些东西上空逡巡，像一颗怪异的侦察卫星。

"找到了，哥们儿。"费迪南德喃喃道。

诺曼从一堆化妆品、纸巾和纸张中抽出一张薄薄的灰色塑料卡片。毫无疑问，这就是那个俱乐部的门卡。他拿起卡片，准备转身离开——

"等等。"公牛说道。它凑到诺曼耳边悄声说了什么，那缀着花环的牛角微微倾斜着。

诺曼听着，然后点点头。他再次把面具从汗涔涔的手上揭下，塞回口袋里，弯下腰又检查起帕姆包里那堆破烂来。这次他筛得很仔细，就像在调查所谓"案发现场"一样，只是那种时候他会用钢笔或铅笔的尖端代替指尖。

在这儿指纹算什么呢，他想着，笑出声来，再也不算什么了。

他把她的钱夹推到一边，拿起一个封面上写有"电话地址"的小红本。他在字母"D"下面找到了"女儿与姐妹"的相关信息，但这不是他要找的东西。他翻到小本的第一页，上面写了很多数字，还画满帕姆的涂鸦——大部分是眼睛和卡通领结。不过那些数字看起来都像是电话号码。

他翻到最后一页，这个地方也有可能发现点东西。还是有很多电话号码，画了很多眼睛和领结……这一页的中间有几个数字，整整齐齐地画了个小框，还标了星号，像这样：

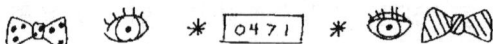

"哦，妈呀，"他说，"先别急，朋友们，不过我觉得中了大奖了，我们的确中大奖了，是不是，小帕姆？"

诺曼将这一页从帕姆的本子上撕下，塞进胸前的口袋，蹑手蹑脚地回到门边。他听着门外的动静。没人，他松了口气，碰了碰他刚才塞进口袋的那张纸的一角。与此同时他的灵魂再次出窍了，有那么一会儿他什么也不记得了。

4

黑尔和古斯塔夫森领着罗西和格特来到巡警室的一个角落，这里几乎像个"谈心隅"。家具挺旧的，但很舒适，也没有供警探坐在后面审讯的桌子。这两位直接坐在了一个褪色的绿色沙发上，一边是软饮机，一边是一张放着邦恩咖啡机的桌子。咖啡机上方没有挂那种关于毒品成瘾或艾滋患者的可怕照片，而是一张阿尔卑斯山脉的旅行社风光海报。两位警探心平气和，富有同情心，询问进行得很低调，也充满了尊重。但无论是他们的态度，还是这种相对轻松的环境，都对罗西帮助不大，她仍然很生气，有生以来从未感觉到如此愤怒，但她也很害怕；光是身处这个地方，就让她感到害怕。

随着问答的进行，她好几次都险些控制不住自己的情绪，只要遇到这种情况，她就会看向房间那头，齐腰高的栏杆上挂着"仅限警察业务"的牌子，而栏杆外，比尔正坐在那里，耐心地等待着。

她知道自己应该起身走过去，告诉他不要再等了——回家吧，明天再打电话给她，但她就是做不到。她需要他在那里，就像警探把她们带到这里来的一路上，她需要他骑着哈雷跟在后面。她需要他，就像一个想象力过于丰富的孩子半夜醒来，需要那盏夜灯一样。

问题是，她总是有些疯狂的想法。她明白这些想法很疯狂，但光是明白也无济于事。这些想法有时会从脑中消失，她就可以回答对方的问题；但很快她会发现自己又在想，诺曼肯定在地下室，他们把他藏在那里，肯定是的，因为执法部门是个大家庭，警察是兄弟，而警察的妻子不管怎样都不能逃跑，不能有自己的生活。诺曼正舒舒服服地藏在某个隐蔽的小地下室里，在那里，即便你用尽全身力气尖叫，也没人会听到。那里有湿乎乎的混凝土墙壁，一个光秃秃的灯泡悬挂在电线上，等这场装模作样走个过场的做戏结束，他们就会把她带去见他。他们会把她带给诺曼。

真是疯了。但她只有在抬头看到那低矮栏杆另一头的比尔，看到他也在注视她，等着她结束，好用自己的铁马载她回家时，才会意识到这些完全是疯狂的胡思乱想。

他们一遍又一遍地问着相关的问题，有时是古斯塔夫森问，有时是黑尔问，尽管罗西没觉得这两人在一个唱红脸一个唱白脸，也希望他们住口，别再没完没了地问问题，别再没完没了地填表格，放她们走吧。也许等她离开这个鬼地方，那在愤怒与恐惧之间跌宕起伏、令人动弹不得的情绪，会稍微缓解一些。

"再给我讲讲你的钱包里怎么会刚好有丹尼尔斯先生的照片的，金肖女士。"古斯塔夫森说。他面前摆着一份写了一半的报告，手里拿着一支圆珠笔。他眉毛皱成一团，罗西感觉他像个没有复习就参加期末考试的小孩。

"我都给你讲了两次了。"格特说。

"这是最后一次。"黑尔轻声说。

格特看着他说："你发誓？"

黑尔咧嘴笑了——笑得很迷人——点了点头："发誓。"

于是格特又讲了一遍，她和安娜如何认为诺曼·丹尼尔斯与彼得·什洛维克被杀有关，如何通过传真得到诺曼的照片。接着，她又讲了自己如何注意到被售票员喊话的那个轮椅男。这个故事罗西已经听了两遍，很熟悉了，但仍然惊叹于格特的勇敢。格特讲到在卫生间后面与诺曼的对峙，口吻平淡得像在背购物清单的女人。罗西牵起她的大手，用力地握了一下。

这次，讲完故事的格特看着黑尔，双眉扬起："可以了吗？"

"嗯，"黑尔说，"非常可以。你是辛西娅·史密斯的救命恩人。如果你是警察，我会给你颁发嘉奖令。"

格特哼了一声。"我永远也过不了警察体检，太胖了。"

"话虽如此。"黑尔没有笑，只是直视着她的眼睛。

"好吧，谢谢你夸奖我，但我真正想听的是你会抓住那个家伙。"

"我们会抓住他的。"古斯塔夫森说。他听起来非常笃定的样子，罗西心想，你不了解我的诺曼，警官。

"我们完事了吗？"格特问道。

"你是完事了，"黑尔说，"但我还要问麦克伦登女士几个问题……可以吗？如果不行，之后再问也可以。"他顿了顿。"但说实在的，不应该之后再问。我俩都明白这一点，对吧？"

罗西短暂地闭上了眼睛，又睁开了。她看了看仍坐在栏杆外面的比尔，目光又回到黑尔身上。

"该问就问吧，"她说，"但尽量快点结束。我想回家了。"

5

这一次再清醒过来时，他正从天霸车上下来，几乎一眼就认出眼前这条安静的街道就是达勒姆大道。车停在离"贱人宫"一个半街区的地方。天还没黑，但快黑了，树下的阴影浓重而厚软，莫名地有些浪漫迷人。

他低头看看自己，发现离开酒店之前他肯定先回了趟房间。他全身散发着肥皂的香味，穿的衣服也和之前不一样了。他现在穿的衣服很适合这趟任务：宽松斜纹便裤、白色圆领 T 恤、蓝色工作衫，衣摆没有扎进裤子里。他看着就像那种周末会出来工作的人，检查出问题的燃气管道，或是……

"检查防盗警报，"诺曼压低声音说着，咧嘴笑了，"真是嚣张啊，丹尼尔斯先生。真他妈的嚣——"

接着，恐慌袭来，如同晴天霹雳。他拍了拍穿在身上的便裤的左后袋，只感到钱包突出一块；又拍拍右后袋，感到橡胶面具软塌塌地晃动，于是重重地松了口气。显然，他忘了带自己的警枪——忘在了房间的保险柜里——却带上了面具。此时此刻，面具感觉比手枪要更重要一些。他很可能是疯了，但感觉确实如此。

他沿着人行道向 251 号走去。要是那里只有几个婊子，他会尽量把她们都变成人质。要是人太多，他就能逮几个是几个——也许半打左右吧——这样其他的就会吓得四散逃窜。接着他就一个个地杀掉这些人，直到有人吐出罗丝的地址。要是没人知道，他就把她们都杀了，然后去查找一下文件……但他觉得到不了这一步。

要是警察已经到了那儿，你怎么办，小诺曼？父亲紧张地发问了，屋前守着警察，里面也有警察，警察在守着这个地方，防着你去？

他不知道怎么办，也不是很在乎。

他经过了 245 号、247 号、249 号，最后这个和人行道之间隔着一道树篱。诺曼走到树篱尽头，突然停住了，眯起眼睛，满腹狐疑地打量着达勒姆大道第 251 号。他本来想着这里可能会有很大动静，或者一点动静，却没想到会看到眼前这番景象：什么动静也没有。

在那狭长纵深的草坪尽头，"女儿与姐妹"就在那里，为了防暑，二楼和三楼的窗帘都拉了起来。整个地方静寂无声，仿佛废楼遗址。

门廊左侧的窗户没有拉窗帘，但是很暗。里面没有任何动静，门廊上也没有人，车道上也没有车。

我不能干站在这儿。他心里想着，又走动起来。他走过那里，往菜园看去，之前他就在这里看到过那两个贱人——其中一个正是他在卫生间前抓到的那个。在这个傍晚，菜园也没人。从他的角度望向后院，那里也空无一人。

这是个陷阱，小诺曼，父亲又开口了，你明白的，对吧？

诺曼一直走，走到门上标有"257"的房前，接着转了个身，装作漫不经心地沿着人行道慢慢往回晃悠。他明白，这看上去像个陷阱，父亲的话的确有道理，但不知为什么，他不觉得这是个陷阱。

公牛费迪南德像个廉价的橡胶鬼魂一样飘到他眼前——诺曼已经在不知不觉间把面具从右后袋掏了出来，套在了手上。他知道这样做不好，只要有人往窗外看，就一定会好奇这个面部肿胀的大块头男人为什么在跟一个橡胶面具说话……还要用手操纵面具的嘴唇假装它在回答。但这些似乎也都没什么关系。他的人生逐渐变得非常……嗯，对，"回归本质"。诺曼还挺喜欢这样的。

"不，不是个陷阱。"费迪南德说。

"你确定吗？"他问道。又快要走到 251 号了。

"确定，"费迪南德点着自己戴花环的双角，"她们继续野餐了，就这么简单。现在她们很可能坐在一起烤棉花糖吃呢，可能某个穿老妈裙的拉拉在唱'答案在风中飘'。你对她们来说，不过是个短暂的小波澜。"

他停在通往"女儿与姐妹"的小路前，看着面具，如遭雷击般呆住了。

"嘿，对不住啊，哥们儿，"公牛相当抱歉地说，"但我不编造消息的，只是报告。"

诺曼震惊地认识到，有一件事情几乎和回家发现老婆带着你的银行卡消失得无影无踪一样糟糕——被忽视。

被一群女人忽视。

"嗯，那你就教教她们，别再忽视你了，"费迪南德说，"给她们个教训。去吧，诺曼。教她们认识你是谁。教教她们，让她们永远也忘不了。"

"永远也忘不了。"诺曼喃喃地重复着，手上的面具热情地拼命点头。

他又把面具塞回到右后袋里，一边走上小道，一边从左前袋掏出帕姆的门卡和从她地址簿中拿到的纸条。他走上门廊的台阶，抬头扫了一眼门上方的摄像头——希望看起来是很随意的一眼。门卡还被他夹在腿间。毕竟，也许有人正在监视自己。无论走运与否，他都需要牢牢记住，费迪南德只是个橡胶面具，用诺曼·丹尼尔斯的手充当自己的大脑。

门卡刷槽的位置和他想的一样，旁边还有个对讲盒，上面有个小标牌，指示访客按下按钮说话。

诺曼按下按钮，向前倾身，说道："中部燃气公司，检查这附近的漏气问题，听得到吗？"

他松开按钮，等着，又抬头看了看摄像头。黑白的画面可能看不出他的脸肿得有多厉害……但愿吧。他微笑着显示自己的善良无害，心却在狂跳，如同一台剧烈运转的小引擎。

没有回音。什么也没有。

他再次按下按钮。"有人在吗，女士们？"

他给了她们时间，慢慢地数到了二十。父亲在脑中低声说着这是个陷阱，恰恰就是诺曼自己在这种情况下会设下的陷阱，把那个混蛋引诱进去，让他相信这个地方没人，然后像一堆砖头一样重重地砸在他身上。是的，换了诺曼自己，也会设下这样的陷阱……但这个地方就是没人，他几乎可以确定。他感觉这地方确实空空荡荡，像个被扔掉的啤酒罐。

诺曼把门卡插进卡槽，只听得响亮的一声提示音。他把卡抽出来，转动门把，迈入了"女儿与姐妹"的前厅。他的左边传来稳定的轻响：嘀嘀嘀嘀。那是个键盘式防盗警报器。信息窗口上闪烁着"前门"的字样。

诺曼看了看随身带来的纸条，花了短暂的一瞬祈祷上面的号码正和自己想的一样，在警报器上按下了0471。有那么一会儿，警报还在继续嘀嘀嘀，他的心都提到了嗓子眼，接着，警报停了。诺曼松了口气，关上了门。他重设了警报，这个行为是没有经过大脑的，只是警察的本能。

他四处张望，注意到通向二楼的楼梯，顺着大走廊走了下去。他把头探入右边第一个房间，它看上去很像一间教室，围成一圈的椅子，一头有个黑板。黑板上写着"尊严""责任"和"信仰"几个大字。

"都是些智慧之词，诺曼。"费迪南德说。它又回到了诺曼手上，像是有谁施了什么魔法。"智慧之词。"

"你说什么就是什么吧，反正我觉得还是烂大街的老一套。"他四下张望后提高了声音。不知怎的，这一片寂静中带着点尘土味，在这样的氛围中高声喊叫仿佛有点亵渎神明的意味，但该做的事情还是得做。

"有人吗？我是中部燃气公司的！"

"有人吗？"费迪南德也在他手上大喊起来，空洞的双眼炯炯地环视着四周。它说话的语气像个滑稽的德国人，有时候诺曼的父亲喝醉了，就会这么说话。"喂，有人在吗，哥们儿？"

"闭嘴，你这个白痴。"诺曼低声道。

"遵命，长官。"公牛回答之后，立刻就不出声了。

诺曼缓缓地转过身，继续沿着走廊走下去，一路上又经过了别的房间———一个客厅，一个餐厅，还有个看上去像是小图书室的地方———但里面都没人。走廊尽头的厨房也没人，现在他面临新的问题：要去哪里找他要的东西呢？

他深吸了一口气，闭上双眼，努力思考（并努力压抑着隐隐要卷土重来的头痛）。他想抽支烟，但不敢，说不定她们把烟雾探测器的敏感度调得很高，稍微有点烟草味，那机器就会尖叫。

他又深吸了一口气，一直吸到肺底，现在他弄清这里的气味究竟是什么了——不是尘土的气味，而是女人的气味。那些长期固守在自己种群中的女人，像疯子一样闯入这个世界，从此把自己包裹在自以为是的紧密团体之中，只想将现实世界拒之门外。这气味混合了血液、清洗液、香包、发胶、滚珠除臭剂和香水味；那些香水的名字很差劲，什么"我罪"，什么"白肩"，什么"入迷"。这气味中还有她们喜欢吃的蔬菜和喜欢喝的水果茶，不是尘土的气味，而是类似酵母发酵的气味，一种永远清洁不了的气味：没有男人的女人的气味。突然间，这气味就充斥了他的鼻腔、喉咙和心脏，让他感到恶心、晕眩，几乎要窒息了。

"控制好自己，伙计，"费迪南德厉声道，"你闻到的不过是昨晚的意大利面酱！我的天！"

诺曼呼出一口气，又深吸一口，睁开了眼睛。意大利面酱，不错。闻起像红红的血液的味道。但其实不过就是意大利面酱而已。

"不好意思，刚才是有那么点奇怪了。"他说。

"是啊，但谁又不会呢？"费迪南德说，此时它空洞的双眼似乎在表达着同情与理解，"毕竟，喀耳刻[1]就是在这里把男人变成猪的。"面具在诺曼手腕上旋转，用空洞的眼睛四下扫视着。"是的，就是这个地方。"

"你在说什么啊？"

"没什么，别在意。"

"我不知道该去哪里，"诺曼也在四下扫视，"我得快点，但是，天啊，这里也太大了！至少得有二十个房间吧。"

公牛的角指向了厨房对面的一扇门。"试试那间。"

1.喀耳刻（Circe），希腊神话中的巫术女神，在《奥德修纪》中将奥德修斯一行船员变成了猪。

"去你的，说不定只是储藏室。"

"我觉得不是，诺曼。我觉得她们不会在储藏室上贴一个'非请勿入'的标志，你觉得呢？"

有道理。诺曼走了过去，一路上把公牛面具塞回口袋（并注意到被挂在水槽边架子上晾干的意大利面漏勺），接着敲了敲门。没有回应。他试了试门把手，很轻松就转动了。他打开门，摸了摸右边的墙，按下了一个开关。

头顶的灯照亮了一张巨大的桌子，上面堆满了东西。在一堆物品的顶部，有个摇摇欲坠的金色牌匾，上面写着"安娜·史蒂文森保佑这堆破烂"。墙上挂着一个相框，照片里的两个女人诺曼都认识。一个就是那个应该已经死了的大个子老黑女，另一个则是报纸上登了照片的那个白发贱人，长得有点像莫德的那个。她们勾肩搭背，对视着，真是货真价实的一对拉拉。

房间的一侧排着一溜文件柜。诺曼走了过去，单膝跪下，手伸向标有"D-E"的柜子，又停下了手。她没用"丹尼尔斯"这个姓了。他记不起这个消息究竟是费迪南德告诉他的，还是他自己发现的，或者是他的直觉，但他确定就是这样。她又用回了自己的原姓。

"直到你死的那一天，你都是罗丝·丹尼尔斯。"他把手转向了标有"M"的柜子，拉了一下，什么也没发生。柜子被锁起来了。

是个问题，但问题不大。去厨房里拿个东西撬开就行了。他转过身，想出去，又停了下来。他瞥到办公桌一角的那个柳条篮。篮子提手上挂了一张卡，上面用复古英文字体写着"即发信件"。篮子里的那一小堆东西看起来像是要外发的邮件，在一张收件人为"湖滨有线电视"的账单信封下面，他看到一张纸探了出来，有如下字样：

/endon
/renton Street

——伦登

——伦顿街

麦克伦登？

他一把抓起那封信，把篮子碰翻了，大部分的待发邮件都散落在地上。诺曼双眼圆睁，冒着贪婪的凶光。

是的，麦克伦登，天啊——罗西·麦克伦登！就在这个名字下面，印着他千辛万苦几乎下了地狱才得到的地址：特伦顿街 897 号。白纸黑字，清晰明了。

一堆没发出去的"摇摆入夏"传单下面半埋着一把长长的铬质开信刀。诺曼抓起刀子，割开了信封，想也没想就把刀子塞进后袋。他又拽出面具，戴在手上。信封里只有一张纸，凸印了个抬头：全部大写字母的"安娜·史蒂文森"和字号稍微小些的"女儿与姐妹"。

诺曼迅速注意到了这个小小的"自恋"信号，瞥了一眼之后，举着面具在信纸上逡巡了一遍，让费迪南德帮他看信。安娜·史蒂文森的字迹比较大，很优雅——可能在有些人看来比较高傲。诺曼的手指汗涔涔的，颤抖着，努力在费迪南德的头中攥紧成一个拳头，橡胶面具在移动时发出了一系列面部痉挛和恶意的斜视表情。

亲爱的罗西：

我只是想往你的新"窝"里寄一封信（我懂的，在新的住址收到的最初几封信非常重要！），告诉你我有多么高兴你到"女儿与姐妹"找到了我们，又有多么高兴我们能够帮到你。还想告诉你，看到你找到了新工作，我太高兴了——而且觉得你不会在特伦顿街久住了！

每个来"女儿与姐妹"求助的女性，都会给其他所有人的生命带去新的鼓舞和活力——无论是与她一起度过最初恢复期的人，还是那些在她离开后才来的人，因为每个女人都会留下一些属于自己的经验、力量与希望。我希望能经常在这里见到你，罗西，不仅因为你还有很长的治愈之路要走，还有很多的情绪（据我推测，主要是愤怒）没有好好处理；还因为你有义务向别人传递你在这里学到的东西。我也许根本不需要向你说这些，但是——

"嘀答"一声，并不很响，但在一片寂静中很是刺耳。接着又响起那个声音：嘀嘀嘀嘀。

防盗警报器。

有人来跟诺曼做伴了。

6

安娜完全没有注意到停在距离"女儿与姐妹"一个半街区外的那辆绿色天霸。她沉浸在一个很隐秘的个人幻想之中，这个幻想从未对别人说过，甚至连治疗师都不知情。她珍藏着这个幻想，只在非常糟糕可怕的日子里才调出来，比如今天。在这个幻想中，她登上了《时代》杂志的封面。不是以照片的形式，而是一幅栩栩如生、充满活力的油画。画中的她穿着深蓝色的套装（蓝色是最适合她的颜色，套装则可以掩盖她过去两三年中越来越浑圆的腰腹），正往左边转头回望，让画家画自己比较好看的那半边脸；头发散落在右肩，像随风飘飞的雪，性感的飞雪。

画下面的图说简洁明了：**美国女性**。

她拐进车道，很不情愿地暂停了幻想（她刚刚想到撰稿人写着："尽管已经挽救了超过一千五百名受虐妇女，帮她们重获新生，安娜·史蒂文森仍然十分谦逊，这真是令人惊讶，甚至让人感动……"），她熄了自己这辆英菲尼迪的火，在车里安静地坐了片刻，轻轻地揉着眼睛下面的皮肤。

离婚的时候，她有时把彼得·什洛维克称为"彼得大帝"，有时又说他是"疯狂的马克思主义者拉普斯京"。这位前夫活着的时候是个非常复杂、难以琢磨的人，而他的朋友们似乎一致决定以同样的精神来纪念他。大家不断地谈论着他，每一个"回忆花束"（这些政治正确的混蛋啊，整天心思都花在想这种虚情假意的词上，安娜真的能够怀着愉悦的心情，举起机枪把这些人都扫射了）好像都比上一个要长，一直到下午4点，大家终于起身，准备吃点饭，喝点酒——都是些家常的东西，味道很糟糕。如果是彼得负责采购，肯定也会选这些货色——安娜确信自己那把折叠椅的形状已经深深镌刻在了她的屁股上。不过，她从来没想过提前离开——可能在吃了一个迷你三明治、象征性地喝了一口葡萄酒之后，想过偷偷溜出去一下。大家都在看着她，评判她的一举一动。毕竟，她是安娜·史蒂文森，是这个城镇政治构成中一位重要的女性。而且正式的仪式结束后，她还得跟其中几个人聊聊。她希望别的人明眼看到她在跟这几个人聊天，因为人情就是如此运转，事情就是这样办成的。

而且，就好像眼前的"乐子"还不够，四十五分钟之内，她的传呼机响了三次。这东西在她包里都沉默了好几个星期了，结果今天下午，在这样一场充满了长时间的沉默与不泪流满面地咕哝人们就不会说话的聚会上，这玩意却疯了。第三次之后，她厌倦了人们的侧目，关掉了那鬼东西。但愿野餐会上没有人突然临盆，没有谁的孩子被扔出的马蹄铁砸到头，而她最大的愿望就是罗西的丈夫没有杀到现场。不过，她觉得他应该不会。这人脑子应该是清醒的吧。不管怎么说，如果有人打传呼机找她，肯定都是先打到"女儿与姐妹"的，她的第一联系方式是办公室的答录机。她小便的时候还可以透过卫生间的门听听电话留言。大部分时候都挺合适的。

她下车，锁车（就算这个街区还不错，也还是得小心为上），走上门廊的台阶。她刷了门卡，想也没想就输入密码，关掉了保安系统的"嘀嘀"声。白日梦（成为自己那个时代绝无仅有的一名女性，越来越分化严重的妇女运动各派系，全都爱戴她，尊重她）留下的美妙碎片还在脑中飘浮旋转着。

"哈啰，大家！"她一边喊着，一边沿着走廊走进去。

回应她的只有沉默。这不出她所料……而且，直说了吧，这正合她心意。幸运的话，她可能有幸拥有两小时甚至三小时的宁静时光，之后就又得迎接晚上很多人的咯咯笑、淅沥沥的冲澡声、摔门的声音和哈哈哈的情景喜剧。

她走进厨房，想着也许悠悠闲闲地泡个长长的澡，加点卡尔贡浴盐什么的，说不定能稍稍抚平这可怕的一天带来的最深切的创痛。接着她停住了脚步，皱眉望向自己的书房。门半开着。

"烦人，"她低声道，"真烦人！"

要说这世上她最讨厌的事情——也许除了和别人紧紧拥抱——那就是自己的隐私被侵犯。她的书房没有上锁，因为觉得自己没必要做那样不体面的事情。毕竟，那就是只属于她自己的地方。能够进这个房间的女孩与女人们，都是因为她慷慨的应允，获得了她的容许。她的书房根本不应该上锁。她表达过自己的愿望，没有她的邀请，她们就不应该进去，这就够了。

大部分时候这的确够了，但时不时地会有某些女人觉得，确实很需要安娜的某一份文件，确实很需要用一下安娜的复印机（比楼下娱乐室那台启动快些），确实很需要一张邮票……于是这个无礼之人就会闯进去，在一个不属于自己的地方翻翻找找，说不定还会看看不属于自己的东西，她身上那种从杂货店随便买的廉价杂牌香水的味道把书房里的空气都扰乱了……

安娜的一只手已经搭在了门把手上，又停住了，她往黑漆漆的房间里看了一下。她还是小女孩的时候，这儿是个储藏室。此时，她的鼻翼微微颤动着，眉头皱得更紧了。房间里的确是有种异样的味道，但不太像香水味。这味道让她想起了"疯狂的马克思主义者"，这味道……

所有我认识的男人都喷英伦皮革古龙香水，要么就什么都不喷。

天啊！我的天啊！

她的双臂顿时起满了鸡皮疙瘩。作为一个女人，她一直将自己的求真务实引以为傲，但突然之间，她满脑子都在想象彼得·什洛维克的鬼魂就在书房里等着她，他是一抹阴影，飘忽脆弱得如同他那刺鼻又滑稽的古龙香水味……

她双眼盯牢黑暗中的一点光亮：答录机在闪烁。那小小的红灯闪得很疯狂，仿佛今天全城的人都给她打过电话。

肯定出了什么事。她一下子就明白过来了。这也可以解释传呼机的事了……而她就是那么蠢，为了不让别人侧目就关机了。出事了，很可能是埃廷格码头的事。有人可能受伤了，或者，天哪，可千万别是——

她迈入了办公室，一边摸索着门边的开关，接着又停下脚步，因为手指摸到的东西让她有些疑惑。开关已经开了，也就是说，顶灯应该是开着的，但并没有开着。

安娜又开关了两次，正要按下第三次，一只手按在了她的右肩上。

这笃定的触感叫她尖叫起来，从她喉咙中发出的声音声嘶力竭，充满狂乱，正是所有恐怖片女主角都会发出的那种尖叫。另一只手攥住了她的左上臂，将她原地转了过来。她借着厨房泄出的灯光，看到了面前人的剪影，又尖叫起来。

一直站在门后等着她的这个东西根本不是人类。它头上长着角，角上似乎还冒着怪异的肿块，这是——

"公牛万岁。"一个空洞的声音说，她这才意识到这的确是个人，男人，戴着面具的男人，但这也没让她好受些，因为她很清楚这男人是谁。

她挣脱了他紧握的手，朝办公桌退去。她还能闻到英伦皮革古龙香水的味道，但也逐渐闻到别的东西了。汗味，还有尿味。是她自己的尿吗？她吓得尿了吗？她也不知道。腰部以下都是麻木的。

"别碰我。"她声音颤抖，失去了平时那冷静而充满权威的风范。她伸手到后面去摸索报警按钮。应该就在那里，但被堆积的文件掩埋了。"你敢碰我。我警告你。"

"安娜——安娜——波——班娜，班娜——范娜——发——范娜。"长角面具里的怪物发出这样的声音，像是在进行某种深沉的冥想，接着把身后的门关掉了。现在，两人陷入了完全的黑暗中。

"离我远点。"她沿着桌子挪动，几乎在滑行。要是能进入卫生间，锁上门——

"范——费——莫——曼娜……"

声音在她左边，离得很近。她向右扑去，但不够快。两只强壮的手臂紧紧攫住了她。她还想尖叫，但对方的胳膊越收越紧，她只是急促地出了口气。

如果我是苦儿·查斯坦[1]，就会——她想到这里，诺曼的牙齿就咬上了她的喉咙。他的口鼻摩擦着她的皮肤，接着他的牙齿深深咬进了她的喉咙，某种温热的东西喷洒在她面前，她再也没有想下去。

7

等最后的问题问完，最后的文件签完，夜已经深了。罗西脑袋发涨，感觉自己似乎都不是真实存在的了，很像高中时偶尔遭遇一整天的突击考试之后。

古斯塔夫森去给文件归档了，他把那些东西像圣杯一样捧在面前。罗西站了起来。她朝同样正在起身的比尔走去。格特去找女洗手间了。

"麦克伦登女士？"她肘边的黑尔突然说。

1.苦儿·查斯坦（Misery Chastain），又译"米斯莉·查斯坦"，是斯蒂芬·金小说《危情十日》中女主人公的名字。

罗西的疲惫被一种突然而可怕的预感代替了。现在只剩他俩了，比尔离得太远，听不到黑尔对她说什么。等他开口，他就会用低沉而隐秘的声音告诉她，要是她还算知道好歹，就应该趁还有时间，立刻停止对自己丈夫的一切愚蠢行为。从此时此地开始，面对警察时，她就应该闭嘴，除非他们中有人问了她问题，或是解开了裤子拉链。他会提醒她这是"家务事"，他们都是——

"我一定会抓住他，"黑尔和善地说，"无论我说什么，都不确定能完全让你信服。但不管怎么样，我都需要你听我说出这句话。我一定会抓住他。我保证。"

她望着他，瞠目结舌。

"我要抓住他，因为他是个杀人犯、疯子，而且很危险。我要抓住他，还因为我不喜欢你在巡警室里四下张望的样子，只要有开关门的声音你都要惊跳起来。还有只要我哪只手稍微动一下，你都会瑟缩。"

"我没……"

"你有。你控制不了，你有。不过，没关系，因为我知道你为什么会那样。如果我是一个女人，而且经历了你那些遭遇……"他渐渐收了声，带着疑问的神情看着她，"你有没有想过，你光是能活着，就是受了老天极大保佑的幸运了？"

"想过。"罗西说。她的双腿在颤抖。比尔站在门口，看着她，显然很担心。她勉强对他挤出微笑，并举起一根手指——再等一分钟。

"你确实很幸运。"黑尔说。他环顾了一下警局，罗西也跟随着他的目光。在一张桌子边，一名警察正在记录着什么，他面前坐着一个穿高中校服的哭泣少年。另一张桌子靠近鸟笼形状的大落地窗，旁边坐了个穿警服的警察和一名脱了外套的警探，一眼就看到他腰带上别了.38口径的警枪。这两人正在查验一堆照片，头紧挨在一起。房间那头有一排显示屏，古斯塔夫森正在那里和一个年轻警察讨论报告，罗西觉得后者看样子还不到十六岁。

"你对警察很了解，"黑尔说，"但你的大部分认知都是错误的。"

她不知道该如何回应，但没关系，他似乎也没要求她回应。

"麦克伦登女士，你想知道我抓住他的最大动力是什么吗，现在我们的头号通缉犯？"

她点点头。

"我要抓住他的最重要原因，就是他是个警察，还是英雄警察，天啊。但下一次他的照片出现在老家镇上的报纸头版时，他要么是已故的诺曼·丹尼尔斯，要么就是身穿橙色囚服被铐起来了。"

"谢谢你说这些话，"罗西说，"对我意义重大。"

他带着她走到比尔身边。比尔打开了栏杆门，拥住了她。她紧紧地抱着他，闭着眼睛。

黑尔又喊道："麦克伦登女士？"

罗西睁开眼睛，看到格特已经回来了，朝她挥手示意。接着她看向黑尔，有些害羞，但并不害怕。"愿意的话，你可以叫我罗西。"

这话让他露出了片刻微笑。"你对这个地方的第一印象实在不太好，想听点可能让你感觉好点的事吗？"

"我……应该想吧。"

"让我猜猜，"比尔说，"你和罗西家乡的警察起了点矛盾。"

黑尔露出一个苦笑。"确实。他们不太愿意把丹尼尔斯的血液检查报告传真过来，甚至连指纹都不愿意提供。我们已经在和警察的律师打交道了。警察的讼棍！"

"他们在保护他，"罗西说，"我就知道他们会这样。"

"到目前为止，是的。这是一种本能。比如，要是有警察被枪杀了，大家就会放下一切，去追捕那个凶手。等他们最终想明白这一切都是真的，就不会从中作梗了。"

"你真的觉得会这样？"格特问。

他认真想了一下，然后点点头。"是的，真的觉得。"

"那在这一切结束之前，警方会保护罗西吗？"比尔问。

黑尔又点了点头。"特伦顿街上，你家门口，已经停了辆黑白警车，罗西。"

她的目光先后看向格特、比尔和黑尔，沮丧与害怕的感觉再次袭来。生活总在出状况，总像沙包一样劈头盖脸地砸向她。每当她觉得自己已经有所掌控了，又会出现新的状况，从完全意想不到的方向来打击她。

"为什么？为什么？他不知道我住哪儿，他不可能知道！所以他才来野餐会，因为他以为我会在那里。辛西娅没有告诉他吧，没有吧？"

"她说没有。"黑尔强调了"没有"二字，但强调得很轻，罗西没有听出来。格特和比尔听出来了，彼此交换了一个眼神。

"好，这不就结了！格特也没告诉他！对吧，格特？"

"没有的，夫人。"格特说。

"嗯，我万事都是安全起见——暂且这么说吧。我往你的住处楼前派了人，还有备用警车——至少两辆——在附近。我不想再吓着你，但他是懂得警察办案程序的疯子，可不是一般的疯子。最好不要存在侥幸心理。"

"如果你这么认为的话。"罗西小声说。

"金肖女士，我会派人送你去你想去的任何地方——"

"埃廷格码头，"格特边说边抚摸着自己的"袍子"，"我要去音乐会上展示专属于我的时尚。"

黑尔笑了，主动要和比尔握手。"斯坦纳先生，很高兴认识你。"

比尔握了握他伸出的手。"我也一样。感谢你所做的一切。"

"这是我的职责。"他瞥了眼格特，目光又移到罗西身上，"晚安，女孩们。"他又飞快地看了眼格特，脸上展露出一丝笑容，仿佛瞬间年轻了十五岁。"我懂你。"他说着，笑出了声。格特思考片刻，也跟着大笑起来。

8

在警局门外的台阶上，比尔、格特和罗西稍微碰了个头。空气有些潮湿，是湖上飘来的雾气。还是薄雾，只够在街灯周围形成一圈淡淡的光晕，在湿漉漉的人行道上低低地飘荡。但罗西推测，再过一个小时，就会浓得需要"穿"过去了。

"你想今晚回'女儿与姐妹'吗，罗西？"格特问道，"再过几个小时，她们就会从音乐会回去了。我们把爆米花先做好。"

一点也不想回"女儿与姐妹"的罗西转向比尔："如果我回家，你会陪着我吗？"

"当然，"他立刻回答，并握住了她的手，"乐意至极。别担心我怎么住——我还从没见过我不能睡的沙发呢。"

"你还没见过我那个沙发。"她嘴上这么说，心里却知道自家的沙发不会成问题，因为比尔不会睡在那上面。她的床是单人床，这意味着两人需要挤一挤，但她觉得应该能良好应对。这种亲密的挨挤甚至可能有些意外的好处。

"再次感谢你，格特。"她说。

"别客气。"格特给了她一个短暂而用力的拥抱，然后身子前倾，单纯而响亮地"啵儿"了下比尔的脸颊。一辆警车绕过拐角停下，发动机没熄火。"照顾好她，男人。"

"我会的。"

格特走向来接她的车，又停下来指着比尔的哈雷，它停在标有"仅限警察业务"的停车位上。格特用后跟指了指支起的车架，"该死的雾起来了，别摔倒了。"

"我会小心的，我保证。"

她收回了伸出来的大拳头，假装板起脸，比尔支着下巴，眼睛半闭，一副忍耐的表情让罗西哈哈大笑。她从未想过自己竟会在警察局的台阶上大笑，但今年发生了很多她从未想过的事情。很多。

9

即便发生了这么多事情，回特伦顿街的一路上，罗西依然很开心，几乎和早上出城时一样开心。他们穿越着这座城市的路面，她紧抱着比尔，巨大的哈雷摩托畅快地劈开越来越浓的雾气。最后三个街区就像铺满棉花的梦境。哈雷的头灯形成云雾缭绕的明亮圆柱，如同手电筒的光束穿过烟雾弥漫的房间一般，钻入眼前的空气。等比尔终于掉转车头上了特伦顿街，建筑物影影绰绰，布赖恩特公园仿佛一片巨大的白色虚空。

黑尔保证过的黑白警车就停在 897 号门口。车身写着"服务和保护"的字样。车前有一块空间，比尔将摩托车驶入其中，用脚将换挡杆踢到空挡，熄灭了引擎。"你在发抖。"他扶她下车时说道。

她点了点头，发现想要开口说话，就得必须认真地阻止上牙齿和下牙齿打架。"不算冷，但是太湿了。"然而，即便是这个时候，她也知道，其实她发抖真正的原因既不是冷也不是潮湿，她内心深处的某个地方很明白，事情有点不对劲。

"好吧，那我们就赶紧给你穿上干燥温暖的衣服。"他收起两人的头盔，锁上哈雷的点火器，把钥匙丢进口袋。

"我觉得这主意妙极了。"

他牵起她的手，带她走过人行道，来到公寓楼的台阶前。经过那台警车时，比尔向驾驶座的警察举手致意。警察慵懒地把手举到窗外，算是回礼，街灯反射在他戴的戒指上。他的搭档似乎在睡觉。

罗西打开手提包，深夜回家，大楼的门也是需要钥匙打开的。她把钥匙插进锁孔转动着，只能模模糊糊地感觉到自己在做什么。方才的好心情消失得无影无踪，先前的恐惧又卷土重来，仿佛某个铁做的巨大死物在一个老建筑中掉落，穿破一层又一层的地板，注定要掉在最底层。她的胃突然变得冰冷，头痛欲裂，却不知道为什么。

她看到的是什么，究竟是什么？她过于专注地努力思考这个问题，没有听到警车驾驶舱的门打开，又轻轻关上了，也没听到人行道上跟在他们后面轻轻摩擦路面沙粒的脚步声。

"罗西？"

比尔的声音从黑暗中传来。他们已经身在大楼前厅，但她几乎看不见右边墙上挂着的老头子画像（她觉得可能是卡尔文·柯立芝[1]），或者靠着楼梯的瘦削衣帽架，那架子的支脚和旁支的衣钩都是黄铜的。这里面怎么黑成这样啊？

当然是因为顶灯坏了，原因就这么简单。不过，她又想到了一个更难回答的问题：为什么坐在黑白警车副驾驶座里睡觉的警察的姿势那么别扭和不舒服：下巴压在胸前，帽子拉得很低，完全盖住了双眼，看起来像三十年代黑帮电影里的流氓？而且，他为什么要睡觉呢？毕竟，他负责监视的对象随时可能到来。要是黑尔知道了，会很生气的。她心烦意乱地想着，他会想和这个年轻警察谈谈。近一点地谈谈。

"罗西？怎么了？"

身后的脚步加快了。

她像回放录像带一样回想着刚才的所见所闻。她看到比尔向驾驶座的蓝制服警察举起手，即便没开口，也表达了"你好，很高兴在这里见到你"的意思。她看到那警察举起手作为回礼，看到街灯在他戒指上反射的光。她离得没那么近，看不清戒指上的字，但突然间她知道了那些字是什么。她曾无数次在自己的皮肤上看到这些字反着的印痕，仿佛一块肉上"食品药监局"安全认证的标记。

---

1. 卡尔文·柯立芝（John Calvin Coolidge, 1872—1933），美国第 30 任总统。

服务、忠诚、社区。

他们身后的脚步急切地走上了台阶。公寓楼的大门被狠狠地关上了。黑暗中有人在低声而急促地喘息，罗西闻到了英伦皮革古龙香水的味道。

10

诺曼站在"女儿与姐妹"的厨房水槽前，脱掉了上衣，冲洗着脸上和胸前的鲜血。他再次经历了严重的"灵魂出窍"。当时他抬起头，伸手去拿毛巾，太阳低垂在地平线上，将闪耀的橘色光芒照进他的双眼。摸到了毛巾，接着，他没有感觉到任何中断，甚至眼睛都没眨一下，就身在室外了，而天已经黑了。他又戴上了白袜队的棒球帽，还穿了一件"伦敦雾"外套。天知道这是从哪里找来的，但实在很应景，因为越来越浓的大雾正在迅速笼罩整个城市。他用一只手把这件昂贵的防水材质的外套揉了个遍，他很喜欢那种触感。非常精致的物件。他再度努力地想了想究竟是怎么得到这件衣服的，但就是想不起来。他还杀了别的什么人吗？有可能吧，可能是朋友、邻居什么的？度假期间，任何事都有可能发生。

他朝特伦顿街张望，看到一辆警车——在诺曼的地盘上，大家称之为"查理－戴维"车——停在那里，轮毂罩在雾中若隐若现，停车位置大概在距离下一个路口四分之三处。他把手伸进外套左边的深兜里——真是件很不错的衣服，这个人的品位确实很好——摸到一团橡胶质地的皱巴巴的东西。他开心地笑了，仿佛在和老友握手。"公牛，"他低语道，"大公牛。"他又伸手去摸另一个兜，不确定会摸到什么，只是确定里面有某个他想要的东西。

他中指的指尖戳到了那个东西，脸上抽搐了一下，小心地将它拿出来。那是他的好伙伴莫德桌子上的铬质开信刀。

她尖叫得可真厉害啊。他想着，笑着把开信刀在手中转了一圈，让街灯的光在刀刃上流动，仿佛白色的液体。是啊，她尖叫了……但后来她停下了。女孩们最终总会停止尖叫的，真叫人轻松啊。

眼下，他要解决一个严峻的问题。那辆车里会有两名巡警——去数一数，一定是两个。他们一定会配枪，而他身上的武器只有一把铬质开信刀。他必须把他俩都解决掉，而且要尽量做得神不知鬼不觉。这是个相当棘手的问题，他根本不知道该怎么解决。

"诺曼。"一个声音轻声道。声音来自他左边的口袋。

他伸手进去，拿出了面具。空洞的眼眶抬头凝视着他，带着空洞而痴迷的神情，他再次从面具脸上看到了那会心的冷笑。在此刻的光线下，装饰在牛角上的花环仿佛一个个血块。

"什么？"他用低沉的密谋般的耳语说，"怎么办？"

"假装心脏病发。"公牛低声道。于是诺曼照做了。他沿着人行道，朝巡逻车停着的地方蹒跚而去，越接近目标，步伐就越来越缓慢。他很小心，一直低垂着双眼，只用余光瞥着那辆警车。即便再笨的警察，也应该已经发现他了——整条街上只有他在动——而他希望他们看到的，是一个低头看着自己脚的男人，一个每走一步都步履维艰的男人，一个喝醉了或是有麻烦的男人。

他的右手缩在外套里，揉捏着左侧胸口。他感觉到手中开信刀的刀锋在衬衫上划出轻微的痕迹。靠近目标时，他跟跄了一下——只是略微重了一点的跟跄——然后停了下来。他完全静止地站着，低着头，慢慢地数了五下，决不允许自己的身体朝任意一边晃动哪怕一点点。他们最初可能假设，眼前这位是个醉鬼，在小酒馆里喝了几个小时之后，正慢慢地走回家；而诺曼这样一停，他们应该会想到其他的可能性。但他希望他们过来找他。但如果非去不可的话，他会去找他们的，但如果真走到了那一步，可能就是他们把他干掉了。

他又迈了三步，不是朝着警车，而是走向最近的台阶。他抓住了台阶边布满雾珠的冰冷的铁栏杆，站在那里喘着粗气，依然低着头，希望自己看起来像是心脏病发，而不是外套里藏着致命武器。

就在他觉得自己犯了个大错的时候，警车的门突然打开了。他没有看到这个场景，而是听到了车门打开的声音。接下来的声音甚至更叫他高兴：朝他而来的匆忙脚步声。他想，毕竟是警察，接着冒险地瞥了一眼。这是他非冒不可的险，他得清楚彼此之间的位置关系。要是俩人没有一起来，他还得演昏倒……但其中也有一种具有讽刺意味的风险。要是他昏倒了，其中一个很可能会跑回警车上，呼叫救护车。

这是个很典型的"查理－戴维"小分队，一个老警察，一个乳臭未干的新手。诺曼觉得那个菜鸟莫名地有点眼熟，可能是在电视上见过。不过，这不重要。两人挨得很紧，几乎是肩并肩地一同赶来，这就很重要了。这样真好，很舒适。

"先生？"左边那个——那个老手——问道，"先生，你遇到问题了吗？"

"痛得要死了。"诺曼气喘吁吁地说。

"哪里痛？"仍然是老手发问。这是个关键时刻，倒还不算成败关头，但几乎就是了。年长的警察随时可能命令搭档去呼叫急救支援，诺曼也就完蛋了。但此时他还不能进攻，他们还离得不够近。

此时的他已经比刚开始这场漫长的冒险时自如了许多：冷静、清醒，完全投入当下，对一切情况都了如指掌，从雾气在铁栏杆上留下的水珠，到垃圾堆里被踩扁的薯片袋旁边那根脏灰色的鸽子羽毛。他还能听到两个警察轻柔而稳定的低声呼吸。

"这里痛。"诺曼喘着粗气说，用右手揉着外套下面的某个地方。开信刀已经穿透他的内衫，刺破他的皮肤，但他几乎没有感觉。"感觉好像胆结石犯了，但是胸痛。"

"要不我还是叫辆救护车吧。"年轻警察说。突然之间，诺曼就想起这个菜鸟为什么眼熟了：他很像杰里·马瑟斯，在《天才小麻烦》中扮演主角比弗的小男孩。他在第 11 台重播时看完了所有的剧集，有的还看了五六遍。

不过，年长的警察可一点也不像比弗的哥哥沃利。

"等等，"老警察说，然后令人难以置信地为诺曼制造了天赐良机，"我来看看，我做过军医。"

"外套……扣子……"诺曼一边说，一边用眼角的余光注视着"比弗"。

老警察又向前了一步，他已经彻底站到了诺曼面前。

"比弗"也向前迈了一步。老警察解开诺曼那件新"伦敦雾"外套最上面的一颗扣子，接着解开第二颗；等他解开第三颗时，诺曼猛地抽出开信刀，直接刺向那人的喉咙。鲜血汩汩涌出，沿着他的警服汹涌而下。

而那个"比弗"根本不成问题。他的搭档举起双手，无力地拍打着刺进自己喉咙的那个东西的把手时，他就站在那里，惊恐得无法动弹。这个"比弗"像是想要摆脱体内某种奇异的水蛭，"哇！"他噎得说不出话，"啊啊！哇！"

"比弗"转向诺曼，震惊之下，他似乎完全没意识到诺曼与刚刚降临在搭档身上的遭遇有关系，诺曼并不觉得这反应有什么离奇。他以前也见过这种反应。这个震惊不已的警察，看起来只有十岁左右，现在不仅仅有点像那个比弗，简直就是一个模子刻出来的了。

"阿尔出事了！""比弗"说。于是，诺曼又进一步了解了这个即将进入该市"光荣牺牲"名单的年轻人：他觉得自己在大喊，是真的觉得，但真正从嘴里发出的只不过是微不可闻的耳语。"阿尔出事了！"

"我知道。"诺曼说着，朝这孩子的下巴挥出一记上勾拳。如果你的对手很危险，那么这一击也会给你个人造成危险，但"比弗"现在这个状态，就算换个六年级小孩，也能搞得定。一拳又一拳，干脆利落，这年轻的警察跌入不到三十秒以前诺曼还紧紧抓着的铁栏杆中。"比弗"并未像诺曼期待的那样完全昏迷，但眼神已经迷离茫然，不会找什么麻烦了。他的帽子从头上滚落下来，帽子下面的头发很短，但没有短到揪不住的地步。诺曼抓了一把头发，将这孩子的头猛地向下一揪，一边又将膝盖顶上去。虽然只发出了一声闷响，但也足够惊人，就像有人拿着锤棒猛击满满一厚袋子的瓷器。

"比弗"像根铅棒一样倒了下去。诺曼环顾四周找他的搭档，发现难以置信的事情发生了：搭档不见了。

诺曼四处转身，目露凶光，瞄见了那个老警察。他正非常缓慢地沿着人行道走远，双手伸在前面，像恐怖电影里的僵尸。诺曼以鞋跟为轴，旋转了一个整圆，看眼前这场喜剧有没有目击者。没有看到任何人。公园里传来喧嚷的喊叫，有少年在奔跑，在雾中玩耍，你追我赶，但这没关系。到目前为止，他的运气真是太棒了。只要再坚持四十五秒，最多一分钟，他就可以逍遥脱身了。

他追赶上那个老警察。后者已经停下来，再次努力把安娜·史蒂文森的开信刀从喉咙里拔出来。他实际上已经成功走出了大约二十五码的距离。

"警官！"诺曼用低沉而专横的声音喊道，碰了碰这个警察的肘部。

警察如痉挛一般惊跳转身。他的目光空洞呆滞，眼珠从眼眶里凸出来。诺曼心想，这双眼睛像是属于猎人小屋墙上的那种装饰品。眼前这位老手的警服，从脖子到膝盖全都被浸成了血红色。诺曼根本想不通这个人怎么可能还活着，而且居然还有意识。我猜中西部的警察肯定被塑造得更坚韧。他心想。

"啊啊！"老手急切地说，"啊啊！呸！"他的声音含混而压抑，却仍然强健得令人称奇。诺曼甚至知道这家伙在说什么。刚才他犯了一个严重的错误，新手才犯的低级错误；不过诺曼仍然觉得，要是能和眼前这个人搭档出警，那他也会引以为豪。这人努力说话时，喉部支出来的刀柄上下晃动，让诺曼想起了被自己伸手从内部操纵嘴唇的公牛面具。

"遵命，我会叫增援的。"诺曼的语气温柔又急切，而且十分真诚。他伸出一只手抓住了警察的手腕。"但现在，我先把你带回警车上吧。来，这边，警官！"他本想叫警察的名字，但不知道叫什么。警服上的名牌被血糊住了。他觉得不太好称呼对方"阿尔警官"，只是又轻轻拉了一下他的胳膊，这次终于让他动起来了。

诺曼领着那个喉咙里插着开信刀、鲜血直流、步履蹒跚的"查理－戴维"警察走回他自己的黑白警车，随时提防着有人从越来越浓的雾中突然出现——一个去买啤酒的男人、一个看完电影的女人、一对约会后回家的年轻人（老天，说不定就是在埃廷格游乐园约的会呢）——只要出现，他就得把他们也杀了。你一旦开始杀人，就好像永远停不下来了。杀的第一个人会像池塘涟漪一样扩散开去。

但没人出现。只有从公园那边飘来不知是谁的声音。这是个奇迹，真的，就像阿尔警官即便像头被宰的猪一样浑身是血，身后留下一条宽而浓稠的血迹，有些地方还积起了血泊，却仍然能够站立。在雾中街灯朦胧的灯光的照耀下，血泊闪着微光，仿佛发动机油。

诺曼停下脚步，拾起"比弗"掉落在台阶上的帽子。经过黑白警车驾驶座一侧开着的车窗时，他迅速斜身，将帽子扔在车座上，并从点火器中拔出钥匙。钥匙圈上的钥匙真多啊，多得不能平放在一起，而是分出很多枝杈，形成儿童蜡笔画中那种阳光，但诺曼不费吹灰之力，就找到了打开后备厢的那把。

"快，"他以安抚的语气低声说，"快，再有一小会儿，我们就可以叫增援了。"他一直觉得这个警察会彻底瘫软倒下，但他没有。不过，他已经放弃努力，不再试图把开信刀从喉咙里拔出来了。

"小心这个路牙，警官。哎呀。"

警察从路牙上踏空了。一只黑色警鞋踩到了垃圾堆里，他喉咙的伤口裂开了，围绕着刀刃如鱼鳃一样开合，鲜血又喷涌到他的衬衫领子上。

现在我也成了杀警凶手了。诺曼想。他本以为这个想法会让他崩溃，但并没有。也许是因为在更深处和更明智的内心里，他明白其实并不是自己杀了这位优秀而坚韧的警察，是其他人干的，其他某个东西干的。最可疑的就是那头公牛。诺曼越想越觉得这是个非常合理的解释。

　　"好了，警官，我们到了。"

　　警察正好停在了车后面。诺曼用挑出来的钥匙打开了后备厢。里面有只备用轮胎（他发现这轮胎也被磨得光秃秃的，像婴儿屁股），一个千斤顶，两件防弹衣——木棉的，不是凯夫拉那种高性能纤维——一双靴子，一本油迹斑斑的《阁楼》[1]杂志，一个工具箱，一台内部装置几乎露出来一半的警用电台。换句话说，这是个相当满的后备厢，就像他见过的每辆警车的后备厢一样。但也和他见过的每辆警车的后备厢一样，里面总有空间再放一件东西。他把工具箱移到一边，把警用电台挪到另一边，而"比弗"的搭档站在他身边摇摇晃晃，已经完全发不出声音了，他的双眼似乎盯着某个遥远的地方，好像已经望到了新旅程的起点。诺曼把千斤顶塞到备用轮胎后面，然后目光从这空出的一块转移到他为之腾挪地方的那个人身上。

　　"好了，"他说，"很好，但我得借一下你的帽子，可以吗？"

　　警察没有说话，只是站在原地偏来倒去，但诺曼那个狡猾鬼母亲以前总爱说"沉默就是默许"，诺曼觉得这是很不错的箴言，肯定比他父亲最喜欢的那句"年纪大得能撒尿，就能给我搞"要好得多。诺曼摘下警察的帽子，戴在自己的光头上。那顶棒球帽则被放进了后备厢。

　　"洗[2]，"警察说着，一只血淋淋的手伸向了诺曼，双眼却没有看向诺曼，似乎已经完全飘向了另一个地方。

　　"是啊，我知道，血，都怪那该死的公牛。"诺曼说着将警察推进了

1.《阁楼》（Penthouse），结合城市生活方式与轻度色情内容的男性杂志。
2. 应为血，但发音不清。

后备厢。他瘫软地躺在那里，一条抽搐的腿还支在外面。诺曼把这条腿的膝盖打了个弯，把他整个装进去，然后使劲关上后备厢。他又回到新手警察那里。这个菜鸟正努力要坐起来，虽然看眼神他其实还很不清醒。他两只耳朵都在流血。诺曼单膝跪下，双手稳稳地环住这个年轻警察的喉咙，往里掐。警察向后倒下。诺曼坐在他身上，继续掐。等"比弗"一动不动了，诺曼将耳朵贴在这年轻人的胸口上，听到里面传来三声心跳，随机而紊乱，像在河岸搁浅的鱼在挣扎。诺曼叹了口气，双手又放到"比弗"的脖子上，拇指使劲按进他的气管。这下就会有人来了，他想，这下肯定会有人来了。但没有人来。那一片白色虚空的布赖恩特公园中有人喊道："喂，你，混蛋！"接着便是尖细的大笑，是只有醉鬼和智障者才会发出的笑声，但这就是全部的动静了。诺曼再次把耳朵贴在警察的胸口上。这家伙在装死，他可不希望他在关键时刻复活。

这次，唯一发出走动声响的是"比弗"的表。

诺曼把他抱起来，抬到那辆卡普里斯警车的副驾驶座位那边，把他放了进去。他把新手警察的帽子尽可能地往下按住——这孩子的脸已经变得又黑又肿，像巨怪的一张脸——然后砰的一声摔上了车门。现在诺曼全身每一个部位都在耸动，但最痛的地方依然还是牙齿和下颌。

莫德，他想，这全是因为莫德。

突然间，他非常庆幸不记得是怎么处理莫德的……或者说对她做了什么。当然，其实根本不是他做的，是那头公牛，大公牛。但是，天哪，他全身都痛得很，好像从内而外整个人被拆开了，一次一个地拆掉螺栓、螺杆和齿轮。

"比弗"正慢慢地向左滑倒，一双死寂的眼睛从脸上凸出来，像死鱼眼。"不，你别这样啊，孩子。"诺曼边说边把他拉起来坐直。他伸长手，扣好"比弗"的安全带。这样就行了。诺曼略微退后，非常仔细挑剔地看了看。总的来说，他觉得自己做得不错。"比弗"看起来像是有点不舒服，所以要多睡上四五十分钟。

他再次探头进窗户，非常小心，不要碰到"比弗"，破坏他目前的姿势。诺曼伸手拨开手套箱。他估计里面有个急救箱，结果所料不错。他掀开箱盖，拿出一个布满灰尘的旧药瓶，里面装着止痛药。他塞了五六颗进嘴里，靠在车身上，咀嚼着药片。那浓烈的醋酸味弄得他龇牙咧嘴，这时他灵魂再次出窍了。

这次回到现实时，已经过了一些时间，但也许并不长；他的口腔与喉咙中还充满了止痛药的酸味。他已经来到了她住的那栋楼的门厅，在不停地按着灯的开关。他这样做没有带来任何改变，小小的前厅依然一片黑暗。那他就是在灯上做了些手脚。很好。他的另一只手上拿着那个"查理–戴维"警察的枪。他握着枪管，猜测自己可能用枪托敲了什么东西。保险丝，也许？他去了地下室吗？也许吧，但这不重要。这里的灯不亮了，这就够了。

这是个分租公寓——条件不错，但仍然是个分租公寓。廉价食物的气味他不会弄错，那种食物基本上都是在电炉上弄出来的。这种气味久而久之会渗透到墙壁之中，怎样都去不掉。再过两三个星期，在这气味之上，又会添上出租屋在夏天的典型声音：密密麻麻的住家窗户上安装的小风扇交织发出的低沉嗡鸣。这些风扇起着微弱的制冷作用，因为 8 月份走进这样的出租屋，就像走进火热的烤箱。她本来住在一座多么好的小宅子里，现在却甘愿蜗居于这狭窄的绝望中。但他现在没时间去困惑她的选择，眼下要解决的问题是，这栋楼里有多少房客，以及周六晚上早早回家的有多少人。换句话说，有多少人可能成为他的麻烦？

没有人会成为你的麻烦，诺曼那件新外套口袋里传来一个声音，轻松自在的声音，没有人会成为麻烦，因为之后发生的事情不重要了，这样一切就简单了。万一有谁碍事，杀了就行。

他转身，走出门廊，把门拉上。他试了试，发现门锁上了。他想自己应该是开了锁进来的——这个锁看上去肯定不难开——但这种不确定还是让他略微不安。还有灯。为什么他要费力把灯弄得开不了呢，因为她很可能是独自一人回来？说到这个，他怎么知道她是不是已经在家了呢？

第二个问题很简单——他清楚她还没回家，因为公牛是这么告诉他的。他也相信。至于第一个问题，她可能不是一个人。小格特可能陪着她回来，或者……嗯，公牛说过什么男朋友一类的。坦白说，诺曼觉得完全不可思议，但……"她喜欢他那样亲她。"费迪南德曾经如是说。太傻了，她绝对不敢……但还是以防万一。

他迈步走下台阶，打算回到警车上，坐进驾驶座，等待她出现。这时，最终的跳转发生了；对，这次是跳转，不是出窍。他仿佛一枚硬币，被赛前仪式的裁判从拇指指甲上抛了起来，决定谁发球，谁接球，等翻转回地面，他立刻猛地关上了前厅的门，往黑暗中一个猛扑，双手锁住了罗丝男友的脖子。他也不知道自己怎么就确定这男的就是她男朋友，而不是被派来确保她安全回家的便衣，但谁在乎呢？他确实清楚，这就够了。他整个头都在暴怒与煎熬中震动。他是不是看到了这个家伙在进门之前与她交换唾液（"她喜欢他那样亲她"），说不定双手还从她的腰滑到屁股上捏起来了？他记不起来了，也不想记起来，不需要记起来。

"我就说嘛！"公牛说道，即使如此狂怒，它的声音也清晰无比，"我说过的，对吧？她那些朋友就教了她这些！好极了！非常好！"

"我要杀了你，混账东西！"他朝这个男人看不见的脸上悄声道，他是罗丝的男朋友。他把他逼到了前厅的墙边。"哦，天啊，要是我可以，要是老天允许，我要杀你两次。"

他双手狠狠掐住比尔·斯坦纳的脖子，渐渐掐紧。

11

"诺曼!"黑暗中，罗西在尖叫，"诺曼，放开他!"从她把钥匙从门锁里抽出来之后，比尔的手就一直轻轻地抚着她的胳膊肘，刚才那只手突然就抽开了。她听到黑暗中传来踉跄的脚步声——沉重的闷响，然后又传来更重的撞击声，是有人把另一个人撞到了前厅的墙上。

"我要杀了你，混账东西!"黑暗中传来这样的耳语，"哦，天啊，要是我可以，要是老天允许——"

我要杀你两次，还没等他说出口，她心里已经接上了后面的话。诺曼特别喜欢用这句话威胁人，比如电视上裁判对他热爱的洋基队做出不利判罚，或者有人开车插了他的队，他就会经常这样大喊大叫。要是老天允许，我要杀你两次。她又听到一种窒息的、汩汩的吼声，那当然是比尔。比尔正在被诺曼那双巨手掐住，逐渐失去生命。

她没有感到过去常常由诺曼带来的那种恐惧，而是感到警察和警局里的那种狂怒卷土重来，这一次几乎将她整个罩住。"放开他，诺曼!"她尖叫着，"把你他妈的手拿开!"

"闭嘴，你这个贱货!"黑暗中传来他的回应，但她能听到诺曼的声音中除了愤怒还有惊讶。直到此时此刻，两人结婚这么多年，她还从未给他下过任何"命令"，也从未用这种语气对他说过话。

还有——刚才被比尔轻抚的部位上方，有一圈淡淡的热量，是那个臂环。托加袍女人给她的金臂环。罗西听到那女人在自己脑海中朝她咆哮，停下你那又蠢又弱的哭哭啼啼!

停下!我警告你!她朝诺曼尖叫，接着朝那窒息与费力的喘息声走去。她像盲女一样向前伸着双手，嘴唇张开，露出牙齿。

你不能掐死他，她心想，你不能，因为我不会允许。你应该滚蛋，诺曼。你应该趁还有机会，赶快滚蛋，离我们远远的。

脚，有谁的脚在无助地踢着墙，就在她前方。她能想象诺曼把比尔靠墙提溜起来，嘴唇后咧，露出咬人之前的笑容。突然之间，她就变成了一个"玻璃杯"女人，体内盛满了淡红色的液体，那液体是绝对不含杂质的纯粹的愤怒。

"你这个渣滓，听到我的话了吗?! **我说，放开他!** "

她伸出左手，此时感觉它像鹰爪一样有力。臂环在剧烈发烫——她感觉自己几乎应该能看到它，即便还隔着她的衣服和比尔借给她的夹克；臂环应该正在发出火堆余烬一样的暗光。但她不觉得痛，只感到一种危险的兴奋。她抓住了那个打了她十四年的男人的肩膀，把他往后拖，居然容易得惊人。她抓住他滑溜的防水外套，夹住了他的胳膊，然后甩出自己的胳膊，将他甩到了黑暗中。她听到了他踉跄的脚步发出一串急响，然后是一声沉重的闷响，接着传来玻璃爆裂的声音。柯立芝（或者不管那照片上的谁），掉下来了。

她听到比尔在咳嗽和干呕，张开手摸索着找到了他的肩膀，将双手放上去。他弯腰俯背，每次呼吸都很费力，并且立刻会咳得喘不上气。她并不惊讶。她清楚诺曼有多强壮。

她用右手从上往下抚着他的左臂，在肘部以上的位置抓紧了他。她不敢用左手，生怕伤害到他。她能感受到左臂之中有某种力量在嗡嗡作响，跳动着要一跃而出。也许最可怕的震动是，她很享受这种情况。

"比尔，"她低声说，"来吧，跟我走。"

她必须把他带上楼。她不知道为什么，暂时还不知道，但毫不怀疑，当自己需要知道的时候，答案就会自然而然地浮现。但他没有动，只是俯身把头埋在双手之中，剧烈咳嗽，发出干呕的声音。

"走啊，该死的!"她用一种严厉而专横的声音低声道……她差点说出"走啊，该死的你!"。她非常清楚自己说起这话来像谁。是的，即便在如此绝境下，她也非常清楚。

不过他动起来了，这是眼下唯一的大事。罗西以导盲犬一般的自信带他穿过门厅。他仍然在咳嗽和干呕，但可以走路了。

"不许动！"诺曼从他那边的黑暗中吼道，听起来既正经又绝望，"不许动，不然我就开枪了！"

不，你不会开枪的，不然就没乐趣了。她心想。但他真的开枪了，那位已故警察的.45口径手枪斜向上往天花板开了一枪，在前厅的封闭空间中无疑引起了一声可怕的巨响，烧焦的火药味道足以把眼睛刺激到流泪。还有那一瞬间的红黄色闪光，炫亮得在她眼中留下了文身般的残像，她猜想，他开枪的目的正在于此：看看周围的地形，看看她和比尔身处何方。而他俩此时正站在楼梯口。

比尔发出一声呛咳的呕吐声，向她倒去，把她撞到了楼梯边的墙上。她挣扎着没有跪倒，听到诺曼急促的脚步声，黑暗中，他正向他们走来。

12

她拽着比尔，一下子跳上了前两级台阶。他双脚努力踩着蹬着，想发挥点作用。也许他还真的稍微帮了点忙。踏上第二级台阶时，她左手往身后甩出去，将楼梯口的衣帽架打横过来，变成一个路障。诺曼撞了上去，破口大骂，而她趁机松开了比尔，他有些瘫软，但没有完全倒下。他还在干呕，罗西感觉到他又弯下了腰，努力恢复呼吸，想让气管赶紧正常运作。

"坚持住，"她低语道，"坚持住就好，比尔。"

她又向上走了两级台阶，从他的另一边走下来，这样就方便使用左臂了。如果要扶着他向上走完这截楼梯，她需要金臂环能提供的全部力量。她伸出左臂滑向他的腰间，突然一切都轻而易举起来。她扶着他一起上楼，喘着粗气，身体向右倾斜，像身负重物努力达成平衡的女人，但没有累到上气不接下气或膝盖偏倒的地步。她感觉要是有必要的话，自己甚至能像这样把他拉上一个高高的梯子。时不时地，他的一只脚会撑在地上，猛地一蹬，想帮点忙，但基本上都只是脚趾在楼梯和地毯上轻轻扫过。等踏上第十级台阶——按她的计算，已经走了一半——他开始发挥稍微大一点的作用了。这很好，因为在他们身后的楼梯下面传来了劈裂声，诺曼两百二十磅重的身体压断了衣帽架。她又听到了他渐渐靠近的声音，不是脚步声——至少听起来不是——而是双手双膝并用地爬过来。

"跟我玩没有好下场的，罗丝。"他气喘吁吁地说。他离得多远？她不好说。虽然衣帽架暂时拖住了他，但诺曼并没有拽着一个受了伤且半昏迷的男人。"原地停下，别想逃跑。我只想和你谈——"

"离我远点！"十六……十七……十八。这里的灯也被灭掉了，楼梯井没有窗户，漆黑得像在煤矿之中。她就摇摇晃晃地往前走，本来还在用脚寻找第十九级台阶，却发现只有一级可上了。显然这截楼梯只有十八级台阶，不是二十级。太好了。他俩先于诺曼到达了顶部，至少已经成功做到了这一步。"别过来，诺——"

电光石火间，她想起一件事，非常可怕的事情，瞬间呆立在了原地。她将丈夫名字的最后一个音硬生生地咽了回去，像是肚子上突然挨了一拳。

她的钥匙呢？是忘在前厅大门的锁上了吗？

她放开比尔，空出手去摸他借给她的皮夹克的左口袋，这时诺曼的手轻柔而笃定地环住了她的小腿，仿佛蛇在卷曲缠绕，要靠挤压而非毒液来杀死猎物。她想也没想，就抬起另一只脚猛烈地向后踢去，运动鞋的鞋底正中诺曼已经被打残的鼻子。他发出一声痛苦的号叫，又突然变成了惊恐的喊叫，因为他本想伸手抓住栏杆，却失了手，倒向了黑暗的楼梯井中。罗西听到他发出两次撞击声，是整个人连翻了两个彻底的跟斗。

摔断你的脖子！她在心中发出无声的尖叫，同时摸到了夹克口袋里叫人安心的钥匙扣——她还是把它揣回了口袋，感谢上帝，感谢主，感谢天堂里的所有天使。摔断你的脖子，让一切在这黑暗中了断。断了你的臭脖子，去死，离我远点！

但未能如她所愿。她已经听到他在下面挣扎的动静了，接着传来他对她的咒骂，还有他膝盖着地，又往楼梯上爬来的沉重闷响，这声音确凿无疑。他一边极尽污言秽语之能，骂她是婊子、拉拉、妓女、贱货。

"我能走了。"比尔突然开口说话。他的声音尖细而微弱，但听到这话的罗西却仍然无比感恩。"我能走了，罗西，我们快去你的房间吧。那个混蛋疯子又要来了。"

比尔咳嗽起来。在他们下面——但不是很远——诺曼哈哈大笑。"没错，阳光男孩，混蛋疯子又来了。这个混蛋疯子会把你的眼珠子从你他妈的脑袋里面挖出来，然后喂你吃下去。不知那会是什么味道？"

"离我远点，诺曼！"罗西厉声尖叫，迈步领着比尔穿过一片漆黑的走廊。她的左臂仍然环在他的腰间，右手扶着墙，用手指摸索着前路，寻找自己的房门。她扶在比尔身侧的左手攥成拳，紧握着她重获新生后到目前为止仅有的三把钥匙——前门钥匙、邮箱钥匙和房门钥匙。"离我远点，我警告你！"

她身后的那片黑暗中，飘来最最荒谬的回应："你竟敢警告我，你这婊子！"——他还在楼梯上，但已经很接近最上一级了。

她感到墙面凹了下去，这扇门肯定是她的房门了。她松开比尔，摸索出这扇门的钥匙——房门钥匙和大门钥匙不一样，是方头的——在黑暗中朝锁孔戳去。她听不到诺曼的声音了。他在楼梯上吗？在走廊里吗？还是就在他们身后，再度朝呼吸阻塞不通的比尔伸手？她找到了门锁，用右手食指压住锁孔的竖槽定位，把钥匙送了进去。可钥匙就是插不进去。她能感觉到钥匙尖在往锁槽里钻，但就是没法完全进去。她越来越恐慌，仿佛有老鼠在用牙齿急促啃噬着头脑。

"它进不去！"她气喘吁吁地对比尔说，"就是这把钥匙，但就是进不去！"

"翻过来试试。可能拿反了。"

"喂，下面是怎么回事？"一个没听过的声音在他们上一层的走廊深处响起。接着传来"咔嗒咔嗒"的一阵开关声，却毫无用处。"怎么灯都打不开了？"

"别动——"比尔大喊道，立刻又咳嗽起来。他喉咙里发出惊人的摩擦声，努力清着嗓子。"待在原地！别下来！打电话报——"

"我就是警察，你个蠢货。"一个含混得十分奇怪的柔声在两人身边的黑暗中说道。接着传来一声低沉而厚重的嘟哝，既急切又满足。就在她终于把房门钥匙完全插进锁孔时，比尔被人拽开了。

"不！"她尖叫起来，左手在黑暗中慌乱地挥舞。左上臂的臂环前所未有地发烫。"不，别碰他！别！碰！他！"

她抓住了光滑的皮革——比尔的夹克——但它又溜走了。她又听到了那可怕的窒息声，仿佛谁的喉咙被细沙塞得满满的。诺曼笑出声来，这笑声也是闷闷的。罗西朝那声音走去，双臂前伸，手掌张开，不断摸索。她摸到了比尔的肩膀，伸手过去，摸到了某样东西，感到毛骨悚然——仿佛是一堆死肉，但不知怎么还有点生命，上面有很多粗糙的凸起……有橡胶般的弹性……

橡胶。

他戴了个面具，罗西心想，某种面具。

接着她的左手就被攫住，拉进一片湿热的潮气中。她刚反应过来那是诺曼的嘴，他的牙齿就咬住了她的手指，一直咬进骨头里。

剧痛无比，但她的反应仍然不是恐惧或无助到想要屈服，她不会像以往那样，遂了诺曼的心意。她感到无比暴怒，暴怒到近乎疯狂。她没有试图挣脱他那咬得嘎吱响的凶恶牙齿，而是弯曲了第二个手指关节，将指尖压在他门牙内侧的牙龈上，接着用她那仿佛拥有超自然力量的强壮左手的掌根顶住他的下巴，向后一拉。

左手下面传来奇异的嘎吱声，有点像被压在膝盖下的木板在断裂前一秒会发出的声音。她感觉到诺曼惊跳起来，听到他发出空洞而狐疑的声音，仿佛只有声母组成的咆哮——"嗷嗷嗷呜"——接着他的下巴像文件柜的抽屉一样向前滑动，从下颌的铰链处松脱了。他痛苦地尖叫起来，罗西流血不止的手挣脱了出来，一边想着，这就是你咬人的下场，你这个畜生，你敢再咬人试试。

她听到他向后踉跄而去，通过他的尖叫声和衣服在墙上滑动摩擦的声音追踪判断他的位置。这下他真的要开枪了。她一边朝比尔那边转身，一边想着。他斜靠在墙上，在黑暗中呈现一个更为浓黑的剪影，又拼命咳嗽起来。

"喂，你们啊，行了，玩笑归玩笑，差不多得了。"是楼上那个男人，听起来有些暴躁和不耐烦，不过此时他的声音听起来像是已经下了一层楼，在这层走廊的远端。即便在转动锁孔里的钥匙和推开门的时候，罗西的心中也充满不祥的预感。她尖叫起来，根本不像她自己，像"另一个罗西"。

"离开这儿，你个蠢蛋！他会杀了你的！不要——"

枪响了。她往左边看去，做噩梦般地对诺曼一瞥，他坐在地上，双腿弯折在身下。短短一瞬间，她还不足以辨认出他头上究竟戴了什么东西，但她到底还是看清了：那是一个公牛面具，有一张毫无生气的狞笑之脸。嘴孔上有一圈血——她的血。她能看到诺曼那四处寻找她的疯魔鬼眼，他的眼神属于即将开始某种最终决战的穴居野人。

刚才怨声载道的租户尖叫起来，而罗西迅速拽比尔进了家，然后砰的一声关上门。房间里影影绰绰，雾气遮掩了通常会在地板上投下一束光的路灯微光，但比起刚才经过的前厅、楼梯和二楼走廊，这里已经很明亮了。

罗西首先看到的是臂环，在黑暗中闪着柔光，躺在床头柜上的台灯底座旁。

刚才我是靠的自己。她想。她太震惊了，甚至觉得这种震惊很愚蠢。我完全是靠的自己，光是想想我戴着这臂环，就够了——

当然了，另一个声音回答道，是"现实理智女士"，当然是靠她自己了，因为这臂环里从来不存在什么神力，从来没有。力量一直都在她体内，力量一直都在——

不，不行。她不会再顺着这个思路往下想了，绝对不会。而且，此时此刻她的注意力反正也已经转移了，因为诺曼已经像巨型货车一样在撞门了。廉价的木头承受不住他的重量，开始破裂，与门轴的连接处发出痛苦的呻吟。在更远的地方，楼上那位邻居，一个罗西从未打过照面的男人，号啕大哭起来。

快，罗西，快！你知道该怎么办，该去哪里——

"罗西……报警……得报警……"比尔只说到这里，又咳嗽起来——他很难把话说完。反正她现在也没时间听这种蠢话。之后他的主意也许是不错的，但现在说不定会害死他们。现在她的职责是照顾他，保护他……这意味着要把他带到一个可能安全的地方，一个可能对他俩来说都安全的地方。

罗西猛地拉开了衣柜门，觉得会看到里面充满了那奇异的另一个世界，就像她被雷声惊醒时，那个世界充满了卧室的墙壁一样。阳光会涌出来，让眼睛已经适应黑暗的他们头晕目眩……

但眼前只有一个衣柜，窄小，有点发霉，里面什么也没有——曾经放在里面的仅有的两件衣物都被她穿在身上，一件外套和一双运动鞋。哦对，只有那幅画还在那里，她把它靠在里面的墙上了，但它没有变大，内容也没变，也没有打开，没有发生之前发生的任何事情。这只是一张从画框中被取出的画作，是人们很容易在古玩店、跳蚤市场或当铺里找到的那种庸常画作。仅此而已。

门外走廊里，诺曼又在狠狠撞门。这次的裂缝要大很多，一根长长的木片从门上剥裂开，咔嗒一声掉在地上。他再撞几次就能把门完全撞破，也许两三次就够了。出租屋这些房门的质量，承受不了这种疯狂。

"那不只是一幅普通的画啊，该死！"罗西哭喊着，"是故意为了我放在那里的，不只是一幅普通的画！能去到另一个世界！我知道可以的，因为我拿到了她的臂环！"

她转头看着臂环，跑到床头柜边猛地拿起来，感觉比之前更重了，而且前所未有地发烫。

"罗西。"比尔说。她只能勉强辨认出他的样子，他双手都按在喉咙上。她觉得他嘴上有血。"罗西，我们必须得报——"接着他叫出声来，因为明亮的光突然洒满了整个房间……但这并不是她想的那种朦胧的夏日阳光，没那么亮，这是月光，从敞开的衣柜里涌出来，洒在地板上。她手里握着臂环，走回比尔身边，往衣柜里看去。曾经是衣柜后板壁的地方，现在是那个山顶，高高的草在阵阵柔和的夜风中荡漾，神庙青灰色的线条与柱子在黑夜中闪耀。最显眼的是月亮，如同一枚明亮的银币，高悬在黑紫色的天空中。

她想到今天见过的那只狐狸妈妈，感觉已经是一千年前的事了。她觉得它也在抬头看着这样一轮月亮。小狐狸崽们睡在它身边，以倒下的树干做庇护所，而那只雌狐抬着头，黑漆漆的眼睛专注地仰望着月亮。

比尔一脸困惑。月光照在他皮肤上，仿佛镀金的白银。"罗西。"他虚弱的声音里充满担忧。他的嘴唇又动了动，但没能再说出话来。

她拉起他的手臂："快，比尔，我们得走了。"

"这是怎么回事？"他受了伤，又如此困惑，真让人怜爱。他脸上的表情激起她内心奇异而矛盾的情感：一方面对他蠢笨如牛的缓慢反应而狂躁不耐烦，一方面对他狂热的爱——还不到母性的程度——又在脑海中如火焰般燃烧。她会保护他的。是的，是的。如果真走到了那一步，她会牺牲自己去保护他。

"别管怎么回事了，"她说，"你相信我就行了，就像我相信你开摩托一样。相信我，跟我来。我们必须马上离开！"

她用右手拉着他向前走，臂环垂在她左手上，像个金色的甜甜圈。有一瞬间他有点抗拒，接着诺曼又尖叫着撞了门。罗西发出一声混杂着恐惧与愤怒的哭喊，把比尔的手臂抓得更紧了，一把把他拽进衣柜，然后拉着他走入那月光照耀的世界，此时出现在衣柜内壁上的世界。

13

那婊子把衣帽架打横在楼梯上时，事情就开始严重地不对劲了。诺曼不知怎的被缠在了里面，或者，至少他钟爱的那件"伦敦雾"外套被缠在里面了。衣帽架上某个黄铜挂钩不知怎么就穿过了一个扣眼，可真是巧妙绝伦的把戏啊；另一个挂钩则钻进他的衣袋，像笨拙的扒手在摸索钱包。还有个挂钩那钝钝的黄铜杆刺进了他已经饱经摧残的蛋蛋。他痛苦地咆哮，咒骂着她，努力想往前走，往上冲。但那可恶的衣帽架就是抓着他不放手，而即便他想拖着它走，也是不可能的：它那爪子一般的支脚，有一只不知怎么就钩在了楼梯的角柱上，像爪钩一样牢牢固定在那里，如船锚一样稳如泰山。

他必须上去，必须。他要及时赶到，不能让她和那个混蛋一起锁进那个小小的避难所。必要的话，他会把门撞破的，这点他毫不怀疑。在他作为警察的职业生涯中，他撞破过很多很多的门，其中有些可是相当坚固的老门。但眼下，时间逐渐变得重要起来。他不想开枪打死她，那就太快了，而且对他这疯长的玫瑰来说，这死法也太没有痛苦了。但要是眼下的情况不变得稍微顺利一点，那开枪可能就是他唯一的选择了。那该多么可惜啊！

"让我上场吧，教练！"公牛在外套口袋里喊道，"我的肤色刚好，我非常健康，而且休息好了。我准备好了！"

是的，真他妈的是个好主意。诺曼从口袋里拽出面具，把它猛地罩在头上，吸入尿和橡胶的气味。像这样混合吸入的时候，这气味竟然并不糟糕；说实在的，竟还有点美妙，让人觉得抚慰心安。

"公牛万岁！"他大喊一声，蠕动着身子从外套里逃出来。他又朝前扑去，手里握着枪。该死的衣帽架承受不住他的重量，断裂了，但断裂之前居然还将某个该死的挂钩刺穿了他的左膝盖。诺曼几乎没感觉到。他龇牙咧嘴，在面具之中如野人一般狠狠地咬合上下牙齿；他喜欢那沉重的咔嗒声，像台球撞在了一起。

"跟我闹没有好下场的，罗丝。"他本想站起来，但被衣帽架挂钩刺穿的膝盖撑不住了。"原地停下，别想逃跑。我只想和你谈——"

她用尖叫回应他，她说了些什么，都不重要。他继续爬行，尽可能地快速，也尽可能地安静。终于，他感觉到了上面的动静，他猛地伸出手臂，抓住了她的左小腿，指甲深深掐进去。感觉真美妙啊！抓住你了！他心想，感到一种原始的胜利狂喜。抓住你了，老天啊，抓住——

黑暗之中，她的脚凭空出现，如同灌满了铅的大棒，叫他猝不及防，那只脚奇袭了他的鼻子，又给它变了个样。剧痛难以忍受——就像是非洲杀人蜂的蜂窝在他头上被捅破了。她从他手中挣脱逃开，但诺曼几乎没意识到。他已经向后晃去，伸手摸索着栏杆，但手指只是轻轻地擦过了栏杆底部。他一路跌滚着回到了衣帽架边，手里还握着枪，一根手指按在扳机保险环外面，以防给自己崩个洞……按照事情的发展趋势，这似乎是非常可能的。他瘫倒了片刻，然后甩甩头让自己清醒一些，又往上爬去。

这次他没有真的灵魂出窍，没有完全失去意识，但他完全不知道他们从顶部的楼梯上对他大喊大叫了什么，而他又对他们喊了什么。他的鼻子又受伤了，这是他此时的头等大事，他痛得眼前出现了一片红幕。

他朦胧地意识到，有外人想要闯入这个私人派对，那个无辜的旁观者，像寓言故事中的人物；还有罗丝那个混蛋男友，让他别过去。这对他有一个好处，就是准确定位了那个混蛋男友，简直轻而易举。诺曼伸手去抓那个混蛋男友，他就在那里。他把手放在混蛋男友的脖子上，又掐起他来。这次他得把活干完，但突然间他感到罗丝的手放在了他的一边侧脸上……放在了面具上，感觉就像被打了一针麻醉后，又被人抚摸了。

罗丝，罗丝在摸他，她在这里。自从她把他那张天杀的银行卡放进钱包，走出家门后，她还是头一次站到了他面前。诺曼对那个小情人全然失去了兴趣。他抓住她的手，塞进面具嘴部的洞里，死命地咬了下去。他狂喜入迷，但是——

但是紧接着又出了状况，很糟糕的状况，很可怕的状况。他感觉罗西直接把他的下颌整个撕裂了。疼痛像亮闪闪的钢镖一样朝他的头脑两侧射来，最终在头顶相撞，发出砰的一声。他尖叫起来，从她身边艰难地退开。这个贱人，这个肮脏的婊子，到底发生了什么，把她从一个一眼就能看穿的小东西，变成了现在这样的怪物？

那个无辜的旁观者突然开口说话了，诺曼觉得自己应该肯定是开枪打了他。反正是开枪打了谁，能发出那种尖叫的人不是被枪击了，就是被火烧到了。接着，当他把枪口对准罗丝和她那个混蛋男友所在的地方时，他听到砰的一声关门声。这贱人终究还是先他一步进了房间。

目前，即便是这件事也并非头等大事。现在他全身最痛的地方已经不是鼻子了，而是下巴。就像之前他那被刺穿的膝盖和备受摧残的蛋蛋很痛，结果鼻子的痛超越了它们一样。她究竟对他做了什么啊？他感觉下颌不仅被撕开了，好像还被拉长了，他的牙齿像是飘浮在鼻子尽头某个遥远地方的卫星。

别傻了，小诺曼，父亲低声说道，她只是把你的下巴弄脱臼了而已。你知道该怎么办，去吧！

"闭嘴，你个老怪物！"这是诺曼本来要说的话，但因为脸被扯变形了，他只说出了含糊的一段话。他放下枪，用两手拇指钩住面具的两侧（戴上面具时他没有完全拉下来，所以现在这样就比较轻松了），然后轻轻用手掌根轻压下巴的两个点，感觉像摸到了从托槽里弹出来的滚珠轴承。

他坚强地忍受着疼痛，双手摸索向下，然后手掌倾斜向上，用力推了一下，确实很痛，但这疼痛大部分是因为起初只有下巴的一边复位了。于是他的下颌部分就歪歪斜斜的，像是半路卡住，被推歪了的梳妆台抽屉。

你的脸这样歪太久，诺曼，就会永远这样了！母亲的声音在脑中聒噪起来——仍然带着他记忆犹新的那种怨毒。

诺曼用力推了下右半侧脸。这一次，他脑袋深处响起"咔嗒"一声，下巴右边也复位了。然而，整个下巴感觉很松垮，奇奇怪怪的，好像肌肉被猛烈地拉伸过，可能需要相当长的时间才能再次紧绷起来。他有一种奇怪的预感，此时要是打个哈欠，他的下巴可能会骤然掉落到腰带扣上。

面具，小诺曼，父亲低声道，如果你把它完全拉下来，会有帮助的。

"没错。"公牛说。它被完全挤压到了诺曼脸的一侧，所以声音听起来有些闷闷的，但诺曼毫不费力就能听懂。

他小心翼翼地把面具拉下来，这次一拉到底。面具最下边完美地贴着下颌线，这确实有帮助，它仿佛一个运动缚带，支撑着他的脸。

"对的，"公牛说道，"把我想成下巴绷带就行了。"

诺曼艰难地站起来，深吸了一口气，一边将老警察那把 .45 口径手枪塞进裤腰带里。一切都没问题，他想，此处仅限男士，女子勿入。他甚至觉得，现在透过面具的眼孔能看得更清楚了，好像他的视力得到了某种提升。毫无疑问这只是想象，但他确实有这种感觉，这是一种很好的感觉，让人信心倍增。

他身体压着墙，然后向前跳起来，猛烈地撞向她和她那混蛋情人刚才进去的门。即使有紧罩的面具在兜底，他的下巴还是痛苦地摇晃着，但他毫不犹豫地再次撞向门，和刚才一样猛。门框发出嘎吱嘎吱的声音，上部一条长木板剥裂了。

他不由自主地希望哈利·比辛顿在这里。两人合力就能一击破门，然后他就任由哈利去对付他老婆；而他，诺曼，就照顾照顾老婆的朋友。对罗丝动手一直是哈利这辈子未曾实现的伟大奢望，诺曼没法理解他为何会产生这种想法，但每次哈利到家里来，诺曼都能从他眼神中读出这种欲望。

他又一次猛烈撞门。

撞到第六次——又或者是幸运数字七吧，他也没数清楚——锁被撞脱了，诺曼飞身闯入房间。她在里面，他们两个都在里面，肯定是在的，但他暂时两个都没看到。汗水流进他眼中，暂时模糊了他的视线。这房间看起来空无一人，但不可能啊。他们没有跳窗而逃：窗户关着，而且锁着呢。

他快速地跑遍了整个房间，穿过窗外雾气笼罩的灯光投射下的昏暗光线，一边将头左右摆动着，费迪南德的双角顶着空气。她在哪里？这个贱人！老天，她能去哪里啊？

他瞥见房间那头有一扇门开着，露出一个关上的马桶盖。他跑过去，朝卫生间里看。没人。除非——

他拔出手枪，朝着浴帘开了两枪，在那塑料印花帘子上打出了一双惊讶的黑眼睛。接着他把浴帘拉了起来，挂帘的环子咔嗒咔嗒响。浴缸是空的。子弹崩掉了墙上的几块瓷砖，这就是他造成的最大破坏。但这可能也没关系吧，他本来也没想开枪杀她的。

确实不想。但她究竟去哪儿了？

诺曼冲回房间，双膝跪下（他痛得抽搐了一下，但感觉也不算特别真切），伸出枪口在床底下来回扫荡。无所收获。他沮丧地拍打着地板。

虽然情况肉眼可见，但他还是朝窗户走去，因为只剩下逃窗这一种可能了……他是这么想的，直到他看到光——明亮的光，看着像是月光——从另一扇敞开的门中溢出，他刚冲进房间时，直接掠过了这扇门。

月光？你觉得你看到了月光？你疯了吗，小诺曼？不知道你还记不记得，外面是大雾天，孩子。大雾。而且，就算外面有本世纪最大的满月，那也是个衣橱啊。还是二楼的一个衣橱。

也许他说的是事实吧，但之前的经验告诉他，自己那个浑身汗臭，头发油腻，喜欢抓别人裆部，吃别人老二的蹩脚父亲，并不总是什么都知道，什么都清楚。诺曼当然明白，从二楼的衣橱流出月光，这种想法根本不合理……但这正是他亲眼所见的情形。

他慢慢地往衣橱门走去，枪垂在手上，站在流溢而出的光芒之中。他透过面具的眼孔（不过，现在有点奇怪，他感觉只有一个眼孔了，两只眼睛都在透过这个眼孔往外看）看出去，凝视着衣橱。

衣橱空间里的侧板光秃秃的，上面有伸出的挂钩，中间安装了一根金属杆，上面挂着空衣架。但衣橱没有后壁，本该是后壁的地方是一片高草丛生、洒满月光的山坡。他看到萤火虫在黑乎乎的树丛中飞来飞去，用微光交织出毫无规律的缝线。天上的云飘近或飘过月亮时，看上去就像一座座台灯。月亮也不是完全的满月，但也快圆了。山脚下有一片什么东西的废墟。诺曼感觉像是破旧倒塌的种植园房舍，或是一座废弃的教堂。

我彻底疯了，他想，要么是疯了，要么就是她不知怎么打晕了我，这一切都是一场疯狂的梦。

不，这个可能他不接受。不会接受。

"回来，罗丝！"他朝衣橱里尖叫……严格来说，这也不是个衣橱了。"回来，你个贱人！"

没有任何反应。只有那不可思议的景象……还有一丝微风，带着草和花朵的芬芳，证明眼前不是怪异而完美的视错觉。

还有别的证据：蟋蟀在叫。

"你偷了我的银行卡，贱人。"诺曼低声说道。他伸手抓住从木板墙上伸出的一个衣钩，像是坐地铁通勤的人拉住车厢里的吊环。他眼前有个月光照耀的奇异世界，他心里即便有恐惧，也完全被愤怒湮没了。"你偷了我的卡，我想跟你谈谈这件事，近……一……点。"

他走进了衣橱，猫着身子钻到衣杆下面，把几个衣架碰掉在木底板上。他在原地稍做停留，看着眼前展开的另一个世界。

然后向前走去。

他感觉自己稍稍向下迈了一步，就像在旧房子里，各个房间的地板水平高度不一样了，但也仅此而已。只迈了一步，他脚下就不再是衣柜的木底板，也没有身在任何人的二楼房间里；他站在一片草地上，带着芬芳气息的微风温柔地环绕在身边。风溜进了面具的眼孔（是的，现在只剩一个眼孔了；他也不知道这种事情究竟怎么发生的，但刚才迈出那一步之后，这件事似乎也不太奇怪了），给他那布满淤伤、汗流满面的脸带去一丝清凉舒爽。他抓住面具两侧，想稍微往上抬抬，好让整张脸感受一下这微风。但面具一动不动，完全抬不动。

▶ IX

我会回报

1

比尔仔仔细细地环顾这月光如洗的山顶，完全无法相信亲眼所见的景象。他伸出一只手去揉那肿胀的喉咙。罗西明显看到那里有呈扇形扩散的淤青。

夜风抚过她的眉毛，像一只带着关怀的手，温柔、温暖，带着夏日的芬芳。里面不含雾气的潮湿，也没有城东那片大湖刺鼻的潮气。

"罗西，这是真的吗？"

她还来不及把这个问题思考出一个合理的答案，一个急切的声音——她听过的声音——就打乱了思绪。

"女人！就是你，女人！"

是那个红衣女子，不过现在她只穿了件朴素的袍子——罗西觉得应该是蓝色的，但月光下也看不真切。"温迪·亚罗"正站在半山腰上。

"带他下来这里！没时间了！另外那个人马上就要赶到了，你还有事要做！很重要的事！"

罗西还拉着比尔的胳膊。她想带他往前走，但他不走，警惕地俯视着"温迪"。在他们身后，诺曼怒吼着罗西的名字——声音虽然很含混，但依然很近，真可怕。比尔吓了一跳，但也没能动起来。

"那是谁，罗西？那女人是谁？"

"别管了。走吧！"

这次她不仅是拉他的胳膊了，而是猛地一拽，感到很狂躁。他跟着她动了，但两人只走出十几步，他就弯下腰来剧烈地咳嗽，眼珠子都凸出来了。罗西趁机拉下他借她的那件夹克的拉链，然后整件脱掉，扔在草地上。接着，她又脱掉了里面那件外套，里面的上衣是无袖的，她套上了臂环。她立即就感受到一股力量在涌动，至于这是真实的感觉还是只是她的想象，罗西觉得已经无关紧要了。她迅速回头看了一眼，隐隐觉得会看见诺曼向她冲来，但没有，至少暂时没有。她只看到了那辆小马车，还有小马本身，没有套绳，在吃被月光镶了银边的草；还有她之前看过的那个画架。这幅画又起了变化。首先，里面背对着她的那个人不再是个女人，而是一个看起来长着角的恶魔。她猜这应该是个恶魔，但也是个男人。这是诺曼。她想起来了，借着那片刻的枪击闪光，她看到他头上顶着双角。

"姐妹，你怎么这么慢？动起来啊！"

她伸出左手搂住比尔，他逐渐咳得没那么剧烈了，她扶着比尔往"温迪"焦急等待他们的下方走去。等罗西把他扶到那里时，几乎是在抱着他走了。

"你是……谁？"到了地方，比尔问眼前这个黑人女子，接着立刻又开始咳个不停。

"温迪"没有理会这个问题，也伸出自己的一只胳膊搂住他，支撑起罗西一直不太顾得上的那边。她开口时，是在对罗西说话。"我把她的备用扎特放在了神庙侧翼附近，所以这个就没问题了……但我们得快点！不能浪费一分一秒！"

"我不知道你在说什么，"罗西内心深处又觉得自己也许是知道的，"扎特是什么？"

"别再问问题了，"黑人女子说，"我们最好走快点。"

两人把比尔架在中间，沿着山坡走向公牛神庙。（一切回忆就这么涌现，真是太不可思议了，罗西心想）。影子在旁随行。神庙的影子就在眼前——其实是越来越接近他们，仿佛某种饥饿的生物。所以"温迪"向右转，带他们往侧边绕时，罗西深深感激。

神庙后面的荆棘丛中，一根枝条仿佛衣柜钩子，挂了一件衣服，就是那件备用"扎特"。罗西看着它，有些沮丧，但并不惊讶。那是一件茜草玫瑰红的托加袍，和那个嗓音甜美而疯狂的女人所穿的一模一样。

"穿上。"黑人女子说。

"不，"罗西弱弱地说，"不，我害怕。"

"回来，罗丝！"

这声音惊得比尔跳起来，他转头往回看，双眼圆瞪，脸色苍白得不可能完全是因为月光的照耀。他的双唇在颤抖。罗西也很怕，但她感到惊惧之下的愤怒，仿佛小船之下有一条巨大的鲨鱼在盘旋游弋。她本来一直抱持着绝望中的希望，觉得诺曼没法跟着他们走进这画中世界，这画会在他们进来之后完全关闭。但现在她明白了，自己希望的事情并没有发生。他找到了这个世界，很快就会进来找他们了，说不定已经进来了。

"回来，你个贱人！"

"穿上。"女人重复道。

"为什么？"罗西问，但她双手已经拽着上衣，把衣服从头上脱了下来，"我为什么一定要穿？"

"因为她想这样。她想怎么样，就得怎么样。"黑人女子看着比尔，而比尔正注视着罗西。"转过去，"她对比尔说，"在你们那个世界，你尽可以看她光身子，看到眼珠子掉出来我也不管，但在我的世界不行。你要是知道好歹，就转过去。"

"罗西？"比尔犹疑地问道，"这是个梦，对吧？"

"是的，"她的声音有点冷酷——有种本能的算计——她还从未听过自己这种语气，"你说得对，是个梦。照她说的做。"

他非常迅速地转了身，像是听到"向后转"口令的士兵。现在他眼前是通向殿宇后面的狭长小路。

"把胸罩也脱了，"黑人女子用拇指不耐烦地戳了戳罗西的胸罩，"扎特里面可不能穿这个。"

罗西解开胸罩扣子，脱了下来；接着蹬掉运动鞋，都没解开鞋带；还脱掉了牛仔裤。她站在那里，全身只穿了一条纯白的内裤，询问地看着"温迪"，对方点了点头。

"没错，也要脱。"

罗西把内裤也脱了下来，然后小心地把那袍子——"扎特"——从挂着的地方取了下来。黑人女子走上前去帮她。

"我知道怎么穿，别碍事！"罗西厉声呵斥她，利索地把袍子从头上套进去，像穿衬衫一样。

温迪用若有所思的眼神看着她，即便罗西在扎特的肩带上遇到点小麻烦，她也没再上前去帮她。问题解决后，罗西袒露着右肩，臂环在她的左肘上方闪着微光。她变成了画中女人的镜像。

"你可以转身了，比尔。"罗西说。

他照做了。他上下打量着她，眼神在她乳头在这细致布料上突出来的地方多停留了一两秒。罗西没有介意。"你看起来像另一个人，"他终于开了口，"危险的人。"

"梦里就是这样的。"她又一次听到自己声音里带着冷酷和算计。她讨厌这样……但也喜欢。

"需要我告诉你该做什么吗？"黑人女子问道。

"不，当然不用。"

罗西突然提高了声音，她发出的呼喊既像某种音乐，又充满野性，完全不是她的声音，而是另一个人的……但这的确也是她自己的声音，的确是的。

"诺曼！"她喊道，"诺曼，我在这儿！"

"天哪，罗西，不！"比尔喘着气说，"你疯了吗？"

他想抓住她的肩膀，但她不耐烦地甩开了他的手，给了他一个警告的眼神。他被震得后退一步，就像刚才的"温迪·亚罗"。

"这是唯一的办法，也是正确的办法。而且……"她以片刻的犹疑看了看"温迪"，"我其实不用真的做什么，对吧？"

"不用，"穿蓝色长袍的女人说，"女主人会把一切做好。要是你想阻止她——或者即便是帮她的忙——她都很可能会让你后悔。总而言之，你只需要做一件事，就是上面那个混蛋觉得所有女人都会做的事。"

"诱导他。"罗西低声道，她的双眼泛着银色的月光。

"没错，"另一个女人回答，"诱导他顺着这条小路走，顺着花园小径走过去。"

罗西深吸了一口气，又开口呼唤诺曼。她感觉臂环在灼烧自己的皮肉，仿佛某种奇异而令人心醉神迷的甜蜜之火。她喜欢从自己喉咙中传出的声音，如此响亮，就像她之前在迷宫中发出的"得州游侠"的古老战嚎，就是她吼出来让小宝宝重新哭泣的那种。"我在这——这——下面，诺曼！"

比尔盯着她，一脸恐惧。她不喜欢看到他脸上露出这种表情，但又想看到那表情出现在他脸上。他是个男人，不是吗？有时候男人必须尝尝害怕女人的滋味，不是吗？有时候这是女人唯一的自我保护。

"好了，去吧，"黑人女子说，"我会和你的男人待在这里。我们会安全的。另一个会从神庙中穿过。"

"你怎么知道？"

"因为他们总是这样，"黑人女子干脆地说，"记住他是什么东西。"

"一头公牛。"

"没错，一头公牛。而你是挥舞礼帽来诱导他的女郎。你只需记住，如果他抓住了你，就没有别的'假信号'可以让他分神了。如果他抓住了你，就会杀了你。毫无疑问。我或我的女主人都无法阻止他。他想用你的血填满自己的嘴。"

这一点我比你清楚，罗西心想，这么多年来我一直很清楚。

"别走，罗西，"比尔说，"就在这里，和我们待着。"

"不。"

她推开他向前走，感觉有根刺在她大腿上刺过，这对她来说是种甜蜜的疼痛，就像自己喊叫的声音。甚至连鲜血沿着皮肤滑落的触感都是甜蜜的。

"小罗西。"

她回过身去。

"最终你得赶在他前面。你知道为什么吗？"

"嗯，我当然知道。"

"你说他是一头公牛，到底是什么意思？"比尔问道。他听起来很担心，也有点愠怒……然而罗西感到对他前所未有的爱意，也觉得这么强烈的爱意之后也不会再有。他的脸色非常苍白，他是那样脆弱无助。

他又咳嗽起来。罗西伸出手摸了摸他的胳膊，非常害怕他会躲开，但他没有。至少目前还没有。

"待在这里，"她说，"待在这里，别动。"说完她便匆匆离开了。在神庙的那头，他最后瞥见她裙袍的一角在月光下一闪而过。在那里，小径似乎展开了，接着她消失了。

片刻，夜色中又传来她的喊声，轻盈又可怕。

"诺曼，你戴着那面具的样子真傻啊……"她顿了顿，又说，"我不再害怕你了，诺曼……"

"天哪，他会杀了她。"比尔喃喃道。

"也许吧，"蓝袍女人回应道，"今晚总有谁要死，这是……"她没说完，瞪大双眼，炯炯有神，头偏到一边。

"你听到什——"

一只棕色的手突然伸出来捂住了他的嘴巴。手没有用力，但比尔感觉它可以用力。这手仿佛充满了钢筋弹簧。他感觉到她的手掌压在自己嘴唇上，指肚贴着他的脸颊。他心中涌出一个不安的想法，几乎是一种确定的感觉：这不是一个梦。他很想相信这就是梦，却做不到。

黑人女子踮脚站着，像情人一样贴着他的身子，仍然捂着他的嘴。

"嘘，"她朝他耳边低语，"他来了。"

他听到了草和树叶沙沙作响的声音，然后是沉重而含混的吸气声，每一声下面都仿佛压着一声口哨。比尔通常觉得这种声音应该属于比诺曼·丹尼尔斯重很多的男人——体重应该在三百到三百五十磅。

要么就是一头巨兽。

黑人女子的手慢慢地从比尔嘴上挪开，他们站在那里，听着那东西慢慢靠近的声音。比尔把手搭在她肩上，她也搭了只手在他肩上。他们就这样站着，比尔突然有种奇异的笃定感，觉得诺曼——或者诺曼变成的那个无论是什么的鬼东西——终究不会从神庙中穿过。他——它——会绕过神庙到这里来，看到他们。它会刨一刨地，低下巨大的锤头，沿着这条狭窄而毫无希望的小路追赶他们，压倒他们，踩死他们，刺死他们。

"嘘……"她喘着气。

"诺曼，你这蠢货……"

这声音飘向他们，如轻烟，似月光。

"你真是太蠢了……还真以为抓得住我？蠢货老公牛！"

一阵充满嘲笑意味的高声大笑突然传来，这声音让比尔想起拉丝玻璃、大开的井口和午夜的空房间。他不禁打了个寒战，鸡皮疙瘩爬遍了双臂。

神庙门前有短暂的宁静（其间唯一的动静就是一阵微风短暂地吹过荆棘丛，像一只手捋了捋缠着的乱发）。而罗西喊话的地方则一片寂静。头顶上，如骨瓷盘一般的月亮穿梭出没于一朵朵云朵之中，为它镶上了一圈银边。夜空洒满了星星，但组成的星座比尔一个也认不出。

接着，声音又响起来了：

"诺诺诺曼曼曼曼……你不想和我谈谈吗？"

"哦，我会和你谈的。"诺曼·丹尼尔斯说道，比尔感到黑人女子往他这边惊跳了一下，而他自己的心也从胸腔猛地提到了嗓子眼。那声音距离不过二十码远，好像诺曼刚才的笨拙动静都是故意的，故意让他们知道自己走到哪里了。等到安静为上策时，他就不发出任何声音了。"我会和你近一点谈谈的，你这婊子。"

黑人女子把一根手指放在他嘴唇上，告诫他保持安静，但比尔并不需要这个指示。他们凝视着对方，他从黑人女子的眼神中知道，她也不那么确定诺曼是不是会穿越神庙了。

寂静就这样蔓延着，持续着，似乎已经过了生生世世。就连罗西似乎也在等待。

在离他们稍远的地方，诺曼又说话了。"喂，你个狗娘养的老家伙，你在这儿干什么？"

比尔看着黑人女子。她微微摇了摇头，表示自己也不明白。他意识到了一件可怕的事情：他要咳出来了。软腭后面那耸动的刺痒感几乎完全无法抵抗。他低头把嘴巴藏进弯曲的肘部，努力把这咳嗽逼回喉咙里。他知道，黑人女子正用忧虑的目光看着他。

我坚持不了太久，他想，天啊，诺曼，你为什么不动呢？之前你还那么快。

罗西仿佛在回应他这个想法："诺——曼！你太他妈的慢了吧，诺——曼！"

"贱人，"神庙另一侧那个厚重的声音说，"哦，你这贱人。"

鞋子在碎石上嘎吱作响。比尔听到不停回荡的脚步声，明白诺曼已经进入被黑人女子称为"神庙"的建筑物中。他也发现了另一件事：咳嗽的冲动过去了，至少暂时过去了。

他斜身靠近蓝袍女人，耳语道："我们现在怎么办？"她也耳语回应，弄得他耳朵有点痒："等。"

2

诺曼发现面具似乎长在自己脸上了，他有片刻的害怕，而且很严重，但这害怕还来不及升级为恐慌，诺曼就看到不远处有什么东西，让他完全没空去在意面具的事情了。他赶紧跑下山坡，跪下来，拿起那件外套，看了看，扔到一边；又拿起那件夹克。没错，就是她穿的那件。摩托夹克。那男的有一辆破摩托，她和他一块骑摩托出去玩了。很可能她的裆部正好地卡在他的屁股上。这夹克她穿太大了，他想，是他借给她的。想到这里他暴怒异常。他往夹克上啐了一口，扔到一边，跳起来，四下张望。

"你这贱人，"他嘀咕着，"你这不干净的贱人脏货。"

"诺曼！"她的声音从黑暗中飘来，他的呼吸停止了片刻。

很近，他想，天啊，她很近，我想她在那个楼里。

他一动不动地站着，看她会不会再喊起来。过了一会儿，她确实又喊了："诺曼，我在这儿！"

他的双手又伸向了面具，但这次不是想拉开，而是爱抚了起来。"公牛万岁。"诺曼在面具里对它说，然后朝山脚下的那片废墟走去。他觉得自己看到了通向那里的足迹——可能是被脚踩过的倒伏的高草丛——但月光下，完全看不真切。

接着，仿佛是为了帮他确定方向，她那满含嘲讽、令人发狂的呼喊再度响起："这下面！诺曼！"她像是一点都不怕他似的，甚至像是迫不及待地等着他去。贱货！

"待着别动，罗丝，"他说，"哪儿也别去。"这是最重要的。老警察的那把枪还插在他牛仔裤的腰带里，但它并不是他计划的重点。他不知道身在幻觉中，枪还能不能用，但完全没有要试一试的念头。他想要和自己那疯长的小玫瑰非常亲切而私密地交谈，这是任何枪都做不到的。

"诺曼，你戴着那面具的样子真傻啊……我不再害怕你了，诺曼……"

后面你就会知道，"不怕"只是暂时的，贱人。他心想。

"诺曼，你个蠢货！"

好吧，也许她不在那栋房子里了，她可能已经穿过去到另一边了。不要紧。如果她以为自己能在平坦的空地上跑赢他，那么她将会收获一生中最大的惊喜，也是最后的惊喜。

"你真是太蠢了……还真以为抓得住我？蠢货老公牛！"

他向右边移了一点，尽量保持安静，提醒自己别笨手笨脚的，就像……哈哈，就像一头在瓷器店横冲直撞的公牛。他停在了通往神庙的破旧台阶脚下（他现在看清了，这是一座神庙，希腊神话故事里的那种神庙。那些故事是很久以前编出来的，那时候的人们还没有忙着互相打来打去），环视四周。显然，这是座废庙，日益破败下去，但好像并不阴森恐怖，他竟然还产生了一种奇怪的归属感。

"诺诺诺曼曼曼……你不想和我谈谈吗？"

"哦，我会和你谈的。"他说，"我会和你近一点谈谈的，你这婊子。"

他看到台阶右侧纠缠凌乱的高草丛中有什么东西：杂草中有个巨大的石脸，目不转睛地凝视着天空。诺曼往那边走了五步，来到石脸旁边，低头盯着它看了十几秒钟，想要确定眼前看到的的确就是他想的那个东西。他是对的。这个滚落在地的巨头长了他父亲的脸，空洞的眼中混杂着迷离的月光。

"喂，你个狗娘养的老家伙，"他轻声问道，"你在这儿干什么？"

石脸父亲没有回答，但诺曼的妻子回答了。

"诺——曼！你太他妈的慢了吧，诺——曼！"

她们还真教了她不少好话啊，公牛评价道，不过现在它是从诺曼头脑内部在说话，她交往的这些大好人哟，真是毫无疑问——她们改变了她的一生。

"贱人，"他以厚重而颤抖的声音说，"哦，你这贱人。"

他转身从草丛里的石脸边走开，他本想回去往上吐个口水，就像对待那件皮夹克一样……或者甚至解开牛仔裤拉链，往上撒一泡尿。但他抑制住了内心的冲动。没时间玩游戏了。他匆忙走上裂缝斑驳的台阶，朝着神庙那幽深的入口走去。每迈出一步，剧痛就会从整条腿蔓延到背部，再侵入他受虐的下颌。现在感觉好像只有面具才能固定住他的下颌，真他妈的痛啊。要是把"查理－戴维"们的止痛药随身带着就好了。

她怎么干得出来，小诺曼？一个声音从内心深处悄然传来。听起来仍然像是父亲的声音，但诺曼应该从没听过父亲语气里有这么多的犹疑与忧虑。她怎么敢那么干？她究竟怎么了？

他一只脚踏在最后一级台阶上，停了下来。脸很痛，下颌仿佛没了车轮螺母的轮胎一样松垮。我不知道，我也不在乎，他告诉这个鬼魂般的声音，但我可以告诉你一件事，爸爸——如果真的是你——等我找到她，我会在眨眼之间就让这一切仿佛没发生过。你可以放一百个心。

你确定要碰这个运气？那个声音问道，而已经又在向前走的诺曼再次停下来，歪头倾听着。

你知道还有可能更明智的选择吗？它问道，也许就此退出，承认你俩打了个平局，这样更明智些。我知道这话你可能无法接受，但还是要跟你讲讲我的想法，小诺曼。如果我能控制方向，那肯定会掉转车头原路返回的，因为这里的一切都不对劲，简直可以说完全颠倒了。我也不知道究竟是怎么回事，但我清楚地感觉到了一个陷阱。要是你径直走进去，可能会遇到比松动的下颌和脱不下来的面具更大的麻烦。为什么不转身原路回去呢？看看能不能返回她租的那个房间，就在那里等她呢？

因为他们会来的，爸爸。诺曼对这个声音说。鬼魂的坚持和笃定的确让他有所动摇，但他不会承认。警察会上门，他们会抓住我。他们会在我闻到她的香水味前就把我逮了。还因为她对我说了"他妈的"，因为她已经变成了个婊女。光听她现在说话那德行，我就看得出来。

别管她说话什么德行了，你个蠢货！要是她变成了烂货，就让她跟那些朋友一起烂下去啊！趁现在事情还没变得不可收拾，赶紧离开吧，也许还不算晚。

他倒还认真考虑了一下……然后抬眼看着神庙门楣上凿的字：**偷丈夫银行卡的女人不配活着**。

犹疑顿时消隐无踪。他不会再听这个爱抓裤裆的胆小鬼父亲废话了。他走进大嘴一般张开的门口，进入了那湿气缭绕的黑暗之中。很黑……但也不是黑到什么也看不见。月光透过窄窄的窗户，投射出一条条斜斜的光束，充满了粉尘感，照亮了一堆废墟，看上去如鬼魅般吓人，很像罗丝他们一家人在奥布里维尔做礼拜的教堂。他走过地上成堆的落叶，一群尖声号叫、盘旋飞翔的蝙蝠在月亮的光束中降临至此，在他的脸周围扇动着翅膀，他只是挥动手臂驱赶它们。"滚出去，贱货杂种。"他喃喃道。

他从祭坛右侧的小门走出去，踏上一个小石阶，看到灌木丛上挂着一团蓬松的东西。他俯身过去，拽了下来，举到眼前。光线下很难看得真切，但他觉得应该是红色或粉色的。她穿过这种颜色的衣服吗？他记得她好像穿着牛仔裤，但现在他脑子里的一切都很混乱。即便穿的是牛仔裤，她也脱掉了那个混蛋借给她的夹克，也许夹克里面——

身后传来一声轻响，像三角旗在微风中飘动的声音。诺曼转过身，一只棕色的蝙蝠径直飞到他的脸上，用毛茸茸的嘴啄他，翅膀在他的脸颊上不停拍打。

　　他本来已经把一只手握在了枪托上，现在又松开了，一把抓住那只蝙蝠，将它的翅骨折断，掰到它的身体上，如同一个发了疯的六角手风琴演奏者。他把蝙蝠整个扭曲折叠，又撕成两半，用了很大的力气，那些属于初级生物的内脏都掉落在鞋子上。"你就不该在我面前晃来晃去的，混蛋。"诺曼把碎尸扔回身后神庙的阴影之中。

　　"你还真擅长弄死蝙蝠，诺曼。"

　　天啊，这声音好近——就在他背后！他迅猛地转过身去，差点失去了平衡，险些从石阶跌滚而下。

　　神庙后面的荒地是个向下的斜坡，朝向一条溪流，而就在半路上，在仿佛全世界最死寂的花园里，站着他迷人的疯长的小玫瑰——她就那样站在那里，站在月光下，抬眼望着他。他迅速地先后意识到三件事。第一，她没穿牛仔裤了，如果曾经穿过的话；她现在穿了一件很适合参加兄弟会大派对的超短连衣裙。第二，她的头发不一样了，染成了金色，梳到了脑后。

　　第三，她很美。

　　"蝙蝠和女人，"她冷冷地说，"你就只擅长弄死这两样东西，对吧？我几乎要为你难过了，诺曼。你真是个可悲的渣滓男人。你不是男人，不是真男人。你戴的那个蠢面具也永远都不会让你成为一个真男人。"

　　"我要杀了你，你这贱货！"诺曼从石阶上跳下来，冲下山坡，朝她站着的地方奔去。清寒的月光下，他那带角的影子跟随着他，掠过一片枯草。

3

　　有那么一瞬间，她就那样站在原地，全身每一块肌肉仿佛都僵硬了，而他正朝她冲过来，在那狰狞可怕的面具下面尖叫着。让她动起来的是一个突如其来的可怕形象——她猜是"现实理智女士"送到她脑中的——他用在她身上的网球拍，拍柄上沾满了鲜血。

她转过身，"扎特"裙摆飘扬，她向溪流跑去。

石头，罗西……如果你掉进那水里……

但她不会掉进去的。她真的是罗西，她是真·罗西，她不会掉进去。只要想想掉进去了会有什么下场，她就不会让自己掉下去。水的气味刺激到足以刺痛她的双眼……让她的嘴巴因渴望而痉挛。罗西用左手食指和中指捏紧自己的鼻孔，跳到了第二块石头上，又从第二块跳到了第四块上，再从那里跳上了岸。小菜一碟。不值一提。至少在她双脚打滑之前是这样。她整个人摔倒在滑溜的草地上，又往那黑色的流水中滑去。

4

诺曼眼见她摔倒，哈哈大笑。看来她要全身湿透了。

别担心，罗丝，他心想，我会把你拉起来，把你整个擦干。我一定会的。

接着她就又爬起来了，死死扒住河岸，转头瞥了一下，双眼充满恐惧……但她怕的好像不是他，她看的是那流水。她站起身时，他瞥见了她的屁股，光着的，像新生儿。接着发生了最叫人不可思议的事情：他裤裆里的那东西硬了起来。

"我来啦，罗丝。"他喘着气说。是的，也许很快他还会以另一种方式"来"。随着她"去"，他就要"来"了，可以这么说吧。

他穿着汉普·彼得森的方头靴，踩着罗丝的双脚留下的小小脚印，匆匆跑到溪流边，在罗丝重新爬上对岸时，他刚好来到奔流的水边。

她在那里站了一会儿，回头看了一眼，这次她显然是在看他。接着她做了件让他完全惊呆的事情，让他惊得甚至暂时无法动弹。

她朝他竖了中指。

而且她竖得非常自如熟练，还朝着他吻了吻自己的指尖，接着就跑向了前方的枯树林。

你看到了吗，诺曼老哥？公牛在他的头脑中问道，那贱人刚刚朝你竖了中指。你看到了吗？

"嗯，"他呼出一口气，"我看到了。这件事我也会处理好的。我会处理好一切。"

但他绝无意不顾一切地疯狂冲过这面前的溪流，更不想掉进去。罗丝看上去不太喜欢这流水，所以他也最好万分小心，做到最基础的"步步在意"，谨慎行事。这鬼河里面说不定有很多那种尖牙利齿的南美小鱼，有兴致的话它们甚至可以把一整头牛都撕扯到只剩骨架。他也不知道在幻觉中人是否也会被这些东西弄死，但眼前的景象感觉越来越真实了。

她朝我露了屁股，他心想，她的光屁股。也许我也得朝她露点什么东西才好……他们不是说，公平的游戏吗？

诺曼把贴在牙齿上的双唇活动开，露出一副并非龇牙咧嘴的可怕表情，把汉普的一只靴子踏在第一块白色石头上。他这样做的时候，月亮穿到了一片云后面；等月亮再次出现时，诺曼已经走到了这溪流的半路。他低头看着溪水，一开始只是出于好奇，看到了之后则有些入迷，也很惊骇。月光无法穿透溪水，仿佛这是一摊流动的泥浆，但仅凭这点没法让他几乎不能呼吸，甚至停下脚步。那黑色溪水中反射出来的月亮，根本不是月亮，而是一颗咧嘴而笑、发白褪色的人类头骨。

来一口这东西呗，小诺曼。水面上的头骨悄声道，妈的，你要是想，要不干脆洗他妈个澡吧。把那些蠢事情全部忘掉吧。喝了这水你就会忘的。喝下去，你就永远不会因之烦恼了。你不会有任何烦恼了。

听起来真是太有道理，太正确了。他抬起头，也许是为了看看天上那个月亮是否如水中那个一样，仿佛一颗头骨，却看到了罗丝。她站在小路汇入枯树林的地方，旁边有座雕像，是个小孩，双臂上举，那东西支出来挂在身前。

"你不可能就这么逃了，"他喘息着说道，"我不——"

石头男孩动了。他放下双臂，抓住了罗丝的右手腕。罗丝尖叫着，徒劳地拍打他紧握的双手。石头男孩咧嘴笑着，诺曼目睹着他伸出大理石做的舌头，对罗丝挑逗地晃动着。

"干得好，"诺曼低声道，"抓住她——别放手。"

他跳上对岸，张开一双大手，奔向他任性的老婆。

5

"想和我来个后入吗？"石头男孩用毫无起伏的刺耳声音问她。紧攥住她腕子的手嶙峋凸起，非常沉重，捏得很紧。她回转头，看到诺曼跳上了河岸，面具的角划过夜色，他在湿滑的草地上踉跄了一下，但没有摔倒。从明白过来警车里的人是诺曼开始，她还是第一次感到自己如此接近惊慌失措的边缘。他会抓住她，然后呢？他会撕咬她，把她扯成碎片。她将尖叫着死去，鼻腔里充满他身上英伦皮革古龙香水的气味。他会——

"想来个后入吗？"石头男孩吐了吐口水，"想跪下吗，罗西，被骑着，趴在地上——"

"不！"她尖叫着，愤怒再度像洪水一般倾泻而出，像红色的帷幕铺展在她的思想之中，"不，放开我，别搞那些高中生的破玩意，**放开我**！"

她挥动左手，并没去想往一尊大理石雕像的脸上出拳会有多痛……结果，其实一点也不痛，就像用攻城锤击打某种松软而腐坏的物体。她在瞬间瞥到雕像脸上新的表情——讶异取代了邪欲——接着这东西狞笑的脸碎成了近百个白如面团的碎片。那双手紧握的沉重挤压感也从她手腕上消失了。但还有诺曼，诺曼已经要赶上她了，他低着头，呼吸的潮气在面具上进进出出，双手朝这边伸过来。

罗西转过身，感觉他伸长的一根手指滑过了"扎特"唯一的那根肩带，又弹开了。

赛跑现在开始。

6

她像少女时代一样发足狂奔，那时她那位现实理智的母亲还没有开始她的重大任务，没有对罗西·戴安娜·麦克伦登教授淑女之道与禁忌（奔跑绝不是淑女应有的行为，尤其是你已经到了发育的年纪，一跑起来双乳就会在身前跃动，就更不行了）。她全心投入，全速前进，也就是低着头，双手握拳在身侧来回摆臂。一开始，她清楚诺曼就紧跟着自己，却没那么清楚他逐渐落后。最初，他只拉开了几英尺的差距，后来就几码几码地落后了。即便诺曼已经稍微落后，她依然能听到他粗重的喘息，听起来和迷宫中的厄里倪斯一模一样。她清楚地感觉到自己的呼吸变轻了，辫子在背后上下甩动。但最清晰的还是一种疯狂的兴奋感，整个头脑都充血了，甚至感觉快要爆炸了；但如果爆炸，就会收获极致的快感。（她抬头看了一眼，看到月亮也在和她一起跑，迅疾地穿过闪着星光的天空，）而天空的前面横亘着一些枝丫，属于矗立于此的枯树，仿佛一双双巨人之手，他们被活埋于此，在挣扎着逃脱的过程中死去了。有一次，诺曼咆哮着要她别再跑了，别再这么贱了，她居然真的大笑起来。他还以为我在玩欲擒故纵呢。她想。

她来到小径上的一个弯道，看到那被闪电击倒的树挡住了自己的路。她来不及闪避，而如果急刹车的话，她只会被这棵树的某一根张牙舞爪的枯枝刺穿。就算避开了树枝，还有诺曼。她已经稍微领先了他一点点，但要是现在停下，即便只停短短的一瞬，他也会立刻朝她猛扑，如恶狗扑向小兔子。

　　所有这些都在她脑海中一闪而过，她尖叫着——也许是因为恐惧，也许是带着蔑视的抗争，也许两者兼而有之——把手伸在身前，纵深一跃，如同女超人。她跳过了枯树，左肩着地。她翻了个筋斗，弹跃而起，晕晕乎乎地看到诺曼在那倒伏之树的另一头死盯着她。他双手都抓着树枝，那残枝已经被火烧成了黑炭。他喘着粗气。微风拂过，她闻到从他身上飘来的气味，除了汗水与"英伦皮革"，还有别的味道。

　　"你又开始抽烟了，对吧？"她说。

　　花环橡胶牛角下面的那双眼睛打量着她，已经完全失去了理智。面具的下半部分痉挛般地抽动起来，被包裹其中的男人像是想要微笑。"罗丝，"公牛说，"别这样。"

　　"我不是罗丝。"她说着，发出短促而激愤的笑，仿佛他的确就是这世上最愚蠢的畜生——大笨牛[1]。"我是罗西，真·罗西。但你已经不是真的了，诺曼……你还是真的吗？连你自己都不真了。但这些都无所谓了，反正我无所谓。因为我已经和你离婚了。"

　　说完，她转身逃开了。

7

　　你已经不是真的了。他一边从有足够空间可以轻松通过的树顶绕

---

1. 原文 *el toro dumbo* 是西班牙语。

过，一边想着这句话。她已经去了这枯树的另一边，而且还在全速往前跑，但等绕过了树又走上小路，诺曼只是悠闲慢跑着。他也只需要做到这个程度了。内心的那个声音，那个从未让他失望的声音，告诉他这条路在前方不远处就会到尽头。这消息本该让他非常高兴，但他一直在想着她说的那番话，她说完就转身，漂亮的小裙边在他眼中一闪而过，消失了。

我是真·罗西，但你已经不是真的了，连你自己都不真了……我已经和你离婚了。

嗯，他心想，至少最后这句话还算有点谱。确实会离婚，但必须按我的条件来，罗丝。

他又慢悠悠地跑了一会儿，接着停了下来，伸出胳膊擦了擦额头，看到上面沾满汗水时，也没有惊讶，甚至根本没去想，尽管他仍然戴着面具。

"你最好回来，罗丝！"他喊道，"最后的机会。"

"来抓我呀，"她也用呼喊回应他，声音听起来有点微妙的不同，虽然他说不清究竟有什么具体的不同，"来抓我呀，诺曼，不远了。"

"嗯，确实不远了。"为了追她，他他妈的已经跨越了半个国家，又追着她进入了另一个世界，或者说一个梦境，一个不管是什么的鬼地方，但现在她已经无路可逃了。

"你没地方逃了，小甜心。"诺曼说着就朝她声音的方向走去，双手慢慢攥成了拳头。

8

她跑进了那个圆形空地，看到了自己，跪在那唯一一棵活着的树边，背对着她，头低下去，仿佛在祈祷，或是沉浸在深深的冥想中。

不是我，罗西紧张地想，那并不是真的我。

但也可能是她。这个跪在"石榴树"下背对着她的女人，也许是她的双生姐妹。她和罗西一样高，身材也相同，拥有同样的一双长腿和宽宽的髋臀。她穿着一模一样的茜草玫瑰红托加袍——黑人女子口中的"扎特"——头发也编成一根金色的发辫，垂在背正中，长及腰部，和罗西的发型一模一样。唯一的不同就是这女人两只手臂都是光的，而罗西戴了臂环。这个不同诺曼很可能注意不到，他从未见过罗西戴这种东西，她觉得他在任何情况下可能都注意不到这一点，更别说现在这种状况了。接着她又发现了他也许会注意到的不同——罗丝·麦德的脖子和小臂上那一块块的黑斑。它们成群成堆，如饥渴的阴影。

罗西猛然停下，朝月光下面对树跪下的那个女人望去。

"我来了。"她有些犹疑地开了口。

"是的，罗西，"另一个女人用那甜美而充满渴求的声音说，"你来了，但还走得不够远。我想你到那儿去。"她指向那宽阔的下行白色台阶，上方有"迷宫"两个大字。"不远了，你再走十几个台阶，平躺在上面就好。你稍微走远一点，就不必看到了。你不会想看到这一幕的……不过，如果你决意想看，也可以看。"

她大笑起来。笑声里充满真挚的愉悦。罗西心想，正是这种愉悦让一切如此可怕，真切得可怕。

"无论如何，"她继续道，"你听到我们之间的对话可能也好。嗯，我想应该会非常好。"

"他可能会觉得你不是我，即便是在月光下。"

罗丝·麦德又大笑起来。这笑声让罗西后脖颈上的毛发都竖起来了。"他为什么会觉得我不是你呢，小罗西？"

"你有……嗯……瘢痕。即便在这种光线下我也能看出来。"

"嗯，你是可以，"罗丝·麦德仍在大笑，"你可以，但他看不出来。

你忘了吗？厄里倪斯眼瞎了。"

罗西本想说，女士，你搞错了，我们说的是我丈夫，不是迷宫里那头公牛。接着她想起诺曼戴的那个面具，于是什么也没说了。

"快去吧，"罗丝·麦德说，"我听到他来了。下楼梯，小罗西……不要太靠近我。"她顿了顿，又用若有所思的可怕声音说道："不安全。"

9

诺曼沿着小径慢悠悠地跑着，一边仔细听着周围的动静。有那么一两下，他以为听到了罗丝说话，但可能也只是他的想象。不管怎么说，这都不重要。要是有人和她同行，他就会把那个人一起干掉。要是运气好，说不定就是贱人格特——说不定这个肥到过分的拉拉也通过某种方式进入了这个梦境，所以诺曼能够用 .45 口径的手枪送一颗子弹到她肥胖的左边奶子里，给自己找找乐子。

想到能对格特开枪，他简直快要兴奋得快跑起来。他已经离得很近很近，近到能闻到她的气味——多芬香皂和丝柔洗发水交织在一起，飘忽而微妙的味道。他绕过最后一个弯。

我来了，罗丝，他想，再也无处可逃，再也无处可躲。我来带你回家，亲爱的。

10

通向迷宫的台阶上很冷，罗西注意到上次没留意的一种气味——潮湿而衰败的气味，其中又夹杂了粪便、腐肉与野兽的臭味。她再次产生了那个不安的想法（公牛能爬楼梯吗？）但这次并没有真正地恐惧。厄里倪斯已经不在迷宫里了，除非那广阔的世界——画里的整个世界——也是个迷宫。

哦，是的。那个奇怪的声音冷静地说，这个声音有点不太像"现实理智女士"，这个世界，所有的世界。每个世界都有很多公牛。罗西，这些传说中充满了真理。那是他们的神力。是他们活下来的原因。

她伸展腿脚，躺在台阶上，喘着粗气，心脏怦怦跳。她很恐惧，但也感到体内涌动着一种强烈而酸楚的渴望，她很清楚这种渴望的本质：内心愤怒的另一种形式。

伸在面前的双手紧握成了拳头。

做吧，她想。做吧，杀掉这个混蛋，让我自由。我想亲耳听到他死去的声音。

罗西，这不是你的真心话！这回确实是"现实理智女士"的声音了，她听起来既惊恐又恶心。说，这不是你的真心话！

但她说不出来，因为她的确有这么想。

特别想。

11

他走的这条小路尽头是一个圆形的空地，而她就在那里。终于，他看到她了。他那疯长的玫瑰。她背对他跪着，穿着那件红色短连衣裙（他几乎确定那是红色），染成"妓女色"的头发梳成某种辫子，垂在背上。他在空地边缘就地站着，看着她。没错，那就是罗丝，毫无疑问，但她似乎还是有点变化。比如，屁股变小了，但这不是最重要的变化。她的态度也变了。这意味着什么呢？当然意味着该采取点小行动，来调整下她的态度了。

"你他妈为什么染了这么个鬼头发？"他问她，"你看着像他妈个荡妇！"

"不，你不明白，"罗丝没有回头，只是平静地回应道，"我以前的头发才是染的。内里一直都是金发，诺曼。我染过去的发色，是为了糊弄你。"

他跨了两大步，进入了空地。和往常一样，她只要不同意他的观点或者反驳他，或者只要任何人不同意或者反驳他，他就会怒火中烧。而她今晚说过的话……她对他说过的话……

"你他妈的都在干什么！"他高喊道。

"我他妈的没干什么。"她回应道，然后发出蔑视的轻笑，让这叫人大跌眼镜的不敬之语性质更严重了。

但她没有转身。

诺曼再朝她跨了两步，又停下了，双手握拳垂在身侧。他环视了一下空地的环境，回想起过来的路上听到了她的低语声。他找的其实是格特，或者是那个混蛋男孩；他说不定在什么地方埋伏好了，准备用自己的弹弓攻击他，或者要扔个石头过来砸他。他一个人影也没看见，这说明她刚才很可能是在自言自语。她在家的时候就总是这么干。除非，有人蹲着躲在空地中心的树后面。在这幅没有生命的静物画中，这棵树似乎是唯一的活物，树叶狭长碧绿，闪闪发光，像是刚上过油的牛油果树。枝条被一些奇怪的果子压弯了；就算把那些果子夹在花生果酱三明治里，诺曼也是碰都不会碰。在罗丝交叠的腿边有很大一堆被风吹落的果子，果堆里冒出来的气味让诺曼想起那条溪流中的水。这种气味的水果，不是要你的命，就是把你折磨得宁肯死了以获得解脱。

树左边的东西让他坚定了信念，这一定是个梦。他妈的看起来就像纽约的地铁入口，还是在大理石中开凿出来的。不过，这倒是无所谓，那棵树和上面尿味的果子也无所谓。只有罗丝是要紧的。罗丝和她发出的那声轻笑。他想象着，应该是她那些烂货朋友教她这么笑的，但起因也无所谓了。他现在就要教她点"有所谓"的东西：那样的笑，是把自己弄伤的好办法。就算在现实中做不到，他也要在这个梦中做到。就算他正躺在她家地上，被警察打了一身子弹，正在经历濒死时的精神错乱，他也要教训她。

"站起来，"他又朝她走了一步，从牛仔裤腰带里取出那支枪，"我们有事要谈谈。"

"是啊，你说得太对了。"她依旧没有转身，也没有站起来。她只是跪在那里，月光和阴影在她身上交织成斑马纹。

"听我的话，你他妈的！"他又朝她迈了一步。没握枪的那只手的指甲已经深深地掐进了手掌，仿佛滚烫的白色金属刨花。她仍然没有转身，也没有站起来。

"迷宫里的厄里倪斯！"她用那充满韵律的柔和嗓音说道，"看哪，公牛来了！"她仍然没有起身，仍然没有转身去看他。

"我不是牛，你这个婊子！"他大吼大叫，伸手去扯面具。面具纹丝不动。感觉再也不是贴在他脸上或者与他的脸融为了一体了，似乎已经成了他的脸本身。

这怎么可能呢？他迷惑不解地问自己，怎么可能有这样的事情？这不过就是某个小屁孩的廉价游乐园奖品！

这个问题他自己也无法回答，但任凭他多么大力拉拽，这面具就是扯不下来。他越想越觉得恶心，但也越来越确定，要是用指甲挖进面具里去，自己也会觉得很痛，会流血。而且，是的，只有一个眼洞，这个眼洞似乎已经移到了他脸的正中央。通过这个眼洞看出去，他的视野变暗了，本来明亮的月光变得模糊朦胧。

"给我摘下来！"他朝她叫骂着，"给我摘下来，你这贱人！你能做到的，对吧？我知道你能的！你他妈的也别再跟我闹了！你再敢跟我闹！"

他跌跌撞撞地走到她跪着的地方，抓紧她的肩膀。裙袍的单肩带松脱下来，衣料下面的所见让他惊骇到倒抽了一口凉气。她的肌肤黑乎乎的，已经腐烂，仿佛树下那些水果的果皮，正慢慢腐化，与泥土融为一体。这些水果坏了很久了，都快要化成液体了。

"公牛从迷宫里来了。"罗丝说，飘飘然地站起来，柔软而优雅，是他从未在她身上见过的，甚至都不曾觉得会有的气质，"所以现在厄里倪斯也许会死。这已是命中注定，也正会如此发生。"

"这里唯一会死的人——"他开口了，但只说了这么多。她转过身来，轻薄透明的月光显露出她的身影，诺曼厉声尖叫。在无意识的情况下，他拿着 .45 口径手枪，朝着他双脚之间开了两枪，接着就扔掉了枪。他双手抱头，不断尖叫，不断后退，用几乎已经不能控制的双腿痉挛般地走着。而她也以自己的哭喊回应他的尖叫。

她乳峰的上半部分有大片大片的腐肉，脖子是黑紫色的，仿佛被勒死的尸体。皮肤有多处裂开，如流泪般渗出黏稠的黄色脓液。然而，真正让他喉咙里发出凄厉的尖叫，冲出口又成为凶猛咆哮的，并非这些明显是晚期致命疾病的迹象。这些东西也并未像外星奇异太阳的无情光芒一般，穿透他内心那蛋壳样的表面，为一个更为可怕的现实打开了通道。

引发这一切的，是她的脸。

那是一张蝙蝠的脸，上面镶嵌了一双仿佛得了狂犬病的狐狸眼睛，明亮而疯狂；这张脸属于插画中超凡而美丽的女神，隐藏在某本沾满尘土的旧书当中，像一朵世所罕见的野花，空立于杂草丛生的荒地上；这张脸属于他的罗丝，过去她的外貌总会因为双眼中那怯怯的希望和放松时微微伤感的嘴角弧度而略显得不那么平凡。种种不同的面相就这样飘浮在这张脸上，如同危机四伏的池塘上开满睡莲。而这张脸转向了他，那些"睡莲"都飘散开来，诺曼看到了表面之下的东西：一张蜘蛛的脸，因为饥饿与疯狂的智慧而扭曲。张开的嘴里一片黑暗，叫人见之嫌恶，里面飘浮出丝状的卷须，上百只臭虫与甲虫紧紧粘在上面，有些已经死去，有些在做垂死挣扎。蜘蛛的双眼呈现浓郁的茜草玫瑰红色，仿佛正在滴血；在眼眶之中突突直跳，像泥土有了生命。

"再近一点，诺曼。"月光中的蜘蛛朝他悄声道。在心理彻底崩溃之前，诺曼看到它那充满虫子与卷须的嘴正想要咧开来笑。

短袍的袖子中有越来越多的手臂挤拥而出，那短短的裙摆下面也是如此；不过，这些好像并不是手臂，根本不是手臂。他尖叫，尖叫，尖叫；他这样尖叫是为了召唤遗忘，他想要遗忘，不想再知晓事实，不想再看到眼前这样的景象。但他别想遗忘。

"再近一点。"它柔声唤着，那些不是手臂的东西向前伸来，可怕的嘴大张着，"我想和你谈谈。"那些不是手臂的东西末端都是利爪，长着脏污驳杂的毛刺。利爪落在了他的手腕、双腿、他裆部那个仍在耸痛的肿胀附属物上。有一只利爪带着挑逗意味蠕动到他嘴里，毛刺刮擦着他的牙齿和内颊。爪子抓住了他的舌头，撕扯而出，在他那目不转睛瞪视的独眼前得意扬扬地挥舞着。"我想和你谈谈，和你近……—……点……地谈谈！"

他孤注一掷地进行了最后的疯狂挣扎，最终难逃吞噬，被湮没在罗丝·麦德饥渴的怀抱之中。

至此，从来都是咬人的诺曼，终于尝到了被噬咬的滋味。

12

罗西躺在楼梯上，双眼紧闭，双手攥拳，放在头顶，倾听着他的尖叫。她努力控制自己，甚至都不去想象外面究竟发生着什么，而是提醒自己，尖叫的人是诺曼：举着可怕铅笔的诺曼，举着可怕网球拍的诺曼，龇牙咧嘴的诺曼。

但这一切都抵不过他那尖叫声带来的恐怖感，他的叫声中充满了痛苦，罗丝·麦德正在……

……正在做她要做的事情。

过了一会儿——很长，很长的一会儿——尖叫停止了。

罗西躺在原地，双拳慢慢展开，但双眼仍然紧闭，发出短促而刺耳的喘息。她本来可能在那里，一躺就是好几个小时，但那女人甜美而疯狂的声音召唤她了："出来吧，小罗西！出来庆祝欢呼！公牛已经不在了！"

罗西感觉自己的双腿都麻了，像两条木腿。她以非常缓慢的速度，先是变成跪姿，再站起来。她走上台阶，站到了空地上。她不想看，但双眼似乎拥有了自主的生命，在她屏住呼吸的时候，向空地那头直直地看过去。

她悄悄地松了一口长气。罗丝·麦德仍然跪在那里，仍然背对着她。她面前放了一堆模模糊糊的东西，初看上去就像一堆破布。接着一个白色海星状的东西从这团阴影中滚落，被月光照亮了。那是一只手；接着罗西就辨认出了他身体的其余部分，像是突然在精神科医生的"墨迹测试"中看出了有意义的连贯图形。那是诺曼，他全身严重损毁，双眼从眼眶中凸出，还留着临死前的极度恐惧。但这就是诺曼，毫无疑问。

罗西注视着眼前的一切，罗丝·麦德伸手摘下了树上一颗低垂的果子。她的手——非常具有人类特征的手，除了浮在皮肤表面那些怪异的黑色斑点之外，甚至可以说是一只相当美丽的手了——挤捏着果子，先是果汁从她握拳的指缝中流出，形成一条茜草玫瑰红的小溪流，接着果子本身裂开了，露出一条湿漉漉的深红色纹沟。她从肥厚的果肉中剥出十几颗种子，往诺曼·丹尼尔斯撕裂的皮肉中播撒。她把最后一颗种子戳进了他那只瞪视的独眼之中，往里戳的时候，独眼发出了一声湿润的爆裂，仿佛有人踩在了饱满的葡萄上。

"你在做什么？"罗西不由自主地问道。她努力控制住了自己，没说出下面的话：不要转身，你可以不转身就告诉我。

"给他播种。"接下来她做的事情让罗西感觉仿佛走进了"理查德·拉辛"的小说：她俯身过去，亲吻了尸体的嘴。最后，她抽身回来，双臂将他抱起，站起身，转向那通往地下的白色大理石楼梯。

罗西移开目光，心在嗓子眼里怦怦直跳。

"好梦，你这杂种。"罗丝·麦德说着，把诺曼的尸体扔进了刀刻斧凿之"迷宫"二字下面的黑暗之中。

或许，她种下的种子将在那里生根发芽。

13

"回到你来的路上去。"罗丝·麦德说。她站在楼梯旁，罗西则站在空地的另一头，小径近在咫尺。罗西背对着罗丝·麦德，她甚至都不愿意冒险看后者一眼；而且她发现她也无法完全信任自己的眼睛了，它们有时并不会听她的话。"回去，找到多加和你的男人。她有东西给你，接着我会和你再谈谈……但只是谈一下。然后我们的缘分就尽了。我猜这对你来说是个解脱。"

"他不在了，对吗？"罗西目不转睛地看着那条被月光照亮的小径，"真的不在了。"

"我想你会在梦中见到他，"罗丝·麦德不屑地说道，"但那又怎样呢？有个很简单的真理，做噩梦比醒着的时候经历痛苦要好太多了。"

"是的。似乎这个真理过于简单，所以大部分人都忽略了它。"

"现在就走吧。我会来找你的。还有，罗西？"

"什么？"

"记得那棵树。"

"那棵树？我不……"

"我知道你不明白，但你会的。记得那棵树。好了，走吧。"罗西走了，没有回头。

▶ X

真·罗西

1

比尔和那个黑人女子——她叫多加，原来并不叫温迪——已不在神庙后面的狭长小径上，罗西的衣服也不见了。她不担心，只是绕着神庙走到前面，向山上望去，看见他们站在小马车旁，于是朝他们走去。

比尔走过来迎接她，那心神不定的苍白面孔上全是忧心与关切："罗西？没事吧？"

"没事。"她说着，把脸贴在他的胸前。他伸出双臂环绕住她，罗西想，不知道人类对拥抱的作用有多深入的理解——拥抱有多么美好，人会多么渴求不间断地拥抱几个小时。她估计有些人确实是理解这种感觉的，但并非多数。要完全理解拥抱，也许首先需要错过很多次拥抱。

他们走到多加身边，她正在抚摸小马的白条纹鼻子。小马抬起头，昏昏欲睡地看着罗西。

"那个……"罗西刚开了口又停下来，她差点脱口而出"卡罗琳"三字。她想问卡罗琳在哪里。"孩子呢？"接着她又大胆了一些，"我们的孩子呢？"

多加笑了。"安全。在一个很安全的地方。这个你千万别担心，罗西小姐。你的衣服在马车后面。愿意的话就去换吧。我赌你肯定很乐意换掉现在穿的东西。"

"那你赌赢了。"罗西说着便绕到后面去了。那裙袍从皮肤上剥落时，她感到一种难以言喻的轻松解脱。拉上牛仔裤的拉链时，她想起罗丝·麦德说过的话："你的女主人说你有东西给我。"

"哦！"多加好像很震惊，"哦，天哪！要是把这事忘了，她会活剥了我的皮！"

罗西拿起上衣，正从头往下套时，多加伸手递给她一样东西。罗西接过来，好奇地拿到眼前，斜过来倒过去地看。是一个工艺精巧的小陶瓷瓶，不比眼药水瓶大多少。口上封了个小软木塞。

多加四下看了看，看到比尔站在远处，精神恍惚地望着山下神庙的废墟，一副相当满足的样子。她转回来看着罗西，声音低沉，但坚决有力。"一滴。给他。之后。"

罗西点了点头，好像完全明白多加在说什么。这样反而简单一些。她本可以问点问题，也许的确应该问，但她的大脑已经累得没法组织语言了。

"我本来应该给你再少一点的，只是他后面可能还需要一滴。但是你得小心点，姐妹。这是很危险的东西！"

说得好像这个世界里有什么东西安全似的。罗西心想。

"好了，收起来吧。"多加说，并看着罗西把小瓶子塞进牛仔裤的表袋里。"记住，不要跟他说起这个。"她朝比尔的方向偏了偏头，又看回罗西，深色的脸孔凝重而阴沉。黑暗中，她的眼睛似乎有那么一瞬间没有瞳仁，像希腊雕像的眼睛。"你也知道原因，对吧？"

"知道，"罗西说，"这是女人的事情。"

多加点点头。"没错，就是这样。"

"女人的事情。"罗西重复着，脑子里响起罗丝·麦德的叮嘱，记得那棵树。

她闭上了眼睛。

2

　　三人在山顶坐了不知多久，比尔和罗西的手臂环绕在彼此的腰间，多加坐得稍微偏一点，靠近小马，它还在昏昏欲睡地吃草，时不时地抬起头看看这个黑人女子，好像有点好奇，为什么都这么晚了，还有这么多人没睡觉。但多加毫不在意小马，只是双臂环抱着膝盖，带着渴盼的神情，望着愈发消退的残月。罗西觉得这个女人像是在暗暗盘点自己一生中所做的选择，发现错误的选择比正确的多，而且不是只多一点点。比尔几次开口想要说话，罗西都鼓励地看着他，但每次他又默默闭上了嘴，一个字也没说。

　　月亮沉陷在神庙废墟左面的树林梢头，小马再次抬起头来，发出低沉而愉悦的嘶鸣。罗西朝山下看去，发现罗丝·麦德正朝这边过来。她强壮而匀称美丽的大腿在越来越淡的月光中闪现着，发辫像古董钟摆一般摇来荡去。

　　多加满意地咕哝一声，站了起来。罗西感到心中的忧虑与期待矛盾地交织着。她伸出一只手放在比尔的前臂上，认真地凝视着他。"不要看她。"她说。

　　"不要看，"多加表示同意，"不要问任何问题，比尔，即使她主动邀请，也不要问。"

　　他犹疑地从多加看向罗西，目光又回到多加身上。"为什么不能问？她到底是谁？五月女王吗？"

　　"她想当任何女王，就能成为那个女王，"多加说，"你最好牢记这一点。不要看她，也千万别做任何事情招惹她发脾气。我话只能说到这儿了，没时间了。双手放在膝盖上，小伙子，看它们就好。不要把眼睛移开。"

　　"可是——"

　　"如果你看她，会疯的。"罗西简单直接地说。她看了看多加，后者点了点头。

"这是一个梦，对吧？"比尔问道，"我是说……我还没死，对吧？因为如果这是来世，我宁愿赶紧快进过去。"他的目光越过那个越来越接近的女人，打了个寒战。"太吵了。太多尖叫声了。"

"这是个梦。"罗西表示同意。罗丝·麦德已经非常近了，笔直苗条的身影正穿过丝丝缕缕交织的光影。在阴影处，她那张危险的脸仿佛戴上了面具，像是一只猫，抑或是一只狐狸。"这是个梦，在这个梦中，你必须完全照我们说的去做。"

"听罗西和多加的话，而不是老师的话。"

"没错。而多加让你双手放在膝盖上，看着它们，直到我俩中有谁跟你说可以停止。"

"这样可以吗？"他问道，从眼睑下面微微抬眼，给了罗西有些躲闪的一瞥，她觉得那眼神里满含着茫然困惑。

"可以，"罗西绝望地说，"好的，你可以，老天爷啊，就是求你一定不要看她！"

他顺从地手指交握，垂下眼睛。

罗西已经能听到逐渐接近的脚步声，嘶嘶作响，草擦过皮肤，丝绸般柔滑。她也垂下了自己的眼睛。片刻之后，她看到一双月光色的光腿停在了她面前。长时间的沉默，只偶尔在遥远的地方传来某只失眠鸟儿的鸣唤。罗西朝右看去，比尔一动不动地坐在她旁边，认真恳切地看着双手，像早课时被安排坐在师父旁边的禅宗僧徒。

终于，没有抬头的罗西羞怯地说："多加给了你希望我拥有的那个东西。它在我的口袋里。"

"很好，"那略带嘶哑的甜酥嗓音回答道，"很好，真·罗西。"一只斑驳的手飘入罗西的视野中，有东西掉在了她的膝盖上。在熹微的天光中闪耀出一丝金光。"给你的，"罗丝·麦德说，"如果你愿意，可以做纪念。你随意处置吧。"

罗西从膝盖上拿起那个东西，讶异地看着。上面刻着、服务、忠诚、社区，围绕着戒指的主宝石形成一个三角形，石头本身是圆形黑曜岩。现在，黑曜岩上多了一个鲜红的小点，变成一只邪恶之眼，时刻都在注视着什么。

还是沉默，但其中好像蕴含着某种期待。她想要被感谢吗？罗西思考着这个问题。她不会感谢她的……但会说出自己真实的感受。"他死了，我很高兴，"她柔声道，语气并不坚决，"这是一种解脱。"

"你当然很高兴，当然是种解脱。现在，你该走了，回到真·罗西的世界里去，和这头野兽一起。根据我的判断，他倒是一头好的。"她的声音里流露出一丝淡淡的情感——罗西绝不允许自己承认那是欲望。"好蹄子，好腹肌。"她顿了顿，"好腰子。"又是一阵停顿，她降下一只斑驳的手，爱抚着比尔汗湿的凌乱头发。被她一摸到，比尔便惊得倒抽一口气，但没有抬头。"一头好野兽。你保护他，他就会保护你。"

罗西抬起了头。她很害怕自己眼前会出现的场景，但即便如此也无法克制自己。"你敢再叫他野兽试试。"她的声音因为愤怒而颤抖，"把你那有病的手拿开。"

她看到多加惊惧地抽搐了一下，但只是用眼角的余光看了她一眼。她主要的注意力都集中在罗丝·麦德的脸上。她本来以为那张脸是什么样子呢？现在，她已经在残月之光中真正看到了这张脸，倒不能确切回答这个问题了。美杜莎吧，或许，蛇发女妖戈耳工，但眼前这个女人并不是那样的。曾经（而且不是很久以前，罗西想），她有一张异常美丽的脸，甚或可以与特洛伊的海伦媲美。而现在，她容颜憔悴，逐渐产生了斑污。一块深色的斑在她的左脸颊上扩散开来，刷过她的眉额，形似椋鸟的后翅。在这片阴影之中，她的一双火目在燃烧着，看上去既愤怒又忧郁。这绝不是诺曼所看到的脸，这一点罗西是清楚的，但她也能看到那张脸潜藏在下面——在某种程度上，就好像她为了罗西，戴上了目前这张脸，像是化了个妆——这让她感到不寒而栗，也很不舒服。美丽之下，潜藏着疯狂……但不只是疯狂。

罗西心想，是某种狂犬病——她正被这病所吞噬，她的各种形态、魔法和魅力都快要不受自己控制了，摇摇欲坠，很快就会全面崩溃，如果我现在把目光移开，她可能会扑向我，像对待诺曼那样对待我。也许她后面会后悔，但对我已经没什么不同了，对吧？

罗丝·麦德的手再次降下来，这次摸的是罗西的头——先是她的额头，然后是头发；经过这漫长的一天，她的发辫已经散开了。

"你很勇敢，罗西。为你的……你的朋友挺身抗争。你很勇敢，还有一颗善良的心。但在送你回去之前，我可以给你个建议吗？"

她微笑着，也许是为了让自己更有吸引力，但罗西的心先是经历了片刻的停跳，接着又疯狂抽动起来。罗丝·麦德的嘴唇向后延展，脸上出现一个完全不像嘴巴的洞。她的样子已经一点也不像人类了，那嘴巴就是蜘蛛的胃，专吃昆虫，那些昆虫甚至还未死去，只是被毒针刺得失去了知觉。

"当然。"罗西感觉嘴唇很麻木，仿佛不属于自己。

那斑驳的手顺着她的太阳穴流畅地抚动，蜘蛛嘴绽开来。双眼闪闪发亮。

"把头发上的染料洗掉，"罗丝·麦德低声道，"你本不该是个金发女郎。"

她们四目相遇，凝视对方。罗西发现自己无法把目光移开，就这样锁定在另一个女人的脸上。她用一只眼的余光看到比尔仍然严肃认真地低头看手。他的脸颊和额头上闪烁着汗水。

先把目光移开的是罗丝·麦德。"多加。"

"夫人？"

"孩子——"

"随时恭候您。"

"很好，"罗丝·麦德说，"我已经迫不及待想见她了，我们也该走了。你们也该走了，真·罗西。你和你的男人。你看，我倒是可以这么叫他。你的男人，你的男人。但在你走之前……"

罗丝·麦德张开了双臂。

罗西慢慢地站起身，感觉自己几乎被催眠了，就这样走进了她的怀抱。罗丝·麦德肌肤上不断扩散的黑斑像发烧一样滚烫——罗西想象着这些黑斑在自己皮肤上蠕动的样子。而除了这些黑斑，这个穿着裙袍的女人周身冰冷得像具死尸。

但罗西不再害怕了。

罗丝·麦德低头亲吻了她的脸颊，轻声道："我爱你，小罗西。真希望我们相遇在更好的时候，这样你可能看到我更好的一面，但我们已经尽力了。我们已经好好地见面了。你只要记住那棵树。"

"什么树？"罗西狂乱地问道，"什么树？"但罗丝·麦德摇了摇头，以无可争辩的坚定表示到此为止，并向后退了一步，结束了两人的拥抱。罗西最后凝视了一眼那张不安而癫狂的脸，又想起了那只雌狐和它的幼崽们。

"我是你吗？"她低声问道，"告诉我实话——我是你吗？"

罗丝·麦德笑了。只是一个小小的微笑，但须臾之间，罗西看到那微笑中有怪物一闪而过。她战栗不已。

"别管了，小罗西。我太老了，也病得很重，没法回答这样的问题。哲学是专属于康健之人的领域。反正，只要你记住那棵树，这些都不重要。"

"我不明白——"

"嘘——！"她用手捂住嘴唇，"转过身去，罗西。转过身去，不要再看我了。剧终了。"

罗西转过身，弯下腰，把双手放在比尔手上（他的双手仍然交握在一起，手指紧紧扭成一个结，放在大腿之间），拉着他站了起来，画架再次消失了，曾经放在上面的那幅画——上面用模糊不清的油画颜料相当潦草地涂抹出她的公寓夜间的模样——变得巨大无比。旧事重演，它不再是一幅画了，而是变成了一扇窗户。罗西迈步向它走去，只想穿过去，永远抛却这个世界的种种神秘。比尔用力拉了下她的手腕，让她停下。他转身对罗丝·麦德说话，目光没有越过她的胸部以上。

"谢谢你帮助我们。"他说。

"不用谢，"罗丝·麦德平静自若说，"好好对她，就算是回报我。"

我会回报。罗西想到这句话，又打了个寒战。

"走吧，"她拽了拽比尔的手，"求你了，我们走吧。"

不过他又停留了片刻。"没错，"他说，"我会好好对她的。我很明确地了解到不好好对她的人有何下场，也许比我想要了解的还要更明确。"

"真是个漂亮男人。"罗丝·麦德若有所思，接着语气就变了——变得心烦意乱，甚至已经心不在焉。"趁还有机会，带他走，真·罗西！趁你还可以的时候！"

"走吧！"多加喊道，"你们俩现在立刻马上离开这里！"

"但走之前把我的东西还给我！"罗丝·麦德尖声高叫着。她的声音变得尖细而怪异。"你这个婊子，把它还给我！"月光之下，某种东西——不是手臂，太细了，还有刚毛，绝不可能是手臂——在罗西·麦克伦登的前臂上猛烈地抽打着。

罗西也发出一声尖叫，把金臂环拉扯下来，扔到了面前这个巨大而扭曲的阴影脚下。她感觉多加抱住了那个东西，努力想控制住它。但罗西没有再停留看看，她抓住比尔的胳膊，拽着他穿过那幅窗户大小的画。

3

并没有跌绊的感觉，但她就是觉得自己并非稳稳走出这幅画的，比尔也一样。他们并肩落在衣柜的底板上，落在一块长长的梯形月光之中。比尔的头重重地撞在门边上，听着就痛，但他似乎根本没有察觉。

"那不是梦啊，"他说，"天啊，我们刚才在那幅画里！就是你遇见我那天买的那幅！"

"不，"她平静地说，"完全不是。"

两人周围的月光渐渐变亮，同时也逐渐收缩，并且也不再是线形，而是迅速变圆。就像他们身后有一扇门，正在以光圈的形状慢慢关闭。罗西感到一股很强烈的冲动，想要转身看看究竟是怎样的场景，但她克制住了。比尔打算转头，她轻轻用手掌盖住他的脸颊，将他的脸转回到自己脸前。

"别看了，"她说，"有什么用呢？不管发生了什么，现在都结束了。"

"但是——"

两人周围的光已经收缩成了一个明亮到刺眼的聚光灯，罗西产生了一个疯狂的想法：要是比尔拥住她，两人起舞到房间那头，这束光会追随他们。

"算了吧，"她说，"算了，别再想了——"

"但诺曼在哪儿呢，罗西？"

"不见了，"她又补充了一句，几乎有点像在讲笑话，"还有我的衣服和你借给我的夹克。我的衣服倒不算什么，但夹克我真的很抱歉。"

"嘿，"他带着点麻木的漫不经心说，"别为那种小事费心。"

聚光球又缩成火柴头大小的冷光，猛烈地燃烧着，再缩到针尖大小，然后消失了，只留下一个白点的余像，飘浮在她眼前。她回头看着衣柜。那幅画还放在原地，就是她初次进画中世界回来后将其放置的地方，毫厘不差。不过画的内容又发生了变化。现在只能看到残月的最后几缕光线中的山顶和山下的寺庙。这场景是如此静谧，没有任何人，罗西觉得这幅画显得更古典了。

"天啊，"比尔正揉着自己肿胀的喉咙，"发生了什么事，罗西？我就是想不明白究竟发生了什么。"

时间不可能过去太久，走廊里，被诺曼打中的那个租户还在拼命尖叫。

"我应该去看看能不能帮帮那个人，"比尔说着，挣扎着站起来，"你叫救护车好吗？再报个警。"

"好的。我想这两个都应该在赶来的路上了，但我会打电话。"

他走到门口，然后犹疑地回头看她，仍在揉着喉咙。"你会跟警察怎么说，罗西？"

她略做迟疑，然后微笑。"不知道……但我会想点话来说的。临场现编已经是我的强项了。好了，你去吧，做你想做的事。"

"我爱你，罗西。这是我现在唯一还能确定的事。"

她还来不及回应，他就走了。罗西在他身后追了一两步，又停了下来。她看到走廊尽头有一缕摇摇晃晃、犹豫不决的光，一定是蜡烛。有人在说："天啊！他中枪了吗？"比尔低声的回答被受伤男子再次发出的号叫给淹没了。他受伤了，但也许并不太严重。至少他还能发出这么大的声音，伤就不会太重。

有点刻薄了。她对自己说，一边又拿起新电话，拨打了911。也许是太刻薄，但也可能就是简单的现实主义。罗西觉得无论是哪个都不重要。她想自己已经开始用全新的视角看待世界了。"只要我记住那棵树，这一切都没关系。"她甚至都没意识到自己在说话。

一声铃响之后，就有人接电话了。"你好，911，本次通话正在被录音。"

"嗯，肯定的。我叫罗西·麦克伦登，我的住址是特伦顿街897号，二楼。我楼上的邻居需要救护车。"

"女士，你能给我描述下他的伤情吗——"

她能，她当然能，但她突然想到了别的事情，她以前不明白，现在明白了，这件事需要现在就去做。她把听筒放回底座，右手的食指和中指伸进牛仔裤的小袋里。那个小袋子有时很方便，但也很烦人——再一次显著表明了这个世界对她这种左撇子有意无意的傲慢。通常来说，这个世界是由右撇子创造的，各种东西都便于他们使用，对左撇子来说充满了和这个小袋子一样小小的不便。但没关系，罗西想。如果你是一个左撇子，你只需要学习和适应，就这样。这是可以做到的，罗西想。鲍勃·迪伦那首关于 61 号公路的老歌里不是唱了吗？哦，是的，这很容易做到。

她用这两根手指夹出多加给她的小瓷瓶，凝视了两三秒钟，歪头听着门外的声音。走廊那头又来了旁人，而被枪击的男人（至少罗西认为是他）正抽抽搭搭、上气不接下气地对他们小声说着什么。罗西听到远处的警笛声越来越近。

她走进小厨房，打开自己小小的冰箱。里面有一包剩下三四片的博洛尼亚肠，一夸脱[1] 牛奶，两盒原味酸奶，一品脱果汁，三瓶百事可乐。她拿了一瓶百事可乐，拧开盖子，放在吧台上。她又迅速回头瞥了一眼，半期待着比尔会出现在门口（你在干什么？他会问，你在调什么饮料？）。然而门口没人，她听到他在走廊那头，用她已经爱上的冷静而思虑周详的声音说话。

她用指甲拔出小瓷瓶口上的软木塞，举起瓶子，在鼻子下方来回晃动，像在闻香水。她闻到的不是香水味，但她嗅得出这种味道——刺鼻的金属味，却有奇特的吸引力——这小瓶子里装着公牛神庙后面那条小河的水。

多加：一滴。给他。之后。

是的，只能一滴，再多就会很危险，一滴也许就足够了。所有的问题和所有的记忆——月光，诺曼痛苦而恐惧的可怕尖叫声，比尔不被允许直视的那个女人——都会消失。她也不用再担惊受怕，怕这些

1.1 夸脱约等于 0.946 升。

记忆可能像腐蚀性酸一样侵蚀他的理智和两人正在萌芽的美好爱情。也许说到底这只是她杞人忧天——人类的心智比大多数人想的要更坚韧，也更有适应性；就算与诺曼度过的十四年没有教会她其他道理，也让她深深明白了这一点。但她是否愿意冒这个险呢？如果事情可能向另一个极端发展，她还想要冒这个险吗？到底哪个更危险呢，是他的记忆，还是这种液体带来的失忆？

你得小心点，姐妹。这是很危险的东西！

罗西的目光从小瓷瓶滑向水槽排水口，接着，又慢慢地回到瓶子上。

罗丝·麦德：一头好野兽。你保护他，他就会保护你。

罗西认为这话的措辞也许带着轻蔑，也很错误，但整体意思却是对的。她慢慢地、小心翼翼地将瓷瓶倾斜过来，靠近百事可乐的瓶口，让一滴液体从瓷瓶滴进饮料瓶。

丁零。

好了，把剩下的倒进水槽，快。

她正准备倒，又想起多加后面的话：我本来应该给你再少一点的，只是他后面可能还需要一滴。

是啊，而且，我自己呢？她自问道，又把那小小的软木塞重新塞回瓶口。把小瓶子放回那个不太方便的小口袋里。我自己呢？我后面会不会也需要一两滴，免得疯掉？

她认为自己不会需要，而且……

"那些不会从过去吸取教训的人注定会重蹈覆辙。"她喃喃自语道。也不知道这句话究竟是谁说的，但这句话实在太有道理，不容忽视。她匆忙走回电话旁，一手还拿着加了药水的百事可乐，再次拨打了911，还是刚才的接线员，还是同样的开场白："请谨言慎行，女士，本次通话正在被录音。"

"还是罗西·麦克伦登，"她说，"刚才电话中途断了。"她故意停了一会儿，然后紧张地笑了笑。"算了，这不是实话，我承认了吧，刚才太激动了，直接把电话插口从墙上拔下来了。现在这边的情况稍微有点疯狂。"

"是的，女士。一辆救护车已经按照罗西·麦克伦登的要求被派往特伦顿街897号。我们收到了来自同一个地址的报告，说有枪击事件，女士，您报警是因为有人受枪伤了吗？"

"是的，我想是这样的。"

"您想让我把电话转接给一位警官吗？"

"我想和黑尔警官通话，他是一位警探，所以应该是'DET-DIV（刑侦部）'，或者反正就是你们叫的任何代号。"

电话那头沉默了一会儿，那位911接线员再开口时，声音里少了些公事公办的机械感。"是的，女士，我们这里就是刑侦部。我帮您接过去。"

"谢谢。你们需要我的电话号码吗，还是你们自己有来电显示？"

这次他的声音里有无法掩饰的惊讶。"我已经有您的号码了，女士。"

"我就知道你有。"

"请稍等，我正帮您接过去。"

等着的时候，她拿起那瓶百事可乐，在鼻子下晃动着，和刚才拿着那个小瓷瓶一样。她感觉自己能闻出非常幽微的一丝苦涩……但也许只是她的想象。这倒也没关系，他要么喝，要么不喝。因果，她想，她又想，又如何呢？

还没容她想得更深入，那头的电话被接起来了。"刑侦部，威廉斯警官。"

她说了黑尔的名字，对方请她稍等。在房间外面，走廊那头，仍然有各种低语和呻吟的回话。警笛比刚才又近了很多。

4

"你好，我是黑尔！"一个吼叫的声音突然闯入她的耳朵，听起来一点也不像她之前见过的那个慢条斯理、深思熟虑的男人。"是你吗，麦克伦登女士？"

"是的——"

"你没事吧？"他还在吼叫，她一下子就想到那些来家里的警察，脱了鞋子，让整个房间都弥漫着脚臭味。黑尔有点迫不及待，等不及她主动提供的信息。他很烦躁，很生气，必须得在她面前跳脚，像小猎犬一样乱叫。

男人。她想，然后翻了个白眼。

"没事。"她缓缓地说，就像操场上的监察员试图安抚从攀爬架上跌落的正歇斯底里哭闹的孩子，"嗯，我没事。比尔——斯坦纳先生——也没事。我们俩都没事。"

"是你丈夫吗？"他听起来愤怒不已，距离彻底失控只有咫尺之遥。他像是进入旷野的公牛，蹄子跑地，寻找那条能激怒它的红布条。"是丹尼尔斯吗？"

"是的。但他已经走了。"她犹豫了一下，又补充说，"我不知道他去哪儿了。"不过我想那里应该很热，而且空调坏了。

"我们会找到他，"黑尔说，"这一点我向你保证，麦克伦登女士——我们会找到他。"

"祝你好运，警官。"她柔声说着，目光转向敞开的衣柜门。她碰了碰自己的左上臂，还能感受到臂环未曾散尽的微热。"我得挂电话了。诺曼对楼上的一个男人开枪了，他可能需要我帮忙。你会过来吗？"

"我当然会。"

"那你到了再见。拜拜。"她趁黑尔还没来得及开口就挂了电话。比尔走进来，就在他身后，走廊的灯亮了起来。

他惊讶地看了看四周。"肯定是保险丝断了……说明他去了地下室。但是如果他要让其中某一个跳闸，真不知道他为什么没有……"他还没说完，又咳嗽起来，而且咳得厉害。他弯下腰，面部抽搐，双手捂住青肿的喉咙。

"来，"她说着匆匆走到他身边，"喝点这个。刚从冰箱里拿出来，冰的。"

他接过百事可乐，猛喝了几口，然后拿着瓶子，好奇地看了看。"味道有点怪。"他说。

"那是因为你喉咙整个肿了，可能有点出血，你尝到的是血的味道。来，全部喝光。我不想听你咳成那样。"

他把剩下的可乐一饮而尽，把瓶子放在咖啡桌上，等两人的目光再度交汇，她看到他眼里闪烁着麻木的茫然空洞，非常恐惧。

"比尔？比尔，怎么了？有什么问题吗？"

空洞的眼神持续了片刻，接着他笑着摇了摇头。"你不会相信的。我猜是这一天压力太大了，可是……"

"什么？我不会相信什么？"

"刚才有几秒钟，我竟然想不起你是谁。"他说，"我想不起你的名字。罗西。不过更疯狂的是，有几秒钟，我连自己的名字都想不起来了。"

她笑出了声，向他走去。她听到急匆匆的脚步声，很可能是急救人员在上楼梯，但她不在意。她伸出双臂环住他，用尽全力拥抱着他。"我的名字叫罗西，"她说，"我是罗西。真正的罗西。"

"没错，"他吻了吻她的太阳穴，"罗西，罗西，罗西，罗西，罗西。"

她闭上眼睛，把脸紧贴在他肩上。紧闭的眼睑呈现出一片黑暗，她在其中看到蜘蛛那非人的大口和雌狐漆黑的双眼；那是一双太过安静的眼睛，看不出任何疯狂，也看不出任何理智。她能看到这些景象，也明白以后的很长一段时间，自己都会看到它们。四个字响彻她脑海，如同洪钟：

我会回报。

5

黑尔警官问也没问，就毫不客气地点燃了一支烟，他交叉着双腿，注视着罗西·麦克伦登和比尔·斯坦纳。这两人一看就是互相爱得不行，都快犯病了，只要两人目光一对上，黑尔都能感觉到那两双眸子里印着"神魂颠倒"几个大字。这足以让他怀疑他们是不是想方设法自行解决了大麻烦诺曼……不过他明白这不可能。他们不是那种人。这两个人不是。

他拉了一把厨房椅子到客厅区域，反坐在上面，一手搭着椅背，下巴搁在手臂上。罗西和比尔挤在那张权做"沙发"的小型双人椅上。离罗西先前打911已经过去了一个多小时。楼上受伤的租户名叫约翰·布里斯科，他已经被送到东区急诊中心，一名急救人员描述他的伤情为"被夸张了的皮肉伤"。

事情总算平息了些，黑尔乐见如此。但还有一件事情他是更乐见的，就是知道诺曼·丹尼尔斯究竟把自己弄去了哪里。

"有一件乐器调不准音，"他说，"整个乐队都不对劲了。"

罗西和比尔彼此对望一眼。黑尔确定比尔·斯坦纳眼中是困惑迷惘，至于罗西，他就没那么确定了。她心里有事，这一点他几乎可以确定，而且是她不会说出来的事。

他慢慢地往回翻看自己的笔记本，不慌不忙，想弄得他们坐立不安。但这两人一点也不烦躁。他很惊讶罗西能如此沉静——如果她真的有所保留的话——但他要么忘记了关于她很重要的一点，要么一开始就没能完全了解她。罗西的确从来没有真正接受过警察的询问，但在默默为诺曼和他的朋友们倒酒或清理烟灰时，她已经听过上千次的案件重述和讨论。她洞悉他的技巧。

"好的，"确定这两人都不会给他提供任何线索了，黑尔开口道，"我来说下目前推测出来的事情。诺曼来了这里。诺曼用某种方法杀死了阿尔文·德默斯警官和李·巴布科克警官。巴布科克被放在副驾驶上，德默斯被装进了后备厢。诺曼把门厅的灯打灭了，然后下到地下室，关掉了一堆断路器，而且很随机，虽然电箱内部贴着图表，很清晰地标明了断路器所属的房间。他为什么这么做？我们不知道。他疯了。然后他回到警车上，扮作德默斯警官。你和斯坦纳先生出现时，他从后面袭击了你们——差点把斯坦纳先生掐死，又把你们追上楼，布里斯科先生不小心闯进来，他就朝他开了枪，然后破了你家的门。这些都没错吧？"

"嗯，我想没错，"罗西说，"确实很混乱，但也只有这样才说得通。"

"但有个部分我搞不明白。你俩躲在衣柜里——"

"是的——"

"——然后诺曼进来了，就像恐怖电影里什么弗莱迪啊杰森啊之类的那种人物——"

"嗯，倒也不完全——"

"——然后他像疯牛闯进古董瓷器店一样，一通乱窜，进了浴室，还有时间在浴帘上开枪弄出几个洞……然后又跑了出去。你是在跟我说，他做了这些？"

"确实就是这样，"她说，"当然，我们没亲眼看到他乱窜，因为我们在衣柜里，但我们听到了。"

"这个疯狂变态的警中败类为了来找你，经历了人间地狱，被人尿了一身，鼻子基本被打烂，杀了两个警察，然后……怎么样了呢？杀了浴帘就跑了？你是这个意思吗？"

"是的。"她认为再多说也无益。他不怀疑她做了什么犯法的事情——要是他怀疑的话，现在在这样审问可就对她太宽容了——但要是她再进一步阐明自己简单的答案，他可能会继续像小猎犬一样叨叨个不停，这已经让她有点头痛了。

黑尔看着比尔。"你也记得是这样？"

比尔摇了摇头。"我不记得了。"他说，"我只记得，把哈雷停在了警车前。雾很大。那之后，就是一片雾。"

黑尔烦躁地举手摊开。罗西牵起比尔的手，放在自己膝上，盖上自己的双手，抬头朝他露出温柔甜美的笑容。

"没事，"她说，"我相信以后你会全都想起来的。"

6

比尔答应她会留下来，也信守了承诺——从小沙发上拿了个靠垫做枕头，他几乎是头一挨上去就睡着了。罗西并不意外。她躺在窄小的床上，靠着他，看着窗外街灯下雾气翻腾，等着自己的眼皮变沉。然而眼皮没有变沉，她就起身走进衣柜，打开灯，盘腿坐在那幅画前。

静静的月光照亮了画面。神庙是一座暗淡的墓穴。食腐鸟在顶上盘旋。明天太阳升起时，它们会享用诺曼的皮肉吗？她想。

她觉得不会。罗丝·麦德把诺曼放到了鸟儿永远不会去的地方。

她再看了一会儿画，然后伸手触摸着它，用手指感受着那凝结不动的笔触。这种触感让她感到安心。她关掉灯，回到床上。这一次，她很快就入睡了。

7

在生命中没有诺曼的第一天，她早早地醒了——也惊醒了比尔。她在尖叫。

我会回报！我会回报！天哪，她的眼睛！她的黑眼睛！"罗西，"他摇着她的肩膀，"罗西！"她看着他，起初一脸空洞茫然。她脸上汗水淋漓，睡衣也湿透了，棉布紧贴在身上，凸显出曲线。"比尔？"

他点点头。"千真万确是我。你没事，我们都没事。"她颤抖着抱紧了他。安慰很快变成别的感觉。她躺在他的身下，双手搂在他脖子后面，右手锁住左腕。他进入了她（和诺曼在一起时，她从没体验过如此的温柔与自信），她的目光落在旁边地板的牛仔裤上。瓷瓶还在小袋子里，她估计里面至少还有三滴那种迷人的苦涩之水——也许更多。

我要喝下去，就在无法连贯思考之前，她想，我会喝下去的，当然会喝，我会忘记，那样是最好的——谁需要这样的梦呢？

她内心深处的某个部分——比"现实理智女士"这位老朋友要深入得多——知道问题的真正答案：她需要这样的梦境，就是她。她的确需要。她会留着瓶子，也留着里面的东西，但并非为自己保留的；因为忘记过去的人注定要重蹈覆辙。

她抬头看着比尔。他也正低头看着她，眼神迷离而愉悦。她发现，他的一切都属于她，于是任由自己跟随他的引领。他们如此共度了相当长的一段时间，她的床变成一艘小小的船舰，而他俩是勇敢航行的水手。

8

上午10点左右，比尔依依不舍地出了门，去买贝果和周日的报纸。罗西冲了个澡，穿好衣服，赤脚坐在床沿上。她闻到他们各自的气味和两人一起创造出的气味。她觉得这辈子还没闻过这么美妙的气味呢。

而最美妙的是什么呢？这很容易回答。上层床单上没有血迹。任何地方都没有血迹。

牛仔裤已经移到了床底下。她用脚趾钩了出来，然后从小袋里取出小瓶子。她把牛仔裤拿到了卫生间，那里的门后面放着一个塑料脏衣篮。瓶子会被放进药柜里，至少暂时先这样，用她那个止痛药瓶子一遮就行。把牛仔裤扔进脏衣篮之前，她又翻了翻别的口袋，这是当家庭主妇长久以来养成的习惯，她甚至都没意识到自己正在这么做……直到手指伸进左前袋深处，碰到某个东西。她把那东西拿出来，举到面前，颤抖起来，因为她脑中响起了罗丝·麦德的声音："……可以做纪念。你随意处置吧。"

是诺曼的警校戒指。

她把戒指戴到拇指上，转来转去，让卫生间磨砂玻璃窗户上的光反射出"服务、忠诚、社区"这几个字。她又颤抖起来，有那么短短的一瞬间，她竟然完全相信诺曼将围绕这个邪恶护身符凝结元神，再度现身。

半分钟后，多加给的小瓶子已经被稳稳地藏进药柜，她匆忙返回凌乱的床上，这次没有特意去嗅闻还萦绕在其间的男女气息。她心里想的，眼里看的，是床头柜。床头柜有个抽屉。她会暂时把戒指放进去，之后再想究竟怎么处理它。现在她只想眼不见为净。随处一扔肯定是不安全的，那是肯定的。黑尔警官之后很可能再登门，怀揣着几个新问题和大量旧问题。他可不能看到诺曼的警校戒指。绝对不可以。

她打开抽屉，伸手把戒指往深处放……又停住了。

抽屉里已经有别的东西了。一块小蓝布，仔细折叠成一个小包。上面散布着茜草玫瑰红的污渍，罗西觉得像是半干的血迹。

"我的天啊，"罗西低声说，"种子！"

这个小包曾经是一件廉价棉质睡衣的一部分。她拿了出来，坐在床上（双膝突然感到无法承受自己身体的重量了），将小包放在膝上。脑海里响起多加的声音，告诫她不要尝那果子，甚至连摸过种子的手都不要放进嘴里。多加说那是一棵石榴树，但罗西觉得不是。

她展开小包，低头看着里面的种子，心脏如同赛马一般狂奔。

不能留着它们，她想，不能，不能。

罗西把亡夫的戒指放在台灯旁边（至少暂时放在那里），起身又进了卫生间，手心放着摊开的布片。她不知道比尔已经离开多久了，她已经没有时间概念了，但应该已经相当久了。

求求老天，她心想，请让面包店有很多人排长队买贝果吧。

她抬起马桶圈，跪下来，从布片上夹起一颗种子。她刚想过，这个世界可能已经令种子们魔力尽失，但夹着种子的指尖立刻就麻木了，所以魔力没有消失。手指麻木并非因为寒冷，更像是种子向她的肉体直接传递了某种失忆症。尽管如此，她还是拿着种子凝视了片刻。

"一颗给雌狐。"她说着，将种子扔进了马桶。水面立即绽放出阴森的茜草玫瑰红色。看起来像是有人在这里割腕或割喉残留的血迹。然而飘到鼻子里的不是血味，而是公牛神庙后面那条小溪略带金属感的苦味。强烈的气味刺得她眼泪上涌。

她又夹起一颗种子，举到眼前。

"一颗给多加。"她说着，也扔进了马桶。颜色加深了——已经不是血色，而是那种凝结的血块的颜色——气味太强烈了，眼泪从她的脸颊滚落。她双眼通红，仿佛埋头于一大堆切碎的洋葱之中。

她夹起最后一颗种子，举到眼前。

"还有一颗给我，"她说，"给罗西。"

但当她试图将这颗扔进马桶时，手指却不肯放开。她再试了一次，结果一样。相反，那个疯女人的声音突然充斥了脑海，语气十分理智，充满了说服力：记住那棵树。记住那棵树，小罗西。记住——

"那棵树，"罗西低声说，"记住那棵树，好的，明白了，但到底是哪棵树？我应该怎么做？天啊，到底该怎么做？"

我不知道，"现实理智女士"回答，但无论你做什么，都得快点。比尔随时可能回来。随时。

她冲了马桶，看着紫红色的液体被清水所代替。她又回到床上，坐在上面，盯着那布满污渍的布片上最后一颗种子。目光从种子移向诺曼的戒指，接着又回到种子。

我怎么就扔不掉这该死的东西？她问自己，先别说树不树的了，老天爷啊，告诉我为什么就扔不掉最后这颗种子呢，怎么这事就没完呢？

没有回答。只有摩托车越来越近的噗噗突突声，从敞开的窗户飘进来。她已经听出那是比尔的哈雷摩托发出的声音。罗西迅速做出了反应，没有再自问任何问题，麻利地将戒指和种子都放在那柔软的蓝色布片里，然后重新包好，匆忙穿过房间走到梳妆台处，从顶上取下她的包。这个包已经破旧不堪，但对她来说意义重大——今年春天"出埃及"的时候，她就是带着这个包。她打开包，把小小的蓝色布包放了进去，一直塞到最底部，在这里它会藏得比药柜里的瓷瓶还要安稳。做完这一切，她走到敞开的窗户前，大口呼吸起新鲜的空气。

比尔拎着一份厚厚的周日报纸和塞了过多贝果的纸袋进来，罗西转身对着他露出灿烂的微笑。"你怎么去了这么久？"她问道，心中却在想，"你可真是个狡猾的狐狸啊，小罗西。你真是个——"

他本来也正要以微笑回应她，但突然犹豫了。"罗西，你没事吧？"

她的微笑又灿烂起来。"没事。我猜可能是一只鹅走过我的坟墓了[1]。"

只不过，并不是一只鹅。

9

在送你回去之前，我可以给你个建议吗？罗丝·麦德曾这样问过。那天下午晚些时候，黑尔警官带来了令人震惊的消息，是关于安娜·史蒂文森的（她的尸体当天早上才被发现，因为她以前经常表明不喜欢别人未经允许就进入她的办公室）。他离开之后，罗西采纳了那

1.原文是"A goose just walked over my grave"，这是英文中一种习语表达，指的是莫名其妙的阴森恐怖的预感。之所以用"鹅"（goose），应该来自英文中的"鸡皮疙瘩"（goose bumps），直译其实是"鹅疙瘩"。

个建议。虽然是周日，但天际购物中心的"美发2000"在营业。被安排给罗西的美发师明白她的要求，但发出了小小的抗议。

"这样很漂亮！"她说。

"是的，我也觉得的确漂亮，"罗西回答，"但我还是讨厌这样。"

美发师履行了职责。当天晚上和比尔见面时，她本以为他也会震惊抗议，但并没有。

"你的头发短了些，但除此之外，你看起来和第一次进店时一样，"他说，"我觉得我喜欢那样。"

她拥抱了他。"好。"

"晚饭想吃中餐吗？"

"除非你答应再过个夜。"

"所有的承诺都应该这么容易兑现。"他笑着说。

10

周一报纸头版：**恶棍警察在威斯康星州被发现**

周二报纸头版：**警方对杀手警察丹尼尔斯不予置评**

周三报纸头版：**安娜·史蒂文森火化；2000人参加无声悼念游行**

周四报纸头版：**内部人士猜测丹尼尔斯可能已自杀身亡**

到了周五，诺曼转移到了第二版。下一个周五，他就消失了。

11

7月4日之后不久，罗比·莱弗茨给罗西委派了新的工作，是一本与"理查德·拉辛"的作品截然不同的小说：简·斯迈利的《一千英亩》。小说讲述了艾奥瓦州一个农场家庭的故事，不过真正的深意并不在此。高中时期，罗西曾在戏剧社做了三年的舞台服装设计，虽然从未登台一步，却仍能在任何文学作品中一眼认出莎士比亚笔下那个疯狂的国王。斯迈利把李尔王变了个样，但疯狂依然是疯狂。

斯迈利笔下这位"李尔王"，也让罗西带着恐惧想起了诺曼。完成这本书的那天（"迄今为止你读得最出色的一本，"罗达对她说，"也是我听过的最好的朗读之一。"），罗西回到房间，从衣柜里拿出了那幅旧旧的无框油画，从那个晚上开始，它就一直在那里；而那个晚上，诺曼……嗯，消失了。这还是她从那之后第一次看这幅画。

她没有对画中的景象过度惊讶。里面又是白天了，山坡还是那样，杂草丛生，凌乱不堪，山下的神庙也一样（或者差不多一样，罗西有种感觉，神庙怪异的倾斜视角不知怎么好像变了，变得正常了），女人们还是不见踪影。罗西觉得多加已经带着疯女人去看她的孩子最后一眼……然后罗丝·麦德将独自一人，前往她那样的怪物大限将至时该去的地方。

她拿着画走到走廊那头的焚化炉，像以前一样小心翼翼地拈着两侧——像是怕一不小心，手就会滑入那边的另一个世界。说句实话，她确实害怕会发生这种事情。

在焚化炉口，她又顿了顿，最后一次凝视这幅从尘土飞扬的当铺货架上呼唤她的画。它无声而紧迫地呼唤她，那声音仿佛就属于罗丝·麦德自己。也许真的就是。罗西想。她向焚化炉口的小门伸出了一只手，又顿住了，目光被之前忽略的东西吸引：离山顶不远的坡上，高草丛中有两块东西。她伸出手指，轻轻地在两块东西的颜料表面擦了擦，皱着眉头，努力想它们可能是什么。几秒钟后，她明白了。那个三叶草花粉小斑点是她的衣服。旁边的黑色斑点是那天在 27 号公路骑摩托车前，比尔借给她的夹克。那件衣服无所谓，商场里很便宜的东西，但对夹克她真心抱歉，虽然不是新的，但还能好好地用上好多年。还有，借了别人的东西，她当然想还回去。

甚至连诺曼的银行卡，她都只用了一次。

她看着那幅画，叹了口气。留着它没有意义，她很快就要离开安娜为她找的小房间了，她不想拽着非必要的过去不放。有些过去已经像碎弹片一样深深扎在她脑海里，可能摆脱不掉，但——

记住那棵树，罗西。一个声音说，这次听起来像安娜——在她无助的时候帮助她的安娜，她还没能以自己愿意的方式来哀悼的安娜……虽然罗西已经为可爱的帕姆泪流成河，帕姆啊，那双漂亮的蓝眼睛总在注意"有趣的人"。然而，此时此刻，她为安娜感到一阵刺痛内心的悲伤，她双唇发颤，鼻子发酸。

"安娜，我很抱歉。"她说。

没关系。那个声音干巴巴的，略显高傲。你没有逼我去死，你也没有逼诺曼杀人，我俩的事情你都不用负责。你是罗西·麦克伦登，不是瘟神"伤寒玛丽"，各种事件涌来，虎视眈眈要将你淹没时，你一定要牢牢记住这一点。而你必须得记住——

"不，我不必。"她说着，然后用力将画折断，两半叠在一起，就像不容置疑地合上一本书。用于支展画布的旧木头咔嚓断掉了，而画布本身不算是"断掉"，而是"爆"成了一条条破布一样的东西，就那样垂悬着。破布上的颜料黯淡而毫无意义。"不，我不必。如果我不想，任何事情都不必记得，而且我确实不想。"

那些忘记过去的人——

"滚他妈的过去！"罗西喊道。

我会回报。一个声音回应道。它轻声细语，它哄骗，它警告。

"我听不见。"罗西说。她拉开焚化炉的门，感受火的温暖，嗅着煤灰的味道。"我听不见，我没有在听。一切都结束了。"

她将撕裂折叠的画塞到小门那边，像给地狱中的某个人寄信，然后她踮起脚，看它落向深处的烈火中。

▶ 尾声

狐女

1

10月，比尔又带她去了滨岸野餐区。这次是开他的车。那是一个美好的秋日，但天气已经冷起来，不适合骑摩托了。到了那里，野餐在面前摆好，周围的秋日树林绚烂如火。他向她提出了那个问题，而她早已知道他会问。

"我愿意，"她说，"只等离婚判决下来。"

他抱紧她，吻她。她紧紧搂着他的脖子，闭上双眼，听到脑海深处响起罗丝·麦德的声音：万事因果终得报……如果你记住那棵树，也就永远无关紧要了。

但是，是什么树呢？

生命之树？

死亡之树？

智慧之树？

善恶之树？

罗西颤抖着，把未婚夫抱得更紧了。他伸手握住她的左乳，感到那下面的心跳得异常剧烈。

什么树呢？

2

两人在感恩节和圣诞节中间的日子登记结婚，在诺曼·丹尼尔斯未应诉罗西的离婚诉讼，离婚令生效十天后。成为罗西·斯坦纳的第一夜，她被丈夫的尖叫声惊醒。

"我不能看她！"他在梦中尖叫，"她不在乎杀的是谁！她不在乎杀的是谁！哦，求求你，能不能让他别尖叫了？"然后，他声音低了些，慢慢听不见了。"你嘴里有什么？那些线是什么？"

当时两人住在纽约的一家旅馆里，最终目的地是圣托马斯，要在那里度过两周的蜜月。她仍把小蓝包留在"出埃及"时的包底部，却把小瓷瓶带在了路上。某种本能——她觉得也可以称作女人的直觉，或者其他任何名称——告诉她，要带上。比尔已经做过这种噩梦，她也已经使用过两次了。那夜之后的第二天早上，趁着比尔刮胡子，她将最后一滴倒进了他的咖啡。

只能这样了，后来，她把小瓶子扔进马桶冲掉时这样想着，要是不行，那也只能这样了。

蜜月非常完美——阳光灿烂、性事愉悦，两人都没做噩梦。

3

1月的某天，雪花被风吹起，穿越山川原野，从城市上空飘落，罗西·斯坦纳在家做了验孕，证实了自己已经知道的消息，她怀孕了。还有一件她确定的事情，是验孕棒不会告诉她的：是个女孩。

终于，卡罗琳要来了。

万事因果终得报。她站在两人新公寓的窗前看着外面的雪，脑子里响起不属于自己的声音。她想起那个晚上布赖恩特公园的浓雾，他们回到家，发现诺曼正等在那里。

好吧，好吧，好吧，她想着，几乎有点厌倦了，这个念头来得太频繁了，唠唠叨叨的，总是挥之不去，叫人不得安宁，万事因果终得报，只要我记住那棵树，对吧？

不。疯女人回答。她的声音清晰得可怕，惊得罗西原地转身，心猛烈地跳到了嗓子眼，有那么一瞬间甚至确信罗丝·麦德就和她共处一室。然而，声音仍在，房间里却没有旁人。不……只要你能控制住自己的脾气。只要你能做到这一点。但这两个是同一件事，不是吗？

"滚出去，"她对空荡荡的房间说，嘶哑的声音在颤抖，"滚出去，你这个贱人。离我远点。别再打扰我的生活。"

4

女儿出生时重八磅九盎司[1]。私下里，她始终叫卡罗琳，但出生证上的名字则是帕梅拉·格特鲁德。起初罗西反对这个名字，说如果加上姓氏，孩子的名字就像一种文学双关语[2]。她以有限的热情，坚持要叫她帕梅拉·安娜。

"哦，拜托，"比尔说，"听起来就像加州那种假模假式的高档餐厅里一道水果甜点。"

"可是——"

"你也别担心帕梅拉·格特鲁德。首先，她永远不会让朋友们知道自己的中间名是格特，连最好的朋友也不会知道。这点你尽可以放心。

---

1. 1 盎司约等于 28.35 克。
2. 加上姓氏，孩子的英语全名是 Pamela Gertrude Steiner，和美国小说家、诗人兼艺术收藏家 Gertrude Stein 名字相近。

其次，正是你说的这个作家曾经写过，一朵玫瑰就是一朵玫瑰。就冲这个，也该保留这个名字吧。"于是孩子就有了这个名字。

5

小帕梅拉满两岁前不久，她的父母决定在郊区买一栋房子。那时他们已经有足够的钱买房，因为两人的工作都蒸蒸日上。他们拿着一堆宣传册开始挑选，慢慢把范围缩小到十几个，接着是六个，再是四个，最后是两个。这时候麻烦来了。罗西想买这个，比尔则属意另一个。双方立场逐渐分化，讨论变成了辩论，辩论升级成争吵——这很不幸，但也并不罕见。即便在最甜蜜和谐的婚姻中也难免不时发生争吵……或者是他们当时的互相大声嚷嚷。

这场争吵结束后，罗西怒气冲冲地走进厨房，开始准备晚餐，她先把一只鸡放进烤箱，又开始烧水，准备煮她在路边摊买的新鲜玉米棒，还带着玉米穗呢。过了一会儿，她正站在炉灶边的吧台前擦洗两个土豆，比尔从客厅走了出来，他刚才一直在里面看两个房子的照片，就是这两个房子引起了两人不常见的争吵……不过，他其实是在思考两人吵架的事情。

她没有像平常一样，一听到他接近的脚步声就转过身，他弯下腰亲吻她的颈背时，她还是没转身。

"因为房子就朝你嚷嚷，我很抱歉，"他轻声道，"我还是觉得温莎那个更适合我们，但真的很抱歉，我刚才声音太大了。"

他等待着她的回应，但她没有。他转过身，步履艰难地走出厨房，满身都是悔恨悲愁，可能认为她还在生气。然而，她没有。"生气"根本不足以形容她当前的心境。她处于一种黑暗的狂怒之中，几乎是一种想要杀戮的狂怒，她的沉默并不是孩子气地"让他热脸贴冷屁股"，而是一种近乎狂乱的努力，要"记住那棵树"，控制自己不去抓住炉子上已经滚开的那壶水，转身扔向他的脸。她脑海中浮现出十分生动的画面，既令人作呕，又具有阴郁而强烈的吸引力：比尔踉跄着后退，尖叫着，皮肤变成了她如今仍然会偶尔在梦中看到的颜色，比尔扒住自己的脸颊，一连串水疱正从他冒烟的皮肤上蹿出来。

其实，她的左手已经抽搐着伸向壶柄了。那天晚上，她躺在床上无法入眠，脑海中不由自主地回响着四个字，一遍又一遍：我会回报。

6

之后数日，她开始着魔般地看自己的双手、双臂和脸……但主要是看手，因为事情将从那里开始。

什么事将从那里开始？她不太清楚……但她知道，只要看到（那棵树），她就会认出来的。

她发现了一个地方，叫埃尔莫棒球场，位于城西，她逐渐成为那里的常客。大多数主顾都是迈入中年不久的男人，努力地想要保持大学时的体形；也有还在读高中的男孩子，愿意花上五元左右，享受一下特权，假装自己是棒球明星肯·小葛瑞菲或绰号"重创"的弗兰克·托马斯。偶尔也会有谁的女朋友来击个球，但大多数时候她们只是个点缀，站在棒球场外或收费略贵的大联盟棒球道外旁观。很少有已经三十有五的女性去打滚地球和平飞球。很少吗？其实是没有——只有一个例外，就是这位棕色短发的女士，她有一张苍白而庄重的面孔。于是男孩子们开着玩笑，窃窃笑着，用胳膊肘彼此相碰，还反戴棒球帽，自我标榜是酷酷的坏孩子。但她完全无视他们，无视他们的大笑，更无视他们对自己身体的详细盘点。生完孩子以后，她的身材恢复得很好。只是好吗？（他们议论说）对这么一个显然年纪已经有点大的妞儿，她简直可以说太辣了，迷死人的冷美人。

过了一阵子，他们就不笑了。因为这个穿无袖 T 恤和宽松灰色裤子的女士，即便最初显得笨手笨脚，打得很糟糕（有好几次甚至被发球机弹射出的橡胶球给打中了），却慢慢开始打出好球，甚至是很厉害的球了。

"她打得好极了。"有天，某个男孩如是说。当时罗西正气喘吁吁，面颊通红，头发拢在头上，戴着一个汗湿的头盔。她刚打出三个引人注目的平飞球，一个接一个，从带网壁的棒球道的一端飞到了另一端。每次击到球她都会发出一声高亢而怪异的尖叫，像发球得分时的网球明星莫妮卡·塞莱斯，感觉就像棒球惹到她了一样。

"那机器她也完全搞定了。"另一个男孩说道。摆在球道中央的笨重投球机吐出一颗时速八十英里的快球，罗西用力地吸气呐喊，头几乎贴在肩膀上，然后用力蹦起，球迅疾地飞向另一边，击中了球道那头两百英尺远的网，还在往上蹿，翻滚成模糊的绿色，然后掉落到她已经击中的球堆中。

"哎哟，她也没打那么猛啦。"第三个男孩表示不屑。他掏出一支烟，塞进嘴里，又拿出一盒火柴，划燃了一根。"她只是在——"

这一次，罗西发出了切实的尖叫——仿佛某种饥饿的鸟在悲鸣——被击出的球划出一道平直的白线，飞到球道那头，撞到网上……穿了过去。留下的洞仿佛是谁近距离开枪造成的。

抽烟的男孩像是被冻住了，点燃的火柴在他手里慢慢燃尽。

"你刚才说什么，哥们儿？"另一个男孩轻声问道。

7

一个月后，棒球场例行暂时关闭不久，在罗西朗读新书（作者是格洛里亚·内勒）的时候，罗达·西蒙斯突然打断她，说今天就到此为止。罗西抗议说时间还早。罗达说的确还早，但她的表情有点不对劲，让她最好放松一下，明天再继续。

"嗯，好吧，不过我想今天把它读完，"罗西说，"只剩二十页了。我想把这东西弄完，罗达。"

"不管你现在做什么，后面都得重做，"罗达斩钉截铁地说，"也不知道小帕梅拉昨晚让你熬夜到多晚，但你今天完全不在状态。"

8

罗西站起身来，走了出去，用力拉着门，几乎把它从厚实而静默的合页上拽下来。然后，身在控制室的她，抓住突然吓坏的罗达·西蒙斯那件该死的"诺尔玛·卡迈利"牌衬衫的领子，把她脸朝下狠狠地按在控制台上。一个掰钮开关像烤肉叉子的尖齿一样刺穿了她高贵的鼻子。血喷得到处都是，在工作室窗户的玻璃上，一串串血珠滚落下来，形成丑陋的茜草玫瑰红色的纹路。

"罗西，不要！"柯特·汉密尔顿尖叫道，"天哪，你在干什么？"

罗西的指甲挖进罗达跳动的喉咙，撕开来，又将她的脸推入喷涌而出的滚烫血液中。她想沐浴其中，想要给自己的新生命进行洗礼，她之前是多么愚蠢啊，竟然一直在跟它做斗争。不需要回答柯特，她完全清楚自己在干什么。她在回报，是的，回报。她心里有一本因果报应的账本，任何在这账本里站错边的人，只能求老天大发慈悲了，老天慈悲——

9

"罗西？"罗达从对讲机里喊道，把她从这个恐怖然而深具吸引力的白日梦中唤醒，"你还好吗？"

控制住你的脾气，小罗西。

控制住你的脾气，记住那棵树。

她低头一看，一直握在手里的铅笔已经断成了两截。她凝视了几秒，深呼吸，努力控制疾跳的心。等觉得自己多少能以比较平静的语调说话了，她才开口说："嗯，我没事。但你说得对，孩子弄得我睡太晚，我很累。今天先休息吧。"

"聪明女孩。"罗达说。而玻璃另一边的女人——正用略微颤抖的手摘下耳机的女人——想，不，不是聪明的。是愤怒，愤怒的女孩。

我会回报，她内心深处有个声音低语道，或早或晚，小罗西，我会回报。不管你想不想，我都会回报。

10

她本以为自己会整夜合不了眼，但夜半之后她小睡了一会儿，做了个梦。她梦见了一棵树，那棵树。醒来时，她想：难怪我一直没懂。原来如此。这么久以来我一直想错了。

她躺回到比尔身边，抬头望着天花板，想着那个梦。梦中她听到了湖面上鸥鸟的声音，它们在哭嚎。还有比尔的声音。只要它们保持正常状态，就会没事的，梦中的比尔在说，只要保持正常状态并且记住那棵树。

她知道自己必须做什么了。

11

第二天她给罗达打电话说暂时不去上班了，因为"得了点小流感"。接着她就顺着 27 号公路回到滨岸，这一次是她独自一人。她身边的座位上放着那个破旧的包，"出埃及"时随身携带的包。这个时节，又是工作日，整个野餐区只有她一个人。她脱下鞋子，放在一张野餐桌下面，沿着湖边的浅水向北走去，就像比尔初次带她来这里时一样。她本以为自己可能找不到那条荒草丛生、通向岸边的小路，结果轻松就找到了。她沿着小路走，光脚趾陷进沙粒之中，一边想着，自从感受到内心的狂怒以来，在多少已经不记得的梦中，她都来到了这里。当然，数不清，其实也并不重要。

小路走到尽头，就是那片凹凸不平的空地。空地上是那棵倒伏的树——她终于记起来的那棵树。她从未忘记自己在画中世界遭遇过的事，而现在也毫不惊讶地发现，通往多加所谓"石榴树"的小径上倒伏着一棵树，而眼前这棵树和它一模一样。

倒树的左端，树根仿佛形成花束，她看到那一片尘土飞扬之下就是狐狸的巢穴；但里面是空的，而且看起来很旧。她还是朝巢穴走了过去，接着跪下来——反正这双颤抖的腿也不一定能支撑她走更远了。她打开那个旧包，把她过去的残迹倒在了堆满落叶与根须的土地上。揉皱的洗衣单据、过期多年的收据，还有一张购物清单，最顶部写着"猪排!"，加了下划线，字母大写，还有个感叹号（诺曼一直最爱吃猪排）。购物清单下面是那个溅满紫红色水滴的蓝色小包。

她浑身颤抖，哭了起来——一是因为这些来自伤痕累累的过去的碎片让她悲伤难抑，二是因为她万分害怕新生也不保——她在倒树根部挖起了洞，挖到八英寸左右深，就把布包放在洞旁，打开来。那颗种子还在那里，放在她第一任丈夫的戒指之中。

她把种子放进洞里（种子魔力依旧，手指一碰它就麻木了），然后又把戒指放进去，照样把种子圈起来。

"诚心祈求。"她说，也不知道自己是不是在祈祷，而如果是在祈祷，又是为了谁。无论如何，她勉强算是得到了回应。她听到一声短促而尖厉的吠叫，其中没有怜悯，没有同情，没有温柔，充满了不耐烦。它在说，别和我闹。

罗西抬头，看到雌狐就在空地那头，一动不动地站着，看着她。它的尾巴翘起来了，在头顶沉闷的铅灰色天空的映衬下，如同燃烧的火炬。

"诚心祈求。"她再次说道，声音低沉，非常不安，"请不要让我成为自己害怕的人。求求你……求求你帮我控制脾气，记住这棵树。"

没有发生任何她能解读为回应的事情，甚至连那不耐烦的吠叫都没有了。雌狐只是站在那儿，伸出了舌头，喘息着，罗西感觉它在咧嘴笑。

她又低头看了一眼环绕着种子的戒指，然后捧起覆盖着各种东西的芬芳泥土，将洞填上了。

一捧给我的女主人，她心想，一捧给我的好朋友，一捧给住在小巷那头的小女孩，一捧给罗西。

她退到空地的边缘，回到通往湖岸的小径口上。等她走到那里，雌狐迅速跑到倒树旁，嗅了嗅罗西埋下戒指和种子的地方，在那里躺了下来。它仍在喘气，仍在咧嘴笑（现在罗西确定她在咧嘴笑），仍然用黑漆漆的眼睛看着罗西。幼崽们已经离开了，那双眼睛在说，把它们弄到我身上的大狗也走了。但是我，罗西……我还在等。而如果必要，我会回报。

罗西在那双眼中找寻，想看看究竟是疯狂还是理智……两者都有。

接着，雌狐将漂亮的口鼻低垂到美丽的尾巴上，闭上了眼睛，像是睡着了。

"诚心祈求。"罗西低声说了最后一次，然后离开了。她驾车穿过高架，希望能回到之前的生活中；在路上，她将过去的最后一件残留物——"出埃及"时带的包——从驾驶座的窗户扔了出去，扔进了库里湾。

12

狂怒的感觉就这样消失了。

他们的孩子帕梅拉还远远没有长大，但也有了自己的朋友，胸部发育得像小小的苹果，并且开始来例假了。她已经到了会和母亲争吵的年纪，比如穿什么衣服，是在别人家过夜还是留在家里过夜，应该做什么，可以见谁，见多久，等等。帕梅拉青春期的"飓风季"还不算完全来临，但罗西知道已经迫在眉睫了。不过，她对此心态平和，因为狂怒已经消失了。

比尔的头发已经大部花白，发际线也在后退。

罗西却依然一头棕发，简简单单地披在肩上，有时候也会扎起来，但从不编成辫子。

两人已经多年没有经过27号公路去滨岸野餐了，比尔卖掉他那辆哈雷的时候，似乎都忘了这回事。他说："我反应已经太慢了，罗西。如果爱好变成了冒险，就该忍痛割爱了。"她没有和他争辩，但心里感觉比尔卖掉这辆摩托，也同时卖掉了很多回忆，她为之哀悼，感觉仿佛他的大部分青春都浓缩在摩托车的侧袋中，而在埃文斯顿那个好小伙开走哈雷之前，比尔忘了再看看，把那些回忆拿出来。

两人不再去那里野餐了，但每年春天罗西都会一个人去一次。她目睹那棵新的树在倒伏老树的树影下成长起来，从嫩枝到小树再到结实壮硕的年轻植物，有着笔直的树干与坚定的枝条。她目睹它兀自长高，一年又一年，在这片已经没有狐崽子嬉戏的空地上。她静静地坐在它面前，有时长达一个小时，双手好好地交叠在膝上。她不是来这里敬拜或祈祷的，但身在这里，她能感到一种紧密和仪式感，感觉职责得到了履行，不言而喻的契约再度更新。如果来到这里能帮助她不伤害任何人——比尔、小帕梅拉、罗达、柯特（罗比·莱弗茨已经无所谓了，小帕梅拉五岁那年，他死于心脏病，走得很安详）——那么这时间就花得很值。

这棵树长得多么完美啊！新枝已经密密麻麻地长满了暗绿色的狭长叶子，在过去的两年里，她也看到树叶深处闪烁出别的颜色，那是即将绽放的花朵，等这棵树再长大些，就会结出果实。如果有人恰巧经过这片空地并吃了果子，罗西确信他的结果会是死亡，而且是可怕的死亡。她时不时会担心这个问题，但除非亲眼看到其他人到过那里的迹象，她也不会过分担心。到目前为止，她还没看到任何迹象，甚至连一个啤酒罐、香烟盒或一张口香糖纸都没有。现在，她只要来到这里，将自己毫无斑污的干净双手交叠在膝上，看着这棵树，这棵象征她怒气的树，看着树上那些坚硬的茜草玫瑰红斑点，将来会变成令人麻木的甜美果实，引领人走向死亡，只要看着它们，就足够了。

有时候，坐在这棵小树前，她会开口唱："我真的是罗西，我就是真·罗西，你最好相信我，我很了不起……"

当然，除了对生命中的重要之人，她也没有很了不起。不过，她反正也只关心这些人，这就没问题了。用裙袍女人的话说，万事因果皆得报。她已经到达了安全的避风港。而在春天的上午，在一片湖的附近，坐在这个荒草丛生的寂静空地上，这里多年未曾有所改变（这么说的话，这里很像一幅画——那种单调乏味的画作，很可能出现在某家古玩店或借贷典当店的货架上），她盘着腿，有时候会生出无比的感激，感激到心脏都快承受不了了。正是这种感激让她歌唱。她必须唱歌，没有其他选择。

有时，那只雌狐——它已经老了，无论孕育还是忍耐的年代都过去已久，灿烂的尾毛之中出现了一缕缕坚硬的灰色毛发——会来到空地的边缘，站在那里，似乎在听罗西唱歌。它站在那里的时候，那双黑漆漆的眼睛没有向罗西传达任何明确的想法，但不可能看不出来，眼睛后面那虽老去却睿智的大脑，有着最本质的清醒理智。

1993 年 6 月 10 日—1994 年 11 月 17 日